Millionen Leser haben auf seinen neuen Roman gewartet, jetzt liegt er endlich im Taschenbuch vor: In »Traumsammler« erzählt Khaled Hosseini die bewegende Geschichte zweier Geschwister aus einem kleinen afghanischen Dorf. Pari ist drei Jahre alt, ihr Bruder Abdullah zehn, als der Vater sie auf einem Fußmarsch quer durch die Wüste nach Kabul bringt. Doch am Ende der Reise wartet nicht das Paradies, sondern die herzzerreißende Trennung der beiden Geschwister, die ihr Leben für immer verändern wird. Ein großer Roman, der uns einmal um die ganze Welt führt und in seiner emotionalen Intensität und Erzählkunst neue Maßstäbe setzt. Fesselnder, reicher, persönlicher als je zuvor.

Khaled Hosseini schrieb die Romane ›Drachenläufer‹, ›Tausend strahlende Sonnen‹ und ›Traumsammler‹. Sie erschienen in 70 Ländern und wurden zu Weltbestsellern. Khaled Hosseini wurde 1965 in Kabul geboren. Nach Einmarsch der Sowjets in Afghanistan ging seine Familie ins Exil nach Amerika. Er studierte Medizin und arbeitete als Internist. Heute ist er Sonderbotschafter der Vereinten Nationen und gründete die Khaled Hosseini Foundation, die Menschen in Afghanistan humanitäre Hilfe bietet. Mehr über seine Stiftung erfahren Sie auf www.khaledhosseinifoundation.org und www.khaledhosseini.com.

Weitere Informationen, auch zu E-Book-Ausgaben, finden Sie bei www.fischerverlage.de

KHALED HOSSEINI

Traum-sammler

Roman

Aus dem Amerikanischen
von Henning Ahrens

FISCHER Taschenbuch

2. Auflage: Oktober 2014

Erschienen bei FISCHER Taschenbuch
Frankfurt am Main, Oktober 2014

Die Originalausgabe erschien 2013
unter dem Titel »And the Mountains Echoed«
bei Riverhead Books, Penguin Group, New York

Für die deutsche Ausgabe:
© S. Fischer Verlag GmbH, Frankfurt am Main 2013
Druck und Bindung: CPI books GmbH, Leck
Printed in Germany
ISBN 978-3-596-19820-7

Ich widme dieses Buch Haris und Farah,
meinen beiden Augensternen,
und meinem Vater, der stolz gewesen wäre.

Für Elaine

Jenseits unserer Vorstellungen
Von guten und schlechten Taten
Erstreckt sich ein Feld.
Dort werde ich dich treffen.

Dschalaluddin Rumi, 13. Jahrhundert

EINS

Herbst 1952

Ihr wollt eine Geschichte hören? Gut, ich erzähle euch eine. Aber nur eine. Bettelt nicht um mehr, ihr zwei! Es ist schon spät, Pari, und wir haben morgen einen langen Weg vor uns. Du brauchst deinen Schlaf. Das gilt auch für dich, Abdullah. Während ich mit deiner Schwester fort bin, verlasse ich mich auf dich, mein Junge. Deine Mutter braucht deine Hilfe. Also dann – eine Geschichte. Aufgepasst, ihr zwei, hört gut zu und redet nicht dazwischen.

Es war einmal ein Bauer namens Baba Ayub, der lebte vor langer, langer Zeit, als Dämonen, Dschinns und Riesen durch unser Land zogen. Baba Ayub wohnte im Dörfchen Maidan Sabz. Er musste eine vielköpfige Familie ernähren und brachte die Tage im Schweiße seines Angesichts zu. Er arbeitete von früh bis spät, pflügte und bestellte seinen Acker und hegte seine kümmerlichen Pistazienbäume. Ob morgens, mittags oder abends, immer sah man ihn auf dem Feld, tief über den Boden gebeugt und so krumm wie die Sichel, die er täglich schwang. Seine Hände waren schwielig und oft blutig, und wenn er sich abends zur Ruhe legte, übermannte ihn der Schlaf, sobald er die Wange auf das Kissen bettete.

Damit stand er nicht allein. Das Leben in Maidan Sabz war für alle Bewohner eine schwere Prüfung. Weiter nördlich gab es Dörfer, die ein besseres Los gezogen hatten, denn sie lagen in Tälern mit Obstbäumen und Blumen, mit linder Luft und Bächen mit kaltem, klarem Wasser. Doch Maidan Sabz war ein öder Ort, und sein Name – »Grüne Flur« – sprach der Wirklichkeit Hohn. Das Dorf lag in einer flachen und staubigen, von einem zerklüfteten Gebirgszug umgebenen Ebene. Der heiße Wind blies einem Staub in die Augen. Das Wasserholen war ein täglicher Kampf, weil die Dorfbrunnen, egal wie tief, oft zu versiegen drohten. Es gab zwar einen Fluss, aber er war einen halben Tagesmarsch entfernt und das ganze Jahr verschlammt, und nun, nach zehn dürren Jahren, führte er sowieso kaum noch Wasser. Man könnte sagen, dass es den Menschen in Maidan Sabz nur halb so gut ging wie allen anderen, obwohl sie doppelt so viel arbeiteten.

Baba Ayub hielt sich trotzdem für gesegnet, denn er ging ganz in seiner Familie auf. Er liebte seine Frau und erhob ihr gegenüber nie die Stimme, geschweige denn die Hand. Er achtete ihren Rat und war gern mit ihr zusammen. Kinder hatte er so viele wie Finger an einer Hand, drei Söhne und zwei Töchter, und er liebte sie innig. Seine Töchter waren pflichtbewusst und freundlich, charakterfest und von untadeligem Ruf. Seinen Söhnen hatte er längst beigebracht, Ehrlichkeit, Mut, Freundschaft und harte, klaglose Arbeit als hohe Werte zu begreifen. Als gute Söhne gehorchten sie und halfen ihm bei der Feldarbeit.

Ja, Baba Ayub liebte alle seine Kinder, aber sein jüngstes, den dreijährigen Qais, liebte er insgeheim am meisten. Qais war klein und hatte dunkelblaue Augen. Er bezauberte alle mit seinem spitzbübischen Lachen. Außerdem war er einer jener Jungen, die vor Kraft nur so strotzen und andere durch ihre Energie auslaugen. Er hatte so große Freude am Laufenlernen, dass er nicht nur den lieben, langen Tag auf den Beinen war, sondern beunruhigenderweise auch wenn er schlief. Er wandelte im Schlaf aus dem Lehmziegelhaus der Familie in die mondhelle Nacht. Seine Eltern waren natürlich besorgt. Was, wenn er in einen Brunnen fallen, sich verirren oder, schlimmer noch, von einem der Geschöpfe angegriffen werden würde, die auf der finsteren Ebene lauerten? Seine Eltern versuchten sich auf allerlei Art zu behelfen, aber alles schlug fehl. Schließlich fand Baba Ayub eine Lösung, die, wie die meisten guten Ideen, denkbar schlicht war: Er nahm einer Ziege das Glöckchen ab und hängte es Qais um den Hals. So bekam es jemand im Haus mit, wenn Qais wieder einmal mitten in der Nacht aufstand. Er hörte nach einer Weile auf schlafzuwandeln, aber da er das Glöckchen liebgewonnen hatte, mochte er davon nicht lassen und trug es weiter um den Hals, obwohl es seinen ursprünglichen Zweck längst erfüllt hatte. Wenn Baba Ayub nach einem langen Arbeitstag heimkehrte, kam Qais aus dem Haus gerannt und sprang seinen Vater an, und das Glöckchen bimmelte bei jedem seiner kleinen Schritte. Baba Ayub nahm ihn dann auf den Arm und trug ihn ins Haus. Dort sah Qais seinem Vater fasziniert beim Waschen zu und setzte sich beim Essen neben ihn. Danach nippte Baba Ayub am Tee, ließ den Blick über seine Familie schweifen und malte sich den Tag aus, an dem alle seine Kinder verheiratet wären und eigene Kinder hätten, den Tag, an dem er das Oberhaupt einer noch größeren Familie wäre.

Doch leider, Abdullah und Pari, sollte die glückliche Zeit im Leben Baba Ayubs bald ein Ende nehmen.

Eines Tages kam ein Dämon nach Maidan Sabz. Er strebte vom Gebirge auf das Dorf zu, und die Erde erbebte unter seinen Schritten. Die Dorfbewohner ließen Spaten, Hacken und Äxte fallen und ergriffen die Flucht. Sie schlossen sich in ihren Häusern ein und kauerten sich aneinander. Schließlich verstummten die ohrenbetäubend lauten Schritte des Dämons, und sein Schatten verdunkelte Maidan Sabz. Seinem Kopf, so erzählte man sich, entsprangen geschwungene Hörner, und seine Schultern und der mächtige Schwanz waren von einem groben, schwarzen Fell bedeckt. Seine Augen, so hieß es, glühten rot. Genaueres wusste niemand, jedenfalls kein Lebender, denn der Dämon fraß auf der Stelle jeden, der auch nur den Blick zu heben wagte. Die Dorfbewohner wussten dies und hielten den Blick die ganze Zeit gesenkt.

Jeder ahnte, warum der Dämon im Dorf erschienen war. Alle hatten Geschichten über seine Heimsuchungen anderer Dörfer gehört und wunderten sich, warum er sie so lange verschont hatte. Vielleicht, dachten sie, lag es daran, dass ihre Kinder aufgrund des ärmlichen und mühseligen Alltags so mager waren. Nun hatte sie das Glück jedoch im Stich gelassen.

Ganz Maidan Sabz erzitterte und hielt den Atem an. Alle Familien beteten darum, dass der Dämon ihr Haus verschonen möge, denn sie wussten, dass sie ihm ein Kind geben mussten, wenn er an das Dach klopfte. Der Dämon würde das Kind in einen Sack stecken und sich diesen über die Schulter werfen und auf jenem Weg verschwinden, auf dem er gekommen war. Niemand würde das arme Kind je wiedersehen. Und wenn sich eine Familie weigerte, nahm der Dämon einfach alle Kinder mit.

Und wohin brachte der Dämon die Kinder? In seine Burg, die auf dem Gipfel eines hohen Berges stand. Diese Burg war sehr weit von Maidan Sabz entfernt. Man musste Täler, mehrere Wüsten und zwei Gebirgszüge überwinden, bevor man sie erreichte, und wer wollte diese Strapazen auf sich nehmen, nur um in den sicheren Tod zu gehen? Angeblich gab es in dieser Burg unzählige Verließe, an deren Wänden Hackebeile hingen. Fleischhaken baumelten von der Decke. Man munkelte von riesigen Bratspießen und Feuerstellen. Es hieß, der Dämon würde seine Abneigung gegen das Fleisch Erwachsener vergessen, wenn ihm ein Eindringling über den Weg lief.

Ihr ahnt sicher, in welchem Haus das gefürchtete Klopfen des Dämons ertönte. Baba Ayub entrang sich bei dem Geräusch ein gequälter Schrei, und seine Frau wurde ohnmächtig. Die Kinder weinten vor Entsetzen und aus Sorge, weil sie wussten, dass sie jetzt einen Bruder oder eine Schwester verlieren würden. Die Familie hatte eine Frist bis zum nächsten Morgen – dann musste das Opfer dargebracht werden.

Wie soll ich die Qualen schildern, die Baba Ayub und seine Frau während dieser Nacht durchlitten? Eltern dürften nicht vor so eine Wahl gestellt werden. Baba Ayub und seine Frau beratschlagten außer Hörweite ihrer Kinder, was zu tun war. Sie redeten und weinten, redeten und weinten. Sie beratschlagten die ganze Nacht, doch als der Morgen graute, hatten sie noch immer keine Entscheidung getroffen – und vielleicht hatte der Dämon genau dies im Sinn, weil er so alle fünf Kinder mitnehmen konnte. Schließlich las Baba Ayub draußen vor dem Haus fünf gleich große und gleich geformte Steine auf. Auf jeden schrieb er den Namen eines Kindes und warf sie dann in einen Jutesack. Seine Frau zuckte zurück wie vor einer Giftschlange, als er ihr den Sack hinhielt.

»Unmöglich«, sagte sie kopfschüttelnd. »Ich kann diese Wahl nicht treffen. Das wäre zu schrecklich.«

»Ich vermag es auch nicht«, sagte Baba Ayub, aber da sah er durch das Fenster, dass die Sonne gleich über den Bergen aufgehen würde. Die Zeit lief ihm davon. Bedrückt musterte er seine fünf Kinder. Ein Finger musste abgehackt werden, um die Hand zu retten. Er schloss die Augen und holte einen Stein aus dem Sack. Ihr ahnt sicher, welcher Name auf dem Stein stand. Als Baba Ayub ihn sah, warf er den Kopf in den Nacken und schluchzte. Er nahm seinen jüngsten Sohn mit gebrochenem Herzen in die Arme, und Qais, der seinem Vater blind vertraute, schlang seine Ärmchen fröhlich um Baba Ayubs Hals. Er merkte erst, dass etwas nicht stimmte, als die Tür zufiel, sobald er draußen stand, und hinter der Tür stand Baba Ayub, aus dessen zugekniffenen Augen Tränen flossen, während sein geliebter Qais mit den Fäustchen gegen das Holz trommelte und seinen Baba anflehte zu öffnen. Baba Ayub murmelte: »Vergib mir, vergib mir«, und im nächsten Moment ließen die Schritte des Dämons die Erde erzittern, und sein Sohn schrie, und die Erde bebte weiter, während der Dämon aus Maidan Sabz verschwand. Schließlich war er fort, und die Erde beruhigte sich, und die Stille wurde nur noch von Baba Ayub unterbrochen, der Qais weinend um Vergebung bat.

Abdullah. Deine Schwester ist eingeschlafen. Leg die Decke über ihre Füße. Ja, so ist es gut. Soll ich aufhören? Noch nicht? Bist du sicher, mein Junge? Gut, dann weiter.

Wo war ich stehengeblieben? Ach, ja. Nun wurde vierzig Tage getrauert. Die Nachbarn kochten täglich eine Mahlzeit für die Familie und wachten mit ihr. Die Menschen brachten alle möglichen Gaben, Tee, Süßigkeiten, Brot, Mandeln, und sie bekundeten ihre Trauer und ihr Mitgefühl. Baba Ayub brachte kaum ein Wort des Dankes über die Lippen. Er saß in einer Ecke, und aus seinen Augen strömten die Tränen, als wollte er der jahrelangen Dürre ein Ende setzen. Die Seelenqualen und Schmerzen, die er litt, würde man nicht einmal seinem ärgsten Feind wünschen.

Jahre vergingen. Die Dürre hielt an, und die Armut in Maidan Sabz wurde immer schlimmer. Mehrere Säuglinge verdursteten in der Wiege. Der Wasserstand der Brunnen sank weiter, und der Fluss trocknete aus. Im Gegensatz dazu glich Baba Ayubs Schmerz einem Strom, der täglich weiter anschwoll. Er war seiner Familie keine Hilfe mehr. Er arbeitete nicht, er betete nicht, er aß kaum einen Bissen. Seine Frau und seine Kinder redeten vergeblich auf ihn ein. Seine verbliebenen Söhne mussten die Arbeit übernehmen, denn Baba Ayub saß den ganzen Tag am Rand seines Ackers, eine einsame, elende Gestalt, und blickte unverwandt auf das ferne Gebirge. Er ging den Dorfbewohnern aus dem Weg, weil er glaubte, sie würden hinter seinem Rücken über ihn tuscheln. Er bildete sich ein, dass sie ihn für einen Feigling hielten, weil er seinen Sohn freiwillig hergegeben hatte, und für einen schlechten Vater, weil ein guter Vater gegen den Dämon gekämpft und bei der Verteidigung seiner Familie sein Leben gelassen hätte.

Das erzählte er eines Abends seiner Frau.

»Niemand sagt so etwas«, antwortete sie. »Niemand hält dich für einen Feigling.«

»Aber ich kann sie hören«, sagte er.

»Was du da hörst, ist deine eigene Stimme, mein guter Mann.« Sie verschwieg ihm jedoch, dass die Dorfbewohner *tatsächlich* hinter seinem Rücken tuschelten – darüber, dass er womöglich den Verstand verloren hatte.

Schließlich kam der Tag, der dies zu bestätigen schien. Baba Ayub erhob sich im Morgengrauen. Er steckte ein paar Kanten Brot in einen Jutesack, zog die Schuhe an, band sich seine Sichel um und brach auf.

Er wanderte viele, viele Tage. Er wanderte, bis die Sonne blassrot in der Ferne verglühte. Wenn draußen der Wind heulte, übernachtete er in Höhlen. Manchmal schlief er an Flussufern, unter Bäumen oder im Schutz von Felsbrocken. Nachdem das Brot alle war, aß er, was er finden konnte, ob Beeren, Pilze oder Fische, die er mit bloßen Händen in den Bächen fing. An manchen Tagen hungerte er, doch er gab nicht auf. Wenn er unterwegs nach seinem Ziel gefragt wurde, antwortete er ganz offen. Manche lachten ihn aus, andere ließen ihn stehen, weil sie ihn für verrückt hielten, und wieder andere, die auch ein Kind an den Dämon verloren hatten, beteten für ihn. Baba Ayub wanderte weiter, den Kopf gesenkt. Als seine Schuhe auseinanderfielen, befestigte er sie mit Bändern an den Füßen, und als die Bänder rissen, ging er barfuß weiter. Auf diese Weise durchquerte er Wüsten und Täler und überwand Gebirge.

Endlich erreichte er den Berg mit der Dämonenburg. Er war so besessen von seinem Vorhaben, dass er sich keine Rast gönnte, sondern sofort mit dem Aufstieg begann. Seine Kleider lagen in Fetzen, seine Füße waren blutig und seine Haare dreckverkrustet, aber sein Mut war ungebrochen. Spitze Steine rissen seine Füße auf. Falken hackten ihm ins Gesicht, wenn er an ihrem Horst vorbeikletterte. Heftige Windböen fegten ihn fast von der Bergflanke. Doch er setzte seinen Aufstieg fort, kletterte von einem Felsen zum nächsten, bis er vor den gewaltigen Toren der Dämonenburg stand.

Wer wagt es?, dröhnte der Dämon, nachdem Baba Ayub einen Stein gegen das Tor geworfen hatte.

Baba Ayub nannte seinen Namen. »Ich komme aus dem Dorf Maidan Sabz«, sagte er.

Suchst du den Tod? Den wirst du finden, wenn du den Frieden meines Hauses störst! Was ist dein Begehr?

»Ich bin gekommen, um dich zu erschlagen.«

Hinter den Toren trat Stille ein. Dann schwangen sie auf, und da stand der Dämon, er überragte Baba Ayub in all seiner albtraumhaften Pracht.

Ach, ja?, sagte er, und seine Stimme klang wie dumpfes Donnergrollen.

»Ja«, sagte Baba Ayub. »So oder so – einer von uns beiden wird heute sterben.«

Für einen Moment sah es so aus, als würde der Dämon Baba Ayub von den Beinen schmettern und mit einem einzigen Biss seiner messerscharfen Zähne töten. Aber das Ungeheuer verengte die Augen und zögerte. Vielleicht wegen des Irrsinns, der aus den Worten des Mannes sprach. Vielleicht wegen dessen zerfetzten Kleidern, dem blutigen Gesicht, dem Dreck, der ihn von Kopf bis Fuß bedeckte, den Schwären auf der Haut. Oder zögerte der Dämon, weil er in den Augen des alten Mannes keine Spur von Angst erkennen konnte?

Woher kommst du?

»Aus Maidan Sabz«, wiederholte Baba Ayub.

Wenn ich dich so ansehe, muss es weit weg liegen, dieses Maidan Sabz.

»Ich bin nicht gekommen, um mit dir zu schwatzen. Sondern um dich …«

Der Dämon hob eine Klauenhand. Ja. Ja. Du bist gekommen, um mich zu erschlagen. Ich weiß. Aber bevor du mich tötest, werde ich wohl noch ein paar Worte sagen dürfen.

»Meinetwegen«, sagte Baba Ayub. »Aber nur ein paar.«

Ich danke dir. Der Dämon grinste. Darf ich fragen, warum ich den Tod verdiene? Welches Unrecht habe ich dir angetan?

»Du hast meinen jüngsten Sohn geraubt«, antwortete Baba Ayub. »Er war mir das Liebste auf der Welt.«

Der Dämon fasste sich brummend ans Kinn. Ich habe viele Kinder von vielen Vätern geraubt, sagte er.

Baba Ayub zog zornig die Sichel. »Dann werde ich auch in ihrem Namen Rache nehmen.«

Dein Mut nötigt mir Respekt ab, das muss ich zugeben.

»Du verstehst nichts von Mut«, sagte Baba Ayub. »Mut zeigt man nur, wenn etwas auf dem Spiel steht. Aber ich habe nichts mehr zu verlieren.«

Du könntest dein Leben verlieren, sagte der Dämon.

»Das hast du mir längst genommen.«

Der Dämon brummte wieder und betrachtete Baba Ayub eingehend. Nach einer Weile sagte er: Also gut. Du sollst deinen Zweikampf bekommen. Aber zuvor möchte ich dich bitten, mir zu folgen.

»Nur, wenn es nicht zu lange dauert«, sagte Baba Ayub. »Ich verliere allmählich die Geduld.« Doch der Dämon schritt schon auf einen Flur von gewaltigen Ausmaßen zu, und Baba

Ayub blieb keine andere Wahl, als ihm zu folgen. Sie gingen durch ein Labyrinth von Fluren mit himmelhohen Decken, gestützt von riesigen Säulen. Sie passierten zahlreiche Treppen und Räume, so groß, dass ganz Maidan Sabz hineingepasst hätte. Sie gingen immer weiter, bis Baba Ayub von dem Dämon in eine weite Halle geführt wurde, deren Rückwand von einem Vorhang verdeckt war.

Komm näher, sagte der Dämon.

Baba Ayub trat neben ihn.

Der Dämon zog die Vorhänge auf. Dahinter befand sich ein verglastes Fenster, das den Blick auf einen großen Garten freigab. Baba Ayub sah, dass der Garten von Zypressenspalieren gesäumt war, vor deren Stämmen Blumen blühten. Er sah blau gekachelte Becken, Marmorterrassen und sattgrüne Rasenflächen. Er sah kunstvoll gestutzte Hecken und auch Springbrunnen, die im Schatten von Granatapfelbäumen plätscherten. Einen so wunderschönen Ort hätte er sich nicht in seinen kühnsten Träumen vorstellen können. Doch was Baba Ayub wirklich überwältigte, waren die fröhlich herumtollenden Kinder. Sie spielten Fangen auf den Wegen und zwischen den Bäumen. Sie spielten Verstecken hinter den Hecken. Baba Ayub nahm ein Kind nach dem anderen in den Blick, und schließlich fand er, was er gesucht hatte. Da war er! Sein Sohn, Qais, lebendig und kerngesund. Er war größer geworden, und seine Haare waren länger als früher. Er trug ein schönes, weißes Hemd über einer feinen Hose. Er rannte lachend hinter zwei Spielkameraden her.

»Qais«, flüsterte Baba Ayub, und sein Atem ließ das Glas beschlagen. Dann rief er den Namen seines Sohnes.

Er kann dich weder sehen noch hören, sagte der Dämon.

Baba Ayub sprang auf und nieder, schwenkte die Arme und hämmerte gegen das Glas, bis der Dämon die Vorhänge wieder zuzog.

»Ich verstehe nicht«, sagte Baba Ayub. »Ich dachte …«

Dies ist deine Belohnung, sagte der Dämon.

»Wie meinst du das?«, rief Baba Ayub aus.

Ich habe dich auf die Probe gestellt.

»Was für eine Probe?«

Ich wollte deine Liebe auf die Probe stellen. Ich gebe zu, dass es eine schwere Prüfung war, und ich kann dir ansehen, wie viel sie dich gekostet hat. Aber du hast sie bestanden. Dies ist deine Belohnung. Und die deines Sohnes.

»Und wenn ich mich damals nicht für ein Kind entschieden hätte?«, schrie Baba Ayub. »Wenn ich mich deiner Probe verweigert hätte?«

Dann wäre es um alle deine Kinder geschehen gewesen, sagte der Dämon. Aber mit einem Schwächling als Vater wären sie sowieso verflucht gewesen. Mit einem Feigling, der lieber ihren Tod in Kauf genommen als sein Gewissen belastet hätte. Du sagst von dir selbst, dass du nicht mutig bist, aber ich sehe dir an, dass du es bist. Du hast Mut gebraucht, um dich zu entscheiden und die Last der Verantwortung auf dich zu nehmen. Das ehrt dich.

Baba Ayub zückte die Sichel, doch sein Griff war schwach, und sie entglitt seiner Hand und fiel auf den Marmorfußboden. Seine Knie wankten, und er musste sich setzen.

Dein Sohn erinnert sich nicht mehr an dich, fuhr der Dämon fort. Dies ist jetzt sein Leben, und du hast ja selbst gesehen, wie glücklich er ist. Er hat hier alles, was er braucht, gutes Essen, kostbare Kleidung, er erfährt Freundschaft und Zuneigung. Er wird in Kunst und Sprachen unterrichtet, und man lehrt ihn Weisheit und Wohltätigkeit. Es fehlt ihm an nichts. Und sollte er eines Tages, wenn er erwachsen ist, gehen wollen, so steht ihm das Tor offen. Er wird viele Leben durch seine Güte bereichern und jene, die von Kummer und Sorgen geplagt werden, glücklich machen.

»Ich will ihn sehen«, sagte Baba Ayub. »Ich will ihn mit nach Hause nehmen.«

Tatsächlich?

Baba Ayub sah zum Dämon auf.

Dieser ging zu einem Schrank, der neben den Vorhängen stand, und holte eine Sanduhr aus einer Schublade. Weißt du, was eine Sanduhr ist, Abdullah? Ja? Gut. Der Dämon drehte sie um und stellte sie vor Baba Ayubs Füße.

Ich gestatte dir, deinen Sohn mitzunehmen, sagte der Dämon. Wenn du es tust, kann er nie mehr hierher zurückkehren. Wenn du es nicht tust, kannst du nie mehr hierher zurückkehren. Ich warte, bis der Sand durchgelaufen ist. Dann wirst du mir deine Entscheidung mitteilen.

Mit diesen Worten verschwand der Dämon aus der Halle und ließ Baba Ayub mit einer weiteren schweren Entscheidung allein.

Ich bringe ihn zurück nach Hause, schoss es Baba Ayub durch den Kopf, denn dies wünschte er sich mit jeder Faser seines Körpers, dies war sein größtes Verlangen. Hatte er nicht tausend Mal davon geträumt? Seinen kleinen Qais wieder in den Armen zu halten, ihm einen Kuss auf die Wange zu geben und seine zarten Händchen zu ergreifen? Und doch ... Welches Leben hätte sein Sohn zu erwarten, wenn er mit ihm nach Maidan Sabz zurückkehren würde? Bestenfalls ein beschwerliches bäuerliches Leben wie das seine, nicht mehr. Und das auch nur, wenn Qais nicht durch die Dürre umkam wie so viele andere Kinder im Dorf. Könnte ich mir das je verzeihen?, fragte sich Baba Ayub. Könnte ich damit leben, ihn aus egoistischen Gründen eines Lebens beraubt zu haben, in dem ihm alle Wege zu Glück und Wohlstand offenstehen? Andererseits wusste Baba Ayub nun, dass sein kleiner Junge am Leben war und wo dieser sich aufhielt, und wie sollte er ihn da zurücklassen? Täte er das, würde er Qais nie mehr wiedersehen, und das wäre furchtbar. Würde er das ertragen können? Baba Ayub weinte. Von Verzweiflung übermannt, schleuderte er die Sanduhr gegen die Wand, und sie ging in tausend Stücke, und der feine Sand rieselte auf den Fußboden.

Der Dämon trat wieder ein und erblickte Baba Ayub, der mit hängenden Schultern vor der kaputten Sanduhr stand.

»Du bist ein grausames Monster«, sagte Baba Ayub.

Hättest du so lange gelebt wie ich, erwiderte der Dämon, dann wüsstest du, dass Grausamkeit und Güte zwei Seiten derselben Medaille sind. Hast du dich entschieden?

Baba Ayub trocknete seine Tränen, hob die Sichel auf und band sie sich um den Bauch. Er schlich zur Tür, den Kopf tief gesenkt.

Du bist ein guter Vater, sagte der Dämon, als Baba Ayub an ihm vorbeiging.

»Für das, was du mir angetan hast, sollst du in den Feuern der Hölle schmoren«, murmelte Baba Ayub matt.

Er war schon draußen im Flur, als der Dämon noch einmal nach ihm rief.

Nimm dies mit, sagte der Dämon und reichte Baba Ayub ein Fläschchen mit einer dunklen Flüssigkeit. Trinke auf dem Heimweg davon. Und nun lebe wohl.

Baba Ayub nahm das Fläschchen und ging ohne ein weiteres Wort davon.

Unterdessen saß seine Frau am Rand des Ackers der Familie und hielt Ausschau nach ihrem Mann, so wie Baba Ayub einst dort in der Hoffnung gesessen hatte, Qais zu erblicken. Mit jedem Tag, der verstrich, schwand ihre Hoffnung ein wenig mehr. Die Leute im Dorf sprachen schon in der Vergangenheitsform von Baba Ayub. Doch eines Tages, sie saß wieder auf der nackten Erde und sprach ein leises Gebet, sah sie eine ausgemergelte Gestalt, die vom Gebirge auf Maidan Sabz zukam. Sie hielt den abgemagerten, in Fetzen gehenden Mann mit den hohlen Augen und eingesunkenen Schläfen zunächst für einen Derwisch, und sie erkannte ihren Mann erst aus der Nähe. Ihr Herz tat vor Freude einen Satz, und sie schrie erleichtert auf.

Nachdem Baba Ayub sich gewaschen, gegessen und etwas getrunken hatte, ruhte er sich zu Hause aus, umringt von den Dorfbewohnern, die ihm viele Fragen stellten.

Wo bist du gewesen, Baba Ayub?

Was hast du gesehen?

Was ist dir widerfahren?

Baba Ayub wusste keine Antworten darauf, denn er konnte sich an nichts mehr erinnern. Er hatte alles vergessen: Seine lange Wanderung, die Besteigung des Berges mit der Burg, das Gespräch mit dem Dämon, den großen Palast und auch die weite Halle mit den Vorhängen. Er schien aus einem Traum erwacht zu sein, der ihm längst entglitten war. Er erinnerte sich weder an den verborgenen Garten und die Kinder noch an seinen Sohn Qais, der mit seinen Freunden unter den Bäumen gespielt hatte. Ja, die Erwähnung von Qais löste bei Baba Ayub nur ein verwirrtes Blinzeln aus.

Begreifst du, dass es ein Akt der Gnade war, Abdullah? Die Gabe des Trankes, der die Erinnerung auslöschte? Damit belohnte der Dämon Baba Ayub, weil dieser auch die zweite Prüfung bestanden hatte.

In jenem Frühling riss der Himmel über Maidan Sabz endlich auf. Und es war nicht der schwache Nieselregen der letzten Jahre, nein, es goss in Strömen. Der Regen fiel in Sturzbächen, zur großen Freude der Dorfbewohner. Der Regen trommelte den ganzen Tag auf die Dächer von Maidan Sabz und übertönte alle anderen Geräusche. Dicke, schwere Regentropfen fielen von den Blättern. Die Brunnen füllten sich, und der Pegel des Flusses stieg an. Die Hügel im Osten wurden grün. Wildblumen erblühten, und zum ersten Mal seit vielen Jahren spielten die Kinder im Gras, und die Kühe fraßen sich daran satt. Alle jubelten.

Als der Regen nachließ, hatten die Dorfbewohner alle Hände voll zu tun. Mehrere Lehmziegelmauern hatten sich aufgelöst, einige Dächer waren eingesackt und ganze Äcker zu Sümpfen geworden. Aber nach dem Elend der letzten zehn Jahre hatten die Menschen in Maidan Sabz keinen Grund zur Klage. Man stellte Mauern und Dächer wieder her und reinigte die Bewässerungskanäle. In jenem Herbst erntete Baba Ayub so viele Pistazien wie noch nie in seinem Leben, und während der folgenden zwei Jahre wurden seine Feldfrüchte noch größer und üppiger. Wenn Baba Ayub seine Waren in den großen Städten feilbot, saß er voller Stolz hinter seinen zu Pyramiden aufgetürmten Pistazien und strahlte wie der glücklichste Mensch auf Erden. Maidan Sabz wurde nie wieder von einer Dürre heimgesucht.

Viel mehr gibt es nicht zu erzählen, Abdullah. Du könntest natürlich fragen, ob jemals ein junger, hübscher Mann auf seinem Weg zu großen Abenteuern durch das Dorf ritt. Legte er vielleicht eine Rast ein, um etwas zu trinken, setzte er sich, um mit den Dorfbewohnern das Brot zu teilen, womöglich sogar mit Baba Ayub? Das weiß ich nicht, mein Junge. Aber ich weiß, dass Baba Ayub ein sehr hohes Alter erreichte. Ich weiß, dass er, wie von ihm erhofft, die Hochzeiten all seiner Kinder miterlebte, und ich weiß, dass seine Kinder ihm viele Enkel schenkten, und jedes Enkelkind bereitete Baba Ayub große Freude.

Und ich weiß, dass Baba Ayub in manchen Nächten ohne ersichtlichen Grund nicht schlafen konnte. Er war zu jenem Zeitpunkt bereits ein sehr alter Mann, aber mit Hilfe eines Stockes konnte er immer noch gehen. Also schlüpfte er in den schlaflosen Nächten aus dem Bett, ohne seine Frau zu wecken, nahm seinen Stock und verließ das Haus. Er lief durch die Dunkelheit, ertastete den Weg und spürte die nächtliche Brise im Gesicht. Am Rand seines Ackers befand sich ein flacher Stein, auf dem er sich niederließ. Dort saß er dann eine Stunde oder länger und sah zu den Sternen und zu den am Mond vorbeiziehenden Wolken auf. Er dachte über sein langes Leben nach und war dankbar für all die Freude und Fülle, die ihm zuteilgeworden waren. Er wusste, dass es vermessen gewesen wäre, noch mehr zu verlangen oder noch größere Wünsche zu hegen. Er seufzte glücklich, lauschte dem Ruf der Nachtvögel und dem vom Gebirge kommenden Wind.

Gelegentlich meinte er, noch etwas anderes zu hören – das zarte Bimmeln eines Glöckchens. Er begriff nicht, woher dieser Ton kam, denn es war tiefe Nacht, und alle Schafe und Ziegen ruhten. Manchmal redete er sich ein, dass es nur Einbildung war, und manchmal rief er ins Dunkel: »Ist dort jemand? Wer da? Zeig dich.« Doch er erhielt nie eine Antwort. Baba Ayub fand das unbegreiflich. Und er begriff genauso wenig, warum er bei diesem Bimmeln immer das Gefühl hatte, eine Welle ginge durch ihn hindurch, ein Gefühl, das ihn jedes Mal von neuem überraschte – wie das Ende eines traurigen Traums, wie ein unerwarteter Windhauch. Aber dann verging es wieder, wie alle Dinge vergehen. Es verging.

Das ist alles, mein Junge. Das ist das Ende der Geschichte. Und nun ist es spät, und ich bin müde, und deine Schwester und ich müssen in aller Frühe aufstehen. Puste deine Kerze aus. Leg dich hin und schließ die Augen. Schlaf gut, mein Junge. Wir nehmen morgen früh Abschied voneinander.

ZWEI

Vater hatte noch nie die Hand gegen Abdullah erhoben. Als er dies schließlich doch tat, als er ihm aus heiterem Himmel eine schallende Ohrfeige gab, war Abdullah so verdutzt, dass ihm Tränen in die Augen schossen. Er drängte sie mit einem Blinzeln zurück.

»Ab nach Hause mit dir«, knurrte sein Vater mit zusammengebissenen Zähnen.

Abdullah hörte, wie Pari laut schluchzte.

Sein Vater schlug ihn noch einmal, jetzt auf die linke Wange, und der Schlag war noch heftiger. Abdullahs Kopf wurde zur Seite gerissen. Sein Gesicht brannte, und er konnte die Tränen nicht zurückhalten. Sein linkes Ohr pfiff. Dann beugte sich sein Vater zu ihm herunter, sein Gesicht so nah an Abdullahs, dass dieser Wüste, Gebirge und Himmel nicht mehr sah.

»Hast du nicht gehört, Junge? Ab nach Hause«, sagte der Vater mit gequälter Miene.

Abdullah gab keinen Laut von sich. Er schluckte schwer und sah blinzelnd zu seinem Vater auf, zum Schutz vor der Sonne eine Hand auf die Stirn gelegt.

Pari, die auf dem kleinen, roten Karren saß, rief mit hoher, angstbebender Stimme: »Abollah!«

Vater musterte ihn zornig, dann kehrte er zum Karren zurück. Pari streckte die Hände nach Abdullah aus. Dieser wartete, bis der Karren sich in Bewegung setzte, dann wischte er die Tränen mit dem Handrücken weg und folgte den beiden.

Kurz darauf warf sein Vater einen Stein nach ihm. So wurde Paris Hund Shuja von den Kindern in Shadbagh beworfen – mit dem Unterschied, dass sie Shuja treffen und verletzen wollten. Der Wurf seines Vaters war harmlos, der Stein landete einige Schritte von ihm entfernt. Abdullah blieb stehen, und als sein Vater mit Pari weiterfuhr, trottete er weiter.

Schließlich, die Sonne hatte gerade den Zenith überschritten, hielt sein Vater wieder an. Er drehte sich zu Abdullah um, betrachtete ihn nachdenklich und winkte ihn zu sich.

»Du bist ein Dickkopf«, sagte er.

Pari ließ ihre Hand rasch in die Abdullahs gleiten. Sie sah aus verweinten Augen zu ihm auf, und als sie lächelte, kamen ihre Zahnlücken zum Vorschein. Solange ihr Bruder bei ihr war, wollte sie damit offenbar sagen, konnte ihr nichts Böses geschehen. Abdullah umschloss ihre Finger mit seiner Hand, wie er es abends immer tat, wenn er im Bett so dicht neben seiner Schwester lag, dass ihre Köpfe und Beine einander berührten.

»Du solltest zu Hause bleiben«, sagte sein Vater. »Bei deiner Mutter und Iqbal. Wie von mir befohlen.«

Abdullah dachte: *Sie ist deine Frau. Meine Mutter haben wir zu Grabe getragen.* Doch er schluckte die Worte hinunter.

»Na, gut. Komm mit«, sagte sein Vater. »Aber wehe, du weinst. Hast du mich verstanden?«

»Ja.«

»Ich warne dich: Kein Geheule.«

Pari grinste Abdullah an, und dieser senkte den Blick auf ihre blassbraunen Augen und runden, rosigen Wangen und musste ebenfalls grinsen.

Also lief er neben dem Karren her, der über den holperigen Wüstenboden rumpelte, und hielt Paris Hand. Bruder und

Schwester tauschten verstohlene, glückliche Blicke, sprachen aber kaum ein Wort, um ihren Vater nicht zu erzürnen und dadurch alles zu verderben. Über weite Strecken zogen die drei dahin, und sie sahen niemanden und nichts außer kupferroten Schluchten und hohen Sandsteinklippen. Die weite, offene Wüste dehnte sich vor ihnen aus, als wäre sie nur für sie allein erschaffen worden. Die Luft war unbewegt und glühend heiß, der Himmel blau und weit. Felsen glänzten auf dem rissigen Wüstenboden, und Abdullah vernahm nur seinen eigenen Atem und das rhythmische Knarren der Räder des roten Karrens, den sein Vater beharrlich Richtung Norden zog.

Bald darauf legten sie im Schatten eines Felsbrockens eine Rast ein. Ihr Vater ließ die Deichsel des Karrens auf den Boden sinken. Er verzog stöhnend das Gesicht, als er den Rücken durchdrückte, und blickte in die Sonne.

»Wie lange noch bis Kabul?«, fragte Abdullah.

Sein Vater sah auf die Kinder hinab. Er hieß Saboor. Er hatte scharf geschnittene, kantige und knochige Gesichtszüge, dunkle Haut, eine Nase, krumm wie der Schnabel eines Wüstenfalken, und tief im Schädel liegende Augen. Er war schmal, doch die lebenslange Arbeit hatte dafür gesorgt, dass seine Muskeln die Arme so fest umschlangen wie das Geflecht die Lehne eines Korbstuhls. »Morgen Nachmittag sind wir dort«, sagte er und setzte den rindsledernen Wasserbeutel an seine Lippen. »Vorausgesetzt, wir kommen gut voran.« Sein Adamsapfel hüpfte auf und ab, als er einen tiefen Schluck trank.

»Warum hat Onkel Nabi uns nicht gefahren?«, fragte Abdullah. »Er hat doch ein Auto.«

Sein Vater drehte sich zu ihm um.

»Dann hätten wir nicht den ganzen Weg zu Fuß gehen müssen.«

Sein Vater schwieg. Er setzte die speckige Kappe ab und wischte sich mit dem Hemdsärmel den Schweiß von der Stirn.

Da streckte Pari auf dem Karren einen Finger aus. »Schau mal, Abollah!«, rief sie aufgeregt. »Noch eine.«

Sie deutete auf den Schatten, den der Felsbrocken warf, und Abdullah erblickte dort auf dem Boden eine lange Feder, grau wie verbrannte Holzkohle. Er ging hin und hob sie am Kiel auf. Er pustete den Staub ab und drehte sie hin und her. Von einem Falken, dachte er. Vielleicht auch von einer Wüstenlerche oder einer Taube. Er hatte heute schon mehrere solcher Federn gesehen. Nein, es war eine Falkenfeder. Er pustete noch einmal darauf und überreichte sie Pari, die sie glücklich entgegennahm.

Zu Hause in Shadbagh bewahrte Pari unter ihrem Kopfkissen eine alte Teedose aus Blech auf, die Abdullah ihr geschenkt hatte. Der Verschluss war rostig, und der Deckel zeigte einen bärtigen Inder mit Turban und langem, rotem Gewand, der mit beiden Händen eine dampfende Tasse Tee hielt. In dieser Dose bewahrte Pari alle Federn auf, die sie gesammelt hatte. Sie waren ihr kostbarster Besitz. Dunkelgrüne und weinrote Hahnenfedern; die weiße Schwanzfeder einer Taube; die Feder eines Spatzen, graubraun und dunkel gefleckt; und auch jene, die Pari mit dem größten Stolz erfüllte, eine grüne, glänzende Pfauenfeder mit einem schönen, großen Auge oben auf der Fahne.

Abdullah hatte sie ihr vor zwei Monaten geschenkt. Er hatte erfahren, dass die Familie eines Jungen aus einem anderen Dorf einen Pfau besaß. Und eines Tages, als sein Vater in einer Stadt südlich von Shadbagh Gräben aushob, ging Abdullah zu dem Dorf, machte den Jungen ausfindig und bat ihn um eine Feder. Sie begannen zu feilschen, und am Ende tauschte Abdullah seine Schuhe gegen die Feder ein. Als er endlich wieder in Shadbagh war, die Pfauenfeder unter dem Hemd im

Hosenbund, waren seine Fersen aufgerissen und hinterließen blutige Spuren auf dem Boden. Dornen und Splitter hatten sich in seine Fußsohlen gebohrt, und bei jedem Schritt durchfuhr ein stechender Schmerz seine Füße.

Bei seiner Heimkehr saß Parwana, seine Stiefmutter, draußen vor dem Tandoor und backte das tägliche Naan-Brot. Er duckte sich hinter die riesige Eiche, die in der Nähe der Hütte stand. Während er darauf wartete, dass sie fertig wurde, sah er ihr heimlich bei der Arbeit zu, dieser Frau mit den kräftigen Schultern, den langen Armen, rauen Händen und Wurstfingern. Ihr rundes, aufgedunsenes Gesicht besaß rein gar nichts von der Anmut des Schmetterlings, nach dem sie benannt worden war.

Abdullah hätte gern Liebe für sie empfunden. Wie für seine leibliche Mutter, die vor dreieinhalb Jahren bei Paris Geburt verblutet war. Abdullah war damals sieben gewesen. Seine Mutter, deren Gesicht er kaum noch in Erinnerung hatte, seine Mutter, die sein Gesicht mit beiden Händen umfasst und gegen ihre Brust gezogen, allabendlich vor dem Einschlafen seine Wange gestreichelt und ein Wiegenlied gesungen hatte.

Ich fand eine kleine, traurige Fee
Im Schatten eines Baums am See.
Ich weiß eine kleine, traurige Fee,
Die wurde vom Wind davongeweht.

Er hätte seine neue Mutter gern genauso geliebt. Und vielleicht, dachte er, wünschte Parwana sich dies auch – *ihn* lieben zu können. Wie Iqbal, ihren einjährigen Sohn, dessen Gesicht sie ständig mit Küssen bedeckte, den sie hätschelte und tätschelte, sobald er nur hustete oder nieste. Oder wie Omar, ihr erstes Kind. Sie hatte ihn vergöttert, aber er war während des Winters vor drei Jahren an Kälte gestorben. Er war erst zwei Wochen alt gewesen. Parwana und sein Vater hatten ihm gerade erst einen Namen gegeben. Er war einer von drei Säuglingen aus Shadbagh, die dieser bittere Winter das Leben gekostet hatte. Abdullah erinnerte sich daran, wie Parwana Omars kleinen, noch in einer Windel steckenden Leichnam umklammert hatte, und er erinnerte sich an ihre verzweifelte Trauer. Er erinnerte sich an den Tag, als sie ihn auf dem Hügel im gefrorenen Boden beerdigt hatten, ein winziges Grab unter dem bleigrauen Himmel. Mullah Shekib hatte die Gebete gesprochen, und der Wind hatte ihnen Eis und Schnee in die Augen gepeitscht.

Parwana, so befürchtete Abdullah, würde vor Zorn kochen, wenn sie merkte, dass er sein einziges Paar Schuhe gegen eine Pfauenfeder eingetauscht hatte. Sein Vater hatte wie ein Pferd geschuftet, um diese Schuhe bezahlen zu können. Sie wäre außer sich, wenn sie es bemerkte, und vielleicht, dachte Abdullah, würde sie ihn sogar schlagen. Das hatte sie schon mehrmals getan. Ihre Hände waren schwer und kräftig – weil sie jahrelang ihre behinderte Schwester hatte heben müssen, wie Abdullah vermutete –, und sie konnte sowohl einen Besenstiel schwingen als auch gut gezielte Hiebe austeilen.

Doch er wusste, dass Parwana keine Freude daran hatte, ihn zu schlagen. Außerdem konnte sie durchaus zärtlich zu ihren Stiefkindern sein. So hatte sie Pari einmal ein silbergrünes Kleid aus einem Stoffballen genäht, den sein Vater aus Kabul mitgebracht hatte. Und sie hatte Abdullah erstaunlich geduldig gezeigt, wie man zwei Eier gleichzeitig aufschlug, ohne dabei Eigelb und Eiweiß zu vermischen. Außerdem hatte sie ihnen, wie schon in jungen Jahren ihrer eigenen Schwester, beigebracht, kleine Puppen aus Kornähren zu flechten. Sie hatte ihnen gezeigt, wie man aus Stofffetzen Kleider für die Puppen nähte.

Doch Abdullah wusste, dass all dies nur Gesten waren, die ihrem Pflichtgefühl entsprangen und nicht einer Liebe, wie sie

sie für Iqbal empfand. Er wusste genau, welches Kind Parwana retten würde, falls ihre Hütte eines Nachts in Brand geriet, und sie würde es bedenkenlos tun. Unter dem Strich war die Rechnung einfach: Pari und er waren nicht ihre Kinder. Die meisten Menschen liebten nur ihr eigenes Fleisch und Blut. Seine Schwester und er gehörten nicht zu Parwana, daran war nichts zu ändern. Sie waren die Hinterlassenschaft einer anderen Frau.

Er wartete, bis Parwana das Brot in die Hütte brachte, und sah dann zu, wie sie wieder herauskam, Iqbal im einen und einen Berg Wäsche im anderen Arm. Er schaute ihr nach, als sie zum Bach ging, und schlich erst ins Haus, nachdem sie außer Sicht war. Seine Fußsohlen schmerzten bei jedem Schritt. In der Hütte zog er die alten Plastiksandalen an, das einzige Schuhwerk, das ihm geblieben war. Abdullah wusste, dass er etwas sehr Unvernünftiges getan hatte. Doch als er sich neben Pari kniete und sie behutsam weckte und die Feder dann wie ein Zauberer hinter dem Rücken hervorzog, wusste er, dass es sich gelohnt hatte, denn sie war erst zutiefst überrascht und zeigte dann strahlende Freude, bedeckte seine Wangen mit Küssen und kicherte, als er sie mit der weichen Federspitze am Kinn kitzelte – und seine Füße taten plötzlich gar nicht mehr weh.

Sein Vater wischte sich das Gesicht erneut mit dem Ärmel ab. Sie tranken abwechselnd aus dem Wasserbeutel. Danach sagte sein Vater: »Du bist müde, Junge.«

»Nein«, log Abdullah. Er war tatsächlich erschöpft. Und seine Füße schmerzten. Es war nicht einfach, die Wüste in Sandalen zu durchqueren.

Sein Vater sagte: »Steig auf.«

Abdullah lehnte sich auf dem Karren gegen die Holzlatten. Er konnte die Rückenwirbel der vor ihm sitzenden Pari auf Brust und Bauch spüren. Während sie von ihrem Vater gezogen wurden, betrachtete er den Himmel und die Berge und die endlosen, in der Ferne verschwimmenden Ketten der rundlichen, eng beieinanderliegenden Hügel. Er betrachtete den Rücken seines Vaters, der sie mit gesenktem Kopf zog und dessen Füße den rotbraunen Sand aufwirbelten. Eine Karawane von Kuchi-Nomaden kam ihnen entgegen, eine staubige Prozession mit Glöckchengebimmel und Kamelgeschnaube, und eine Frau mit kajalgeschminkten Augen und weizenfarbenen Haaren schenkte Abdullah ein Lächeln.

Ihre Haare erinnerten Abdullah an seine Mutter, die er plötzlich schmerzlich vermisste. Er vermisste ihre Zärtlichkeit und ihr fröhliches Wesen, ihre Verwirrung angesichts der Grausamkeit anderer Menschen. Er erinnerte sich an ihr glucksendes Lachen und die schüchterne Art, mit der sie manchmal den Kopf zur Seite gelegt hatte. Seine Mutter war ein zartes Geschöpf gewesen, sowohl körperlich als auch geistig, eine gertenschlanke Frau mit schmaler Taille und üppigen Haaren, die immer unter dem Kopftuch hervorgeschaut hatten. Abdullah hatte sich oft gefragt, wie ein so zarter, kleiner Körper so viel Lebensfreude und Güte beherbergen konnte. Er konnte es tatsächlich nicht: Beides brach immer wieder aus ihr heraus, entströmte ihren Augen. Sein Vater war anders. Sein Vater besaß eine gewisse Härte. Er hatte die gleiche Welt vor Augen wie seine erste Frau, sah jedoch nur Gleichgültigkeit. Endlose Schufterei. Die Welt seines Vaters war gnadenlos. Man bekam darin nichts geschenkt. Nicht einmal Liebe. Man musste für alles bezahlen, und wenn man arm war, war Leiden die Währung. Abdullah betrachtete den Grind im Scheitel seiner kleinen Schwester, ihr schmales, über dem Karrenrand hängendes Handgelenk, und er wusste, dass ein Teil ihrer Mutter bei deren Tod auf Pari übergegangen war. Ein Teil ihrer fröhlichen Hingabe, ihrer Arglosigkeit, ihrer unerschütterlichen Hoffnung. Pari war der einzige Mensch auf der ganzen, weiten Welt, der ihn niemals verletzen würde, niemals verletzen konnte. An manchen Tagen hatte Abdullah das Gefühl, dass seine wahre Familie nur aus ihr bestand.

Die Farben des Tages lösten sich langsam in Grau auf, und die undurchdringlichen Silhouetten der fernen Berggipfel glichen gekrümmt dasitzenden Riesen. Am Morgen waren sie an einigen Dörfern vorbeigekommen, fast alle so staubig wie Shadbagh. Kleine, quadratische, weit auseinanderliegende, teils auf Berghängen erbaute Lehmziegelhäuser, von deren Dächern Rauchfäden aufstiegen. Wäscheleinen, vor Kochstellen hockende Frauen. Einige Pappeln, ein paar Hühner, Kühe und Ziegen, und immer eine Moschee. Das letzte Dorf, an dem sie vorbeikamen, lag neben einem Mohnfeld, und ein alter Mann, der sich an den Samenkapseln zu schaffen machte, winkte ihnen. Er rief etwas, das Abdullah nicht verstand. Sein Vater winkte zurück.

Pari sagte: »Abollah?«

»Was denn?«

»Ist Shuja traurig?«

»Nein, es geht ihm gut.«

»Ihm wird doch niemand weh tun?«

»Er ist ein großer Hund, Pari. Er kann sich wehren.«

Shuja war tatsächlich groß. Ihr Vater meinte, er müsse früher ein Kampfhund gewesen sein, weil Ohren und Schwanz aufgeschlitzt waren. Ob er sich wehren konnte oder wollte, stand jedoch auf einem anderen Blatt. Als dieser Streuner zum ersten Mal in Shadbagh aufgetaucht war, hatten die Kinder ihn mit Steinen beworfen und mit Ästen oder rostigen Fahrradspeichen gepiekt. Shuja hatte sich nicht gewehrt. Nach einer Weile hatten die Dorfkinder keine Lust mehr, ihn zu quälen, und ließen ihn in Ruhe. Shuja blieb jedoch weiter so misstrauisch und vorsichtig, als hätte er ihre Gemeinheiten nicht vergessen.

Er ging in Shadbagh allen außer Pari aus dem Weg. Was sie betraf, so ließ er jede Vorsicht fahren. Er liebte sie heiß und innig. Sie war sein Universum. Wenn Shuja morgens sah, wie Pari die Hütte verließ, sprang er auf und zitterte am ganzen Körper. Sein verstümmelter Schwanz wedelte wild hin und her, und er tänzelte, als würde er auf heißen Kohlen laufen. Er umsprang sie fröhlich, und er blieb Pari den ganzen Tag auf den Fersen und beschnüffelte ihre Füße, und abends, wenn sich ihre Wege trennten, lag er einsam draußen vor der Tür und wartete auf den Morgen.

»Abollah?«

»Ja?«

»Werde ich mit dir zusammenleben, wenn ich groß bin?«

Abdullah betrachtete die tiefstehende, orangerote Sonne, die schon fast den Horizont berührte. »Von mir aus gern. Aber das wirst du nicht wollen.«

»Doch, das will ich!«

»Du wirst dir ein eigenes Zuhause wünschen.«

»Aber wir könnten Nachbarn sein.«

»Vielleicht.«

»Du wirst ganz in der Nähe wohnen.«

»Und wenn du irgendwann genug von mir hast?«

Sie stieß ihm den Ellbogen in die Seite. »Das wird nicht passieren, niemals!«

Abdullah grinste in sich hinein. »Gut. Alles klar.«

»Du wirst in meiner Nähe wohnen.«

»Ja.«

»Bis wir alt sind.«

»Uralt.«

»Für immer.«

»Ja, für immer.«

Sie drehte sich auf dem Karren zu ihm um. »Versprichst du mir das, Abollah?«

»Für immer und ewig.«

Später nahm ihr Vater Pari auf den Rücken, und Abdullah zog den leeren Karren. Unterwegs verfiel er in eine dumpfe Trance. Er spürte nur noch, wie sich seine Knie hoben und senkten, fühlte die Schweißperlen, die unter seiner Kappe hervortropften. Sah die kleinen Füße von Pari, die gegen die Hüften seines Vaters stießen. Und schließlich nur noch die Schatten seines Vaters und seiner Schwester, die auf dem grauen Grund der Wüste immer länger wurden und sich von ihm entfernten, wenn es bergab ging.

Onkel Nabi war es gewesen, der seinem Vater diesen neuen Job besorgt hatte. Onkel Nabi war Parwanas großer Bruder und damit Abdullahs Stiefonkel, und er arbeitete als Koch und Fahrer in Kabul. Einmal im Monat fuhr er mit dem Auto von Kabul nach Shadbagh, und seine Besuche wurden stets von stakkatoartigem Gehupe und dem Gejohle der Dorfkinder angekündigt, die hinter dem großen, blauen Auto mit Klappverdeck und Chromleisten herrannten. Die Kinder klatschten gegen die Kotflügel und Scheiben, bis Onkel Nabi den Motor abstellte und ausstieg, ein Bild von einem Mann mit langen Koteletten und welligen, schwarzen, nach hinten gekämmten Haaren, mit einem viel zu großen olivgrünen Anzug samt weißem Hemd und braunen Slippern. Alle traten vor die Tür, um ihn zu bestaunen, weil er das Auto seines Arbeitgebers fuhr und einen Anzug trug, und weil er in der großen Stadt Kabul arbeitete.

Onkel Nabi hatte Abdullahs Vater während seines letzten Besuches von dem Job erzählt. Die reichen Leute, für die er arbeitete, hatten vor, ihr Haus auf der Rückseite durch ein kleines Gästehaus mit eigenem Bad zu erweitern, getrennt vom Wohnhaus, und Onkel Nabi hatte ihnen Abdullahs Vater vorgeschlagen, weil dieser schon auf Baustellen gearbeitet hatte. Der Job, sagte Onkel Nabi, sei gut bezahlt und werde einen knappen Monat dauern.

Abdullahs Vater hatte tatsächlich schon auf allerlei Baustellen gearbeitet. Er war auf Arbeitssuche gewesen, so lange Abdullah zurückdenken konnte, hatte an Türen geklopft, um für einen Tag Arbeit zu finden. Abdullah hatte einmal gehört, wie sein Vater zu Mullah Shekib, dem Dorfältesten, gesagt hatte: *Wenn ich als Tier geboren worden wäre, dann sicher als Maultier.* Manchmal wurde Abdullah von seinem Vater mitgenommen. Einmal hatten sie in einer Stadt, die einen Tagesmarsch von Shadbagh entfernt lag, Äpfel gepflückt. Abdullah erinnerte sich daran, dass sein Vater bis Sonnenuntergang mit hochgezogenen Schultern, sonnenverbranntem Nacken und zerkratzten Unterarmen auf der Leiter gestanden und mit seinen dicken Fingern die Äpfel einzeln von den Zweigen gedreht hatte. In einer anderen Stadt hatten sie Ziegel für eine Moschee hergestellt. Abdullah hatte von seinem Vater gelernt, den richtigen Lehm auszuwählen, den helleren, tiefer liegenden. Sie hatten Stroh in den Schlamm gemischt, und sein Vater hatte ihm geduldig gezeigt, wie man diese Mixtur so mit Wasser titrierte, dass sie nicht zu flüssig wurde. Im letzten Jahr hatte sein Vater Steine geschleppt. Er hatte Dreck geschaufelt und sich am Pflügen von Äckern versucht. Er hatte geholfen, Straßen zu asphaltieren.

Abdullah wusste, dass sein Vater sich die Schuld an Omars Tod gab. Hätte er mehr oder besser bezahlte Arbeit gefunden, hätte er für das Baby bessere Wintersachen und dickere Decken, vielleicht sogar einen richtigen Ofen für das Haus kaufen können. So dachte sein Vater. Er hatte in Abdullahs Gegenwart seit der Beerdigung kein Wort mehr über Omar verloren, aber Abdullah ahnte, was in ihm vorging.

Er hatte noch vor Augen, wie sein Vater einige Tage nach Omars Tod einsam unter der riesigen Eiche gestanden hatte. Diese Eiche, das älteste Lebewesen in Shadbagh, überragte das ganze Dorf. Er wäre nicht überrascht, sagte sein Vater, wenn diese Eiche miterlebt hätte, wie der Großmogul Babur damals mit seinem Heer gegen Kabul gezogen war. Er habe, erzählte er, die Hälfte seiner Kindheit im Schatten ihrer gewaltigen Krone verbracht und sei immer wieder auf ihre ausladenden Äste geklettert. Sein Vater, Abdullahs Großvater, hatte an einem Ast dicke Seile befestigt und eine Schaukel daran aufgehängt, die viele harte Winter, ja sogar den alten Mann selbst überlebt hatte. Als Kinder, sagte sein Vater, hätten er und Parwana und deren Schwester Masooma immer auf dieser Schaukel gesessen.

Aber jetzt war Abdullahs Vater nach der Arbeit meist zu erschöpft, wenn Pari an seinem Ärmel zupfte und ihn bat, ihr auf der Schaukel Anschwung zu geben.

Vielleicht morgen, Pari.

Nur ganz kurz, Baba. Bitte komm mit.

Nicht jetzt. Ein andermal.

Schließlich gab Pari auf, ließ den Ärmel los und verschwand betrübt. Und wenn ihr Vater ihr nachsah, fiel seine Miene manchmal in sich zusammen. Dann drehte er sich auf seinem Lager auf die andere Seite, deckte sich zu und schloss die müden Augen.

Abdullah fand es unvorstellbar, dass sein Vater früher einmal auf dieser Schaukel gesessen haben sollte. Er fand es überhaupt unvorstellbar, dass sein Vater einmal ein Junge gewesen war. Ein kleiner Junge. Sorglos und leichtfüßig. Einer, der mit seinen Spielkameraden über die Äcker gerannt war. Denn die Hände seines Vaters waren vernarbt, und auf seinem Gesicht hatten sich tiefe Falten der Erschöpfung eingegraben. Sein Vater, dachte Abdullah, hätte ebenso gut mit

einer Schaufel in der Hand und mit Dreck unter den Finger-
nägeln geboren worden sein können.

Sie mussten die Nacht in der Wüste verbringen. Sie aßen Brot
und die letzten gekochten Kartoffeln, die Parwana für sie ein-
gepackt hatte. Abdullahs Vater entfachte ein Feuer, und sie
kochten Tee.

Abdullah lag neben dem Feuer und schmiegte sich unter
der Wolldecke an Pari, die ihre kalten Füße gegen ihn drückte.

Sein Vater beugte sich über die Flammen, um sich eine Zigarette anzuzünden.

Abdullah rollte sich auf den Rücken, und Pari bettete ihre
Wange wie üblich in die Mulde unter seinem Schlüsselbein. Er
roch den kupferartigen Duft des Wüstenstaubs und sah zum
Himmel auf, an dem unzählige Sterne wie Eiskristalle blitzten
und flackerten. Die zarte Mondsichel schwebte im geisterhaften Umriss des Vollmonds wie in einer Wiege.

Abdullah dachte an den Winter vor drei Jahren. Damals war
alles in Dunkelheit getaucht gewesen. Der Sturm hatte draußen vor der Tür geheult, unablässig und abwechselnd laut
und leise, und der Wind hatte durch jede noch so kleine Ritze
in der Decke gepfiffen. Alle Häuser waren eingeschneit, die
Nächte lang und sternenlos und die Tage kurz und finster gewesen, und wenn die Sonne sich gezeigt hatte, dann so kurz,
als wäre sie nur auf Stippvisite. Abdullah erinnerte sich an
Omars klägliches Geschrei und die Stille danach, und er hatte
noch seinen Vater vor Augen, der voller Ingrimm eine Mondsichel wie jene, die jetzt am Himmel hing, in ein Holzbrett ge-
schnitzt und dieses am Kopfende des kleinen Grabes in den
hartgefrorenen Boden gerammt hatte.

Nun neigte sich ein weiterer Herbst dem Ende entgegen,

und der Winter lauerte schon hinter der nächsten Ecke. Sein Vater und Parwana sprachen nie davon, als befürchteten sie, seinen Anbruch durch Worte beschleunigen zu können.

»Vater?«, sagte Abdullah.

Sein Vater, der auf der anderen Seite des Feuers saß, brummte leise.

»Darf ich dir helfen? Beim Bau des Gästehauses, meine ich?«

Gekräuselter Rauch stieg von der Zigarette auf. Sein Vater starrte ins Dunkel.

»Vater?«

Sein Vater rutschte auf dem Stein zu ihm herum. »Du kannst mir beim Anrühren des Mörtels helfen«, sagte er.

»Ich weiß nicht, wie das geht.«

»Ich zeige es dir. Du wirst es lernen.«

»Und ich?«, fragte Pari.

»Du?«, sagte ihr Vater träge. Er zog an der Zigarette und stocherte mit einem Stock im Feuer. Fünkchen stoben auf und tanzten in die Dunkelheit. »Du wirst für das Wasser zuständig sein. Du sorgst dafür, dass wir nie durstig sind, denn wenn ein Mann durstig ist, kann er nicht arbeiten.«

Pari schwieg.

»Vater hat recht«, sagte Abdullah, denn er ahnte, dass Pari sich die Hände schmutzig machen und durch den Matsch tollen wollte und die Aufgabe enttäuschend fand, die sein Vater ihr zugedacht hatte. »Wenn du uns kein Wasser holst, können wir das Gästehaus nicht bauen.«

Sein Vater schob den Stock unter den Henkel des Teekessels und nahm ihn zum Abkühlen vom Feuer.

»Weißt du was?«, sagte er. »Wenn du mir zeigst, dass du uns gut mit Wasser versorgen kannst, finde ich vielleicht noch eine andere Aufgabe für dich.«

Pari reckte das Kinn und sah mit strahlendem Zahnlückenlächeln zu Abdullah auf.

Abdullah erinnerte sich an die Zeit, als sie noch ein Baby gewesen war. Damals hatte sie auf seiner Brust geschlafen, und wenn er mitten in der Nacht die Augen aufgeschlagen hatte, hatte sie ihn mit genau diesem Gesichtsausdruck angelächelt.

Er war es, der sie aufzog. Ja, ganz genau. Obwohl er selbst noch ein Kind war. Ein Siebenjähriger. Wenn die winzige Pari gequengelt und gequäkt hatte, dann war er aufgestanden; er war es gewesen, der sie nachts herumgetragen und gewiegt hatte. Er hatte ihre schmutzigen Windeln gewechselt. Er hatte sie gebadet. Das war nicht die Aufgabe seines Vaters gewesen, denn dieser war ein erwachsener Mann und außerdem erschöpft von der Arbeit. Und Parwana, damals schon schwanger mit Omar, hatte sich nur selten dazu aufraffen können, sich um Pari zu kümmern. Sie hatte nicht die nötige Geduld und Kraft gehabt. Deshalb hatte Abdullah sich kümmern müssen, aber das machte ihm nichts aus. Er tat es frohen Herzens. Er fand es wunderbar, dass er Pari bei ihren ersten Schritten helfen, über das erste Wort staunen konnte, das sie sagte. Das, glaubte er, war sein Daseinszweck – Gott hatte ihn dazu auserkoren, sich um Pari zu kümmern, nachdem Er ihre Mutter zu sich geholt hatte.

»Baba«, sagte Pari. »Erzähl uns eine Geschichte.«

»Es ist schon spät«, erwiderte ihr Vater.

»Bitte.«

Ihr Vater war von Natur aus ein verschlossener Mensch. Er sprach nur selten mehr als zwei aufeinanderfolgende Sätze. Aber aus Gründen, die Abdullah nicht verstand, tat sich in seinem Vater manchmal etwas auf, und dann entströmten ihm Geschichten, und Abdullah und Pari hörten wie gebannt zu, während Parwana in der Küche lautstark mit den Töpfen hantierte. Dann erzählte er die Geschichten, die er als Kind von seiner Großmutter gehört hatte, Geschichten, die seine

Kinder in eine von Sultanen und Dschinns, von bösen Däm
nen und weisen Derwischen bevölkerte Welt versetzte
Manchmal erfand er auch Geschichten, erzählte sie aus dem
Stegreif, und sie verrieten eine Phantasie und eine Begabung
zum Träumen, die Abdullah immer wieder erstaunten. Wenn
Abdullahs Vater etwas erzählte, war er ungewohnt lebhaft
und zugewandt, offen und authentisch. Seine Geschichten
schienen den Zuhörern einen Einblick in sein unergründliches,
gut gehütetes Inneres zu gewähren.

Doch Abdullah konnte am Gesichtsausdruck seines Vaters
ablesen, dass es an diesem Abend keine Geschichte geben
würde.

»Es ist schon spät«, wiederholte sein Vater. Er wickelte sich
den auf seinen Schultern liegenden Schal um die Hand und
schenkte sich Tee ein. Er blies in den Dampf und trank einen
Schluck. Sein Gesicht leuchtete im Feuerschein rötlich auf.
»Zeit zum Schlafen. Der Tag morgen wird lang.«

Abdullah zog die Decke über seinen und Paris Kopf. Dann
sang er, den Mund dicht an ihrem Nacken:

Ich fand eine kleine, traurige Fee
Im Schatten eines Baums am See.

Pari, schon schläfrig, ergänzte:

Ich weiß eine kleine, traurige Fee,
Die wurde vom Wind davongeweht.

Gleich darauf schnarchte sie leise.

Als Abdullah spätnachts erwachte, war sein Vater verschwunden. Er richtete sich erschrocken auf. Das Feuer war
bis auf die schwelende Glut erloschen. Abdullahs Blick
zuckte nach links und nach rechts, aber er konnte in der un-

endlichen und bedrängenden Finsternis nichts erkennen. Er spürte, wie ihm das Blut aus dem Gesicht wich. Sein Herz begann zu hämmern, und er hielt den Atem an und spitzte die Ohren.

»Vater?«, flüsterte er.

Stille.

Tief in seiner Brust keimte Panik auf. Er saß mucksmäuschenstill da, kerzengerade und angespannt, und horchte lange und vergeblich. Er war mit Pari allein, mitten im tiefen Dunkel. Sie waren im Stich gelassen worden. Sein Vater hatte sie verlassen. Abdullah verspürte zum ersten Mal, wie weit die Wüste, ja die ganze Welt tatsächlich war. Ihm wurde bewusst, wie leicht man sich darin verirren konnte, wenn es niemanden gab, der einem half und einem den Weg wies. Im nächsten Moment schoss ihm ein noch schlimmerer Gedanke durch den Kopf: Sein Vater war tot. Irgendjemand hatte ihm die Kehle durchgeschnitten. Räuber. Sie hatten ihn ermordet, und nun hatten sie Pari und ihn umzingelt und pirschten sich langsam an sie heran, machten sich einen Spaß aus der Sache.

»Vater?«, rief er wieder, dieses Mal mit schriller Stimme.

Keine Antwort.

»Vater?«

Er rief immer wieder nach seinem Vater, doch eine Klaue begann, sich mit festem Griff um seine Kehle zu schließen. Er wusste nicht mehr, wie oft oder wie lange er nach seinem Vater gerufen hatte, doch er erhielt keine Antwort aus dem Dunkel. Er sah Fratzen, versteckt in den aus der Erde aufragenden Bergen, die boshaft auf Pari und ihn hinabgrinsten. Er wurde von einer Panik gepackt, die seinen ganzen Körper erfasste. Er begann zu zittern und halblaut zu wimmern. Er hatte das Gefühl, gleich schreien zu müssen.

Da hörte er Schritte. Eine Gestalt schälte sich aus der Finsternis.

»Ich dachte schon, du wärst verschwunden«, sagte Abdullah mit bebender Stimme.

Sein Vater setzte sich vor die schwelende Glut des Feuers.

»Wo bist du gewesen?«

»Schlaf weiter, mein Junge.«

»Du würdest uns nicht verlassen. Das würdest du nicht tun, Vater.«

Sein Vater wandte ihm das Gesicht zu, doch es war so finster, dass Abdullah seine Miene nicht erkennen konnte. »Wenn du so weitermachst, weckst du noch deine Schwester.«

»Verlass uns nicht.«

»Genug jetzt.«

Abdullah legte sich wieder hin, das Herz schlug ihm bis zum Hals. Er schloss seine Schwester fest in seine Arme.

Abdullah war noch nie in Kabul gewesen. Er kannte die Stadt nur aus Onkel Nabis Erzählungen. Er war in einigen Kleinstädten gewesen, in denen sein Vater gearbeitet hatte, aber niemals in einer richtigen Stadt, und das, was Onkel Nabi zu berichten wusste, hatte ihn in keiner Weise auf das Gewirr und Gewimmel der größten und geschäftigsten aller Städte vorbereiten können. Er erblickte überall Ampeln und Teehäuser, Restaurants und Geschäfte mit großen Schaufenstern und leuchtend bunten Schildern. Autos knatterten durch das Gedränge auf den Straßen, hupten und sausten haarscharf an Bussen, Fahrradfahrern und Fußgängern vorbei. Von Pferden gezogene *garis* fuhren mit Gebimmel auf den Boulevards auf und ab, ihre mit Eisen beschlagenen Räder holperten über die Straße. Die Bürgersteige, auf denen er mit Pari und seinem Vater ging, wimmelten von Zigaretten- und Kaugummiverkäufern, von Zeitschriftenständen und Hufschmieden, die auf

Hufeisen einschlugen. Auf den Kreuzungen bliesen Polizisten in schlecht sitzenden Uniformen in ihre Trillerpfeife und schwenkten gebieterisch die Arme, ohne dass sich jemand darum gekümmert hätte.

Abdullah setzte sich vor einem Fleischerladen auf eine Bank, Pari auf dem Schoß, und sie aßen von einem Blechteller ein Gericht aus weißen Bohnen und Koriander-Chutney, das ihr Vater bei einem Straßenhändler gekauft hatte.

»Sieh mal, Abollah«, sagte Pari und deutete auf einen Laden auf der anderen Straßenseite, in dessen Schaufenster eine junge Frau in einem wunderschön bestickten, grünen Kleid mit kleinen Spiegeln und Perlen stand. Die Frau trug einen langen, zum Kleid passenden Schal, Silberschmuck und eine dunkelrote Hose. Sie stand reglos da und blickte die Passanten an, ohne mit der Wimper zu zucken. Sie regte keinen Finger, während Abdullah und Pari ihre Bohnen futterten, und stand auch danach immer noch stocksteif da. Abdullah entdeckte weiter hinten ein riesiges, vor der Fassade eines hohen Gebäudes hängendes Plakat. Es zeigte eine junge und hübsche, in einem Platzregen mitten zwischen Tulpen stehende Inderin, die sich spielerisch vor einen Bungalow duckte. Sie lächelte scheu, und ihr durchnässter Sari zeichnete die Kurven ihres Körpers nach. Abdullah fragte sich, ob sich in dem Gebäude ein von Onkel Nabi so genanntes »Kino« befand, das die Menschen besuchten, um Filme zu gucken, und er hoffte, dass sein Onkel ihn und Pari im Laufe des nächsten Monats einmal mit in einen Film nehmen würde. Bei diesem Gedanken musste er grinsen.

Kurz nach dem Gebetsruf, der aus einer blaugekachelten Moschee weiter oben in der Straße erschallte, hielt Onkel Nabis Auto vor der Bordsteinkante. Er trug den olivfarbenen Anzug, und als er sich vom Fahrersitz schwingen wollte, entging ein junger Fahrradfahrer im *chapan* der aufschwingenden Tür nur um Haaresbreite.

Onkel Nabi eilte um das Auto herum und umarmte Abdullahs Vater. Beim Anblick Abdullahs und Paris grinste er breit und beugte sich zu den beiden hinab.

»Na, wie gefällt euch Kábul, Kinder?«

»Ganz schön laut«, antwortete Pari, und Onkel Nabi lachte.

»Das stimmt. Na los, steigt ein. Im Auto seht ihr noch viel mehr von der Stadt. Aber wischt vor dem Einsteigen eure Füße ab. Saboor, du sitzt vorne.«

Die Rückbank war kühl und fest und, passend zum Inneren des Autos, hellblau. Abdullah rutschte zum Fenster hinter dem Fahrersitz und half Pari auf seinen Schoß. Er merkte, dass die umstehenden Leute das Auto neidisch anstarrten. Pari drehte sich zu ihm um, und sie grinsten sich an.

Unterwegs betrachteten sie die vorbeiflutende Stadt. Onkel Nabi sagte, er werde einen Umweg fahren, damit sie mehr von Kabul sehen könnten. Er deutete auf einen Hügelkamm namens Tepe Maranjan. Das kuppelförmige Mausoleum darauf, erzählte er, biete einen Blick auf die ganze Stadt, und darin liege Nadir Schah begraben, der Vater von König Sahir Schah. Er zeigte ihnen die Festung Bala Hissar oben auf dem Kohe-Shirdawaza-Berg, die von den Briten während des zweiten Krieges gegen die Afghanen genutzt worden war.

»Und das da, Onkel Nabi?« Abdullah klopfte gegen die Scheibe und zeigte auf ein großes, rechteckiges, gelbes Gebäude.

»Das ist Silo. Die neue Brotfabrik.« Nabi, der den Wagen mit einer Hand lenkte, drehte sich um und zwinkerte ihnen zu. »Ein Geschenk unserer russischen Freunde.«

Eine Fabrik, in der Brot hergestellt wurde, dachte Abdullah verwundert, und stellte sich vor, wie Parwana in Shadbagh die Teigfladen gegen die Seiten ihres aus Lehm bestehenden Tandoors klatschte.

Schließlich bog Onkel Nabi in eine saubere, breite Straße ein, gesäumt von Zypressen, die man in regelmäßigen Abständen gepflanzt hatte. Die Häuser waren nicht nur vornehm, sondern auch unglaublich groß, wie Abdullah fand, und weiß, gelb und hellblau angestrichen. Die meisten waren dreistöckig und umgeben von hohen Mauern mit Doppeltoren aus Metall. Abdullah sah, dass mehrere Autos wie das von Onkel Nabi in dieser Straße standen.

Onkel Nabi fuhr auf eine Einfahrt, die von kunstvoll gestutzten Büschen gesäumt wurde. Am Ende der Einfahrt ragte ein unfassbar großes, dreistöckiges Haus mit weißen Mauern auf.

»Du hast ja ein riesiges Haus«, flüsterte Pari, und ihre Augen wurden vor Verwunderung ganz groß und rund.

Onkel Nabi warf laut lachend den Kopf in den Nacken. »Na, das wäre was. Nein, das ist das Haus meiner Arbeitgeber. Ihr werdet sie gleich kennenlernen. Zeigt euch von eurer besten Seite.«

Onkel Nabi führte Abdullah, Pari und ihren Vater in das Haus, das sich innen als noch beeindruckender erwies. Abdullah schätzte, dass mindestens die Hälfte aller Häuser Shadbaghs hineingepasst hätte. Er hatte das Gefühl, den Palast eines Dämons betreten zu haben. Der rückwärtige Garten war wunderschön: Blumenspaliere in allen nur denkbaren Farben, sauber beschnittene, kniehohe Büsche und überall Obstbäume. Abdullah erkannte Kirsche, Apfel, Aprikose und Granatapfel. Ein überdachter Hof – Veranda genannt, wie Onkel Nabi sagte –, der von einem niedrigen, mit Wein berankten Zaun umgeben war, verband Haus und Garten. Auf dem Weg zu dem Raum, in dem sie von Herrn und Frau Wahdati erwartet wurden, erspähte Abdullah eines jener Bäder, von denen Onkel Nabi erzählt hatte, mit einer Kloschüssel aus Porzellan und einem glänzenden Waschbecken mit bronzefarbenen Armaturen. Abdullah, der jede Woche stundenlang Eimer mit Wasser vom Dorfbrunnen nach Hause schleppen musste, staunte nicht schlecht, als er sah, dass manche Menschen im Handumdrehen an ihr Wasser kamen.

Nun saßen Abdullah, Pari und ihr Vater auf einem wuchtigen Sofa mit goldfarbenen Troddeln. Die weichen Kissen hinter ihrem Rücken waren mit winzigen, achteckigen Spiegeln verziert. Dem Sofa gegenüber hing ein Gemälde, das einen großen Teil der Wand einnahm. Es zeigte einen ergrauten, über seine Werkbank gebeugten Steinmetz, der einen Stein mit einem Schlägel bearbeitete. Weinrote Plisseevorhänge säumten die Fenster, die sich zu einem Balkon mit schmiedeeisernem Geländer öffneten. Der Raum war blitzblank, nirgendwo lag auch nur ein Körnchen Staub.

Abdullah war sich in seinem Leben noch nie so schmutzig vorgekommen.

Onkel Nabis Chef, Herr Wahdati, saß mit vor der Brust verschränkten Armen in einem Ledersessel. Er betrachtete sie nicht unfreundlich, wirkte aber distanziert, ja unergründlich. Als er sich zur Begrüßung erhob, merkte Abdullah, dass er größer als sein Vater war. Er hatte schmale Schultern, dünne Lippen und eine hohe, glänzende Stirn. Er trug einen weißen, taillierten Anzug und ein grünes Hemd mit offenem Kragen, dazu ovale Manschettenknöpfe aus Lapislazuli. Er sprach nicht mehr als ein paar Worte.

Pari starrte den Teller mit Keksen an, der vor ihnen auf dem Glastisch stand. Abdullah hätte nie gedacht, dass es so viele verschiedene Gebäcksorten gab. Schokostäbchen mit Sahnekringeln, kleine, runde Kekse mit Orangenfüllung, grüne, blattförmige Kekse und viele andere mehr.

»Möchtet ihr welche?«, fragte Frau Wahdati, die die Unterhaltung in Gang brachte. »Greift zu, ihr beiden. Ich habe sie extra für euch hingestellt.«

Abdullah bat seinen Vater mit einem Blick um Erlaubnis, und Pari tat es ihm gleich. Frau Wadhati schien das bezaubernd zu finden, denn sie hob die Augenbrauen und neigte lächelnd den Kopf zur Seite.

Abdullahs Vater nickte unmerklich. »Jeder einen«, sagte er leise.

»Oh, sie müssen mehr probieren«, sagte Frau Wahdati. »Ich habe Nabi durch die halbe Stadt gejagt zu einer ganz besonderen Konditorei.«

Abdullahs Vater wurde rot und wandte den Blick ab. Er saß auf der Sofakante, die abgetragene Kappe in beiden Händen. Er hatte sich von Frau Wahdati weggedreht und sah die ganze Zeit ihren Mann an.

Abdullah nahm zwei Kekse und gab einen davon Pari.

»Nehmt bitte noch einen. Wir wollen doch nicht, dass Nabis Mühe umsonst war«, sagte Frau Wahdati gespielt vorwurfsvoll. Sie lächelte Onkel Nabi an.

»Nicht der Rede wert«, erwiderte Onkel Nabi errötend.

Er stand vor der Tür, neben einem hohen Kabinettschrank mit Glastüren. In den Regalen, das konnte Abdullah von seinem Platz aus sehen, standen in Silber gerahmte Fotos von Herrn und Frau Wahdati. Eines zeigte die beiden mit einem anderen Paar, alle vier in dicke Mäntel und Schals gehüllt, vor dem Hintergrund eines schäumenden Flusses. Auf einem anderen Foto hielt Frau Wahdati ein Glas in der Hand und lachte in die Kamera, einen nackten Arm um einen Mann gelegt, bei dem es sich – undenkbar für Abdullah – nicht um Herrn Wahdati handelte. Außerdem gab es ein Hochzeitsfoto der zwei, er groß und schick im schwarzen Anzug, sie in einem weißen, fließenden Kleid, und beide lächelten mit geschlossenem Mund.

Abdullah musterte Frau Wahdati verstohlen, ihre Wespentaille, ihren kleinen, hübschen Mund und die makellos gewölbten Augenbrauen, ihre rosalackierten Zehennägel und den dazu passenden Lippenstift. Und da fiel ihm ein, dass er sie, Pari war damals knapp zwei Jahre alt gewesen, schon einmal gesehen hatte. Onkel Nabi hatte sie nach Shadbagh gefahren, weil sie darum gebeten hatte, seine Familie kennenzulernen. Sie hatte damals ein ärmelloses, pfirsichfarbenes Kleid – Abdullah erinnerte sich noch an die Verblüffung seines Vaters – und eine dunkle Sonnenbrille mit weißem Gestell getragen. Sie hatte ständig gelächelt, Fragen zum Dorfalltag gestellt, sich nach Namen und Alter der Kinder erkundigt und so getan, als wäre sie in dem Lehmziegelhaus mit den niedrigen Decken zu Hause. Sie hatte vor dem mit Fliegenkot verdreckten Fenster und der trüben Plastikplane gesessen, die das Wohnzimmer von der Küche trennte, in der Abdullah und Nabi schliefen, und sich gegen die rußgeschwärzte Wand gelehnt. Sie hatte einen großen Auftritt hingelegt und nicht nur darauf bestanden, vor dem Eintreten ihre hochhackigen Schuhe auszuziehen, sondern sich auch auf den Fußboden gesetzt, obwohl Abdullahs Vater ihr einen Stuhl angeboten hatte. Als wäre sie eine von ihnen. Abdullah war damals erst acht gewesen, hatte sie aber gleich durchschaut.

Am deutlichsten erinnerte Abdullah sich daran, dass Parwana – damals schwanger mit Iqbal – die ganze Zeit so gut wie unsichtbar gewesen war und zusammengekrümmt und eisern schweigend in einer Ecke gehockt hatte. Sie hatte mit verkrampften Schultern dagesessen, die Füße unter den dicken Bauch gezogen, als wollte sie mit der Wand verschmelzen. Sie hatte ihr Gesicht mit einem schmutzigen, unter dem Kinn zusammengeknoteten Schleier verhüllt, und ihre Scham und ihre peinliche Berührtheit waren mit Händen zu greifen gewesen. Sie hatte sich winzig klein gefühlt, und Abdullah hatte zu seinem Erstaunen plötzlich Mitgefühl für seine Stiefmutter empfunden.

Frau Wahdati griff nach der Schachtel, die neben dem Teller mit den Keksen lag, und zündete sich eine Zigarette an.

»Ich bin einen langen Umweg gefahren, um ihnen die Stadt zu zeigen«, sagte Onkel Nabi.

»Gut! Gut!«, sagte Frau Wahdati. »Waren Sie schon einmal in Kabul, Saboor?«

Abdullahs Vater antwortete: »Ein oder zwei Mal, Bibi Sahib.«

»Und wie war Ihr Eindruck, wenn ich fragen darf?«

»Die Stadt ist ein Menschengewimmel«, erwiderte Abdullahs Vater schulterzuckend.

Herr Wahdati zupfte sich einen Fussel vom Jackenärmel und senkte den Blick auf den Teppich.

»Ein Gewimmel, ja, und manchmal ist sie auch ermüdend«, sagte seine Frau.

Abdullahs Vater nickte, als würde er verstehen.

»Kabul ist genau genommen eine Insel. Manche behaupten, es sei fortschrittlich, und das mag stimmen. Ja, ich nehme an, das stimmt, aber die Stadt hat auch den Kontakt zum Rest des Landes verloren.«

Abdullahs Vater senkte den Blick auf seine Kappe und blinzelte.

»Bitte verstehen Sie mich nicht falsch«, fuhr sie fort. »Wenn von dieser Stadt fortschrittliche Reformen ausgehen würden, dann würde ich das aus vollem Herzen begrüßen. Gott weiß, wie dringend unser Land dergleichen braucht. Aber ich finde, dass diese Stadt manchmal etwas zu selbstzufrieden ist. Geradezu selbstherrlich.« Sie seufzte. »Und das ermüdet mich. Ich bin seit jeher eine Bewunderin des Landes. Ich mag es sehr.

Die fernen Provinzen, die *qairas*, die kleinen Dörfer. Das wahre Afghanistan, wenn man so will.«

Abdullahs Vater nickte unsicher.

»Mag sein, dass ich viele, vielleicht sogar fast alle Stammessitten ablehne, aber ich habe den Eindruck, dass die Menschen dort draußen ein wahrhaftigeres Leben führen. Sie zeichnen sich durch eine gewisse Robustheit aus. Eine erfrischende Demut. Auch durch Gastfreundlichkeit. Und Ausdauer. Ein Gefühl des Stolzes. Würdest du es auch so nennen, Suleiman? Stolz?«

»Hör auf damit, Nila«, sagte ihr Mann leise.

Ein angespanntes Schweigen trat ein. Abdullah sah, wie Herr Wahdati lautlos mit den Fingern auf der Armlehne seines Sessels trommelte, während seine Frau schmallippig lächelte. Sie hatte ihre Füße übereinandergeschlagen, stützte einen Ellbogen auf die Stuhllehne, die Zigarette in der Hand, auf die ihr rosa Lippenstift abgefärbt hatte.

»Das trifft es wohl nicht ganz«, sagte sie in das Schweigen hinein. »Würde wäre wohl eher das passende Wort.« Sie lächelte und enthüllte dabei ihre weißen, geraden Zähne. Abdullah hatte noch nie solche Zähne gesehen. »Würde, ja. Das trifft es viel besser. Die Menschen auf dem Land haben etwas Würdevolles. Sie zeigen Würde, nicht wahr? Das zeichnet sie aus. Ich meine das ernst. Auch Sie, Saboor, zeichnen sich dadurch aus.«

»Danke, Bibi Sahib«, murmelte Abdullahs Vater und rutschte auf dem Sofa hin und her, den Blick weiter auf seine Kappe gesenkt.

Frau Wahdati nickte und wandte sich an Pari. »Ich finde dich ganz bezaubernd, wenn ich das so sagen darf.« Pari rutschte näher an Abdullah heran.

Frau Wahdati rezitierte langsam: »Heute sah ich den Zauber, die Schönheit, die unergründliche Anmut jenes Gesichts, das ich seit langem suche.« Sie lächelte. »Rumi. Kennst du ihn? Man könnte meinen, dass er diese Verse nur für dich geschrieben hat, meine Kleine.«

»Frau Wahdati ist eine versierte Dichterin«, sagte Onkel Nabi.

Herr Wahdati griff nach einem Keks, brach ihn in zwei Hälften und biss ein kleines Stück ab.

»Nabi schmeichelt mir«, sagte Frau Wahdati und warf ihm einen warmen Blick zu. Abdullah merkte, dass Onkel Nabis Wangen wieder rot wurden.

Frau Wahdati stieß die Zigarette in den Aschenbecher, bis sie erlosch. »Soll ich mit den Kindern einen Ausflug machen?«, fragte sie.

Herr Wahdati atmete laut aus und ließ beide Hände auf die Sessellehnen klatschen, als wollte er aufstehen, doch er blieb sitzen.

»Ich zeige ihnen den Basar«, sagte Frau Wahdati, an Abdullahs Vater gewandt. »Wenn Sie einverstanden sind, Saboor. Nabi wird uns fahren. Suleiman wird Ihnen inzwischen den Bauplatz zeigen, damit Sie sich einen Eindruck verschaffen können.«

Abdullahs Vater nickte.

Herr Wahdati schloss langsam die Augen.

Alle standen auf.

Abdullah wünschte sich plötzlich, dass sein Vater sich bei diesen Leuten für die Kekse und den Tee bedankte, Pari und ihn bei der Hand nahm und mit ihnen aus diesem Haus mit all den Gemälden und Vorhängen und der Überfülle an Luxus und Bequemlichkeiten verschwand. Danach würden sie ihren Wasserbeutel füllen, Brot und ein paar hartgekochte Eier kaufen und durch die Wüste mit den Hügeln und Felsen nach Hause laufen. Sein Vater würde ihnen die ganze Zeit Geschichten erzählen, und er würde abwechselnd mit seinem Vater den

Karren mit Pari ziehen. Und nach zwei, vielleicht auch drei Tagen wären sie wieder in Shadbagh, mit Staub in den Lungen und müden Gliedern. Shuja würde sie erblicken und auf sie zurennen und Pari umtanzen. Sie wären wieder zu Hause.

Sein Vater sagte: »Geht nur, Kinder.«

Abdullah trat einen Schritt vor, als wollte er etwas erwidern, aber da spürte er Onkel Nabis Hand auf seiner Schulter. Er führte ihn durch den Flur zurück und sagte: »Du wirst staunen, wenn du die Basare siehst. So etwas habt ihr beiden bestimmt noch nicht erlebt.«

Frau Wahdati saß auf dem Rücksitz neben ihnen. Die Luft war von ihrem Parfüm und einem süßlich-würzigen Duft erfüllt, der Abdullah fremd war. Sie bombardierte seine Schwester und ihn während der Fahrt mit Fragen: Hatten sie Freunde? Gingen sie zur Schule? Sie erkundigte sich nach ihren häuslichen Pflichten, ihren Nachbarn, den Spielen, die sie spielten. Ihre rechte Gesichtshälfte schimmerte im Sonnenlicht. Abdullah sah den Flaum auf ihrer Wange und die blasse Haut unterhalb des Kinns, wo das Make-up endete.

»Ich habe einen Hund«, sagte Pari.

»Tatsächlich?«

»Er ist ein echtes Unikum«, sagte Onkel Nabi, der am Steuer saß.

»Er heißt Shuja. Er weiß, wann ich traurig bin.«

»Ja, so sind Hunde«, sagte Frau Wahdati. »Sie kriegen mehr mit als so mancher Mensch, den ich kenne.«

Sie fuhren an drei Schulmädchen vorbei, die über den Bürgersteig sprangen. Sie trugen schwarze Uniformen mit weißen, unter dem Kinn zugebundenen Kopftüchern.

»Kabul ist nicht übel, auch wenn ich es vorhin kritisiert

habe.« Frau Wahdati spielte versonnen mit ihrer Halskette. Sie sah aus dem Fenster, und ihre Miene trübte sich ein. »Am schönsten ist es gegen Ende des Frühlings, nach dem Regen. Dann ist die Luft so sauber. Dann spürt man die Kraft des Sommers zum ersten Mal. Dann scheint die Sonne auf diese ganz besondere Art auf die Berge.« Sie lächelte zaghaft. »Wie schön, dass wir ein Kind in unserem Haus haben werden. Zur Abwechslung ein wenig Lärm. Ein wenig Leben.«

Abdullah musterte sie und erahnte unter dem Make-up, dem Parfüm und dem Heischen um Mitgefühl etwas Verstörendes, tief Gebrochenes in dieser Frau. Er dachte unwillkürlich an den Rauch von Parwanas Kochfeuer, an das Küchenregal mit dem Durcheinander der Gläser, an die bunt zusammengewürfelten Teller und schmutzigen Töpfe. Er vermisste die Matratze, die er sich mit Pari teilte, obwohl sie dreckig war und die Spiralfedern den Stoff zu durchbohren drohten. Er vermisste plötzlich sehr vieles. Er hatte noch nie so schreckliches Heimweh gehabt.

Frau Wahdati sank seufzend auf dem Rücksitz zurück und umklammerte ihre Handtasche wie eine Schwangere ihren dicken Bauch.

Onkel Nabi fuhr auf einen Bürgersteig, auf dem es von Menschen nur so wimmelte. Der Basar befand sich auf der anderen Straßenseite neben einer Moschee mit turmhohen Minaretten, und er bestand aus einem Labyrinth von Gassen, manche überdacht, andere nicht. Sie liefen an Ständen vorbei, die Ledermäntel, Ringe mit bunten Juwelen und Steinen sowie Gewürze aller Art feilboten. Frau Wahdati ging mit den Kindern voran, Onkel Nabi hinterher.

Hier, im Freien, trug Frau Wahdati eine dunkle Brille, die ihrem Gesicht etwas sonderbar Katzenhaftes verlieh.

Überall ertönten die Rufe der Feilscher. An fast jedem Stand plärrte Musik. Sie kamen an Läden mit offenen Fronten vorbei, die Bücher, Radios, Lampen und silberfarbene Kochtöpfe verkauften. Abdullah sah zwei Soldaten mit staubigen Stiefeln und dunkelbraunen Mänteln, die sich eine Zigarette teilten und die Leute gelangweilt, ja teilnahmslos betrachteten.

Sie blieben vor einem Schuhstand stehen. Frau Wahdati betrachtete die auf Schachteln aufgereihten Schuhe. Nabi, die Hände hinter dem Rücken verschränkt, schlenderte zum nächsten Stand und sah sich dort ein paar alte Münzen an.

»Wie gefallen dir diese?«, fragte Frau Wahdati und hielt Pari ein nagelneues Paar gelber Schuhe hin.

»Sie sind wunderschön«, antwortete Pari und blickte die Schuhe ungläubig an.

»Probier sie an.«

Frau Wahdati half Pari beim Anziehen der Schuhe und schloss Riemen und Schnalle. Über die Brille hinweg warf sie einen Blick auf Abdullah. »Du könntest auch ein neues Paar gebrauchen. Unglaublich, dass du den ganzen, weiten Weg von eurem Dorf in diesen Sandalen zurückgelegt hast.«

Abdullah schüttelte den Kopf und wandte den Blick ab. Weiter hinten in der Gasse hockte ein alter, beinloser Bettler mit zerzaustem Bart.

»Sieh nur, Abollah!« Pari hob erst einen Fuß, dann den anderen. Sie tat ein paar Schritte und hüpfte auf und ab. Frau Wahdati rief Onkel Nabi herbei und bat ihn, mit Pari durch die Gasse zu gehen, damit sie ausprobieren konnte, ob die Schuhe passten. Onkel Nabi nahm Pari bei der Hand und ging mit ihr davon.

Frau Wahdati musterte Abdullah.

»Du hältst mich für einen schlechten Menschen«, sagte sie. »Wegen meiner Worte von vorhin.«

Abdullah sah, wie Pari und Nabi an dem alten Bettler vorbeigingen. Der Alte sprach Pari an, und diese sah zu Onkel

Nabi auf und sagte etwas, und Onkel Nabi warf dem Alten eine Münze hin.

Abdullah begann, lautlos zu weinen.

»Oh, mein süßer Kleiner«, sagte Frau Wahdati hilflos. »Du armer Schatz.« Sie holte ein Taschentuch aus der Handtasche und bot es ihm an.

Abdullah schob es weg. »Bitte tun Sie das nicht«, sagte er mit brüchiger Stimme.

Sie hockte sich neben ihn, schob die Brille in ihr Haar. Auch sie hatte feuchte Augen, und als sie die Tränen mit dem Tuch abtupfte, färbte schwarze Schminke darauf ab. »Ich kann es dir nicht verübeln, wenn du mich hasst. Das ist dein gutes Recht. Aber – und ich erwarte nicht, dass du das verstehst, jedenfalls jetzt noch nicht – es geschieht alles zu ihrem Besten, wirklich, Abdullah, glaub mir. Eines Tages wirst du das verstehen.«

Abdullah warf den Kopf in den Nacken und heulte, und da kam Pari zu ihm zurückgehüpft, mit dankbarem Blick und glückstrahlendem Gesicht.

In jenem Winter holte Abdullahs Vater eines Morgens seine Axt und fällte die riesige Eiche. Baitullah, Mullah Shekibs Sohn, und einige andere Männer halfen ihm dabei. Niemand versuchte, sie daran zu hindern. Abdullah sah den Männern gemeinsam mit den anderen Jungen zu. Zuerst nahm sein Vater die Schaukel ab. Er kletterte auf den Baum und kappte die Seile mit dem Messer. Danach hieben er und die übrigen Männer unermüdlich mit der Axt auf den Stamm ein, bis der Baum am späten Nachmittag mit einem lauten Knarren fiel. Abdullah erfuhr von seinem Vater, dass sie Feuerholz für den Winter brauchten. Aber sein Vater hatte die Axt mit großer

Wucht, fest zusammengebissenen Zähnen und so angestrengtem Gesichtsausdruck geschwungen, als hätte er den Anblick des Baumes nicht länger ertragen.

Und nun hackten die Männer mit von der Kälte geröteten Nasen und Wangen unter dem steingrauen Himmel auf den gefällten Stamm ein, und die Klingen fuhren mit hohlem Hall ins Holz. Abdullah brach weiter oben Zweige von den Ästen. Vor zwei Tagen war der erste Schnee gefallen. Nur wenig, und doch ein Vorgeschmack auf das, was ihnen bevorstand. Der Winter würde bald über Shadbagh hereinbrechen, mit Eiszapfen, wochenlangen Schneeverwehungen und Winden, die die Haut auf dem Handrücken innerhalb einer Minute aufspringen ließen. Bislang war die hellbraune Erde zwischen dem Dorf und den steilen Hügelhängen nur stellenweise von Weiß bedeckt.

Abdullah sammelte einen Arm voll dünner Äste und trug sie zu dem stetig wachsenden Haufen, der für das ganze Dorf gedacht war. Er trug seine neuen Winterstiefel, Fäustlinge und einen neuen Wintermantel. Dieser war gebraucht, aber abgesehen von dem kaputten Reißverschluss, den sein Vater repariert hatte, war er wie neu – dunkelblau und gesteppt und innen mit orangefarbenem Pelz gefüttert. Er hatte vier tiefe Taschen mit Druckknöpfen und eine gesteppte Kapuze, die sich eng um Abdullahs Gesicht schloss, wenn er an der Kordel zog. Er setzte sie ab und blies einen Schwall dunstigen Atems aus.

Die Sonne versank hinter dem Horizont. Abdullah konnte die alte Windmühle ausmachen, die grau und öde über den Lehmmauern des Dorfes aufragte. Die Flügel bewegten sich ächzend, wenn sie von einem aus den Hügeln kommenden Windstoß erfasst wurden. Während des Sommers diente die Windmühle den Blaureihern als Nistplatz, aber während des Winters waren die Reiher fort, und die Krähen traten an ihre

Stelle. Abdullah erwachte jeden Morgen von ihrem Geschrei und heiseren Krächzen.

Da fiel ihm etwas ins Auge, das rechts von ihm auf der Erde lag. Er ging hin und sank auf ein Knie.

Eine Feder. Klein. Gelb.

Er zog einen Fäustling aus und hob sie auf.

An diesem Abend waren sie zu einer Feier eingeladen, er, sein Vater und sein kleiner Halbbruder Iqbal. Baitullah war Vater eines Jungen geworden. Ein *motreb* würde für die Männer singen, und irgendjemand würde ihn mit einem Tamburin begleiten. Es würde Tee geben, warmes, frisch gebackenes Brot und *shorwa*-Suppe mit Kartoffeln. Danach würde Mullah Shekib einen Finger in eine Schale mit gesüßtem Wasser halten und den Säugling daran nuckeln lassen. Er würde seinen glänzenden, schwarzen Stein und sein zweischneidiges Rasiermesser hervorholen und den Unterleib des Jungen entblößen. Ein ganz gewöhnliches Ritual. Das Leben in Shadbagh ging weiter.

Abdullah drehte die Feder hin und her.

Wehe, du weinst, hatte sein Vater gesagt. *Ja keine Tränen. Das dulde ich nicht.*

Er hatte nicht geweint. Niemand im Dorf fragte nach Pari. Niemand erwähnte auch nur ihren Namen. Es verblüffte Abdullah, wie spurlos sie aus ihrem Leben verschwunden war.

Der Einzige, der Abdullahs Trauer zu teilen schien, war Shuja. Der Hund stand täglich vor ihrer Tür. Parwana bewarf ihn mit Steinen. Sein Vater ging mit dem Stock auf ihn los. Doch er kam immer wieder. Er winselte die ganze Nacht, und morgens lag er vor der Tür, das Kinn auf den Vorderpfoten, und blinzelte jene, die ihn vertreiben wollten, mit traurigen, gutmütigen Augen an. So ging es wochenlang, bis Abdullah schließlich sah, wie er mit hängendem Kopf Richtung Hügel lief. Seither hatte man ihn in Shadbagh nicht mehr gesehen.

Abdullah steckte die Feder ein und machte sich auf den Weg zur Windmühle.

Manchmal, wenn sein Vater sich unbeobachtet wähnte, trübte sich seine Miene ein, und verwirrend viele Gefühlsregungen zogen darüber hinweg. Abdullah kam es so vor, als sei sein Vater geschrumpft, als hätte man ihm etwas Grundlegendes geraubt. Er schlurfte träge durch das Haus oder saß vor dem neuen, schmiedeeisernen Ofen, den kleinen Iqbal auf dem Schoß, und starrte blind in die Flammen. Er sprach so langsam und nuschelnd, als würde auf jedem seiner Worte ein schweres Gewicht lasten, auch das kannte Abdullah nicht von ihm. Sein Vater versank immer wieder in endlos langem Schweigen, und dabei wirkte er tief verschlossen. Und was seine Geschichten betraf, so hatte er, seit er mit Abdullah aus Kabul zurückgekehrt war, keine einzige mehr erzählt. Vielleicht, dachte Abdullah, hatte sein Vater den Wahdatis auch seine Muse verkauft.

Verschwunden.

In Luft aufgelöst.

Nichts mehr übrig.

Keine Erwähnung.

Nur diese Worte Parwanas: *Die Wahl musste auf sie fallen. Es tut mir leid, Abdullah. Aber nur sie kam in Frage.*

Ein Finger abgeschnitten, um die Hand zu retten.

Er ging zur Rückseite der verfallenden Windmühle und sank vor dem Steinsockel auf die Knie, zog die Fäustlinge aus und begann zu graben. Er dachte an Paris dichte Augenbrauen, ihre breite, rundliche Stirn, ihr Zahnlückenlächeln. Er hatte noch ihr perlendes Lachen im Ohr, das früher durch das Haus gehallt war. Er dachte an den Tumult nach ihrer Rückkehr vom Basar. Pari war panisch geworden. Hatte gekreischt. Onkel Nabi hatte sie rasch weggebracht. Abdullah grub, bis seine Finger auf Metall stießen. Er zwängte seine

Hände darunter und hob die Teedose aus dem Loch. Er wischte den eiskalten Dreck vom Deckel.

In letzter Zeit musste er oft an die Geschichte denken, die sein Vater ihnen vor dem Aufbruch nach Kabul erzählt hatte, das Märchen von Baba Ayub, dem alten Bauern, und dem Dämon. Wenn Abdullah an einer Stelle stand, wo Pari früher einmal gestanden hatte, dann stieg ihre Abwesenheit wie ein Duft aus der Erde unter seinen Füßen auf, dann bekam er wackelige Beine, dann schien sein Herz zu zerreißen, dann sehnte er sich nach einem tiefen Schluck jenes Trankes, den der Dämon Baba Ayub geschenkt hatte. Auch er hätte am liebsten alles vergessen.

Doch es gab kein Vergessen. Egal wo Abdullah sich aufhielt, immer hing Pari am Rand seines Blickfelds. Sie war wie der Staub, der sich in seinem Hemd festsetzte. Sie war in dem Schweigen, das zu Hause immer öfter eintrat, ein Schweigen, das zwischen den Wörtern aufquoll, einmal kalt und leer und dann wieder schwer von allem, was nicht ausgesprochen wurde, ein Schweigen wie eine dicke, graue Regenwolke, die sich nie entlud. In manchen Nächten träumte Abdullah, wieder in der Wüste zu sein, ganz allein, umringt von den Bergen, und er sah in der Ferne ein Licht, das unablässig aufschien und erlosch, aufschien und erlosch. Wie eine Botschaft.

Er öffnete die Teedose. Da waren sie, Paris Federn, es fehlte keine einzige. Federn von Hähnen, Enten, Tauben und auch die des Pfaus. Er legte die gelbe Feder in die Dose. Eines Tages, dachte er.

Hoffte er.

Seine Tage in Shadbagh waren genauso gezählt wie die von Shuja. Das wusste er jetzt. Hier hielt ihn nichts mehr. Dies war nicht mehr sein Zuhause. Er würde hier noch den Winter über bleiben, und bei Anbruch des Tauwetters, im Frühling, würde er eines Tages vor dem Morgengrauen aufstehen und zur Tür hinausgehen. Er würde eine Richtung wählen und aufbrechen. Er würde möglichst viel Abstand zwischen sich und Shadbagh bringen, so weit laufen, wie seine Füße ihn trugen. Und falls ihn eines Tages, während er ein weites, offenes Feld überquerte, Verzweiflung überkommen sollte, würde er einfach stehen bleiben und die Augen schließen und an die Falkenfeder denken, die Pari in der Wüste gefunden hatte. Er würde sich vorstellen, wie die Feder sich aus dem Gefieder des Vogels löste, hoch oben in den Wolken, eine halbe Meile über der Welt, wie sie in der Luft hin und her glitt, von den ungestümen Windböen meilenweit über Wüste und Berge geweht wurde, um dann ausgerechnet vor jenem Felsblock zu landen, wo seine Schwester sie entdeckt hatte. Und er, Abdullah, würde angesichts der Tatsache, dass dies möglich war, von Staunen und Hoffnung zugleich erfüllt sein. Und er würde sich wider besseres Wissen ein Herz nehmen und die Augen aufmachen und weitergehen.

DREI

Frühling 1949

Parwana kann es schon riechen, bevor sie die Decke weg-zieht. Masoomas Hintern ist über und über beschmiert, ebenso ihre Oberschenkel und Laken, Matratze und Decke. Masooma wirft ihr über die Schulter einen flehentlichen, um Verzeihung bittenden Blick zu, einen beschämten Blick – sie schämt sich immer noch, nach all der Zeit, nach all den Jahren.

»Vergib mir«, flüstert Masooma.

Parwana würde am liebsten schreien, ringt sich jedoch ein schwaches Lächeln ab. In solchen Momenten muss sie sich mit aller Kraft zusammenreißen, damit sie sich erinnert, die unbestreitbare Wahrheit nicht aus den Augen verliert: Diese Schweinerei ist ihr Verschulden, und jede Mühe, die sie auf sich nehmen muss, ist nur gerecht. Ja, sie hat dies verdient. Sie lässt ihren Blick über die schmutzige Bettwäsche gleiten und seufzt, denkt mit Grauen an die Arbeit, die ihr jetzt bevor-steht. »Ich mache dich sauber«, sagt sie.

Masooma beginnt, lautlos zu weinen. Sie verzieht keine Miene, aber die Tränen fließen, strömen ihr über die Wangen.

Parwana entfacht draußen, in der Kälte des frühen Mor-gens, ein Feuer in der Kochstelle. Sobald es richtig brennt, füllt sie am Dorfbrunnen einen Eimer mit Wasser, das sie dann zum Kochen aufsetzt. Sie hält ihre Hände über die Flam-men. Von hier kann sie die Windmühle und die Dorfmoschee

sehen, in der Mullah Shekib ihr und Masooma Lesen beigebracht hat, und sie sieht das vor einem sanften Hügel stehende
Haus des Mullahs. Später, bei Sonnenaufgang, wird sich das
Dach dieses Hauses, auf dem die Frau des Mullahs ihre Tomaten zum Trocknen ausgebreitet hat, als rotes Quadrat vor
dem Staub abzeichnen. Parwana sieht zu den morgendlichen
Sternen auf, die ihr fahl und verblassend zuzwinkern. Sie reißt
sich zusammen.

Wieder im Haus, dreht sie Masooma auf den Bauch. Sie
tränkt einen Waschlappen im warmen Wasser und schrubbt
Masoomas Pobacken ab, wischt den Dreck vom Rücken und
von den wabbeligen Beinen.

»Warum warmes Wasser, Parwana?«, murmelt Masooma
ins Kissen. »Wozu die Mühe? Das muss nicht sein. Ich kann
den Unterschied sowieso nicht spüren.«

»Du vielleicht nicht. Aber ich«, sagt Parwana und verzieht
das Gesicht, als ihr der Gestank in die Nase steigt. »Und nun
sei still und lass mich meine Arbeit machen.«

Danach nimmt Parwanas Tag den gleichen Verlauf wie seit
dem Tod ihrer Eltern vor vier Jahren. Sie füttert die Hühner.
Sie hackt Holz und schleppt Wasser vom Brunnen herbei. Sie
knetet Teig und backt das Brot im Tandoor vor ihrem Lehmziegelhaus. Sie fegt einmal durch. Nachmittags hockt sie neben
den anderen Frauen des Dorfes am Fluss und wäscht auf den
Steinen ihre Wäsche. Und weil es ein Freitag ist, besucht sie
danach das Grab ihrer Eltern auf dem Friedhof und spricht
für beide ein kurzes Gebet. Und den ganzen Tag kümmert sie
sich zwischen ihren Pflichten um Masooma, dreht sie einmal
auf diese, dann auf die andere Seite, schiebt das Kissen unter
die eine, dann unter die andere Pobacke.

An diesem Tag sieht sie Saboor zwei Mal.

Sie sieht ihn vor seinem kleinen Haus sitzen und das Feuer
in der Kochstelle schüren, die Augen wegen des Rauches zu-

sammengekniffen, seinen Sohn, Abdullah, an seiner Seite. Später beobachtet sie, wie Saboor mit anderen Männern redet, die inzwischen auch eine Familie haben, früher aber Dorfjungen waren, mit denen Saboor gestritten hat, mit denen er Drachen steigen ließ, Hunde jagte, Verstecken spielte. Auf Saboors Schultern scheint eine schwere Last zu liegen, die Last einer Tragödie, denn seine Frau ist gestorben, und er hat zwei Kinder, eines davon noch ganz klein. Seine Stimme klingt neuerdings müde, und er ist kaum zu verstehen. Er läuft wie verloren im Dorf herum, eine abgehärmte, geschrumpfte Version seines früheren Selbst.

Parwana beobachtet ihn aus der Ferne, erfüllt von einer verzehrenden Sehnsucht. Wenn sie an Saboor vorbeigeht, versucht sie, den Blick abzuwenden. Und wenn ihre Blicke einander zufällig begegnen, grüßt er sie mit einem Nicken, und ihr schießt das Blut ins Gesicht.

Als Parwana sich abends zum Schlafen niederlegt, ist sie kaum noch imstande, ihre Arme zu heben. Ihr Kopf schwirrt vor Erschöpfung. Sie liegt auf ihrem Lager und wartet auf den Schlaf.

Dann, im Dunkeln:

»Parwana?«

»Ja.«

»Weißt du noch, wie wir gemeinsam Fahrrad gefahren sind?«

»Hmm.«

»Wir sind gerast! Den Hügel hinab. Und die Hunde haben uns verfolgt.«

»Ja, das weiß ich noch.«

»Wir haben beide gekreischt. Und als wir gegen den Stein gefahren sind ...« Parwana kann spüren, dass ihre Schwester im Dunkeln lächelt. »Mutter war so wütend. Und Nabi auch. Wir haben sein Fahrrad kaputtgemacht.«

Parwana schließt die Augen.

»Parwana?«

»Ja.«

»Schläfst du heute bei mir?«

Parwana strampelt ihre Decke weg, geht zu Masooma und schlüpft neben ihr ins Bett. Masooma bettet eine Wange auf Parwanas Schulter, schiebt einen Arm über die Brust ihrer Schwester.

Masooma flüstert: »Du hast etwas Besseres verdient als mich.«

»Fang nicht wieder damit an«, erwidert Parwana. Sie streicht über Masoomas Haar, langsam und geduldig, denn so hat es ihre Schwester gern.

Sie plaudern noch eine Weile mit gedämpfter Stimme über kleine, unwichtige Dinge, wärmen sich gegenseitig mit ihrem Atem. Dies sind vergleichsweise glückliche Minuten in Parwanas Leben, denn es erinnert sie an die Zeit, als sie kleine Mädchen waren und sich Nase an Nase unter der Decke zusammenkuschelten, leise kicherten, einander Geheimnisse und Tratsch zuflüsterten. Masooma schläft bald ein, sie schnarcht lautstark im Takt eines Traumes. Parwana starrt aus dem Fenster in den Himmel, schwarz wie Holzkohle. Gedankenfetzen gehen ihr im Kopf herum, und dann hat sie ein Bild vor Augen, das sie vor Jahren in einer alten Zeitschrift gesehen hat, das Bild zweier grimmig dreinschauender Siamesischer Zwillinge, die am Unterleib zusammengewachsen waren. Zwei Geschöpfe, für immer miteinander verbunden. Das im Knochenmark des einen produzierte Blut strömte durch die Adern des anderen, eine unauflösliche Verbindung. Parwana spürt, wie sich in ihr etwas zusammenkrampft, als würde sich eine riesige Faust um ihre Brust schließen. Sie holt Luft. Sie würde gern wieder an Saboor denken, aber ihre Gedanken wandern zu den im Dorf kursierenden Gerüchten – er sucht angeblich eine neue Frau. Sie verdrängt diesen Gedanken. Sie erstickt diesen albernen Gedanken im Keim.

Parwana kam als Überraschung.

Masooma war schon geboren und lag lautlos strampelnd in den Armen der Hebamme, da schrie ihre Mutter noch einmal auf, und ein zweiter Kopf kam zum Vorschein. Masoomas Geburt verlief problemlos. Sie sei, sagte die Hebamme später, wie von selbst auf die Welt gekommen. Parwanas Geburt zog sich in die Länge, war eine Qual für ihre Mutter und riskant für das Baby. Die Hebamme musste eingreifen, weil sich die Nabelschnur wie aus selbstmörderischer Furcht vor dem Verlassen des Mutterleibs um Parwanas Hals gelegt hatte. Während ihrer schlimmsten Momente, wenn sie in Selbsthass zu ertrinken droht, glaubt Parwana, dass die Nabelschnur sich damals zu Recht um ihren Hals geschlungen hat. Die Nabelschnur wusste vielleicht, wer der bessere Zwilling war.

Masooma trank und schlief wie nach Plan. Sie schrie nur, wenn sie hungrig war oder wenn die Windel gewechselt werden musste. Sie war verspielt, gutmütig und leicht zu erheitern, ein quietschendes und glucksendes kleines Bündel. Sie nuckelte gern an ihrer Rassel.

So ein braves Baby, sagten die Leute.

Parwana dagegen war eine Tyrannin. Sie strengte ihre Mutter sehr an. Ihr Vater, durch das Gezeter des Babys genervt, schnappte sich Nabi, den älteren Bruder der Zwillinge, und floh über Nacht in das Haus seines Bruders. Die Nächte waren für die Mutter der beiden Mädchen eine Tortur, denn es gab immer nur kurze, unruhige Verschnaufpausen. Jede Nacht ging sie mit Parwana im Arm im Haus auf und ab. Sie wiegte sie und sang für sie. Sie wimmerte leise, wenn Parwana in ihre wunde, geschwollene Brust biss und so ungestüm saugte, als wollte sie die Milch bis auf den allerletzten Tropfen aus dem Leib ihrer Mutter holen. Aber das Stillen half auch nicht, denn Parwana strampelte und schrie sogar mit vollem Bauch und zeigte sich unbeeindruckt vom Flehen der Mutter.

Masooma sah von ihrer Zimmerecke aus so nachdenklich und hilflos zu, als würde sie ihre Mutter, die eine solche Bürde zu tragen hatte, bemitleiden.

Nabi war ganz anders, sagte ihre Mutter eines Tages zu ihrem Vater.

Kein Baby ist wie das andere.

Sie bringt mich noch um, diese Kleine.

Das geht vorüber, sagte er. *Wie schlechtes Wetter.*

Und es ging tatsächlich vorüber. Vielleicht waren es Koliken oder andere Beschwerden gewesen. Doch es war zu spät. Parwana hatte ihre Spuren hinterlassen.

Eines Nachmittags im Spätsommer, die Zwillinge waren zehn Monate alt, versammelten sich die Dorfbewohner Shadbaghs nach einer Hochzeit. Die Frauen schichteten mit Safran bestreute Reiswaffeln in fiebriger Hast auf Platten zu Pyramiden. Sie schnitten Brot, kratzten die Reiskruste von Topfböden und ließen Teller herumgehen, auf denen gedörrte Auberginen mit Joghurt und getrockneter Minze lagen. Nabi spielte draußen mit anderen Jungen. Die Mutter der Mädchen saß mit den Nachbarn auf einem Teppich unter der riesigen Dorfeiche. Sie warf hin und wieder einen Blick auf ihre Töchter, die nebeneinander im Schatten schlummerten.

Als nach dem Essen Tee getrunken wurde, erwachten die Babys, und eine Frau nahm Masooma auf den Arm. Sie wurde fröhlich herumgereicht, von Cousine zu Tante zu Onkel, auf diesem Knie balanciert, auf jenem Schoß gewiegt. Viele kitzelten ihr weiches Bäuchlein. Viele stupsten sie zart an der Nase.

Die Leute schüttelten sich vor Lachen, als sie verspielt nach Mullah Shekibs Bart griff. Man bestaunte ihr heiteres, unkompliziertes Wesen. Man hob sie hoch und bewunderte ihre rosigen Wangen, ihre saphirblauen Augen und den anmutigen Schwung ihrer Stirn, denn all das verhieß, dass sie einmal zu einer wahren Schönheit heranwachsen würde.

Parwana saß so lange auf dem Schoß ihrer Mutter. Während Masooma ihren großen Auftritt hatte, sah sie so stumm und verwirrt zu, als wäre sie in diesem entzückten Publikum die Einzige, die nicht begriff, worum hier so viel Wirbel gemacht wurde. Ihre Mutter sah gelegentlich auf sie hinab und drückte sanft und fast entschuldigend eines ihrer Füßchen. Als jemand sagte, dass Masooma zwei neue Zähnchen bekomme, erwiderte sie zaghaft, Parwana habe schon drei. Aber niemand nahm Notiz davon.

Die Mädchen waren neun, da besuchten sie mit ihren Eltern eines frühen Abends das Haus von Saboors Familie, um nach dem Ramadan bei einem *iftar* das Fasten zu brechen. Die Erwachsenen hatten sich auf Kissen auf dem Boden verteilt, und alle unterhielten sich laut. Nicht nur Tee und gute Wünsche machten die Runde, sondern auch Klatsch und Tratsch. Greise ließen Gebetsketten durch ihre Finger gleiten. Und Parwana saß still und glücklich da, weil sie die gleiche Luft wie Saboor atmen durfte, in der Nähe seiner dunklen, eulenartigen Augen war. Im Laufe des Abends beobachtete sie ihn immer wieder verstohlen. Sie sah, wie er in einen Zuckerwürfel biss, über die glatte Fläche seiner Stirn wischte oder herzhaft über die Worte eines älteren Onkels lachte. Wenn er sie dabei ertappte, was ein oder zwei Mal geschah, sah sie rasch weg. Es war ihr so peinlich, dass ihre Knie zitterten, und sie brachte kaum noch ein Wort hervor, so trocken war ihr Mund auf einmal.

Parwana dachte in diesen Situationen an das Notizbuch, das sie zu Hause unter einem Stapel ihrer Kleider versteckt hatte. Saboor erzählte ständig Geschichten von Feen und Dschinns, Dämonen und Ungeheuern. Die Dorfkinder umringten ihn und lauschten, während er Märchen für sie erfand. Und vor einem halben Jahr hatte Parwana zufällig gehört, wie Saboor zu Nabi gesagt hatte, dass er seine Geschichten hoffentlich irgendwann aufschreiben könne. Bald darauf war Parwana mit ihrer Mutter auf einem Basar in einer fremden Stadt gewesen, und dort, an einem Stand für gebrauchte Bücher, hatte sie ein schönes Notizbuch entdeckt, mit weißen, linierten Seiten und einem dicken, dunkelbraunen, an den Rändern mit Prägemuster verzierten Einband. Sie hatte es noch in der Hand, als ihr bewusst wurde, dass ihre Mutter sich das Buch nicht leisten konnte. Also hatte Parwana gewartet, bis der Buchhändler in eine andere Richtung geschaut hatte, und das Notizbuch unter ihren Pullover geschoben.

Doch während des halben Jahres, das seither vergangen war, hatte sie nicht den Mut gefunden, Saboor das Notizbuch zu geben. Sie fürchtete sich davor, dass er sie auslachte. Er würde vielleicht auch ahnen, dass sie es gestohlen hatte, und es deshalb nicht annehmen. Abends, im Bett, umklammerte sie das Notizbuch unter der Decke und strich behutsam über das Prägemuster des Einbands. *Morgen*, schwor sie sich jeden Abend. *Morgen gebe ich es ihm.*

Am späteren Abend, nach dem *iftar*-Mahl, rannten die Kinder zum Spielen nach draußen. Parwana, Masooma und Saboor saßen abwechselnd auf der Schaukel, die Saboors Vater an einem dicken Ast der riesigen Eiche befestigt hatte. Doch als Parwana an der Reihe war, vergaß Saboor, ihr Anschwung zu geben, weil er schon wieder eine Geschichte erzählte. Sie handelte von der riesigen Eiche, die seinen Worten zufolge magische Kräfte hatte. Wenn man einen Wunsch habe, sagte er, müsse man vor dem Baum knien und ihm den Wunsch zuflüstern, und wenn der Baum zur Erfüllung des Wunsches bereit sei, lasse er genau zehn Blätter auf den Kopf des Bittstellers fallen.

Als die Schaukel fast zum Stillstand gekommen war, drehte sich Parwana nach Saboor um, weil sie ihn bitten wollte, ihr noch einmal Anschwung zu geben, aber die Wörter blieben ihr im Hals stecken. Saboor und Masooma blickten einander lächelnd an, und Parwana sah, dass Saboor das Notizbuch in Händen hielt. *Ihr* Notizbuch.

Ich habe es zu Hause gefunden, sagte Masooma später. *Hat es dir gehört? Ich werde dir irgendetwas dafür geben, das verspreche ich. Es macht dir doch nichts aus, oder? Ich dachte nur, dass es wie gemacht für ihn ist. Für seine Geschichten. Hast du seinen Gesichtsausdruck gesehen? Hast du das gesehen, Parwana?*

Parwana sagte, es mache ihr nichts aus, aber sie zerbrach innerlich. Sie stellte sich immer wieder vor, wie ihre Schwester und Saboor einander angelächelt hatten. Für die beiden war sie so unsichtbar gewesen, dass sie ebensogut einer der Luftgeister aus Saboors Geschichten hätte sein können. Das versetzte ihr einen tiefen Stich. Als sie abends auf ihrem Lager lag, weinte sie leise.

Parwana durchschaute schon mit elf das Verhalten der Jungen gegenüber Mädchen, die sie heimlich verehrten. Sie bemerkte es vor allem auf dem Heimweg von der Schule. Die Schule war genau genommen nur das Hinterzimmer der Dorfmoschee, in dem Mullah Shekib ihnen außer der Koran-Rezitation auch Lesen und Schreiben beibrachte und sie Gedichte auswendig lernen ließ. Shadbagh könne sich glücklich schätzen, einen so weisen Mann als *malik* zu haben, sagte ihr Vater. Wenn die beiden Mädchen nach dem Unterricht nach Hause liefen, kamen sie oft an einer Gruppe von Jungen vorbei, die auf einer Mauer saßen. Wenn die Mädchen vorbeigingen, hänselten die Jungen sie und warfen manchmal mit Kieselsteinen nach ihnen. Parwana gab ihnen Kontra und bewarf sie mit größeren Steinen, aber Masooma zog sie jedes Mal weg und befahl ihr, sich nicht provozieren zu lassen. Doch sie verstand nicht, denn Parwana ärgerte sich nicht darüber, dass sie mit Kieselsteinen beworfen wurde, sondern darüber, dass die Jungen immer nur Masooma bewarfen. Parwana wusste, dass sie sich aufspielten, und je mehr sie das taten, desto größer war ihr Interesse. Sie bemerkte, wie die Blicke über sie hinwegglitten und an Masooma hängen blieben, sehnsuchtsvolle, bewundernde Blicke. Sie wusste, dass die Jungen furchtbare Angst vor Masooma hatten, eine Angst, die sie hinter gemeinen Witzen und lüsternem Grinsen verbargen.

Eines Tages warf ein Junge keinen Kiesel, sondern einen Stein nach ihnen. Er kullerte vor die Füße der Schwestern. Als Masooma ihn aufhob, begannen die Jungen zu kichern und einander mit dem Ellbogen anzustoßen. Sie hatten einen Zettel mit einem Gummiband an dem Stein befestigt. Sobald die Schwestern weit genug weg waren, entfaltete Masooma den Zettel. Zusammen lasen sie die Nachricht.

Seitdem ich dein Gesicht erblickt habe,
Ist die ganze Welt nur noch Trug und Schein.
Der Garten weiß nicht mehr, was Blatt und Blüte ist.
Die verwirrten Vögel können Futter und Falle nicht mehr
voneinander unterscheiden.

Ein Gedicht Rumis aus dem Unterricht Mullah Shekibs.

Sie werden immer gebildeter, sagte Masooma kichernd.

Ein Junge hatte unter das Gedicht geschrieben: *Ich möchte dich heiraten.* Und wiederum darunter: *Einer meiner Cousins kann deine Schwester heiraten. Er passt gut zu ihr. Die beiden können gemeinsam das Feld meines Onkels abgrasen.*

Masooma zerriss den Zettel. *Mach dir nichts daraus, Parwana*, sagte sie. *Das sind Schwachköpfe.*

Mistkerle, stimmte Parwana zu.

Es kostete sie unendliche Mühe, ein Grinsen aufzusetzen. Die Botschaft war schlimm genug, aber noch schlimmer war Masoomas Reaktion. Die Botschaft des Jungen war nicht ausdrücklich an eine von ihnen beiden gerichtet, aber Masooma war wie selbstverständlich davon ausgegangen, dass das Gedicht für sie und der Cousin für Parwana bestimmt war. Parwana begriff, wie ihre Schwester sie sah. Genau so, wie auch alle anderen sie sahen. Die Worte Masoomas ließen ihr das Herz schwer werden und schmetterten sie nieder.

Außerdem, fügte Masooma grinsend und schulterzuckend hinzu, *bin ich sowieso schon vergeben.*

Nabi stattet ihnen seinen monatlichen Besuch ab. Er ist der Held der Familie, vielleicht sogar des ganzen Dorfes, denn er arbeitet in Kabul, und er besucht Shadbagh in dem großen, glänzenden, blauen Auto seines Arbeitgebers mit einem Adler als Kühlerfigur, und die Dorfkinder rennen johlend neben dem Auto her.

»Na, wie geht's?«, fragt er.

Sie sitzen zu dritt im Haus bei Tee und Mandeln. Parwana findet, dass Nabi blendend aussieht: feine, wie ziseliert wirkende Wangenknochen, haselnussbraune Augen, Koteletten und dichtes, schwarzes, nach hinten gekämmtes Haar. Wie üblich trägt er seinen eine oder zwei Nummern zu großen, olivgrünen Anzug. Nabi ist stolz auf diesen Anzug, das weiß Parwana, denn er zupft immer wieder an den Ärmeln, richtet die Aufschläge, streicht die Hosenfalten glatt. Nur den Hauch von verbrannten Zwiebeln, den wird er nicht los.

»Gestern hat uns Königin Homaira zum Tee besucht und ein paar Kekse geknabbert«, sagt Masooma. »Sie hat uns zu unserer geschmackvollen Einrichtung gratuliert.« Als sie ihren Bruder liebevoll anlächelt, entblößt sie ihre gelben Zähne, und Nabi lacht, den Blick auf die Tasse gesenkt. Er hat Parwana bei der Pflege Masoomas geholfen, bevor er in Kabul Arbeit fand. Zumindest hat er es eine Weile versucht, aber es war zu viel für ihn. Er war damit überfordert und deshalb froh, nach Kabul entkommen zu können. Parwana beneidet ihren Bruder, ist ihm aber nicht böse – sie weiß, dass das Geld, das er ihr monatlich bringt, mehr als nur Buße ist.

Masooma hat sich die Haare gekämmt und die Augen wie immer, wenn Nabi kommt, mit etwas Kajal geschminkt. Parwana weiß, dass sie dies nicht nur tut, weil sie ihn gern hat, sondern auch, weil er ihr Kontakt nach Kabul ist. Masooma glaubt, durch ihren Bruder mit Glanz und Luxus verbunden zu sein, mit einer Stadt voller Autos und Lichter, schicker Restaurants und Königspaläste, egal, wie abstrakt diese Verbindung auch sein mag. Parwana kann sich noch daran erinnern, dass Masooma früher einmal gesagt hat, sie sei ein Großstadtmädchen, das in einem Dorf in der Falle sitze.

»Und? Hast du endlich eine Frau gefunden?«, fragt Masooma ausgelassen.

Nabi winkt ab und lacht die Frage weg, wie damals, als seine Eltern ihn das Gleiche fragten.

»Wann zeigst du mir wieder mal Kabul, Bruder?«, fragt Masooma.

Nabi hat die beiden vor einem Jahr in Shadbagh abgeholt und nach Kabul chauffiert. Er ist mit ihnen durch die ganze Stadt gefahren, hat ihnen alle Moscheen, die Einkaufsviertel, Kinos und Restaurants gezeigt. Er hat Masooma den Bagh-e-Bala-Palast gezeigt, der auf einem Hügel über der Stadt thront. Er hat sie vom Beifahrersitz gehoben und durch die

Gärten von Babur bis zur Grabstätte des Großmoguls getragen. Sie haben in der Shahjahani-Moschee gebetet, alle drei, und danach am Rand eines blaugekachelten Bassins das von Nabi mitgebrachte Essen verzehrt. Für Masooma ist es der glücklichste Tag seit ihrem Unfall gewesen, und Parwana ist ihrem großen Bruder dankbar dafür.

»Bald, *Inshallah*«, sagt Nabi und schnippt gegen die Tasse.

»Würdest du bitte das Kissen unter meinen Knien richten, Nabi? Ah, viel besser. Danke.« Masooma seufzt. »Ich fand Kabul großartig. Wenn ich könnte, würde ich mich gleich morgen zu Fuß auf den Weg dorthin machen.«

»Vielleicht schon bald«, sagt Nabi.

»Du meinst, ich gehe bald zu Fuß dorthin?«

»Nein«, stottert er, »ich meine ...« Er muss grinsen, als Masooma in schallendes Gelächter ausbricht.

Nabi gibt Parwana draußen das Geld. Er lehnt sich mit der Schulter gegen die Wand und steckt sich eine Zigarette an. Masooma macht im Haus ihren Nachmittagsschlaf.

»Ich bin Saboor begegnet«, sagt Nabi und kratzt sich an einem Finger. »Schreckliche Sache. Er hat mir gesagt, wie sein Baby heißt, aber ich habe den Namen vergessen.«

»Pari«, sagt Parwana.

Er nickt. »Er hat mir ungefragt erzählt, dass er eine neue Frau sucht.«

Parwana wendet den Blick ab, versucht so zu tun, als wäre es ihr gleichgültig, aber das Herz schlägt ihr bis zum Hals. Sie spürt, wie sie am ganzen Körper zu schwitzen beginnt.

»Saboor hat es von sich aus angesprochen. Er hat mich zur Seite genommen. Hat mich zur Seite genommen und es mir erzählt.«

Parwana argwöhnt, dass Nabi weiß, was sie während all der Jahre für Saboor empfunden hat. Masooma ist vielleicht ihre Zwillingsschwester, aber wenn irgendjemand wirklich weiß, was in ihr vorgeht, dann ist es Nabi. Parwana begreift trotzdem nicht, warum er ihr das erzählt. Sie hat sowieso keine Chance. Saboor braucht eine ungebundene Frau, eine Frau ohne jede Verpflichtungen, die sich nur um ihn, seinen Sohn und seine neugeborene Tochter kümmern kann. Sie hingegen hat alle Hände voll zu tun. Ihre Zeit ist verplant. Ihr ganzes Leben ist vorgezeichnet.

»Er findet bestimmt jemanden«, sagt Parwana.

Nabi nickt. »Ich komme nächsten Monat wieder.« Er tritt die Zigarette aus und bricht auf.

Als Parwana wieder hineingeht, stellt sie überrascht fest, dass Masooma gar nicht schläft. »Ich dachte, du hältst ein Nickerchen.«

Masooma wendet ihren Blick dem Fenster zu und blinzelt träge.

Mit dreizehn erledigten die Mädchen für ihre Mutter ab und zu Besorgungen auf den Basaren nahe gelegener Städte. Von den ungepflasterten Straßen stieg der Geruch von frisch versprühtem Wasser auf. Die Schwestern schlenderten durch die Gassen, vorbei an Ständen, die Wasserpfeifen anboten, Seidentücher, Kupfertöpfe, alte Uhren. Geschlachtete, kopfüber aufgehängte Hühner drehten sich langsam über Lamm- und Rindfleischstücken.

Parwana bemerkte, dass alle in den Gassen sitzenden Männer Masooma anstarrten, wenn sie vorbeiging. Sie bemerkte, dass die Männer sich möglichst normal zu verhalten versuchten, den Blick aber nicht von Masooma losreißen konnten. Und wenn Masooma einmal in ihre Richtung sah, wirkten sie auf fast lächerliche Art geschmeichelt, schienen sich einzubilden, einen kurzen Moment mit ihr geteilt zu haben. Bei

Masoomas Anblick brachen Gespräche mitten im Satz ab, Männer nahmen die Zigarette während eines Zuges aus dem Mund, Knie begannen zu zittern, Tee wurde verschüttet.

An manchen Tagen war das zu viel für Masooma, dann schien sie sich fast dafür zu schämen und erzählte Parwana, dass sie bis zum Abend im Haus bleiben, nicht angestarrt werden wolle. Und an solchen Tagen glaubte Parwana, dass ihre Schwester im tiefsten Inneren ahnte, was ihre Schönheit war: eine Waffe. Ein geladenes Gewehr, dessen Mündung auf ihren eigenen Kopf gerichtet war. Trotzdem schien ihr die Aufmerksamkeit zu gefallen. An den meisten Tagen genoss sie es, die Gedanken eines Mannes mit einem flüchtigen, aber genau kalkulierten Lächeln zu verwirren oder jemanden zum Stottern zu bringen.

Sie war bildschön.

Und Parwana schlurfte nebenher, mit ihrer flachen Brust und dem gelblichen Teint, den struppigen Haaren, mürrischer Miene, dicken Handgelenken und breiten Schultern. Ein kläglicher Schatten ihrer Zwillingsschwester, einerseits neidisch und andererseits froh, mit Masooma gesehen zu werden und auch etwas Aufmerksamkeit abzubekommen – wie sich ein Unkraut am Wasser labt, das eigentlich für die weiter flussaufwärts wachsende Lilie gedacht ist.

Parwana hatte ihr ganzes Leben lang darauf geachtet, niemals neben ihrer Schwester vor einem Spiegel zu stehen. Wenn sie ihr Gesicht neben dem Masoomas erblickt hätte, wenn ihr in aller Deutlichkeit bewusst geworden wäre, was ihr fehlte, hätte sie jede Hoffnung begraben. Aber in der Öffentlichkeit waren die Augen eines jeden Fremden wie ein Spiegel. Dem konnte sie nicht entkommen.

Sie trägt Masooma nach draußen. Die beiden sitzen auf dem *charpai*, das Parwana aufgestellt hat. Sie legt die Kissen so hin, dass Masooma sich bequem gegen die Wand lehnen kann. Der Abend ist still, nur die Grillen zirpen, und bis auf wenige Lampen, die in den Fenstern schimmern, und dem bleichen Licht des fast vollen Mondes ist es dunkel.

Parwana füllt die Wasserpfeife, gibt zwei streichholzkopfgroße Portionen Opium in den Tabak und stopft die Pfeife mit der Mischung. Sie entzündet das Kohlestückchen und reicht die Wasserpfeife ihrer Schwester. Masooma nimmt einen tiefen Zug, lehnt sich zurück und bittet darum, ihre Beine auf den Schoß ihrer Schwester legen zu dürfen. Parwana hebt die tauben Beine auf ihre Oberschenkel.

Beim Rauchen entspannt sich Masoomas Gesicht. Ihre Lider werden schwer. Ihr Kopf sackt immer wieder zur Seite, sie spricht etwas benommen. Sie verzieht die Mundwinkel zu einem sonderbar trägen Lächeln, das eher selbstzufrieden als froh wirkt. Wenn Masooma in diesem Zustand ist, reden die beiden wenig. Parwana lauscht dem Wind und dem in der Pfeife blubbernden Wasser. Sie betrachtet die Sterne und den über sie hinwegziehenden Rauch. Die Stille tut gut, und keine der beiden Schwestern verspürt den Drang, sie mit unnützen Worten zu füllen.

Bis Masooma schließlich fragt: »Tust du mir einen Gefallen?«

Parwana schaut sie an.

»Ich möchte, dass du mich nach Kabul bringst.« Masooma bläst bedächtig den Rauch aus, der sich kräuselt und windet und dabei unablässig die Gestalt verändert.

»Ist das dein Ernst?«

»Ich möchte den Darul-Aman-Palast sehen. Das haben wir letztes Mal nicht geschafft. Und ich möchte noch einmal die Grabstätte Baburs besuchen.«

Parwana beugt sich vor, um Masoomas Miene zu ergründen. Sie sucht nach einem Anzeichen dafür, dass es nur als Scherz gemeint ist, aber ihre Schwester zuckt mit keiner Wimper, der Blick ihrer glitzernden Augen ist ruhig.

»Zu Fuß dauert es mindestens zwei Tage. Vielleicht drei.«

»Stell dir Nabis Gesicht vor, wenn wir plötzlich vor seiner Tür stehen.«

»Wir wissen ja nicht mal, wo er wohnt.«

Masooma wischt den Einwand mit einer Handbewegung weg. »Er hat uns doch den Namen des Viertels gesagt. Wir klopfen an ein paar Türen und erkundigen uns nach ihm. Das kann doch nicht so schwer sein.«

»Und wie kommen wir da hin, Masooma? Denk an deinen Zustand.«

Masooma setzt das Mundstück der Pfeife von den Lippen ab. »Während du heute gearbeitet hast, ist Mullah Shekib vorbeigekommen, und ich habe mich lange mit ihm unterhalten. Ich habe ihm erzählt, dass ich ein paar Tage in Kabul verbringen möchte. Mit dir. Er hat mir seinen Segen gegeben. Und sein Maultier versprochen. Wie du siehst, habe ich an alles gedacht.«

»Du bist verrückt«, sagt Parwana.

»Kann sein. Aber ich möchte es so. Es ist mein ausdrücklicher Wunsch.«

Parwana lehnt sich kopfschüttelnd zurück. Sie hebt den Kopf, sieht zum dunklen, bewölkten Himmel auf.

»Ich langweile mich zu Tode, Parwana.«

Parwana seufzt tief auf und mustert ihre Schwester.

Masooma setzt die Pfeife wieder an. »Bitte. Schlag mir das nicht ab.«

Eines frühen Morgens, die Schwestern waren damals siebzehn, saßen sie hoch oben in der Eiche auf einem Ast und ließen die Beine baumeln.

Saboor wird mich bitten!, flüsterte Masooma aufgeregt.

Dich bitten?, fragte Parwana, die nicht gleich begriff.

Na, ja, natürlich nicht selbst. Masooma lachte hinter vorgehaltener Hand. *Sein Vater wird es tun.*

Da begriff Parwana. Ihr Herz sank in tiefste Tiefen. *Woher weißt du das?*, fragte sie mit tauben Lippen.

Masooma begann zu erzählen, plapperte wie ein Wasserfall, aber Parwana hörte nicht hin. Sie stellte sich vor, wie ihre Schwester Saboor heiratete. Kinder in feinen Kleidern, in den Händen vor Blumen überquellende Henna-Körbe, gefolgt von Musikern, die *shahnai* und *dohol* spielten. Saboor, der Masoomas Faust öffnete, das Henna in ihre Hand drückte und mit einem weißen Band befestigte. Danach die Gebete, die Segnung der Ehe. Der Austausch von Gaben. Der Blick, den beide unter dem mit Goldfäden bestickten Schleier tauschten, bevor sie einander je einen Löffel süßen Sorbets und einen mit *malida* in den Mund schoben.

Und sie, Parwana, wäre dort, unter den Gästen, und müsste alles mit ansehen. Man würde von ihr erwarten, dass sie lächelte, klatschte, glücklich war, obwohl ihr Herz zerbrach, in tausend Stücke ging.

Ein Wind fuhr durch den Baum. Das Laub raschelte, und die Äste schwankten. Parwana musste sich festhalten.

Masooma war verstummt. Sie biss sich grinsend auf die Unterlippe. *Du hast mich gefragt, woher ich weiß, dass er mich bitten wird. Ich verrate es dir. Nein. Ich zeige es dir.*

Sie wandte sich von Parwana ab und kramte in der Tasche.

Und da geschah etwas, von dem Masooma bis zum heutigen Tag nichts weiß. Während sie ihrer Schwester den Rücken zukehrte und in ihrer Tasche wühlte, drückte Parwana die Handflächen auf den Ast, stemmte sich hoch und ließ sich wieder auf das Holz sacken. Der Ast schwankte, und Masooma, die das Gleichgewicht verlor, rang um Atem. Sie ruderte mit den Armen. Sie kippte nach vorn. Parwanas Hände bewegten sich wie losgelöst von ihrem Körper. Nicht, dass sie ihre Schwester *geschubst* hätte, aber ihre Fingerspitzen berührten kurz Masoomas Rücken, gaben ihr einen leichten Stoß. Im nächsten Augenblick versuchte Parwana aber schon, ihre Schwester festzuhalten. Masooma rief panisch nach Parwana, und Parwana rief nach Masooma und packte ihr Kleid, und es sah kurz so aus, als könnte sie ihre Zwillingsschwester retten. Aber dann riss der Stoff.

Masooma stürzte vom Baum. Ihr Sturz schien endlos lange zu dauern. Sie knallte mit dem Oberkörper gegen die Äste, scheuchte Vögel auf und riss Blätter mit sich, ihr Körper wurde herumgewirbelt, prallte ab und zerbrach Zweige und schlug dann weiter unten mit dem Steißbein auf dem dicken Ast auf, an dem die Schaukel hing. Ihr Rücken klappte mit einem grauenhaft lauten Knacken im nahezu rechten Winkel nach hinten.

Wenige Minuten später war sie von Menschen umringt. Nabi und sein Vater versuchten weinend, sie zu Bewusstsein zu bringen. Alle blickten auf sie hinab. Irgendjemand griff nach ihrer zur Faust geballten Hand. Man zwängte die Finger auseinander und fand kleine Blätter darin. Es waren genau zehn.

Masooma sagt mit leise bebender Stimme: »Du musst es jetzt tun. Morgen fehlt dir der Mut.«

Ringsumher, jenseits des schwachen Scheins des Feuers, das Parwana mit Strauchholz und dürrem Unkraut entfacht hat, verschluckt die Dunkelheit die endlose, öde Weite aus Sand und Bergen. Sie ziehen auf ihrem Weg nach Kabul seit fast zwei Tagen durch diese trostlose Landschaft. Parwana geht neben dem Maultier und hält die Hand der auf dem Sattel festgeschnallten Masooma. Sie trotten auf gewundenen, abwechselnd steil ansteigenden und abfallenden Pfaden über die Felsenkämme. Der Boden ist von hellbraunen und rostroten Wildkräutern bedeckt, und dazwischen ziehen sich Risse in alle Richtungen wie die Fäden eines Spinnennetzes.

Parwana steht vor dem Feuer und betrachtet Masooma, die auf der anderen Seite der Flammen liegt und an einen Hügel aus Decken erinnert.

»Und Kabul?«, fragt Parwana, obwohl sie inzwischen weiß, dass die Stadt nur ein Vorwand war.

»Du bist doch die Kluge von uns beiden.«

Parwana sagt: »Das kannst du nicht von mir verlangen.«

»Ich bin müde, Parwana. Ich habe kein Leben mehr. Mein Dasein ist eine Strafe für uns beide.«

»Wir sollten umkehren«, sagt Parwana, der es allmählich die Kehle zuschnürt. »Ich kann das nicht tun. Ich kann dich nicht zurücklassen.«

»Das tust du nicht.« Masooma beginnt zu weinen. »Ich verlasse *dich*. Ich gebe dich frei.«

Parwana denkt an einen lange zurückliegenden Abend, als sie Masooma auf der Schaukel Anschwung gab. Sie schaute ihrer Schwester zu, die ihre Beine lang ausstreckte und den Kopf weit in den Nacken warf, wenn sie nach oben sauste, und ihr langer Haarschopf flatterte wie ein Laken auf der Leine. Sie kann sich noch an jedes einzelne der aus Kornähren gebastelten Püppchen erinnern, für die sie Hochzeitskleider aus Lumpen nähten.

»Ich möchte dich etwas fragen, Schwester.«

Parwana blinzelt die Tränen weg, die ihre Sicht trüben, und wischt sich mit dem Handrücken die Nase ab.

»Sein Sohn, Abdullah. Und das Baby. Pari. Könntest du sie lieben wie deine eigenen Kinder?«

»Masooma.«

»Na sag schon?«

»Ich könnte es versuchen«, sagt Parwana.

»Gut. Dann heirate Saboor. Kümmere dich um seine Kinder. Bekomme eigene.«

»Er hat dich geliebt.«

»Er wird auch dich lieben. Warte nur ab.«

»Es ist alles meinetwegen«, sagt Parwana. »Es ist meine Schuld. Alles.«

»Ich weiß nicht, was du da redest, und ich will auch nichts mehr davon hören. Ich habe nur noch einen Wunsch. Die Leute werden es verstehen, Parwana. Mullah Shekib hat ihnen sicher schon alles erzählt. Er wird ihnen sagen, dass er mir für mein Vorhaben seinen Segen gegeben hat.«

Parwana schaut zum dunklen Himmel auf.

»Sei glücklich, Parwana. Bitte. Um meinetwillen.«

Parwana ist versucht, alles zu gestehen, Masooma zu sagen, wie sehr sie sich irrt, wie wenig sie die Schwester kennt, mit der sie den Mutterleib geteilt hat, und dass Parwanas Leben seit vielen Jahren eine unausgesprochene Entschuldigung ist. Aber zu welchem Zweck? Um ihr Gewissen zu erleichtern, und das schon wieder auf Masoomas Kosten? Sie schluckt die Worte hinunter. Sie hat ihrer Schwester mehr als genug Schmerzen zugefügt.

»Ich möchte jetzt rauchen«, sagt Masooma.

Parwana will etwas einwenden, doch Masooma schneidet ihr das Wort ab. »Höchste Zeit«, sagt sie noch entschiedener, ja, endgültig.

Parwana holt die Wasserpfeife aus einem am Sattelknauf hängenden Beutel. Ihre Hände zittern, als sie Tabak und Opium miteinander vermischt.

»Mehr«, sagt Masooma. »Viel mehr.«

Parwana, schluchzend und mit tränennassen Wangen, fügt noch eine Prise hinzu, dann eine weitere und noch eine. Sie entfacht die Kohle und stellt die Wasserpfeife neben ihre Schwester.

»Gut«, sagt Masooma, deren Augen und Wangen im Feuerschein rötlich glühen. »Wenn du mich je geliebt hast, Parwana, wenn du mir je eine echte Schwester warst, dann geh jetzt. Keine Küsse. Kein Abschied. Ich will dich nicht anflehen.«

Parwana will etwas erwidern, aber Masooma stößt einen erstickten, gequälten Laut aus und wendet den Kopf ab.

Parwana steht langsam auf. Sie geht zum Maultier und zieht den Sattelgurt straff. Als sie den Zügel packt, fragt sie sich plötzlich, wie sie ohne Masooma leben soll. Wie wird sie die Tage überstehen, an denen Masoomas Abwesenheit schwerer auf ihr lastet als die Anwesenheit ihrer Schwester? Wie soll sie lernen, die tiefe und riesige Leerstelle zu füllen, die Masooma hinterlassen wird?

Sie hat auf einmal Masoomas Stimme im Ohr: *Nimm dir ein Herz.*

Parwana zieht am Zügel, wendet das Maultier und setzt sich in Bewegung.

Sie bahnt sich einen Weg durch die Finsternis, und ein kühler Wind peitscht ihr ins Gesicht. Sie geht mit gesenktem Kopf. Sie dreht sich nur einmal um, und das erst nach einer ganzen Weile. Ihr Tränenschleier lässt das ferne Lagerfeuer zu einem Fleck aus trübem Gelb verschwimmen. Sie stellt sich vor, wie ihre Zwillingsschwester allein in der Dunkelheit am Feuer liegt. Das Feuer wird bald erlöschen, und Masooma wird frieren, und Parwana würde am liebsten ihrem Instinkt folgen und umkehren, ihre Schwester zudecken und sich neben sie legen.

Aber sie zwingt sich weiterzugehen.

Und da hört sie etwas. Einen weit entfernten, dumpfen Klagelaut. Parwana bleibt wie angewurzelt stehen. Als sie den Kopf schief legt, hört sie den Laut noch einmal. Ihr Herz beginnt zu hämmern. Sie fragt sich entsetzt, ob Masooma nach ihr ruft, weil sie sich doch noch anders besonnen hat. Aber es könnte auch ein Schakal oder Wüstenfuchs sein, der in der Dunkelheit heult. Parwana weiß es nicht genau. Es ist vielleicht nur der Wind.

Lass mich nicht allein, Schwester. Kehr um.

Parwana kann nur Gewissheit erlangen, indem sie umkehrt, und genau das tut sie. Sie geht ein paar Schritte in Masoomas Richtung. Dann bleibt sie stehen. Masooma hat recht. Wenn sie jetzt umkehrt, würde ihr morgen, nach Sonnenaufgang, der Mut fehlen. Sie würde ins Wanken kommen und bleiben. Für immer bleiben. Dies ist ihre einzige Chance.

Parwana schließt die Augen. Der Wind peitscht das Tuch gegen ihr Gesicht.

Niemand müsste es wissen. Niemand würde es je erfahren. Es wäre ihr Geheimnis, eines, das nur die Berge mit ihr teilen würden. Die Frage ist aber, ob es ein Geheimnis wäre, mit dem sie leben könnte, und Parwana glaubt, die Antwort zu kennen: Sie hat ihr Leben lang mit Geheimnissen gelebt.

Der ferne, klagende Laut ertönt noch einmal.

Alle haben dich geliebt, Schwester.

Mich hat niemand geliebt.

Warum nur, Schwester? Was habe ich getan?

Parwana steht lange reglos in der Finsternis.

Schließlich trifft sie eine Entscheidung. Mit gesenktem Kopf geht sie auf einen Horizont zu, den sie nur erahnen kann. Sie dreht sich nicht mehr um, kein einziges Mal. Wenn sie das täte, würde sie schwach werden, das weiß sie. Ihre Entschlossenheit würde schwinden wie Schnee in der Sonne, weil sie ein altes Fahrrad vor Augen hätte, das über Stock und Stein einen Hügel hinabsaust und Staub aufwirbelt, wenn es scharf in die Kurve geht. Parwana wird auf der Stange durchgeschüttelt, und Masooma sitzt im Sattel und legt das Fahrrad schräg, wenn sie ohne zu bremsen in die Haarnadelkurven geht. Parwana fürchtet sich nicht. Denn ihre Schwester wird darauf achten, dass sie nicht über die Lenkstange fliegt, ihre Schwester wird dafür sorgen, dass ihr nichts passiert. Die Welt verschwimmt zu einem Strudel der Aufregung, und der Wind pfeift in ihren Ohren, und Parwana schaut über die Schulter zu ihrer Schwester, und Masooma sieht sie an, und beide lachen wie aus einem Mund, als die streunenden Hunde davonstieben.

Parwana wandert in ihr neues Leben. Sie geht weiter, immer weiter, durch eine Dunkelheit wie die des Mutterleibes, und als sie im dunstigen Morgengrauen den Kopf hebt und auf der Ostseite eines Felsbrockens einen Streifen fahlen Lichts erblickt, hat sie das Gefühl, gerade neu geboren worden zu sein.

VIER

Im Namen Allahs, des Allerbarmers, des Barmherzigen. Wenn Sie diesen Brief in Händen halten, werde ich nicht mehr sein, Mr Markos, denn Sie haben ihn mit der Bitte erhalten, ihn erst nach meinem Tod zu lesen. Sie sollen wissen, dass unsere sieben Jahre währende Freundschaft sehr wichtig für mich war, Mr Markos. Während ich dies schreibe, denke ich mit Freude an unser jährliches Ritual des Tomatenpflanzens, an Ihre morgendlichen Stippvisiten in meiner kleinen Hütte, den gemeinsamen Tee, die fröhlichen Gespräche und den spontanen Unterricht auf Englisch und auf Farsi. Ich danke Ihnen für Ihre Freundschaft, Ihre Fürsorglichkeit und auch für den Einsatz, den Sie in diesem Land gezeigt haben, und ich vertraue darauf, dass Sie meine Dankbarkeit Ihren freundlichen Kollegen zur Kenntnis bringen, vor allem meiner Freundin, Miss Amra Ademovic, und Roshi, ihrem wunderbaren Mädchen.

Sie müssen wissen, dass dieser Brief nicht nur an Sie allein gerichtet ist, und ich hoffe inständig, dass Sie ihn an die zweite Adressatin weiterreichen können. Dazu später mehr. Bitte verzeihen Sie, wenn ich auf manche Dinge eingehe, über die Sie längst im Bilde sind, aber ich muss sie wohl oder übel für die zweite Adressatin erwähnen. Wie Sie sehen werden, Mr Markos, ist dieser Brief mehr als nur ein kleines Geständnis, aber ich habe auch ganz pragmatische Gründe dafür, ihn zu schreiben. Was diese betrifft, bitte ich Sie um Ihre Unterstützung, mein Freund.

Ich habe lange überlegt, wo ich anfangen soll. Keine leichte Aufgabe für einen Mann Mitte siebzig. Wie viele Afghanen meiner Generation kenne ich mein genaues Alter nicht, denke aber, dass ich es einigermaßen treffend geschätzt habe, denn ich kann mich noch gut an einen Faustkampf mit meinem Freund und späteren Schwager Saboor erinnern. Wir trugen diesen Kampf an dem Tag aus, als wir erfuhren, dass man Nadir Schah erschossen hatte und dass ihm sein Sohn, der junge Sahir, auf dem Thron nachgefolgt war. Das war 1933. Ich könnte in jenem Jahr beginnen. Oder zu einem anderen Zeitpunkt. Eine Geschichte gleicht einem fahrenden Zug: Wo und wann man aufspringt, tut nichts zur Sache, weil man das Ziel früher oder später sowieso erreicht. Ich bin aber der Auffassung, diese Geschichte so beginnen zu müssen, wie sie enden wird. Ja, ich halte es für angemessen, diesen Bericht mit Nila Wahdati zu beschließen.

Ich bin ihr 1949 begegnet. In jenem Jahr heiratete sie Herrn Wahdati. Damals hatte ich schon zwei Jahre in den Diensten von Herrn Suleiman Wahdati gestanden, nachdem ich 1946 von Shadbagh, meinem Geburtsort, nach Kabul gezogen war. Zuvor war ich ein Jahr lang in einem anderen Haus im gleichen Viertel tätig gewesen. Ich bin nicht gerade stolz auf die Umstände, unter denen ich Shadbagh verlassen habe, Mr Markos. Sie dürfen es als mein erstes Geständnis lesen, wenn ich Ihnen anvertraue, dass mir das dörfliche Leben, das ich gemeinsam mit meinen Schwestern führte, eine davon schwerbehindert, die Luft nahm. Das mag mich nicht freisprechen, aber ich war damals ein junger Mann, Mr Markos, der jede Menge Träume hatte, egal wie bescheiden und vage diese auch gewesen sein mögen, ein junger Mann, der darauf brannte, in die Welt hinauszuziehen. Ich fürchtete, dass mir die Jugend zwischen den Fingern zerrinnen, dass meine Zukunftsaussichten schwinden könnten. Also verließ ich das Dorf unter dem Vorwand, meine Schwestern finanziell unterstützen zu wollen, aber in Wahrheit wollte ich einfach nur weg.

Da ich von morgens bis abends bei Herrn Wahdati beschäftigt war, durfte ich auch auf seinem Grundstück wohnen. Damals befand sich das Haus nicht in dem beklagenswerten Zustand, in dem Sie es 2002, bei Ihrer Ankunft in Kabul, vorgefunden haben, Mr Markos. Es war ein schönes, geradezu herrliches Anwesen. Das Haus glänzte damals, als wäre es mit Diamanten verkleidet. Die Tore öffneten sich zu einer breiten, geteerten Einfahrt. Beim Betreten des Hauses fand man sich in einem hohen Foyer mit riesigen Keramikvasen und einem runden Spiegel mit Walnussholzrahmen wieder, der sich genau dort befand, wo Sie das alte, selbstaufgenommene Strandfoto von Ihrer Freundin aus Kindertagen aufgehängt haben. Auf dem schimmernden Marmorfußboden des Wohnzimmers lag ein dunkelroter, turkmenischer Teppich. Dieser Teppich ist jetzt ebenso verschwunden wie die Ledersofas, der eigens für den Raum angefertigte Couchtisch, das Schachspiel aus Lapislazuli und der hohe Kabinettschrank aus Mahagoni. Prachtvolle Möbelstücke, die fast alle geraubt wurden, und was noch übrig ist, hat, wie ich fürchte, im Laufe der Jahre stark gelitten.

Als ich die Küche mit den Steinplatten zum ersten Mal betrat, staunte ich nicht schlecht, denn mir kam es so vor, als könnte man darin ganz Shadbagh verköstigen. Mir stand ein Gasherd mit sechs Flammen zur Verfügung, ein Toaster, ein Kühlschrank, unzählige Töpfe, Pfannen, Messer und andere

Gerätschaften. Alle vier Badezimmer hatten Waschbecken aus Porzellan und waren mit kunstvoll verzierten Marmorkacheln gefliest. Und die quadratischen Löcher in der Waschtischplatte oben in Ihrem Bad, Mr Markos? Sie waren einst mit Lapislazuli ausgekleidet.

Dann der Garten hinter dem Haus. Wenn Sie oben in Ihrem Büro sitzen, Mr Markos, sollten Sie einmal versuchen, sich eine Vorstellung von seinem ursprünglichen Anblick zu machen. Man betrat ihn über eine halbmondförmige Veranda, deren Geländer mit Wein berankt war. Der Rasen war damals üppig und grün und beidseitig von einem Obstbaumspalier gesäumt. Überall gab es Beete mit Rosen und Jasmin, Tulpen und Geranien. Man konnte sich unter einen der Kirschbäume legen, Mr Markos, die Augen schließen und dem im Wind raschelnden Laub lauschen. Auf der ganzen, weiten Welt gab es keinen schöneren Ort, davon bin ich überzeugt.

Ich wohnte in einem Schuppen, hinten im Garten. Er hatte ein Fenster und blitzblanke, weißgestrichene Wände, und er war groß genug für einen jungen, alleinstehenden Mann mit bescheidenen Bedürfnissen. Ich hatte ein Bett, einen Tisch und einen Stuhl und genug Platz, um fünfmal am Tag meinen Gebetsteppich ausrollen zu können. Mehr brauchte ich nicht, und daran hat sich bis heute nichts geändert.

Es gehörte zu meinen Aufgaben, für Herrn Wahdati das Essen zuzubereiten. Ich hatte Kochen gelernt, indem ich zuerst meiner Mutter und später einem alten, usbekischen Koch, dem ich in Kabul ein Jahr lang behilflich gewesen war, bei der Arbeit zugeschaut habe. Außerdem war ich, was mir große Freude machte, der Chauffeur von Herrn Wahdati. Er besaß einen Chevrolet, ein Modell aus den 40er Jahren, blau lackiert, mit Klappverdeck, blauen Vinylsitzen und Chromfelgen, ein herrliches Auto, das alle Blicke auf sich zog. Ich durfte es fahren, weil ich mich als geschickt und vorsichtig erwiesen hatte. Außerdem war Herr Wahdati einer jener Männer, die ungern selbst am Steuer sitzen.

Bitte halten Sie mich nicht für einen Angeber, wenn ich behaupte, ein guter Diener gewesen zu sein, Mr Markos. Ich hatte mich durch genaues Beobachten mit allen Vorlieben und Abneigungen Herrn Wahdatis vertraut gemacht, mit seinen Eigenarten und Launen. Ich kannte seine Rituale und Angewohnheiten. So unternahm er zum Beispiel jeden Morgen nach dem Frühstück einen Spaziergang, und da er nicht allein sein wollte, erwartete er von mir, dass ich ihn begleitete. Ich tat das gern, obwohl ich keinen Sinn darin sah, denn er sprach während dieser Spaziergänge kaum ein Wort mit mir, war immer tief in Gedanken versunken. Er ging zügig, die Hände hinter dem Rücken verschränkt, nickte Passanten zu, und die Absätze seiner blankpolierten Slipper klackerten über den Bürgersteig. Er hatte lange Beine, und so fiel ich oft zurück und hatte Mühe, ihn einzuholen. Den Rest des Tages verbrachte er meist oben in seinem Arbeitszimmer, wo er las oder Schach gegen sich selbst spielte. Er zeichnete leidenschaftlich gern. Ich kann zwar nichts über seine Begabung sagen, weil er mir nie etwas gezeigt hat, aber ich sah ihn oft hochkonzentriert im Arbeitszimmer, am Fenster oder auf der Veranda stehen, einen Kohlestift in der Hand, der über den Skizzenblock flog.

Alle paar Tage fuhr ich ihn durch die Stadt. Er besuchte seine Mutter einmal pro Woche. Familientreffen gab es auch. Herr Wahdati mied sie meist, und wenn er doch daran teilnahm, brachte ich ihn hin, zu Beerdigungen, Hochzeiten, Geburtstagsfeiern. Ich fuhr ihn auch einmal im Monat zu einem Geschäft für Künstlerbedarf, wo er Pastellkreiden, Kohlestifte, Radiergummis, Anspitzer und Skizzenbücher kaufte. Manchmal setzte er sich einfach hinten ins Auto und ließ sich ziellos herumfahren. Auf meine Frage: *Wohin soll es gehen,*

Sahib?, zuckte er nur mit den Schultern, und ich sagte: *Sehr wohl, Sahib*, legte den Gang ein und fuhr los. Ich kurvte stundenlang durch die Stadt, von einem Viertel zum nächsten, fuhr am Fluss Kabul bis nach Bala Hissar oder sogar bis zum Darul-Aman-Palast. Manchmal steuerte ich den außerhalb der Stadt gelegenen Ghargha-See an. Dort parkte ich dicht am Ufer und stellte den Motor aus, und Herr Wahdati saß stumm und reglos auf der Rückbank, offenbar zufrieden damit, durch das offene Fenster den von Baum zu Baum fliegenden Vögeln nachzuschauen und zu beobachten, wie sich das Sonnenlicht auf dem Wasser in Tausende winziger, tanzender Flecken auflöste. Ich musterte ihn verstohlen im Rückspiegel, und er kam mir vor wie der einsamste Mensch der Welt.

Herr Wahdati war so großzügig, mir einmal im Monat sein Auto für die Fahrt nach Shadbagh, meinem Geburtsort, zur Verfügung zu stellen. Dort besuchte ich meine Schwester Parwana und ihren Mann Saboor. Bei der Einfahrt ins Dorf wurde ich immer von einer johlenden Kinderhorde begrüßt. Sie rannten neben dem Auto her, trommelten auf die Kotflügel und gegen die Scheiben. Diese kleinen Frechdachse versuchten sogar, aufs Dach zu klettern, und ich musste sie verjagen, weil ich befürchtete, dass sie den Lack zerkratzen oder dem Auto eine Delle zufügen könnten.

Schau dich an, Nabi, sagte Saboor. *Du bist eine richtige Berühmtheit.*

Seine Kinder, Abdullah und Pari, hatten ihre Mutter verloren (Parwana war ihre Stiefmutter), und ich versuchte stets, mich um sie zu kümmern, vor allem um Abdullah, den großen Bruder, der die meiste Zuwendung zu brauchen schien. Ich bot ihm mehrmals an, eine Spritztour mit ihm zu machen, und er bestand immer darauf, seine kleine Schwester mitzunehmen, die er auf seinen Schoß setzte und gut festhielt, während wir über die rund um Shadbagh führende Holperpiste brausten. Ich erlaubte ihm, Scheibenwischer und Hupe zu betätigen, zeigte ihm, wie man Abblendlicht und Fernlicht einschaltete.

Nachdem der Wirbel um das Auto abgeflaut war, trank ich mit meiner Schwester und Saboor Tee und erzählte ihnen von meinem Leben in Kabul. Ich achtete darauf, nicht zu viel von Herrn Wahdati preiszugeben. Ich mochte ihn sehr, denn er war gut zu mir, und es wäre mir wie Verrat vorgekommen, wenn ich hinter seinem Rücken über ihn geredet hätte. Wäre ich kein so diskreter Angestellter gewesen, hätte ich ihnen erzählt, dass Suleiman Wahdati mir Rätsel aufgab, denn er schien sich mit der Aussicht zufriedenzugeben, bis zu seinem Tod von seinem ererbten Vermögen zu leben. Er war ein Mann ohne Beruf, ohne erkennbare Leidenschaften oder den Drang, auf dieser Welt seine Spuren zu hinterlassen. Ich hätte ihnen erzählt, dass sein Leben weder Sinn noch Richtung hatte. Wie die ziellosen Fahrten, die wir unternahmen. Er verbrachte sein Leben gleichsam auf der Rückbank, sah zu, wie die Welt an ihm vorbeizog. Er nahm an nichts Anteil.

All dies hätte ich erzählen können, doch ich tat es nicht. Und das war gut so. Denn wie sich schließlich herausstellen sollte, hatte ich mich gründlich geirrt.

Eines Tages betrat Herr Wahdati den Hof in einem eleganten Nadelstreifenanzug, den er in meiner Gegenwart noch nie getragen hatte, und bat mich, ihn in ein besonders wohlhabendes Viertel von Kabul zu fahren. Als wir dort ankamen, wies er mich an, vor einem schönen, von einer hohen Mauer umgebenen Haus am Straßenrand zu halten. Ich sah zu, wie er am Tor klingelte und eintrat, nachdem ein Diener geöffnet hatte. Das Haus war noch viel größer und schöner als das von

Herrn Wahdati. Die Einfahrt säumten schlanke, hohe Zypressen und exotische Büsche. Der Garten war mindestens doppelt so groß wie unserer, die Mauer so hoch, dass man das, was sich dahinter verbarg, nicht einmal hätte sehen können, wenn man auf den Schultern von jemand anderem gestanden hätte. All dies zeugte von einem Reichtum, der den von Herrn Wahdati weit überstieg.

Es war ein Frühsommertag, und die Sonne schien. Durch die offenen Autofenster wehte warme Luft herein. Die Aufgabe eines Chauffeurs besteht zwar im Fahren, aber in Wahrheit verbringt man die meiste Zeit mit Warten. Man wartet mit laufendem Motor vor Geschäften, man wartet während einer Hochzeit und lauscht der gedämpften Musik. Ich vertrieb mir die Zeit eine Weile mit Kartenspielen. Als mir langweilig wurde, stieg ich aus und ging ein bisschen auf und ab. Danach setzte ich mich wieder ins Auto, um vor der Rückkehr von Herrn Wahdati etwas zu schlafen.

Da ging das Tor auf, und eine junge, schwarzhaarige Frau trat ins Freie. Sie trug eine dunkle Sonnenbrille und ein orangefarbenes, kurzärmeliges Kleid. Ihre Füße waren nackt, die Unterschenkel unbedeckt. Ich fragte mich, ob sie mich im Auto sitzen sah – wenn ja, dann gab sie dies durch keine Regung zu erkennen. Sie lehnte sich mit einem Fuß gegen die Mauer, und dabei rutschte ihr Kleid hoch und entblößte einen Teil ihres Oberschenkels. Meine Wangen begannen zu brennen, und ich spürte die Röte bis in den Nacken.

Bitte erlauben Sie, Mr Markos, dass ich an dieser Stelle ein etwas geschmackloses Geständnis ablege, eines, das ich nicht schönreden kann. Ich war damals ungefähr Ende zwanzig, ein Alter, in dem das Verlangen eines jungen Mannes nach einer Frau am stärksten ist. Anders als viele der Männer im Dorf, mit denen ich aufgewachsen war – junge Männer, die noch nie den nackten Oberschenkel einer erwachsenen Frau gesehen hatten und nicht zuletzt deshalb heirateten, um einen solchen Anblick genießen zu dürfen –, war ich nicht ganz unerfahren. Ich hatte in Kabul Etablissements entdeckt, gelegentlich auch aufgesucht, in denen man die Bedürfnisse eines jungen Mannes diskret und umstandslos befriedigte. Ich erwähne dies nur, weil ich darauf hinauswill, dass keine der Huren, mit denen ich geschlafen habe, mit dem bildschönen und anmutigen Geschöpf vergleichbar war, das gerade aus dem großen Haus getreten war.

An die Mauer gelehnt, zündete sie sich eine Zigarette an, die sie in aller Ruhe und mit betörender Eleganz rauchte: Sie hielt sie zwischen zwei Fingerspitzen und legte die Hand, wenn sie daran zog, wie einen Fächer vor den Mund. Ich beobachtete sie hingerissen. Die Art, wie sie ihre Hand über dem schmalen Handgelenk anwinkelte, erinnerte mich an eine Illustration, die ich einmal in einem Prachtband mit Gedichten gesehen hatte – sie zeigte eine Frau mit dunklen, fließenden Haaren und langen Wimpern, die in einem Garten neben ihrem Liebhaber lag und diesem mit blassen, zarten Fingern einen Becher Wein anbot. Nach einer Weile schien irgendetwas weiter oben in der Straße die Aufmerksamkeit der Frau zu erregen, und ich nutzte die Gelegenheit, um mit den Fingern durch mein Haar zu fahren, das wegen der Hitze am Kopf klebte. Ich erstarrte noch einmal, als die Frau ihren Blick von dem abwandte, was sie beobachtet hatte. Sie zog noch einige Male an der Zigarette, drückte sie an der Mauer aus und schlenderte dann wieder hinein.

Ich konnte endlich aufatmen.

An diesem Abend rief Herr Wahdati mich zu Hause ins Wohnzimmer und sagte: »Es gibt Neuigkeiten, Nabi. Ich werde heiraten.«

Wie es schien, hatte ich sein Bedürfnis nach Einsamkeit stark überschätzt.

Die Nachricht von der Verlobung machte rasch die Runde. Ebenso die Gerüchte. Sie kamen mir durch die anderen Männer zu Ohren, die im Haus von Herrn Wahdati arbeiteten. Der redseligste unter ihnen war Zahid, ein Gärtner, der dreimal pro Woche kam, um sich um den Rasen, die Bäume und die Sträucher zu kümmern, ein unangenehmer Typ, der die widerwärtige Angewohnheit hatte, nach jedem Satz die Zunge herausschnellen zu lassen, eine Zunge, die Gerüchte so freigiebig verstreute wie seine Hand den Dünger. Er gehörte zu einer Clique langgedienter Arbeiter, die in der Nachbarschaft als Köche, Gärtner oder Botengänger tätig waren. An ein oder zwei Abenden in der Woche kamen sie nach dem Abendessen auf einen Tee in meine Hütte. Ich weiß nicht mehr, wie dieses Ritual aufkam, aber nachdem es sich eingespielt hatte, konnte ich nichts mehr dagegen tun, zumal ich nicht grob und unfreundlich sein oder, schlimmer noch, den Eindruck erwecken wollte, mich als etwas Besseres als die anderen zu fühlen.

Eines Abends erzählte Zahid beim Tee, dass die Familie von Herrn Wahdati die Heirat wegen des schlechten Leumunds seiner Braut missbilligte. In Kabul, berichtete er, sei allseits bekannt, dass sie weder *nang* noch *namoos* habe, also keine Ehre, und mit ihren zwanzig Jahren schon »sehr oft geritten« worden sei. Sie sei so oft in der Stadt unterwegs wie der Wagen von Herrn Wahdati. Am schlimmsten, sagte er, sei aber, dass sie nicht nur keinen Versuch unternehme, diese Vorwürfe zu entkräften, sondern, ganz im Gegenteil, auch noch Gedichte darüber schreibe. Bei diesen Worten erhob sich abfälliges Gemurmel. Einer der Männer meinte, in seinem Dorf hätte man ihr längst die Kehle durchgeschnitten.

Da stand ich auf und sagte den Männern, ich hätte genug. Sie klatschten und tratschten wie alte Waschweiber, und ich erinnerte sie daran, dass wir ohne Männer wie Herrn Wahati noch immer Kuhdung in unseren Dörfern aufklauben würden. Wo bleibt eure Treue, wo euer Respekt?, fragte ich.

Daraufhin trat kurz Schweigen ein. Ich bildete mir ein, diese Dummköpfe beeindruckt zu haben, aber stattdessen brachen sie in schallendes Gelächter aus. Zahid meinte, ich sei ein Arschkriecher, und die zukünftige Dame des Hauses werde sicher bald Verse mit dem Titel *Ode auf Nabi, den größten Arschkriecher Afghanistans* verfassen. Hämisches Lachen brandete auf, und ich stapfte zornig aus der Hütte.

Aber ich lief nicht weit weg. Ihr Geschwätz widerte mich zwar an, aber es faszinierte mich zugleich. Also blieb ich trotz meines Anfalls erboster Rechtschaffenheit in Hörweite, denn ich wollte kein einziges schlüpfriges Detail verpassen.

Nach einer denkbar kurzen Verlobungszeit fand die Hochzeit statt. Es war keine große Feier mit Sängern und Tänzern und einer fröhlichen Gästeschar, nein, es erschienen lediglich ein Mullah und ein Trauzeuge, und das Paar unterschrieb eilig die Papiere. Und kurz darauf, keine zwei Wochen, nachdem ich sie zum ersten Mal erblickt hatte, zog Frau Wahdati bei uns ein.

Ich möchte hier kurz innehalten, um Sie darauf hinzuweisen, dass ich Herrn Wahdatis Frau in diesem Brief von nun an Nila nennen werde. Ich muss wohl nicht erst erwähnen, dass ich mir damit eine Freiheit nehme, die mir damals nicht gestattet war und die ich nicht einmal dann akzeptiert hätte, wenn sie mir angeboten worden wäre. Ich habe sie immer mit der gebotenen Unterwürfigkeit als Bibi Sahib angeredet. Aber dieser Brief verlangt, dass ich auf Förmlichkeiten verzichte und sie so nenne, wie ich es in Gedanken sowieso immer getan habe.

Gut. Ich wusste von Anfang an, dass es eine unglückliche Ehe war. Die beiden tauschten fast nie liebevolle Blicke oder zärtliche Worte. Sie wohnten zwar im selben Haus, aber ihre Wege kreuzten sich selten.

Ich servierte Herrn Wahdati morgens ein Frühstück, das stets aus einem getoasteten Stück Naan-Brot, einer halben Tasse Walnüsse, grünem Tee mit etwas Kardamon und ohne Zucker sowie einem gekochten Ei bestand – es musste so weich gekocht sein, dass das Eigelb auslief, sobald er das Ei köpfte, und mein anfängliches Unvermögen, es so zu kochen, ärgerte mich. Während ich Herrn Wahdati auf seinem morgendlichen Spaziergang begleitete, schlief Nila noch. Sie stand oft erst gegen Mittag auf, manchmal sogar noch später. Wenn sie endlich aus dem Bett kam, hatte ich meist schon das Mittagessen für Herrn Wahdati zubereitet.

Während ich vormittags meinen Pflichten nachging, sehnte ich mich nach dem Moment, wenn Nila durch die Tür mit dem Fliegengitter auf die Veranda trat. Ich malte mir aus, wie sie aussehen würde: Hätte sie das Haar aufgesteckt oder im Nacken zu einem Knoten gebunden oder würde es offen über ihre Schultern fallen? Hätte sie eine Sonnenbrille auf? Würde sie Sandalen tragen? Würde sie sich für den blauseidenen Morgenmantel mit Gürtel entscheiden oder für den magentafarbenen mit den großen, runden Knöpfen?

Wenn sie endlich erschien, beschäftigte ich mich hinten auf dem Hof und tat so, als müsste die Kühlerhaube des Autos dringend poliert werden, oder ich bewässerte wahllos einen Rosenstrauch und behielt sie die ganze Zeit im Blick. Ich sah zu, wie sie sich die Sonnenbrille auf die Stirn schob und sich die Augen rieb, wie sie ihr Haarband abnahm und ihre üppigen, dunklen Locken mit einer Kopfbewegung in den Nacken warf, wie sie mit dem Kinn auf die Knie gestützt dasaß, in den Garten schaute und dabei träge an der Zigarette zog oder die

Beine übereinanderschlug und mit dem Fuß wippte, eine Bewegung, die, wie ich fand, von Langeweile oder innerer Unruhe, vielleicht auch von einem mühsam gezähmten Drang zu bedenkenlosem Unfug zeugte.

Herrn Wahdati sah ich nur gelegentlich an ihrer Seite. Er verbrachte die Tage wie zuvor, las im Arbeitszimmer oder zeichnete, führte genau genommen sein Junggesellendasein fort. Nila schrieb fast täglich, entweder im Wohnzimmer oder auf der Veranda, eine Zigarette im Mund, einen Stift in der Hand und einen Berg loser Zettel auf dem Schoß. Wenn ich abends das Essen servierte, speisten sie mit vielsagendem Schweigen, den Blick auf den Teller mit Reis gesenkt, und die Stille wurde nur von einem gemurmelten *Danke* und dem Klappern von Löffeln und Gabeln auf den Porzellantellern unterbrochen.

Ein- oder zweimal pro Woche musste ich Nila chauffieren, wenn sie Zigaretten oder Stifte, Notizbücher oder Make-up brauchte. Wenn ich im Voraus Bescheid wusste, kämmte ich mir die Haare und putzte mir mit den Fingern die Zähne. Ich wusch mir das Gesicht, rieb meine Hände mit einer Zitronenscheibe ab, um den Zwiebelgeruch loszuwerden, klopfte mir den Staub vom Anzug und polierte meine Schuhe. Der olivgrüne Anzug war mir von Herrn Wahdati überlassen worden, was er Nila, wie ich inständig hoffte, verschwiegen hatte – ich argwöhnte jedoch, dass er es ihr erzählt hatte, nicht aus Bosheit, sondern weil Leute in der Position von Herr Wahdati häufig nicht ahnen, dass triviale Kleinigkeiten dieser Art einen Angestellten wie mich beschämen können. Ich trug manchmal sogar die Lammfellmütze, die meinem verstorbenen Vater gehört hatte. Dann stand ich vor dem Spiegel und probierte die Mütze so oder so auf und war so damit beschäftigt, mich Nila von meiner besten Seite zu zeigen, dass ich eine Wespe erst dann bemerkt hätte, nachdem ich längst von ihr gestochen worden wäre.

Ich versuchte, unterwegs kleine Umwege zu nehmen, um die Fahrt in die Länge zu ziehen, durfte aber höchstens ein oder zwei Minuten herausschinden, denn ich wollte nicht ihr Misstrauen wecken, sondern nur etwas mehr Zeit mit ihr verbringen. Ich umfasste das Lenkrad mit beiden Händen und konzentrierte mich auf die Straße. Ich riss mich mächtig zusammen und sah sie nur im Rückspiegel an, wenn sie mich ansprach. Ich gab mich damit zufrieden, dass sie auf der Rückbank saß und ihren Duft verströmte – nach teurer Seife, Lotion, Parfüm, Kaugummi, Zigarettenrauch. Das reichte meist schon, um mich in den siebten Himmel zu befördern.

Auf einer der Autofahrten unterhielten wir uns auch zum ersten Mal. Ich meine, so richtig, abgesehen von den vielen Bitten, die sie geäußert hatte, ihr dieses zu holen oder jenes zu tragen. Ich fuhr sie gerade zu einer Apotheke, weil sie Medikamente abholen wollte, und sie fragte: »Wie ist dein Dorf so, Nabi? Wie heißt es noch?«

»Shadbagh, Bibi Sahib.«

»Ja, Shadbagh. Wie ist es? Erzähl.«

»Da gibt es nicht viel zu erzählen, Bibi Sahib. Es ist ein Dorf wie jedes andere.«

»Aber es muss doch irgendetwas Besonderes geben.«

Ich blieb nach außen gelassen, dachte insgeheim jedoch wie verrückt nach, zerbrach mir den Kopf über irgendeine nette Besonderheit, die sie vielleicht amüsieren könnte. Wie konnte ich, ein Mann aus der Provinz, ärmlich und mit bescheidenem Leben, auf etwas kommen, das eine Frau wie sie faszinierte?

»Die Weintrauben sind ausgezeichnet«, sagte ich und hätte mich am liebsten sofort selbst geohrfeigt. *Weintrauben?*

»Tatsächlich?«, antwortete sie lahm.

»Ausgesprochen süß.«

»Aha.«

Ich starb innerlich tausend Tode. Ich spürte, wie ich zu schwitzen begann.

»Da gibt es eine bestimmte Sorte Trauben«, sagte ich, und mein Mund war plötzlich wie ausgedörrt. »Sie gedeiht angeblich nur in Shadbagh. Sie ist sehr empfindlich, wissen Sie, sehr sensibel. Wenn man versucht, sie an einem anderen Ort anzupflanzen, und sei es nur im nächsten Dorf, dann verwelkt sie und stirbt. Sie geht ein. Die Leute in Shadbagh sagen, dass sie vor Trauer stirbt, aber das ist natürlich Unsinn. Es liegt am Boden und am Wasser. Aber das erzählt man sich, Bibi Sahib. Trauer.«

»Das ist wirklich bezaubernd, Nabi.«

Ich riskierte einen kurzen Blick in den Rückspiegel und sah, dass sie aus dem Seitenfenster schaute. Zu meiner großen Erleichterung bemerkte ich, dass sie die Mundwinkel zu einem flüchtigen Lächeln nach oben gezogen hatte. Das machte mir Mut, und ich hörte mich sagen: »Darf ich Ihnen noch eine Geschichte erzählen, Bibi Sahib?«

»Unbedingt.« Das Feuerzeug klickte, und Zigarettenrauch wölkte von der Rückbank nach vorn.

»Wir haben einen Mullah in Shadbagh. Natürlich hat jedes Dorf einen Mullah. Bei uns heißt er Mullah Shekib, und er steckt voller Geschichten. Er kennt so viele, dass ich die meisten vergessen habe. Aber eine habe ich behalten: Wenn man die Handflächen eines Muslims betrachtet, ganz gleich an welchem Ort auf dieser Welt, dann wird man etwas Erstaunliches feststellen – alle haben die gleichen Linien. Und was bedeuten diese Linien? Nun, die Linien auf der linken Hand eines Muslims bilden die arabische Einundachtzig, die auf der rechten Hand die Achtzehn. Und was ergibt einundachtzig minus achtzehn? Dreiundsechzig. Das Alter, in dem unser Prophet gestorben ist, Friede sei mit ihm.«

Auf der Rückbank ertönte ein leises Lachen.

»Eines Tages kam ein Reisender in unser Dorf, und wie es guter Brauch ist, aß er bei Mullah Shekib zu Abend. Der Reisende hörte die Geschichte, und er dachte darüber nach, und dann sagte er: Aber, Mullah Sahib, bei allem Respekt, ich bin einmal einem Juden begegnet, und ich schwöre, dass seine Handflächen die gleichen Linien aufwiesen. Wie kann das sein? Und der Mullah antwortete: Dann war dieser Jude im Herzen ein Muslim.«

Ihr plötzliches Lachen verzauberte mich für den ganzen Tag. Es war – möge Gott mir diese Worte verzeihen –, als wäre es im Himmel erklungen, im Garten der Gerechten, wo, wie es im Buche heißt, die Flüsse ewig strömen, wo es für immerdar Früchte und kühlen Schatten gibt.

Sie müssen wissen, Mr Markos, dass es nicht nur ihre Schönheit war, die mich so fesselte, obwohl diese mehr als ausgereicht hätte. Ich war noch nie einer Frau wie Nila begegnet. Alles, was sie tat – wie sie sprach, wie sie ging, sich kleidete, lächelte –, war mir neu. Nila verstieß gegen alle Vorstellungen, wie sich eine Frau zu verhalten hatte, was Leute wie Zahid zutiefst missbilligten – und gewiss auch Saboor und alle anderen Männer aus meinem Dorf, ja sogar die Frauen. Was mich betraf, so steigerte dies nur ihre Rätselhaftigkeit und den Reiz, den sie auf mich ausübte.

Deshalb hatte ich ihr Lachen den ganzen Tag im Ohr, und nach Feierabend, als die anderen Arbeiter zum Tee kamen, musste ich ständig grinsen, blendete ihr raues Gelächter aus und vergegenwärtigte mir Nilas glockenhelles Lachen. Ich war stolz darauf, dass meine Geschichte ihr etwas Erleichterung verschafft hatte, denn sie war unglücklich in ihrer Ehe. Sie war eine außergewöhnliche Frau, und ich ging an dem Abend mit dem Gefühl zu Bett, möglicherweise auch nicht ganz gewöhnlich zu sein. So war ihre Wirkung auf mich.

Wir unterhielten uns bald täglich, Nila und ich, meist am späten Vormittag, wenn sie auf der Veranda einen Kaffee trank. Ich kam unter dem Vorwand angeschlendert, dieses und jenes erledigen zu müssen, und es dauerte nicht lange, dann stand ich auf eine Schaufel gelehnt oder mit einer Tasse grünem Tee in der Hand vor ihr und plauderte mit ihr. Ich hatte das Gefühl, von ihr auserwählt worden zu sein, denn ich war nicht der einzige Diener im Haus. Zahid, diese gewissenlose Kröte, habe ich schon erwähnt, und außerdem war da noch diese Hazara-Frau mit dem wuchtigen Kinn, die zweimal in der Woche kam, um die Wäsche zu machen. Aber Nila hielt sich an mich. Es schmeichelte mir, neben ihrem Mann der Einzige zu sein, der ihre Einsamkeit aufhellte. Sie redete die meiste Zeit, wenn wir so dastanden, und das kam mir sehr gelegen; ich war mehr als zufrieden damit, das Gefäß für ihre Geschichten zu sein. Sie erzählte mir zum Beispiel von einem Jagdausflug nach Dschalalabad, den sie gemeinsam mit ihrem Vater unternommen hatte, und wie sie noch Wochen später Albträume von den glasigen Augen der erlegten Rehe gehabt hatte. Sie erzählte, dass sie als Kind vor dem Ausbruch des Zweiten Weltkriegs mit ihrer Mutter nach Frankreich gereist war. Sie waren mit dem Zug und mit dem Schiff unterwegs gewesen. Sie beschrieb mir, wie sie das Rattern des Zugs in den Rippen gespürt hatte, und sie konnte sich noch gut an die an Haken angebrachten Vorhänge und einzelnen Abteile und das rhythmische Schnaufen und Zischen der Dampflokomotive erinnern. Sie erzählte mir von dem sechswöchigen Indien-Aufenthalt mit ihrem Vater, ein Jahr zuvor. Damals war sie sehr krank gewesen.

Wenn sie die Asche auf eine Untertasse schnippte, erhaschte ich manchmal einen Blick auf ihre rot lackierten Fußnägel, den goldenen Schimmer ihrer rasierten Beine oder den gewölbten Spann eines Fußes, und immer fiel mein Blick auf ihre üppigen, makellosen Brüste. Gab es Männer auf diese Erde, fragte ich mich, die, während sie Nila liebten hatten diese Brüste liebkost und geküsst hatten? Konnte es danach noch ein anderes Ziel im Leben geben? Was tat ein Mann, nachdem er auf dem Gipfel der Welt gestanden hatte? Wenn sie mich dann wieder anschaute, musste ich stets meine ganze Willenskraft aufbringen, um mich auf eine unverfänglichere Stelle ihres Körpers zu konzentrieren.

Je mehr Vertrauen sie zu mir fasste, desto öfter beklagte sie sich über Herrn Wahdati. So erzählte sie mir eines Vormittags, dass sie ihn als abweisend und arrogant empfinde.

»Er war überaus großzügig zu mir«, sagte ich.

Sie winkte verächtlich ab. »Bitte, Nabi. Das musst du nicht sagen.«

Ich senkte höflich den Blick. Sie hatte nicht unrecht. Herr Wahdati hatte zum Beispiel die Angewohnheit, mich beim Sprechen mit einer gewissen Überheblichkeit zu korrigieren, die man durchaus als Arroganz hätte auslegen können. Wenn ich sein Zimmer betrat und ihm einen Teller mit Süßigkeiten hinstellte, ihm frischen Tee einschenkte und den Tisch abwischte, war ich für ihn meist ebenso unsichtbar wie eine Fliege auf der Gittertür. Dann ließ er mich, ohne auch nur den Blick zu heben, zu einem Häufchen Nichts zusammenschrumpfen. Unter dem Strich war das aber nicht der Rede wert, denn ich kannte Leute in demselben Viertel – Leute, in deren Diensten auch ich einmal gestanden hatte –, die ihre Diener mit Gerten und Gürteln schlugen.

»Er hat keinen Sinn für Spaß oder Abenteuer«, sagte Nila und rührte lustlos im Kaffee. »Suleiman gleicht einem Greis, der im Körper eines jungen Mannes gefangen ist.«

Ihre nonchalante Offenheit verwirrte mich. »Ja, es ist wohl außergewöhnlich, wie sehr Herr Wahdati die Einsamkeit schätzt«, antwortete ich diplomatisch.

»Er sollte bei seiner Mutter leben. Was meinst du, Nabi? Ich finde, die beiden gäben ein gutes Paar ab.«

Die Mutter von Herrn Wahdati war eine fettleibige, pompöse Person, die mit einer großen Dienerschar und zwei Hunden in einem anderen Viertel der Stadt wohnte. Sie liebte ihre Hunde abgöttisch und behandelte sie, als würden sie weit über den Dienern stehen. Es waren kleine, abscheuliche, haarlose Geschöpfe, schreckhaft und ängstlich, die unerträglich schrill bellten. Ich mochte sie nicht, denn sobald ich das Haus betrat, sprangen sie an mir hoch.

Immer, wenn ich Nila und Herrn Wahdati zum Haus der alten Dame fuhr, konnte ich spüren, dass hinten im Auto dicke Luft herrschte, und Nilas schmerzhaft gerunzelte Stirn verriet mir, dass die beiden gestritten hatten. Ich weiß noch, dass meine Eltern immer so lange zankten, bis einer von ihnen eindeutig die Oberhand gewonnen hatte. So legten sie ihre Streitereien bei, damit diese nicht den normalen Tagesablauf vergifteten. Nicht so die Wahdatis. Ihre Streitereien endeten nicht, sondern lösten sich vielmehr auf wie ein Tintentropfen in Wasser und hinterließen einen bitteren Nachgeschmack.

Es gehörte nicht viel dazu, um zu erahnen, dass sich die Mutter von Herrn Wahdati gegen diese Verbindung ausgesprochen hatte und dass Nila dies wusste.

Während meiner Gespräche mit Nila fragte ich mich ständig, warum sie Herrn Wahdati geheiratet hatte, aber ich hatte nicht den Mut, sie direkt zu fragen. Ein solcher Verstoß gegen Anstand und Sitte wäre mir nicht in den Sinn gekommen. Ich konnte nur vermuten, dass die Ehe – sogar eine so offensichtlich unglückliche – für manche Menschen, gerade für Frauen, eine Flucht vor noch größerem Unglück war.

Eines Tages, es war im Herbst 1950, rief Nila mich zu sich und sagte: »Bitte fahr mit mir nach Shadbagh.« Sie fügte hinzu, dass sie gern meine Familie und meinen Heimatort kennenlernen wolle. Ich würde ihr, sagte sie, seit einem Jahr das Essen servieren und sie durch Kabul fahren, aber sie kenne mich kaum. Diese Bitte stürzte mich, gelinde gesagt, in tiefe Verwirrung, denn die weit entfernt lebende Familie eines Dieners kennenlernen zu wollen, war ein ungewöhnlicher Wunsch für jemanden von Nilas Stand. Es freute mich zwar, dass sie so großes Interesse an mir zeigte, aber ich hatte Angst, mich unwohl zu fühlen oder zu schämen, wenn sie sah, in welche Armut ich hineingeboren worden war.

Wir brachen an einem bewölkten Morgen auf. Sie trug hochhackige Schuhe und ein pfirsichfarbenes, ärmelloses Kleid, aber mir stand es nicht zu, sie davon abzubringen. Sie stellte mir unterwegs Fragen nach dem Dorf und meinen dortigen Bekannten, nach meiner Schwester, Saboor und deren Kindern.

»Wie heißen sie?«

»Abdullah wird bald neun«, antwortete ich. »Seine Mutter ist im letzten Jahr gestorben, er ist der Stiefsohn meiner Schwester Parwana. Pari, seine Schwester, wird bald zwei. Im letzten Winter hat Parwana einen Jungen namens Omar geboren, aber er ist gestorben, als er gerade mal zwei Wochen alt war.«

»Und woran?«

»Am Winter, Bibi Sahib. Er sucht das Dorf einmal im Jahr heim und raubt immer ein oder zwei Kinder. Man kann nur hoffen, dass die eigene Familie verschont bleibt.«

»Mein Gott«, murmelte sie.

»Aber ich kann zum Glück sagen, dass meine Schwester schon wieder in freudiger Erwartung ist«, fügte ich hinzu.

Im Dorf wurden wir wie üblich von einer Horde barfüßiger Kinder empfangen, die dem Wagen nachrannten, aber als Nila ausstieg, verstummten sie und wichen zurück, vielleicht aus Angst, von ihr gescholten zu werden. Doch Nila erwies sich als überaus geduldig und freundlich. Sie beugte sich zu den Kindern herunter, lächelte, sprach mit jedem von ihnen und schüttelte Hände, strich über dreckige Wangen, zerzauste ungewaschene Haare. Es war mir peinlich, dass die Menschen zusammenströmten, um sie zu begaffen. Baitullah, ein alter Jugendfreund, hockte mit seinen Brüdern hinter dem Rand eines Daches, krähengleich und *naswar*-Tabak kauend. Sein Vater, Mullah Shekib, saß mit drei anderen Weißbärten im Schatten einer Mauer. Alle vier ließen die Gebetsketten lustlos durch die Finger gleiten, den Blick mit tiefem Missfallen auf Nila und ihre nackten Arme gerichtet.

Ich stellte Nila und Saboor einander vor, und danach gingen wir, gefolgt von einer Schar Schaulustiger, zu dem kleinen Lehmziegelhaus, das er mit Parwana bewohnte. Nila bestand darauf, vor dem Eintreten ihre Schuhe auszuziehen, obwohl Saboor sagte, das sei nicht nötig. Beim Betreten des Raumes bemerkte ich die stumme, zusammengekrümmte und wie erstarrt in einer Ecke sitzende Parwana. Als sie Nila begrüßte, flüsterte sie beinahe.

Saboor wandte sich an Abdullah. »Bring uns einen Tee, Junge.«

»Oh, bitte keine Umstände«, sagte Nila, die sich neben Parwana auf den Fußboden setzte. »Das muss nicht sein.« Doch Abdullah war schon im Nebenraum verschwunden, der nicht nur als Küche, sondern auch als Schlafplatz für Pari und ihn diente. Eine milchige, mit Nägeln auf der Schwelle befestigte Plastikplane trennte die Küche von dem Raum, in dem wir uns versammelt hatten. Ich spielte mit den Autoschlüsseln und wünschte mir, den Besuch bei meiner Schwester angekündigt zu haben, weil sie dann noch hätte putzen können. Die rissigen Lehmwände waren schwarz vor Ruß, die kaputte Matratze, auf der Nila saß, war verstaubt, das einzige Fenster voller Fliegendreck.

»Ein wunderschöner Teppich«, sagte Nila fröhlich und strich mit den Fingern darüber. Er hatte ein Muster in Form von Elefantenfüßen, war feuerrot und der einzige wertvolle Besitz Saboors und Parwanas. Noch im selben Winter mussten sie ihn aus Geldnot verkaufen.

»Er gehörte meinem Vater«, sagte Saboor.

»Ein turkmenischer Teppich?«

»Ja.«

»Ich finde die Schafwolle wunderbar, die sie verwenden. Ihre Handwerkskunst ist unglaublich.«

Saboor nickte mit abgewandtem Blick. Er sah sie nicht einmal an, wenn er etwas zu ihr sagte.

Die Plastikplane öffnete sich klatschend, und Abdullah trat mit einem Tablett voller Teetassen ein, das er vor Nila abstellte. Er schenkte ihr ein und ließ sich ihr gegenüber im Schneidersitz nieder. Nila versuchte, mit ihm ins Gespräch zu kommen, ihn mit einigen simplen Fragen aus sich herauszulocken, aber Abdullah nickte nur mit dem geschorenen Kopf, gab einsilbige Antworten und sah sie wachsam aus seinen braungrünen Augen an. Ich nahm mir vor, ihn später für seine schlechten Manieren zu schelten. Natürlich auf eine freundliche Art, denn der Junge hatte ein ernsthaftes und umgängliches Wesen, und ich mochte ihn.

»In welchem Monat sind Sie?«, fragte Nila Parwana.

Meine Schwester antwortete mit gesenktem Kopf, dass sie das Kind im Winter erwarte.

»Sie sind gesegnet«, sagte Nila. »Denn Sie erwarten ein Kind. Und Ihr Stiefsohn ist so nett und höflich.« Sie schenkte Abdullah ein Lächeln, doch er verzog keine Miene.

Parwana murmelte so etwas wie ein Dankeschön.

»Gibt es nicht auch noch ein kleines Mädchen?«, fragte Nila. »Pari?«

»Sie schläft gerade«, sagte Abdullah kurz angebunden.

»Ah. Sie soll ja ganz bezaubernd sein.«

»Hol deine Schwester«, sagte Saboor.

Abdullah musterte zuerst seinen Vater, dann Nila und erhob sich dann mit sichtlichem Zögern.

Hätte ich den Wunsch verspürt, meine Hände in Unschuld zu waschen – und sei es jetzt, zu diesem späten Zeitpunkt –, so würde ich behaupten, dass Abdullah eine ganz normale Beziehung zu seiner kleinen Schwester hatte. Aber so war es nicht. Gott allein weiß, warum die beiden einander erwählt hatten. Es war mir ein Rätsel. Nie habe ich zwischen zwei Geschöpfen eine solche Seelenverwandtschaft gespürt. Abdullah war in Wahrheit nicht nur Paris Bruder, nein, er war ihr auch ein Vater. Wenn sie als Säugling schrie, stand er mitten in der Nacht von seinem Lager auf und beruhigte sie. Er war es, der ihre schmutzigen Windeln wechselte, sie in den Schlaf wiegte, auf den Arm nahm. Er hatte eine Engelsgeduld mit ihr. Er trug sie durch das Dorf und zeigte sie herum, als wäre sie der kostbarste Besitz auf der ganzen Welt.

Als er die verschlafene Pari hereinbrachte, bat Nila darum, sie in den Arm nehmen zu dürfen. Abdullah reichte sie ihr mit einem Blick, aus dem ein so tiefes Misstrauen sprach, als würde er eine unmittelbare Gefahr wittern.

»Oh, wie süß«, rief Nila, deren ungeschicktes Wiegen verriet, dass sie keine Erfahrung mit Kleinkindern hatte. Pari schaute verwirrt zu Nila auf. Dann sah sie zu Abdullah und begann zu weinen. Er nahm sie Nila sofort wieder ab.

»Diese Augen!«, sagte Nila. »Oh, und diese Wangen! Sie ist unglaublich süß, nicht wahr, Nabi?«

»Das stimmt, Bibi Sahib«, sagte ich.

»Und ihr Name passt so gut zu ihr. Pari. Sie ist tatsächlich so hübsch wie eine Fee.«

Abdullah, der Pari wiegte, betrachtete Nila mit immer finsterer Miene.

Auf der Rückfahrt nach Kabul saß Nila zusammengesunken auf der Rückbank, den Kopf gegen die Scheibe gelehnt. Sie schwieg, und dann begann sie plötzlich zu weinen.

Ich hielt am Straßenrand an.

Sie sprach sehr lange kein einziges Wort. Sie hatte die Hände vor das Gesicht geschlagen und schluchzte mit bebenden Schultern. Irgendwann zog sie ein Taschentuch hervor und putzte sich die Nase. »Danke, Nabi«, sagte sie.

»Wofür, Bibi Sahib?«

»Für diese Fahrt. Ich empfinde es als Ehre, deine Familie kennengelernt haben zu dürfen.«

»Meine Familie fühlt sich geehrt. Und ich mich auch.«

»Die Kinder deiner Schwester sind wunderbar.« Sie hob die Sonnenbrille und tupfte sich die Augen.

Ich wollte zunächst nichts sagen, aber da sie Vertrauen gezeigt und in meiner Gegenwart geweint hatte, fühlte ich mich verpflichtet, sie aufzumuntern. Ich sagte sanft: »Sie werden bald eigene Kinder haben, Bibi Sahib. Gott wird dafür sorgen – Inshallah. Warten Sie ab.«

»Das bezweifele ich. Selbst Gott kann mir nicht helfen.«

»Aber natürlich, Bibi Sahib. Sie sind noch so jung. Wenn es sein Wunsch ist, wird es geschehen.«

»Du verstehst nicht«, sagte sie müde. Ich hatte sie noch nie so erschöpft, so ausgelaugt erlebt. »Ich kann keine Kinder bekommen. Man hat mir in Indien alles entfernt. Ich bin innen wie ausgehöhlt.«

Was sollte ich darauf antworten? Ich hätte mich am liebsten neben sie gesetzt, sie in die Arme genommen und mit Küssen bedeckt. Bevor ich mich versah, drehte ich mich zu ihr um und ergriff ihre Hand. Ich glaubte, sie würde zurückzucken, aber sie drückte dankbar meine Finger. Wir blieben im Auto sitzen, ohne einander anzuschauen, und betrachteten die Ebene, die sich gelblich und öde von Horizont zu Horizont erstreckte, gefurcht von ausgedörrten Bewässerungskanälen, gesprenkelt mit Büschen und Felsen. Gelegentlich regte sich so etwas wie Leben. Ich ließ den Blick über Hügel und Strommasten schweifen. In der Ferne sah ich einen mit Frachtgut beladenen Lkw, der eine Staubwolke hinter sich herzog. Ich wäre am liebsten so sitzen geblieben, bis der Abend heraufgezogen wäre.

»Fahr mich nach Hause«, sagte sie schließlich und ließ meine Hand los. »Ich möchte heute früh schlafen gehen.«

»Sehr wohl, Bibi Sahib.« Ich räusperte mich und legte mit leicht zitternder Hand den ersten Gang ein.

Zu Hause ging sie sofort in ihr Schlafzimmer im ersten Stock und kam tagelang nicht mehr zum Vorschein. Manchmal setzte sie sich vor dem Fenster auf einen Stuhl, um zu rauchen, wippte dabei mit dem Fuß und starrte teilnahmslos ins Leere. Sie sprach kein Wort und behielt die ganze Zeit dasselbe Nachthemd an. Sie weigerte sich zu baden, sich die Zähne zu putzen oder die Haare zu waschen, und sie nahm keinen Bissen zu sich, was bei Herrn Wahdati eine sehr untypische Besorgnis auslöste.

Am vierten Tag klopfte jemand an das Eingangstor. Als ich öffnete, stand ein hochgewachsener, älterer Herr vor mir, der einen frisch gebügelten Anzug und polierte Schuhe trug. Er ragte förmlich über mir auf, sah durch mich hindurch und hielt einen glänzenden Stock wie ein Zepter in beiden Händen. All das verlieh ihm eine imposante, ja unnahbare Ausstrahlung. Ich spürte, ohne dass er ein Wort gesagt hatte, dass er Gehorsam gewohnt war.

»Wie ich höre, ist meine Tochter nicht wohlauf«, sagte er.

Ich war ihm noch nie begegnet. »Ja, Sahib. Ich fürchte, das stimmt«, erwiderte ich.

»Dann aus dem Weg, junger Mann.« Er drängte sich an mir vorbei.

Ich hackte im Garten Holz für den Ofen, an einer Stelle, die einen guten Blick auf das Fenster von Nilas Schlafzimmer bot. Das Fenster rahmte ihren Vater ein, der sich zu seiner Tochter hinabbeugte, eine Hand auf ihre Schulter gelegt. Nilas Miene war die eines Menschen, der von einem lauten, plötzlichen Krach wie dem eines explodierenden Böllers oder einer durch einen Windzug zuknallenden Tür erschreckt worden ist.

An diesem Abend aß sie etwas.

Einige Tage danach rief Nila mich ins Haus und sagte mir, sie wolle eine Party geben. Während Herrn Wahdatis Junggesellenzeit hatte es in diesem Haus so gut wie keine Partys gegeben, aber Nila feierte nach ihrem Einzug jeden Monat zwei oder drei. Am Tag vor einem solchen Fest bekam ich von ihr genaue Anweisungen bezüglich der Vorspeisen und Hauptgerichte, die ich zuzubereiten hatte, und ich fuhr zum Markt, um alles Nötige einzukaufen. Am wichtigsten war der Alkohol, den ich vorher nie gekauft hatte, weil Herr Wahdati nichts trank – nicht aus religiösen Gründen, sondern weil ihm die Wirkung zuwider war. Nila kannte sich dagegen bestens mit bestimmten Läden aus, die sie scherzhaft »Apotheken« nannte und in denen man unter der Hand und für einen Preis, der sich auf das Doppelte meines Monatsgehalts belief, eine Flasche »Medizin« erwerben konnte. Da ich durch diese Einkäufe zu einem Helfershelfer der Sünde wurde, erledigte ich sie mit gemischten Gefühlen, aber der Wunsch, Nila zu gefallen, war wie üblich stärker.

Sie müssen wissen, Mr Markos, dass in Shadbagh jede Feier, ob anlässlich einer Hochzeit oder einer Beschneidung, auf zwei Häuser verteilt war – eines für die Frauen, eines für die Männer. Doch bei Nilas Partys feierten alle zusammen. Fast alle Frauen trugen wie Nila Kleider, die den ganzen Arm und viel Bein freiließen. Sie rauchten nicht nur, sondern tranken auch, die Gläser halbvoll mit farblosen, roten oder kupferroten Spirituosen, und sie erzählten Witze, lachten und berührten Männer am Arm, deren Ehefrauen zugegen waren. Ich trug kleine Tabletts mit *bolani* und *lola kabob* durch den verqualmten Raum von einer Gästegruppe zur anderen, und die ganze Zeit liefen Schallplatten – keine afghanische Musik, sondern etwas, das Nila Jazz nannte, ein Stil, den Sie, Mr Markos, wie ich Jahrzehnte später erfahren sollte, auch schätzen. Das scheinbar willkürliche Klaviergeklimper und das sonderbare Trompetengejaule klang damals nicht gerade wie Musik in meinen Ohren. Aber Nila fand es herrlich, und ich bekam gelegentlich mit, wie sie Gästen diese oder jene Aufnahme ans Herz legte. Sie stellte ihr Glas, dem sie sich weit ausführlicher widmete als dem Essen, während des ganzen Abends kein einziges Mal ab.

Herr Wahdati kümmerte sich nur sporadisch um die Gäste. Zu Beginn des Abends mischte er sich, um guten Willen zu zeigen, unter die Leute, saß aber im weiteren Verlauf meist geistesabwesend mit einem Glas Wasser in der Ecke und setzte ein verkniffen höfliches Lächeln auf, wenn ihn jemand ansprach. Und er entschuldigte sich, sobald Nila von den Gästen gebeten wurde, ihre Gedichte vorzutragen.

Für mich war das der schönste Teil des Abends, und wenn sie anfing, suchte ich mir immer eine Beschäftigung in ihrer Nähe. Ich stand da wie angewurzelt, ein Tuch in der Hand, und spitzte die Ohren. Nilas Gedichte waren ganz anders als jene, mit denen ich aufgewachsen bin. Wir Afghanen lieben unsere Dichtung, und wie Sie wissen, können sogar ungebildete Menschen Verse von Hafiz oder Khayyam oder Saadi aufsagen. Im vergangenen Jahr haben Sie mir erzählt, wie sehr die Afghanen Ihnen ans Herz gewachsen sind, Mr Markos, wissen Sie noch? Als ich Sie fragte, warum, lachten Sie nur und sagten: *Weil sogar eure Graffiti-Künstler Verse von Rumi auf die Mauern sprühen.*

Nilas Gedichte brachen mit allen Traditionen. Sie hielten sich nicht an bestimmte Versmaße oder Reimschemata. Sie behandelten auch nicht die üblichen Themen wie Bäume, Frühlingsblumen oder Bulbul-Vögel. Nila schrieb stattdessen über die Liebe, und mit Liebe meine ich nicht die Sufi-Sehnsucht eines Rumi oder Hafiz, sondern körperliche Liebe. Sie erzählte von Liebenden, die im Bett miteinander flüstern und einander berühren. Sie schrieb über die Lust. Ich hatte noch nie eine solche Sprache aus dem Mund einer Frau gehört. Ich lauschte mit geschlossenen Augen und knallroten Ohren Nilas rauchiger, durch den Flur hallender Stimme und bildete mir ein, dass sie nur für mich allein lesen würde, dass wir die Liebenden in ihrem Gedicht wären, bis jemand nach Tee oder Rührei schrie und den Bann brach. Dann rief Nila nach mir, und ich eilte zu ihr.

An jenem Abend wählte sie ein Gedicht aus, das mich kalt erwischte. Es handelte von einem trauernden Ehepaar auf dem Land, dem die Eiseskälte des Winters das neugeborene Kind geraubt hatte. Dem Kopfnicken und bewundernden Gemurmel nach zu urteilen, gefiel das Gedicht den Gästen, und als sie laut applaudierten, sah Nila vom Papier auf. Doch ich war nicht nur überrascht, sondern auch etwas empört, weil sie das Unglück meiner Schwester benutzt hatte, um ihre Gäste zu unterhalten, und ich hatte das Gefühl, dass sie damit einen kleinen Verrat begangen hatte.

Einige Tage nach der Party sagte Nila, dass sie eine neue Geldbörse brauche. Herr Wahdati saß noch am Tisch, an dem ich ihm Linsensuppe und Naan-Brot serviert hatte und las Zeitung.

»Brauchst du auch etwas, Suleiman?«, fragte Nila.

»Nein, *aziz*. Danke«, antwortete er. Er redete sie meist mit *aziz* an, was so viel wie Liebling oder Schatz bedeutet, aber wenn er dieses Wort benutzte, schienen die beiden einander fremder zu sein denn je, und niemand sprach es so förmlich aus wie Herr Wahdati.

Während der Fahrt zum Geschäft sagte Nila, sie wolle eine Freundin abholen, und nannte mir die Adresse. Ich hielt am Straßenrand und sie stieg aus und ging auf dem Bürgersteig auf ein zweistöckiges Haus mit hellrosa Mauern zu. Ich ließ den Motor laufen, stellte ihn aber nach fünf Minuten aus. Und das war gut so, denn es dauerte zwei Stunden, bis ich Nilas schlanke Gestalt wieder auf das Auto zukommen sah. Ich hielt ihr die Tür auf, und als sie einstieg, konnte ich nicht nur ihr vertrautes Parfüm, sondern auch einen zweiten Duft ausmachen, Zedernholz mit einem Hauch Ingwer, eine Note, die mir schon bei der Party vor zwei Tagen in die Nase gestiegen war.

»Mir hat keine gefallen«, sagte Nila, die sich hinten im Auto den Lippenstift nachzog.

Als sie mein verwirrtes Gesicht im Rückspiegel sah, senkte sie den Lippenstift und betrachtete mich durch den Vorhang ihrer Wimpern. »Du hast mich zu zwei Geschäften gefahren, aber keine Geldbörse hat mir gefallen.«

Sie hielt meinem Blick stand und wartete ab, und ich begriff, dass sie mich in ein Geheimnis eingeweiht hatte. Sie stellte meine Treue auf die Probe. Sie forderte mich auf, eine Entscheidung zu treffen.

»Ich glaube, es waren sogar drei Geschäfte«, sagte ich lahm.

Sie grinste. »*Parfois je pense que tu es mon seul ami*, Nabi.«

Ich blinzelte.

»Das heißt: Manchmal glaube ich, dass du mein einziger Freund bist.«

Sie lächelte mich strahlend an, aber ich fühlte mich tief bedrückt.

Während des restlichen Tages erledigte ich meine Arbeit langsamer und freudloser als sonst. Als die anderen Männer abends zum Tee kamen, sang einer von ihnen Lieder für uns, aber auch das konnte mich nicht aufheitern. Ich fühlte mich, als wären mir Hörner aufgesetzt worden. Und ich glaubte felsenfest, dass meine Besessenheit von Nila endlich nachlassen würde.

Aber als ich am nächsten Morgen aufstand, war sie wieder da, erfüllte meine Hütte vom Fußboden bis zur Decke, durchtränkte wie ein Dunst die Wände und die Luft, die ich atmete. Ich konnte nichts dagegen tun, Mr Markos.

Ich weiß nicht mehr genau, wann die Idee Besitz von mir ergriff.

Vielleicht 1952, an einem windigen Herbstmorgen, als ich Nila Tee servierte. Ich wollte gerade ein Stück *roat*-Kuchen für sie abschneiden, als es im Radio, das auf der Fensterbank stand, hieß, dass man in diesem Jahr mit einem noch härteren Winter als im Vorjahr rechne. Gut möglich, dass es schon früher geschah, damals, als ich sie zu dem rosa Haus fuhr, oder an jenem Tag, als ich im Auto ihre Hand hielt, während sie schluchzte.

Doch ganz gleich, wann und wo – nachdem diese Idee in mir aufgekeimt war, ließ sie mich nicht mehr los.

Ich möchte vorausschicken, Mr Markos, dass ich bei dieser Idee ein vollkommen reines Gewissen hatte. Ich war auch fest davon überzeugt, dass sie den besten und lautersten Absichten entsprang und, obwohl sie zunächst schmerzhafte Auswirkungen hätte, langfristig zum Besten aller Beteiligten wäre. Doch ich hatte auch weniger ehrenhafte, selbstsüchtige Motive. So hoffte ich vor allem, Nila etwas geben zu können, das ihr kein anderer Mann – weder Herr Wahdati noch der Besitzer des großen, rosa Hauses – verschaffen konnte.

Ich besprach die Sache zuerst mit Saboor. Und ich muss zu meiner Verteidigung sagen, dass ich Saboor, anstatt ihm diesen Vorschlag zu unterbreiten, lieber Geld gegeben hätte, vorausgesetzt, er hätte es angenommen. Ich wusste, dass er Geld brauchte, denn er hatte mir von seinen Problemen bei der Arbeitssuche erzählt. Ich hätte Herrn Wahdati um einen Vorschuss auf mein Gehalt gebeten, um Saboor zu helfen, seine Familie durch den Winter zu bringen. Aber wie viele meiner Landsleute war auch Saboor schrecklich stolz. Er hätte niemals Geld von mir angenommen. Er war ein Mann, und ein Mann sorgte selbst für seine Familie. Und genau dabei starb er, noch keine vierzig Jahre alt – er brach während der Zuckerrübenernte auf einem Feld in der Nähe von Baghlang zusammen. Bei seinem Tod hielt er angeblich noch die Sichel in den schwieligen, blutigen Händen.

Ich habe keine Kinder und will deshalb gar nicht erst so tun, als hätte ich ermessen können, wie quälend die Entscheidung für Saboor gewesen sein muss. Ich war auch nicht bei den Diskussionen der Wahdatis zugegen. Nachdem ich Nila von meiner Idee erzählt hatte, bat ich sie, diese gegenüber Herrn Wahdati als ihre eigene auszugeben. Ich wusste, dass Herr Wahdati sich dagegen sträuben würde. Er hatte, soweit ich wusste, niemals auch nur den geringsten väterlichen Instinkt gezeigt. Ich fragte mich sogar, ob ihn nicht zuletzt Nilas Unfähigkeit, Kinder zu gebären, zur Heirat bewogen hatte. Zwischen beiden herrschte jedenfalls eine angespannte Stimmung, und ich hielt Abstand. Wenn ich mich abends zum Schlafen niederlegte, hatte ich jedes Mal die Tränen vor Augen, die Nila geweint hatte, als ich ihr von meiner Idee erzählt hatte, erinnerte mich daran, wie sie meine Hände ergriffen und mich dankbar und – ohne Zweifel – mit einer Spur von Liebe angeschaut hatte. Ich dachte die ganze Zeit daran, dass ich ihr ein Geschenk in Aussicht stellte, das ihr nicht einmal reiche, mächtige Männer machen konnten. Ich dachte ständig daran, dass ich mich ihr mit Haut und Haaren verschrieben hatte, und das auch noch von Herzen gern. Und ich dachte, hoffte, wider jede Vernunft, dass sie irgendwann mehr in mir sehen würde als nur den treuen Diener.

Als Herr Wahdati schließlich nachgab – was mich nicht erstaunte, weil Nila eine Frau mit außerordentlich starkem Willen war –, teilte ich dies Saboor mit und bot an, ihn und Pari nach Kabul zu bringen. Ich habe nie ganz verstanden, warum er den Weg lieber zu Fuß zurücklegen wollte. Oder Abdullah erlaubte, sie zu begleiten. Vielleicht wollte er die Zeit, die ihm noch mit Pari verblieb, ein wenig strecken. Vielleicht wollte er durch die beschwerliche Reise Buße tun. Vielleicht war es auch sein Stolz, der es ihm verbot, sich in das Auto jenes Mannes zu setzen, der seine Tochter verkaufte. Schließlich kamen sie in Kabul an, alle drei von Kopf bis Fuß voller Staub, und warteten wie vereinbart vor der Moschee. Während der Fahrt zum Haus der Wahdatis versuchte ich, so fröhlich wie möglich zu sein, wegen der Kinder, die nichts von ihrem Schicksal ahnten – und auch nichts von der schrecklichen Szene, die sich bald zutragen sollte.

Es wäre wenig sinnvoll, Ihnen diese Szene, die sich ganz genauso abspielte wie von mir befürchtet, in allen Einzelheiten zu schildern, Mr Markos. Aber mein Herz krampft sich jetzt, nach all den Jahren, noch immer zusammen, wenn mich die Erinnerung daran überkommt. Wie auch sonst? Ich riss zwei hilflose Kinder auseinander, die durch eine Liebe der reinsten und wahrhaftigsten Art miteinander verbunden waren. Den plötzlichen emotionalen Aufruhr werde ich nie vergessen. Die über meiner Schulter liegende Pari strampelte panisch mit den Beinen und kreischte: *Abollah, Abollah!*, während ich sie fortschaffte. Abdullah schrie den Namen seiner Schwester und versuchte, sich an seinem Vater vorbeizudrängeln. Nila hielt sich mit weit aufgerissenen Augen die Hand vor den Mund, als wollte sie ihren eigenen Schrei ersticken. All das lastet schwer auf mir. So viele Jahre sind vergangen, und es lastet immer noch auf mir, Mr Markos.

Pari war damals fast vier, und obwohl sie noch so klein war, hatte sie bestimmte Angewohnheiten, die sie ablegen musste. So war sie angehalten, mich nicht mehr Kaka Nabi, sondern nur noch Nabi zu nennen, und ihre Fehler wurden immer wieder behutsam korrigiert, auch von mir, bis sie am Ende glaubte, dass wir keine Verwandten waren. Ich wurde für sie zu Nabi, dem Koch, und Nabi, dem Chauffeur. Nila wurde zu »Maman«, Herr Wahdati zu »Papa«. Nila gab ihr Unterricht in Französisch, der Sprache ihrer Mutter.

Herr Wahdati hatte Pari sehr kühl aufgenommen, aber das änderte sich bald, denn Paris tränenreiches Heimweh und ihre Angst hatten etwas Entwaffnendes. Pari begleitete uns nach kurzer Zeit auf unseren morgendlichen Spaziergängen. Herr Wahdati setzte sie in einen Kinderwagen und schob sie durch das Viertel. Oder er saß mit ihr auf dem Schoß hinter dem Lenkrad des Autos und lächelte geduldig, während sie hupte. Bei einem Tischler gab er ein Rollbett mit drei Schubladen, eine Spielzeugkiste aus Ahornholz und einen kleinen, schmalen Sekretär in Auftrag. Er ließ alle Möbel in Paris Zimmer gelb lackieren, weil Gelb ihre Lieblingsfarbe war. Und eines Tages sah ich, wie er im Schneidersitz vor dem Sekretär saß, Pari neben sich, und die Klappe sehr gekonnt mit Giraffen und langschwänzigen Affen bemalte. Es sagt wohl viel über sein Wesen aus, Mr Markos, wenn ich Ihnen schreibe, dass ich erst jetzt, nach all den Jahren, in denen ich ihn zeichnen sah, einen Eindruck von seiner künstlerischen Arbeit bekam.

Paris Gegenwart hatte unter anderem zur Folge, dass die Wahdatis zum ersten Mal so etwas wie eine richtige Familie waren. Nila und ihr Mann, durch ihre Zuneigung zu Pari verbunden, aßen jetzt immer gemeinsam. Sie gingen mit Pari in einen nahen Park und saßen dort zufrieden auf einer Bank, während sie ihr beim Spielen zuschauten. Wenn ich ihnen abends, nachdem ich den Tisch abgeräumt hatte, den Tee servierte, las einer von beiden Pari, die auf ihrem Schoß lag, aus einem Kinderbuch vor. Mit jedem Tag, der verstrich, schwand Paris Erinnerung an ihr Leben in Shadbagh und die Menschen dort mehr.

Paris Gegenwart hatte aber auch für mich eine unerwartete Folge: Ich trat mehr in den Hintergrund. Halten Sie von mir, was Sie wollen, Mr Markos, und bedenken Sie, dass ich ein junger Mann war, aber ich muss gestehen, dass ich mir Hoffnungen machte, auch wenn diese närrisch waren. Ich hatte Nila immerhin dazu verholfen, Mutter zu werden. Ich hatte herausgefunden, warum sie unglücklich war, und ihr ein Gegenmittel verschafft. Bildete ich mir etwa ein, wir würden jetzt eine Beziehung anfangen? Nein, so dumm war ich wohl nicht, Mr Markos, aber das ist nicht die ganze Wahrheit – in Wahrheit, so würde ich behaupten, hofft jeder darauf, wider jede Wahrscheinlichkeit etwas ganz Außergewöhnliches zu erleben.

Was ich nicht vorhergesehen hatte, war das Ausmaß, in dem ich in den Hintergrund trat. Nila war jetzt die ganze Zeit mit Pari beschäftigt. Unterricht, Spielen, Mittagsschlaf, Spaziergänge, wieder Spielen. Unsere täglichen Gespräche kümmerten zu kurzen Wortwechseln. Wenn die beiden mit Bauklötzen spielten oder vor einem Puzzle saßen, bemerkte Nila mich kaum, wenn ich ihr den Kaffee brachte. Sie nahm überhaupt nicht wahr, dass ich noch im Raum war. Wenn wir uns unterhielten, war sie abgelenkt und immer darauf bedacht, das Gespräch möglichst kurz zu halten. Im Auto setzte sie eine abweisende Miene auf. Ich schäme mich zwar dafür, muss aber gestehen, dass ich deshalb einen gewissen Groll gegen meine Nichte entwickelte.

Die Vereinbarung mit den Wahdatis sah vor, dass Paris Familie nicht in Kabul zu Besuch kommen durfte. Jeder Kontakt mit ihnen war verboten. Eines Tages, kurz nachdem Pari bei den Wahdatis eingezogen war, fuhr ich nach Shadbagh. Ich hatte Mitbringsel für Abdullah und Iqbal dabei, den kleinen Sohn meiner Schwester, der damals die ersten Schritte tat.

Saboor sagte unverblümt: »Du hast deine Geschenke verteilt. Zeit, dass du wieder fährst.«

Ich sagte ihm, dass ich nicht verstehen würde, warum er mich so eisig empfing, so unfreundlich zu mir war.

»Doch, du verstehst es ganz genau«, sagte er. »Und fühl dich bitte nicht zu weiteren Besuchen verpflichtet.«

Er hatte recht; ich verstand. Unser Verhältnis war nicht mehr unbeschwert. Die Stimmung während meines Besuches war angespannt, unangenehm, ja feindselig gewesen. Es fühlte sich nicht mehr vertraut an, wenn wir zusammensaßen, Tee tranken und über das Wetter oder die Traubenernte plauderten. Saboor und ich täuschten eine Normalität vor, die es nicht mehr gab. Unter dem Strich war es meine Schuld, dass die Familie auseinandergerissen worden war. Saboor wollte mich nicht mehr wiedersehen, und das konnte ich verstehen. Ich stellte meine monatlichen Besuche ein. Ich sah keinen von ihnen jemals wieder.

1955, kurz nach Frühlingsbeginn, geschah etwas, das das Leben im Haus der Wahdatis für immer veränderte. An dem betreffenden Vormittag regnete es, Mr Markos. Nicht in Strömen, so dass die Frösche gequakt hätten, sondern unstet und leicht. Ich weiß noch, dass Zahid, der Gärtner, wie üblich faul auf dem Rechen lehnte und murmelte, dass er wegen des Mistwetters ebenso gut Feierabend machen könne. Ich wollte gerade in meiner Hütte Schutz vor dem Regen suchen, da hörte ich, wie Nila im Haupthaus meinen Namen schrie.

Ich rannte durch den Garten zum Haus. Ihre Stimme kam von oben, aus dem großen Schlafzimmer. Nila stand dort in einer Ecke vor der Wand, eine Hand auf den Mund gepresst. »Was ist los mit ihm?«, fragte sie, ohne die Hand wegzuziehen.

Herr Wahdati saß im weißen Unterhemd aufrecht im Bett und stieß kehlige, unverständliche Laute aus. Seine Miene war bleich und verzerrt, die Haare zerzaust. Er versuchte immer wieder vergeblich, eine Bewegung mit dem rechten Arm auszuführen, und ich sah mit Entsetzen, dass Speichel aus einem Mundwinkel troff.

»Nabi! Tu doch was!«

Pari, damals sechs Jahre alt, kam dazu, lief zu Herrn Wahdati und zupfte an seinem Unterhemd. »Papa? Papa?« Er sah auf sie herab, die Augen weit aufgerissen, und sein Mund klappte auf und zu. Pari begann zu schreien.

Ich nahm sie rasch auf die Arme, trug sie zu Nila und bat sie, das Kind wegzubringen, damit es seinen Vater nicht in diesem Zustand sah. Nila blinzelte, als würde sie aus einer Trance erwachen, und sie blickte von mir zu Pari. Dann nahm sie das Kind, fragte mich aber unaufhörlich, was mit ihrem Mann sei, und forderte mich auf, etwas zu tun.

Ich trat an das Fenster und rief Zahid, und der Dummkopf war ausnahmsweise von Nutzen. Er half mir, Herrn Wahdati eine Pyjamahose anzuziehen. Danach hoben wir ihn aus dem Bett, trugen ihn nach unten und betteten ihn auf die Rückbank des Autos. Nila setzte sich neben ihn. Ich befahl Zahid, auf Pari aufzupassen. Als er etwas einwenden wollte, verpasste ich ihm mit der flachen Hand einen Schlag gegen die Schläfe. Ich sagte, er sei ein Esel, und er solle gehorchen.

Dann setzte ich den Wagen in der Einfahrt zurück und fuhr zum Krankenhaus. Es dauerte zwei Wochen, bis wir Herrn Wahdati wieder nach Hause holen konnten. Es war das reinste Chaos. Die Familie fiel scharenweise bei uns ein. Ich war rund um die Uhr damit beschäftigt, für irgendwelche Onkel, Cousins oder alte Tanten Tee zu kochen und Essen zuzubereiten. Die Glocke am Tor schellte ununterbrochen, Schritte hallten auf dem Marmorfußboden des Wohnzimmers, im Flur erklang das Gemurmel zahlloser Besucher. Die meisten hatte ich bis dahin nur selten zu Gesicht bekommen und ahnte, dass sie nicht dem kranken, menschenscheuen und ihnen nur flüchtig bekannten Herrn Wahdati ihre Reverenz erweisen wollten, sondern seiner matronenhaften Mutter. Sie erschien natürlich auch, die Mutter, zum Glück ohne ihre Hunde. Sie stürmte in das Haus, in jeder Hand ein Taschentuch, und tupfte sich die roten Augen und die Nase ab. Sie pflanzte sich neben dem Bett des Kranken auf und heulte wie ein Schlosshund. Zu meinem Entsetzen trug sie Schwarz, als wäre ihr Sohn schon tot.

Was in gewisser Weise zutraf: Eine Gesichtshälfte war erstarrt, und Herr Wahdati konnte die Beine kaum noch bewegen; der rechte Arm war schlaff und nutzlos, der linke dagegen noch funktionstüchtig. Wenn er etwas sagen wollte, stieß er heisere Stöhnlaute aus, aus denen niemand schlau wurde.

Laut des Arztes konnte er denken und fühlen wie vor dem Schlaganfall, nur war es ihm vorläufig unmöglich, seinen Gefühlen und Gedanken entsprechend zu handeln.

Das stimmte nicht ganz, denn seine Gefühle bezüglich der Besucher, auch seiner Mutter, brachte er schon nach einer Woche klar zum Ausdruck. Er blieb sogar während seiner schweren Krankheit ein zutiefst eigenbrötlerischer Mensch. Und er verabscheute das Mitleid, die betrübten Blicke und das Kopfschütteln angesichts seines kläglichen Zustands. Wenn jemand sein Zimmer betrat, winkte er die Person zornig mit der linken Hand weg. Wenn jemand mit ihm sprach, wandte er den Kopf ab. Wenn sich jemand zu ihm auf das Bett setzte, packte er die Decke, brummte und hämmerte mit der Faust so lange auf seine Hüfte ein, bis der Besucher wieder verschwand. Das galt auch für Pari, obwohl er ihr gegenüber weniger hart war. Wenn sie mit ihren Puppen neben seinem Bett spielte, sah er zu mir auf, mit bebendem Kinn und Tränen in den Augen, bis ich sie endlich aus dem Zimmer brachte – er versuchte gar nicht erst, mit ihr zu reden, weil er wusste, dass sie das erschreckt hätte.

Für Nila war es eine Erleichterung, als der große Exodus der Besucher begann. Solange das Haus voller Menschen gewesen war, hatte sie sich mit Pari in deren Schlafzimmer zurückgezogen, zum tiefen Missfallen ihrer Schwiegermutter, die zweifellos erwartete – und wer wollte ihr das verübeln? –, dass Nila an der Seite ihres Mannes wachte, und sei es nur, um den Anschein zu wahren. Das war Nila natürlich egal, und wie man über sie redete, kümmerte sie ebenso wenig. Und es wurde viel geredet. »Was ist das für eine Ehefrau?«, hörte ich die Mutter einmal ausrufen. Sie beklagte sich bei jedem, der es hören wollte, über Nilas Herzlosigkeit und Seelenlosigkeit. Wo war sie jetzt, da ihr Mann sie brauchte? Wie konnte diese Frau ihren treuen, liebenden Ehemann so im Stich lassen?

Die Klagen der alten Dame waren nicht ganz unberechtigt. Denn ich war es, der rund um die Uhr für Herrn Wahdati sorgte. Ich gab ihm die Medikamente. Ich begrüßte jeden, der ihn besuchen wollte. Ich führte fast alle Gespräche mit dem Arzt, und deshalb erkundigte man sich bei mir und nicht bei Nila, wie es um Herrn Wahdati stand.

Der Hinauswurf der Besucher war eine Erleichterung für Nila, stellte sie aber auch vor ein großes Problem. Denn durch ihren Rückzug in Paris Zimmer hatte sie sich nicht nur von ihrer unangenehmen Schwiegermutter, sondern auch von dem ferngehalten, was von ihrem Mann noch übrig war. Nun, da das Haus leer war, sah sie sich mit ehelichen Pflichten konfrontiert, für die sie so wenig geschaffen war wie kaum jemand sonst.

Sie konnte diese Pflichten nicht erfüllen.

Und sie tat es auch nicht.

Nicht, dass sie grausam oder hartherzig gewesen wäre. Ich habe ein langes Leben hinter mir, Mr Markos, und deshalb weiß ich, dass man sich bei der Beurteilung der innersten Herzensregungen eines Menschen um Demut und Nachsicht bemühen soll. Die Sache sah folgendermaßen aus: Als ich eines Tages das Schlafzimmer von Herrn Wahdati betrat, sah ich Nila schluchzend auf seinem Bauch liegen, einen Löffel in der Hand. Püriertes Linsen-*daal* tropfte vom Kinn ihres Mannes auf die um seinen Hals gebundene Serviette.

»Überlassen Sie das mir, Bibi Sahib«, sagte ich sanft. Ich entwand ihr den Löffel, wischte den Mund ihres Mannes ab und wollte das Füttern übernehmen, aber er stöhnte, kniff die Augen zu und drehte sich weg.

Bald darauf schaffte ich zwei Koffer nach unten und übergab sie einem Fahrer, der sie im Kofferraum seines Wagens verstaute. Dann half ich Pari, die ihren gelben Lieblingsmantel trug, auf die Rückbank.

»Besuchst du uns mit Papa in Paris, Nabi, wie Maman gesagt hat?«, fragte sie, und zeigte beim Lächeln ihre Zahnlücken.

Aber sicher, antwortete ich, nur müsse sich ihr Vater erst erholen. Ich küsste ihre kleinen Hände. »Ich wünsche dir Glück und ein frohes Herz, Bibi Pari«, sagte ich.

Als ich wieder ins Haus ging, kam Nila gerade die Treppe hinunter. Ihre Augen waren verquollen, der Eyeliner war verschmiert. Sie hatte sich soeben von ihrem Mann verabschiedet.

»Er ist erleichtert, nehme ich an«, sagte sie und fügte dann hinzu: »Aber das ist vielleicht nur Wunschdenken.« Sie zog ihre Handtasche zu und hängte sie sich über die Schulter.

»Bitte sag niemandem, wohin wir reisen. Es sollte besser geheim bleiben.«

Ich versprach, es für mich zu behalten.

Sie sagte, sie werde mir bald schreiben. Danach sah sie mir lange in die Augen. In ihrem Blick schien echte Zuneigung zu liegen. Sie strich mir über die Wange.

»Ich bin froh, dass du bei ihm bist, Nabi.«

Dann zog sie mich an sich und drückte mich. Ihre Wange berührte meine, und ich roch ihr Haar, ihren Duft.

»Du warst es, Nabi«, flüsterte sie mir ins Ohr. »Nur du. Die ganze Zeit. Hast du das nicht geahnt?«

Ich begriff nicht, und sie riss sich von mir los, bevor ich sie fragen konnte, eilte mit klackernden Schuhen und gesenktem Blick aus dem Haus. Sie glitt neben Pari auf die Rückbank und warf mir einen letzten Blick zu, eine Hand gegen die Fensterscheibe gedrückt. Ihre bleiche, gegen die Scheibe gepresste Handfläche war das Letzte, was ich von ihr sah.

Ich schaute ihr nach, wartete, bis der Wagen am Ende der Straße abbog. Dann verschloss ich das Tor, lehnte mich dagegen und weinte wie ein Kind.

Ab und zu kamen noch Besucher, obwohl Herr Wahdati sich dies verbeten hatte, doch bald wurden es weniger. Am Ende kam nur noch seine Mutter. Sie erschien einmal pro Woche. Auf ihr Fingerschnippen holte ich einen Stuhl für sie, und sobald sie neben dem Bett ihres Sohnes saß, begann sie, sich über seine abgereiste Frau auszulassen. Nila sei eine Schlampe. Eine Lügnerin. Eine Säuferin. Und feige, denn jetzt, da ihr Mann sie dringender brauche denn je, sei sie weg. Herr Wahdati ließ diese Tiraden stumm über sich ergehen und sah die ganze Zeit an der Schulter seiner Mutter vorbei aus dem Fenster. Diese erging sich danach in einem Schwall von Neuigkeiten und Tratsch, das meiste davon fast schmerzhaft banal. Eine Cousine, die sich mit ihrer Schwester gestritten hatte, weil diese so dreist gewesen war, den gleichen Couchtisch zu kaufen wie sie. Irgendjemand hatte am vergangenen Freitag, auf der Rückfahrt von Paghman, einen Platten gehabt. Diese oder jene hatte eine neue Frisur. Und so weiter und so fort. Herr Wahdati brummte manchmal, und wenn er das tat, fuhr seine Mutter zu mir herum.

»Du! Was hat er gesagt?« Sie sprach immer so barsch mit mir.

Da ich fast rund um die Uhr bei ihm war, konnte ich besser als jeder andere ausmachen, was Herr Wahdati sagen wollte. Ich beugte mich dicht zu ihm hin, und was in den Ohren anderer nur ein unverständliches Brummen oder Stöhnen war, entschlüsselte ich als Bitte um Wasser oder die Bettpfanne oder als den Wunsch, auf die andere Seite gedreht zu werden. Ich war im Grunde sein Dolmetscher.

»Ihr Sohn sagt, dass er jetzt schlafen möchte.«

Die alte Dame seufzte und antwortete, das sei wohl ebenso gut, denn sie müsse sowieso gleich aufbrechen. Dann gab sie ihm einen Kuss auf die Stirn und versprach, bald wiederzukommen. Nachdem ich sie zum Eingangstor begleitet hatte, wo ihr Chauffeur auf sie wartete, kehrte ich in Herrn Wahdatis Schlafzimmer zurück und setzte mich auf einen Hocker neben dem Bett, und wir genossen die Stille. Manchmal fing er meinen Blick auf, schüttelte den Kopf und grinste schief.

Die Aufgaben, für die ich eingestellt worden war, hatten sich so stark reduziert – ich fuhr jede Woche ein oder zwei Mal einkaufen und musste nur noch für zwei Personen kochen –, dass ich es als überflüssig empfand, die anderen Diener für etwas zu bezahlen, das ich genauso gut selbst erledigen konnte. Ich erwähnte dies gegenüber Herrn Wahdati. Er winkte mich zu sich, und ich beugte mich über ihn.

»Du übernimmst dich.«

»Nein, Sahib. Ich tue das gern.«

Er fragte, ob ich mir sicher sei, was ich bestätigte.

Tränen traten ihm in die Augen, und er schloss seine Finger mit schwachem Griff um mein Handgelenk. Früher war niemand stoischer gewesen als er, aber jetzt, nach dem Schlaganfall, lösten die schlichtesten Dinge Aufruhr, Angst und Tränen in ihm aus.

»Hör zu, Nabi.«

»Ja, Sahib?«

»Zahl dir so viel Lohn aus, wie du willst.«

Ich antwortete, das sei kein Thema.

»Du weißt, wo ich mein Geld aufbewahre.«

»Sie müssen sich ausruhen, Sahib.«

»So viel, wie du willst.«

Ich sagte, dass ich gern eine *shorwa*-Suppe zum Mittagessen kochen würde. »Wie klingt das in Ihren Ohren – *shorwa*? Ich glaube, ich habe selbst Appetit darauf.«

Die Arbeiter lud ich nicht länger zum Tee ein. Wie sie über mich dachten, war mir inzwischen egal, und ich fand es ungehörig, dass sie sich auf Kosten von Herrn Wahdati amüsierten. Außerdem hatte ich das nicht ganz kleine Vergnügen,

Zahid feuern zu können. Ich entließ auch eine der für die Wäsche zuständigen Hazara-Frauen. Von da an übernahm ich das Waschen und hängte die Kleider auf einer Wäscheleine zum Trocknen auf. Ich kümmerte mich um die Bäume, beschnitt die Sträucher, mähte den Rasen, pflanzte neue Blumen und Gemüse. Ich erledigte handwerkliche Arbeiten im Haus, ersetzte rostige Leitungsrohre, reparierte leckende Wasserhähne, schrubbte die Fußböden, putzte die Fenster, klopfte den Staub aus den Vorhängen, schüttelte die Teppiche aus.

Eines Tages fegte ich im Zimmer von Herrn Wahdati die Spinnweben von den Stuckaturen. Das war im Sommer, und es herrschte große Hitze. Ich hatte Herrn Wahdati von allen Decken und Laken befreit, die Beine seines Pyjamas hochgekrempelt und die Fenster geöffnet. Der Ventilator surrte schwach unter der Decke, half aber kaum, denn die Hitze war zu groß.

Im Zimmer stand ein großer Kleiderschrank, den ich schon seit längerem hatte putzen wollen, und an jenem Tag beschloss ich, die Sache endlich anzugehen. Ich schob die Türen auf und begann, jeden Anzug einzeln auszuklopfen, obwohl Herr Wahdati sie wahrscheinlich niemals wieder tragen würde. Im Schrank lagen Stapel verstaubter Bücher, die ich auch abwischte. Ich putzte seine Schuhe mit einem Lappen und reihte sie ordentlich auf. Dann stieß ich auf einen großen Pappkarton, fast verdeckt von mehreren langen Wintermänteln, und klappte ihn auf. Er war randvoll mit alten Skizzenbüchern, alle übereinandergestapelt, jedes von ihnen ein trauriges Relikt des früheren Lebens von Herrn Wahdati.

Ich nahm das oberste Skizzenbuch zur Hand, schlug es auf – und fast hätten meine Beine unter mir nachgegeben. Ich blätterte das ganze Skizzenbuch durch, legte es weg, nahm ein zweites, dann ein drittes, dann ein viertes zur Hand. Ich sah eine Seite nach der anderen durch, immer mit einem leisen

Seufzer, denn jede hatte den gleichen, mit Holzkohle gezeichneten Gegenstand. Einmal polierte ich, vom Erker des oberen Schlafzimmers aus gesehen, einen Kotflügel des Autos. Einmal lehnte ich vor der Veranda auf einer Schaufel. Die Skizzen zeigten mich beim Binden meiner Schnürsenkel, bei einem Nickerchen, beim Holzhacken, beim Einschenken von Tee, beim Beten oder Bewässern der Sträucher. Eine Skizze zeigte das am Ghargha-See stehende Auto mit mir am Lenkrad, einen Arm aus dem offenen Fenster gehängt, auf dem Rücksitz eine angedeutete Gestalt, am Himmel kreisende Vögel.

Du warst es, Nabi.

Nur du. Die ganze Zeit.

Hast du das nicht geahnt?

Ich schaute zu Herrn Wahdati. Er lag auf der Seite, schlief tief und fest. Ich legte die Skizzenbücher behutsam zurück in den Karton, schloss den Deckel und schob ihn unter den Wintermänteln in die Ecke. Dann verließ ich das Schlafzimmer, schloss leise die Tür, um ihn nicht zu wecken. Ich ging durch den dämmrigen Flur und dann die Treppe hinunter. Ich hatte das Gefühl, mir selbst dabei zuzusehen, wie ich mich mechanisch bewegte. Dann trat ich in die Hitze des Sommertages, lief auf der Einfahrt bis zum Tor, stieß es auf und folgte mit langen Schritten der Straße, bog um eine Ecke, ging weiter, immer weiter, ohne mich ein einziges Mal umzublicken.

Wie konnte ich jetzt noch bleiben? Meine Entdeckung widerte mich weder an, noch schmeichelte sie mir, Mr Markos, aber mir war mulmig zumute. Ich überlegte, wie es wäre, trotzdem zu bleiben. Was ich da entdeckt hatte, warf einen Schatten auf alles, und ich konnte es nicht verdrängen oder einfach vergessen. Aber konnte ich ihn jetzt, in diesem hilflosen Zustand, im Stich lassen? Nein, ich musste erst jemanden finden, der meine Pflichten übernahm. Das war ich Herrn Wahdati schuldig, denn er war immer gut zu mir gewesen, obwohl ich hinter seinem Rücken alles versucht hatte, um ihm seine Frau auszuspannen.

Ich kehrte ins Haus zurück und setzte mich im Esszimmer an den Glastisch. Schwer zu sagen, wie lange ich dort reglos saß, Mr Markos, aber irgendwann hörte ich, wie sich oben etwas tat, und als ich blinzelte, wurde mir bewusst, dass sich das Licht verändert hatte. Also erhob ich mich und setzte Teewasser auf.

Eines Tages ging ich nach oben in sein Schlafzimmer und sagte ihm, dass ich eine Überraschung für ihn hätte. Das war irgendwann während der späten 50er, lange bevor das Fernsehen in Kabul Einzug hielt. Wir vertrieben uns die Zeit mit Kartenspielen, neuerdings auch mit Schach. Er hatte es mir beigebracht, und wie sich zeigte, war ich nicht ganz unbegabt. Wir verbrachten viel Zeit mit Leseübungen. Er erwies sich als geduldiger Lehrer. Er lauschte mit geschlossenen Augen und schüttelte leise den Kopf, wenn ich einen Fehler machte. *Noch einmal*, sagte er dann, denn er konnte zu jenem Zeitpunkt schon sehr viel besser sprechen. *Noch einmal vorlesen, Nabi.* Dank Mullah Shekib war ich zwar kein Analphabet, als er mich 1947 eingestellt hatte, aber meine Lesefähigkeit – und infolgedessen auch mein Schreiben – verbesserte sich erst durch Herrn Wahdati. Er unterrichtete mich, um mir zu helfen, ja, aber er tat es auch aus Eigennutz, denn so konnte ich ihm aus seinen Lieblingsbüchern vorlesen. Er las natürlich auch selbst, aber nie lange, weil es ihn sehr anstrengte.

Wenn ich zu tun hatte und nicht bei ihm sein konnte, hatte er kaum eine Beschäftigung. Er hörte Schallplatten oder musste sich damit begnügen, aus dem Fenster zu schauen und die Vögel in den Bäumen, den Himmel und die Wolken zu betrachten, den auf der Straße spielenden Kindern oder den Obstverkäufern zu lauschen, die ihre Esel zogen und dabei riefen: *Kirschen! Frische Kirschen!*

Als ich ihm von der Überraschung erzählte, fragte er, was es sei. Ich schob einen Arm hinter seinen Nacken und sagte, wir müssten erst nach unten. Damals konnte ich ihn problemlos heben, denn ich war noch immer jung und kräftig. Ich trug ihn nach unten ins Wohnzimmer und bettete ihn auf das Sofa.

»Und?«, fragte er.

Ich holte den Rollstuhl aus dem Foyer. Ich hatte seit über einem Jahr versucht, ihm ein solches Gefährt schmackhaft zu machen, aber er hatte sich hartnäckig dagegen gesträubt. Nun hatte ich kurzerhand und eigenmächtig einen gekauft. Er schüttelte den Kopf.

»Sind es die Nachbarn?«, fragte ich. »Ist Ihnen das Gerede der Leute peinlich?«

Er forderte mich auf, ihn wieder nach oben zu bringen.

»Mir ist es vollkommen egal, was die Nachbarn sagen oder denken«, sagte ich. »Und deshalb drehen wir heute eine kleine Runde. Es ist ein herrlicher Tag, und wir beide, Sie und ich, werden spazieren fahren, so viel steht fest. Denn wenn wir nicht bald vor die Tür gehen, drehe ich noch durch, und wie soll ich Ihnen weiter behilflich sein, wenn ich durchdrehe? Ganz ehrlich, Suleiman – hören Sie auf zu heulen. Sie benehmen sich wie ein altes Weib.«

Nun lachte und weinte er gleichzeitig und sträubte sich weiter, aber da hatte ich ihn schon in den Rollstuhl gesetzt, hatte ihm eine Decke über die Beine gelegt und ihn zur Haustür hinausgeschoben.

Ich sollte an dieser Stelle vielleicht erwähnen, dass ich anfangs tatsächlich nach einem Ersatz für mich suchte. Das verschwieg ich Suleiman, denn ich hielt es für besser, erst eine geeignete Person zu finden, bevor ich ihm davon erzählte. Eine ganze Reihe von Bewerbern stellte sich vor. Ich traf sie draußen vor dem Haus, damit Suleiman nicht misstrauisch wurde. Aber ich hatte nicht erwartet, dass sich die Suche als so schwierig erweisen würde. Einige Bewerber waren ähnlich gestrickt wie Zahid – ich witterte das auf Anhieb, weil ich mein Leben lang mit Leuten dieses Schlages zu tun gehabt habe –, und ich schickte sie gleich wieder weg. Andere konnten nicht gut genug kochen, denn wie schon erwähnt war Suleiman ein sehr wählerischer Esser. Oder sie konnten nicht Auto fahren. Viele waren des Lesens nicht mächtig, ein großer Nachteil, weil ich Suleiman regelmäßig am späten Nachmittag vorlas. Manche erwiesen sich als ungeduldig, wieder andere offenbarten Defizite, die darauf hindeuteten, dass sie mit der Pflege des anstrengenden, oft kleinkindlich trotzigen Suleiman überfordert wären. Und manchmal spürte ich, dass ihnen das für die mühsame Arbeit nötige Temperament fehlte.

Drei Jahre später war ich immer noch für Suleiman tätig und redete mir ein, ich würde mich aus dem Staub machen, sobald ich einen vertrauenswürdigen Ersatz gefunden hatte. Drei Jahre später wusch ich ihn immer noch tagein tagaus mit einem nassen Tuch, schnitt ihm die Haare und Fingernägel und rasierte ihn. Ich fütterte ihn und gab ihm die Bettpfanne, wischte ihn sauber, als wäre er ein Säugling, und wusch die dreckigen Windeln. Wir entwickelten ein unausgesprochenes Einverständnis und eine stille, auf Routine und Vertrautheit aufbauende Sprache, und natürlich entstand zwischen uns allmählich eine Nähe, die vorher undenkbar gewesen wäre.

Sobald ich ihn also zum Rollstuhl überredet hatte, nahmen wir das alte Ritual der morgendlichen Spaziergänge wieder auf. Ich schob ihn aus dem Haus und wir grüßten die Nachbarn, die uns auf der Straße begegneten. Einer von ihnen war Herr Bashiri, der gerade seinen Abschluss an der Universität in Kabul gemacht hatte und im Außenministerium arbeitete.

Sein Bruder und er waren mit ihren Frauen in ein großes zweistöckiges Anwesen gezogen, drei Häuser weiter auf der anderen Straßenseite. Manchmal begegneten wir Herrn Bashiri morgens, wenn er sich gerade in sein Auto setzte, um zur Arbeit zu fahren, und ich hielt oft an, und wir plauderten und scherzten ein wenig. Oft fuhr ich Suleiman zum Shar-e-Nau-Park, und dort saßen wir dann im Schatten der Ulmen und beobachteten den Verkehr, die ungeduldig hupenden Taxifahrer, die klingelnden Fahrradfahrer, die schreienden Esel und Fußgänger, die mit fast selbstmörderischem Wagemut vor den Bussen über die Straße rannten. Wir waren bald ein vertrauter Anblick in den Straßen des Viertels, Suleiman und ich, und wir hielten immer wieder auf einen freundlichen Plausch mit Fleischern und Zeitschriftenverkäufern oder jungen Verkehrspolizisten. Wir unterhielten uns mit Taxifahrern, die, gegen einen Kotflügel gelehnt, auf Fahrgäste warteten.

Manchmal setzte ich ihn hinten in den Chevrolet, verstaute den Rollstuhl im Kofferraum und fuhr mit dem alten Auto nach Paghman. Dort suchten wir uns eine hübsche, grüne Wiese und einen plätschernden, von Bäumen beschatteten Bach. Nach dem Essen versuchte er sich an Skizzen, was jedoch stets ein Kampf war, denn er war Rechtshänder, und seine Rechte war durch den Schlaganfall stark beeinträchtigt. Aber selbst mit der linken Hand konnte er Bäume, Hügel und Wildblumen besser auf Papier bringen, als ich es mit meiner funktionstüchtigen Rechten vermocht hätte. Irgendwann dämmerte er ein, und der Stift entglitt seinen Fingern. Dann breitete ich eine Decke über seinen Beinen aus und legte mich neben seinem Stuhl ins Gras, lauschte dem Wind in den Bäumen und betrachtete den Himmel, an dem Wolkenfetzen vorbeizogen.

Früher oder später schweiften meine Gedanken zu Nila ab, die jetzt einen ganzen Kontinent von mir entfernt lebte. Ich stellte mir den samtigen Schimmer ihrer Haare vor, die Art, wie sie mit dem Fuß wippte und wie ihre Sandale gegen die Ferse klatschte, während sie an der Zigarette zog. Ich dachte an den Schwung ihres Nackens und die Rundung ihrer Brüste. Ich sehnte mich nach ihrer Nähe, hätte mich gern in ihrem Duft verloren, das vertraute Herzflattern bei ihrer Berührung meiner Hand gespürt. Sie hatte versprochen, mir zu schreiben, und obwohl sie mich nach all den Jahren ohne jeden Zweifel vergessen hatte, muss ich gestehen, dass mich jedes Mal, wenn wir Post bekamen, ein erwartungsvoller Rausch erfasste.

Eines Tages – es war 1968, das Jahr, in dem Suleimans Mutter starb und Herr Bashiri und dessen Bruder ihre Söhne, Idris und Timur, bekamen, die ich oft in der Nachbarschaft sah – saß ich in Paghman im Gras und betrachtete grübelnd das Schachbrett. Wir hatten eine Partie angefangen, aber dann war Suleiman eingeschlafen, und ich zerbrach mir den Kopf über eine Antwort auf seinen aggressiven Eröffnungszug. Da fragte er unvermittelt: »Wie alt bist du jetzt eigentlich, Nabi?«

»Auf jeden Fall über vierzig«, antwortete ich. »Ich weiß es nicht genau.«

»Du solltest heiraten«, sagte er. »Bevor du ganz verblühst. Du ergraust schon.«

Wir lächelten einander an, denn er wusste von mir, dass dies die Worte meiner Schwester Masooma waren.

Würde ich mich, wollte er wissen, noch an den Tag im Jahr 1947 erinnern, als er mich eingestellt hatte?

Natürlich erinnerte ich mich daran. Ich hatte damals ein paar Straßen weiter als Hilfskoch gearbeitet. Nachdem ich erfahren hatte, dass Herr Wahdati einen Koch suchte – der alte hatte geheiratet und war fortgezogen –, ging ich eines Nachmittags zu ihm und läutete am Tor.

»Du warst ein unglaublich schlechter Koch«, sagte Suleiman. »Inzwischen zauberst du in der Küche, aber das erste Essen? Mein Gott. Und als du mich zum ersten Mal chauffiert hast, dachte ich, mich trifft der Schlag.« Er verstummte und lachte dann leise, überrascht von seinem unbeabsichtigten Scherz.

Für mich war das vollkommen überraschend, Mr Markos, ja sogar schockierend, denn Suleiman hatte sich während all der Jahre kein einziges Mal beschwert – weder über meine Koch- noch über meine Fahrkünste. »Warum haben Sie mich dann bei sich behalten?«, fragte ich.

Er sah mich an. »Weil ich, als du damals hereinspaziert bist, bei mir dachte, dass ich nie zuvor einen schöneren Mann gesehen habe.«

Ich senkte den Blick auf das Schachbrett.

»Ich wusste sofort, dass du anders warst als ich und dass mein Wunsch unerfüllbar war. Aber wir gingen zusammen spazieren und unternahmen Ausflüge, und auch wenn ich nicht behaupten will, dass mir das gereicht hätte, war es besser als nichts. Ich lernte, mich mit deiner Nähe zufriedenzugeben.« Er hielt kurz inne. »Und ich glaube, dass du verstehst, was ich damit meine, Nabi. Jedenfalls zum Teil. Ich weiß, dass du es verstehst.«

Ich traute mich nicht, ihm in die Augen zu schauen.

»Ich möchte dir etwas gestehen, Nabi: Ich liebe dich seit sehr, sehr langer Zeit. Bitte sei mir nicht böse.«

Ich schüttelte den Kopf. Wir schwiegen minutenlang. Was er da gesagt hatte, atmete noch zwischen uns – das Leid eines ungelebten Lebens, einer nicht erfüllten Sehnsucht nach Glück.

»Ich habe es dir gestanden«, fuhr er fort, »damit du begreifst, warum ich will, dass du mein Haus verlässt. Such dir eine Frau. Gründe eine Familie wie andere Männer auch, Nabi. Du hast noch Zeit.«

»Tja«, sagte ich schließlich, um die Spannung durch einen Witz zu entschärfen, »vielleicht tue ich das bald. Und dann werden Sie es bereuen. Genau wie der arme Kerl, der dann Ihre Windeln waschen muss.«

»Du machst dich über alles lustig.«

Ich beobachtete einen Käfer, der leichtfüßig über ein graugrünes Blatt krabbelte.

»Bleib nicht um meinetwillen. Darauf will ich hinaus, Nabi. Bleib nicht wegen mir.«

»Sie nehmen sich zu wichtig.«

»Du spottest schon wieder«, sagte er müde.

Ich antwortete nicht, obwohl er sich irrte, denn ich hatte das nicht spöttisch gemeint. Ich blieb nicht wegen ihm. Anfangs war ich wegen ihm geblieben, ja. Ich war geblieben, weil er mich brauchte und in jeder Hinsicht auf mich angewiesen war. Ich hatte schon einmal jemanden verlassen, der mich gebraucht hätte, und die Schuldgefühle, die mich deshalb plagen, werden mich bis in Grab begleiten. Das wollte ich auf keinen Fall noch einmal erleben. Trotzdem veränderten sich die Beweggründe für mein Bleiben mit der Zeit. Ich weiß nicht genau, wann oder wie diese Veränderung eintrat, Mr Markos. Ich weiß nur, dass ich um meinetwillen blieb. Suleiman riet mir zu heiraten, aber ich hatte mir längst über mein Leben Gedanken gemacht, und Tatsache war, dass ich schon alles hatte, was Menschen in einer Ehe suchen. Ich fühlte mich geborgen, ich war nicht allein, und ich hatte ein Zuhause, in dem ich willkommen war, geliebt und gebraucht wurde. Meine körperlichen Bedürfnisse als Mann – die ich natürlich noch hatte, wenn auch weniger oft und nicht mehr so heftig wie in früheren Jahren – konnte ich wie schon beschrieben befriedigen. Und was Kinder betraf, so habe ich sie zwar immer gemocht, aber nie den Drang verspürt, selbst Vater zu werden.

»Wenn du unbedingt ein Maultier bleiben und nicht heiraten willst«, sagte Suleiman, »dann habe ich eine Bitte. Aber du musst zustimmen, ohne sie gehört zu haben.«

Ich erwiderte, das sei zu viel verlangt.

»Ich verlange es trotzdem.«

Ich sah zu ihm auf.

»Du kannst noch ablehnen.«

Er kannte mich gut. Er lächelte schief. Ich versprach es, und er brachte seine Bitte vor.

Muss ich Ihnen über die Ereignisse der folgenden Jahre berichten, Mr Markos? Sie sind bestens über die jüngere Geschichte dieses Landes im Bilde. Ich glaube nicht, dass ich Ihnen jene finstere Zeit noch einmal ins Gedächtnis rufen muss. Der bloße Gedanke, davon zu schreiben, bedrückt mich, und das Leid dieses Landes ist schon ausführlich und in allen Einzelheiten geschildert worden, und das von Menschen, die um ein Vielfaches gelehrter und wortgewandter sind als ich.

Mit einem Wort: Es war Krieg. Oder besser gesagt: Kriege. Nicht nur einer, nicht nur zwei, sondern viele Kriege, kleine und große, gerechte und ungerechtfertigte kamen über unser Land. Kriege mit wechselnder Besetzung angeblicher Helden und Schurken, und mit jedem neuen Held wuchs die nostalgische Sehnsucht nach dem jeweils alten Schurken. Namen und Gesichter wechselten, aber ich verachte sie alle – wegen der Bombardements, der Landminen, der Heckenschützen, der lächerlichen Fehden, des Mordens, Vergewaltigens und Plünderns. Ach, genug davon – es ist widerwärtig, und eine Schilderung würde meine Fähigkeiten übersteigen. Ich habe all das miterleben müssen und will es auf diesen Seiten nur kurz streifen. Die damalige Zeit hatte nur ein Gutes, und zwar eine gewisse Rechtfertigung für das, was ich der kleinen Pari angetan hatte, die inzwischen eine junge Frau sein musste – dass sie so weit von all dem Morden entfernt lebte, beruhigte mein Gewissen.

Wie Sie wissen, Mr Markos, waren die 80er Jahre in Kabul nicht ganz so schlimm, denn die Kämpfe fanden zu der Zeit vor allem auf dem Land statt. Trotzdem war es eine Zeit des Exodus, und viele Familien aus unserer Nachbarschaft packten ihre Sachen und flohen nach Pakistan oder Iran. Sie hofften, irgendwann im Westen ein neues Leben anzufangen. Ich erinnere mich noch genau daran, wie sich Herr Bashiri von uns verabschiedete. Ich gab ihm die Hand und wünschte ihm alles Gute. Ich verabschiedete mich auch von seinem Sohn Idris, der inzwischen zu einem schlaksigen Vierzehnjährigen mit langen Haaren und zartem Flaum über der Oberlippe aufgeschossen war. Ich sagte Idris, dass ich ihn und seinen Cousin Timur, die in unserer Straße immer zusammen Drachen steigen ließen und Fußball spielten, sehr vermissen würde. Vielleicht erinnern Sie sich, Mr Markos, dass wir die beiden Jahre später auf einem Fest, das Sie im Frühjahr 2003 gaben, wiedergesehen haben. Da waren sie längst erwachsen.

Erst während der 90er brachen die Kämpfe innerhalb der Stadtgrenzen aus, und Kabul fiel Männern in die Hände, die aussahen, als wären sie schon mit einer Kalaschnikow in der Hand zur Welt gekommen, allesamt Vandalen, Räuber und Waffennarren mit großspurigen Titeln, die sie sich selbst verliehen hatten. Als die ersten Raketen abgefeuert wurden, bestand Suleiman darauf, im Haus zu bleiben, und weigerte sich zu fliehen. Er sträubte sich hartnäckig gegen jede Information über das, was sich außerhalb seines Hauses abspielte. Er zog den Stecker des Fernsehers. Er hörte kein Radio. Er las keine Zeitung. Er bat mich, die Kämpfe mit keinem Wort zu erwähnen. Er hatte keine Ahnung, wer gegen wen focht, wer gewann oder verlor, als hoffte er, dass der Krieg gnädig zu ihm wäre, wenn er ihn beharrlich ignorierte.

Das war natürlich ein Irrtum. Unsere Straße, früher so ruhig, elegant und wohlhabend, wurde zum Kriegsgebiet. Alle Häuser wurden von Kugeln getroffen. Raketen heulten über den Dächern. Panzerfaustgranaten rissen Löcher in den Asphalt. Die Nacht wurde bis zur Morgendämmerung von roten und weißen Leuchtspurgeschossen zerrissen. An manchen Tagen konnten wir ein wenig durchatmen, dann herrschte für ein paar Stunden Ruhe, bis die Feuergefechte von neuem ausbrachen, bis ringsumher Salven knatterten und die Leute auf der Straße schrien.

Die Schäden am Haus, die Sie 2002 in Augenschein genommen haben, Mr Markos, sind überwiegend während jener Jahre entstanden. Natürlich ist auch viel Zeit vergangen, und ich bin mit den Reparaturarbeiten im Laufe der Jahre nicht mehr nachgekommen. Ich war inzwischen ein alter Mann und konnte mich nicht mehr wie früher um das Haus kümmern. Damals waren die Bäume längst abgestorben und hatten seit Jahren keine Früchte mehr getragen, der Rasen war gelb, die Blumen waren eingegangen. Und der Krieg ging gnadenlos mit dem einst herrlichen Haus ins Gericht. Die Fenster gingen durch nahe Granateinschläge zu Bruch. Eine Rakete zertrümmerte die Mauer an der Ostseite des Gartens und die Veranda, auf der ich mich so oft mit Nila unterhalten hatte. Das Dach wurde durch eine Granate beschädigt. Die Mauern waren von Einschusslöchern übersät.

Nicht zu vergessen die Plünderungen, Mr Markos. Die Milizsoldaten kamen nach Belieben und nahmen mit, was ihnen gefiel. Sie entwendeten die meisten Möbel und Gemälde, die turkmenischen Teppiche, die Statuen, die silbernen Kerzenhalter und Kristallvasen. Sie hämmerten die Lapislazulieinlagen aus den Waschtischen im Bad. Eines Morgens wurde ich von Lärm, der aus der Eingangshalle zu mir drang, geweckt. Dort waren usbekische Söldner gerade dabei, den Teppich mit geschwungenen Messern von der Treppe zu schneiden. Ich stand daneben und sah zu. Was hätte ich auch tun sollen? Sie hätten mir, ohne mit der Wimper zu zucken, eine Kugel in den Kopf gejagt.

Aber nicht nur das Haus verfiel, sondern auch Suleiman und ich. Meine Augen wurden immer trüber, und meine Knie schmerzten immer mehr. Bitte verzeihen Sie, wenn es unfein klingt, Mr Markos, aber sogar das Urinieren wurde zur Qual. Wie zu erwarten war, litt Suleiman stärker an den Folgen des Alterns als ich. Er wurde immer kleiner und dünner und erschreckend zerbrechlich. Zwei Mal wäre er fast gestorben, einmal während der Tage, als sich die Truppen Ahmad Schah Massouds und Gulbuddin Hekmatyars ihre blutigsten Gefechte lieferten und die Leichen tagelang auf den Straßen lagen. Damals litt er an einer Lungenentzündung, die laut des Arztes darauf zurückzuführen war, dass er seinen eigenen Speichel inhaliert hatte.

Obwohl Ärzte und Medikamente rar waren, sprang Suleiman durch meine Pflege dem Tod noch einmal von der Schippe.

Wir stritten uns damals oft, Suleiman und ich, vielleicht, weil wir im Haus eingesperrt waren und so oft zusammenhockten. Wir stritten uns wie ein altes Ehepaar – unnachgiebig und hitzig und wegen der banalsten Kleinigkeiten.

Du hast diese Woche schon einmal Bohnen gekocht.

Nein, habe ich nicht.

Oh, doch. Am Montag!

Wir stritten uns darüber, wie viele Partien Schach wir am Vortag gespielt hatten. Er warf mir vor, sein Wasser immer auf die Fensterbank zu stellen, obwohl ich wusste, dass es von der Sonne warm wurde.

Warum hast du nicht um die Bettpfanne gebeten, Suleiman?

Das habe ich! Und zwar hundert Mal!

Ja, was? Hältst du mich jetzt für faul oder für taub?

Beides.

Du beschimpfst mich als faul, obwohl du den lieben, langen Tag im Bett liegst? Das nenne ich dreist.

Und so weiter und so fort.

Er drehte den Kopf weg, wenn ich ihn füttern wollte, und ich ließ es sein und ging, knallte die Tür hinter mir zu. Ich muss gestehen, dass ich ihn manchmal absichtlich beunruhigte. Ich verließ das Haus, und er rief: *Wohin gehst du?*, und ich gab keine Antwort. Ich tat so, als würde ich mich endgültig davonmachen, obwohl ich natürlich nur durch die Straße schlenderte und eine Zigarette rauchte, eine Angewohnheit, die ich erst im Alter entwickelte. Ich rauchte allerdings nur, wenn ich verärgert war. Manchmal blieb ich stundenlang weg, und wenn er mich besonders heftig beschimpft hatte, kehrte ich erst bei Anbruch der Dunkelheit zurück. Aber ich ließ ihn nicht im Stich. Ich betrat wortlos sein Schlafzimmer, drehte ihn um und schüttelte das Kopfkissen auf, und wir sahen einander nicht an, waren beide gereizt und warteten darauf, dass sich der andere entschuldigte.

Mit der Ankunft der Taliban – junge Männer mit scharf geschnittenen Gesichtern, dunklen Bärten, mit Kohlestiften geschminkten Augen und Peitschen in den Händen – nahmen die Kämpfe ein Ende. Die Grausamkeit, mit der sie wüteten, ist hinreichend dokumentiert, deshalb möchte ich auch an dieser Stelle nicht weiter ins Detail gehen, Mr Markos. Ich muss jedoch gestehen, dass die Jahre unter ihrer Herrschaft ironischerweise eine Verschnaufpause für mich darstellten. Ihre Verachtung und ihr religiöser Eifer galten den jungen Leuten, vor allem den bedauernswerten Frauen. Was mich betraf, so war ich ein alter Mann. Der Bart, den ich mir wachsen ließ, war mein größtes Zugeständnis an sie, und er hatte den Vorteil, dass ich mich nicht mehr täglich rasieren musste.

»Nun ist es amtlich, Nabi«, sagte der im Bett liegende Suleiman. »Du hast deine besten Tage hinter dir. Du siehst jetzt aus wie ein Prophet.«

Die Taliban liefen auf der Straße an mir vorbei, als wäre ich ein grasendes Rind. Ich förderte dies, indem ich bewusst die dümmliche Miene eines Rindviehs aufsetzte, um ja keine Aufmerksamkeit zu erregen. Mich schaudert bei dem Gedanken, was sie mit Nila gemacht – ihr angetan hätten. Wenn ich sie mir vorstellte, lachend auf einer Party, ein Glas Champagner in der Hand, mit bloßen Armen und langen, schlanken Beinen, hatte ich oft das Gefühl, dass sie nie wirklich existiert, dass ich sie frei erfunden hatte. Als wäre alles nur ein Traum gewesen – nicht nur sie, sondern auch Pari, der junge, gesunde Suleiman und ich, die Jahre, die wir gemeinsam in diesem Haus verbracht hatten.

Und dann, eines Morgens im Sommer 2000, wollte ich Suleiman ein Tablett mit Tee und frisch gebackenem Brot bringen. Ich wusste schon beim Betreten des Schlafzimmers, dass etwas nicht stimmte. Er atmete unregelmäßig. Sein Gesicht wirkte noch schiefer als zuvor, und als er etwas sagen wollte, brachte er nur Krächzlaute hervor, kaum lauter als Geflüster. Ich stellte das Tablett ab und eilte zu ihm.

»Ich hole einen Arzt, Suleiman«, sagte ich. »Nur Geduld. Du wirst schon wieder, wie immer.«

Ich wollte hinausrennen, doch er schüttelte wild den Kopf, winkte mich mit der linken Hand zu sich.

Ich legte ein Ohr dicht vor seinen Mund.

Er versuchte mehrmals, etwas zu sagen, aber ich konnte kein Wort verstehen.

»Tut mir leid, Suleiman«, sagte ich. »Bitte lass mich gehen, damit ich einen Arzt holen kann. Ich bin nicht lange fort.«

Er schüttelte wieder den Kopf, dieses Mal langsam, und aus seinen Augen, trübe durch den Grauen Star, rannen Tränen. Sein Mund klappte auf und zu. Er nickte in Richtung seines Nachttischs. Ich fragte ihn, ob er etwas brauche. Er nickte mit geschlossenen Augen.

Ich zog die oberste Schublade auf. Sie enthielt nur Tabletten, seine Lesebrille, eine alte Flasche mit Kölnisch Wasser, einen Notizblock und Kohlestifte, die er seit einem Jahr nicht mehr angerührt hatte. Ich wollte ihn schon fragen, was er wollte, als ich das Gesuchte unter dem Notizblock fand – einen Umschlag, darauf mein Name in Suleimans krakeliger Handschrift. Er enthielt einen Zettel mit einem einzigen Absatz. Ich las ihn.

Danach senkte ich meinen Blick auf Suleiman, seine hohlen Augen, seine eingefallenen Wangen.

Er winkte mich zu sich, und ich beugte mich über ihn. Ich spürte seinen heiseren, unregelmäßigen Atem auf der Wange. Ich konnte hören, wie seine Zunge im ausgedörrten Mund arbeitete, während er versuchte, sich zu sammeln. Irgendwie, vielleicht durch schiere Willenskraft, schaffte er es, mir etwas ins Ohr zu flüstern.

Mein Magen krampfte sich zusammen. Ich hatte einen Kloß im Hals und musste versuchen, ihm irgendwie zu antworten.

»Nein. Bitte nicht, Suleiman.«

Du hast es versprochen.

»Noch nicht. Ich pflege dich wieder gesund. Du wirst sehen. Wir stehen das noch einmal durch.«

Du hast es versprochen.

Wie lange saß ich neben ihm? Wie lange versuchte ich, ihn umzustimmen? Ich weiß es nicht mehr, Mr Markos. Ich weiß nur noch, dass ich irgendwann aufstand, um das Bett ging und mich neben ihn legte. Ich drehte ihn so hin, dass er mir das Gesicht zuwandte. Er fühlte sich federleicht an. Ich gab ihm einen Kuss auf die trockenen, rissigen Lippen. Ich schob ein Kissen zwischen meine Brust und sein Gesicht und zog ihn dann am Hinterkopf an mich heran. Ich hielt ihn lange und fest in den Armen.

Ich kann mich nur noch an den Anblick seiner geweiteten Pupillen erinnern.

Dann setzte ich mich vor das Fenster. Vor meinen Füßen stand noch das Tablett mit Suleimans Tee. Wenn ich mich nicht irre, war es ein sonniger Morgen. Die Läden würden bald öffnen, falls sie nicht längst geöffnet hatten. Kleine Jungen gingen zur Schule. Staubwolken wirbelten auf. Ein Hund, dessen Kopf von Moskitos umschwirrt wurde, lief gemächlich auf der Straße dahin. Ich beobachtete zwei junge Männer, die auf einem Motorrad vorbeifuhren. Der Mann, der hinten saß, balancierte einen Computerbildschirm auf der einen, eine Wassermelone auf der anderen Schulter.

Ich lehnte meine Stirn gegen die warme Fensterscheibe.

Der Zettel in Suleimans Schublade war sein Testament, in dem er mir alles vermachte: Das Haus, sein Geld, seinen persönlichen Besitz, sogar das Auto, dessen Überreste immer noch hinten im Garten standen, ein zerfallender Haufen rostigen Blechs mit platten Reifen.

Ich war lange ratlos. Was sollte ich tun? Ich hatte mich über ein halbes Jahrhundert um Suleiman gekümmert. Mein Alltag war durch seine Bedürfnisse, seine Gegenwart bestimmt gewesen. Ich konnte jetzt tun und lassen, was ich wollte, aber wie ich rasch merkte, war diese Freiheit eine Illusion, denn was ich mir am meisten wünschte, war mir längst genommen worden. Man soll einen Sinn im Dasein finden, heißt es, und dann leben, aber manchmal stellt man erst im Alter fest, dass das eigene Leben tatsächlich einen Sinn gehabt hat – wenn auch nicht den, den man sich vorgestellt hat. Und nun, da der Sinn meines Lebens erfüllt war, fühlte ich mich ziellos und haltlos.

Ich fand im Haus keinen Schlaf mehr. Ich hielt es kaum noch darin aus. Ohne Suleiman schien es mir viel zu groß. Außerdem weckten jede Ecke, jeder Winkel Erinnerungen. Also zog ich wieder in meine alte Hütte, hinten im Garten. Ich ließ den Stromanschluss reparieren, damit ich Licht zum Lesen hatte und im heißen Sommer einen Ventilator anschließen konnte. Ich brauchte nicht viel Platz. Meine Habseligkeiten beschränkten sich auf ein Bett, ein paar Kleider und den Karton mit Suleimans Zeichnungen. Das mag Ihnen komisch vorkommen, Mr Markos, denn das Haus und alles, was sich darin befand, waren ganz legal in meinen Besitz übergegangen, aber ich empfand mich nicht als rechtmäßiger Eigentümer und wusste auch, dass ich in diese Rolle nie hineinwachsen würde.

Ich las recht viel, meist Bücher aus Suleimans Arbeitszimmer. Wenn ich eines zu Ende gelesen hatte, stellte ich es zurück. Ich pflanzte Tomaten und ein wenig Minze. Ich ging im Viertel spazieren, aber meine Knie taten mir meist schon nach wenigen Schritten weh, so dass ich umkehren musste. Ich stellte mir manchmal einen Stuhl in den Garten und saß müßig da. Ich war nicht wie Suleiman. Die Einsamkeit bekam mir nicht.

Und dann, eines schönen Tages im Jahr 2002, klingelten Sie am Eingangstor.

Damals waren die Taliban von der Nord-Allianz vertrieben worden, und die Amerikaner waren in Afghanistan einmarschiert. Tausende Mitarbeiter von Hilfsorganisationen aus aller Welt strömten nach Kabul, um Krankenhäuser und

Schulen zu errichten, Straßen und Bewässerungskanäle instand zu setzen und für Schutz, Nahrung und Arbeitsplätze zu sorgen.

Der Dolmetscher an Ihrer Seite, ein junger Afghane aus Kabul, trug eine lila Jacke und eine dunkle Sonnenbrille. Er fragte nach dem Besitzer des Hauses. Als ich antwortete, ich sei der Besitzer, tauschte er rasch einen Blick mit Ihnen und sagte dann grinsend: »Nein, Kaka – der Besitzer.« Ich bat Sie herein.

Wir unterhielten uns auf Farsi bei einer Tasse grünem Tee auf dem, was von der Veranda übrig war – wie Sie wissen, Mr Markos, habe ich während der sieben Jahre, die seitdem vergangen sind, ein wenig Englisch gelernt, vor allem durch Ihre großzügige Hilfe. Sie ließen mich durch den Dolmetscher wissen, dass Sie von der griechischen Insel Tinos stammen. Sie waren Chirurg, Mitglied einer Gruppe von Ärzten, die nach Kabul gekommen sind, um Kinder mit Gesichtsverletzungen zu operieren. Sie sagten, dass Ihre Kollegen und Sie eine Unterkunft bräuchten, ein Gästehaus, wie man heute sagt.

Sie fragten mich, wie viel Miete ich verlangen würde.

Ich sagte: »Gar keine.«

Ich erinnere mich an Ihr verblüfftes Blinzeln, als der junge Mann mit der lila Jacke dies übersetzte. Sie glaubten, ich hätte Sie missverstanden, und wiederholten die Frage.

Der Dolmetscher rutschte auf dem Stuhl nach vorn, beugte sich zu mir vor und fragte leise, ob ich nicht mehr richtig ticke, ob mir klar sei, wie viel Geld ich herausschlagen könne, und ob ich wisse, wie hoch die Mieten in Kabul inzwischen seien. Er sagte, ich würde auf einem Berg von Gold sitzen.

Ich antwortete, er solle seine Sonnenbrille absetzen, wenn er mit einem alten Mann rede. Dann sagte ich, er solle seine Arbeit machen, die im Dolmetschen bestehe und nicht darin, anderen Leuten Ratschläge zu geben, und ich wandte mich an Sie und nannte Ihnen den einzigen nicht privaten Grund für mein Angebot. »Sie haben Ihr Land verlassen«, sagte ich, »Ihre Freunde, Ihre Familie, und Sie sind in diese gottverlassene Stadt gekommen, um meinem Heimatland und meinen Landsleuten zu helfen. Und da soll ich an Ihnen Geld verdienen?«

Der junge Dolmetscher, den ich nie wiedersah, warf die Arme in die Luft und lachte ungläubig. Dieses Land war nicht immer so. Es hat sich verändert, Mr Markos.

Manchmal, wenn ich nachts in meiner Hütte liege, brennt Licht im Wohnhaus. Ich beobachte, wie Sie und Ihre Freunde – vor allem die tapfere Amra Ademovic, deren großes Herz ich unendlich bewundere – auf der Veranda oder im Garten essen, Zigaretten rauchen oder Wein trinken. Ich kann auch Musik hören. Hin und wieder ist es Jazz, und das erinnert mich an Nila.

Sie lebt nicht mehr, das weiß ich. Amra hat es mir erzählt. Ich hatte ihr von den Wahdatis erzählt und auch erwähnt, dass Nila Dichterin war. Im vergangenen Jahr ist sie im Internet auf eine französische Publikation gestoßen, eine Anthologie mit den besten Texten der letzten vierzig Jahre. Es gab auch einen Beitrag über Nila, aus dem hervorging, dass sie 1974 gestorben ist. Ich dachte an all die Jahre, in denen ich vergeblich auf den Brief einer Frau gehofft hatte, die längst tot war. Ich war nicht überrascht, als ich erfuhr, dass sie Selbstmord begangen hatte. Ich weiß, dass manche Menschen das Unglück erleben wie andere die Liebe: insgeheim, leidenschaftlich und hemmungslos.

Und damit möchte ich schließen, Mr Markos.

Meine Zeit ist fast abgelaufen. Ich werde täglich schwächer. Ich habe nicht mehr lange zu leben. Und dafür danke ich Gott. Ich danke auch Ihnen, Mr Markos, nicht nur für Ihre Freundschaft oder dafür, dass Sie täglich die Zeit gefunden haben, ch auf einen Tee zu besuchen und mir Neues von Ihrer ...utter auf Tinos und von Thalia, Ihrer Freundin aus Kindheitstagen, zu erzählen, sondern auch für Ihr Mitgefühl für mein Volk und die wertvolle Unterstützung, die Sie den Kindern hier zuteilwerden lassen.

Ich danke Ihnen außerdem für all die Reparaturen, die Sie am Haus haben vornehmen lassen. Ich habe den Großteil meines Lebens darin verbracht, und es ist mein Zuhause. Ich bin mir sicher, dass ich unter seinem Dach in Kürze meinen letzten Atemzug tun werde. Ich war Zeuge seines Verfalls, zu meinem Entsetzen und meiner Betrübnis. Deshalb habe ich mit Freude gesehen, wie es frisch gestrichen wurde, wie man die Gartenmauer repariert, die Fenster erneuert und die Veranda instand gesetzt hat, auf der ich unzählige glückliche Stunden verbracht habe. Ich danke Ihnen, mein Freund, für die Bäume, die Sie gepflanzt haben, und für die Blumen, die nun wieder im Garten blühen. Sollte ich Ihnen bei der Unterstützung, die Sie den Menschen dieser Stadt zuteilwerden lassen, irgendwie behilflich gewesen sein, so ist das, was Sie so großzügig für das Haus getan haben, eine überreiche Entlohnung.

Trotzdem habe ich, auch auf die Gefahr hin, anmaßend zu wirken, zwei Bitten an Sie. Die erste betrifft mich selbst, die zweite jemand anderen. Ich möchte Sie zunächst darum bitten, dass ich auf dem Kabuler Ashuqan-Arefan-Friedhof bestattet werde. Sie kennen ihn sicher. Wenn Sie vom Haupteingang aus nach Norden gehen, werden Sie, ganz am Ende, das Grab von Suleiman Wahdati finden. Begraben Sie mich in seiner Nähe. Das ist alles, was ich mir für mich wünsche.

Die zweite Bitte betrifft meine Nichte, Pari. Ich möchte Sie bitten, sie zu finden, was sich, falls sie noch lebt, als relativ einfach erweisen könnte – denn das Internet ist ein wundersames Ding. Wie Sie sehen, enthält der Umschlag, den Sie in

Händen halten, nicht nur diesen Brief, sondern auch mein Testament, in dem ich ihr das Haus, das Geld und meine paar Habseligkeiten vermache. Ich bitte Sie, ihr den Brief und das Testament zu übergeben. Und bitte richten Sie ihr aus, dass ich die Folgen dessen, was ich damals in Gang gesetzt habe, nicht absehen konnte. Richten Sie ihr aus, dass mein einziger Trost in der Hoffnung liegt, dass sie, wo auch immer sie nun leben mag, so viel Frieden, Gnade, Liebe und Glück gefunden hat, wie es auf Erden möglich ist.

Ich danke Ihnen, Mr Markos. Möge Gott Ihnen gnädig sein.

Für immer Ihr Freund

Nabi

FÜNF

Frühling 2003

Die Krankenschwester, sie heißt Amra Ademovic, hatte Idris und Timur gewarnt. Sie hatte die beiden vorher zur Seite genommen und gesagt: »Ihr müsst ganz ruhig bleiben! Wenn nicht, dann regt sie das auf, und ich werfe euch raus.«

Sie stehen am Ende eines langen, schwach erhellten Flurs im Männertrakt des Ali-Abad-Krankenhauses. Laut Amra hat das Mädchen noch einen Verwandten – er kam jedenfalls als Einziger zu Besuch –, und zwar einen Onkel, und wenn sie im Frauentrakt liegen würde, dürfte er sie nicht besuchen. Also wurde sie im Männertrakt untergebracht, aber nicht in einem Krankenzimmer – für ein Mädchen hätte es sich nicht geschickt, mit fremden Männern in einem Zimmer zu liegen –, sondern hier, ganz am Ende des Flurs, in einem Niemandsland zwischen den Frauen und Männern.

»Und ich dachte, die Taliban wären aus der Stadt verschwunden«, sagt Timur.

»Verrückt, was?«, sagt Amra und lacht ungläubig. Idris, der vor einer Woche in Kabul angekommen ist, hat schon den fröhlich genervten Tonfall der ausländischen Helfer angenommen, die sich mühsam durch das Dickicht der Eigenheiten und Beschwerlichkeiten der afghanischen Kultur kämpfen müssen. Er empfindet diesen amüsierten, etwas herablassenden Spott als unangebracht, aber die Einheimischen scheinen ihn gar nicht zu bemerken, und falls doch, scheint er sie nicht zu verletzen. Also hat er beschlossen, sich nicht weiter damit aufzuhalten.

»Aber sie dulden *dich*. Du gehst hier ein und aus«, sagt Timur.

Amra zieht die Augenbrauen hoch. »Ich zähle nicht. Ich bin nicht Afghanin und deshalb keine richtige Frau. Wusstest du das nicht?«

Timur grinst unbeeindruckt. »Amra. Ist das Polnisch?«

»Bosnisch. Vergesst nicht: Bleibt ganz ruhig. Das hier ist kein Zoo. Es ist ein Krankenhaus. Ihr versprochen habt.«

Timur antwortet: »Ich versprochen habe.«

Idris schaut zur Krankenschwester und hofft, dass sie nicht beleidigt ist, aber sie scheint über diese unverschämte, überflüssige Witzelei großzügig hinwegzusehen. Idris beneidet seinen Cousin um die Gabe, stets davonzukommen, ärgert sich aber auch darüber. Er findet Timur zu grob, zu phantasielos und zu undifferenziert, und er weiß, dass dieser sowohl seine Frau als auch das Finanzamt betrügt. Timur ist in den USA Eigentümer einer Firma, die Darlehen für Immobilien vergibt, und Idris ist fest davon überzeugt, dass er in irgendwelche Betrügereien verwickelt ist. Andererseits ist Timur unglaublich gesellig und macht seine Fehler durch Charme, Freundlichkeit und eine betörend unschuldige Ausstrahlung wett, die jeden für ihn einnimmt, dem er begegnet. Das gute Aussehen schadet ihm dabei genauso wenig wie der muskulöse Körper, die grünen Augen und das Grübchenlächeln. Timur, denkt Idris, ist ein erwachsener Mann, der die Vorrechte eines Kindes genießt.

»Gut«, sagt Amra. »Na, schön.« Sie zieht das Bettlaken auf, das anstelle eines Vorhangs unter die Decke genagelt wurde, und lässt die beiden hinein.

Das Mädchen – Amra nennt sie Roshi, eine Kurzform von Roshana – ist neun, vielleicht auch zehn Jahre alt. Sie sitzt auf einem Stahlbett, den Rücken gegen die Wand gedrückt, die Knie vor die Brust gezogen. Idris senkt sofort den Blick und verkneift sich ein entsetztes Japsen. Timur kann sich natürlich nicht beherrschen. Er flüstert erschrocken »Ts-ts-ts« und »Oh, oh«. Idris ist nicht überrascht, als er sieht, dass Timur theatralisch Tränen in die Augen treten.

Das Mädchen zuckt zusammen, stöhnt auf.

»Okay, das war's, wir gehen«, sagt Amra.

Draußen, auf der kaputten Eingangstreppe, zieht die Krankenschwester eine Schachtel Marlboro Reds aus der Brusttasche ihres blauen Kittels. Timur, dessen Tränen ebenso schnell getrocknet wie geflossen sind, nimmt sich eine Zigarette und gibt Amra Feuer. Idris schwirrt der Kopf. Ihm ist übel, sein Mund ist wie ausgedörrt. Er befürchtet, sich lächerlich zu machen, wenn er sich jetzt übergibt, und so das Bild bestätigt, das Amra von ihnen hat: Unbedarfte, reiche Exilafghanen, die nach der Flucht der Feinde die Reste des Gemetzels begaffen.

Idris rechnet damit, dass Amra sie anpfeift, auf jeden Fall Timur, aber sie wirkt eher so, als würde sie flirten. Das muss an Timurs Wirkung auf Frauen liegen.

»Also«, sagt sie kokett. »Was habt ihr zu eurer Verteidigung zu sagen? Timur?«

Timur nennt sich in den USA nur Tim. Er hat seinen Namen nach den Anschlägen vom 11. September geändert, und er behauptet, sein Geschäftsvolumen seither fast verdoppelt zu haben. Das Weglassen dieser beiden Buchstaben, hat er Idris erklärt, habe seine Karriere mehr beflügelt, als es ein College-Abschluss je vermocht hätte. Idris ist der Akademiker in der Bashiri-Familie. Und ihm ist aufgefallen, dass sein Cousin sich seit ihrer Ankunft in Kabul immer als Timur vorstellt.

Ein harmloses, vielleicht sogar notwendiges Spiel mit der Identität, das Idris trotzdem ärgert.

»Ich muss mich entschuldigen«, sagt Timur.

»Vielleicht bestrafe ich dich.«

»Ganz ruhig, Miezekatze.«

Amra dreht sich zu Idris um. »Also. Er ist der Cowboy, und du – du bist der ruhige, sensible Typ. Du bist ... wie heißt das? Introvertiert?«

»Er ist Arzt«, sagt Timur.

»Ach, ja? Dann war es sicher ein Schock für dich. Dieses Krankenhaus.«

»Was ist ihr widerfahren?«, fragt Idris. »Wer hat Roshi das angetan?«

Amra setzt eine abweisende Miene auf, und ihre Antwort klingt mütterlich entschlossen. »Ich setze mich für sie ein. Ich ringe mit der Regierung, der Krankenhausbürokratie, dem dummen Neurochirurgen. Ich kämpfe für sie um alles. Und ich lasse nicht ab. Sie ist ganz allein.«

»Sie hat doch einen Onkel«, sagt Idris.

»Auch ein Mistkerl.« Sie schnippt die Asche weg. »Und? Warum seid ihr Jungs hier?«

Timur setzt zu einer Erklärung an, die im Großen und Ganzen zutrifft: Sie sind Cousins; ihre Familien sind nach dem Einmarsch der Sowjets geflohen; sie haben ein Jahr in Pakistan gelebt und sind in den frühen 80er Jahren nach Kalifornien gegangen; sie sind zum ersten Mal seit fast zwanzig Jahren wieder in Afghanistan. Dann ergänzt er noch, dass sie gekommen seien, um ihre »Wurzeln zu suchen«, »Kenntnisse zu erwerben«, die Folgen der jahrelangen Kriege und Zerstörungen »mit eigenen Augen zu sehen«. Sie hätten vor, sagt er, in den Staaten das Bewusstsein für dieses Land zu schärfen und Spenden zu sammeln, um »etwas zurückgeben zu können«.

»Wir möchten etwas zurückgeben«, sagt er und spricht

diese abgedroschene Phrase so todernst aus, dass es Idris fast peinlich ist.

Timur verrät natürlich nicht, dass sie nach Kabul gekommen sind, um den Besitz zurückzufordern, der einst ihren Vätern gehörte, das Haus, in dem Idris und er die ersten vierzehn Jahre ihres Lebens verbracht haben. Der Wert des Hauses ist in der Zwischenzeit um ein Vielfaches gestiegen, jetzt, da unzählige internationale, nach Kabul gekommene Helfer eine Bleibe brauchen. Sie sind vorhin zum Haus gefahren, in dem derzeit eine bunt zusammengewürfelte Gruppe erschöpft aussehender Nordallianz-Soldaten untergebracht ist. Als sie sich wieder auf den Weg machten, sind sie einem Mann begegnet, der drei Häuser weiter auf der anderen Seite der Straße wohnt, ein Chirurg aus Griechenland namens Markos Vavaris. Er hatte sie zum Mittagessen eingeladen und vorgeschlagen, ihnen das Ali-Abad-Krankenhaus zu zeigen, in dem die NGO, für die er tätig ist, ein Büro hat. Er hat sie auch zu einer Party eingeladen, die noch am selben Abend bei ihm im Haus stattfindet. Als sie im Krankenhaus ankamen, hatten sie gehört, wie zwei Krankenpfleger sich auf der Treppe über das Mädchen unterhielten. *Die sollten wir mal auschecken, Alter,* hatte Timur gesagt.

Timurs Geschichte scheint Amra zu langweilen. Sie wirft die Zigarette weg und strafft das Gummiband, das ihre blonden Locken zusammenhält. »So, so. Dann sehe ich euch heute Abend auf der Party, Jungs?«

Sie sind von Timurs Vater, Idris' Onkel, nach Kabul geschickt worden. Das zweistöckige Haus der Familie hat während der letzten zwei Kriegsjahrzehnte mehrmals den Besitzer gewechselt. Die Rückerstattung des Besitzes würde Geld und Zeit kosten. Die Gerichte des Landes sind schon jetzt heillos mit Eigentumsstreitigkeiten überlastet. Timurs Vater hatte sie vorgewarnt – sie würden sich durch die für ihre Trägheit und Aufgeblasenheit berüchtigte afghanische Bürokratie »manövrieren« müssen, ein Euphemismus für das Schmieren der richtigen Beamten.

»Mein Spezialgebiet«, hatte Timur überflüssigerweise gesagt.

Idris' Vater war vor neun Jahren, nach langem Kampf gegen den Krebs, gestorben. Er war zu Hause gestorben, im Beisein seiner Frau, seiner zwei Töchter und Idris'. Kurz nach seinem Tod fiel ein regelrechter Mob in das Haus ein, Onkel, Tanten, Cousins, Cousinen, Freunde und Bekannte, die sich auf den Sofas und den Stühlen im Esszimmer breitmachten, ja sogar auf der Treppe, als kein Platz mehr frei war. Die Frauen versammelten sich im Esszimmer und in der Küche. Sie kochten unzählige Kannen Tee. Idris war der einzige Sohn, und deshalb musste er alle Formulare unterschreiben: für den Arzt, der den Tod seines Vaters offiziell feststellte, für die höflichen jungen Männer vom Bestattungsinstitut, die den Leichnam seines Vaters auf einer Bahre aus dem Haus trugen.

Timur wich währenddessen nicht von seiner Seite. Er half beim Entgegennehmen der Anrufe. Er empfing die Leute, die kondolieren wollten. Er bestellte Reis und Lamm im Kabob-Haus, einem afghanischen Restaurant, das Timurs Freund Abdullah führte; Timur nannte ihn aus Spaß immer nur Onkel Abe. Als es zu regnen begann, parkte Timur die Autos der älteren Gäste. Er rief einen Kumpel an, der für einen örtlichen afghanischen Fernsehsender arbeitete, denn im Gegensatz zu Idris war Timur in der afghanischen Community gut vernetzt. Er hatte Idris einmal gesagt, dass er über dreihundert Namen und Nummern im Adressbuch seines Handys gespeichert habe.

Er sorgte dafür, dass das afghanische Fernsehen noch am gleichen Abend eine Meldung brachte.

Und er fuhr Idris am frühen Nachmittag desselben Tages zum Bestattungsinstitut nach Hayward. Es goss in Strömen, und der Verkehr auf der 680 in Richtung Norden war zäh.

»Dein Vater war ein klasse Typ, Mann. Ganz die alte Schule«, sagte Timur, als er die Abfahrt von The Mission nahm. Er wischte sich mit der freien Hand immer wieder Tränen aus den Augen.

Idris nickte düster. Er konnte in Gegenwart anderer Menschen nicht weinen, auch nicht bei Gelegenheiten, die dies eigentlich verlangt hätten, zum Beispiel bei Beerdigungen. Er betrachtete dies als kleineres, der Farbenblindheit verwandtes Handicap. Trotzdem empfand er einen vagen und, wie ihm nun bewusst wurde, irrationalen Groll gegen Timur, weil dieser ihn zu Hause mit seinem Herumgerenne und dramatischen Geflenne in den Hintergrund gedrängt hatte – als wäre nicht sein Vater gestorben, sondern Timurs.

Man geleitete sie in einen schwach erhellten, stillen Raum mit schweren, dunklen Möbeln. Ein Mann mittleren Alters mit schwarzem Sakko und Mittelscheitel begrüßte sie. Er duftete nach teurem Kaffee. Er bekundete Idris in souveränem Tonfall sein Beileid und legte ihm die Vollmacht für die Bestattung zur Unterschrift vor. Er fragte, wie viele Ausfertigungen der Todesurkunde die Familie benötige. Nach der Unterzeichnung aller Formulare legte er Idris dezent eine Broschüre mit der Aufschrift »Allgemeine Preisliste« vor. Idris schlug sie auf.

Der Leiter des Bestattungsinstituts räusperte sich. »Diese Preise sind natürlich hinfällig, falls Ihr Vater Mitglied der afghanischen Moschee drüben in The Mission war, mit der wir eine Abmachung haben. Die Kosten für Grabstelle und Trauerfeier wären dann gedeckt.«

»Wenn ich das wüsste«, sagte Idris. Sein Vater ist zwar religiös gewesen, aber nur im privaten Rahmen. Er hat fast nie am Freitagsgebet teilgenommen.

»Möchten Sie bei der Moschee anrufen?«

»Nein, nicht nötig«, sagte Timur. »Er war kein Mitglied.«

»Sind Sie sicher?«

»Ja. Ich erinnere mich an ein Gespräch.«

»Verstehe«, sagte der Leiter des Bestattungsinstituts.

Sie teilten sich draußen vor dem SUV eine Zigarette. Es hatte aufgehört zu regnen.

»Krass überteuert«, sagte Idris.

Timur spuckte in eine dunkle Pfütze. »Der Tod ist ein solides Geschäft. Der Bedarf lässt nie nach. Ist besser, als Autos zu verkaufen, Scheiße nochmal.«

Damals hatte Timur einen Gebrauchtwagenhandel. Die Geschäfte liefen schlecht, und fast wäre er pleitegegangen. Dann hatte er sich mit einem Freund zusammengetan, und es dauerte keine zwei Jahre, da schrieb der Laden auf einmal schwarze Zahlen. Idris' Vater hatte seinen Neffen oft als Selfmade-Man bezeichnet. Idris beendete zu der Zeit gerade sein zweites Jahr in innerer Medizin an der UC Davis und verdiente nur einen Hungerlohn. Nahil, mit der er seit einem Jahr verheiratet war, studierte Jura und arbeitete nebenher dreißig Stunden pro Woche als Sekretärin in einer Anwaltskanzlei.

»Ich betrachte das als Darlehen«, sagte Idris. »Ich hoffe, das ist dir klar, Timur. Ich zahle es zurück.«

»Nur keinen Stress, Mann. Wie es für dich am besten ist.«

Timur half Idris nicht zum ersten Mal aus der Klemme. Er hatte ihm einen neuen Ford Explorer zur Hochzeit geschenkt. Er hatte den Darlehensvertrag für die kleine Wohnung mit unterschrieben, die Idris und Nahil in Davis gekauft hatten. Er war der Lieblingsonkel aller Kinder in der Familie, und das mit Abstand. Wenn es bei Idris brannte, wählte er fast immer Timurs Nummer.

Und doch.

Wie Idris feststellte, wusste die ganze Familie, dass Timur den Darlehensvertrag mit unterschrieben hatte. Timur hatte es ausgeplaudert. Und bei der Hochzeit hatte Timur den Sänger unterbrochen, um Idris und Nahil die Schlüssel des Explorers mit großem Tamtam auf einem Tablett zu überreichen, und das vor den Augen aller Hochzeitsgäste, die eifrig fotografiert hatten. Genau das passte Idris nicht – das Trara, die Angeberei, die dreiste Selbstdarstellung, die Großspurigkeit. Er bedauerte es, so über seinen Cousin zu denken, der ihm wie ein Bruder war, aber Timur schien jemand zu sein, der ständig in eigener Sache Werbung machte, und seine Großzügigkeit, argwöhnte Idris, war Berechnung und Teil seiner sorgsam zur Schau gestellten Persönlichkeit.

Idris und Nahil hatten eines Abends, während sie das Bett frisch bezogen, über Timur debattiert.

Jeder will gemocht werden, sagte sie. *Du etwa nicht?*

Ja, schon, aber ich erkaufe mir das nicht.

Sie antwortete, nach allem, was Timur für sie getan habe, sei er nicht nur ungerecht, sondern auch undankbar.

Du verstehst nicht, worauf ich hinauswill, Nahil. Ich sage doch nur, dass ich es nicht in Ordnung finde, wenn jemand mit seinen guten Taten hausieren geht. Wenn man helfen will, kann man das auch diskret im Hintergrund tun. Hilfsbereitschaft erschöpft sich nicht darin, in der Öffentlichkeit Schecks auszustellen.

Tja, sagte Nahil und zog das Bettlaken ab, *das ist ein weites Feld, Liebling.*

»Mann, ich erinnere mich an dieses Haus«, sagt Timur, während sie vorfahren. »Wie hieß gleich der Mann, der hier gewohnt hat?«

»Wahdati oder so ähnlich«, antwortet Idris. »Den Vornamen weiß ich nicht mehr.« Er denkt daran zurück, wie sie als Kinder unzählige Male auf der Straße vor dem Tor dieses Hauses gespielt haben, aber erst jetzt, Jahrzehnte später, betreten sie es zum ersten Mal.

»Die Wege des Herrn sind unergründlich«, murmelt Timur.

Es ist ein gewöhnliches, zweistöckiges Haus, das in Idris' Wohnviertel in San José bestimmt den Zorn der Hauseigentümer-Vereinigung auf sich gezogen hätte. Nach Kabuler Maßstäben ist es jedoch ein prachtvoller Besitz mit breiter Einfahrt, Eisentoren und hohen Mauern. Während sie von einer bewaffneten Wache hineingeführt werden, spürt Idris, dass dieses Haus – wie so vieles andere in Kabul – einen Hauch vergangener Pracht verströmt, obwohl es einem jahrelangen Verfall ausgesetzt war, dessen Anzeichen offensichtlich sind: Einschusslöcher und Risse in den rußigen Mauern; großflächig abgeplatzter Putz und bloßliegende Backsteine; an der Einfahrt vertrocknete Sträucher; im Garten kahle Bäume und gelber Rasen. Die Veranda zwischen Haus und Garten ist zur Hälfte zerstört. Idris kann jedoch – auch dies typisch für Kabul – Anzeichen für ein langsames, zögerndes Wiederaufblühen erkennen. So ist man dabei, das Haus neu zu streichen. Jemand hat im Garten Rosen gepflanzt und ein großes Loch in der östlichen Mauer repariert, wenn auch etwas ungeschickt. Eine Leiter lehnt an der zur Straße zeigenden Hausfassade, was darauf hindeutet, dass das Dach neu gedeckt werden soll. Und die Arbeiten zur Wiederherstellung der Veranda haben offenbar schon begonnen.

Sie begrüßen Markos am Eingang. Er hat graues, schütteres Haar und blassblaue Augen und trägt graue afghanische Kleidung und ein schwarz-weiß kariertes *keffiyeh*, das er sich elegant um den Hals geschlungen hat. Er führt die beiden in einen lauten und verqualmten Raum.

»Ich kann Ihnen Tee, Wein oder Bier anbieten. Oder möchten Sie etwas Hochprozentiges?«

»Verraten Sie mir, wo es steht, und ich kümmere mich um alles Weitere«, antwortet Timur.

»Ah, Sie gefallen mir. Dort, neben der Stereoanlage. Und keine Sorge wegen der Eiswürfel. Das Wasser kommt aus der Flasche.«

»Danke.«

Bei Festen dieser Art ist Timur ganz in seinem Element, und Idris bewundert ihn trotz allem für seine Lässigkeit, die mühelosen Bonmots, den genau dosierten Charme. Er folgt ihm zur Bar, wo Timur ihnen aus einer rubinroten Flasche einen Wodka einschenkt.

Die gut zwanzig Gäste haben sich auf Sitzkissen niedergelassen. Auf dem Fußboden liegt ein weinroter afghanischer Teppich. Das Dekor ist zurückhaltend und geschmackvoll – Idris nennt diesen Stil inzwischen »Expat-Chic«. Leise Musik von Nina Simone, alle trinken, fast alle rauchen, man spricht über den Krieg im Irak und dessen Folgen für Afghanistan. Im Fernseher läuft stumm CNN International. Das nächtliche Bagdad, Ziel der Shock-and-Awe-Strategie, blitzt immer wieder grünlich auf.

Markos tritt neben sie, begleitet von zwei ernsthaft dreinschauenden Deutschen, die für das Welternährungsprogramm arbeiten. Wie viele andere Helfer, denen Idris in Kabul begegnet ist, wirken sie einschüchternd und welterfahren und sind offenbar durch nichts zu beeindrucken.

»Ein schönes Haus«, bemerkt Idris.

»Sagen Sie das dem Besitzer.« Markos geht quer durch den Raum und kehrt mit einem hageren, alten Mann zurück, der

sein dichtes schwarz-weiß gesprenkeltes Haar nach hinten gekämmt hat. Sein Bart ist kurz gestutzt, und seine Wangen sind
so hohl, als hätte er fast keine Zähne mehr. Er trägt einen
schäbigen, viel zu großen, olivgrünen Anzug, dessen Schnitt
während der 50er Jahre in Mode war.

»Das ist Nabi, mein Freund und Vermieter«, sagt Markos und lächelt den alten Mann mit unverhüllter Zuneigung
an.

»Nabi jan?«, ruft Timur ungläubig. Und da ist auch bei
Idris die Erinnerung wieder da.

Der Alte grinst schüchtern. »Bitte verzeihen Sie. Kennen
wir uns?«

»Ich bin Timur Bashiri«, antwortet Timur. »Unsere Familie
hat auf der anderen Seite der Straße gewohnt!«

»Gütiger Gott«, sagt der Alte. »Timur jan? Dann müssen
Sie Idris jan sein?«

Idris nickt lächelnd.

Nabi umarmt sie beide. Er küsst sie auf die Wangen, grinst
immer noch ungläubig. Idris fällt wieder ein, wie Nabi früher Herrn Wahdati im Rollstuhl spazieren fuhr. Manchmal
hielt er an, stellte den Rollstuhl auf dem Bürgersteig ab, und
Herr Wahdati und er sahen den beiden Jungs beim Spielen
zu.

»Nabi wohnt seit 1947 in diesem Haus«, sagt Markos,
einen Arm um Nabis Schulter gelegt.

»Dann sind Sie jetzt der *Besitzer*?«, fragt Timur.

Nabi muss lächeln, weil Timur so überrascht dreinschaut.
»Ich war bei Herrn Wahdati von 1947 bis 2000 angestellt
und habe mich um ihn gekümmert, bis er verstorben ist. Und
ja, er hat mir das Haus vermacht.«

»Er hat es Ihnen *vermacht*?«, wiederholt Timur ungläubig.

Nabi nickt.

»Dann müssen Sie ein phantastischer Koch gewesen sein!«

»Und Sie waren als Kind ein ganz schöner Rabauke, wenn ich mich nicht irre.«

Timur lacht.

Markos schwenkt den Wein im Glas und sagt zu Idris: »Nila Wahdati, die Frau des früheren Eigentümers, war Dichterin, und als solche offenbar nicht ganz unbekannt. Haben Sie von ihr gehört?«

»Ich weiß nur, dass sie Afghanistan schon lange verlassen hatte, als ich geboren wurde«, antwortet Idris.

»Sie hat mit ihrer Tochter in Paris gelebt«, sagt Thomas, einer der Deutschen. »Sie ist 1974 gestorben. Selbstmord, glaube ich. Sie hatte ein Alkoholproblem, jedenfalls habe ich das gehört. Vor ein oder zwei Jahren habe ich deutsche Übertragungen ihrer frühen Gedichte gelesen, und ich fand ihre Sachen ziemlich gut. Verblüffend explizit, wenn ich mich recht erinnere.«

Idris nickt, kommt sich aber wieder fehl am Platz vor, dieses Mal, weil er von einem Ausländer über eine afghanische Künstlerin aufgeklärt wird. Er hört, wie Timur sich ganz in der Nähe angeregt mit Nabi über die Mieten in Kabul unterhält. Natürlich auf Farsi.

»Wissen Sie überhaupt, was Sie für ein solches Haus nehmen könnten, Nabi jan?«, fragt er den alten Mann.

»Aber ja«, antwortet Nabi lachend. »Ich kenne die Preise in dieser Stadt.«

»Sie könnten diesen Leuten das Fell über die Ohren ziehen!«

»Nun, ja.«

»Stattdessen lassen Sie sie hier umsonst wohnen.«

»Sie sind hier, weil sie unserem Land helfen wollen, Timur jan. Sie haben ihr Zuhause verlassen und sind hierhergekommen. Es wäre nicht recht, wenn ich ihnen, wie Sie sich ausdrücken, das Fell über die Ohren ziehen würde.«

Timur stöhnt und leert seinen Drink. »Tja, dann gibt es nur

zwei Möglichkeiten: Entweder machen Sie sich nichts aus Geld, oder Sie sind ein wesentlich besserer Mensch als ich.«

Da kommt Amra herein. Sie trägt eine rubinrote afghanische Tunika über der verwaschenen Jeans. »Nabi jan!«, ruft sie. Er wirkt etwas verdutzt, als sie ihm einen Kuss auf die Wange drückt und einen Arm um ihn legt. »Ich liebe diesen Mann«, sagt sie in die Runde. »Und ich liebe es, wenn er rot wird.« Sie wiederholt es für Nabi auf Farsi. Er nickt lachend und errötet tatsächlich ein wenig.

»Wie wäre es, wenn Sie mich mal erröten ließen?«, fragt Timur.

Amra tippt ihm gegen die Brust. »Dieser Mann verheißt nichts als Ärger.« Dann begrüßt sie Markos auf afghanische Art mit drei Wangenküssen. Genauso die Deutschen.

Markos legt ihr einen Arm um die Taille. »Amra Ademovic. Keine Frau in Kabul arbeitet härter als sie. Dieses Mädchen sollte man besser nicht gegen sich aufbringen. Außerdem trinkt sie einen unter den Tisch.«

»Das werden wir ja sehen«, sagt Timur und angelt sich ein Glas hinter der Bar hervor.

Nabi, der alte Mann, entschuldigt sich und geht.

Während der nächsten Stunde versucht Idris, sich unter die Gäste zu mischen. Je leerer die Flaschen, desto lauter die Gespräche. Idris hört Deutsch, Französisch und etwas, das wie Griechisch klingt. Er trinkt noch einen Wodka, danach ein lauwarmes Bier. Einmal hat er den Mut, einer Gruppe von Gästen einen Witz über Mullah Omar zu erzählen, den er in Kalifornien auf Farsi gehört hat. Aber der Witz funktioniert auf Englisch nicht so gut, und Idris kommt ins Stocken. Die Pointe verpufft. Er geht weiter und lauscht einem Gespräch, das sich um die baldige Eröffnung eines Irish Pub in Kabul dreht. Alle sind sich einig, dass er sich nicht lange halten wird.

Er läuft durch den Raum, das warme Bier in der Hand. Er hat sich in solchen Runden noch nie wohl gefühlt. Er versucht, sich mit der näheren Betrachtung der Einrichtung zu beschäftigen. Ein Poster der Buddha-Statuen in Bamiyan, eines Buzkashi-Spiels, eines Hafens auf einer Idris unbekannten griechischen Insel namens Tinos. In der Eingangshalle entdeckt er ein gerahmtes Schwarzweißfoto, leicht verwischt, als wäre es mit einer selbstgebastelten Kamera aufgenommen worden. Es zeigt ein junges Mädchen mit langen schwarzen Haaren. Sie sitzt mit dem Rücken zur Kamera auf einem Stein am Strand und blickt aufs Meer. Links unten sieht das Foto aus, als hätte jemand versucht, es anzuzünden.

Zum Essen gibt es Lamm mit Rosmarin und tief ins Fleisch gedrückten Knoblauchzehen, dazu Salat mit Ziegenkäse und Nudeln mit Pesto. Idris nimmt sich etwas Salat und stochert, in einer Ecke stehend, darin herum. Er erspäht Timur, der mit zwei attraktiven Niederländerinnen zusammensitzt. Und Hof hält, wie Idris findet. Die drei lachen schallend, und eine der beiden Frauen berührt Timur am Knie.

Idris geht mit seinem Wein auf die Veranda und setzt sich auf eine Holzbank. Inzwischen ist es dunkel, und die Veranda wird nur von zwei unter der Decke hängenden Glühbirnen erhellt. Idris kann hinten im Garten den Umriss irgendeiner Unterkunft erkennen und rechts die Silhouette eines langen, großen, alten Wagens. Der Schwung der Karosserie deutet auf ein amerikanisches Modell aus den vierziger, vielleicht aus den frühen fünfziger Jahren hin. Es ist zu dunkel, und Idris hat sich nie für Autos interessiert. Timur würde es bestimmt wissen. Er könnte auf Anhieb Modell, Baujahr und PS nennen, einfach alles. Offenbar sind alle vier Reifen platt. In der Nähe bellt ein Hund im Stakkato. Im Haus läuft jetzt eine CD von Leonard Cohen.

»Ruhig und gefühlvoll.«

Amra setzt sich neben ihn, in ihrem Glas klirren Eiswürfel, sie ist barfuß.

»Dein Cousin, der Cowboy, er ist das Herz dieser Party.«

»Das wundert mich nicht.«

»Er sieht blendend aus. Ist er verheiratet?«

»Ja, und er hat drei Kinder.«

»Zu dumm. Dann bin ich ganz brav.«

»Er wäre bestimmt enttäuscht, das zu hören.«

»Ich habe Regeln«, sagte sie. »Du magst ihn nicht besonders.«

Idris antwortet wahrheitsgemäß, dass Timur wie ein Bruder für ihn ist.

»Aber er ist dir peinlich.«

Das stimmt. Timur ist ihm tatsächlich peinlich. Er hat sich, denkt Idris, wie ein typisch afghanischstämmiger Amerikaner aufgeführt. Er geht durch diese kriegsverheerte Stadt, als wäre er hier zu Hause, klopft Einheimischen großspurig auf den Rücken, nennt sie Bruder, Schwester, Onkel, bläst sich mächtig auf, wenn er Bettlern Geld aus dem von ihm so genannten *bakschisch*-Bündel gibt, scherzt mit alten Frauen, die er mit Mutter anredet und dazu bringt, ihre Geschichte vor laufendem Camcorder zu erzählen, indem er sich betroffen gibt und so tut, als wäre er einer von ihnen, als hätte er dieses Land nie verlassen und nicht in San José im Fitnessstudio Gewichte gestemmt und Brust und Bizeps gestählt, während diese Menschen bombardiert, massakriert und vergewaltigt wurden. Idris empfindet das als widerwärtig und heuchlerisch, und er begreift nicht, warum niemand diese Show durchschaut.

»Er hat dich angelogen«, sagt Idris. »Wir sind hier, um das Haus zurückzufordern, das früher unseren Vätern gehört hat. Das ist der einzige Grund.«

Amra lacht schnaubend. »Ich wusste es. Glaubst du, ich

gehe euch auf den Leim? Ich habe hier mit Warlords und Taliban zu tun gehabt. Ich habe alles erlebt. Mich kann nichts mehr umhauen. Nichts und niemand kann mich täuschen.«

»Ja, das glaube ich dir.«

»Du bist ehrlich«, sagt sie. »Du bist wenigstens ehrlich.«

»Ich finde, dass wir diesen Menschen, die so viel mitgemacht haben, Achtung entgegenbringen müssen. Und mit ›wir‹ meine ich Leute wie Timur und mich. Leute, die gelebt haben wie die Maden im Speck, während dieses Land in Schutt und Asche gelegt wurde. Wir dürfen nicht so tun, als wären wir echte Afghanen. Wir sind anders. Und die Geschichten, die die Menschen hier zu erzählen haben, tja, wir haben genau genommen kein Recht darauf. Aber ich schwadroniere.«

»Schwadroniere?«

»Ich rede Unsinn.«

»Ich verstehe«, sagt sie. »Du meinst, dass ihre Geschichten ein Geschenk an dich sind.«

»Ja. Ein Geschenk.«

Sie trinken noch mehr Wein. Und sie unterhalten sich eine ganze Weile. Idris hat zum ersten Mal seit seiner Ankunft in Kabul das Gefühl, ein echtes Gespräch zu führen, eines ohne den latenten Spott und den vorwurfsvollen Unterton, den er aus den Worten der Einheimischen, der Regierungsbeamten, der Leute in den Hilfsorganisationen herausgehört hat. Er erkundigt sich nach Amras Arbeit, und sie erzählt, dass sie in Bosnien für die Vereinten Nationen tätig war, dann, nach dem Genozid, in Ruanda, in Kolumbien und Burundi. Sie hat sich in Kambodscha um Kinderprostituierte gekümmert. In Kabul hält sie sich seit einem Jahr auf. Es ist ihre dritte Mission, dieses Mal arbeitet sie für eine kleine NGO im Ali-Abad-Krankenhaus. Sie leitet jeden Montag eine mobile Klinik. Zweimal verheiratet, zweimal geschieden, kinderlos. Idris versucht vergeblich, ihr Alter zu schätzen, aber sie ist bestimmt jünger, als sie aussieht. Die von Müdigkeit gezeichneten Augen und die verfärbten Zähne verbergen eine verwelkende Schönheit und eine ungestüme Sinnlichkeit. Noch vier oder fünf Jahre, denkt Idris, dann wird auch das verblassen.

Schließlich fragt sie: »Willst du wissen, was Roshi passiert ist?«

»Du musst es mir nicht erzählen«, erwidert er.

»Glaubst du, ich bin blau?«

»Bist du's denn?«

»Ein bisschen«, sagt sie. »Aber du bist ein ehrlicher Typ.« Sie tippt ihm sanft und etwas neckisch auf die Schulter. »Du fragst aus den richtigen Gründen. Andere Afghanen wie du, im Westen lebende Afghanen, sind nur – wie sagt man? – Blickfröhliche.«

»Schaulustige.«

»Genau.«

»Eine Art Spanner.«

»Vielleicht bist du ein guter Mensch.«

»Wenn du es mir erzählst«, sagt er, »betrachte ich das als Geschenk.«

Also erzählt sie ihm alles.

Roshi lebte mit ihren Eltern, zwei Schwestern und einem kleinen Bruder in einem Dorf zwischen Kabul und Bagram. Vor einem Monat kam ihr Onkel, der ältere Bruder des Vaters, an einem Freitag zu Besuch. Die Brüder hatten sich seit über einem Jahr wegen des Grundstücks gestritten, auf dem Roshi mit ihrer Familie lebte und das der Onkel als älterer Bruder für sich beanspruchte, obwohl es vom Vater an den jüngeren, von ihm vorgezogenen Sohn vererbt worden war. Am Tag des Besuches schien jedoch Frieden zwischen den Brüdern zu herrschen.

»Er sagte, er wolle den Streit beilegen.«

Roshis Mutter hatte vorsorglich zwei Hühner geschlachtet,

eine große Schüssel Reis mit Rosinen gekocht und auf dem Markt frische Granatäpfel gekauft. Als der Onkel eintraf, umarmten und küssten sich die Brüder. Roshis Vater drückte seinen Bruder so fest, dass er ihn kurz vom Teppich hob. Roshis Mutter weinte vor Erleichterung. Die Familie ließ sich zum Essen nieder. Alle taten sich ein zweites und drittes Mal auf. Dann aßen sie Granatäpfel, anschließend gab es grünen Tee und Karamelgebäck. Nach dem Essen sagte der Onkel, er wolle kurz in die Scheune.

Er kehrte mit einer Axt zurück.

»Wie man sie zum Baumfällen benutzt«, fügt Amra hinzu.

Roshis Vater starb als Erster. »Roshi erzählte mir, dass ihr Vater gar nicht begriff, was geschah. Er bekam nichts mit.«

Hinterrücks ein einziger Hieb in den Nacken. Roshis Vater wäre fast enthauptet worden. Dann war die Mutter an der Reihe. Roshi sah, wie sie sich wehren wollte, aber der Onkel hieb auf ihren Kopf und ihre Brust ein. Die Kinder ergriffen schreiend die Flucht. Der Onkel verfolgte sie. Eine Schwester wollte in den Flur fliehen, wurde vom Onkel jedoch bei den Haaren gepackt und zu Boden gerungen. Die andere schaffte es in den Flur. Der Onkel rannte ihr nach. Roshi hörte, wie er die Schlafzimmertür eintrat. Schreie ertönten, dann trat Stille ein.

»Also versuchte Roshi, mit ihrem kleinen Bruder zu fliehen. Sie rannten aus dem Haus, aber das Hoftor war versperrt. Das hatte natürlich der Onkel getan.«

In ihrer Panik und Verzweiflung liefen sie auf den Hinterhof, ohne daran zu denken, dass er von einer hohen und torlosen Mauer umgeben war. Als der Onkel aus dem Haus stürmte, musste Roshi mitansehen, wie sich ihr kleiner, fünfjähriger Bruder in den Tandoor stürzte, in dem ihre Mutter kurz zuvor Brot gebacken hatte. Roshi hörte, wie er in den

Flammen schrie, dann stolperte sie und stürzte. Sie rollte sich auf den Rücken, sah noch blauen Himmel und die auf sie hinabsausende Axt. Dann nichts mehr.

Amra verstummt. Im Haus erklingt eine Live-Version von Leonard Cohens *Who By Fire*.

Idris sucht vergeblich nach Worten. Es hat ihm die Sprache verschlagen. Wäre es eine Tat der Taliban, Al-Qaidas oder eines größenwahnsinnigen Mudschaheddin-Anführers gewesen, hätte er vielleicht ohnmächtigen Zorn an den Tag gelegt. Aber diese Morde können weder Hekmatyar noch Mullah Omar, weder Bin Laden noch Bush und dessen Krieg gegen den Terror angelastet werden. Nein, dieses Blutbad entsprang gewöhnlicher, banaler Gier und ist deshalb umso schrecklicher und deprimierender. Idris denkt an das Wort »sinnlos«, verdrängt es aber gleich wieder. Das sagen die Leute immer: *Sinnlose Gewalt, sinnloses Morden.* Als ob Morden je sinnvoll sein könnte.

Er denkt an das Mädchen, Roshi, die sich im Krankenhaus gegen die Wand kauert, die Zehen verkrampft, ihre Miene die eines Kleinkindes. Ihr rasierter Kopf mit dem Riss, aus dem Gehirnflüssigkeit suppt, sich zu einer faustgroßen, an den Haarknoten eines Sikhs erinnernden Kugel geformt hat.

»Und all das hat sie dir erzählt?«, fragt er schließlich.

Amra nickt schwer. »Sie erinnert sich sehr gut. An jedes Detail. Sie kann es in allen Einzelheiten schildern. Ich wünschte, sie würde vergessen, weil sie schlecht träumt.«

»Was ist mit ihrem Bruder geschehen?«

»Zu schwere Verbrennungen.«

»Und der Onkel?«

Amra zuckt mit den Schultern.

»Nicht an sich ranlassen, heißt es immer«, sagt sie. »In meinem Job wird einem eingeschärft, professionell zu sein, nichts an sich heranzulassen. Es ist verkehrt, Gefühle zu entwickeln. Aber Roshi und ich ...«

Die Musik bricht plötzlich ab. Wieder ein Stromausfall. Für kurze Zeit ist alles dunkel, nur der Mond scheint. Die Leute im Haus sind genervt. Halogenlampen flammen auf.

»Ich kämpfe für sie«, sagt Amra, die den Blick weiter gesenkt hält. »Ich gebe nicht auf.«

Am nächsten Tag fährt Timur mit den Deutschen nach Istalif, einer für ihre Töpferkunst bekannten Stadt. »Komm doch mit.«

»Ich bleibe lieber hier und lese«, sagt Idris.

»Das kannst du doch auch in San José, Alter.«

»Ich muss mich erholen. Ich glaube, ich habe gestern Abend zu viel getrunken.«

Nachdem Timur von den Deutschen abgeholt worden ist, bleibt Idris noch eine Weile im Bett liegen und starrt das an der Wand hängende, verblasste Werbeplakat aus den 60er Jahren an. Es zeigt vier lächelnde, blonde Touristen, die auf den Band-e-Amir-Seen segeln, ein Relikt seiner eigenen Kabuler Kindheit, vor den Kriegen, vor dem Zerfall. Am frühen Nachmittag bricht er zu einem Spaziergang auf, isst in einem kleinen Restaurant Kabob zu Mittag. Er kann das Essen nicht recht genießen, weil er währenddessen von zahlreichen schmutzigen, jungen Gesichtern begafft wird, die vor der Scheibe auftauchen. Das strengt ihn an, und er muss sich eingestehen, dass Timur besser damit umgehen kann. Timur begreift es als Spiel. Er pfeift wie ein Unteroffizier beim Drill, lässt die bettelnden Kinder antreten und zückt ein paar Scheine aus seinem *bakschisch*-Bündel. Und während er einen

Schein nach dem anderen verteilt, knallt er die Hacken zusammen und salutiert. Die Kinder finden das großartig. Sie salutieren auch. Sie nennen ihn Kaka. Manchmal klammern sie sich an seinen Beinen fest.

Nach dem Essen steigt Idris in ein Taxi und lässt sich zum Krankenhaus fahren.

»Halten Sie bitte kurz beim Basar«, sagt er.

Er geht mit der Kiste durch den Krankenhausflur, vorbei an mit Graffiti bedeckten Wänden, an Zimmern, die Plastikplanen statt Türen haben, an einem barfüßigen Greis mit Augenverband, an Patienten, die in heißen, stickigen Zimmern ohne Licht liegen. Ein säuerlicher Körpergeruch hängt in der Luft. Idris verharrt am Ende des Flurs vor dem Vorhang, dann zieht er ihn auf. Er verspürt einen Stich im Herzen, als er das auf der Bettkante hockende Mädchen erblickt. Amra kniet vor ihr und putzt ihr die Zähne. Auf der anderen Seite des Bettes sitzt ein hagerer, sonnenverbrannter Mann mit Kinnbärtchen und struppigen, dunklen Haaren. Er steht rasch auf, als Idris eintritt, legt eine Hand auf die Brust und verneigt sich. Er sei, erklärt er, Roshis Onkel, der Bruder ihrer Mutter.

»Da bist du ja wieder«, sagt Amra und taucht die Zahnbürste in einen Becher mit Wasser.

»Ich hoffe, das ist in Ordnung.«

»Warum nicht«, erwidert sie.

Idris räuspert sich. »Salaam, Roshi.«

Das Mädchen schaut Amra fragend an. Ihre Stimme ist ein zögerndes Flüstern. »Salaam.«

»Ich habe dir ein Geschenk mitgebracht.« Idris setzt die Kiste ab und öffnet sie. Roshis Augen blitzen lebhaft auf, als Idris Fernseher und Videorekorder herausholt. Er zeigt ihr die vier Filme, die er gekauft hat. In dem Geschäft gab es vor allem Bollywood-Produktionen, Martial-Arts-Filme mit Jet

Li, Action-Reißer mit Jean Claude van Damme und alle Streifen mit Steven Seagal. Aber Idris entdeckte auch *E.T.*, *Babe*,
Toy Story und *Der Gigant aus dem All*, Filme, die er zu Hause
mit seinen Söhnen geschaut hat.

Amra fragt Roshi auf Farsi, welchen Film sie sehen möchte.
Roshi entscheidet sich für *Der Gigant aus dem All*.

»Der gefällt dir bestimmt«, sagt Idris, dem es schwerfällt,
das Mädchen anzuschauen. Sein Blick wandert immer wieder
zu dem schimmernden Klumpen Gehirnflüssigkeit auf ihrem
Kopf, den kreuz und quer verlaufenden Kapillargefäßen und
Venen.

An diesem Ende des Flurs gibt es keine Steckdose, und Amra
braucht eine ganze Weile, um ein Verlängerungskabel zu finden, aber nachdem Idris die Geräte angeschlossen hat und der
Film losgeht, dehnt sich Roshis Mund zu einem Lächeln. Idris
ist schon fünfunddreißig, aber er erkennt in diesem Lächeln
kaum etwas von seiner eigenen Lebenswelt wieder – er hat nie
erlebt, wie grausam und barbarisch, wie grenzenlos brutal
diese Welt sein kann.

Als Amra sich entschuldigt, weil sie nach den anderen
Patienten schauen muss, setzt sich Idris neben Roshi auf das
Bett und sieht mit ihr zusammen den Film. Mitten darin fällt
der Strom aus. Roshi beginnt zu weinen, und der auf einem
Stuhl sitzende Onkel beugt sich zu ihr, packt grob ihre Hand.
Er flüstert einige barsche Worte auf Paschto, einer Sprache,
die Idris nicht beherrscht. Roshi zuckt zusammen und will
sich losreißen. Idris betrachtet ihre kleine Hand, die dem
kräftigen Griff ihres Onkels nicht entkommen kann.

Idris zieht seinen Mantel an. »Ich komme morgen wieder,
Roshi. Dann können wir einen anderen Film sehen, wenn du
willst. Ist dir das recht?«

Roshi kauert sich unter der Decke zusammen. Idris betrachtet den Onkel und fragt sich, was Timur mit dem Mann

anstellen würde, denn im Gegensatz zu Idris kann Timur nie der ersten Gefühlsaufwallung widerstehen. *Lass mich zehn Minuten mit ihm allein*, würde er sagen.

Der Onkel folgt ihm nach draußen. Auf der Treppe sagt er zu Idris' Verblüffung: »Ich bin hier das wahre Opfer, Sahib.« Die Miene von Idris ist ihm offenbar nicht entgangen, denn er berichtigt sich und fügt hinzu: »Sie ist natürlich das Opfer. Ich meine nur, dass ich auch ein Opfer bin. Sie begreifen das, denn Sie sind Afghane. Aber diese Fremden, die können das nicht begreifen.«

»Ich muss los«, sagt Idris.

»Ich bin ein *mazdoor*, ein einfacher Arbeiter. Ich verdiene einen Dollar am Tag, wenn ich Glück habe, zwei, Sahib. Und ich habe schon fünf eigene Kinder. Eines ist blind. Und nun das.« Er seufzt. »Möge Gott mir verzeihen, aber ich denke manchmal bei mir, Allah hätte Roshi nicht … nun, Sie verstehen schon. Das wäre vielleicht besser gewesen. Denn ich frage Sie, Sahib: Welcher junge Mann wird sie jetzt noch heiraten? Sie wird nie einen Mann finden. Und wer wird dann für sie sorgen? Ich werde es tun müssen. Für immer.«

Idris weiß, dass er in die Ecke gedrängt worden ist. Er zückt seine Brieftasche.

»Nur, was Sie erübrigen können, Sahib. Natürlich nicht für mich. Sondern für Roshi.«

Idris drückt ihm ein paar Scheine in die Hand. Der Onkel blinzelt, sieht von dem Geld zu Idris auf. Er stößt hervor: »Zwei …«, aber dann schließt er den Mund, als würde er befürchten, Idris auf einen Irrtum aufmerksam zu machen.

»Kaufen Sie ihr anständige Schuhe«, sagt Idris und geht die Treppe hinunter.

»Allah segne Sie, Sahib«, ruft der Onkel ihm nach. »Sie sind ein guter Mensch. Sie sind ein gütiger Mensch.«

Idris kommt auch am nächsten und am übernächsten Tag. Seine Besuche werden bald zur Gewohnheit, und schließlich ist er täglich bei Roshi. Er kennt die Sanitäter nach einer Weile mit Namen, die im Erdgeschoss tätigen Pfleger, den Hausmeister und die unterernährt und müde wirkenden Wachen am Krankenhaustor. Er versucht, seine Besuche möglichst geheim zu halten. Wenn er zu Hause anruft, erzählt er weder von Roshi noch von Timur, erklärt nicht, warum er nicht mit nach Paghman fährt, wo sie einen Termin mit einem Beamten des Innenministeriums vereinbart haben. Timur kommt ihm trotzdem auf die Schliche.

»Schön für dich«, sagt er. »Das ist eine gute Tat.« Und er fügt nach einer Pause hinzu: »Aber pass auf.«

»Soll ich meine Besuche einstellen?«

»Wir reisen in einer Woche ab, Bruder. Sie darf dir nicht zu sehr ans Herz wachsen.«

Idris nickt. Er fragt sich, ob Timur eifersüchtig auf seine Beziehung zu Roshi ist. Oder verärgert, weil Idris ihn einer einmaligen Gelegenheit beraubt hat, den Helden zu spielen: Timur, der unter dem Jubel der Menge wie in Zeitlupe aus dem Krankenhaus tritt, ein Kind in seinen Armen. Idris will um jeden Preis verhindern, dass Timur mit Roshi auf diese Weise Selbstdarstellung betreibt.

Trotzdem hat Timur nicht unrecht. Sie fliegen in einer Woche nach Hause, und Roshi nennt ihn inzwischen Kaka Idris. Wenn er zu spät kommt, ist sie aufgewühlt und schlingt ihre Arme um ihn, und die Erleichterung steht ihr ins Gesicht geschrieben. Sie hat ihm erzählt, dass seine Besuche ihr größtes Glück sind. Wenn sie gemeinsam einen Film gucken, umklammert sie seine Hand mit beiden Händen. Wenn er nicht bei ihr ist, muss er oft an die hellen Härchen auf ihren Armen denken, ihre schmalen, braungrünen Augen, ihre hübschen Füße, die runden Wangen oder die Art, wie sie ihr Kinn auf die Hände stützt, während er ihr aus einem der Kinderbücher vorliest, die er im Buchladen bei der französischen Schule gekauft hat. Manchmal fragt er sich sogar, wie es wäre, wenn er sie in die Staaten mitnehmen, wie sie mit Zabi und Lemar, seinen zwei Söhnen, auskommen würde. Nahil und er haben erst letztes Jahr darüber gesprochen, ob sie noch ein drittes Kind wollen.

»Und was nun?«, fragt Amra am Tag vor Idris' Abflug.

Zuvor hatte Roshi ihm ein Bild geschenkt, mit Buntstiften auf einen Krankenhauszettel gemalt, das zwei Strichmännchen vor einem Fernseher zeigt. Idris hatte auf die Figur mit den langen Haaren gezeigt. *Bist du das?*

Und das bist du, Kaka Idris.

Hattest du lange Haare? Früher?

Meine Schwester hat sie jeden Abend gebürstet. Sie machte es so, dass es nicht wehtat.

Sie war bestimmt eine gute Schwester.

Wenn die Haare länger sind, kannst du sie wieder bürsten.

Ich glaube, das würde mir gefallen.

Geh nicht, Kaka. Du darfst nicht abreisen.

»Sie ist ein süßes Mädchen«, sagt er zu Amra. Und er meint es ehrlich. Wohlerzogen und außerdem bescheiden. Er denkt mit etwas schlechtem Gewissen an Zabi und Lemar, die ihre Abneigung gegen afghanische Namen schon vor langer Zeit bekundet haben und im Begriff sind, sich in kleine Tyrannen zu verwandeln, zu jenen herrischen amerikanischen Kindern zu werden, die Nahil und er eigentlich auf keinen Fall hatten großziehen wollen.

»Sie ist eine Kämpferin«, sagt Amra.

»Stimmt.«

Amra lehnt sich gegen die Wand. Zwei Sanitäter rennen mit einer Trage an ihnen vorbei. Darauf liegt ein Junge mit blutigem Kopfverband und klaffender Oberschenkelwunde.

»Andere Afghanen aus Amerika oder Europa«, sagt Amra, »kommen vorbei und fotografieren sie. Sie filmen sie. Sie machen Versprechungen. Dann fahren sie zurück nach Hause und zeigen alles ihren Familien. Als wäre Roshi ein Zootier. Ich lasse es zu, weil ich hoffe, dass vielleicht jemand hilft. Aber ich höre nie wieder etwas von ihnen. Also frage ich dich noch einmal: Was nun?«

»Sie braucht die Operation«, sagt er. »Und ich möchte sie ihr ermöglichen.«

Sie schaut ihn verhalten an.

»Zu unserer Gruppe gehört eine neurochirurgische Klinik. Ich rede mit meiner Chefin. Wir holen Roshi nach Kalifornien, damit sie operiert werden kann.«

»Ja. Aber das Geld.«

»Wir werden Spendengelder sammeln. Und wenn nicht, muss ich eben dafür aufkommen.«

»Du zauberst das Geld aus der Mütze.«

Er lacht. »Ja, genau. Aber eigentlich heißt es: Aus dem Hut.«

»Wir brauchen die Erlaubnis des Onkels.«

»Falls er sich je wieder blicken lässt.« Seit Idris dem Onkel die zweihundert Dollar gegeben hat, ist der Mann wie vom Erdboden verschluckt.

Amra lächelt ihn an. Idris hat so etwas noch nie getan. Er stürzt sich kopfüber in diese Verpflichtung, und das löst ein berauschendes, benebelndes, ja euphorisches Gefühl in ihm aus, das ihm Kraft gibt und ihm fast den Atem raubt. Zu seinem eigenen Erstaunen spürt er, wie ihm Tränen in die Augen steigen.

»*Hvala*«, sagt Amra. »Danke.« Sie stellt sich auf die Zehenspitzen und drückt ihm einen Kuss auf die Wange.

»Ich habe eine dieser Niederländerinnen gevögelt«, erzählt Timur. »Von der Party. Weißt du noch?«

Idris, der den Anblick der braunen, wie weichgezeichneten Gipfel des tief unter ihnen liegenden Hindukusch bestaunt, reißt sich vom Fenster los und dreht sich zu Timur um.

»Die Brünette. Habe eine halbe blaue Pille eingeworfen und sie durchgefickt, bis der Muezzin gesungen hat.«

»Mein Gott. Wirst du denn nie erwachsen?«, erwidert Idris, der sich ärgert, weil Timur ihn schon wieder mit dem Wissen über seine Untreue, sein Fehlverhalten, seine grotesken Machoallüren belastet.

Timur grinst. »Vergiss nicht, Cousin: Was in Kabul geschieht ...«

»Lass gut sein.«

Timur lacht. Weiter hinten im Flugzeug scheint eine kleine Party zu steigen. Irgendjemand singt auf Paschto, ein anderer klopft auf eine Styroporplatte wie auf eine *tamboura*.

»Kaum zu fassen, dass wir den alten Nabi getroffen haben«, murmelt Timur. »Unglaublich.«

Idris fischt die Schlaftablette, die er aufgespart hat, aus der Brusttasche und schluckt sie trocken.

»Ich fliege nächsten Monat wieder hin«, sagt Timur, der die Augen schließt und die Arme vor der Brust verschränkt. »Wird noch ein paar Flüge mehr kosten, aber am Ende wird es sich auszahlen.«

»Vertraust du diesem Farooq?«

»Scheiße, nein. Warum fliege ich denn wieder hin?«

Farooq ist der von Timur angeheuerte Anwalt. Er ist darauf spezialisiert, Exilafghanen bei der Wiedererlangung ihrer früheren Kabuler Immobilien zu helfen. Timur erzählt weiter von den Unterlagen, die Farooq einreichen will, von dem Richter, der hoffentlich den Vorsitz führen wird, ein Cousin zweiten Grades von Farooqs Frau. Idris lehnt sich gegen das

Fenster und wartet darauf, dass die Tablette zu wirken beginnt.

»Idris?«, fragt Timur leise.

»Ja?«

»Ganz schön traurige Scheiße, die wir da gesehen haben, was?«

Manchmal hast du wirklich Geistesblitze, Bruder. »Jep«, murmelt Idris.

»Tausend Tragödien pro Quadratmeile, Alter.«

Kurz darauf beginnt Idris' Kopf zu schwirren. Beim Eindämmern denkt er an seinen Abschied von Roshi, daran, wie er ihre Hand gehalten und ihr versprochen hat, dass sie ihn bald wiedersehen werde, während sie leise, fast stumm an seinem Bauch schluchzte.

Auf der Heimfahrt vom Flughafen in San Francisco vermisst Idris den chaotischen Kabuler Verkehr. Er findet es seltsam, den Lexus auf der schlaglochfreien 101 Richtung Süden zu steuern. Hier verläuft alles in geregelten Bahnen, überall am Freeway stehen Beschilderungen, alle halten sich an die Regeln, blinken, weichen aus. Bei der Erinnerung an die draufgängerischen, jugendlichen Taxifahrer, denen sie in Kabul ihr Leben anvertraut haben, muss er lächeln.

Nahil, die neben ihm sitzt, hat jede Menge Fragen. War Kabul sicher, wie war das Essen, war er krank, hat er alles fotografiert und gefilmt? Idris antwortet, so gut es geht. Er erzählt von den zerbombten Schulen, den in Gebäuden ohne Dach wohnenden Hausbesetzern, dem Dreck, den Bettlern, der unzuverlässigen Stromversorgung, aber es kommt ihm vor, als wollte er ein Musikstück beschreiben. Es entsteht nicht wirklich ein Bild. Die fesselnd bunten Details Kabuls –

wie das zwischen Trümmern stehende Fitnessstudio mit einem Bild Schwarzeneggers auf einem Fenster –, diese Details sind ihm entglitten, und deshalb kommen ihm seine Schilderungen so nichtssagend und langweilig vor wie der Bericht einer beliebigen Nachrichtenagentur.

Seine hinten sitzenden Söhne hören geduldig zu oder tun jedenfalls so. Idris kann ihre Ungeduld spüren. Dann fragt der achtjährige Zabi, ob Nahil den Film für ihn anmachen kann. Der zwei Jahre ältere Lemar reißt sich noch etwas länger zusammen, aber schließlich hört Idris das Dröhnen der Rennwagen auf dem Nintendo DS.

»Was ist los mit euch, Jungs?«, schimpft Nahil. »Euer Vater ist aus Kabul zurück. Seid ihr nicht neugierig? Habt ihr denn gar keine Fragen?«

»Schon gut«, sagt Idris. »Lass sie nur.« Doch ihr mangelndes Interesse und die Tatsache, dass sie ihr privilegiertes Leben in seliger Verblendung für selbstverständlich halten, ärgert ihn *doch*. Er spürt, wie sich plötzlich eine Kluft zwischen ihm und seinen Söhnen, ja sogar Nahil auftut, die sich fast nur nach den Restaurants erkundigt und fragt, warum es in den Häusern keine Abwasserleitungen gibt. Idris betrachtet seine Familie so vorwurfsvoll, wie er nach seiner Ankunft in Kabul von den Einheimischen angeschaut wurde.

»Ich komme um vor Hunger«, sagt er.

»Worauf hast du Appetit?«, fragt Nahil. »Sushi? Italienisch? Drüben in Oakridge gibt es einen neuen Inder.«

»Ich habe Lust auf afghanisches Essen«, sagt er.

Sie fahren zu Abe's Kabob-Haus im Osten San Josés, in der Nähe des alten Berryessa-Flohmarkts. Abdullah, der Besitzer, ist ein grauhaariger Mann Anfang sechzig mit Schnauzbart und kräftigen Händen. Seine Frau und er sind Patienten von Idris. Als Idris mit der Familie das Restaurant betritt, begrüßt Abdullah sie winkend hinter der Kasse. Abe's Kabob-Haus ist ein kleiner Familienbetrieb. Es gibt nur acht Tische, oft mit klebrigen Plastikdecken. Die Speisekarten sind in Plastik eingeschweißt, an den Wänden hängen Poster von Afghanistan, in einer Ecke steht ein alter Getränkeautomat. Abdullah begrüßt die Gäste, bedient die Kasse und räumt ab. Sultana, seine Frau, ist die Seele des Restaurants. Idris kann sehen, dass sie gerade in der Küche zu tun hat, ein Haarnetz auf dem Kopf, die Augen wegen des Dampfes zusammengekniffen. Sie haben Idris erzählt, dass sie gegen Ende der 70er, nach der Machtergreifung der Kommunisten in Afghanistan, in Pakistan geheiratet haben. Sie erhielten 1982, dem Jahr, in dem ihre Tochter Pari geboren wurde, Asyl in den USA.

Pari nimmt die Bestellung auf. Sie ist nett und höflich, hat die helle Haut ihrer Mutter und auch deren Blick geerbt, aus dem emotionale Stärke spricht. Sie ist sonderbar unförmig: Ihr Oberkörper ist zierlich und schlank, aber die Hüften sind ausladend, Oberschenkel und Fesseln geradezu dick. Sie trägt wie üblich eines ihrer weiten Kleider.

Idris und Nahil bestellen Lamm mit braunem Reis und *bolani*. Die Jungen entscheiden sich für ein *chapli kabobs*, was Hamburgerfleisch am nächsten kommt. Während sie auf das Essen warten, erzählt Zabi seinem Vater, dass er es mit seiner Fußballmannschaft ins Finale geschafft hat. Er spielt Rechtsaußen. Das Endspiel findet am Sonntag statt. Lemar erzählt, dass er am Samstag ein Gitarren-Vorspiel hat.

»Was wirst du spielen?«, fragt Idris, den der Jetlag zu überkommen droht.

»*Paint It Black*.«

»Sehr gut.«

»Hast du auch wirklich genug geübt?«, fragt Nahil vorsichtig.

Lemar lässt die Papierserviette fallen, die er gerade aufgerollt hat. »Mann, Mom! Siehst du nicht, wie viel ich jeden Tag um die Ohren habe? Jede Menge!«

Während sie essen, tritt Abdullah an ihren Tisch. Er wischt sich die Hände an der Schürze ab, fragt, ob es ihnen schmeckt und ob sie noch etwas möchten.

Idris erzählt, dass Timur und er gerade aus Kabul zurückgekehrt sind.

»Was treibt Timur jan so?«, fragt Abdullah.

»Den üblichen Schabernack.«

Abdullah grinst. Idris weiß, wie sehr er Timur mag.

»Und wie läuft das Kabob-Geschäft?«

Abdullah seufzt. »Müsste ich jemanden verfluchen, Dr. Bashiri, dann würde ich sagen: Möge Gott ihm ein Restaurant schenken.«

Sie lachen.

Später, sie haben das Restaurant verlassen und steigen in den SUV, fragt Lemar: »Darf hier jeder umsonst essen, Dad?«

»Aber nein«, sagt Idris.

»Warum hat er unser Geld ausgeschlagen?«

»Weil wir Afghanen sind und ich sein Arzt bin«, sagt Idris, obwohl das nicht ganz der Wahrheit entspricht. Der eigentliche Grund besteht darin, dass er Timurs Cousin ist, und Timur hat Adullah vor Jahren das Geld für die Eröffnung des Restaurants geliehen.

Idris stellt zu seiner Überraschung fest, dass zu Hause im Eingangsflur, im Wohnzimmer und auf der Treppe die Teppiche fehlen. Dann fällt ihm wieder ein, dass sie ja dabei sind zu renovieren und die Teppiche gegen Hartholzdielen zu tauschen, deren Farbe den klangvollen Namen »Kupferkessel« trägt. Die Türen des Küchenschranks sind abgeschliffen worden, und dort, wo die Mikrowelle stand, gähnt ein großes Loch. Nahil sagt, dass sie am Montag nur halbtags arbeiten wird, um sich vormittags mit den Fußbodenverlegern und Jason treffen zu können.

»Jason?« Dann erinnert sich Idris: Jason Speer, der Heimkino-Typ.

»Er misst alles aus. Er hat uns mit Rabatt einen Subwoofer und einen Projektor besorgt. Am Mittwoch beginnen drei seiner Leute mit der Arbeit.«

Idris nickt. Er wünscht sich seit langem eine Heimkinoanlage und hat die Sache angeleiert, aber sie ist ihm jetzt peinlich. Er fühlt sich allem entfremdet – Jason Speer, den aufgearbeiteten Schränken und kupferkesselfarbenen Dielen, den 160-Dollar-Turnschuhen seiner Söhne oder den Tagesdecken aus Chenille, der Energie, die Nahil und er in dieses Projekt gesteckt haben. Er empfindet die Früchte seines Ehrgeizes auf einmal als frivol, denn sie führen ihm die deutliche Diskrepanz zwischen seinem Leben und dem Kabuler Alltag vor Augen.

»Was hast du, Liebling?«

»Jetlag«, sagt Idris. »Ich muss mich kurz hinlegen.«

Er lässt am Samstag das Gitarrenvorspiel über sich ergehen, am nächsten Tag Zabis Fußballspiel. Während der zweiten Halbzeit stiehlt er sich zum Parkplatz davon, um eine halbe Stunde zu schlafen. Zum Glück fällt es Zabi nicht auf. Am Sonntagabend kommen Nachbarn zum Essen. Sie betrachten die Fotos von Idris' Reise und schauen sich höflich das einstündige Video von Kabul an, das Idris nur auf Drängen von Nahil zeigt. Sie erkundigen sich beim Essen nach der Reise, seiner Meinung zur Lage in Afghanistan. Er nippt an seinem Mojito und antwortet kurz und knapp.

»Schwer vorstellbar, wie es dort ist«, sagt Cynthia, die im Fitnessstudio, in dem Nahil trainiert, Pilates-Lehrerin ist.

»Kabul ist …« Idris sucht nach den passenden Worten. »… tausend Tragödien pro Quadratmeile.«

»Muss ein ziemlicher Kulturschock gewesen sein.«

»O ja.« Idris verschweigt, dass er den wahren Kultur-schock nach seiner Heimkehr erlebt hat.

Schließlich reden sie über die Serie von Postdiebstählen im Viertel, die sich vor kurzem zugetragen hat.

Später, sie liegen schon im Bett, fragt Idris: »Findest du, dass wir all diesen Krempel unbedingt brauchen?«

»Krempel?«, erwidert Nahil und sieht ihn im Spiegel an, vor dem sie sich die Zähne putzt.

»Ja, all den Konsumkram.«

»Nein, nicht *unbedingt*, falls du das meinst«, sagt sie, spuckt in das Waschbecken und gurgelt.

»Hältst du es nicht für übertrieben? Für zu viel?«

»Wir haben hart dafür gearbeitet, Idris. Denk an unsere Zu-lassungsprüfungen, das Medizinstudium, das Jurastudium, die jahrelange Assistenzzeit. Man hat uns nichts geschenkt. Wir müssen uns für nichts entschuldigen.«

»Für das Geld, das die Heimkinoanlage kostet, hätten wir in Afghanistan eine Schule bauen können.«

Nahil kommt ins Schlafzimmer und setzt sich aufs Bett, um ihre Kontaktlinsen herauszunehmen. Ihr Profil ist sehr schön. Idris findet es wunderbar, wie ihre Stirn in einer fast geraden Linie in die Nase übergeht. Er kann sich an ihren ausgepräg-ten Wangenknochen und dem schlanken Hals nicht sattsehen.

»Dann bezahl beides«, sagt sie, indem sie sich blinzelnd zu ihm umdreht. »Das wäre für dich doch kein Problem.«

Idris hat vor einigen Jahren herausgefunden, dass Nahil die Patenschaft für einen kolumbianischen Jungen namens Miguel übernommen hat. Sie hatte es ihm verschwiegen, und weil sie sich um die Post und die Finanzen kümmert, ist es ihm erst aufgefallen, als er sie bei der Lektüre eines Briefes von Miguel ertappte. Dem Brief, von einer Nonne aus dem Spani-schen übersetzt, lag das Foto eines drahtigen, hoch aufgeschossenen, vor einer Strohhütte stehenden Jungen mit einem Fußball unter dem Arm bei. Im Hintergrund waren abgemagerte Kühe und grüne Hügel zu sehen. Nahil hatte Miguel schon während ihres Jurastudiums unterstützt. Ihre Schecks und Miguels dankbare, von Nonnen übersetzte Briefe und die Fotos waren seit elf Jahren heimlich, still und leise hin- und hergegangen.

Nahil nimmt ihre Ringe ab. »Was soll das? Hast du dich in Afghanistan mit einem Schuldkomplex infiziert?«

»Ich sehe die Dinge jetzt einfach ein wenig anders.«

»Gut. Dann solltest du das produktiv umsetzen. Aber hör auf, diese Nabelschau zu betreiben.«

Idris findet wegen des Jetlags keinen Schlaf. Er liest eine Weile, geht nach unten und sieht sich den Teil einer Wiederholung von *West Wing* an und setzt sich dann im Gästezimmer, das Nahil in ein Büro verwandelt hat, vor den Computer. Amra hat ihm eine Mail geschickt. Sie hoffe, schreibt sie, dass er wohlbehalten heimgekehrt sei und dass es seiner Familie gutgehe. In Kabul habe es »wütend« geregnet, und man wate auf den Straßen durch knöcheltiefen Schlamm. Es habe Überschwemmungen gegeben, und in der Shomali-Ebene, nördlich von Kabul, habe man zweihundert Familien mit Hubschraubern evakuieren müssen. Man habe die Sicherheitsmaßnahmen verschärft, denn Kabul befürworte Bushs Krieg im Irak, und man rechne mit Gegenschlägen von Al-Qaida. Der letzte Satz lautet: »Hast Du schon mit Deiner Chefin gesprochen?«

Amra hat ihrer Mail eine kurze, von ihr notierte Nachricht von Roshi angefügt. Sie lautet:

Salaam, Kaka Idris,
ich hoffe, Inshallah, Du bist gut in Amerika angekommen.
Deine Familie ist sicher froh, Dich wiederzusehen. Ich denke
jeden Tag an Dich. Ich schaue täglich die Filme, die Du mir

*mitgebracht hast. Ich finde sie alle toll. Ich bin traurig, weil
Du sie nicht gemeinsam mit mir gucken kannst. Ich bin wohl-
auf, und Amra jan kümmert sich gut um mich. Bitte richte
Deiner Familie meinen Gruß aus – Salaam. Ich hoffe, dass
wir uns bald in Kalifornien sehen.*
Mit besten Grüßen,
Roshana

Idris antwortet Amra, bedankt sich, schreibt, dass er mit
Bedauern von den Überflutungen hört und auf ein baldiges
Ende der Regenfälle hofft. Er fügt hinzu, dass er noch in dieser Woche mit seiner Chefin über Roshi sprechen werde. Er
setzt darunter:

Salaam, Roshi jan,
*vielen Dank für Deine lieben Zeilen. Ich freue mich sehr, von
Dir zu hören. Ich denke auch viel an Dich. Ich habe meiner
Familie alles über Dich erzählt, und sie möchten Dich un-
bedingt kennenlernen, vor allem meine Söhne, Zabi jan und
Lemar jan, die oft nach Dir fragen. Wir alle freuen uns auf
Deine Ankunft.*
Mit sehr liebem Gruß,
Dein Kaka Idris

Er loggt sich aus und geht zu Bett.

Als er am Montag ins Büro kommt, erwarten ihn zahlreiche
Nachrichten. Ein Stapel Rezepte, die abgezeichnet werden
wollen. Er muss mehr als einhundertsechzig Mails lesen, und
seine Mailbox ist voll. Er geht am Computer seinen Terminplan durch und stellt zu seinem Entsetzen fest, dass sich wäh-

rend der ganzen Woche immer wieder Termine überschneiden. Noch schlimmer ist, dass an diesem Nachmittag die anstrengende Mrs Rasmussen kommt, eine besonders unangenehme, stets auf Krawall gebürstete Patientin, die sich seit Jahren wegen irgendwelcher vagen Symptome behandeln lässt, ohne dass je eine Behandlung anschlägt. Bei dem Gedanken, sich ihrer feindseligen Art aussetzen zu müssen, bricht ihm der kalte Schweiß aus. Und zu guter Letzt ist da noch eine Nachricht seiner Chefin, Joan Schaeffer, auf Band, die ihm mitteilt, dass ein Patient, bei dem er vor seiner Abreise nach Kabul eine Lungenentzündung diagnostiziert hat, in Wahrheit an kongestiver Herzinsuffizienz leidet. Seine Fehldiagnose wird bei der in Kürze anstehenden, monatlichen Videokonferenz von Ärzten aller Fachrichtungen diskutiert werden. Das geschieht zwar anonym und dient nur der künftigen Vermeidung von Fehlern, aber Idris weiß, dass der Name des betreffenden Arztes nicht lange geheim bleibt – mindestens die Hälfte der Teilnehmer wird wissen, welcher Kollege Mist gebaut hat.

Er spürt einen Anflug von Kopfschmerzen.

An diesem Vormittag hinkt er seinem Terminplan weit hinterher. Ein unangemeldet erscheinender Asthmapatient verlangt eine Atembehandlung sowie eine genaue Analyse von Peak Flow und Sauerstoffanreicherung. Ein Manager mittleren Alters, den Idris zuletzt vor drei Jahren behandelt hat, meldet sich wegen eines einsetzenden Myokardinfarkts. Idris kann erst am späten Mittag eine Pause machen. Er verschlingt ein Putensandwich im Konferenzraum, der von den Ärzten zum Essen genutzt wird, und versucht dabei, seine Notizen zu vervollständigen. Er beantwortet die immer gleichen Fragen seiner Kollegen. Ist Kabul sicher? Was halten die Afghanen von der amerikanischen Militärpräsenz? Idris antwortet kurz und knapp, denkt die ganze Zeit an Mrs Rasmussen, an noch zu beantwortende Anrufe und zu unterschreibende Rezepte, an die drei Termine, die sich am Nachmittag überschneiden, an die bevorstehende Konferenz, an die Arbeiter, die bei ihm zu Hause sägen, bohren und Nägel einschlagen. Wenn er von Afghanistan erzählt, kommt es ihm vor – es überrascht ihn, wie schnell und unmerklich das passiert ist –, als würde er über einen kürzlich gesehenen, herzergreifenden Film sprechen, der in der Erinnerung langsam verblasst.

Diese Woche erweist sich als eine der härtesten seines bisherigen Berufslebens. Er schafft es nicht, mit Joan Schaeffer über Roshi zu reden, obwohl es sein fester Vorsatz war. Er hat die ganze Woche eine Stinklaune. Zu Hause redet er nicht viel mit seinen Söhnen, ist genervt von dem Lärm und dem Kommen und Gehen der Handwerker. Er schläft immer noch schlecht. Er bekommt zwei weitere Mails von Amra, die ihn über die Zustände in Kabul auf dem Laufenden hält. Rabia Balkhi, das Krankenhaus für Frauen, ist wieder in Betrieb. Karzais Kabinett erteilt Kabelfernsehsendern gegen den Willen islamistischer Hardliner die Sendeerlaubnis. Amra schreibt in einem PS am Ende der zweiten Mail, dass Roshi seit seiner Abreise immer verschlossener sei, fragt, ob er schon mit seiner Chefin gesprochen habe. Idris steht vom Computer auf. Später kehrt er wieder zurück, beschämt, weil Amras Nachsatz ihn geärgert hat und weil er kurz davor war, in Großbuchstaben zu antworten: *Werde ich. Sobald ich die Zeit dazu finde.*

»Ich hoffe, es war nicht zu schlimm für dich.«

Joan Schaeffer sitzt hinter ihrem Schreibtisch, die Hände im Schoß verschränkt. Sie ist eine fröhliche, temperamentvolle Frau mit vollem Gesicht und kräftigen, weißen Haaren.

Sie betrachtet ihn über die schmalen Gläser ihrer mitten auf der Nase sitzenden Lesebrille. »Du weißt sicher, dass wir dich nicht runterputzen wollten.«

»Ja, sicher«, sagt Idris. »Ich weiß.«

»Gräm dich nicht. Das kann jedem von uns passieren. Auf einer Röntgenaufnahme kann man eine Herzinsuffizienz leicht mit einer Lungenentzündung verwechseln.«

»Danke, Joan.« Er steht auf, geht zur Tür. »Oh. Ich wollte noch etwas mit dir besprechen.«

»Gern. Nur zu. Setz dich.«

Er nimmt wieder Platz. Dann erzählt er von Roshi, schildert ihre Verletzung und die mangelhafte Ausstattung des Ali-Abad-Krankenhauses. Er gesteht, dass er gegenüber Amra und Roshi eine Verpflichtung eingegangen ist. Als er dies laut ausspricht, lastet es plötzlich viel schwerer auf seinen Schultern als in Kabul – er stand mit Amra im Flur, und sie küsste ihn auf die Wange, aber jetzt erfüllt ihn eine Reue wie nach einer übereilten Entscheidung, und das verwirrt ihn.

»Idris! Meine Güte«, sagt Joan kopfschüttelnd. »Wie nett von dir. Und wie schrecklich – das arme Kind. Grauenhaft.«

»Ja, ich weiß«, sagt er und fragt dann, ob der Konzern für die Behandlung aufkommen könne. »Oder die Behandlungen, denn ich schätze, dass sie mehr als eine brauchen wird.«

Joan seufzt. »Ich wünschte, das wäre möglich. Aber um ganz ehrlich zu sein, bezweifele ich, dass das Leitungsgremium dem zustimmen würde. Ich bezweifele das sehr stark. Wie du weißt, schreiben wir seit fünf Jahren rote Zahlen. Außerdem würde diese Angelegenheit rechtliche Fragen aufwerfen – heikle juristische Probleme.«

Sie verstummt, vielleicht in Erwartung eines Einwands, aber dieser bleibt aus.

»Verstehe«, sagt er.

»Gibt es denn keine Hilfsorganisationen, die sich für so etwas einsetzen? Würde etwas Mühe kosten, sich darum zu kümmern, aber …«

»Ja, das wäre eine Idee. Danke, Joan.« Er steht wieder auf, ist überrascht, dass er sich nach ihrer Reaktion erleichtert, ja fast befreit fühlt.

Der Einbau der Heimkinoanlage dauert einen weiteren Monat, aber sie ist die Wucht. Das Bild, von dem unter der Decke angebrachten Projektor auf die Wand geworfen, ist gestochen scharf, die Bewegungen wirken auf der 102-Zoll-Leinwand beeindruckend geschmeidig. Der 7.1-Channel-Surround-Sound, die graphischen Equalizer und die in jeder Ecke installierten Basstraps sorgen für eine erstklassige Akustik. Sie schauen *Fluch der Karibik*, und die Jungs, beide von der Technik begeistert, sitzen links und rechts von Idris und futtern Popcorn aus der riesigen Schüssel auf seinem Schoß. Sie schlafen vor der langen Kampfszene am Ende des Films ein.

»Ich bringe sie ins Bett«, sagt Idris zu Nahil.

Er hebt erst den einen, dann den anderen hoch. Seine Söhne wachsen erschreckend schnell. Als er sie hinlegt, wird ihm bewusst, dass sie ihm bald das Herz brechen werden. In einigen Jahren wird er abgemeldet sein. Dann werden sich die Jungs für andere Dinge und Leute interessieren, und ihre Eltern werden ihnen peinlich sein. Idris denkt voller Sehnsucht an die Zeit zurück, als sie klein, hilflos und vollkommen abhängig von ihm waren. Er weiß noch, wie sehr sich Zabi damals vor Gullilöchern fürchtete und wie er einen großen, ungelenken Bogen darum machte. Einmal, sie guckten einen alten Film, erkundigte sich Lemar bei Idris, ob er schon gelebt habe, als die Welt noch schwarzweiß war. Die Erinnerung entlockt ihm ein Lächeln. Er küsst seine Söhne auf die Wange.

Er setzt sich und schaut Lemar im Dunkeln beim Schlafen zu. Er begreift, dass er seine Söhne voreilig und unfair beurteilt hat und auch mit sich selbst zu streng war. Er ist kein Verbrecher. Was er besitzt, hat er sich redlich verdient. Während der neunziger Jahre, als die Hälfte seiner Freunde in Clubs abhing und Frauen aufriss, hat er wie besessen gelernt, sich um zwei Uhr früh durch Krankenhausflure geschleppt, auf Schlaf, Freizeit und Luxus verzichtet. Zwischen zwanzig und dreißig verschrieb er sich ganz der Medizin. Er hat sich nichts vorzuwerfen. Warum sollte er sich schlecht fühlen? Das ist seine Familie. Das ist sein Leben.

Im Laufe des vergangenen Monats ist Roshi für ihn so abstrakt geworden wie die Figur eines Theaterstücks. Ihre Verbindung hat sich gelöst. Die überraschende und eindringliche Nähe, die sich damals im Krankenhaus eingestellt hat, ist verflogen. Die Erlebnisse verblassen in seiner Erinnerung. Die wilde Entschlossenheit, die Besitz von ihm ergriff, erkennt er als das, was sie wirklich war: eine Illusion, ein Trugbild. Er stand unter einem drogenähnlichen Einfluss. Inzwischen hat sich ein riesiger Abstand zwischen ihm und dem Mädchen aufgetan, eine endlos weite, unüberwindbare Kluft. Das Versprechen, das er ihr gegeben hat, war voreilig, ein Fehler, der einer Überschätzung der ihm zur Verfügung stehenden Mittel, seiner Willenskraft und seines Charakters entsprang. Er sollte die Sache abhaken. Sie überfordert ihn. So einfach ist das. Während der letzten zwei Wochen hat er drei weitere Mails von Amra erhalten. Er hat die erste gelesen, aber nicht beantwortet. Die anderen beiden hat er gelöscht, ohne auch nur einen Blick darauf zu werfen.

Der Buchladen ist voller Menschen. Idris staunt insgeheim darüber. Aber wenn man die gute Rezension in der *Times* und den Auftritt in *Good Morning America* bedenkt, ist es natürlich nicht ganz so verwunderlich. Die Schlange der Leute, die sich das Buch signieren lassen möchten, reicht von der provisorischen Bühne bis zum Zeitschriftenständer um die Ecke. Eine große Frau mit breitem Gesicht verteilt Post-its, auf denen man den Namen notieren kann. Eine neben der Autorin stehende Verkäuferin hilft beim Aufschlagen der Seite.

Idris steht in der Schlange weit vorn, ein Exemplar des Buches unter dem Arm. Die Frau vor ihm, eine Mittfünfzigerin mit kurzen, blonden Haaren, fragt ihn: »Haben Sie es schon gelesen?«

»Nein«, antwortet er.

»Wir lesen es nächsten Monat in unserem Lesekreis. Ich bin an der Reihe, ein Buch vorzuschlagen.«

»Aha.«

Sie runzelt die Stirn, legt eine Hand auf ihre Brust. »Eine zutiefst bewegende Geschichte. So inspirierend. Jede Wette, dass man das Buch verfilmen wird.«

Er hat die Wahrheit gesagt. Er hat das Buch nicht gelesen, und er wird es wohl auch nicht tun. Er würde es nicht ertragen, sich auf einer der Seiten wiederzufinden. Aber andere werden es lesen. Und wenn das geschieht, wäre er bloßgestellt. Jeder würde es wissen. Nahil, seine Söhne, seine Kollegen. Bei diesem Gedanken wird ihm schlecht.

Er schlägt das Buch wieder auf, überblättert die Danksagung und die biographische Notiz der Koautorin, betrachtet das Foto auf der hinteren Klappe. Von der Verletzung ist nichts mehr zu sehen. Wenn sie eine Narbe hat, und das muss ja so sein, wird diese von dem langen, welligen, schwarzen Haar verdeckt. Auf dem Foto trägt Roshi eine Bluse mit kleinen, goldenen Perlen, einen Allah-Halsreif und Ohrstecker aus Lapislazuli. Sie lehnt lächelnd an einem Baum, schaut direkt in die Kamera, die Arme selbstbewusst vor der Brust verschränkt. Er denkt an die Strichmännchen, die sie für ihn gemalt hat. *Geh nicht, Kaka. Du darfst nicht abreisen.* Er erkennt das angstbebende, kleine Geschöpf, das er vor sechs Jahren hinter einem Vorhang erblickte, in dieser jungen Frau nicht im Ansatz wieder.

Idris liest die Widmung.

Für die beiden Engel in meinem Leben: Meine Mutter Amra und meinen Onkel Timur. Ihr seid meine Retter. Euch verdanke ich alles.

Die Schlange bewegt sich weiter. Die Frau mit der blonden Kurzhaarfrisur lässt sich ihr Buch signieren und geht weg. Idris tritt mit pochendem Herzen vor. Roshi blickt auf. Sie trägt ein afghanisches Tuch über einer orangenen, langärmeligen Bluse, dazu ovale, silberne Ohrringe. Ihre Augen sind dunkler als in seiner Erinnerung, ihr Körper wirkt jetzt weiblicher. Sie sieht ihn an, ohne mit der Wimper zu zucken, und obwohl sie höflich lächelt und durch nichts verrät, dass sie ihn erkennt, hat ihre Miene etwas distanziert Amüsiertes, etwas Verspieltes und Unerschrockenes. Diese Miene überrumpelt ihn, und alle Worte, die er sich überlegt, ja sogar aufgeschrieben und unterwegs geübt hat, sind wie weggeblasen. Er bringt keinen Ton hervor, steht dümmlich dreinschauend da.

Die Verkäuferin räuspert sich. »Würden Sie mir bitte Ihr Buch geben, Sir? Ich schlage es auf, damit Roshi es signieren kann.«

Das Buch. Idris senkt den Blick und merkt, dass er es fest umklammert. Er ist nicht hier, um es signieren zu lassen. Das wäre ärgerlich, viel zu ärgerlich nach allem, was passiert ist. Trotzdem reicht er der Verkäuferin mechanisch das Buch, und sie schlägt es mit geübter Hand auf der richtigen Seite auf. Roshi kritzelt etwas hinein. Ihm bleiben nur Sekunden, um etwas zu sagen – nicht um sich zu rechtfertigen, denn das wäre unmöglich, sondern weil er glaubt, ihr dies schuldig zu sein. Doch als die Verkäuferin ihm das Buch zurückgibt, fehlen ihm die Worte, und er wünscht sich plötzlich, etwas von Timurs Mut zu haben. Noch einmal blickt er Roshi an. Sie hat den Blick bereits auf die nächste Person in der Schlange gerichtet.

»Ich bin …«, setzt er an.

»Sie halten die anderen auf, Sir«, sagt die Verkäuferin.

Er lässt den Kopf sinken und tritt beiseite.

Sein Auto steht auf dem Parkplatz hinter dem Laden. Der Weg dorthin kommt ihm vor wie der längste seines Lebens. Er öffnet die Autotür, bleibt davor stehen. Schlägt mit Händen, die immer noch zittern, das Buch auf. Sie hat es nicht signiert, sondern zwei Sätze auf Englisch hineingeschrieben.

Er schließt erst das Buch, dann die Augen. Er müsste froh sein, doch ein Teil von ihm hätte sich etwas anderes gewünscht – eine kindische, hasserfüllte Tirade, vorgetragen mit wutverzerrtem Gesicht. Sie hätte ihrem Groll freien Lauf lassen sollen. Das wäre vielleicht besser gewesen. Stattdessen hat sie ihn diplomatisch abgefertigt. Dazu ihre Worte: *Sei unbesorgt. Du kommst nicht drin vor.* Sehr freundlich von ihr oder, besser gesagt, ausgesprochen gnädig. Er sollte erleichtert sein, aber es tut weh. So weh wie ein Axthieb auf den Kopf.

Ganz in der Nähe steht eine Bank unter einer Ulme. Er geht hin und legt das Buch dort auf die Sitzfläche. Dann läuft er zurück zum Wagen, setzt sich hinter das Steuer, doch es dauert lange, bis er es wagt, den Motor anzulassen und loszufahren.

SECHS

Februar 1974

**Vorwort des Herausgebers, Parallaxe Nr. 84 /
Winter 1974, S. 5**

Liebe Leserinnen und Leser,

*als wir vor fünf Jahren begannen, in unserer Literaturzeit-
schrift Interviews mit wenig bekannten Lyrikern zu veröffent-
lichen, ahnten wir nichts von der begeisterten Resonanz. Viele
von Ihnen wollten mehr lesen, und Ihre Zuschriften hatten
zur Folge, dass diese Porträts nicht nur zu einer schönen Tra-
dition in Parallaxe, sondern auch zu einer Lieblingsrubrik unserer Mitarbeiter wurden. Wir haben zahlreiche hochbegabte
Lyriker entdeckt beziehungsweise wiederentdeckt, deren
Werk nun eine längst überfällige Würdigung erfährt.*
*Auf dieser Ausgabe liegt betrüblicherweise ein Schatten. Wir
stellen Ihnen darin die afghanischstämmige Lyrikerin Nila
Wahdati vor, die Etienne Boustouler im vergangenen Winter in
Courbevoie, nahe Paris, interviewt hat. Wie Sie sehen werden,
ist das Interview mit Madame Wahdati eines der offensten und
enthüllendsten, die wir je veröffentlicht haben. Kurz darauf
haben wir zu unserem tiefen Bedauern von Nila Wahdatis viel
zu frühem Tod erfahren. Sie wird dem Kreis der Lyrikerinnen
und Lyriker sehr fehlen. Sie hinterlässt eine Tochter.*

Das Timing ist fast unheimlich. Die Fahrstuhltür öffnet sich mit einem »Pling!« in genau jenem Moment, als das Telefon zu läuten beginnt. Pari hört das Läuten, weil es aus Juliens Wohnung kommt, die gleich beim Fahrstuhl, am Ende des dämmerigen, schmalen Flurs liegt. Sie ahnt, wer da anruft, und Juliens Miene verrät ihr, dass er es auch ahnt.

Julien, der den Fahrstuhl schon betreten hat, sagt: »Lass es klingeln.«

Hinter ihm steht die über ihnen wohnende, schroffe Frau mit dem wettergegerbten Gesicht und glotzt Pari ungeduldig an. Wegen des Ziegenbärtchenflaums zwischen Unterlippe und Kinn nennt Julien sie immer *La chèvre*.

Er sagt: »Komm schon, Pari. Wir sind spät dran.«

Er hat in einem neuen Restaurant im 16. Arrondissement, das mit seinem *poulet braisé*, der *sole cardinale* und Kalbsleber mit Sherry-Essig für einiges Aufsehen gesorgt hat, für neunzehn Uhr einen Tisch reserviert. Sie sind dort mit Christian und Aurélie verabredet, alten Freunden von Julien – nicht aus seiner Zeit als Dozent, sondern als Student. Sie haben sich für halb sieben zum Aperitif verabredet, und es ist schon Viertel nach. Sie müssen noch zur Metro laufen, bis zur Station La Muette fahren und von dort ein paar Straßen bis zum Restaurant gehen.

Das Telefon klingelt immer noch.

Die Ziegenfrau hustet.

»Pari?«, sagt Julien, jetzt entschiedener.

»Das ist bestimmt Maman«, sagt Pari.

»Ja. Das kann ich mir denken.«

Pari kommt widersinnigerweise der Gedanke, dass Maman – mit ihrem ausgeprägten Instinkt für das Dramatische – genau diesen Moment abgepasst hat, um ihre Tochter anzurufen und sie so in eine Zwickmühle zu bringen: Entweder sie tritt neben Julien in den Fahrstuhl, oder sie geht ans Telefon.

»Könnte wichtig sein.«

Julien seufzt.

Die Fahrstuhltüren schließen sich, und als er sich gegen die Flurwand lehnt und die Hände in den Taschen seines Trenchcoats vergräbt, erinnert er kurz an einen Polizisten aus einem Film von Melville.

»Dauert nicht lange«, sagt Pari.

Julien wirft ihr einen skeptischen Blick zu.

Juliens Wohnung ist klein. Pari durchquert den Flur mit sechs Schritten, geht an der Küche vorbei ins Schlafzimmer, setzt sich auf die Bettkante und greift zum Hörer des Telefons, das auf dem Nachttisch steht. Für einen zweiten bietet das Zimmer keinen Platz, aber der Ausblick entschädigt für alles. Gerade regnet es, aber an klaren Tagen kann man aus diesem Fenster, das Richtung Osten geht, weite Teile des 19. und 20. Arrondissements überblicken.

»*Oui, allô?*«, sagt sie in die Sprechmuschel.

»*Bonsoir*«, antwortet eine Männerstimme. »Spreche ich mit Mademoiselle Wahdati?«

»Wer ist am Apparat?«

»Sind Sie die Tochter von Madame Nila Wahdati?«

»Ja.«

»Ich bin Doktor Delaunay. Es geht um Ihre Mutter.«

Pari schließt die Augen. Sie verspürt den Anflug eines Schuldgefühls, das gleich darauf von der üblichen Furcht verdrängt wird. Sie hat schon viele Anrufe dieser Art erhalten, unzählige, und das nicht nur als junge Frau, sondern sogar noch früher. Einmal wurde sie in der fünften Klasse von ihrem Lehrer aus einer Erdkunde-Arbeit geholt und in den Flur geführt, wo er ihr mit gedämpfter Stimme erzählte, was passiert war. Pari ist solche Anrufe also gewohnt, aber sie ist dadurch nicht sorgloser geworden. Sie denkt jedes Mal: *Es ist passiert, jetzt ist es passiert!*, und eilt nach dem Auflegen sofort zu

Maman. Julien hat Pari einmal auf seine wortkarge Art geraten, ihrer Maman weniger Aufmerksamkeit zu schenken – dann werde diese vielleicht nicht mehr so oft danach verlangen.

»Sie hatte einen Unfall«, sagt Dr. Delaunay.

Pari steht am Fenster und wickelt die Telefonschnur um einen Finger, während sie dem Bericht des Arztes folgt: Der Schnitt auf der Stirn, den man nähen musste, die vorbeugende Tetanus-Impfung, die Nachbehandlung mit Peroxid, gängigen Antibiotika, einem Verband. Pari muss an jenen Tag denken, sie war damals zehn Jahre alt, als sie von der Schule nach Hause kam und dort fünfundzwanzig Francs und einen Zettel auf dem Küchentisch vorfand, auf dem ihre Maman notiert hatte: *Bin mit Marc ins Elsass gefahren. Du kennst ihn sicher noch. Bin in zwei Tagen zurück. Sei ein braves Mädchen. (Nicht zu lange aufbleiben!) Je t'aime. Maman.* Pari hatte zitternd und weinend in der Küche gestanden und sich eingeredet, dass zwei Tage doch gar nicht so lang seien.

Der Arzt stellt ihr eine Frage.

»Pardon?«

»Ich fragte, ob Sie sie abholen und heimbringen könnten, Mademoiselle. Die Verletzung ist zwar nicht weiter schlimm, aber sie sollte trotzdem nicht allein nach Hause fahren. Wir könnten ihr auch ein Taxi rufen.«

»Nein. Schon gut. Ich bin in einer halben Stunde da.«

Sie setzt sich wieder aufs Bett. Julien wird sauer sein, sich vielleicht auch vor Christian und Aurélie schämen, deren Meinung ihm viel zu bedeuten scheint. Pari mag Julien nicht im Flur gegenübertreten. Sie hat auch wenig Lust, sich in Courbevoie mit ihrer Mutter auseinanderzusetzen. Sie würde sich am liebsten hinlegen, dem Wind lauschen, der die Regentropfen gegen das Fenster prasseln lässt, und irgendwann einschlafen.

Sie zündet sich eine Zigarette an, und als Julien hinter ihr ins Schlafzimmer tritt und fragt: »Du kommst nicht mit, oder?«, gibt sie keine Antwort.

Auszug aus »Afghanischer Singvogel«,
ein Interview mit Nila Wahdati. Von Etienne Boustouler.
Parallaxe Nr. 84 / Winter 1974, S. 33

EB: Sie sind also halb Afghanin und halb Französin?
NW: Meine Mutter war Französin. Ja. Gebürtige Pariserin.
EB: Aber sie hat Ihren Vater in Kabul kennengelernt. Und Sie wurden dort geboren.
NW: Ja, meine Eltern sind einander 1927 begegnet. Anlässlich eines offiziellen Diners im Königspalast. Meine Mutter hat ihren Vater, meinen Großvater, begleitet, der nach Kabul entsandt worden war, um König Amanullah bei dessen Reformvorhaben zu beraten. Sie wissen, wer König Amanullah war?

Wir sitzen im Wohnzimmer der kleinen Wohnung von Nila Wahdati, in der dreißigsten Etage eines Wohngebäudes im Städtchen Courbevoie, nordwestlich von Paris. Der Raum ist klein, schwach erhellt und sparsam eingerichtet: ein safrangelbes Sofa, ein Couchtisch, zwei hohe Bücherregale. Sie sitzt mit dem Rücken zum Fenster, das sie geöffnet hat, damit der Qualm der Zigaretten, die sie fast ununterbrochen raucht, abziehen kann.

Nila Wahdati gibt ihr Alter mit vierundvierzig an. Sie ist eine beeindruckend attraktive Frau im Zenith ihrer Schönheit, die sie noch lange schmücken wird. Hohe, vornehme Wangenknochen, schöne Haut, schmale Taille. Ihre Augen wirken intelligent und verführerisch, ihr eindringlicher Blick gibt einem das Gefühl, dass man zugleich respektiert, auf die Probe gestellt, umgarnt und benutzt wird. Bis auf den leicht verschmierten Lippenstift trägt sie kein Make-up. Sie hat sich ein buntes Tuch um die Stirn gebunden, trägt eine ausgewaschene lila Bluse über der Jeans und weder Strümpfe noch Schuhe. Obwohl es erst elf Uhr vormittags ist, schenkt sie sich aus einer ungekühlten Flasche Chardonnay ein. Ich lehne ab, als sie mir freundlich ein Glas anbietet.

NW: Sie hatten nie einen besseren König.

Die Formulierung weckt mein Interesse.

EB: »Sie«? Dann sehen Sie sich also nicht als Afghanin?
NW: Sagen wir so, ich habe mich von meiner schlechteren Hälfte scheiden lassen.
EB: Sie machen mich neugierig. Warum?
NW: Wenn er Erfolg gehabt hätte – König Amanullah, meine ich –, hätte ich Ihre Frage vielleicht anders beantwortet.

Ich bitte um eine Erklärung.

NW: Nun, ja – eines schönen Morgens verkündete der König, das Land zu einer neuen, aufgeklärteren Nation umformen zu wollen, notfalls gegen alle Widerstände. Bei Gott! Er forderte zum Beispiel, dass man als Frau keinen Schleier mehr tragen sollte. Stellen Sie sich vor, Monsieur Boustouler: Man verhaftet eine Afghanin, weil sie eine Burka trägt! Und seine Frau, Königin Soraya, zeigt sich mit unverhülltem Gesicht in der Öffentlichkeit? O là là. Da schnappten die Mullahs nach so viel Luft, dass man damit tausend Zeppeline hätte füllen können. Er verlangte auch die Abschaffung der Polygamie! Und das in einem Land, dessen Könige Legionen von Konkubinen gehabt und die allermeisten ihrer unehelichen Kinder nie zu Gesicht bekommen haben. Von nun an, so verfügte er, dürfe keine Frau mehr zur Heirat gezwungen werden. Schluss mit dem Brautpreis, tapfere Frauen Afghanistans, Schluss mit der Kinderehe, und vor allem: Ihr werdet alle zur Schule gehen.

EB: Er war also ein Visionär.

NW: Oder ein Dummkopf. Ich weiß aus eigener Erfahrung, dass beides sehr nah beieinanderliegt.

EB: Was geschah dann?

NW: Die Antwort ist ebenso betrüblich wie absehbar, Monsieur Boustouler: Dann kam der Dschihad. Die Mullahs und Stammesführer erklärten ihm den Heiligen Krieg. Stellen Sie sich Tausende zum Himmel gereckte Fäuste vor! Der König hatte die Erde beben lassen, aber er war von einem Ozean religiöser Eiferer umgeben, und Sie wissen sicher, was passiert, wenn der Meeresboden bebt, Monsieur Boustouler. Ein Tsunami aus bärtigen Rebellen schlug über dem armen König zusammen und spülte ihn weg, ohne dass er sich hätte wehren können, riss ihn zuerst nach Indien, dann nach Italien und schließlich in die Schweiz, wo er sich mühsam aus dem Schlamm erhob und als alter, desillusionierter Mann im Exil verstarb.

EB: Und wie sah das Land danach aus? Ich nehme an, dass es nicht nach Ihrem Geschmack war?

NW: Umgekehrt genauso.

EB: Deshalb sind sie 1955 nach Frankreich gegangen.

NW: Ich bin nach Frankreich gegangen, um meine Tochter vor einem bestimmten Leben zu bewahren.

EB: Wie hätte dieses Leben ausgesehen?

NW: Ich wollte verhindern, dass man sie gegen ihren Willen und wider ihre Natur zu einer jener traurigen, braven Frauen macht, die ihr Leben in stillem Dienen verbringen, immer geplagt von der Furcht, etwas Falsches zu sagen oder zu tun.

Frauen, die im Westen, auch hier in Frankreich, aufgrund ihres entbehrungsreichen Daseins zu Heldinnen verklärt und aus der Ferne von Menschen bewundert werden, die es keinen Tag an ihrer Stelle aushalten würden. Frauen, deren Sehnsüchte erstickt und deren Träume zunichtegemacht werden, die jedoch, wenn man ihnen begegnet – und das ist das Schlimmste, Monsieur Boustouler –, lächelnd vorgeben, vollkommen zufrieden zu sein. Ein Leben zu führen, um das sie jeder beneiden müsste. Aber wenn man genauer hinsieht, bemerkt man die Ohnmacht und die Verzweiflung, die ihre vorgetäuschte Fröhlichkeit Lügen strafen. Und das ist erbärmlich, Monsieur Boustouler. Das wollte ich meiner Tochter nicht zumuten.

EB: Ich nehme an, Ihre Tochter hat Ihre Beweggründe verstanden?

Sie zündet sich noch eine Zigarette an.

NW: Tja. Kinder erfüllen nie ganz die Hoffnungen, die man in sie gesetzt hat, Monsieur Boustouler.

Eine mürrische Krankenschwester befiehlt Pari in der Notaufnahme, am Empfangsschalter zu warten. Davor steht ein mit Klemmbrettern und Krankenakten beladener Rollwagen. Pari kann kaum glauben, dass es Menschen gibt, die während ihrer Jugend einen Beruf erlernen, der sie an einen solchen Ort bringt. Sie begreift das nicht einmal ansatzweise. Sie verabscheut Krankenhäuser. Der Anblick kranker Menschen widert sie an, der unangenehme Geruch, die quietschenden Rolltragen, die Flure mit den langweiligen Bildern, die ständigen Durchsagen.

Dr. Delaunay ist jünger, als Pari vermutet hat. Er hat eine schmale Nase, dünne Lippen und kurze, blonde Locken. Er führt sie durch die Schwingtür, geht mit ihr aus der Notaufnahme in die Haupthalle.

»Als Ihre Mutter hier eintraf, war sie sehr betrunken«, sagt er in vertraulichem Ton. »Das scheint Sie nicht zu überraschen.«

»Nein, tut es nicht.«

»Viele Krankenschwestern waren genauso wenig überrascht. Sie sagen, dass Ihre Mutter hier so etwas wie ein Stammgast ist. Da ich neu bin, hatte ich noch nicht das Vergnügen.«

»Wie war ihr Zustand?«

»Sie war recht bockig«, antwortet er, »und – wie soll ich sagen? – theatralisch.«

Sie tauschen ein kurzes Grinsen.

»Wird sie wieder?«

»Es wird ihr bald bessergehen«, sagt Dr. Delaunay. »Aber ich muss ihr raten, und zwar sehr nachdrücklich, nicht mehr so viel zu trinken. Sie hat noch einmal Glück gehabt, aber wer weiß, was beim nächsten Mal …«

Pari nickt. »Wo ist sie?«

Er führt sie wieder in die Notaufnahme und dort einmal um die Ecke. »Bett Nr. 3. Ich komme gleich, um ihr Anweisungen für die Zeit nach der Entlassung zu geben.«

Pari bedankt sich und geht zu ihrer Mutter.

»*Salut, Maman.*«

Ihre Maman lächelt müde. Ihre Haare sind wirr, die Strümpfe passen nicht zusammen. Man hat ihr die Stirn verbunden, ihr linker Arm hängt an einem Tropf. Sie trägt das Krankenhausnachthemd verkehrt herum und hat es nicht richtig zugebunden. Es gibt den Blick auf ihren Bauch frei, und Pari kann die dicke, dunkle Kaiserschnittnarbe sehen. Sie hat ihre Maman vor einigen Jahren gefragt, warum der

Schnitt nicht wie üblich horizontal gesetzt worden ist, und ihre Maman hatte erklärt, man habe ihr damals eine komplizierte Begründung gegeben, an die sie sich nicht mehr erinnern könne. *Wichtig war nur,* sagte sie, *dass du dann da warst.*

»Ich habe dir den Abend verdorben«, murmelt ihre Maman.

»Halb so wild. Ich bringe dich jetzt nach Hause.«

»Ich könnte eine Woche durchschlafen.«

Ihre Augen fallen langsam zu, und sie spricht träge und stockend weiter. »Ich saß vor dem Fernseher. Ich hatte Hunger. Ich wollte Brot und Marmelade aus der Küche holen. Ich bin ausgerutscht. Ich weiß nicht, wie oder worauf, aber ich bin mit dem Kopf gegen den Griff der Ofentür geknallt. Gut möglich, dass ich kurz bewusstlos war. Setz dich, Pari. Du ragst so hoch über mir auf.«

Pari setzt sich. »Der Arzt meint, du hättest getrunken.«

Ihre Maman blinzelt widerwillig. Die Häufigkeit ihrer Besuche bei Ärzten wird nur von ihrem Widerwillen gegen diese übertroffen. »Das Bürschchen? Das hat er behauptet? *Le petit salaud.* Was weiß der schon? Sein Atem riecht noch nach Muttermilch.«

»Du machst immer einen Witz daraus. Jedes Mal, wenn ich es anspreche.«

»Ich bin müde, Pari. Lass es ein anderes Mal an mir aus. Was bringt es, wenn du mich an den Pranger stellst?«

Jetzt schläft sie tatsächlich ein. Schnarcht so laut wie nur nach zu viel Alkohol.

Pari sitzt auf dem Stuhl neben dem Bett und wartet auf Dr. Delaunay, stellt sich vor, wie Julien im selben Moment mit der Speisekarte in der Hand an einem dämmrigen Restauranttisch sitzt und Christian und Aurélie die ganze Sache bei einem großen Glas Bordeaux erklärt. Er hat halbherzig angeboten, sie ins Krankenhaus zu begleiten. Aus Pflichtgefühl. Es wäre sowieso nicht gut gewesen, wenn er mitgekommen wäre. Wenn Dr. Delaunay glaubte, er hätte hier großes Theater erlebt … Pari hätte es trotzdem besser gefunden, wenn Julien nicht allein gefahren wäre. Es wundert sie, dass er das getan hat. Er hätte es Christian und Aurélie erklären und sie hätten einen anderen Abend finden und neu reservieren können. Aber Julien ist hingefahren. Und das nicht gedankenlos. Nein. Seine Entscheidung war irgendwie bewusst und gemein. Pari weiß seit längerem, dass er dazu imstande ist. Und sie fragt sich neuerdings, ob er das genießt.

Ihre Maman hatte Julien in einer ganz ähnlichen Notaufnahme wie dieser kennengelernt. Vor zehn Jahren, 1963, als Pari vierzehn war. Julien hatte einen Kollegen ins Krankenhaus gebracht, der an Migräne litt. Und ihre Mutter hatte Pari ins Krankenhaus gebracht, weil sie sich im Sportunterricht böse den Knöchel verstaucht hatte. Sie lag auf einer Krankentrage, als Julien seinen Stuhl ins Zimmer stellte und ihre Maman in ein Gespräch verwickelte. Pari weiß nicht mehr, was die beiden geredet haben. Sie weiß nur noch, dass Julien fragte: »Paris? Wie die Stadt?« Und dass ihre Mutter wie so oft antwortete: »Nein, ohne s. Das ist Farsi und heißt ›Fee‹.«

Im späteren Verlauf der Woche trafen sie sich mit ihm zum Essen in einem kleinen Bistro in einer Nebenstraße des Boulevard Saint-Germain. Paris Maman hatte zu Hause lange überlegt, was sie anziehen sollte, und sich schließlich für ein pastellblaues Kleid mit schmaler Taille, Abendhandschuhe und Stilettos entschieden. Noch im Aufzug hatte sie gefragt: »Sieht es auch nicht zu sehr nach Jackie aus? Was meinst du?«

Sie rauchten vor dem Essen, alle drei, und ihre Maman und Julien tranken Bier. Julien bestellte eine zweite und dritte Runde. Er trug einen karierten Blazer zu Krawatte und weißem Hemd und zeigte die höflichen, kontrollierten Manieren eines wohlerzogenen Mannes. Er lächelte gern und lachte bereitwillig. Sein Haar begann, an den Schläfen zu ergrauen, was Pari in der Notaufnahme aufgrund des schlechten Lichts nicht aufgefallen war, und sie hielt ihn für ungefähr gleich alt wie ihre Mutter. Er wirkte sehr weltgewandt und redete länger über De Gaulles Veto gegen den Eintritt Großbritanniens in die Europäische Gemeinschaft, was zu Paris Überraschung aus seinem Mund beinahe spannend klang. Erst auf Nachfrage ihrer Maman gestand er, seit kurzem an der Sorbonne Wirtschaftstheorie zu lehren.

»Ein Professor? Wie glamourös.«

»Wohl kaum«, erwiderte er. »Sie sollten mal eine Vorlesung besuchen. Dann wären Sie rasch kuriert.«

»Vielleicht tue ich das sogar.«

Pari merkte, dass ihre Maman schon einen Schwips hatte.

»Vielleicht höre ich eines Tages heimlich zu. Und beobachte Sie in Aktion.«

»In Aktion? Sie vergessen, dass ich Wirtschaftstheorie lehre, Nila. Wenn Sie kommen, werden Sie feststellen, dass meine Studenten mich für einen Trottel halten.«

»Das bezweifele ich.«

Pari glaubte ihm auch nicht, denn er wurde ganz sicher von vielen Studentinnen begehrt. Sie achtete während des Essens darauf, ihn immer nur heimlich anzuschauen. Sein Gesicht schien einem alten Film Noir zu entstammen – man hätte es in Schwarzweiß bannen müssen, mit dem horizontal darauf fallenden Schattenraster einer Jalousie und senkrecht aufsteigendem Zigarettenrauch. Dazu die auf seine Stirn fallende, geschwungene Haarsträhne – sie schien nicht ganz zufällig dort zu liegen, denn sie wirkte etwas zu elegant, und er strich sie nie weg.

Paris Maman führte eine kleine Buchhandlung auf der anderen Seite der Seine, jenseits der Pont d'Arcole, und Julien erkundigte sich danach.

»Haben Sie auch Bücher über Jazz?«

»*Bah oui*«, antwortete ihre Mutter.

Draußen schüttete es wie aus Kübeln, und im Bistro wurde es lauter. Nachdem der Kellner Käsegebäck und Schinken-Brochettes serviert hatte, entspann sich zwischen Julien und Paris Maman eine Unterhaltung über Bud Powell, Sonny Stitt, Dizzy Gillespie und Juliens Lieblingsmusiker, Charlie Parker. Ihre Maman sagte, dass sie den Westküsten-Stil von Chet Baker und Miles Davis bevorzuge. Ob er das Album *Kind of Blue* kenne? Pari war überrascht, dass ihre Maman eine so große Jazz-Liebhaberin war und sich so gut mit so vielen Musikern auskannte. Sie empfand nicht zum ersten Mal eine kindliche Bewunderung, in die sich das Gefühl mischte, ihre Mutter weder richtig zu kennen noch ganz zu durchschauen. Dass sie Julien so mühelos zu verführen vermochte, war dagegen keine Überraschung. Da war sie in ihrem Element. Sie zog die Blicke der Männer magisch an, wickelte sie um den kleinen Finger.

Pari sah, wie ihre Maman schelmisch flüsterte, über Juliens Witze lachte, den Kopf zur Seite legte, versonnen eine Locke um den Finger zwirbelte. Sie staunte wieder über die Jugend und Schönheit ihrer nur zwanzig Jahre älteren Maman. Über die langen, dunklen Haare, die schöne Brust, die bezaubernden Augen, die fast einschüchternd klassischen, majestätischen Gesichtszüge. Pari fragte sich, warum sie ihrer Maman nicht ähnlicher sah. Sie selbst hatte matte, ernst dreinschauende Augen, ihre Brust war klein, ihre Nase lang, und wenn sie lächelte, sah man die Lücken zwischen ihren Zähnen. Wenn sie so etwas wie Schönheit überhaupt besaß, war diese bescheidener und bodenständiger. In Gegenwart ihrer Maman war Pari sich stets bewusst, dass sie aus einem ungleich groberen Stoff gemacht war, und sie wurde von ihrer Maman gelegentlich daran erinnert, wenn auch nur durch die Blume.

So sagte diese zum Beispiel: *Sei froh, Pari. Du hast es viel leichter, von den Männern ernst genommen zu werden. Sie werden dir zuhören. Zu viel Schönheit verdirbt alles.* Dann lachte sie. *Nun, ja – ich behaupte nicht, aus Erfahrung zu sprechen. Natürlich nicht. Nein, es ist nur eine Beobachtung.*

Du meinst, ich bin nicht schön.

Ich meine, dass das gar nicht erstrebenswert ist. Außerdem bist du hübsch, und das reicht vollkommen, je t'assure, ma chérie. Das ist sogar viel besser.

Ihrem Vater, fand Pari, sah sie auch nicht ähnlich. Er war ein großer Mann mit ernstem Gesicht, dünnen Lippen, spitzem Kinn und hoher Stirn gewesen. Pari hatte ein paar Fotos aus ihrer Kabuler Kindheit aufbewahrt. Ihr Vater war 1955 erkrankt – in dem Jahr war sie mit Maman nach Paris gezogen – und bald darauf gestorben. Pari betrachtete die Fotos ab und zu, vor allem eine Schwarzweiß-Aufnahme, die sie beide vor einem alten amerikanischen Auto zeigte. Ihr Vater lehnte am Kotflügel und hatte sie auf dem Arm, und sie lächelten beide. Sie erinnerte sich daran, neben ihm gesessen zu haben, während er die Seiten eines Sekretärs mit langschwänzigen Affen und Giraffen bemalt hatte. Sie hatte einen Affen anmalen dürfen, und er hatte dabei sanft ihre Hand mit dem Pinsel geführt.

Ihren Vater auf den Fotos anzuschauen weckte in Pari ein sonderbares Gefühl, eines, das sie schon seit ihrer frühen Kindheit kannte: Das Gefühl, dass in ihrem Leben irgendetwas oder irgendjemand von grundlegender Bedeutung fehlte. Manchmal war dieses Gefühl so vage wie eine über endlos weite Entfernungen und gewundene Pfade gesandte Nachricht, wie ein schwaches, verzerrtes Signal im Radio. Bei anderen Gelegenheiten war es so überwältigend stark, dass ihr Herz fast zersprang. Zum Beispiel vor ein oder zwei Jahren in der Provence, beim Anblick einer großen, vor einem Bauernhof stehenden Eiche. Ein anderes Mal hatte sie im Jardin des Tuileries eine junge Mutter gesehen, die ihren Sohn in einem kleinen, roten Bollerwagen gezogen hatte. Pari verstand nicht, was in ihr vorging. Sie hatte einmal eine Geschichte über einen Türken gelesen, der an einer schweren Depression erkrankt war, nachdem sein Zwillingsbruder, den er nie kennengelernt hatte, während einer Kanu-Tour auf dem Amazonas an einem Herzinfarkt gestorben war. Dies kam ihrem Gefühl so nahe wie sonst nichts.

Sie hatte einmal mit Maman darüber gesprochen.

Ach, mon amour, das ist nicht weiter rätselhaft. Du vermisst deinen Vater, hatte sie gesagt. *Er ist aus deinem Leben verschwunden. Da ist es nur natürlich, dass du so empfindest. Das ist bestimmt der Grund. Komm. Gib deiner Maman einen Kuss.*

Die Antwort ihrer Mutter war absolut einleuchtend, zugleich aber unbefriedigend gewesen. Ja, wenn ihr Vater noch lebte, wenn er bei ihr wäre, dachte Pari, hätte sie vielleicht nicht dieses Gefühl, dass ihr etwas fehlte. Andererseits kannte sie dieses Gefühl schon als Kleinkind, und damals hatte sie noch mit beiden Eltern in dem großen Haus in Kabul gelebt.

Sie hatten gerade aufgegessen, da verschwand ihre Mutter kurz auf Toilette, und Pari war eine Weile mit Julien allein. Sie sprachen über einen Film, den Pari letzte Woche gesehen hatte, mit Jeanne Moreau in der Rolle einer Spielerin, plauderten über Musik und die Uni. Wenn Pari erzählte, stützte Julien die Ellbogen auf den Tisch und beugte sich zu ihr hin, hörte aufmerksam zu, sah sie unverwandt an. Das ist nur Show, dachte Pari, eine für Frauen einstudierte Pose, die er aus einer Laune heraus annimmt, weil er mit mir spielen und sich amüsieren will. Trotzdem spürte sie, wie ihr Herz bei seinem konzentrierten Blick schneller schlug und ihr Magen sich zusammenzog. Sie ertappte sich dabei, in einem blasierten, geradezu lächerlichen Tonfall zu sprechen. Sie wusste, dass sie so normalerweise nicht redete, konnte aber nichts dagegen tun.

Er erzählte ihr, dass er kurz verheiratet gewesen sei.

»Tatsächlich?«

»Vor ein paar Jahren. Damals war ich dreißig und lebte in Lyon.«

Er hatte eine ältere Frau geheiratet. Aber es hatte nicht lange gehalten, weil sie sehr besitzergreifend war. Ihrer Maman gegenüber hatte Julien nichts davon erwähnt. »Im Grunde war es eine rein körperliche Beziehung«, sagte er. »*C'était purement sexuel.* Sie wollte mich besitzen.« Er sah Pari an, während er dies erzählte, und lächelte subversiv, wusste wohl, dass er indiskret war, und wollte ihre Reaktion testen. Pari zündete sich eine Zigarette an und gab sich so cool, als sei sie Brigitte Bardot, tat so, als würde sie dergleichen ständig von Männern hören, aber innerlich zitterte sie. Sie wusste, dass soeben ein kleiner Verrat begangen worden war. Etwas, das weder ganz zulässig noch ganz harmlos und sehr aufregend war. Als ihre Maman frisch gekämmt und mit nachgezogenen Lippen an den Tisch zurückkam, fand das kurze Tête-à-tête ein Ende. Pari empfand ihre Maman kurz als Störenfried, hatte im nächsten Moment aber Schuldgefühle deswegen.

Eine gute Woche später sah sie Julien wieder. Sie wollte ihrer Maman morgens einen Kaffee ins Schlafzimmer bringen, und dort sah sie Julien auf der Bettkante sitzen, der gerade seine Armbanduhr aufzog. Sie sah ihn vom Flur aus, durch den Türspalt. Sie blieb wie angewurzelt stehen, die Kaffeeschale in der Hand. Ihr Mund fühlte sich an, als hätte sie gerade an einem trockenen Lehmklumpen gelutscht. Sie betrachtete ihn, die makellose Haut seines Rückens, den kleinen Bauchansatz, die dunkle Stelle zwischen seinen teils vom zerknitterten Bettzeug bedeckten Beinen. Er schloss die Uhr um das Handgelenk, nahm eine Zigarette vom Nachttisch und zündete sie an, drehte sich gelassen zu ihr um und schenkte ihr ein schmallippiges Lächeln. Im nächsten Moment wirbelte Pari herum, weil ihre Mutter, die gerade duschte, ihr etwas zurief. Ein Wunder, dass sie sich nicht mit dem heißen Kaffee verbrühte.

Julien und ihre Maman waren ungefähr sechs Monate ein Paar. Sie gingen viel ins Kino und in Museen und besuchten kleine Galerien, die Arbeiten unbekannter, um Anerkennung ringender Künstler mit exotischen Namen ausstellten. Sie unternahmen einen Wochenendausflug nach Arcachon bei Bordeaux und kehrten braungebrannt und mit einer Kiste Rotwein zurück. Julien lud ihre Maman zu Universitätsveranstaltungen ein, und sie revanchierte sich mit Einladungen zu Autorenlesungen in ihrer Buchhandlung. Pari begleitete die beiden anfangs – sie war, was ihrer Maman zu gefallen schien, von Julien darum gebeten worden –, blieb aber bald mit irgendeiner Ausrede zu Hause. Sie wollte und konnte nicht mitkommen. Sie fand es unerträglich. Sie gab vor, zu müde zu sein oder sich unwohl zu fühlen, sagte, sie wolle bei Colette für die Schule lernen. Colette, ihre Freundin seit der zweiten Klasse, war ein drahtiges, zerbrechlich wirkendes Mädchen mit langen, glatten Haaren und einer Nase wie ein Krähenschnabel. Sie stieß die Leute gern mit skandalösem, unanständigem Gerede vor den Kopf.

»Ich wette, er ist enttäuscht«, sagte Colette. »Weil du nicht mit ihnen ausgehst.«

»Mag sein. Aber das lässt er sich nicht anmerken.«

»Na, wie auch! Glaubst du, deine Maman fände das toll?«

»Was denn?«, fragte Pari, obwohl sie es natürlich wusste. Ja, sie wusste es, aber sie wollte es hören.

»Was?« Colette klang aufgeregt und naseweis. »Na, dass er nur mit ihr zusammen ist, um an dich heranzukommen. Dass er im Grunde dich begehrt.«

»Ist ja ekelhaft«, sagte Pari mit bebender Stimme.

»Vielleicht begehrt er euch beide. Vielleicht steht er auf

mehrere Frauen im Bett. Legst du ein gutes Wort für mich ein, falls das der Fall sein sollte?«

»Du bist widerlich, Colette.«

Wenn ihre Maman und Julien ausgegangen waren, zog sich Pari im Flur aus und betrachtete sich im hohen Spiegel. Sie empfand ihren Körper als mangelhaft. Sie hielt ihn für zu sehnig, zu groß, zu unförmig, zu … zweckmäßig. Sie hatte keine der verführerischen Rundungen ihrer Maman geerbt. Manchmal ging sie unbekleidet ins Schlafzimmer ihrer Mutter und legte sich auf das Bett, in dem diese mit Julien schlief. Dann lag Pari mit geschlossenen Augen und pochendem Herzen da, genoss es, unbeobachtet zu sein, und eine Art Summen breitete sich von ihrem Brustkorb über den Bauch und bis weiter nach unten aus.

Natürlich ging es auseinander. Ihre Maman und Julien trennten sich. Pari war erleichtert, aber nicht überrascht. Denn es kam jedes Mal der Punkt, wenn ihre Maman den jeweiligen Mann für nicht mehr gut genug hielt, wenn dieser nicht mehr an ihr Idealbild heranreichte. Was mit Leidenschaft und Überschwang begann, endete stets mit hasserfüllten Worten und bösen Vorwürfen, mit Wutausbrüchen und Heulanfällen und herumfliegenden Küchenutensilien. Zusammenbruch. Großes Drama. Ihre Maman konnte keine Beziehung ruhig und gelassen beginnen oder beenden.

Danach trat wie üblich eine Phase ein, in der ihre Maman plötzlich Gefallen am Alleinsein fand. Sie blieb tagsüber im Bett, einen alten Wintermantel über den Pyjama gezogen, war müde und zerknirscht und lächelte nicht mehr. Pari wusste, dass sie ihre Maman während solcher Phasen in Ruhe lassen musste. Wenn sie sie trösten oder ihr Gesellschaft leisten wollte, stieß das auf Ablehnung. Diese gedrückte Stimmung konnte wochenlang anhalten. Im Falle von Julien dauerte es sogar noch länger.

»*Ah, merde!*«, sagt ihre Maman jetzt.

Sie setzt sich im Bett auf, immer noch im Krankenhaushemd. Dr. Delaunay hat Pari die Entlassungspapiere gegeben, und die Krankenschwester löst die Kanüle aus dem Arm ihrer Mutter.

»Was denn?«

»Mir ist nur eingefallen, dass ich in ein paar Tagen ein Interview geben soll.«

»Ein Interview?«

»Für eine Lyrikzeitschrift.«

»Ist ja toll, Maman.«

»Sie wollen ein Foto von mir drucken.« Sie deutet auf ihre genähte Stirn.

»Du kannst die Stiche sicher auf elegante Art verbergen«, sagt Pari.

Ihre Maman wendet seufzend den Blick ab. Als die Krankenschwester die Nadel herauszieht, jault sie leise auf und herrscht die Frau unverdientermaßen an.

**Auszug aus »Afghanischer Singvogel«,
ein Interview mit Nila Wahdati. Von Etienne Boustouler.
Parallaxe Nr. 84 / Winter 1974, S. 36**

Ich schaue mich noch einmal in der Wohnung um, und mein Blick bleibt an einem gerahmten, im Bücherregal stehenden Foto hängen. Es zeigt ein kleines Mädchen, das auf einem von wilden Sträuchern bestandenen Feld hockt und in tiefer Versunkenheit Beeren pflückt. Sie trägt einen bis oben zugeknöpften Mantel, der sich leuchtend gelb vom bewölkten, dunkelgrauen Himmel abhebt. Im Hintergrund sieht man ein aus Stein erbautes Bauernhaus mit geschlossenen Fenster-

läden und beschädigten Dachziegeln. Ich erkundige mich nach dem Foto.

NW: Das ist meine Tochter Pari. Wie die Stadt, aber ohne s. Der Name bedeutet »Fee«. Das Bild ist um 1957 aufgenommen worden. Damals waren wir zusammen in der Normandie. Sie war ungefähr acht.
EB: Wohnt sie in Paris?
NW: Sie studiert Mathematik an der Sorbonne.
EB: Sie sind sicher stolz auf Ihre Tochter.

Sie zuckt lächelnd mit den Schultern.

EB: Wenn ich bedenke, dass Sie sich den schönen Künsten gewidmet haben, finde ich das Studienfach erstaunlich.
NW: Ich weiß nicht, woher sie das hat. Alle diese Formeln und Theorien. Sie sind ihr offenbar kein Rätsel. Ich selbst kann kaum multiplizieren.
EB: Ist es vielleicht ihre Art zu rebellieren? Sie wissen sicher einiges über die Kunst des Rebellierens.
NW: Ja, aber ich habe auf anständige Art rebelliert. Ich habe getrunken, geraucht und mir Liebhaber genommen. Glauben Sie, man könnte mit Mathematik rebellieren?

Sie lacht.

NW: Außerdem hätte sie keinen Anlass dazu. Ich habe ihr jede erdenkliche Freiheit gelassen. Meiner Tochter mangelt es an nichts. Sie hat alles. Sie lebt mit jemandem zusammen. Er ist ein ganzes Stück älter als sie. Mehr als charmant, sehr belesen, unterhaltsam. Natürlich ein ziemlicher Narzisst. Ein Ego, so groß wie Polen.
EB: Sie sind gegen diese Beziehung.

NW: Ob ich dagegen oder dafür bin, spielt keine Rolle. Wir sind hier in Frankreich, Monsieur Boustouler, nicht Afghanistan. Hier sind die jungen Leute nicht auf Gedeih und Verderb auf die Zustimmung ihrer Eltern angewiesen.

EB: Ihre Tochter hat also keinen Bezug zu Afghanistan?

NW: Sie hat das Land mit sechs verlassen. Sie hat kaum Erinnerungen an ihr dortiges Leben.

EB: Im Gegensatz zu Ihnen, nehme ich an.

Ich bitte sie, mir von ihrer Kindheit zu erzählen.

Sie entschuldigt sich und geht kurz aus dem Raum. Als sie zurückkehrt, reicht sie mir eine alte, zerknitterte Schwarzweißaufnahme: Ein gedrungener, streng wirkender Mann mit Brille und glänzendem, makellos gescheiteltem Haar. Er sitzt an einem Tisch und liest ein Buch. Er trägt einen Anzug mit spitzen Aufschlägen, eine zweireihige Weste, ein hochgeschlossenes, weißes Hemd und eine Fliege.

NW: Das ist mein Vater im Jahr 1929. Meinem Geburtsjahr.

EB: Er macht einen sehr ehrwürdigen Eindruck.

NW: Er gehörte zur Kabuler Paschtunen-Aristokratie. Hochgebildet, untadelige Manieren, sehr gesellig. Und ein großer Erzähler. Jedenfalls in der Öffentlichkeit.

EB: Und privat?

NW: Was meinen Sie, Monsieur Boustouler?

Ich sehe mir das Foto genauer an.

EB: Privat war er eher reserviert, würde ich sagen. Ernst. Undurchschaubar. Unnachgiebig.

NW: Ich muss darauf bestehen, dass Sie ein Glas mit mir trinken. Ich trinke nicht gern allein. Ich verabscheue es sogar.

*Sie schenkt mir ein Glas Chardonnay ein. Aus reiner Höflich-
keit nippe ich daran.*

NW: Mein Vater hatte kalte Hände. Egal, wie das Wetter war.
Seine Hände waren immer kalt. Und er trug bei jedem Wetter
einen Anzug. Maßgeschneidert, tadellose Bügelfalten. Außerdem einen Fedora und spitze, zweifarbige Schuhe. Er sah
nicht schlecht aus, wirkte aber immer etwas ernst. Und – das
habe ich erst viel später begriffen – er gab sich auf eine etwas
lächerliche, gekünstelte Art europäisch, bis hin zum wöchent-
lichen Bowling, zum Polo und zu seiner von ihm vergötterten
französischen Frau. All dies zum großen Wohlgefallen des
jungen, fortschrittlichen Königs.

*Sie streicht über einen Fingernagel und schweigt eine Weile.
Ich drehe währenddessen die Kassette im Aufnahmegerät
um.*

NW: Mein Vater hatte sein eigenes Schlafzimmer, und meine
Mutter schlief bei mir im Zimmer. Er war fast jeden Tag außer Haus, speiste mit Ministern und Beratern des Königs zu
Mittag. Oder er ritt, spielte Polo oder jagte. Er jagte leidenschaftlich gern.
EB: Sie haben ihn also kaum zu Gesicht bekommen. Er war
als Vater abwesend.
NW: Nicht ganz. Er bestand darauf, alle paar Tage etwas Zeit
mit mir zu verbringen. Dann kam er in mein Zimmer und
setzte sich auf das Bett, ein Zeichen dafür, dass ich mich auf
seinen Schoß setzen sollte. Er ließ mich eine Weile auf seinen
Knien reiten, meist schweigend, bis er schließlich sagte: Und?
Was machen wir jetzt, Nila? Ich durfte manchmal das Ein-
stecktuch aus seiner Brusttasche ziehen. Ich sollte es neu falten, aber ich habe es meist zerknüllt und dann zurück in seine

Tasche gestopft, und er setzte eine gespielt überraschte Miene auf, die ich sehr komisch fand, und wir spielten dieses Spiel, bis er genug davon hatte, was immer sehr rasch der Fall war, und dann strich er mit seinen kalten Händen über mein Haar und sagte: Papa muss jetzt los, mein Kitz. Ab mit dir.

Sie bringt das Foto zurück ins Nebenzimmer. Dann holt sie eine neue Schachtel Zigaretten aus einer Schublade und zündet sich eine an.

NW: Das war sein Kosename für mich. Ich fand ihn toll. Ich sprang immer im Garten herum, unser Garten war sehr groß, und rief: Ich bin Papas Kitz! Ich bin Papas Kitz! Ich habe erst später begriffen, wie unheimlich dieser Kosename im Grunde war.

EB: Wie meinen Sie das?

Sie lächelt.

NW: Mein Vater hat Rehe gejagt, Monsieur Boustouler.

Sie hätten die paar Straßen bis zur Wohnung zu Fuß gehen können, aber es regnet immer heftiger. Ihre Maman, in Paris Regenmantel gehüllt, kauert sich hinten im Taxi zusammen, starrt stumm aus dem Fenster, und Pari hat plötzlich den Eindruck, als wäre ihre Maman viel älter als vierundvierzig, alt, zerbrechlich und hager.

Pari ist eine ganze Weile nicht mehr in der Wohnung ihrer Maman gewesen. Nach dem Aufschließen stellt sie fest, dass der Küchentresen von dreckigen Weingläsern, aufgerissenen Chipstüten und ungekochten Nudeln übersät ist, von Tellern, auf denen nicht mehr zu identifizierendes Essen förmlich versteinert ist. Eine Papiertüte, die von leeren Weinflaschen überquillt, steht auf dem Tisch, gefährlich nahe an der Kante. Zeitungen liegen auf dem Fußboden, eine davon getränkt mit dem Blut des Sturzes vom Vortag, darauf eine einsame rosa Socke. Der Zustand der Wohnung macht Pari Angst. Und sie hat Schuldgefühle. Was, wie sie ihre Maman kennt, vielleicht beabsichtigt ist. Gleich darauf hasst Pari sich für diesen Gedanken. Julien würde so denken. *Sie will, dass du dich mies fühlst.* Das hatte er während des letzten Jahres mehrmals zu ihr gesagt. *Sie will, dass du dich mies fühlst.* Als er dies zum ersten Mal sagte, fühlte Pari sich erleichtert und verstanden. Sie war dankbar, weil er etwas aussprach, das sie nicht in Worte fassen konnte oder wollte. Sie glaubte, einen Verbündeten gefunden zu haben. Inzwischen hat sie jedoch Zweifel daran. Denn sie hört aus seinen Worten eine Spur Bosheit heraus. Fehlende Güte. Und das beunruhigt sie.

Der Fußboden im Schlafzimmer ist von Kleidern, Platten, Büchern und Zeitungen bedeckt. Ein halbvolles Glas Wasser, dessen Inhalt von den darin schwimmenden Zigarettenstummeln gelb verfärbt ist, steht auf der Fensterbank. Pari fegt die Bücher und alten Zeitschriften vom Bett und hilft ihrer Maman beim Zudecken.

Ihre Maman blickt zu ihr auf, eine Hand auf die verbundene Stirn gelegt: Die Pose einer Stummfilmschauspielerin, die gleich in Ohnmacht fallen wird.

»Kommst du klar, Maman?«

»Ich glaube nicht«, antwortet sie. Das klingt nicht wie ein Wunsch nach Aufmerksamkeit, denn ihre Maman sagt es tonlos und gelangweilt. Müde, ernst, endgültig.

»Du machst mir Angst, Maman.«

»Gehst du jetzt?«

»Möchtest du, dass ich bleibe?«

»Ja.«

»Dann bleibe ich.«

»Mach das Licht aus.«

»Maman?«

»Ja?«

»Nimmst du deine Tabletten nicht mehr? Ich glaube, du nimmst sie nicht mehr, und das beunruhigt mich.«

»Fang nicht damit an. Mach das Licht aus.«

Pari gehorcht. Sie setzt sich auf die Bettkante und schaut ihrer Maman beim Einschlafen zu. Danach geht sie in die Küche, um mit dem Aufräumen zu beginnen. Sie findet ein Paar Handschuhe und beginnt, die nach sauer gewordener Milch stinkenden Gläser, verkrusteten Müslischüsseln und Teller mit vergammelten Essensresten abzuwaschen. Ihr fällt ein, wie sie in Juliens Wohnung abwusch, morgens, nachdem sie zum ersten Mal miteinander geschlafen hatten. Julien hatte Omeletts gemacht. Und sie hatte es genossen, diese einfache Arbeit zu erledigen, die Teller in seiner Spüle abzuwaschen, während er eine Platte von Jane Birkin auflegte.

Im Jahr zuvor, 1973, war sie ihm bei einer Demo vor der kanadischen Botschaft, einem Studentenprotest gegen Seehundjagd, nach fast zehn Jahren wiederbegegnet. Pari wollte nicht teilnehmen, weil sie noch eine Seminararbeit über meromorphe Funktionen zu Ende schreiben musste, aber Colette hatte darauf bestanden. Sie teilten sich eine Wohnung, aber das Zusammenwohnen wurde für beide immer nerviger. Colette rauchte Gras. Sie trug alberne Stirnbänder und weite, magentafarbene, mit Vögeln und Gänseblümchen bestickte Tuniken. Sie brachte langhaarige, verwahrloste junge Männer mit nach Hause, die Paris Essen verputzten und auf der Gitarre klampften, dass es in den Ohren weh tat. Colette war ständig auf der Straße, um gegen Rassismus, Tierquälerei, Sklaverei und französische Atombombentests im Pazifik zu demonstrieren. Die Wohnung glich einem Bienenstock, Leute, die Pari nicht kannte, schwirrten ein und aus, und wenn sie mit Colette allein war, spürte sie neuerdings eine Spannung, eine gewisse Überheblichkeit auf Seiten ihrer Freundin, eine latente Missbilligung.

»Sie lügen«, sagte Colette voller Eifer. »Angeblich sind ihre Methoden human. Human! Hast du gesehen, wie sie die Tiere erschlagen? Diese Pickel? Die Tiere sind meist noch gar nicht tot, wenn diese Mistkerle die Haken in ihr Fleisch schlagen und sie zu ihren Booten schleifen. Sie häuten die Tiere bei lebendigem Leib, Pari! Lebendig!« Colette steigerte sich so hinein, dass Pari sich am liebsten entschuldigt hätte. Sie wusste zwar nicht genau, wofür, aber in letzter Zeit schnürte es ihr die Luft ab, mit Colette zusammen zu sein, sich ständig deren Tiraden und Vorwürfe anhören zu müssen.

Es kamen nur dreißig Demonstranten. Es hieß, dass Brigitte Bardot erscheinen würde, aber das erwies sich als Gerücht. Colette war enttäuscht. Sie diskutierte wütend mit einem hageren, blassen, jungen Brillenträger namens Eric, der offenbar für die Organisation der Demo verantwortlich war. Der arme Eric. Pari hatte Mitleid mit ihm. Colette, die immer noch schäumte, übernahm die Führung. Pari lief weiter hinten neben einem flachbrüstigen Mädchen, das die Parolen mit nervöser Euphorie brüllte. Pari sah zu Boden und versuchte, nicht aufzufallen.

An einer Straßenecke tippte ihr ein Mann auf die Schulter.

»Du siehst aus, als würdest du sehnsüchtig darauf warten, errettet zu werden.«

Er trug ein Tweedsakko über dem Pullover, Jeans und einen Wollschal. Seine Haare waren länger, und er war gealtert, wenn auch elegant und auf eine Art, die gleichaltrige Frauen als himmelschreiende Ungerechtigkeit empfinden mussten. Er hatte ein paar Krähenfüße mehr, war an den Schläfen etwas grauer, und sein Gesicht zeugte von leiser Müdigkeit, aber er war noch schlank und fit.

»Stimmt«, sagte sie.

Sie küssten einander auf die Wange, und als er fragte, ob sie Lust auf einen Kaffee habe, sagte sie ja.

»Deine Freundin sieht so aus, als würde sie gleich jemandem an die Gurgel gehen.«

Pari drehte sich um. Die neben Eric stehende Colette reckte immer noch brüllend die Faust, starrte dabei jedoch absurderweise Pari an. Pari unterdrückte ein Lachen – denn das hätte sie für immer entzweit. Sie zuckte entschuldigend mit den Schultern und huschte davon.

Sie setzten sich in einem kleinen Café an einen Fenstertisch. Er bestellte je einen Kaffee und ein *mille-feuille*. Pari hörte ihn auf die freundliche, bestimmte Art mit dem Kellner reden, die sie von früher kannte, und sie hatte Schmetterlinge im Bauch, genau wie damals, wenn er kam, um ihre Maman abzuholen. Sie war sich plötzlich ihrer abgekauten Fingernägel bewusst, ihres ungeschminkten Gesichts, ihrer schlaffen Locken. Sie hätte sich nach dem Duschen fönen sollen, aber sie war spät dran gewesen, und Colette war in der Wohnung auf und ab gelaufen wie ein Raubtier im Käfig.

»Ich hätte nicht gedacht, dass du der Demo-Typ bist«, sagte Julien und gab ihr Feuer.

»Bin ich auch nicht. Ich habe nicht aus Überzeugung mitgemacht, sondern weil ich Schuldgefühle hatte.«

»Schuldgefühle? Wegen der Seehunde?«

»Wegen Colette.«

»Ah. Ja. Ich muss gestehen, dass sie mir ein wenig Angst macht.«

»Das geht allen so.«

Sie lachten. Er griff über den Tisch nach ihrem Tuch. Dann ließ er die Hand sinken. »Wäre idiotisch zu sagen, wie erwachsen du geworden bist. Also lasse ich das. Aber du siehst hinreißend aus, Pari.«

Sie zupfte am Kragen ihres Regenmantels. »In diesem Inspektor-Clouseau-Aufzug?« Ihre Angewohnheit, vor attraktiven Männern den Clown zu geben und sich klein zu machen, war laut Colette einfach blöd, aber Pari überspielte so ihre Nervosität, die sie vor allem dann überkam, wenn man ihr Komplimente machte. Sie beneidete ihre Maman weder zum ersten noch zum letzten Mal um deren natürliches, selbstsicheres Auftreten.

»Als Nächstes wirst du sagen, dass ich meinem Namen gerecht werde«, sagte sie.

»*Ah, non.* Bitte. Das wäre zu plump. Weißt du, dass es eine Kunst ist, Frauen ein Kompliment zu machen?«

»Nein. Aber du weißt es bestimmt.«

Der Kellner brachte Kaffee und Gebäck, und Pari konzentrierte sich auf seine Hände, während er Tassen und Teller auf den Tisch stellte. Ihre eigenen Hände schwitzten wie verrückt. Sie hatte bisher nur vier Liebhaber gehabt – eine bescheidene Anzahl, verglichen mit den Männern, die ihre Maman in ihrem Alter bereits gehabt hatte. Sogar im Vergleich mit Colette. Pari war zu vorsichtig, zu vernünftig, zu entgegenkommend, zu flexibel und, unter dem Strich, geradliniger und weniger anstrengend als Maman oder Colette. Nur zogen diese Eigenschaften die Männer leider nicht in Scharen an. Außerdem hatte sie keinen ihrer Liebhaber geliebt. Einem gegenüber hatte sie dies zwar behauptet, aber sie hatte gelogen, und immer, wenn sie unter einem von ihnen gelegen hatte, hatte sie an Julien und dessen wunderschönes Gesicht denken müssen, ein Gesicht, das von innen heraus zu leuchten schien.

Er erzählte beim Essen von seiner Arbeit. Das Unterrichten an der Uni, sagte er, habe er vor längerer Zeit aufgegeben. Danach habe er beim IWF eine Weile im Bereich Schuldenbelastbarkeit gearbeitet. Die Reisen, sagte er, seien das Beste gewesen.

»Wohin bist du gereist?«

»Jordanien, Irak. Und danach habe ich mehrere Jahre an einem Buch über das Thema Schattenwirtschaft geschrieben.«

»Ist es erschienen?«

»So heißt es zumindest.« Er lächelte. »Ich arbeite jetzt für eine Consulting-Firma, hier in Paris.«

»Ich würde auch gern reisen«, sagte Pari. »Colette drängt mich ständig zu einer Reise nach Afghanistan.«

»Ich kann mir denken, warum sie dorthin möchte.«

»Na ja, ich habe darüber nachgedacht. Eine Rückkehr dorthin, meine ich. Das Haschisch interessiert mich nicht, aber ich würde gern das Land kennenlernen, in dem ich geboren wurde. Vielleicht könnte ich das alte Haus wiederfinden, in dem ich mit meinen Eltern gewohnt habe.«

»Mir war nicht klar, dass du diesen Drang verspürst.«

»Ich bin einfach neugierig. Ich habe kaum Erinnerungen.«

»Du hast einmal den Koch deiner Familie erwähnt.«

Pari fühlte sich insgeheim geschmeichelt, weil Julien sich an etwas erinnerte, das sie ihm vor so vielen Jahren erzählt hatte. Er hatte in der Zwischenzeit offenbar an sie gedacht. Er hatte sie nicht ganz vergessen.

»Ja. Er hieß Nabi. Er war auch unser Chauffeur. Er fuhr das Auto meines Vaters, einen großen, blauen, amerikanischen Schlitten mit Klappverdeck. Ich kann mich noch an den Adler auf der Kühlerhaube erinnern.«

Später fragte er nach ihrem Studium, und sie antwortete, dass sie sich vor allem mit komplexen Variablen beschäftige. Er hörte viel aufmerksamer zu als ihre Maman, die das Thema langweilte und die nicht begriff, warum Pari sich dafür begeistern konnte. Ihre Maman vermochte nicht einmal so zu tun, als ob sie sich dafür interessierte, sondern riss alberne Witze, mit denen sie sich über ihre eigene Unwissenheit lustig zu machen schien. *O là là*, sagte sie dann grinsend, *mein Kopf! Mein Kopf! Er schwirrt wie ein Brummkreisel! Ich schlage dir einen Handel vor, Pari: Ich schenke uns Tee ein, und du kehrst auf unseren Planeten zurück, d'accord?* Dann lachte sie leise, und Pari gehorchte, obwohl sie spürte, dass diese Witze Spitzen in sich bargen, eine verhüllte Schelte waren, ihr durch die Blume sagten, dass ihre Maman sie für abgehoben, ihre Interessen für bizarr hielt. *Bizarr.* Pari fand es dreist, dass ausgerechnet eine Lyrikerin so dachte, aber sie verschwieg dies gegenüber ihrer Mutter.

Julien wollte wissen, worin der Reiz der Mathematik für sie bestand, und sie antwortete, sie finde sie beruhigend.

»›Herausfordernd‹ fände ich passender«, sagte er.

»Ja, das auch.«

Sie sagte, dass sie Trost aus der Beständigkeit, Klarheit und Eindeutigkeit mathematischer Wahrheiten schöpfe. In dem Bewusstsein, dass man die Lösung immer finde, egal wie abseitig sie auch sei. Die Lösung warte irgendwo, sei nur ein paar Formeln entfernt.

»Im Gegensatz zum wahren Leben«, sagte er. »Dort gibt es bestenfalls wirre Antworten, aber keine Lösungen.«

»Bin ich so durchschaubar?« Sie lachte und verbarg ihr Gesicht hinter der Serviette. »Ich klinge wie eine Spinnerin.«

»Ganz und gar nicht«, antwortete er. »Nicht die Spur.«

»Wie eine deiner Studentinnen. Ich erinnere dich bestimmt an deine Studenten.«

Er stellte weitere Fragen, anhand derer Pari bemerkte, dass er sich mit analytischer Zahlentheorie halbwegs auskannte und mit Gauss und Bernhard Riemann vertraut war. Sie plauderten, bis es zu dämmern begann. Sie tranken Kaffee, danach Bier und schließlich Wein. Und am Ende, als es nicht mehr hinauszuzögern war, beugte Julien sich ein klein wenig zu Pari vor und fragte höflich, fast pflichtschuldig: »Und wie geht es Nila?«

Pari blies die Wangen auf und atmete langsam aus.

Julien nickte wissend.

»Sie könnte ihre Buchhandlung verlieren«, sagte Pari.

»Tut mir leid, das zu hören.«

»Der Umsatz wird von Jahr zu Jahr weniger. Kann sein, dass sie dichtmachen muss. Sie würde es nie zugeben, aber das wäre ein schwerer Schlag für sie. Ein sehr schwerer Schlag.«

»Schreibt sie noch Gedichte?«

»Schon seit einer Weile nicht mehr.«

Er wechselte bald das Thema. Pari war erleichtert. Sie wollte nicht von ihrer Maman, deren Trinkerei und der Mühe erzählen, die es kostete, sie zur Einnahme ihrer Tabletten zu überreden. Pari erinnerte sich an all die scheuen Blicke, die sie mit Julien getauscht hatte, während ihre Maman sich nebenan umgezogen hatte. Julien hatte sie angeschaut, und sie hatte nach Worten gesucht. Das konnte ihrer Maman nicht verborgen geblieben sein. War das der Grund dafür gewesen, dass sie sich von ihm getrennt hatte? Wenn ja, dann eher als eifersüchtige Liebhaberin denn als Mutter, die ihre Tochter beschützen wollte.

Julien fragte Pari einige Wochen später, ob sie bei ihm einziehen wolle. Er lebte in einer kleinen Wohnung im 7. Arrondissement auf der Rive Gauche. Pari sagte zu, zumal Colettes Feindseligkeit für immer dickere Luft in der Wohnung sorgte.

Pari erinnert sich noch gut an den ersten Sonntag in Juliens Wohnung. Sie schmiegten sich auf dem Sofa eng aneinander. Pari dämmerte vor sich hin, und Julien trank Tee, die langen Beine auf dem Couchtisch ausgestreckt. Er las einen Leitartikel in der Zeitung, und es lief eine Platte von Jacques Brel. Immer, wenn Pari den Kopf auf seiner Brust anders hinlegte, beugte er sich zu ihr hinab und küsste sie auf Augenlid, Ohr oder Nase.

»Wir müssen es Maman sagen.«

Sie spürte, wie er erstarrte. Er faltete die Zeitung zusammen, setzte die Lesebrille ab und legte sie auf die Sofalehne.

»Wir dürfen es ihr nicht verheimlichen.«

»Wahrscheinlich hast du recht«, sagte er.

»Wahrscheinlich?«

»Du hast natürlich recht. Ruf sie an. Aber überleg dir genau, was du sagst. Bitte weder um ihre Erlaubnis noch um ihren Segen, denn du wirst weder das eine noch das andere von ihr bekommen. Stell sie vor vollendete Tatsachen. Sie muss begreifen, dass es nichts zu verhandeln gibt.«

»Du hast leicht reden.«

»Kann sein. Aber ich weiß, dass Nila eine rachsüchtige Frau ist. Tut mir leid, das sagen zu müssen, aber das hat sich bei unserer Trennung herausgestellt. Sie ist erstaunlich rachsüchtig. Ich kenne sie. Das wird nicht einfach für dich sein.«

Pari schloss seufzend die Augen. Bei dem Gedanken an die Unterhaltung zog sich ihr der Magen zusammen.

Julien strich mit dem Handrücken über ihre Wange. »Du brauchst ein dickes Fell.«

Am nächsten Tag rief Pari an. Ihre Maman wusste schon Bescheid.

»Wer hat es dir erzählt?«

»Colette.«

Na klar, dachte Pari. »Ich wollte es dir sagen.«

»Das weiß ich. Du bist ja grade dabei. So etwas kann man nicht verheimlichen.«

»Bist du sauer?«

»Spielt das eine Rolle?«

Pari stand am Fenster. Sie fuhr mit einem Finger zerstreut über den blauen Rand von Juliens altem Aschenbecher. Sie schloss die Augen. »Nein, Maman. Das spielt keine Rolle.«

»Tja. Ich würde gern sagen, dass es nicht schmerzt.«

»Ich wollte dich nicht verletzen.«

»Das ist die große Frage.«

»Warum sollte ich dich verletzen wollen, Maman?«

Ihre Maman lachte. Hohl und hässlich.

»Wenn ich dich so anschaue, erkenne ich mich in dir nicht wieder. Aber das versteht sich wohl von selbst. Das ist keine Überraschung, wenn man alles bedenkt. Ich weiß nicht, was für ein Mensch du bist, Pari. Ich weiß nicht, wer du bist oder wozu du aufgrund deiner Herkunft imstande bist. Du bist mir fremd.«

»Wie meinst du das?«, fragte Pari.

Doch ihre Mutter hatte schon aufgelegt.

Auszug aus »Afghanischer Singvogel«,
ein Interview mit Nila Wahdati. Von Etienne Boustouler.
Parallaxe Nr. 84 / Winter 1974, S. 38

EB: Haben Sie hier in Frankreich Französisch gelernt?

NW: Meine Mutter hat es mir in Kabul beigebracht. Sie hat nur Französisch mit mir gesprochen, als ich klein war. Sie hat mich täglich unterrichtet. Es war schlimm für mich, als sie Kabul verließ.

EB: Sie ist nach Frankreich zurückgekehrt?

NW: Ja. Meine Eltern ließen sich 1939 scheiden. Ich war damals zehn, und weil ich das einzige Kind war, verhinderte mein Vater, dass meine Mutter mich mitnahm. Ich blieb also in Kabul, und sie reiste nach Paris, um dort bei ihrer Schwester Agnes zu leben. Mein Vater versuchte, diesen Verlust durch einen Privatlehrer, Reitstunden und Malunterricht wettzumachen. Aber eine Mutter ist nun mal unersetzlich.

EB: Wie ist es ihr ergangen?

NW: Oh, sie ist gestorben. Während Paris von den Nazis besetzt war. Sie haben meine Mutter nicht ermordet. Aber Agnes. Meine Mutter starb an einer Lungenentzündung. Mein Vater hat es mir erst erzählt, nachdem die Alliierten Paris befreit hatten, aber ich wusste es längst. Ich hatte es geahnt.

EB: Das muss hart für Sie gewesen sein.

NW: Es war niederschmetternd. Ich habe meine Mutter geliebt. Ich hatte mir ausgemalt, nach dem Krieg bei ihr in Frankreich zu leben.

EB: Ich entnehme dem, dass Sie sich mit Ihrem Vater nicht so gut verstanden haben?

NW: Es gab immer wieder Spannungen. Wir stritten oft, und das kannte er nicht. Er war keine Widerrede gewöhnt, schon gar nicht von einer Frau. Wir stritten uns darüber, wie ich mich anzog, darüber, was ich sagte und zu wem ich es sagte, wohin ich ausging. Ich war abenteuerlustig und kühn geworden, er noch asketischer und zugeknöpfter. Wir waren von Natur aus gegensätzlich.

Sie lacht leise und strafft den Knoten ihres Tuchs am Hinterkopf.

NW: Außerdem verliebte ich mich ständig. Fast manisch und zum Entsetzen meines Vaters in die falschen Männer: Einmal in einen Hausmeistersohn, dann in einen kleinen Beamten, der meinen Vater geschäftlich beriet. Alles verrückte, von Anfang an zum Scheitern verurteilte Geschichten. Ich stahl mich zu heimlichen Rendezvous, aber meinem Vater wurde natürlich zugetragen, dass man mich irgendwo gesehen hatte. Es hieß, ich würde mich herumtreiben. Sie nannten mich immer eine Herumtreiberin. Oder sagten, ich würde mich zur Schau stellen. Mein Vater ließ mich von einem Suchtrupp holen. Dann sperrte er mich ein. Tagelang. Stand vor der Tür und sagte: *Du demütigst mich. Warum demütigst du mich so? Was soll ich tun?* Manchmal beantwortete er diese Frage mit dem Gürtel oder mit der geballten Faust. Dann jagte er mich durch das Zimmer. Er glaubte wohl, mich mit Gewalt gefügig machen zu können. Damals schrieb ich viele lange, schockierende Gedichte, die von pubertärer Leidenschaft nur so troffen. Ich fürchte, sie waren nicht nur melodramatisch, sondern auch theatralisch: Vögel im Käfig, in Ketten gelegte Liebende und dergleichen. Ich bin nicht stolz darauf.

Da sie nicht zu falscher Bescheidenheit zu neigen scheint, ist ihr Urteil über diese frühen Gedichte wohl ehrlich gemeint, obwohl es geradezu harsch klingt. Denn ihre Texte aus dieser Zeit sind sogar in der Übertragung atemberaubend, vor allem, wenn man bedenkt, wie jung sie damals war. Sie sind bewegend, reich an Bildern, Emotionen, Erkenntnissen und erzählerischer Anmut. Sie erzählen auf wunderbare Art von Einsamkeit und Trauer, dokumentieren Enttäuschungen und die Höhen und Tiefen jugendlicher Liebe samt all ihren Verlockungen und Fallstricken. Sie vermitteln außerdem das Gefühl einer transzendenten Klaustrophobie, eines eingeengten Horizonts und eines Kampfes gegen die Tyrannei äußerer Umstände – diese meist in Gestalt einer namenlosen und bedrohlichen männlichen Figur. Eine recht unverhohlene Anspielung auf ihren Vater, wie ich vermute. Ich nehme mir vor, sie darauf anzusprechen.

EB: Sie lösen sich in diesen Gedichten von Rhythmus, Reimschema und Metrum der klassischen Farsi-Dichtung. Sie folgen dem freien Fluss der Phantasie. Sie überhöhen zufällige, profane Details. Das war durchaus bahnbrechend. Könnte man behaupten, dass man Sie, wären Sie in einem wohlhabenderen Land zur Welt gekommen – etwa im Iran –, heute als literarische Pionierin rühmen würde?

Sie lächelt trocken.

NW: Das wäre schon etwas.

EB: Ich bin immer noch verblüfft über das, was Sie gerade gesagt haben: Dass Sie nicht stolz auf diese Gedichte sind. Sind Sie mit Ihrem Schreiben je zufrieden?

NW: Eine schwierige Frage. Ich würde das vielleicht bejahen, nur müsste ich dazu Gedicht und schöpferischen Vorgang voneinander trennen.

EB: Zweck und Mittel auseinanderdividieren, meinen Sie.

NW: Ich halte den schöpferischen Vorgang zwangsläufig für eine Art von Diebstahl. Wenn Sie erstklassige Literatur durchsehen, Monsieur Boustouler, werden Sie dort auf alle möglichen Ehrlosigkeiten stoßen. Ein Schöpfungsakt dieser Art bedeutet, dass man die Leben anderer Menschen plündert und diese, ohne dass sie es wollten oder wüssten, benutzt. Man stiehlt ihre Sehnsüchte, beutet ihre Schwächen aus, raubt ihre Träume, ihr Leid. Man vergreift sich an fremdem Eigentum. Und das ganz bewusst.

EB: Und Sie verstanden sich sehr gut darauf.

NW: Ich habe das nicht aufgrund einer hehren Auffassung von Literatur getan, sondern weil ich keine andere Wahl hatte. Der Zwang war übermächtig. Hätte ich ihm nicht nachgegeben, wäre ich verrückt geworden. Sie fragen mich, ob ich stolz bin. Es fällt mir schwer, mit etwas zu prahlen, das mit Hilfe moralisch fragwürdiger Mittel entstanden ist. Ich überlasse es anderen, meine Gedichte zu feiern oder zu verreißen.

Sie leert ihr Glas und schenkt sich den restlichen Wein ein.

NW: Was ich mit Sicherheit sagen kann, ist, dass mich in Kabul niemand für meine Gedichte gefeiert hat. In Kabul sah man mich bestenfalls als Pionierin des schlechten Geschmacks, der Zügellosigkeit und moralischen Verkommenheit. Das galt vor allem für meinen Vater. Er bezeichnete meine Gedichte als die Ergüsse einer Hure. Er benutzte genau dieses Wort. Er sagte, ich hätte den Namen seiner Familie für immer beschmutzt. Er sagte, ich hätte ihn verraten. Er fragte immer wieder, warum es mir so schwerfalle, ein ehrbares Leben zu führen.

EB: Wie haben Sie darauf reagiert?

NW: Ich sagte, dass mir seine Auffassung von Ehre egal sei. Ich sagte, dass ich keine Lust hätte, mir die Schlinge selbst um den Hals zu legen.

EB: Zu seinem noch größeren Missfallen, nehme ich an?

NW: Selbstverständlich.

Ich zögere damit, den nächsten Satz auszusprechen.

EB: Ich kann seinen Zorn durchaus verstehen.

Sie zieht eine Augenbraue hoch.

NW: Ach, ja?

EB: Er war ein Patriarch, und Sie haben alles in Frage gestellt, was ihm lieb und teuer war. Sie haben sowohl in Ihrem Leben als auch in Ihrem Schreiben verlangt, dass Frauen mehr Freiheiten erhalten, eigenmächtig über ihren Status bestimmen, ein selbstbestimmtes Leben führen sollen. Sie haben der Vormachtstellung der Männer getrotzt. Sie haben ausgesprochen, was nicht ausgesprochen werden durfte. Sie haben, könnte man sagen, eine kleine Ein-Frau-Revolution angezettelt.

NW: Und ich dachte immer, ich hätte einfach über Sex geschrieben.

EB: Aber das war Teil der Revolution, nicht wahr?

Ich blättere in meinen Notizen und erwähne die Titel einiger unverhüllt erotischer Gedichte – »Dornen«, »Wäre da nicht das Warten«, »Das Kopfkissen«. Ich gestehe, dass ich sie nicht für ihre stärksten halte, dass es ihnen meiner Ansicht nach an Mehrdeutigkeit und Nuanciertheit fehlt. Sie lesen sich, als wären sie nur geschrieben, um zu schockieren und zu empören. Die Gedichte wirken polemisch auf mich. Sie wütet darin gegen die afghanischen Geschlechterrollen.

NW: Ich *war* ja auch wütend. Ich war wütend, weil man meinte, mich vor Sex beschützen zu müssen. Vor meinem eigenen Körper beschützen zu müssen. Weil ich eine Frau war, und weil Frauen emotional, moralisch und intellektuell als unreif galten. Man unterstellte ihnen, aufgrund fehlender Selbstbeherrschung in körperlicher Hinsicht leicht verführbar zu sein. Man hielt sie für hypersexuelle Geschöpfe, die gebändigt werden mussten, damit sie nicht gleich mit dem nächsten Ahmad oder Mahmood ins Bett gingen.

EB: Aber – bitte verzeihen Sie – genau das haben Sie doch getan, oder?

NW: Nur als Protest gegen genau diese Haltung.

Sie hat ein herrliches Lachen, spitzbübisch, schelmisch und klug. Sie fragt mich, ob ich etwas essen will. Sie sagt, ihre Tochter habe ihren Kühlschrank kürzlich frisch bestückt, und macht dann ein köstliches Jambon-fumé-Sandwich. Aber nur eines für mich. Sie selbst begnügt sich damit, eine neue Flasche Wein zu entkorken und sich eine weitere Zigarette anzuzünden. Sie setzt sich wieder.

NW: Finden Sie nicht auch, dass wir um dieses Gesprächs willen gute Freunde bleiben sollten, Monsieur Boustouler?

Ich bejahe.

NW: Dann tun Sie mir bitte zwei Gefallen: Essen Sie Ihr Sandwich und hören Sie auf, mein Glas anzustarren.

Mein Impuls, sie später nach dem Trinken zu befragen, hat sich damit erledigt.

EB: Was geschah danach?

NW: Mit fast neunzehn Jahren erkrankte ich ernsthaft. Das war 1948. Mehr will ich dazu nicht sagen. Mein Vater reiste mit mir nach Delhi. Er blieb während der sechswöchigen Behandlung bei mir. Die Ärzte sagten, ich hätte sterben können. Vielleicht wäre das besser gewesen. Für eine junge Dichterin kann der Tod einen echten Karrieresprung bedeuten. Bei unserer Rückkehr war ich schwach und lebte zurückgezogen. Ich habe nicht mehr geschrieben. Ich aß kaum etwas und hatte wenig Interesse an Gesprächen oder Unterhaltung. Besuch lehnte ich ab. Ich wollte nur die Vorhänge zuziehen und den ganzen Tag schlafen. Und genau das tat ich. Irgendwann kam ich aus dem Bett und nahm die übliche Routine wieder auf – ich meine damit die grundlegenden Dinge, um die man sich kümmern muss, damit man nicht verwahrlost. Aber ich hatte das Gefühl, in Indien etwas verloren zu haben, das lebenswichtig für mich gewesen war.

EB: War Ihr Vater besorgt?

NW: Ganz im Gegenteil. Er war froh. Er glaubte, dass die Konfrontation mit der Sterblichkeit meiner Launenhaftigkeit und Unreife ein Ende gesetzt hätte. Er begriff nicht, dass ich mich verloren fühlte. Wenn man unter einer Lawine begraben wird, Monsieur Boustouler, weiß man anscheinend nicht, wo oben und wo unten ist. Man will sich befreien, gräbt aber immer tiefer und geht so dem sicheren Tod entgegen. Genau so fühlte ich mich damals – orientierungslos, verwirrt, ohne jede Richtung. Und in einer solchen Verfassung ist man verwundbar. Was vielleicht erklärt, warum ich im folgenden Jahr, 1949, einwilligte, als Suleiman Wahdati bei meinem Vater um meine Hand anhielt.

EB: Sie waren zwanzig.

NW: Er nicht.

Sie bietet an, mir noch ein weiteres Sandwich zu machen, was ich ablehne, und noch eine Tasse Kaffee aufzubrühen, was ich annehme. Während sie das Wasser aufsetzt, fragt sie, ob ich verheiratet sei. Ich verneine und füge hinzu, dass ich wohl auch nie heiraten werde. Sie schaut mich über die Schulter lange an und grinst.

NW: Ah. Normalerweise kann ich das immer mit Sicherheit sagen.

EB: Überraschung!

NW: Liegt vielleicht an der Gehirnerschütterung.

Sie deutet auf ihr Kopftuch.

NW: Das ist kein Mode-Statement. Ich bin vor einigen Tagen ausgerutscht und habe mir die Stirn aufgeschlagen. Ich hätte es trotzdem wissen müssen. Sie betreffend, meine ich. Es gibt nur wenige Männer, die Frauen so gut verstehen wie Sie und ihnen trotzdem aus dem Weg gehen.

Sie reicht mir den Kaffee, zündet sich eine Zigarette an und setzt sich.

NW: Ich habe eine Theorie über die Ehe, Monsieur Boustouler: Nach zwei Wochen weiß man fast immer, ob es klappt oder nicht. Ich finde es erstaunlich, wie viele Menschen sich jahrelang oder gar jahrzehntelang in einem Zustand gegenseitiger Verblendung und trügerischer Hoffnung aneinander ketten, obwohl sie schon nach zwei Wochen hätten wissen müssen, was los ist. Ich war viel früher im Bilde. Mein Mann war anständig, aber unnahbar, uninteressant und viel zu ernst. Außerdem war er in seinen Chauffeur verliebt.

EB: Oh. Das muss ein Schock für Sie gewesen sein.

NW: Tja, es hat die Sache interessant gemacht, wenn Sie so wollen.

Sie lächelt betrübt.

NW: Eigentlich tat er mir leid. So, wie er veranlagt war, hätte er sich keine schlechtere Zeit und keinen schlechteren Ort aussuchen können. Er erlag einem Schlaganfall, als unsere Tochter sechs Jahre alt war. Ich hätte damals in Kabul bleiben können. Ich besaß sein Haus und sein Vermögen. Wir hatten einen Gärtner und den eben erwähnten Chauffeur. Es wäre ein bequemes Leben gewesen. Trotzdem habe ich die Koffer gepackt und bin mit Pari nach Frankreich gegangen.

EB: Wegen Ihrer Tochter, wie Sie angedeutet haben.

NW: Alles, was ich getan habe, Monsieur Boustouler, habe ich für meine Tochter getan. Nicht, dass sie das versteht oder auch nur halbwegs zu würdigen weiß. Meine Tochter kann unglaublich gedankenlos sein. Wenn sie nur wüsste. Ohne mich hätte sie ein ganz anderes Leben führen müssen.

EB: Sind Sie enttäuscht von Ihrer Tochter?

NW: Ich glaube inzwischen, dass sie eine Strafe für mich ist, Monsieur Boustouler.

Im Jahr 1975 kommt Pari eines Tages nach Hause in ihre neue Wohnung und findet ein Päckchen auf ihrem Bett vor. Vor einem Jahr hat sie ihre Mutter aus der Notaufnahme abgeholt, vor neun Monaten hat sie sich von Julien getrennt. Pari teilt sich die Wohnung mit einer angehenden Krankenschwester namens Zahia. Sie ist eine junge Algerierin mit braunen Locken und grünen Augen, ein handfestes, fröhliches, unkompliziertes Mädchen. Das Zusammenwohnen funktioniert reibungslos. Zahia hat sich allerdings kürzlich mit ihrem Freund Sami verlobt und wird am Ende des Semesters bei ihm einziehen.

Ein zusammengefalteter Zettel liegt neben dem Päckchen. *Das kam für Dich. Ich bin über Nacht bei Sami. Bis morgen. Je t'embrasse. Zahia.*

Pari reißt das Päckchen auf. Es enthält eine Zeitschrift, an der ein Zettel hängt. Die elegante, fast feminine Schrift ist Pari vertraut. *Dies wurde an Nila geschickt, danach an das alte Ehepaar, das in Colettes früherer Wohnung lebt, und von dort zu mir. Du solltest einen neuen Nachsendeantrag stellen. Lies dies – auf eigene Gefahr. Ich fürchte, weder du noch ich kommen gut darin weg. Julien.*

Pari wirft die Zeitschrift auf das Bett und macht sich in der Küche einen Spinatsalat und etwas Couscous. Sie zieht den Pyjama an und isst vor dem kleinen, geborgten Schwarzweißfernseher. Die Bilder südvietnamesischer Flüchtlinge, die mit dem Flugzeug in Guam ankommen, nimmt sie nur halb wahr. Sie denkt an Colette, die gegen den Krieg der Amerikaner in Vietnam protestierte, Colette, die zur Gedenkfeier für ihre Maman einen Kranz aus Dahlien und Margeriten mitbrachte, Pari drückte und küsste und dann, auf dem Podium stehend, ein Gedicht von Maman auf wunderbare Art vortrug.

Julien war nicht erschienen. Er hatte sich telefonisch mit

ler lahmen Ausrede entschuldigt, dass er Gedenkfeiern bedrückend finde.

Wer nicht?, hatte Pari erwidert.

Ich bleibe besser weg.

Wie du willst, hatte Pari gesagt, aber bei sich gedacht: *Du kannst wegbleiben, aber das spricht dich ebenso wenig frei, wie meine Anwesenheit mich freispricht. Wir waren zu rücksichtslos, zu gedankenlos. Mein Gott.* Pari hatte in dem Wissen aufgelegt, dass ihre Affäre mit Julien ihrer Mutter den Rest gegeben hatte. Sie hatte in dem Wissen aufgelegt, dass sie lebenslang immer wieder unvermittelt von Schuldgefühlen und schrecklichen Gewissensbissen heimgesucht, ja niedergeschmettert werden würde. Sie würde sich für immer damit herumplagen müssen. Es würde ihr ständig im Nacken sitzen.

Nach dem Essen badet sie und geht dann ihre Notizen für eine bevorstehende Prüfung durch. Sie sitzt noch eine Weile vor dem Fernseher, wäscht das Geschirr ab und wischt die Küche. Aber nichts hilft. Sie kann sich nicht ablenken. Die Zeitschrift liegt auf dem Bett, zieht sie magisch an wie ein Ton auf niedriger Frequenz.

Danach zieht sie einen Regenmantel über den Pyjama und läuft Richtung Boulevard de la Chapelle, einige Straßen weiter südlich. Die Luft ist kühl, Regentropfen prasseln auf den Bürgersteig und gegen die Schaufenster, aber Pari fühlt sich zu Hause beengt. Sie ist aufgewühlt, braucht die Kälte, die feuchte Luft, den Freiraum.

Pari hat ihre Mutter früher oft mit Fragen bedrängt: *Habe ich Cousinen in Kabul, Maman? Habe ich Onkel und Tanten? Und Großeltern, habe ich Oma und Opa? Warum besuchen sie uns nie? Darf ich ihnen schreiben? Fahren wir hin? Bitte, bitte!*

Sie fragte meist nach ihrem Vater: *Was war seine Lieblings-farbe, Maman? War er ein guter Schwimmer? Konnte er gut Witze erzählen?* Sie weiß noch, wie er sie durch ein Zimmer jagte, über den Teppich rollte, am Bauch und an den Füßen kitzelte. Sie erinnert sich an den Duft seiner Lavendelseife, an seine hohe, glänzende Stirn, seine langen Finger. An seine Manschettenknöpfe, oval und mit Einlagen aus Lapislazuli, an die Bügelfalte seiner Anzughose. Sie hat die Staubwölkchen vor Augen, die beim Toben über dem Teppich hingen.

Pari hatte sich immer gewünscht, von ihrer Mutter einen Hinweis zu bekommen, der ihre losen Erinnerungsfetzen in einen einigermaßen schlüssigen Zusammenhang gebracht hätte. Aber ihre Maman war meist wortkarg. Sie schwieg sich über die Details ihres Lebens und ihre gemeinsamen Jahre in Kabul aus. Sie gab ihrer Tochter keine Einblicke in die Ver-gangenheit, und deshalb hörte Pari irgendwann auf zu fragen.

Und nun stellt sich heraus, dass ihre Maman diesem Etienne Boustouler, einem Journalisten, mehr über sich selbst und ihr Leben erzählt hat, als sie ihrer Tochter gegenüber je preis-gegeben hat.

Oder auch nicht.

Pari hat das Interview dreimal gelesen. Sie weiß nicht, was sie davon halten soll. Vieles klingt falsch in ihren Ohren, teil-weise liest es sich wie eine Parodie. Wie ein kitschiges Melo-drama mit in Ketten liegenden Schönheiten, unglücklichen Affären und allgegenwärtiger Unterdrückung, atemlos und temperamentvoll erzählt.

Pari geht nach Westen, in Richtung Pigalle. Sie schreitet energisch aus, die Hände in den Taschen des Regenmantels. Der Himmel verdunkelt sich rasant, der Regen wird immer steter und heftiger, peitscht ihr ins Gesicht, rinnt über Fenster, trübt das Licht der Autoscheinwerfer. Pari kann sich nicht daran erinnern, ihren Großvater, den Vater ihrer Maman, kennengelernt zu haben. Sie kennt nur das Foto, das ihn beim Lesen am Schreibtisch zeigt, bezweifelt aber, dass er der schnurrbartzwirbelnde böse alte Mann war, als der er ihr stets geschildert wurde. Pari glaubt, ihre Maman zu durchschauen. Sie macht sich ihre eigenen Gedanken. So wie sie es sieht, hat sich ihr Großvater ernsthaft um das Wohlergehen seiner tief unglücklichen, zur Selbstzerstörung neigenden Tochter gesorgt, die drauf und dran war, ihr Leben wegzuwerfen. Er war ein Mann, der Demütigungen und wiederholte Verletzungen ertragen musste und trotzdem zu seiner Tochter hielt. Er reiste mit ihr nach Indien, nachdem sie erkrankt war, und blieb dort sechs Wochen bei ihr. Worin bestand der wahre Grund für die Behandlung? Was, fragt sich Pari, die an die vertikale Narbe denken muss, ist in Indien mit ihr geschehen? Zahia hat auf ihre Frage geantwortet, dass ein Kaiserschnitt immer horizontal vorgenommen wird.

Und das, was ihre Maman dem Journalisten über ihren Mann, Paris Vater, erzählt hat? War das nur Verleumdung? War er tatsächlich in Nabi, den Chauffeur, verliebt? Warum hätte sie dies, falls es stimmt, nach all den Jahren enthüllen sollen? Um Verwirrung zu stiften, jemanden zu demütigen oder zu verletzen? Aber wen?

Was sie selbst betrifft, so wundert sich Pari weder über die grobe Art, die ihre Maman ihr gegenüber oft an den Tag gelegt hat – nicht nach ihrer Beziehung mit Julien –, noch über die beschönigende, bruchstückhafte Schilderung ihrer Rolle als Mutter.

Lügen?

Und dennoch.

Ihre Maman war eine begabte Schriftstellerin. Pari hat nicht nur jedes Wort gelesen, das ihre Mutter auf Französisch geschrieben hat, sondern auch jedes von ihr aus dem Farsi übersetzte Gedicht, alles von unbestreitbarer Kraft und Schönheit.

Aber wenn die Lebensgeschichte, die sie dem Journalisten aufgetischt hatte, eine Lüge war, woher stammten dann die Gedanken und Bilder in ihren Gedichten? Woher rührten ihre herrlichen und aufrichtigen, harten und traurigen Worte? War sie nur eine begabte Hochstaplerin? Eine Magierin, die die Leser durch die Beschwörung von Gefühlen in Bann schlug, die ihr selbst fremd waren, die ihren Stift führte wie einen Zauberstab? War so etwas überhaupt möglich?

Pari weiß es nicht. Trotzdem könnte ihre Maman genau diese Absicht verfolgt haben – Pari den Boden unter den Füßen wegzuziehen, sie gezielt aus dem Gleichgewicht zu bringen, zu verstören, sich selbst zu entfremden, an allem zweifeln zu lassen, worauf ihr Leben gründet, und ihr ein so tiefes Gefühl der Verlorenheit zu geben, als würde sie in stockdunkler Nacht durch eine Wüste irren, jeder Wahrheit beraubt, und auf ein winziges Licht in der Ferne zustreben, das immer wieder erlischt.

Vielleicht, denkt Pari, ist dies die Rache ihrer Maman. Nicht nur für Julien. Sondern auch für die Enttäuschung, die Pari für sie dargestellt hat. Pari, die offenbar hätte sicherstellen sollen, dass ihr Trinken und ihr jahrelanges, verzweifeltes Ringen um Glück ein Ende nahmen; das hartnäckige Verfolgen von Wegen, die sich stets als Sackgasse erwiesen; die bitteren Enttäuschungen, die ihre Maman jedes Mal ein Stückchen weiter aus der Spur warfen, sie noch schwerer beschädigten, ihre Hoffnung auf Glück peu à peu zunichtemachten. *Wer sollte ich sein, Maman,* denkt Pari. *Welche Rolle hast du mir zugedacht, als ich in deinem Bauch heranwuchs – falls ich überhaupt darin war? Sollte ich das Loch in deinem Herzen stopfen? Ein Same der Hoffnung sein? Ein Ticket für deine Reise aus der Finsternis? Wenn ja, dann habe ich deine Erwartungen nicht erfüllt. Bei weitem nicht. Ich habe deinen Schmerz nicht gelindert, sondern war nur ein weiterer Irrtum, eine zusätzliche*

Last, und das hast du bestimmt früh bemerkt. Das war dir sicher bewusst. Aber was hättest du tun sollen? Du konntest mich schließlich nicht einfach beim Pfandleiher versetzen.

Vielleicht hatte ihre Maman es mit diesem Interview noch einmal allen zeigen wollen.

Pari sucht unter der Markise einer Brasserie Schutz vor dem Regen, ein paar Straßen westlich des Krankenhauses, in dem Zahia einen Teil ihrer Ausbildung absolviert. Sie zündet sich eine Zigarette an, erwägt, Colette anzurufen. Sie haben nach der Gedenkfeier nur ein oder zwei Mal miteinander gesprochen. Früher stopften sie sich Kaugummis in den Mund und kauten darauf herum, bis ihre Kiefer schmerzten, setzten sich vor den Schminkspiegel ihrer Maman und bürsteten einander die Haare, steckten sie hoch. Pari sieht auf der anderen Straßenseite eine alte Frau, die, in ein Regencape aus Plastik gehüllt, auf dem Bürgersteig dahintrottet, gefolgt von einem kleinen, braunen Terrier. Und aus dem dichten Nebel, der Paris Erinnerungen umgibt, löst sich nicht zum ersten Mal ein kleiner Schweif, der langsam die Gestalt eines Hundes annimmt. Kein Schoßhund wie der der alten Frau, sondern ein großes, wildes Geschöpf, dreckig, struppig und mit zerschlitzten Ohren und Schwanz. Pari weiß nicht recht, ob es sich um eine Erinnerung oder den Geist einer solchen oder keines von beidem handelt. Sie hat ihre Maman einmal gefragt, ob sie in Kabul einen Hund hatten, und ihre Maman hatte geantwortet: *Du weißt doch, dass ich Hunde nicht mag. Sie haben keine Selbstachtung. Sie lieben einen sogar dann noch, wenn man sie tritt. Das ist deprimierend.*

Und ihre Maman hatte noch etwas gesagt.

Ich erkenne mich in dir nicht wieder. Ich weiß nicht, was für ein Mensch du bist.

Pari wirft die Zigarette weg. Sie beschließt, Colette anzurufen. Sich mit ihr auf einen Tee zu verabreden. Schauen, wie es ihr so geht und mit wem sie gerade zusammen ist. Wie früher einen Schaufensterbummel mit ihr machen. Hören, ob ihre alte Freundin noch immer für eine Reise nach Afghanistan zu haben ist.

Pari verabredet sich tatsächlich mit Colette. Sie treffen sich in einer beliebten Bar mit marokkanischer Einrichtung, lila Vorhängen, orangefarbenen Kissen und einem alten, auf einer kleinen Bühne spielenden Musiker. Colette erscheint zu Paris Überraschung in Begleitung eines jungen Mannes namens Eric Lacombe. Er gibt Schülern der siebten und achten Klasse in einem Lycée im 18. Arrondissement Schauspielunterricht. Er erzählt Pari, dass sie einander vor ein paar Jahren bei einer Studentendemo begegnet sind. Pari kann sich zuerst nicht erinnern, aber dann fällt ihr ein, dass Colette damals stinksauer auf Eric war, weil so wenig Leute zur Demo gekommen waren, und auf seine Brust eingehämmert hatte. Sie lassen sich auf mangofarbenen Plüschkissen auf dem Boden nieder und bestellen etwas zu trinken. Pari hält die beiden anfangs für ein Paar, aber als Colette nicht aufhört, Erics Vorzüge herauszustellen, begreift sie, dass sie ihn um ihretwillen mitgebracht hat. Das wäre ihr normalerweise peinlich, aber ihr Unbehagen wird durch Erics Befangenheit gemildert. Pari findet es amüsant, ja sogar liebenswert, dass er immer wieder rot wird und beschämt den Kopf schüttelt. Sie betrachtet ihn heimlich, während sie Brot mit schwarzer Olivenpaste essen. Er sieht nicht gerade blendend aus. Seine langen, dünnen Haare hat er am Hinterkopf mit einem Gummiband zusammengebunden. Seine Hände sind klein, seine Haut ist blass. Seine Nase ist zu schmal, seine Stirn zu gewölbt, das Kinn mehr als fliehend, aber beim Grinsen strahlen seine Augen, und er beschließt jeden Satz mit einem Lächeln, das einem unsichtbaren, fröhlichen Fragezeichen gleicht. Sein Gesicht ist zwar weniger faszinierend als das von Julien, aber viel sanftmütiger. Und es spiegelt – wie Pari bald merken wird – die ihm innewohnende Güte, Aufmerksamkeit und Grundehrlichkeit wider.

Sie heiraten an einem kühlen Tag im Frühling 1977, einige Monate, nachdem Jimmy Carter auf der anderen Seite des Atlantiks den Amtseid abgelegt hat. Eric besteht auf einer schlichten, standesamtlichen Trauung, bei der nur sie beide und Colette als Trauzeugin anwesend sind. Eine kirchliche Trauung mit allen Schikanen, sagt er, sei eine Extravaganz, die er sich nicht leisten könne. Sein Vater, ein wohlhabender Banker, der am liebsten groß feiern würde, bietet an, alles zu bezahlen. Eric ist immerhin sein einziges Kind. Zuerst will er ihm das Geld als Geschenk geben, dann als Darlehen. Aber Eric lehnt ab, und obwohl er es nicht zum Thema macht, ahnt Pari, dass er sie davor bewahren möchte, mutterseelenallein und ohne Angehörige, die ein paar Tränen für sie vergießen, in der Kirche zu stehen.

Als sie ihm erzählt, dass sie nach Afghanistan reisen will, versteht er dies sofort – im Gegensatz zu Julien, wie Pari denkt. Und er sagt etwas, das sie sich selbst niemals offen eingestanden hätte.

»Du glaubst, dass du adoptiert wurdest.«

»Kommst du mit?«, fragt sie.

Sie beschließen, im Sommer zu fahren, wenn Eric nicht arbeitet. Pari wird die Arbeit an ihrer Dissertation für eine Weile unterbrechen. Eric meldet sie beide für einen Farsi-Kurs bei einem Lehrer an, den er über die Mutter eines seiner Schüler aufgetan hat. Er liegt oft mit Kopfhörern auf dem Sofa, einen Kassettenrekorder auf der Brust und die Augen geschlossen, um sich besser konzentrieren zu können, und murmelt mit schwerem Akzent auf Farsi *Danke* und *Guten Tag* und *Ich grüße Sie.*

Kurz vor der Reise, Eric hat sich schon nach Flügen und Unterkünften erkundigt, stellt Pari fest, dass sie schwanger ist.

»Wir können trotzdem fahren«, sagt Eric. »Wir sollten fahren.«

Doch Pari entscheidet sich dagegen: »Das wäre fahrlässig«, sagt sie. Ihre Atelierwohnung hat eine defekte Heizung, die Rohre sind leck, eine Klimaanlage ist nicht vorhanden, ihr Mobiliar bunt zusammengewürfelt.

»Mit einem Baby können wir hier nicht wohnen«, sagt sie.

Eric beginnt, nebenher Klavierunterricht zu geben, etwas, womit er geliebäugelt hat, bevor er das Theater für sich entdeckte, und als Isabelle zur Welt kommt – die niedliche, hellhäutige Isabelle mit Augen von der Farbe karamellisierten Zuckers –, haben sie schon eine kleine Wohnung in der Nähe des Jardin du Luxembourg bezogen. Eric hat in diesem Fall die finanzielle Unterstützung seines Vater akzeptiert, wenn auch unter der Bedingung, das Geld nur als Darlehen anzunehmen.

Pari nimmt sich drei Monate frei und verbringt ihre Tage mit Isabelle. Sie fühlt sich federleicht, wenn sie bei ihr ist. Und wenn Eric abends von der Schule nach Hause kommt, wirft er sofort Mantel und Aktentasche in die Ecke, lässt sich auf das Sofa fallen und winkt mit ausgestreckten Armen. »Gib sie mir, Pari. Gib sie mir.« Und während er Isabelle auf seine Brust setzt, erzählt Pari von ihrem Tag, berichtet, wieviel Milch Isabelle getrunken und wie oft sie geschlafen hat, was sie gemeinsam im Fernsehen geschaut oder gespielt haben, welche

Laute sie von sich gegeben hat. Eric wird es nie müde, all dies zu erfahren.

Sie haben die Reise nach Afghanistan verschoben. Und Pari muss sich eingestehen, dass ihr Drang, nach Wurzeln und Antworten zu suchen, verflogen ist. Durch Eric, der sie als Partner tröstet und stützt. Und durch Isabelle, die dafür sorgt, dass Pari wieder festen Boden unter den Füßen hat – obwohl dieser immer noch von Spalten und weißen Flecken übersät ist, von allem, was ihre Maman nicht preisgeben wollte, den vielen unbeantworteten Fragen. All das ist nach wie vor vorhanden, aber Pari ist nicht mehr so begierig auf Antworten wie früher.

Und das alte Gefühl, dass in ihrem Leben irgendetwas oder irgendjemand von grundlegender Bedeutung fehlt, ist auch abgeflaut. Es kommt zwar gelegentlich hoch – manchmal überraschend heftig –, aber seltener als früher. Pari hat sich noch nie so rundum zufrieden, glücklich und geborgen gefühlt.

1981 muss Pari zu einer Konferenz nach München. Sie ist schwanger mit Alain, Isabelle ist drei Jahre alt. Sie soll als Koautorin ein Papier über die Verwendung modularer Formen in der Topologie und der theoretischen Physik vorstellen. Ihr Vortrag erfährt große Anerkennung, und im Anschluss geht Pari mit einigen Kollegen in ein lautes, typisch bayerisches Lokal. Sie kehrt vor Mitternacht erschöpft in ihr Hotelzimmer zurück und schläft ein, ohne sich umgezogen oder gewaschen zu haben. Um halb drei Uhr früh wird sie vom Klingeln des Telefons geweckt – Eric ruft aus Paris an.

»Es geht um Isabelle«, sagt er. Sie habe Fieber. Ihr Gaumen sei geschwollen und würde bei der leisesten Berührung stark bluten. »Ihre Zähne sind kaum noch zu sehen, Pari. Ich weiß nicht, was ich tun soll. Ich habe irgendwo gelesen, dass es …«

Pari will, dass er aufhört. Sie würde am liebsten sagen, er

soll still sein, weil sie es nicht erträgt, aber es ist zu spät. Sie hört das Wort »Kinderleukämie«, vielleicht auch Lymphom, aber wo ist da der Unterschied? Pari setzt sich auf die Bettkante, sitzt da wie ein Stein, ihr Kopf dröhnt, und sie schwitzt am ganzen Körper. Sie ist wütend auf Eric, weil er sie mit etwas so Grauenhaftem belastet, und das mitten in der Nacht und siebenhundert Kilometer weit weg. Sie fühlt sich hilflos, ärgert sich über sich selbst. Wie konnte sie sich freiwillig auf ein Leben voller Qualen und Sorgen einlassen? Verrückt. Der schiere Wahnsinn. Sie hat idiotischerweise und wider alle Unwägbarkeiten geglaubt, dass eine Welt, über die sie keine Kontrolle hat, ihr das, was ihr am teuersten ist, nicht rauben würde. Sie hat darauf vertraut, dass die Welt sie nicht zerstören würde. *Ich habe nicht die Kraft dazu.* Sie murmelt diese Worte halblaut vor sich hin: »Ich habe nicht die Kraft dazu.« Gibt es eine riskantere, unvernünftigere Entscheidung als die, Mutter zu werden?

Und ein Teil von ihr – *Gott stehe mir bei*, denkt sie, *möge Gott mir verzeihen* –, ein Teil von ihr ist wütend auf Isabelle, weil sie ihr dies antut, sie leiden lässt wie einen Hund.

»Eric. Eric. *Ecoute-moi.* Ich rufe zurück. Ich muss erst mal auflegen.«

Sie leert ihre Handtasche auf dem Bett aus, findet das kleine, rotbraune Notizbuch mit ihren Telefonnummern. Sie ruft in Lyon an. Dort lebt Colette mit Didier, ihrem Mann, und dort hat sie eine kleine Reiseagentur eröffnet. Didier will Arzt werden. Er nimmt ab.

»Du weißt doch, dass ich mich auf Psychiatrie spezialisiere, Pari«, sagt er.

»Ich weiß. Ich weiß. Ich dachte nur …«

Er stellt ein paar Fragen. Hat Isabelle abgenommen? Leidet sie an nächtlichen Schweißausbrüchen, auffälligen Rötungen der Haut, Müdigkeit oder chronischem Fieber?

Schließlich sagt er, Eric solle gleich morgen früh mit ihr zum Arzt gehen, aber wenn er sich richtig an seine allgemeinmedizinische Ausbildung erinnere, klinge es nach akuter Gingivostomatitis.

Pari umklammert den Hörer so fest, dass ihre Hand schmerzt. »Bitte«, sagt sie geduldig. »Didier.«

»Ah, entschuldige. Übersetzt heißt das, dass es sich um ein erstes Auftreten von Mundherpes handelt.«

»Mundherpes.«

Dann fügt er die wunderbarsten Worte hinzu, die Pari in ihrem Leben je gehört hat. »Sie wird sicher bald wieder gesund.«

Pari ist Didier bisher erst zweimal begegnet, vor und nach seiner Heirat mit Colette. Doch in diesem Moment liebt sie ihn aus tiefstem Herzen. Und das sagt sie ihm weinend, sie sagt mehrmals, dass sie ihn liebe, und er wünscht ihr lachend eine gute Nacht. Pari ruft Eric an, der verspricht, am Morgen gleich zu Doktor Perrin zu gehen. Pari liegt im Bett, ihre Ohren klingeln, und sie betrachtet das Licht, das durch die mattgrünen Fensterläden fällt. Sie erinnert sich daran, dass sie mit acht mit einer Lungenentzündung im Krankenhaus lag. Ihre Maman wollte sie nicht allein lassen und bestand darauf, auf einem Stuhl neben ihrem Bett zu schlafen, und Pari empfindet eine überraschende und späte Verbundenheit mit ihrer Mutter. Sie hat sie im Laufe der letzten Jahre oft vermisst. Natürlich bei ihrer Hochzeit, bei Isabelles Geburt und in unzähligen anderen Momenten, aber nie so sehr wie hier, in diesem Münchener Hotelzimmer, während dieser schrecklichen und wundersamen Nacht.

Sobald sie am nächsten Tag wieder in Paris ist, sagt sie zu Eric, dass sie nach Alains Geburt besser keine weiteren Kinder bekommen sollten. Das erhöhe nur das Risiko eines gebrochenen Herzens.

1985, Isabelle ist sieben, Alain vier und der kleine Thierry zwei, nimmt Pari einen Lehrauftrag an einer angesehenen Pariser Universität an. Sie muss den üblichen akademischen Hickhack und die Sticheleien über sich ergehen lassen – was nicht weiter verwundert, weil sie mit ihren sechsunddreißig Jahren nicht nur die jüngste unter den Professoren, sondern auch eine von nur zwei Frauen im Seminar ist. All dies lässt sie mit einer Gelassenheit an sich abprallen, die ihre Maman vermutlich nicht gehabt hätte. Sie geht nicht auf Konfrontationskurs. Sie beschwert sich nicht. Sie schleimt sich auch nicht ein. Kritik lässt sich natürlich nicht vermeiden, aber zu dem Zeitpunkt, als die Berliner Mauer fällt, sind auch in ihrem akademischen Leben die Mauern gefallen, und sie hat die meisten ihrer Kollegen durch ihre sachliche, entwaffnende und offene Art für sich eingenommen. Sie schließt Freundschaften in ihrem Seminar und nicht nur dort, nimmt an Veranstaltungen der Universität und am Fundraising teil, an den gelegentlichen Cocktailrunden und Dinnerpartys. Eric begleitet sie zu diesen Abendveranstaltungen. Er trägt immer dieselbe Wollkrawatte und denselben Cordblazer mit Flicken auf den Ellbogen – ein privater Witz zwischen ihnen. Er schlendert durch den vollen Raum, kostet Hors-d'œuvres, nippt am Wein, lässt freundlich verdutzt den Blick schweifen und muss immer wieder von Pari davor bewahrt werden, anderen Mathematikern seine Meinung über dreidimensionale Flächen und diophantine Gleichungen kundzutun.

Auf jeder Party kommt unweigerlich der Moment, an dem Pari zu den Entwicklungen in Afghanistan befragt wird. Ein angeheiterter Gastprofessor namens Chatelard fragt Pari eines Abends, was nach dem Abzug der Sowjets in Afghanistan geschehen werde. »Wird Ihr Volk dann endlich in Frieden leben können, Madame le Professeur?«

»Schwer zu sagen«, antwortet Pari. »Genau genommen bin ich nur auf dem Papier Afghanin.«

»*Non mais, quand même*«, sagt er. »Sie müssen doch gewisse Einsichten besitzen.«

Sie lächelt, versucht, die Unsicherheit zu überspielen, die sie bei solchen Fragen stets überkommt. »Ich weiß nur das, was ich in *Le Monde* lese. Genau wie Sie.«

»Aber Sie sind doch dort aufgewachsen, *non*?«

»Ich war noch sehr klein, als ich fortging. Haben Sie zufällig meinen Mann gesehen? Er ist derjenige mit den Flicken auf den Ellbogen.«

Sie sagt die Wahrheit. Sie verfolgt die Nachrichten, liest in den Zeitungen über den Krieg und die vom Westen bewaffneten Mudschaheddin, aber sie denkt nur noch selten an Afghanistan. Sie bewohnen inzwischen ein Haus mit vier Zimmern in Guyancourt, zwanzig Kilometer von der Pariser Innenstadt entfernt, und sie hat dort alle Hände voll zu tun. Eric arbeitet weiter als Lehrer und schreibt außerdem Theaterstücke. Eines davon, eine verspielte, politische Farce, wird im Herbst in einem kleinen Pariser Theater, nicht weit vom Hôtel de Ville, uraufgeführt werden, und er ist schon mit einem neuen beauftragt.

Isabelle hat sich zu einem stillen, aber nachdenklich klugen Teenager gemausert. Sie führt Tagebuch und verschlingt jede Woche einen Roman. Sie mag Sinéad O'Connor. Sie hat schöne, schmale Hände, lernt Cello und spielt in wenigen Wochen Tschaikowskis *Chanson Triste* vor. Sie sträubte sich anfangs gegen den Unterricht, und so ist Pari ihr zuliebe anfangs ein paarmal mitgegangen, um sie zu unterstützen. Dies erwies sich als überflüssig und mühsam. Überflüssig, weil Isabelle rasch aus eigenem Antrieb einen Zugang zu dem Instrument fand, und mühsam, weil Paris Hände beim Spielen schmerzten. Seit einem Jahr wacht sie morgens mit steifen

Händen und Handgelenken auf, und es dauert eine halbe, manchmal sogar eine ganze Stunde, bis sie sich gelockert haben. Eric drängt sie nicht mehr, einen Arzt aufzusuchen, sondern besteht inzwischen darauf. »Du bist erst dreiundvierzig, Pari«, sagt er. »Das ist nicht normal.« Pari hat einen Termin vereinbart.

Alain, der Mittlere, hat einen spitzbübischen Charme. Er ist besessen vom Kampfsport. Er war eine Frühgeburt, und er ist für einen Elfjährigen immer noch recht klein, aber was ihm an Körpergröße fehlt, macht er durch Einsatz und Grips wett. Seine Gegner fallen jedes Mal auf seine zarte Gestalt und die dünnen Beine herein. Sie unterschätzen ihn. Wenn Pari und Eric abends im Bett liegen, staunen sie oft über seine enorme Willenskraft und unbändige Energie. Pari sorgt sich weder um Isabelle noch um Alain.

Thierry ist es, der ihr Sorgen macht. Thierry, der unbewusst zu spüren scheint, dass er ungeplant und zufällig auf die Welt kam. Thierry versinkt immer wieder in verletzendem Schweigen, starrt finster vor sich hin, zickt und sträubt sich, wenn Pari ihn um etwas bittet. Pari glaubt, dass er dies aus reinem Trotz tut. An manchen Tagen scheint sich eine dunkle Wolke auf ihn zu senken. Pari kann sie fast sehen. Die Wolke wird immer größer und dunkler und entlädt sich am Ende in einer bebenden, tobenden Wut, die Pari Angst einjagt und Eric blinzelnd und mit gequältem Lächeln zurücklässt. Pari ahnt intuitiv, dass Thierry immer zu Sorge Anlass geben wird. Sie fragt sich oft, welche Art von Großmutter ihre Maman gewesen wäre. Vor allem für Thierry. Pari ahnt, dass ihre Maman in seinem Fall eine Hilfe hätte sein können, weil sie sich teilweise in ihm wiedererkannt hätte – wenn auch nicht in biologischer Hinsicht. Davon ist Pari seit geraumer Zeit fest überzeugt. Die Kinder wissen von Maman. Isabelle ist besonders neugierig. Sie hat viele ihrer Gedichte gelesen.

»Ich wünschte, ich hätte sie kennengelernt«, sagt sie.

»Ich glaube, sie war umwerfend«, sagt sie.

»Wir wären bestimmt gute Freundinnen geworden, sie und ich. Meinst du nicht auch? Wir hätten die gleichen Bücher gelesen. Ich hätte ihr auf dem Cello vorgespielt.«

»Das hätte ihr bestimmt gefallen«, sagt Pari. »Da bin ich mir ganz sicher.«

Pari hat ihren Kindern den Selbstmord verschwiegen. Eines Tages werden sie es wohl erfahren. Aber nicht von ihr. Sie will sie gar nicht erst wissen lassen, dass eine Mutter fähig dazu ist, ihre eigenen Kinder im Stich zu lassen, ihnen zu vermitteln, dass sie ihr nicht genügen. Was Pari betrifft, so haben Eric und die Kinder ihr immer genügt. Und sie werden ihr immer genügen.

Im Sommer 1994 fahren Pari und Eric mit den Kindern nach Mallorca. Colette organisiert diesen Urlaub über ihre Reiseagentur. Colette und Didier treffen sich mit ihnen auf der Insel, und sie wohnen zwei Wochen in einem Ferienhaus am Strand. Colette und Didier haben keine Kinder. Nicht etwa, weil es unmöglich wäre, sondern weil sie sich dagegen entschieden haben. Das Timing passt Pari gut. Sie hat ihr Rheuma gerade gut im Griff. Sie nimmt einmal in der Woche Methotrexat, das sie gut verträgt. Steroide, die für Schlafstörungen sorgen, musste sie in letzter Zeit zum Glück nicht nehmen.

»Aber ich habe zugenommen«, sagt sie zu Colette. »Und jetzt muss ich mich hier in Spanien auch noch in einen Badeanzug zwängen!« Sie lacht. »Ach, die Eitelkeit.«

Sie erkunden die Insel, fahren zur Sierra de Tramuntana und folgen dann der Nordwestküste, legen Pausen ein, um durch die Olivenhaine und Pinienwälder zu schlendern. Sie essen *porcella*, ein köstliches Seebarschgericht namens *lubina* und *tumbet*, einen Auflauf mit Auberginen und Zucchini.

Thierry rührt nichts davon an, und Pari muss in jedem Restaurant darum bitten, dass man ihm Spaghetti mit Tomatensauce macht, ohne Fleisch, ohne Käse. Auf Bitten von Isabelle, die kürzlich die Oper für sich entdeckt hat, besuchen sie eine Aufführung von Giacomo Puccinis *Tosca*. Colette und Pari lassen heimlich einen Flachmann mit billigem Wodka hin und her gehen, um diese Tortur zu überstehen. Der zweite Akt ist noch nicht vorbei, da sind sie schon beschwipst und kichern wie Schülerinnen über die theatralische Darbietung des Scarpia-Darstellers.

Eines Tages, Didier, Alain und Eric sind morgens zu einer Wanderung um die Bucht von Sóller aufgebrochen, gehen Pari, Colette, Isabelle und Thierry mit einem Lunchpaket an den Strand. Unterwegs wollen sie einen Badeanzug kaufen, in den Isabelle sich verguckt hat, und beim Betreten des Ladens erblickt Pari ihr Spiegelbild im Schaufenster. Sie macht sich in solchen Fällen seit einiger Zeit automatisch darauf gefasst, ihrem gealterten Selbst entgegenzusehen, um den Schreck zu dämpfen. Aber dieses Mal ist sie unvorbereitet, kann sich keiner Illusion hingeben, wird mit der nackten Realität konfrontiert. Sie erblickt eine Frau mittleren Alters in einer schmucklosen, weiten Bluse und einem Strandkleid, das die schlaffen Hautfalten über den Knien nicht verbirgt. Ihre grauen Strähnen glitzern in der Sonne, und trotz Eyeliner und Lippenstift, der ihren Mund in Form bringt, hat sie ein Gesicht, von dem die Blicke der Passanten inzwischen abprallen wie von einem Straßenschild oder einem Briefkasten. Sie betrachtet sich nur für den Bruchteil einer Sekunde, aber lange genug, um sich der Realität jener Frau bewusst zu werden, die ihr da gegenübersteht, und das ist tief ernüchternd. Das ist also das Altern, denkt sie, als sie Isabelle in den Laden folgt, diese Zufallsmomente, die einen kalt erwischen.

Bei ihrer Rückkehr zum Ferienhaus stellen sie fest, dass die Männer schon wieder da sind.

»Papa wird alt«, sagt Alain.

Eric, der an der Bar eine Karaffe mit Sangria mixt, verdreht die Augen und zuckt gutmütig mit den Schultern.

»Ich dachte schon, ich müsste dich tragen, Papa.«

»Gib mir zwölf Monate Zeit. Wenn wir in einem Jahr wieder hier sind, jage ich dich rund um die Insel, *mon pote.*«

Doch sie kehren nicht nach Mallorca zurück. Sie sind kaum eine Woche in Paris, da erleidet Eric einen Herzinfarkt. Es passiert bei der Arbeit, während eines Gesprächs mit einem Beleuchter. Er übersteht den Infarkt, hat während der nächsten drei Jahre aber zwei weitere, und der letzte erweist sich als tödlich. Pari wird mit achtundvierzig Witwe.

An einem Frühlingstag des Jahres 2010 erhält Pari einen Anruf aus Übersee. Dieser Anruf kommt nicht überraschend, ganz im Gegenteil: Pari hat sich den ganzen Vormittag darauf vorbereitet. Sie sorgt dafür, dass sie allein in der Wohnung ist, was bedeutet, dass Isabelle früher als gewöhnlich gehen muss. Isabelle und Albert, ihr Mann, wohnen gleich nördlich der Île Saint-Denis, wenige Straßen von Paris Ein-Zimmer-Wohnung entfernt. Isabelle schaut jeden zweiten Morgen, nachdem sie ihre Kinder zur Schule gebracht hat, bei Pari vorbei, bringt ihr Baguette und frisches Obst. Pari ist noch nicht an den Rollstuhl gefesselt, obwohl sie sich darauf gefasst macht. Sie musste wegen ihrer Krankheit im Vorjahr zwar vorzeitig in den Ruhestand, kann aber noch allein auf den Markt gehen und ihren täglichen Spaziergang machen. Ihre Hände bereiten ihr die meisten Probleme, Hände, die sich an schlechten Tagen anfühlen, als wären die Gelenke von Kristallen umschlossen. Pari trägt draußen immer Handschuhe, um ihre Hände warmzuhalten, vor allem jedoch, weil sie sich für ihre knotigen Finger schämt, für die nicht mehr rückgängig zu machende Verformung ihres linken kleinen Fingers, die der Arzt »Schwanenhalsdeformität« nennt.

Ach, die Eitelkeit, sagt sie zu Colette.

Isabelle hat ihr heute Morgen Feigen, Seife, Zahncreme und eine Tupperdose mit Kastaniensuppe gebracht. Albert möchte diese Suppe den Eigentümern des Restaurants, in dem er als Sous-Chef arbeitet, gern als neue Vorspeise vorschlagen. Isabelle erzählt beim Auspacken der Tüten von einem neuen Auftrag, den sie an Land gezogen hat. Sie schreibt Musik für Fernsehshows und Werbespots und bald, so hofft sie, auch für Filme. Sie soll für eine Miniserie arbeiten, die gerade in Madrid gedreht wird.

»Fährst du hin?«, fragt Pari. »Nach Madrid?«

»*Non.* Das Budget ist zu gering, um die Reisekosten abzudecken.«

»Schade. Du hättest bei Alain wohnen können.«

»Oh, Maman, wie sollte das gehen? Der arme Alain. Er hat ja kaum Platz, um die Beine auszustrecken.«

Alain ist Finanzberater. Er wohnt mit seiner Frau Ana und vier Kindern in einer winzigen Wohnung in Madrid. Er mailt Pari regelmäßig Fotos und kurze Videoclips der Kinder.

Pari fragt, ob Isabelle etwas von Thierry gehört hat, aber Isabelle verneint. Thierry arbeitet im Osten des Tschad in einem Camp für Flüchtlinge aus Darfur. Pari weiß das, weil Thierry sich ab und zu bei Isabelle meldet, der Einzigen, zu der er noch Kontakt hat. So ist Pari einigermaßen über das Leben ihres Sohnes im Bilde, weiß auch, dass er eine Weile in Vietnam gelebt hat und mit Anfang zwanzig kurz mit einer Vietnamesin verheiratet war.

Isabelle setzt Wasser auf und holt zwei Tassen aus dem Schrank.

»Heute nicht, Isabelle. Ich muss dich leider bitten, jetzt zu gehen.«

Isabelle schaut verletzt drein, und Pari wirft sich insgeheim vor, zu barsch gewesen zu sein. Isabelle war schon immer sehr empfindlich.

»Es ist nur so, dass ich einen Anruf erwarte und deshalb gern allein sein möchte.«

»Einen Anruf? Von wem?«

»Das erzähle ich dir später«, sagt Pari.

Isabelle verschränkt die Arme grinsend vor der Brust. »Hast du etwa einen Liebhaber, Maman?«

»Einen Liebhaber. Bist du blind? Hast du mich in letzter Zeit mal angeschaut?«

»An dir gibt es nichts auszusetzen.«

»Bitte geh jetzt. Ich verspreche, dir später alles zu erklären.«

»*D'accord, d'accord.*« Isabelle greift nach Handtasche, Mantel und Schlüsseln. »Aber du weißt schon, dass ich rasend neugierig bin.«

Der Mann, der um halb zehn Uhr anrufen wird, heißt Markos Varvaris. Er hat Pari via Facebook kontaktiert, seine auf Englisch geschriebene Nachricht lautete: *Sind Sie die Tochter der Dichterin Nila Wahdati? Wenn ja, würde ich mit Ihnen gern über etwas reden, das für Sie von Interesse sein dürfte.* Pari hat im Internet herausgefunden, dass er als plastischer Chirurg für eine Non-Profit-Organisation in Kabul tätig war. Er fängt am Telefon sofort an, auf Farsi zu reden, und Pari muss ihn unterbrechen.

»Bitte verzeihen Sie, Monsieur Varvaris, aber könnten wir Englisch sprechen?«

»Gewiss. Entschuldigen Sie bitte. Sie haben das Land in sehr jungen Jahren verlassen, nicht wahr?«

»Ja, das ist richtig.«

»Ich habe hier Farsi gelernt. Inzwischen spreche ich es fast fließend. Ich bin 2002 nach Kabul gekommen, kurz nach dem Abzug der Taliban. Eine sehr optimistische Zeit, ja, alles drängte nach Wiederaufbau und Demokratie und so weiter. Heute sieht es natürlich anders aus. Wir bereiten uns gerade auf die Präsidentschaftswahl vor, aber das ist eine andere Geschichte, fürchte ich.«

Pari hört geduldig zu, während sich Markos Varvaris lang und breit über die logistischen Herausforderungen der Wahl auslässt, die Karzai, so sagt er, gewinnen werde. Dann erzählt er von den besorgniserregenden Vorstößen der Taliban im Norden des Landes, vom wachsenden Einfluss der Islamisten auf die Medien, merkt etwas zur Überbevölkerung Kabuls und den Mietpreisen an und sagt schließlich: »Ich wohne schon seit einigen Jahren in diesem Haus. Wenn ich richtig informiert bin, haben auch Sie hier einst gelebt.«

»Wie meinen Sie das?«

»Es war das Haus Ihrer Eltern. So wurde es mir jedenfalls erzählt.«

»Darf ich fragen, wer Ihnen das erzählt hat?«

»Der Eigentümer. Er heißt Nabi. Hieß Nabi, sollte ich wohl besser sagen. Er ist leider vor kurzem verstorben. Erinnern Sie sich noch an ihn?«

Der Name weckt in Pari die Erinnerung an ein junges, gutaussehendes Gesicht mit Koteletten und vollen, dunklen, nach hinten gekämmten Haaren.

»Ja. Vor allem an den Namen. Er war unser Koch. Und unser Chauffeur.«

»Beides, ja. Er hat hier, in diesem Haus, seit 1947 gelebt. Dreiundsechzig Jahre. Kaum zu glauben, nicht wahr? Aber wie gesagt: Er ist verstorben. Im letzten Monat. Ich mochte ihn sehr. Alle mochten ihn.«

»Verstehe.«

»Nabi hat mir ein Schreiben hinterlassen«, sagt Markos Varvaris. »Eines, das ich erst nach seinem Tod lesen sollte. Ich habe einen afghanischen Kollegen gebeten, es ins Englische zu übersetzen. Genau genommen ist es mehr als nur ein Schreiben. Es ist ein Brief, ein bemerkenswerter Brief. Nabi erzählt darin vieles. Ich habe versucht, Sie zu finden, weil Sie manches darin betrifft und weil er mich darin bittet, den Brief an Sie weiterzugeben. Es hat ein bisschen gedauert, aber dann habe ich Sie aufgespürt. Dank des Internets.« Er lacht kurz auf.

Ein Impuls sagt Pari, dass sie besser auflegen sollte. Sie weiß intuitiv, dass die Enthüllungen, die dieser Nabi, eine Person aus ferner Vergangenheit, am anderen Ende der Welt zu Papier gebracht hat, der Wahrheit entsprechen. Sie weiß seit langem, dass sie, was ihre Kindheit betrifft, von ihrer Maman belogen wurde. Ja, ihr Leben wurde durch eine Lüge in seinen Grundfesten erschüttert, aber das, was Pari danach auf diesen Grundfesten errichtet hat, steht so wahrhaftig, fest und unerschütterlich da wie eine große Eiche. Eric, ihre Kinder, ihre Enkelkinder, ihre Karriere, Colette. Warum also an der Vergangenheit rühren? Nach all der Zeit? Welchen Sinn sollte das haben? Sie sollte auflegen.

Aber sie tut es nicht, sondern fragt mit flatterndem Puls und feuchten Händen: »Und was … was steht in diesem Schreiben, diesem Brief?«

»Nun. Er behauptet zum Beispiel, Ihr Onkel zu sein.«

»Mein Onkel.«

»Genauer gesagt Ihr Stiefonkel. Aber das ist nicht alles. Er schreibt noch vieles andere mehr.«

»Liegt es Ihnen vor, Monsieur Varvaris? Das Schreiben? Der Brief? Oder die Übersetzung? Haben Sie sie zur Hand?«

»Aber ja.«

»Würden Sie bitte vorlesen? Lesen Sie es mir vor?«

»Jetzt sofort, meinen Sie?«

»Nur, wenn Sie Zeit haben. Ich kann Sie zurückrufen. Dann geht es auf meine Rechnung.«

»Nein, nicht nötig, nein. Aber sind Sie ganz sicher?«

»*Oui*«, sagt sie ins Telefon. »Ganz sicher, Monsieur Varvaris.«

Er liest alles vor. Den ganzen Brief. Das dauerte seine Zeit. Nachdem er fertig ist, dankt Pari ihm und sagt, sie werde sich bald wieder bei ihm melden.

Dann legt sie auf, kocht sich eine Tasse Kaffee, tritt ans Fenster, das den vertrauten Ausblick bietet: Der schmale Kopfsteinpflasterweg, die Apotheke weiter oben in der Straße, der Falafel-Imbiss an der Ecke, die von einer baskischen Familie geführte Brasserie.

Paris Hände zittern. In ihrem Inneren geschieht etwas Sonderbares. Etwas sehr Bemerkenswertes. Sie hat plötzlich ein Bild vor Augen, das Bild einer Axt, die in die Erde fährt und dickes, schwarzes Öl aus dem Boden sprudeln lässt. Genau das passiert mit ihr – Erinnerungen werden angezapft, quellen aus der Tiefe. Sie blickt aus dem Fenster zur Brasserie, aber sie sieht nicht den hageren Kellner mit der schwarzen Schürze, der unter der Markise einen Tisch abwischt, sondern einen kleinen, roten Karren, der mit knarrenden Rädern unter einem Himmel dahinrumpelt, an dem sich die Wolken auffächern, der durch ausgetrocknete Flussläufe und über ockerfarbene Hügel rollt, bergauf und bergab. Sie sieht dicht an dicht stehende Obstbäume, durch deren Laub der Wind geht, Weinstockspaliere zwischen Häusern mit flachen Dächern. Sie sieht Wäscheleinen und Frauen, die an einem Flussufer hocken, eine hin und her schwingende Schaukel unter einem riesigen Baum, einen großen Hund, der sich vor gehässigen Dorfjungen duckt, einen hakennasigen Mann, dessen durchgeschwitztes Hemd am Rücken klebt, während er einen Graben aushebt, und eine verschleierte, über eine Kochstelle gebeugte Frau.

Und ganz hinten, am Rand ihres Blickfelds, kann sie noch etwas ausmachen, einen flüchtigen Schemen, der sie am stärksten anzieht. Eine Gestalt. Sowohl weich als auch hart. Eine weiche Hand, die die ihre umschließt. Ein hartes Knie, auf das sie ihre Wange bettet. Sie sucht nach einem Gesicht, aber es entgleitet ihr jedes Mal, wenn sie sich danach umdreht. Pari spürt, wie sich ein Loch in ihr auftut. Immer, während ihres ganzen Lebens, hat sie jemanden schrecklich vermisst. Jemanden, den sie von Geburt an kannte.

»Bruder«, sagt sie, ohne sich dessen bewusst zu sein. Ohne sich ihrer Tränen bewusst zu sein.

Dann hat sie plötzlich Verse auf den Lippen, Verse auf Farsi.

Ich weiß eine kleine, traurige Fee,
Die wurde vom Wind davongeweht.

Pari weiß ganz sicher, dass es weitere Verse gibt, aber sie wollen ihr nicht einfallen.

Sie setzt sich. Sie muss sich setzen. Ihre Beine zittern. Sie wartet darauf, dass der Kaffee fertig ist. Sobald sie sich wieder gefasst hat, denkt sie, wird sie eine Tasse trinken, vielleicht eine Zigarette rauchen, und dann wird sie ins Wohnzimmer gehen und Colette in Lyon anrufen und ihre alte Freundin bitten, eine Reise nach Kabul für sie zu organisieren.

Aber zunächst sitzt sie einfach nur da. Sie schließt die Augen, und als die Kaffeemaschine blubbert, sieht sie hinter ihren Lidern die weichen Schwünge von Hügeln und einen hohen, strahlend blauen Himmel und die hinter einer Windmühle versinkende Sonne und die dunstverhangenen Ketten der Berge, die sich ringsumher bis zum Horizont erstrecken.

SIEBEN

Sommer 2009

D ein Vater ist ein guter Mensch.«

Adel sah auf. Die Lehrerin, Malalai, hatte ihm das ins Ohr geflüstert, eine dickliche Frau mittleren Alters mit einem perlenbestickten, lila Tuch über den Schultern. Sie lächelte ihn mit geschlossenen Augen an.

»Und du bist ein Glückspilz.«

»Ich weiß«, antwortete er leise.

Gut, flüsterte sie.

Sie standen auf der Vordertreppe der neuen Mädchenschule, ein rechteckiges, hellgrünes Gebäude mit flachem Dach und großen Fenstern, und Adels Vater, sein Baba jan, sprach ein kurzes Gebet und hielt im Anschluss eine mitreißende Rede. Vor ihm stand eine große Schar von Kindern, Eltern und Ältesten, die alle in die grelle Mittagssonne blinzelten, gut hundert Bewohner der Kleinstadt Shadbagh-e-Nau, »Neu-Shadbagh«.

»Afghanistan ist unser aller Mutter«, sagte Adels Vater, den kräftigen Zeigefinger zum Himmel gereckt. Sein Achatring blitzte im Sonnenschein. »Aber es ist eine Mutter voller Schmerzen, und sie leidet seit vielen Jahren. Es trifft sicher zu, dass eine Mutter ihre Söhne braucht, um zu genesen, aber sie braucht auch ihre Töchter. Und zwar im gleichen Maße, wenn nicht noch mehr!«

Seine Worte lösten lauten Beifall, Rufe und zustimmendes Gejohle aus. Adel ließ seinen Blick über die Menge gleiten. Alle sahen gebannt zu seinem Vater auf, dem Mann mit den buschigen, schwarzen Augenbrauen und dem Vollbart, der groß und kräftig über ihnen aufragte, mit Schultern, die so breit waren, dass sie den Schuleingang hinter ihm beinahe ausfüllten.

Sein Vater sprach weiter, und Adel fing den Blick Kabirs auf, einer der zwei Leibwächter seines Baba jans, mit einer Kalaschnikow und einer Fliegerbrille, in deren dunklen Gläsern sich die Menschenmenge spiegelte. Kabir war klein und dünn, fast zerbrechlich, und er trug bunte Anzüge in Türkis, Orange oder Lila, aber Baba jan sagte immer, er sei ein Falke, und wenn man Kabir unterschätze, geschehe das auf eigene Gefahr.

»Ihr sollt also wissen, junge Töchter Afghanistans«, schloss Baba jan und breitete die langen, dicken Arme wie zum Willkommen weit aus, »dass ihr nun die ernste Pflicht habt, zu lernen, eifrig zu streben und euch nach Kräften zu bemühen, damit Vater und Mutter stolz auf euch sind, vor allem jedoch unser aller Mutter. Ihre Zukunft liegt in euren Händen, nicht in meinen. Ich bitte euch, diese Schule nicht als mein Geschenk an euch zu betrachten. Es ist nur ein Gebäude, das das wahre Geschenk beherbergt – und das seid ihr. Ihr seid das Geschenk, junge Schwestern, nicht nur für mich, sondern für ganz Shadbagh-e-Nau und in allererster Linie für Afghanistan selbst! Gott segne euch.«

Wieder brauste Beifall auf. Mehrere Menschen riefen: »Gott segne dich, Kommandant Sahib!« Baba jan reckte breit grinsend eine Faust, und Adel war so stolz, dass ihm beinahe Tränen in die Augen getreten wären.

Malalai, die Lehrerin, reichte Baba jan eine Schere. Man hatte ein rotes Band vor dem Eingang zum Klassenraum gespannt. Die Menge trat näher, um besser sehen zu können, und Kabir gab einigen durch einen Wink oder Schubs zu verstehen, Abstand zu halten. Man reckte Handys, um das Durchschneiden des roten Bandes festzuhalten. Baba jan nahm die Schere, hielt kurz inne, drehte sich dann zu Adel um und sagte: »Hier, mein Sohn. Die Ehre gebührt dir.« Er drückte Adel die Schere in die Hand.

Adel blinzelte. »Mir?«

»Na, los«, sagte Baba jan und zwinkerte ihm zu.

Adel durchschnitt das Band. Lang anhaltender Beifall brauste auf. Adel hörte das Klicken von Kameras, und die Leute riefen: »*Allahu Akbar!*«

Baba jan stand neben der Tür, während die Schülerinnen eine Reihe bildeten und dann nacheinander den Klassenraum betraten. Es waren junge Mädchen zwischen acht und fünfzehn, und alle trugen das weiße Halstuch und die grauschwarze Nadelstreifenuniform, die Baba jan an sie verteilt hatte. Adel beobachtete, wie sich jede Schülerin vor dem Eintreten schüchtern vorstellte. Baba jan lächelte herzlich, tätschelte Köpfe, sprach ein paar ermutigende Worte. »Viel Erfolg, Bibi Mariam. Lerne fleißig, Bibi Homaira. Mach uns stolz, Bibi Ilham.«

Später stand Adel vor dem schwarzen Land Cruiser und sah zu, wie sein Vater die Hände der Einheimischen schüttelte. Baba jan ließ eine Gebetskette durch die Finger der freien Hand gleiten, während er leicht vorgebeugt dastand und geduldig zuhörte, die Stirn gerunzelt, nickend, und jedem sein Gehör lieh, der vor ihn hintrat, um sich zu bedanken, für ihn zu beten, ihm seinen Respekt zu erweisen. Viele nutzten die Gelegenheit, um ihn um einen Gefallen zu bitten. Eine Mutter, deren krankes Kind dringend nach Kabul zu einem Chirurgen musste, ein Mann, der ein Darlehen für die Eröffnung eines Schusterladens brauchte, ein Mechaniker, dem es an Werkzeug fehlte.

»*Kommandant Sahib, wenn Sie die Güte hätten …*«

»*Ich kann mich an niemand anderen wenden, Kommandant Sahib.*«

Außerhalb des engsten Familienkreises wurde Adels Baba jan immer nur mit »Kommandant Sahib« angeredet, obwohl der Abzug der Russen schon lange her war und Baba jan seit über einem Jahrzehnt keine Waffe mehr benutzt hatte. In ihrem Wohnzimmer hingen viele gerahmte Bilder aus den Tagen des Dschihads. Adel hatte sich alle eingeprägt: Sein Vater, an der Motorhaube eines alten, staubigen Jeeps lehnend; auf dem Turm eines verkohlten Panzers hockend, einen Munitionsgurt vor der Brust; mit seinen Männern in stolzer Pose vor einem Hubschrauber, den sie abgeschossen hatten. Dann wieder mit Weste und Patronengurt, die Stirn im Gebet auf den Wüstenboden gedrückt. Adels Vater war damals viel hagerer gewesen, und auf jedem Foto sah man im Hintergrund Berge und Sand.

Baba jan war im Gefecht zweimal von den Russen verwundet worden. Er hatte Adel seine Wunden gezeigt, eine auf der linken Seite, direkt unterhalb des Brustkastens – sie habe ihn, erzählte er, seine Milz gekostet –, die andere eine Daumenbreite neben dem Bauchnabel. Unter dem Strich, sagte er, habe er Glück gehabt. Er hatte Freunde, die Arme, Beine oder Augen verloren hatten, Freunde, deren Gesicht verbrannt worden war. Sie hätten es für ihr Land getan, sagte Baba jan, und sie hätten es für Gott getan. Denn genau darum gehe es im Dschihad. Um Opfer. Man opfere Gliedmaßen und Augenlicht, sogar sein Leben, und man tue es gern. Der Dschihad sichere einem auch gewisse Rechte und Privilegien, sagte er, denn wer die größten Opfer gebracht habe, werde von Gott reichlich belohnt.

Sowohl in diesem als auch im nächsten Leben, sagte Baba jan und deutete mit einem seiner kräftigen Finger zuerst nach unten, dann nach oben.

Wenn Adel die Fotos betrachtete, wünschte er sich, damals, während jener aufregenden Jahre, an der Seite seines Vaters gekämpft zu haben. Er stellte sich gern vor, wie er mit seinem Baba jan russische Hubschrauber abschoss, Panzer in die Luft jagte, vor Beschuss in Deckung ging, in den Bergen lebte und in Höhlen schlief. Vater und Sohn als Kriegshelden.

Ein großes, gerahmtes Foto zeigte seinen lächelnden Baba jan neben Präsident Karzai im *Arg*, dem Präsidentenpalast in Kabul. Es war erst kürzlich während einer kleinen Zeremonie aufgenommen worden, bei der Baba jan für sein humanitäres Engagement in Shadbagh-e-Nau geehrt worden war. Baba jan hatte diese Ehrung mehr als verdient. Die Mädchenschule war nur das neueste von vielen Projekten. Adel wusste, dass immer wieder Frauen während der Geburt gestorben waren, aber das war jetzt vorbei, weil sein Vater eine große Klinik mit zwei Ärzten und drei Hebammen eröffnet hatte, deren Gehälter er aus eigener Tasche bezahlte. In dieser Klinik konnten sich alle Stadtbewohner unentgeltlich behandeln lassen; jedes Kind in Shadbagh-e-Nau wurde jetzt geimpft. Baba jan hatte Teams losgeschickt, die in der Stadt nach Wasserstellen gesucht und Brunnen gebohrt hatten. Und auf Betreiben Baba jans wurde Shadbagh-e-Nau jetzt endlich rund um die Uhr mit Strom versorgt. Über ein Dutzend Geschäfte verdankten ihre Eröffnung einem Darlehen Baba jans, und Adel hatte von Kabir erfahren, dass diese Darlehen nur selten zurückgezahlt wurden.

Adel hatte ehrlich gemeint, was er zur Lehrerin gesagt hatte. Er *wusste*, dass er sich glücklich schätzen konnte, der Sohn eines solchen Mannes zu sein.

Das allgemeine Händeschütteln ging zu Ende, da sah Adel, wie ein schmächtiger Mann auf seinen Vater zustrebte. Der Mann trug eine runde Brille mit Drahtgestell und einen kurzen, grauen Bart, und seine kleinen Zähne erinnerten an abgebrannte Streichholzköpfe. Ihm folgte ein Junge, ungefähr so alt wie Adel, dessen große Zehen aus Löchern in den Turnschuhen hervorlugten. Seine Haare waren so verfilzt, dass sie am Kopf zu kleben schienen, seine Jeans stand vor Dreck und war außerdem zu klein. Das T-Shirt reichte dagegen fast bis zu den Knien.

Kabir stellte sich zwischen den alten Mann und Baba jan. »Ich habe dir schon gesagt, dass dies kein guter Zeitpunkt ist«, sagte er.

»Ich möchte nur kurz mit dem Kommandanten reden«, erwiderte der Alte.

Baba jan ergriff Adel beim Arm und setzte ihn hinten in den Land Cruiser. »Wir fahren los, mein Sohn. Deine Mutter wartet schon.« Er stieg neben Adel ein und schloss die Tür.

Während das getönte Fenster nach oben glitt, sah Adel, dass Kabir irgendetwas zu dem alten Mann sagte, doch er konnte die Worte nicht verstehen. Danach ging Kabir vorne um den SUV und setzte sich hinter das Steuer. Bevor er den Motor anließ, legte er die Kalaschnikow auf den Beifahrersitz.

»Was wollte der Mann?«, fragte Adel.

»Nichts Besonderes«, antwortete Kabir.

Sie bogen auf die Straße ab. Ein paar Jungen aus der Menge rannten hinter dem Land Cruiser her, bis dieser beschleunigte. Kabir blieb auf der geschäftigen Hauptstraße, die mitten durch Shadbagh-e-Nau führte, und schlängelte sich hupend durch den dichten Verkehr. Alle wichen aus. Einige winkten. Adel betrachtete die von Menschen wimmelnden Bürgersteige auf beiden Straßenseiten, sein Blick blieb an vertrauten Dingen hängen und glitt wieder ab: Tierkadaver, die beim Fleischer an Haken hingen; Schmiede, die Holzräder und Blasebälge bedienten; Obsthändler, die Fliegen von Trauben und Kirschen vertrieben; der Barbier, der sein Rasiermesser an einem Lederriemen abzog. Sie kamen an Teehäusern, Kabob-Läden, einer Autowerkstatt und einer Moschee vorbei, und dann lenkte Kabir das Auto über den großen, öffentlichen Platz. Mitten darauf standen ein blauer Springbrunnen und die fast drei Meter hohe, schwarze Steinskulptur eines nach Osten schauenden Mudschaheddin mit elegant um den Kopf geschlungenem Turban und einem Granatwerfer auf der Schulter. Baba jan hatte diese Skulptur bei einem Kabuler Bildhauer in Auftrag gegeben.

Nördlich des Platzes befand sich ein Wohnviertel, das aus zumeist ungepflasterten Straßen und kleinen, gelb, weiß oder blau gestrichenen Häusern mit flachem Dach bestand. Auf manchen sah man Satellitenschüsseln, in einigen Fenstern hing die afghanische Flagge. Baba jan hatte Adel erzählt, dass die meisten Häuser und Geschäfte in Shadbagh-e-Nau während der letzten fünfzehn Jahre erbaut worden waren. Er war in den meisten Fällen daran beteiligt gewesen. Die hier lebenden Menschen betrachteten ihn als Gründer von Shadbagh-e-Nau, und Adel wusste, dass die Stadtältesten ihm angeboten hatten, die Stadt nach ihm zu benennen, eine Ehre, die Baba jan ausgeschlagen hatte.

Von hier aus führte die Hauptstraße zum gut drei Kilometer entfernten Shadbagh-e-Kohna, Alt-Shadbagh. Adel kannte das ursprüngliche Dorf nicht mehr, denn als Baba jan mit ihm und seiner Mutter aus Kabul hierhergezogen war, hatte es schon nicht mehr existiert. Die alten Häuser waren längst verschwunden, und das einzige Relikt aus der Vergangenheit war eine alte, verfallende Windmühle. In Shadbagh-e-Kohna bog Kabir von der Hauptstraße nach links auf einen breiten, ungeteerten, einen Kilometer langen Weg ab, der bis zu den dicken, dreieinhalb Meter hohen Mauern des Anwesens führte, auf dem Adel mit seinen Eltern wohnte – das einzige Gebäude in Shadbagh-e-Kohna, von der Windmühle einmal abgesehen. Während der SUV über Stock und Stein rumpelte, betrachtete Adel die weißgetünchten, oben mit Stacheldraht gesicherten Mauern.

Der uniformierte Wachmann salutierte und öffnete das Haupttor, und Kabir lenkte den SUV auf einem breiten Kiesweg bis zum Wohnhaus.

Das in Rosa und Türkis gestrichene Haus hatte drei Stockwerke, hohe Säulen, spitze Giebel und spiegelverglaste, in der Sonne blitzende Fenster. Es gab Erker, Balkone mit halbrunden, schmiedeeisernen Geländern und eine Veranda mit bunten Mosaiken. Adels Familie standen sieben Bäder und neun Schlafzimmer zur Verfügung, und wenn er mit seinem Baba jan Verstecken spielte, musste er oft eine Stunde suchen, bis er seinen Vater fand. Die Waschtische in den Bädern und die Arbeitsflächen in der Küche waren aus Granit und Marmor. Zu Adels Begeisterung hatte sein Baba jan vor einiger Zeit überlegt, im Keller einen Pool einbauen zu lassen.

Kabir hielt auf der kreisrunden Einfahrt vor dem hohen Hauseingang. Er stellte den Motor ab.

»Würdest du uns kurz allein lassen?«, fragte Baba jan.

Kabir nickte und stieg aus. Adel sah zu, wie er auf der Marmortreppe zur Tür ging und klingelte. Azmaray, der zweite Leibwächter, ein kleiner, gedrungener, mürrischer Kerl, öffnete. Die beiden Männer wechselten ein paar Worte, dann zündeten sie sich auf der Treppe eine Zigarette an.

»Musst du wirklich weg?«, fragte Adel. Sein Vater wollte am nächsten Morgen nach Süden aufbrechen, um seine Baumwollfelder in Helmand zu inspizieren und mit den Arbeitern in der Baumwollfabrik zu sprechen, die er dort hatte errichten lassen. Er wäre zwei Wochen weg, in Adels Augen eine Ewigkeit.

Baba jan nahm über die Hälfte der Rückbank ein, und Adel wirkte winzig neben ihm. Er sah seinem Sohn in die Augen. »Ich wünschte, ich könnte bleiben.«

Adel nickte. »Ich war heute stolz. Ich war stolz auf dich.«

Baba jan legte Adel seine schwere Hand auf das Knie. »Danke, Adel. Das ehrt mich. Aber ich nehme dich zu diesen Veranstaltungen mit, damit du etwas lernst und begreifst, dass die vom Glück Bevorzugten, also Menschen wie wir, eine Verantwortung haben, der sie gerecht werden müssen.«

»Ich wünschte nur, du müsstest nicht immer verreisen.«

»Ich auch, mein Sohn. Ich auch. Aber ich fahre erst morgen. Und heute bin ich am späten Abend zurück.«

Adel nickte, den Blick auf seine Hände gesenkt.

»Du musst begreifen«, sagte sein Vater leise, »dass ich in dieser Stadt gebraucht werde, Adel. Die Menschen brauchen meine Hilfe, um ein Zuhause und eine Arbeit zu finden, ein Auskommen zu haben. Kabul hat seine eigenen Probleme. Dort kann man den Menschen von hier nicht helfen. Wenn ich es also nicht tue, tut es niemand. Dann würden diese Menschen leiden.«

»Ja, ich weiß«, murmelte Adel.

Baba jan drückte sanft sein Knie. »Ich weiß, dass du Kabul und deine Freunde vermisst. Deiner Mutter und dir fällt es schwer, hier heimisch zu werden. Und ich weiß, dass ich oft auf Reisen oder bei Versammlungen bin und dass viele Leute meine Zeit beanspruchen. Aber. Sieh mich an, mein Sohn.«

Adel hob den Blick und sah Baba jan in die Augen. Sie leuchteten ihn unter dem Baldachin der buschigen Brauen freundlich an.

»Niemand auf der Welt bedeutet mir mehr als du, Adel. Du bist mein Sohn. Ich würde alles für dich aufgeben, und zwar mit Freude. Ich würde mein Leben für dich geben.«

Adel nickte mit Tränen in den Augen. Wenn Baba jan so zu ihm sprach, schwoll sein Herz so sehr in der Brust an, dass er kaum noch Luft bekam.

»Verstehst du das?«

»Ja, Baba jan.«

»Glaubst du mir?«

»Ja.«

»Gut. Dann gib deinem Vater einen Kuss.«

Adel schlang die Arme um Baba jans Hals, und sein Vater umarmte ihn lange und fest. Adel konnte sich daran erinnern, dass er seinen Vater früher, als er kleiner gewesen war, oft mitten in der Nacht nach einem Albtraum auf die Schulter getippt hatte, und dann hatte sein Vater die Decke zurückgeschlagen und ihn zu sich ins Bett gelassen, ihn zugedeckt und auf den Kopf geküsst, bis Adel nicht mehr gezittert hatte und wieder eingeschlafen war.

»Vielleicht bringe ich dir aus Helmand ein kleines Geschenk mit«, sagte Baba jan.

»Das muss nicht sein«, sagte Adel mit erstickter Stimme. Er hatte schon mehr als genug zum Spielen, und kein Spielzeug auf Erden konnte ihn über die Abwesenheit seines Vaters hinwegtrösten.

Später am Tag beobachtete Adel eine Szene, die sich vor der Haustür abspielte. Jemand hatte geklingelt, und Kabir hatte geöffnet. Nun lehnte Kabir mit vor der Brust verschränkten Armen am Türrahmen und versperrte der Person, mit der er sprach, den Weg. Es war der alte Mann, den Adel vormittags bei der Schule gesehen hatte, der Mann mit Brille und Zähnen wie abgebrannten Streichholzköpfen. Der Junge mit den löcherigen Schuhen stand neben ihm.

Der alte Mann sagte: »Wo ist er hingefahren?«

Kabir antwortete: »In den Süden. Geschäftlich.«

»Er soll doch erst morgen fahren.«

Kabir zuckte mit den Schultern.

»Wie lange ist er fort?«

»Zwei Monate, vielleicht auch drei. Wer weiß.«

»Ich habe etwas anderes gehört.«

»Du strapazierst meine Geduld, alter Mann«, sagte Kabir und löste die Arme von der Brust.

»Ich warte auf ihn.«

»Aber ganz sicher nicht hier.«

»Vorne an der Straße, meine ich.«

Kabir wechselte ungeduldig das Standbein. »Wie du willst«, sagte er. »Aber der Kommandant hat viel zu tun. Ich weiß nicht, wann er zurückkommt.«

Der alte Mann nickte, dann wich er zurück, gefolgt von dem Jungen.

Kabir schloss die Tür.

Adel zog den Vorhang des Wohnzimmerfensters auf und sah dem alten Mann und dem Jungen nach, die auf dem ungeteerten Weg zur Hauptstraße zurückkehrten.

»Du hast ihn angelogen«, sagte Adel.

»Das gehört zu meinem Job. Ich muss deinen Vater vor Geiern beschützen.«

»Was will er überhaupt? Eine Arbeit?«

»So ähnlich.«

Kabir setzte sich auf das Sofa und zog die Schuhe aus. Er sah zu Adel auf und zwinkerte ihm zu. Adel mochte Kabir viel lieber als Azmaray, denn dieser war unfreundlich und sprach kaum ein Wort mit ihm. Kabir spielte Karten mit Adel und lud ihn ein, gemeinsam DVDs zu gucken. Kabir war ein Filmfan. Er hatte auf dem Schwarzmarkt eine ganze Sammlung zusammengekauft und sah pro Woche zehn bis zwölf Filme – iranische, französische oder amerikanische und natürlich Bollywood-Produktionen, einfach alles. Und wenn Adels Mutter sich in einem anderen Raum aufhielt, zog Kabir manchmal das Magazin aus der Kalaschnikow, und dann durfte Adel sie halten wie ein Mudschaheddin. Jetzt lehnte die Kalaschnikow an der Wand neben der Haustür.

Kabir legte sich auf das Sofa und schwang die Füße auf eine Armlehne. Er begann, in einer Zeitung zu blättern.

»Die beiden sehen ziemlich harmlos aus«, sagte Adel, der den Vorhang losließ und sich zu Kabir umdrehte. Er konnte die Stirn des Leibwächters über den Rand der Zeitung hinweg sehen.

»Ja, ich hätte sie auf einen Tee hereinbitten sollen«, murmelte Kabir. »Und auf ein Stückchen Kuchen.«

»Hör auf, Witze zu machen.«

»Diese Leute sehen immer harmlos aus.«

»Wird Baba jan ihnen helfen?«

»Wahrscheinlich«, sagte Kabir seufzend. »Dein Vater ist den Menschen ein lebensspendender Fluss.« Er senkte grinsend die Zeitung. »Aus welchem Film stammt das? Na los, Adel. Wir haben ihn letzten Monat gesehen.«

Adel zuckte mit den Schultern und wollte nach oben gehen.

»Lawrence«, rief Kabir vom Sofa. »Lawrence von Arabien. Anthony Quinn.« Und als Adel schon oben auf der Treppe stand, rief er noch: »Sie sind Geier, Adel. Fall ja nicht auf sie herein. Wenn sie könnten, würden sie deinem Vater das Fleisch von den Knochen nagen.«

Eines Morgens, sein Vater war schon seit einigen Tagen fort, ging Adel nach oben zum Schlafzimmer seiner Eltern, aus dem laute Musik ertönte. Beim Eintreten erblickte Adel seine Mutter, die in Shorts und T-Shirt vor dem riesigen Flachbildschirm die Übungen dreier blonder, verschwitzter Frauen nachahmte: Sie sprang auf, warf sich hin, machte Ausfallschritte und Liegestützen. Sie sah ihn im großen Spiegel ihrer Garderobe.

»Möchtest du mitmachen?«, rief sie keuchend.

»Nein, ich setz mich hier hin«, sagte er, ließ sich auf dem Teppich nieder und sah zu, wie Aria, seine Mutter, kreuz und quer durch das Zimmer sprang.

Adels Mutter hatte zarte Hände und Füße und eine Stupsnase, und sie war ähnlich hübsch wie die Schauspielerinnen in Kabirs Bollywood-Filmen. Sie war schlank, beweglich und jung – bei ihrer Heirat mit Baba jan war sie erst vierzehn gewesen. Adel hatte eine zweite, ältere Mutter und drei ältere Stiefbrüder, aber Baba jan hatte dafür gesorgt, dass sie im Osten des Landes, in Jalalabad, wohnten, und Adel sah sie höchstens einmal im Monat, wenn Baba jan mit ihm zu Besuch dorthin fuhr. Im Gegensatz zu seiner Mutter und seiner Stiefmutter, die einander nicht mochten, hatte Adel ein gutes Verhältnis zu seinen Stiefbrüdern. Sie gingen mit ihm in die Parks, Basare und Kinos und zu *buzkashi*-Turnieren. Sie spielten gemeinsam *Resident Evil* und killten Zombies in *Call of Duty*, und wenn im Viertel Fußball gespielt wurde, wählten sie ihn immer in ihre Mannschaft. Adel wünschte sich sehr, in ihrer Nähe zu wohnen.

Adel sah zu, wie seine auf dem Rücken liegende Mutter die Beine, zwischen denen ein blauer Plastikball klemmte, hob und senkte.

Adel fand Shadbagh todlangweilig, das war die traurige Wahrheit. Er wohnte jetzt seit zwei Jahren hier und hatte noch keinen einzigen Freund gefunden. Er durfte nicht mit dem Fahrrad in die Stadt fahren, schon gar nicht allein, weil es in der Region regelmäßig Entführungen gab, und wenn er sich einmal davonstahl, dann immer nur kurz und ohne sich weit vom Anwesen zu entfernen. Er hatte auch keine Klassenkameraden, denn er durfte die örtliche Schule nicht besuchen – laut Baba jan aus Sicherheitsgründen – und erhielt jeden Vormittag Einzelunterricht von einem Lehrer, der extra vorbei-

kam. Adel verbrachte seine Zeit, indem er las oder einen Fußball durch die Gegend kickte oder mit Kabir Filme guckte,
manche davon mehrmals. Er lief ziellos durch die breiten,
hohen Flure und vielen leeren Räume oder saß oben in seinem
Zimmer und starrte aus dem Fenster. Er lebte in einer riesigen
Villa, aber in einer winzigen Welt. An manchen Tagen langweilte er sich so sehr, dass er nichts mit sich anzufangen
wusste.

Er ahnte, dass seine Mutter ebenso einsam war. Sie versuchte, das Problem durch einen geregelten Tagesablauf in
den Griff zu kriegen, machte morgens ihre Übungen, duschte
danach, frühstückte und las, arbeitete im Garten und sah
nachmittags indische Soaps. Wenn Baba jan wieder einmal
verreist war, trug sie im Haus nur graue Sweatshirts und Turnschuhe, schminkte sich nicht und steckte ihr Haar am Hinterkopf zu einem Knoten zusammen. Dann blieb das Kästchen
mit den Ringen, Ketten und Ohrringen, die Baba jan ihr aus
Dubai mitgebracht hatte, meist geschlossen. Sie plauderte
stundenlang mit ihrer Familie in Kabul. Adels Mutter erwachte nur dann richtig zum Leben, wenn ihre Schwester und
ihre Eltern zu Besuch waren, was alle zwei oder drei Monate
geschah. Dann trug sie ein langes, gemustertes Kleid und
hohe Schuhe und legte Make-up auf. Ihre Augen funkelten,
und ihr Lachen war im ganzen Haus zu hören. Bei diesen Gelegenheiten bekam Adel eine Ahnung von der Person, die sie
früher einmal gewesen sein musste.

Wenn Baba jan auf Reisen war, versuchten sie, sich die Zeit
miteinander zu vertreiben. Sie legten Puzzles und spielten
Golf und Tennis auf Adels Wii. Am liebsten baute Adel mit
seiner Mutter Häuser aus Zahnstochern. Dann zeichnete sie
den dreidimensionalen Entwurf eines Hauses samt Veranda,
Giebeldach, Treppenhäusern und Innenwänden. Sie bastelten
zuerst das Fundament, danach die Wände und Treppen, schlu-

gen die Zeit tot, indem sie die Zahnstocher sorgsam zusammenklebten und die Teile trocknen ließen. In jungen Jahren, erzählte seine Mutter, vor ihrer Heirat, habe sie davon geträumt, Architektin zu werden.

Und einmal, sie bauten damals einen Wolkenkratzer, erzählte sie Adel, wie es zur Heirat mit seinem Vater gekommen war.

Er wollte eigentlich meine große Schwester heiraten, sagte sie.

Tante Nargis?

Ja. Das war in Kabul. Er sah sie eines Tages auf der Straße, und sein Entschluss stand sofort fest: Sie sollte es sein. Am nächsten Tag suchte er unser Haus auf, gemeinsam mit fünf seiner Männer. Sie luden sich mehr oder weniger selbst ein. Alle trugen Stiefel. Sie schüttelte lachend den Kopf, aber ihr Lachen klang nicht wie sonst, wenn sie etwas lustig fand. *Du hättest die Gesichter deiner Großeltern sehen sollen.*

Alle saßen im Wohnzimmer, Baba jan, seine Männer, ihre Eltern. Sie selbst kochte in der Küche Tee, während diskutiert wurde. Denn die Sache habe einen Haken gehabt, sagte sie: Ihre Schwester Nargis sei schon mit einem Cousin verlobt gewesen, der in Amsterdam Ingenieurwesen studierte, und ihre Eltern hätten sich gegen eine Auflösung der Verlobung ausgesprochen.

Und da komme ich herein, ein Tablett mit Tee und Gebäck in den Händen. Ich schenke ein und stelle das Essen auf den Tisch, und dein Vater schaut mir dabei zu, und als ich gehen will, sagt dein Vater: »*Sie haben vielleicht recht. Es wäre nicht fair, die Verlobung aufzulösen. Aber wenn Sie mir sagen, dass diese junge Dame hier auch schon vergeben ist, muss ich wohl oder übel davon ausgehen, dass Sie mich nicht achten.*« *Dann lachte er. Und so haben wir geheiratet.*

Sie griff nach einer Klebstofftube.

Mochtest du ihn denn?

Sie zuckte mit den Schultern. *Um ehrlich zu sein, hatte ich damals vor allem Angst.*

Aber jetzt magst du ihn, oder? Du liebst ihn.

Aber natürlich, sagte Adels Mutter. *Was für eine Frage.*

Du bereust es nicht, ihn geheiratet zu haben.

Sie legte den Klebstoff weg und zögerte kurz mit der Antwort. *Schau dir unser Leben an*, Adel, sagte sie dann langsam. *Sieh dich um. Wer würde das bereuen?* Sie zupfte lächelnd an einem seiner Ohrläppchen. *Außerdem wärst du sonst nicht auf der Welt.*

Adels Mutter stellte den Fernseher aus, setzte sich keuchend auf den Fußboden und rieb sich mit einem Handtuch den Schweiß aus dem Nacken.

»Du solltest dir heute Vormittag allein die Zeit vertreiben«, sagte sie und drückte den Rücken durch. »Ich werde jetzt duschen gehen und etwas essen, und danach rufe ich deine Großeltern an. Ich habe seit einigen Tagen nicht mehr mit ihnen gesprochen.«

Adel kam seufzend auf die Beine.

Er ging in sein Zimmer, das sich ein Stockwerk tiefer und in einem anderen Flügel des Hauses befand, holte den Fußball und zog das Zidane-Trikot an, das er von Baba jan zu seinem letzten Geburtstag bekommen hatte, seinem zwölften. Als er nach unten ging, sah er, dass Kabir eingeschlafen war, die Zeitung wie eine Decke auf der Brust. Er nahm eine Dose Apfelsaft aus dem Kühlschrank und ging nach draußen.

Adel lief auf dem Kiesweg zum Haupteingang des Anwesens. Das Häuschen, in dem der bewaffnete Wachmann aufpasste, war leer. Adel wusste, wann die Wachmänner ihre Runden drehten. Er trat ins Freie und schloss das Tor hinter sich. Wie immer hatte er das Gefühl, auf dieser Seite der

Mauer leichter atmen zu können. An manchen Tagen kam ihm das Anwesen vor wie ein Gefängnis.

Er ging im breiten Schatten der Mauer bis zur weit von der Straße entfernten Rückseite des Anwesens. Dort befand sich die Obstwiese, Baba jans ganzer Stolz. Einige Hektar Land mit langen, parallel angeordneten Reihen von Bäumen, Pfirsich und Apfel, Aprikose, Kirsche, Feige und auch Wollmispel. Wenn Adel hier mit seinem Vater spazieren ging, hob Baba jan ihn auf die Schultern, damit Adel zwei reife Äpfel für sie pflücken konnte. Zwischen Anwesen und Obstwiese erstreckte sich eine Lichtung mit dem Geräteschuppen der Gärtner. Davon abgesehen gab es dort nur einen Baumstumpf, offenbar das Überbleibsel einer gewaltigen, alten Eiche. Baba jan hatte gemeinsam mit Adel die Ringe gezählt und anhand dessen ausgerechnet, dass schon das Heer Dschingis Khans an dem Baum vorbeimarschiert sein musste. Diesen Baum, sagte er kopfschüttelnd, habe nur ein ausgemachter Dummkopf fällen können.

Der Tag war heiß, und die Sonne stand an einem Himmel, so makellos blau wie auf den Bildern, die Adel als kleines Kind mit Buntstiften gemalt hatte. Er stellte die Dose Apfelsaft auf den Baumstumpf und begann, mit dem Ball zu spielen, ihn in der Luft zu halten, ohne dass er den Boden berührte. Adels Rekord stand bei achtundsechzig Mal. Er hatte ihn im Frühling aufgestellt, und nun war Sommer, und er versuchte immer noch, ihn zu brechen. Er war bei achtundzwanzig, als er bemerkte, dass er einen Zuschauer hatte. Es war der Junge, der bei dem alten Mann gestanden hatte, jenem Mann, der nach der Eröffnung der Schule um ein Gespräch mit seinem Vater gebeten hatte. Der Junge saß im Schatten des Geräteschuppens.

»Was tust du hier?«, fragte Adel und versuchte, so barsch zu klingen, wie Kabir mit Fremden redete.

»Ich genieße den Schatten«, antwortete der Junge. »Verpfeif mich nicht.«

»Du dürftest gar nicht hier sein.«

»Du auch nicht.«

»Was?«

Der Junge lachte leise. »Egal.« Er reckte die Arme, dann stand er auf. Adel versuchte zu erkennen, ob seine Taschen voll waren. Vielleicht hatte er Obst stehlen wollen. Der Junge ging zu Adel, lupfte den Ball mit einem Fuß in die Luft, kickte ihn ein paarmal in rascher Folge in die Höhe und trat ihn dann mit dem Hacken zu Adel. Adel fing den Ball und klemmte ihn sich unter den Arm.

»An der Straße, wo wir auf Befehl eures Blödmanns warten sollten, mein Vater und ich? Tja, da gibt es keinen Schatten. Und es steht keine scheiß Wolke am Himmel.«

Adel fühlte sich verpflichtet, Kabir zu verteidigen. »Er ist kein Blödmann.«

»Na, er hat jedenfalls dafür gesorgt, dass wir seine Kalaschnikow nicht übersehen konnten.« Er betrachtete Adel mit trägem, spöttischem Grinsen. Dann spuckte er vor seine Füße. »Du bist also ein Fan des Rammbocks?«

Adel begriff nur mit leichter Verzögerung, wen er meinte. »Ein einziger Patzer ist doch nicht die Messlatte«, sagte er. »Er war der Beste. Ein Magier des Mittelfelds.«

»Ich kenne bessere.«

»Ja? Wen zum Beispiel?«

»Zum Beispiel Maradona.«

»Maradona?«, fragte Adel aufgebracht. Er hatte mit einem seiner Halbbrüder in Dschalalabad schon einmal über dieses Thema diskutiert. »Maradona war ein Betrüger! Die Hand Gottes, hast du vergessen?«

»Jeder betrügt, und jeder lügt.«

Der Junge gähnte und schickte sich an zu gehen. Er war so

groß wie Adel, vielleicht ein klitzekleines bisschen größer, und vermutlich auch gleichaltrig. Doch sein lässiger Gang, der den Eindruck erweckte, als könnte ihn so leicht nichts erschüttern, ließ ihn älter wirken.

»Ich heiße Adel.«

»Gholam.« Sie schüttelten Hände. Gholam hatte einen festen Händedruck, seine Handfläche war trocken und schwielig.

»Wie alt bist du?«

Gholam zuckte mit den Schultern. »Dreizehn, glaube ich. Oder fast vierzehn.«

»Weißt du denn nicht, wann du Geburtstag hast?«

Gholam grinste. »Ich wette, du kennst deinen. Ich wette, du zählst die Tage bis dahin runter.«

»Quatsch«, widersprach Adel. »Ich zähle die Tage nicht runter.«

»Ich muss los. Mein Vater wartet auf mich, und er ist allein.«

»Ich dachte, es wäre dein Großvater.«

»Dann hast du falsch gedacht.«

»Hast du Lust auf ein Fußball-Duell?«, fragte Adel.

»Wie ein Elfmeterschießen, meinst du?«

»Jeder fünf Schüsse.«

Gholam spuckte wieder aus, sah mit verengten Augen zur Straße, dann zu Adel. Diesem fiel auf, dass Gholams Kinn etwas zu klein für sein Gesicht war und dass der Junge zwei zusätzliche, überstehende Schneidezähne hatte, einer davon angeschlagen und faulig. Die linke Augenbraue wurde von einer kurzen Narbe durchschnitten. Und er stank. Aber Adel hatte, die Besuche in Dschalalabad nicht mitgerechnet, seit zwei Jahren nicht mehr mit Gleichaltrigen geredet, geschweige denn gespielt. Er machte sich auf eine Absage gefasst, doch Gholam erwiderte schulterzuckend: »Scheiße, ja, warum nicht? Aber ich schieße zuerst.«

Zwei Steine, die sie acht Schritte voneinander entfernt auf die Erde legten, dienten ihnen als Tor. Gholam trat an. Er traf ein Mal, schoss zwei Mal daneben, und zwei Mal konnte Adel problemlos halten. Als Torwart war Gholam noch schlechter. Adel lockte Gholam jedes Mal in die falsche Ecke und versenkte so vier Bälle im Tor. Einen Schuss zog er aus Versehen weit am Tor vorbei.

»Kleiner Scheißer«, sagte Gholam, der in der Hocke dasaß, die Hände auf die Knie gelegt.

»Revanche?« Adel versuchte, gleichmütig dreinzuschauen, obwohl er innerlich jubelte.

Gholam willigte ein. Das Ergebnis fiel noch deutlicher aus. Er schoss wieder nur ein einziges Tor, und Adel traf fünf Mal.

»Das reicht. Ich bin fertig«, sagte Gholam und hob die Hände. Er trottete zum Baumstumpf und sackte mit einem müden Stöhnen auf das Holz. Adel klemmte sich den Ball unter den Arm und setzte sich neben ihn.

»Die sind wohl auch keine Hilfe«, sagte Gholam und angelte eine Schachtel Zigaretten aus der Jeanstasche. Er hatte noch eine übrig. Er zündete sie mit einem Streichholz an und atmete zufrieden ein. Dann bot er Adel einen Zug an. Adel fühlte sich versucht, und sei es nur, um Gholam zu beeindrucken, doch er lehnte ab, weil er befürchtete, seine Mutter könnte es riechen.

»Sehr weise«, sagte Gholam und legte den Kopf in den Nacken.

Sie plauderten eine Weile über Fußball. Zu Adels freudiger Überraschung kannte sich Gholam bestens aus. Sie sprachen über ihre Lieblingsspiele und Lieblingstore. Jeder nannte seine fünf Top-Spieler; die Listen waren fast gleich, nur nannte Gholam den brasilianischen, Adel den portugiesischen Ronaldo. Sie kamen unausweichlich auf das Endspiel von 2006 zu sprechen, an das sich Adel wegen des Kopfstoßes ungern erinnerte. Gholam erzählte, er habe mit vielen anderen Leuten ganz in der Nähe des Camps vor dem Schaufenster eines Fernsehgeschäfts gestanden und das Spiel geguckt.

»Welches Camp?«

»Das Camp, in dem ich aufgewachsen bin. In Pakistan.«

Er sei zum ersten Mal in Afghanistan, sagte er zu Adel. Er sei in Pakistan geboren worden und aufgewachsen, genauer gesagt im Flüchtlingscamp in Jalozai. Das Camp habe einer Stadt geglichen: Ein Gewirr von Lehmhütten, Zelten und Baracken aus Plastik und Aluminium, durchzogen von engen, labyrinthischen Wegen voller Müll und Dreck – eine Stadt inmitten einer noch größeren Stadt. Er war mit seinen Brüdern, der nächste drei Jahre jünger als er, im Camp groß geworden. Er hatte mit seinen Brüdern, seiner Mutter, seinem Vater, Iqbal, und dessen Mutter, Parwana, in einer kleinen Lehmhütte gehaust. Sie hatten als Kinder im Camp Sprechen und Laufen gelernt. Sie waren dort zur Schule gegangen. Er hatte auf der Straße mit Stöcken und alten, rostigen Fahrradrädern gespielt und mit anderen Flüchtlingskindern getobt, bis seine Großmutter ihn bei Sonnenuntergang nach Hause rief.

»Ich mochte es dort«, sagte er. »Ich hatte Freunde. Ich kannte jeden. Und allen ging es gut. Ich habe einen Onkel in Amerika, einen Halbbruder meines Vaters. Onkel Abdullah. Ich bin ihm nie begegnet. Aber er hat uns alle paar Monate etwas Geld geschickt. Das war eine Hilfe. Eine große Hilfe.«

»Warum habt ihr das Camp verlassen?«

»Weil wir mussten. Die Pakistaner haben das Camp aufgelöst. Sie sagten, Afghanen würden nach Afghanistan gehören. Und mein Onkel schickte irgendwann kein Geld mehr. Also meinte mein Vater, wir könnten ebenso gut heimkehren und neu anfangen, zumal die Taliban sich auf die pakistanische Seite der Grenze zurückgezogen hatten. Er sagte, wir seien in

Pakistan nur zu Gast und hätten die Gastfreundlichkeit überstrapaziert. Ich war sehr bedrückt. Das hier …« – er schwenkte eine Hand – »… ist ein fremdes Land für mich. Und die Kinder aus dem Camp, die schon einmal in Afghanistan waren? Sie haben nur Schlechtes erzählt.«

Adel hätte gern gesagt, dass er wusste, wie Gholam sich fühlte. Er hätte ihm gern erzählt, dass er Kabul schrecklich vermisste, seine dortigen Freunde und seine Halbbrüder in Dschalalabad. Doch er ahnte, dass Gholam nur gelacht hätte. Also sagte er: »Ja, stimmt. Ist ziemlich langweilig hier.«

Gholam lachte trotzdem. »Das haben die Kinder ganz bestimmt nicht gemeint.«

Adel begriff, dass er gerade verhöhnt worden war.

Gholam zog an der Zigarette und blies Rauchringe. Sie sahen zu, wie die Ringe davonschwebten und sich dann auflösten.

»Mein Vater hat zu meinen Brüdern und mir gesagt: ›Wartet ab, bis ihr die Luft in Shadbagh atmet und einen Schluck vom Wasser dort trinkt, Jungs.‹ Er ist hier geboren worden, mein Vater, und auch hier aufgewachsen. Er sagte: ›Ein so kühles und süßes Wasser habt ihr noch nie gekostet, Jungs.‹ Er schwärmte immer von Shadbagh, das während seiner Jugend nur ein winziges Nest gewesen ist. Er hat gesagt, es gebe eine Sorte Trauben, die nur in Shadbagh gedeihe, nirgendwo sonst auf der Welt. Es klang paradiesisch.«

Adel fragte, wo er jetzt wohne. Gholam warf die Kippe weg, blinzelte in den grellen Himmel. »Kennst du das freie Feld, drüben bei der Windmühle?«

»Ja.«

Adel wartete auf weitere Worte, aber Gholam schwieg.

»Ihr wohnt auf einem Feld?«

»Vorübergehend«, murmelte Gholam. »Wir haben ein Zelt.«

»Hast du hier noch Familie?«

»Nein. Meine Leute sind entweder tot oder verschwunden. Mein Vater hat einen Onkel in Kabul. Aber der ist vielleicht auch schon tot. Er war der Bruder meiner Großmutter, und er hat in Kabul für eine reiche Familie gearbeitet. Meine Großmutter hat aber seit einer Ewigkeit nichts mehr von Nabi gehört, seit mindestens fünfzig Jahren. Sie sind wie Fremde füreinander. Wenn es gar nicht anders ginge, würde mein Vater ihn aufsuchen, schätze ich. Aber er will es auf eigene Faust versuchen. Hier. In seiner Heimat.«

Sie saßen eine Weile schweigend auf dem Baumstumpf, und das Laub der Obstbäume tanzte im warmen Wind. Adel stellte sich vor, wie Gholam mit seiner Familie nachts in einem Zelt schlief, während das Feld ringsumher von Schlangen und Skorpionen wimmelte.

Adel wusste nicht recht, warum er Gholam schließlich von ihrem Fortgang aus Kabul erzählte. Oder besser: Er hatte mehrere vage Gründe dafür. Wollte er nur den Eindruck zerstreuen, dass er ein sorgenfreies Leben führte, weil er in einem großen Haus wohnte? Wollte er ihn übertrumpfen? Ihn für sich einnehmen oder die Kluft zwischen ihnen überbrücken? Er wusste es nicht. Vielleicht war es ja alles zugleich. Adel wusste ebenso wenig, wieso ihm daran lag, dass Gholam ihn mochte, ahnte jedoch, dass es nicht nur an seiner Einsamkeit und seiner Sehnsucht nach einem Freund lag – nein, die Sache war viel komplizierter.

»Wir sind nach Shadbagh gezogen, weil uns in Kabul jemand töten wollte«, sagte er. »Eines Tages hat ein Motorrad vor unserem Grundstück gehalten, und der Fahrer hat unser Haus mit Kugeln durchsiebt. Man hat ihn nicht erwischt. Und wir sind zum Glück unverletzt geblieben.«

Er wusste nicht, welche Reaktion er erwartet hatte, aber es überraschte ihn, dass Gholam gar keine zeigte. Er sagte nur, immer noch in die Sonne blinzelnd: »Ja, ich weiß.«

»Du weißt es?«

»Die Leute bekommen ja sogar mit, wenn dein Vater in der Nase popelt.«

Gholam zerknüllte die Zigarettenschachtel und stopfte sie in seine Jeanstasche.

»Er hat viele Feinde, dein Vater«, sagte Gholam seufzend.

Adel wusste das. Baba jan hatte ihm erklärt, dass einige der Männer, die während der 8oer gemeinsam mit ihm gegen die Sowjets gekämpft hatten, sowohl mächtig als auch korrupt geworden waren. Sie seien vom Weg abgekommen, sagte er. Und weil er bei ihren kriminellen Machenschaften nicht mitmachen wolle, würden sie ständig versuchen, ihm zu schaden, seinen Namen durch böse, entehrende Gerüchte in den Dreck zu ziehen. Aus diesem Grund versuchte Baba jan immer, Adel zu schützen – so wollte er zum Beispiel keine Zeitungen im Haus haben, erlaubte Adel nicht, fernzusehen oder im Internet zu surfen.

Gholam beugte sich zu ihm vor und sagte: »Wie ich gehört habe, bestellt er auch viele Felder.«

Adel zuckte mit den Schultern. »Das siehst du ja selbst. Nur ein paar Hektar mit Obstbäumen. Und natürlich die Baumwollfelder in Helmand. Für die Fabrik.«

Gholam grinste so breit, dass sein fauliger Schneidezahn entblößt wurde. Er fing Adels Blick auf. »Baumwolle. Du bist echt gut.«

Adel begriff nicht, was er damit meinte. Er stand auf und ließ den Ball springen. »Revanche?«

»Revanche.«

»Dann los.«

»Ich wette, du schießt dieses Mal kein Tor.«

Nun musste Adel grinsen. »Worum willst du wetten?«

»Weiß ich sofort: Das Zidane-Trikot.«

»Und falls ich gewinne? Nein. *Wenn* ich gewinne?«

»Das ist so unwahrscheinlich, dass ich mir an deiner Stelle keine Gedanken darüber machen würde«, sagte Gholam.

Gholam legte eine tolle Vorstellung hin. Er sauste nach links und nach rechts und wehrte alle Schüsse von Adel ab. Und als Adel das Trikot auszog, hatte er das dumme Gefühl, um etwas betrogen worden zu sein, das rechtmäßig ihm gehörte und außerdem sein kostbarster Besitz war. Er gab es Gholam und spürte erschrocken, dass ihm Tränen in die Augen traten. Er drängte sie zurück.

Immerhin war Gholam so anständig, das Trikot nicht sofort anzuziehen. Als er ging, sah er grinsend über die Schulter. »Dein Vater ist keine drei Monate fort, oder?«

»Ich spiele morgen wieder gegen dich«, sagte Adel. »Um das Trikot.«

»Das muss ich mir gut überlegen.«

Gholam ging zur Hauptstraße. Auf halbem Weg blieb er stehen, holte die zerknüllte Zigarettenschachtel aus der Tasche und warf sie über die Mauer von Adels Anwesen.

Eine Woche lang holte Adel nach dem Schulunterricht jeden Tag den Ball und verließ damit das Anwesen. Anfangs schlich er sich immer dann hinaus, wenn die bewaffneten Wachmänner ihre Runde drehten, aber beim dritten Mal wurde er erwischt, und der Wachmann wollte ihn nicht gehen lassen. Adel ging wieder ins Haus und kam mit einem iPod und einer Uhr zurück. Von da an ließ der Wachmann ihn heimlich hinaus, aber unter der Bedingung, dass er auf der Lichtung vor der Obstwiese blieb. Seine Mutter und Kabir bemerkten seine Abwesenheit gar nicht. Das war einer der Vorteile eines so großen Hauses.

Adel spielte allein auf der Rückseite des Anwesens, meist

auf der Lichtung mit dem Baumstumpf, und hoffte jedes Mal auf das Erscheinen Gholams. Er behielt den ungeteerten Weg im Blick, der zur Hauptstraße führte, während er herumkickte, auf dem Baumstumpf saß und einem Kampfjet nachschaute oder lustlos mit Steinen warf. Irgendwann nahm er den Ball und kehrte zum Haus zurück.

Eines Tages tauchte Gholam wieder auf, eine Papiertüte in der Hand.

»Wo bist du gewesen?«

»Ich habe gearbeitet.«

Er erzählte Adel, dass sein Vater und er einige Tage auf dem Bau beschäftigt gewesen waren. Er hatte Mörtel angerührt, Wassereimer und Säcke mit Zement und Bausand geschleppt, schwerer als er selbst. Er erklärte Adel, dass er den Mörtel in einer Schubkarre angerührt hatte. Er hatte Wasser mit Sand und Zement vermischt, mit einer Hacke umgerührt und abwechselnd Wasser und Sand hinzugefügt, bis die Mischung glatt war. Dann hatte er die Karre zu den Maurern geschoben und danach eine neue Ladung Mörtel in Angriff genommen. Er zeigte Adel die Blasen an seinen Händen.

»Mann«, sagte Adel. Das war zwar etwas lahm, aber ihm fiel nichts anderes ein. Er hatte in seinem bisherigen Leben nur einmal kurz mit den Händen gearbeitet, vor drei Jahren in Kabul, als er dem Gärtner hinter ihrem Haus beim Setzen von Apfelbaumschösslingen geholfen hatte.

»Ich habe eine Überraschung für dich«, sagte Gholam, griff in die Tüte und warf Adel das Zidane-Trikot zu.

»Was soll das?« Adel war verdutzt, insgeheim jedoch überglücklich.

»Gestern habe ich in der Stadt einen Jungen mit dem Trikot gesehen«, sagte Gholam und bat mit einem Wink um den Fußball. Adel schoss den Ball zu Gholam, der ihn auf und ab kickte, während er erzählte. »Unfassbar, oder? Ich bin zu ihm gegangen und habe gesagt: ›Hey, du trägst das Trikot meines Kumpels.‹ Er hat mich angeglotzt. Um es kurz zu machen: Wir haben die Sache dann in einer Seitenstraße ausgefochten. Am Ende flehte er mich an, das Trikot zu nehmen!« Er holte den Ball aus der Luft und grinste. »Na gut – kann sein, dass ich ihm das Trikot vor ein paar Tagen verkauft habe.«

»Aber das ist unrecht. Wenn du es ihm verkauft hast, war es seins.«

»Ja, was? Willst du es denn nicht mehr? Nach allem, was ich getan habe, um es zurückzukriegen? Die Sache war nicht einseitig. Er hat auch ordentlich ausgeteilt.«

»Trotzdem«, murmelte Adel.

»Außerdem hatte ich ein schlechtes Gewissen, weil ich dich reingelegt hatte. Also hast du dein Trikot wieder, und ich …« Er deutete auf seine Füße, und Adel erblickte ein neues Paar blau-weißer Turnschuhe.

»Und der andere? Ist er okay?«, fragte Adel.

»Er wird es überleben. Wollen wir jetzt diskutieren oder spielen?«

»Ist dein Vater mitgekommen?«

»Nein, heute nicht. Er ist in Kabul beim Gericht. Los, fangen wir an.«

Sie spielten eine Weile, passten einander den Ball zu, dribbelten über die Lichtung. Später brach Adel das Versprechen, das er dem Wachmann gegeben hatte, und ging mit Gholam über die Obstwiese. Sie aßen Früchte der Wollmispelbäume und tranken kalte Fanta aus der Dose, die Adel in weiser Voraussicht aus der Küche mitgenommen hatte.

Sie trafen sich schon bald jeden Tag. Sie spielten Fußball, jagten einander zwischen den Baumspalieren. Sie redeten über Sport und Filme, und wenn es nichts zu erzählen gab, betrachteten sie Shadbagh-e-Nau, die sanften Schwünge der fernen Hügel und die noch weiter entfernte, dunstige Gebirgskette, und auch das war schön.

Wenn Adel morgens erwachte, freute er sich schon darauf, Gholam auf dem ungeteerten Weg daherkommen zu sehen, und er freute sich auf dessen laute, selbstsichere Stimme. Er war während des morgendlichen Unterrichts oft nicht ganz bei der Sache, weil er daran dachte, was sie später spielen und welche Geschichten sie einander erzählen würden. Er hatte Angst, Gholam zu verlieren. Er befürchtete, Gholams Vater, Iqbal, könnte irgendwo eine feste Arbeit oder eine Wohnung finden und mit Gholam in einen anderen Teil des Landes, in eine ferne Stadt ziehen. Adel hatte versucht, sich auf diese Möglichkeit vorzubereiten, sich für den Abschied zu wappnen, der dann anstehen würde.

Sie saßen eines Tages auf dem Baumstumpf, da fragte Gholam: »Hast du schon mal ein Mädchen gehabt, Adel?«

»Du meinst …«

»Ja, genau das.«

Adel spürte, wie seine Ohren zu glühen anfingen. Er erwog, Gholam zu belügen, wusste aber, dass dieser ihn durchschaut hätte. Also murmelte er: »Du etwa?«

Gholam zündete sich eine Zigarette an. Er bot Adel auch eine an, und dieses Mal griff Adel zu, warf jedoch einen Blick über die Schulter, um sicherzugehen, dass der Wachmann nicht um die Ecke linste oder Kabir nicht ins Freie getreten war. Er nahm einen Zug und musste sofort wie verrückt husten. Gholam klopfte ihm grinsend auf den Rücken.

»Also? Ja oder nein?«, rief Adel. Seine Augen brannten.

»Ein Freund im Camp«, erzählte Gholam verschwörerisch, »hat mich mal in ein Bordell in Peschawar mitgenommen. Er war eine ganze Ecke älter als ich.«

Er erzählte die ganze Geschichte. Das kleine, schmutzige Zimmer. Die orangenen Vorhänge, die rissigen Wände, die einsame Glühlampe unter der Decke, die Ratte, die über den Fußboden huschte. Draußen die Geräusche von Rikschas, die auf der Straße hin und her fuhren, klappernde Autos. Und auf der Matratze das junge Mädchen, das einen Teller Birjani aß und mit vollem Mund und ausdrucksloser Miene zu ihm aufsah. Er konnte sogar im Zwielicht erkennen, dass sie ein hübsches Gesicht hatte und kaum älter war als er. Sie pickte die letzten Reiskörner mit einem zusammengefalteten Stück Naan-Brot auf, schob den Teller weg, legte sich hin und wischte die Finger an der Hose ab, während sie diese auszog.

Adel hörte wie gebannt zu. Einen solchen Freund hatte er noch nie gehabt. Gholam wusste mehr über die Welt als seine Halbbrüder, obwohl diese einige Jahre älter waren. Und Adels Freunde in Kabul? Alle Söhne von Technokraten, Beamten und Ministern. Jeder von ihnen führte ein ähnliches Leben wie Adel. Die Einblicke, die Gholam in sein Leben gewährte, deuteten auf ein Dasein voller Sorge, Unwägbarkeiten und Mühsal, aber auch voller Abenteuer hin. Ein Dasein, das zwar Welten von dem Adels entfernt war, sich aber zugleich in greifbarer Nähe abspielte. Wenn Adel den Geschichten Gholams lauschte, kam ihm sein eigenes Leben manchmal unglaublich öde vor.

»Und? Hast du es getan?«, fragte Adel. »Bist du – na, du weißt schon – in ihr drin gewesen?«

»Nein. Wir haben eine Tasse Chai getrunken und uns über Rumi unterhalten. Was glaubst *du* denn?«

Adel wurde rot. »Und wie war das so?«

Doch Gholam war schon bei einem anderen Thema. So war es oft: Gholam wählte ein Thema aus, stürzte sich mit Feuereifer in eine Geschichte und zog Adel in seinen Bann, nur um irgendwann das Interesse zu verlieren und sowohl die Geschichte als auch Adel in der Luft hängen zu lassen.

So auch jetzt. Gholam erzählte nicht zu Ende, sondern

sagte: »Meine Großmutter sagt, dass ihr Mann Saboor, also mein Großvater, einmal eine Geschichte über diesen Baum erzählt hat. Tja. Natürlich lange, bevor er ihn gefällt hat. Mein Großvater hat ihr die Geschichte erzählt, als die beiden noch Kinder waren. Wenn man einen Wunsch hatte, musste man sich vor den Baum knien und ihm den Wunsch zuflüstern, und wenn der Baum bereit war, ihn zu erfüllen, ließ er genau zehn Blätter auf den Kopf des Bittstellers fallen.«

»Das habe ich noch nie gehört«, sagte Adel.

»Tja, wie auch?«

Adel begriff erst in diesem Moment, was Gholam wirklich gemeint hatte. »Halt mal. Dein Großvater hat unseren Baum gefällt?«

Gholam sah ihm ins Gesicht. »Euer Baum? Das ist nicht euer Baum.«

Adel blinzelte. »Was soll das heißen?«

Gholam sah Adel noch eindringlicher an. Adel konnte zum ersten Mal keine Spur der gewohnten Lebhaftigkeit, des typischen Grinsens oder der Schalkhaftigkeit im Gesicht seines Freundes erkennen. Stattdessen war es wie verwandelt, wirkte plötzlich erschreckend hart und erwachsen.

»Das war der Baum meiner Familie. Das war das Land meiner Familie. Es hat uns seit Generationen gehört. Dein Vater hat sein Anwesen auf unserem Grund und Boden errichtet. Während des Krieges, als wir in Pakistan waren.« Er deutete auf die Obstwiese. »Und dort? Dort standen früher die Häuser der Leute. Dein Vater hat sie plattmachen lassen. Auch das Haus, in dem mein Vater geboren wurde und aufgewachsen ist.«

Adel blinzelte.

»Er hat unser Land in Besitz genommen und das ...« – er verzog höhnisch das Gesicht, als er mit einem Daumen auf das Anwesen zeigte – »... das *Ding* da erbauen lassen.«

Adel, dessen Herz heftig pochte und der eine leichte Übelkeit verspürte, sagte: »Ich dachte, wir wären Freunde. Wieso erzählst du mir diese schrecklichen Lügen?«

»Weißt du noch, wie ich dir das Trikot abgeluchst habe?«, fragte Gholam, und Röte stieg ihm in die Wangen. »Du hättest fast geheult. Streite das ja nicht ab, denn ich habe es genau gesehen. Du wolltest wegen eines Trikots heulen. Wegen eines *Hemds*. Stell dir vor, wie es uns ergangen ist, als wir nach der langen Reise von Pakistan aus dem Bus gestiegen sind und dieses *Ding* auf unserem Land vorgefunden haben. Und dann euer Blödmann mit dem lila Anzug, der uns von unserem eigenen Grund und Boden vertrieben hat.«

»Mein Vater ist kein Dieb!«, erwiderte Adel scharf. »Da kannst du jeden in Shadbagh-e-Nau fragen. Frag die Leute, was er für diese Stadt getan hat.« Er dachte daran, wie sein Baba jan die Leute in der Moschee der Stadt empfangen hatte, auf dem Fußboden sitzend, eine Tasse Tee vor sich und eine Gebetskette in der Hand. Die Menschenschlange hatte von seinem Kissen bis zum Eingang der Moschee gereicht. Männer mit dreckigen Händen, zahnlose alte Frauen, junge Witwen mit Kindern, alle bedürftig, und alle warteten darauf, mit der Bitte um eine Gefälligkeit, eine Arbeit, ein kleines Darlehen für die Reparatur eines Daches oder eines Bewässerungsgrabens oder den Kauf von Milchpulver vor ihn hintreten zu können. Und sein Vater hatte genickt und mit unendlicher Geduld zugehört, als wäre ihm jeder einzelne Mensch in der Schlange so wichtig wie sein eigenes Fleisch und Blut.

»Ach, ja? Und wie kommt es dann, dass mein Vater die Besitzurkunden hat?«, fragte Gholam. »Er hat sie in Kabul dem Richter übergeben.«

»Wenn dein Vater mit Baba jan spricht …«

»Dein Baba wird nicht mit ihm sprechen. Er will nicht zur

Kenntnis nehmen, was er getan hat. Er fährt an uns vorbei, als wären wir streunende Hunde.«

»Ihr seid keine Hunde«, sagte Adel, der versuchte, seine Stimme zu kontrollieren. »Ihr seid Geier. Genau wie Kabir gesagt hat. Ich hätte es wissen müssen.«

Gholam stand auf, entfernte sich ein paar Schritte und blieb dann stehen. »Damit du es weißt«, sagte er. »Ich habe nichts gegen dich. Du bist nur ein kleiner, dummer Junge. Aber wenn dein Baba das nächste Mal nach Helmand fährt, solltest du ihn darum bitten, dir seine Fabrik zu zeigen. Dann siehst du auch, was dort angebaut wird. Kleiner Tipp: Baumwolle ist es nicht.«

Am späten Nachmittag, vor dem Abendessen, lag Adel in einer Wanne mit warmem, schaumigem Wasser. Er hörte, dass Kabir unten einen alten Piratenfilm anschaute. Die Wut, die Adel den ganzen Nachmittag erfüllt hatte, war verflogen, und er dachte, dass er vielleicht zu grob zu Gholam gewesen war. Baba jan hatte ihm einmal erzählt, dass die Armen oft schlecht von den Reichen sprachen, egal, wie viel diese für sie taten. Das liege daran, dass die Armen von ihrem Leben enttäuscht seien. Das könne man nicht ändern. Das sei sogar ganz natürlich. *Und wir dürfen ihnen das nicht übelnehmen, Adel*, hatte er gesagt.

Adel war nicht so naiv zu glauben, dass es auf der Welt immer hundertprozentig gerecht zuging; um dies zu begreifen, reichte ein Blick aus seinem Schlafzimmerfenster. Aber er meinte auch zu wissen, dass diese Einsicht Menschen wie Gholam nicht weiterhalf. Vielleicht brauchten Menschen wie Gholam immer einen Schuldigen, einen leibhaftigen Sündenbock, jemanden, dem sie die Schuld an ihrem mühevollen

Dasein geben, an dem sie ihre Wut auslassen, den sie verfluchen konnten. Und Baba jan hatte vielleicht recht, wenn er meinte, dass man dies verstehen, sich eines Urteils enthalten, ja sogar freundlich darauf reagieren müsse. Während Adel den Seifenblasen zusah, die zur Wasseroberfläche aufstiegen und zerplatzten, dachte er daran, dass sein Vater Schulen und Krankenhäuser hatte erbauen lassen, obwohl er wusste, dass man in der Stadt bösartige Gerüchte über ihn in Umlauf brachte.

Als er sich abtrocknete, streckte seine Mutter den Kopf herein. »Kommst du zum Essen herunter?«

»Ich habe keinen Hunger«, sagte er.

»Oh.« Sie betrat das Badezimmer und zog ein Handtuch aus dem Regal. »Komm. Setz dich. Ich rubbele deine Haare ab.«

»Das kann ich selbst«, sagte Adel.

Sie stand hinter ihm und musterte ihn im Spiegel. »Ist alles in Ordnung, Adel?«

Er zuckte mit den Schultern. Sie legte ihm eine Hand auf die Schulter und sah ihn an, als würde sie erwarten, dass er seine Wange an ihrer Hand rieb. Aber er tat es nicht.

»Hast du jemals Baba jans Fabrik gesehen, Mutter?«

Er merkte, dass seine Mutter kurz erstarrte. Dann sagte sie: »Natürlich. Genau wie du.«

»Nicht auf Fotos, meine ich. Hast du sie jemals mit eigenen Augen gesehen? Warst du dort?«

»Wie denn?«, antwortete seine Mutter, die den Kopf zur Seite neigte und sich im Spiegel betrachtete. »Helmand ist nicht sicher. Dein Vater würde weder dich noch mich jemals einer Gefahr aussetzen.«

Adel nickte.

Unten krachten Kanonen, Piraten brüllten beim Angriff.

Drei Tage später tauchte Gholam wieder auf. Er kam mit energischen Schritten auf Adel zu.

»Ich bin froh, dass du da bist«, sagte Adel. »Ich habe dir etwas mitgebracht.« Er nahm den Mantel, den er seit ihrem Streit jeden Tag dabeigehabt hatte, vom Baumstumpf. Der Mantel war aus braunem Leder und mit weicher Schafwolle gefüttert, und er hatte eine abnehmbare Kapuze. Adel hielt ihn Gholam hin. »Ich habe ihn fast gar nicht getragen. Er ist mir zu groß. Aber für dich ist er sicher genau richtig.«

Gholam stand reglos da. »Wir sind gestern mit dem Bus nach Kabul gefahren. Zum Gericht«, sagte er tonlos. »Rate mal, was der Richter uns gesagt hat. Er sagte, es gebe schlechte Neuigkeiten. Es habe einen Unfall gegeben. Einen kleinen Brand. Die Besitzurkunden meines Vaters seien verbrannt. Vernichtet. Verschwunden.«

Adel ließ den Mantel sinken.

»Und weißt du, was er am Handgelenk trug, als er uns sagte, dass wir ohne die Dokumente nichts mehr tun könnten? Eine nagelneue, goldene Armbanduhr, die er beim letzten Termin mit meinem Vater noch nicht getragen hat.«

Adel blinzelte.

Gholam besah sich den Mantel. Es war ein schneidender, strafender Blick, der Adel beschämen sollte. Und das tat er auch. Adel wurde ganz klein. Und der Mantel in seiner Hand war plötzlich kein Versöhnungszeichen mehr, sondern ein Bestechungsangebot.

Gholam wandte sich um und ging mit schnellen Schritten zurück zur Straße.

Baba jan lud noch am Abend seiner Rückkehr zu einer Feier ein. Adel saß neben seinem Vater am Kopfende des großen Tuches, das man zum Essen auf dem Fußboden ausgebreitet hatte. Baba jan aß gern auf dem Boden sitzend mit den Fingern, vor allem, wenn Freunde aus seiner Dschihad-Zeit zugegen waren. *Erinnert mich an meine Tage als Höhlenbewohner*, scherzte er dann. Die Frauen aßen mit Messer und Gabel am Esszimmertisch. Adels Mutter saß am Kopfende, und Adel konnte das von den Marmorwänden widerhallende Geplauder hören. Eine der Frauen mit breiter Hüfte und langen, rotgefärbten Haaren hatte sich mit einem Freund Baba jans verlobt. Sie hatte Adels Mutter mit einer Digitalkamera gemachte Fotos eines Brautmodengeschäfts in Dubai gezeigt.

Als nach dem Essen Tee eingeschenkt wurde, begann Baba jan zu erzählen, wie seine Einheit eine sowjetische Kolonne am Eindringen in ein Tal im Norden des Landes hatte hindern wollen. Alle hörten aufmerksam zu.

»Sobald sie in Schussweite waren«, sagte Baba jan und strich zerstreut über Adels Haare, »eröffneten wir das Feuer. Wir trafen das Fahrzeug an der Spitze, danach einige Jeeps. Ich dachte, sie würden entweder zurückweichen oder weiter vordringen, aber was taten diese Hurensöhne? Sie stiegen aus und erwiderten das Feuer. Ist das zu glauben?«

Im Raum wurde Gemurmel laut. Köpfe wurden geschüttelt. Adel wusste, dass mindestens die Hälfte der Männer früher Mudschaheddins gewesen waren.

»Wir waren ungefähr dreimal so viele wie sie, aber sie hatten schwere Waffen, und es dauerte nicht lange, da wurden *wir* von *ihnen* angegriffen! Sie attackierten unsere Stellungen auf der Obstwiese. Sie trieben uns auseinander, und wir mussten uns aus dem Staub machen. Ich floh mit einem anderen Mann, Mohammed, glaube ich. Wir rannten auf ein Feld voller Weinranken, keine richtigen Rebstöcke, sondern wild wucherndes Zeug. Kugeln pfiffen durch die Luft, und wir liefen um unser Leben, und plötzlich stolperten wir beide und fielen auf die Nase. Ich war sofort wieder auf den Beinen und rannte weiter, aber dieser Mohammed war nicht in

Sicht. Ich drehte mich also um und brüllte: Hoch mit dir, du Esel!«

Baba jan legte eine dramatische Pause ein, presste eine Faust vor die Lippen, um ein Lachen zu unterdrücken. »Da sprang er auf und rannte los, und ihr werdet es nicht glauben: Dieser dumme Hurensohn hatte in beiden Armen einen Berg von Trauben!«

Schallendes Gelächter. Adel lachte auch. Sein Vater strich ihm über den Rücken und zog ihn dicht zu sich heran. Dann begann ein anderer Mann eine Geschichte zu erzählen, und Baba jan griff nach der neben seinem Teller liegenden Zigarette. Doch er kam nicht mehr dazu, sie anzuzünden, denn im Haus ging mit lautem Klirren eine Fensterscheibe zu Bruch.

Im Esszimmer kreischten die Frauen. Irgendetwas aus Metall, eine Gabel oder ein Buttermesser, fiel auf den Marmorboden. Die Männer waren mit einem Satz auf den Beinen. Azmaray und Kabir stürmten mit gezogenen Pistolen in das Zimmer.

»Das kam von der Haustür«, sagte Kabir, und im nächsten Moment ging wieder Glas zu Bruch.

»Bleiben Sie hier, Kommandant Sahib, wir schauen nach«, sagte Azmaray.

»Einen Teufel werd ich hierbleiben«, knurrte Baba jan und stand auf. »Das ist mein Haus. Hier verkrieche ich mich nicht.«

Er ging zur Eingangshalle, dicht gefolgt von Adel, Azmaray, Kabir und allen männlichen Gästen. Adel sah, wie Kabir einen Schürhaken zur Hand nahm. Seine Mutter kam dazu, sie sah bleich und erschrocken aus. Als sie die Eingangshalle betraten, flog ein Stein durch das Fenster, und Scherben regneten auf den Fußboden. Die zukünftige Braut mit den rotgefärbten Haaren kreischte. Draußen schrie jemand.

»Wie zum Teufel ist er am Wachmann vorbeigekommen?«, fragte jemand hinter Adel.

»Nein, Kommandant Sahib!«, brüllte Kabir, aber Adels Vater hatte schon die Tür geöffnet.

Draußen dämmerte es, doch es war Sommer, und so leuchtete der Himmel noch in fahlem Gelb. Adel konnte die fernen Lichter von Shadbagh-e-Nau erkennen, wo sich die Familien zum Abendessen versammelten. Die Hügel am Horizont lagen schon im Dunkeln, und bald würde sich die Nacht in die Täler hinabsenken. Aber es war noch so hell, dass Adel den alten Mann ausmachen konnte, der unten auf der Eingangstreppe stand, einen Stein in jeder Hand.

»Schaff ihn nach oben«, sagte Baba jan über die Schulter zu Adels Mutter. »Sofort!«

Adel spürte, wie seine Mutter ihm eine Hand auf die Schulter legte. Dann führte sie ihn die Treppe hinauf und ging mit ihm durch den Flur bis zum großen Schlafzimmer, das sie mit Baba jan teilte. Sie schloss und verriegelte die Tür, zog die Vorhänge zu und stellte den Fernseher an. Sie führte Adel zum Bett, und sie setzten sich beide. Im Fernsehen wurden zwei Araber in langen Kurta-Hemden gezeigt, die an einem riesigen Truck schraubten.

»Was wird er mit dem alten Mann tun?«, fragte Adel, der sein Zittern nicht in den Griff bekam. »Was wird er mit ihm tun, Mutter?«

Er hob den Blick und sah, wie ein Schatten das Gesicht seiner Mutter überflog, und er wusste auf einmal ganz genau, dass sie ihn anlügen würde.

»Er wird mit ihm reden«, sagte sie mit bebender Stimme. »Er wird den Mann zur Rede stellen, egal, wer es ist. Denn so ist dein Vater. Er spricht mit den Leuten.«

Adel schüttelte den Kopf. Er weinte, schluchzte. »Was wird er tun, Mutter? Was macht er mit dem alten Mann?«

Seine Mutter wiederholte ihre Worte, sagte, alles werde gut, man werde alles regeln, niemandem werde etwas geschehen. Doch je mehr sie sagte, desto lauter schluchzte er, und am Ende war er so erschöpft, dass er im Schoß seiner Mutter einschlief.

Ehemaliger Kommandant entgeht knapp einem Mordanschlag.
Adel las den Artikel im Arbeitszimmer seines Vaters am Computer. Der Anschlag wurde als »heimtückisch«, der Attentäter als ehemaliger Flüchtling mit »mutmaßlichen Verbindungen zu den Taliban« beschrieben. Mitten im Artikel wurde Adels Vater mit den Worten zitiert, dass er um die Sicherheit seiner Familie gefürchtet habe. *Vor allem um die meines unschuldigen, kleinen Sohnes,* hatte er gesagt. In dem Artikel stand weder der Name des Attentäters, noch gab er Auskunft über dessen Schicksal.

Adel machte den Computer aus. Er hatte sich heimlich in das Arbeitszimmer seines Vaters geschlichen, denn der Computer war ihm eigentlich verboten. Vor einem Monat hätte er das noch nicht gewagt. Er trottete in sein Zimmer, legte sich auf das Bett und warf einen alten Tennisball gegen die Wand, fing ihn auf, warf ihn wieder. *Plopp, plopp, plopp.* Kurz darauf schaute seine Mutter herein und forderte ihn zuerst freundlich, dann energisch auf, damit aufzuhören, aber er gehorchte nicht. Sie blieb eine Weile in der Tür stehen, dann schlich sie davon.

Plopp, plopp, plopp.

Oberflächlich betrachtet hatte sich nichts verändert. Eine Liste der täglichen Aktivitäten Adels hätte gezeigt, dass er sein Leben weiterführte wie gehabt. Er stand zur gleichen Zeit auf, wusch sich, frühstückte mit seinen Eltern, wurde vom

Hauslehrer unterrichtet. Danach aß er zu Mittag, und nachmittags lungerte er herum, sah Filme mit Kabir oder vertiefte sich in Videospiele.

Trotzdem war alles anders. Gholam hatte die Tür einen Spalt weit geöffnet, aber hindurchgestoßen hatte ihn Baba jan. Gedanken, die irgendwo in Adels Hinterkopf geschlummert hatten, waren erwacht. Er hatte das Gefühl, über Nacht einen siebten Sinn bekommen zu haben, der es ihm ermöglichte, Dinge wahrzunehmen, die ihm bisher verborgen geblieben waren, Dinge, die ihm eigentlich schon seit Jahren hätten auffallen müssen. So spürte er, dass seine Mutter Geheimnisse hatte, die er, wenn er sie betrachtete, förmlich an ihrem Gesicht ablesen konnte. Er spürte, wie sehr sie damit rang, ihn vor diesen Dingen zu beschützen, vor all den Dingen, die sie in sich verbarg und wegsperrte, so wie sie beide im großen Haus weggesperrt waren. Und Adel sah das Haus seines Vaters zum ersten Mal als das, was es in den Augen aller anderen Menschen war: eine Monstrosität, eine Beleidigung, ein Monument der Ungerechtigkeit. Und hinter dem eilfertigen Bemühen der Menschen, seinem Vater zu gefallen, spürte er eine Angst – eine Angst, die der wahre Grund für Unterwürfigkeit und Ehrfurcht war. Gholam, dachte er, wäre jetzt sicher stolz auf ihn. Adel war sich zum ersten Mal in aller Klarheit der übergeordneten Vorgänge bewusst, die sein Leben von Anfang an bestimmt hatten.

Und auch der extrem widersprüchlichen Wahrheiten, die ein Mensch in sich trug. Nicht nur, was seinen Vater oder seine Mutter oder Kabir betraf.

Sondern auch ihn selbst.

Diese Entdeckung überraschte Adel am meisten. Die Enthüllung dessen, was sein Vater getan hatte – zuerst im Namen des Dschihad und danach unter dem Vorwand des gerechten Lohns für die von ihm gebrachten Opfer –, hatte zur Folge, dass Adel der Kopf schwirrte. Nachdem die Fensterscheiben eingeworfen worden waren, bekam er jedes Mal Magengrimmen, wenn sein Vater den Raum betrat. Wenn er hörte, wie sein Vater ins Handy brüllte oder im Bad vor sich hinsummte, hatte er das Gefühl, als würde sein Rückgrat brechen, und sein Hals wurde so trocken, dass es schmerzte. Wenn sein Vater ihm vor dem Einschlafen einen Kuss gab, hätte er sich am liebsten weggedreht. Er hatte Albträume. Er träumte, am Rand der Obstwiese zu stehen und zwischen den Bäumen den Hall von Schlägen, das Geräusch splitternder Knochen und berstender Körper zu hören, das Glitzern eines auf und ab sausenden Schürhakens zu sehen. Wenn er aus einem solchen Traum aufschreckte, musste er einen spitzen Schrei unterdrücken. Er wurde von willkürlichen Heulkrämpfen geschüttelt.

Und dennoch.

Und trotzdem.

In Adel ging noch etwas vor. Das neue Bewusstsein verließ ihn zwar nicht, doch ein anderes Wissen trat hinzu, eine Bewusstseinsströmung, die in die entgegengesetzte Richtung floss. Sie verdrängte den neu gewonnenen Sinn nicht, sondern nahm ihren Platz daneben ein. Adel spürte, wie ein Teil seiner Persönlichkeit erwachte, den er als verstörend empfand. Ein Teil, der sowohl allmählich als auch unmerklich jene neue Identität akzeptieren würde, die jetzt noch kratzte wie ein neuer Wollpullover. Adel begriff, dass er am Ende vermutlich alles hinnehmen würde, genau wie seine Mutter dies tat. Anfangs war er wütend auf sie gewesen. Jetzt war er versöhnlicher gestimmt. Vielleicht hatte sie sich ihrem Mann aus Angst gefügt. Oder war durch ihr Luxusleben besänftigt worden. Wahrscheinlicher war jedoch, dass sie sich aus dem gleichen Grund gefügt hatte, der Adel am Ende zum Einlenken bringen würde: Sie hatte es tun müssen. Hatte sie eine andere Wahl gehabt? Adel konnte vor seinem Leben ebenso wenig davonlaufen wie Gholam vor dem seinen. Menschen können sich an die unvorstellbarsten Dinge gewöhnen. Und so würde es auch ihm ergehen. Denn das war sein Leben. Das war seine Mutter. Das war sein Vater. Und das war er selbst, auch wenn ihm das erst kürzlich bewusst geworden war.

Adel ahnte, dass er seinen Vater nie mehr so bedingungslos lieben würde wie früher, wenn er glücklich in dessen starke Arme gesunken war. Das ging nicht mehr. Aber er würde lernen, seinen Vater auf eine andere Art zu lieben, eine widersprüchlichere, kompliziertere Art. Adel konnte sich selbst dabei zusehen, wie er seine Kindheit mit einem großen Satz hinter sich zurückließ. Nicht mehr lange, dann würde er im Erwachsenendasein landen. Und danach würde es kein Zurück mehr geben, denn das Erwachsenendasein war mit der Rolle des Kriegshelden verwandt, von der sein Vater ihm erzählt hatte. Wenn man ein solcher Held wurde, starb man auch als solcher.

Wenn Adel abends im Bett lag, dachte er daran, dass er bald, vielleicht schon am nächsten oder übernächsten Tag oder in der folgenden Woche zum Feld bei der Windmühle gehen würde, wo Gholams Familie ihr Zelt aufgeschlagen hatte. Sie wären vermutlich längst fort. Und er würde am Straßenrand stehen und sich ausmalen, wie Gholam mit Mutter, Brüdern und Großmutter in einer Karawane abzog, schwer beladen mit ihren staubigen, mit Seilen festgezurrten Habseligkeiten; er würde sich vorstellen, wie sie auf der Suche nach einer neuen Bleibe an den Straßenrändern dahinzogen. Gholam war jetzt das Familienoberhaupt. Er würde arbeiten müssen. Er würde seine Jugend damit verbringen, Kanäle zu reinigen, Gräben auszuheben, Backsteine herzustellen, Felder abzuernten. Gholam würde sich allmählich in einen jener gebeugten, lederhäutigen Männer verwandeln, wie Adel sie oft hinter dem Pflug gehen sah.

Adel stellte sich vor, dass er eine Weile auf dem Feld stehen, die Hügel und die über Shadbagh-e-Nau aufragenden Berge betrachten würde. Und dann, dachte er, würde er aus seiner Tasche holen, was er bei einem Spaziergang auf der Obstwiese gefunden hatte: Die linke Hälfte einer in der Mitte zerbrochenen Brille, mit gesprungenem Glas und getrocknetem Blut auf dem Bügel. Er würde die Brille in einen Graben werfen, und wenn er schließlich umkehrte, um wieder nach Hause zu gehen, würde er wohl vor allem eines verspüren: Erleichterung.

ACHT

Herbst 2010

Ich komme abends aus dem Krankenhaus nach Hause und finde auf dem Anrufbeantworter im Schlafzimmer eine Nachricht von Thalia vor. Ich höre sie ab, während ich die Schuhe ausziehe und mich an den Schreibtisch setze. Thalia erzählt, dass sie sich bei Mamá mit einer Erkältung angesteckt hat, fragt dann, wie es mir geht, erkundigt sich nach meiner Arbeit in Kabul. Kurz bevor sie auflegt, sagt sie: *Odie fragt sich immer wieder, warum du nie anrufst. Aber sie beschwert sich natürlich nicht bei dir. Deshalb tue ich es, Markos. Um Gottes willen. Ruf deine Mutter an, du Esel.*

Ich muss lächeln.

Thalia.

Ein Bild von ihr steht auf meinem Schreibtisch, eines, das ich vor vielen Jahren am Strand von Tinos aufgenommen habe – sie sitzt auf einem Felsen, mit dem Rücken zur Kamera. Ich habe das Foto rahmen lassen, aber wenn man genauer hinschaut, sieht man unten links einen braunen Fleck: Ein verrücktes, italienisches Mädchen wollte das Foto vor vielen Jahren verbrennen.

Ich mache meinen Laptop an und beginne, die Operationsberichte vom Vortag einzutippen. Mein Zimmer befindet sich im Obergeschoss – es ist eines von drei Schlafzimmern in der zweiten Etage des Hauses, in dem ich wohne, seit ich 2002 nach Kabul gekommen bin –, und von meinem Schreibtisch, der am Fenster steht, habe ich einen Blick auf den Garten. Ich kann die Wollmispelbäume sehen, die Nabi, mein früherer Vermieter, vor einigen Jahren gemeinsam mit mir gepflanzt hat. Und ich sehe hinten vor der Mauer Nabis alte, jetzt frisch gestrichene Hütte. Ich bot sie nach seinem Tod einem jungen Niederländer an, der die weiterführenden Schulen der Stadt bei der IT unterstützt. Rechts davon steht Suleiman Wahdatis Chevrolet, Baujahr 1940. Er steht dort seit Jahrzehnten, von Rost bedeckt wie ein Stein von Moos, und weil es gestern zum ersten Mal in diesem Jahr – und noch dazu überraschend früh – geschneit hat, ist er weiß gepudert. Ich wollte das Auto nach Nabis Tod eigentlich zu einem der Schrottplätze Kabuls schleppen lassen, brachte es aber nicht übers Herz. Denn es gehört zu diesem Haus, ist ein fester Bestandteil seiner Geschichte.

Ich beende meinen Bericht und schaue auf die Uhr. Schon 21:30. In Griechenland eineinhalb Stunden früher.

Ruf deine Mutter an, du Esel.

Wenn ich Mamá heute noch anrufen will, kann ich es nicht mehr länger aufschieben. Zumal Thalia in einer ihrer Mails geschrieben hat, dass Mamá immer früher zu Bett geht. Ich hole tief Luft, raffe mich auf. Dann greife ich nach dem Telefon und wähle ihre Nummer.

Ich habe Thalia im Sommer 1967 kennengelernt. Damals war ich zwölf. Sie war mit ihrer Mutter, Madaline, nach Tinos gekommen, um Mamá und mich zu besuchen. Mamá, deren Name Odelia ist, erzählte mir, dass die letzte Begegnung mit ihrer Freundin Madaline Jahre her sei, fünfzehn Jahre, um genau zu sein. Madaline war mit siebzehn von der Insel nach

Athen gegangen und dort Schauspielerin geworden, ohne je den ganz großen Durchbruch geschafft zu haben.

»Dass sie Schauspielerin wurde«, sagte Mamá, »hat mich nicht überrascht. Denn sie war wunderschön. Jeder war hingerissen von Madaline. Das wirst du selbst sehen, wenn du sie kennenlernst.«

Ich fragte Mamá, warum sie nie von ihr erzählt habe.

»Habe ich das wirklich nie getan? Ganz sicher nicht?«

»Ganz sicher.«

»Dabei hätte ich es schwören können.« Dann sagte sie: »Ihre Tochter. Thalia. Sei bitte ganz behutsam mit ihr, sie hatte einen Unfall. Sie ist von einem Hund gebissen worden. Sie hat eine Narbe.«

Mamá sagte nichts weiter darüber, und ich wusste, dass es besser war, sie nicht zu bedrängen. Trotzdem faszinierte mich diese Enthüllung weit mehr als Madalines Film- und Bühnenvergangenheit, und meine Neugier wurde noch größer, weil ich glaubte, dass die Narbe, auf die sie mich extra vorbereitet hatte, riesig und für jedermann zu sehen wäre. Ich konnte es kaum erwarten, sie zu erblicken, war von einer morbiden Neugier erfüllt.

»Madaline und ich haben uns bei der Messe kennengelernt, als wir klein waren«, sagte Mamá. Sie hätten sofort Freundschaft geschlossen und seien unzertrennlich gewesen. Sie hatten im Schulunterricht, in der Pause, in der Kirche oder bei Spaziergängen in den Gerstenfeldern Händchen gehalten. Sie hatten sich geschworen, für immer Schwestern zu sein, stets in der Nähe der anderen zu bleiben, auch nach der Heirat. Und falls der Ehemann darauf bestehe fortzuziehen, wollten sie die Scheidung einreichen. Ich weiß noch, dass Mamá dies mit einem selbstironischen Grinsen erzählte, als wollte sie sich von dem jugendlichen Überschwang, der Dummheit, den überstürzten, unüberlegten Versprechen distanzieren. Doch ihre Miene verriet auch stumme Verletztheit und leise Enttäuschung, nur war sie viel zu stolz, es zuzugeben.

Madaline war inzwischen mit einem reichen und wesentlich älteren Mann namens Andreas Gianakos verheiratet, der vor Jahren ihren zweiten und, wie sich herausstellte, letzten Film produziert hatte. Er war jetzt im Baugeschäft tätig und besaß in Athen eine große Firma. Die beiden, Madaline und Herr Gianakos, hatten kürzlich großen Streit gehabt. Das wusste ich nicht von Mamá. Nein, ich hatte heimlich und hastig einen Teil des Briefes gelesen, in dem Madaline Mamá über ihren Besuch in Kenntnis gesetzt hatte.

Ich habe die Gesellschaft von Andreas und seinen ultrarechten Freunden so satt, zumal sie immer diese martialische Musik hören. Ich halte mich zurück. Ich schweige, wenn sie diese Schwachköpfe von Militärs rühmen, die unsere Demokratie in eine Farce verwandelt haben. Würde ich ihnen auch nur ein einziges Mal widersprechen, wäre ich in ihren Augen eine Anarcho-Kommunistin, dann würden mich nicht einmal die guten Beziehungen von Andreas vor dem Folterkeller bewahren. Vielleicht würde er sich auch gar nicht die Mühe machen – seine Beziehungen spielen lassen, meine ich. Ich denke manchmal, dass er es darauf anlegt, mich zu einer unbedachten Äußerung zu provozieren. Ach, wie ich Dich vermisse, liebe Odie, wie mir Deine Gesellschaft fehlt …

Am Tag der Ankunft ihrer Gäste stand Mamá zeitig auf, um Ordnung zu machen. Wir wohnten in einem kleinen Haus am Hang. Wie die meisten Häuser auf Tinos bestand es aus weißgetünchten Steinen und hatte ein mit roten, rautenförmigen Ziegeln gedecktes Flachdach. Das kleine, oben gelegene Schlafzimmer, das ich mir mit Mamá teilte, hatte keine Tür – die schmale Treppe führte direkt hinein –, aber ein Oberlicht und eine schmale Terrasse mit hüfthohem, schmiedeeisernem Geländer. Von dort hatte man einen Blick auf die

Dächer der anderen Häuser, die Olivenbäume und die Ziegen, auf das Gassengewirr und die Torbögen und natürlich auf die Ägäis, morgens still und blau, und an Sommernachmittagen, wenn der *meltemi*, der Nordwind, blies, von weißen Schaumkronen bedeckt.

Nachdem Mamá mit Putzen und Aufräumen fertig war, warf sie sich in den einzigen Sonntagsstaat, den sie besaß und den sie auch immer am fünfzehnten August in der Kirche Panagia Evangelistria trug, wenn der Entschlafung Mariä gedacht wurde. Dann strömten aus der ganzen Mittelmeerregion Pilger herbei, um vor der berühmten Ikone der Kirche zu beten. Es gibt ein Foto, das meine Mutter in diesem Aufzug zeigt: langes, schlichtes, rotgoldenes Kleid mit rundem Ausschnitt, eingelaufener, weißer Pullover, Strümpfe, klobige, schwarze Schuhe. Mamá sieht darauf aus wie die unnahbare Witwe in Person, mit ernstem Gesicht, Stupsnase und dichten Brauen, steifer Haltung und jener frommen, aber verdrossenen Miene, wie sie sonst nur die Pilger aufsetzen. Ich bin auch mit auf dem Foto, stehe stocksteif neben meiner Mutter, der ich bis zur Hüfte reiche. Ich trage eine kurze Hose, ein weißes Hemd und umgekrempelte, weiße Kniestrümpfe. Mein grimmiges Gesicht verrät, dass man mich angewiesen hat, gerade zu stehen und nicht zu lächeln. Mein Gesicht ist geschrubbt, mein Haar mit Wasser geglättet und gegen meinen Willen und trotz lauten Gezeters nach hinten gekämmt worden. Man kann spüren, dass etwas zwischen uns steht, vielleicht ein gewisser Missmut. Das sieht man an unserer steifen Haltung und auch daran, dass wir einen kleinen Abstand zueinander wahren.

Oder auch nicht. Aber was mich betrifft, so sticht mir all dies stets ins Auge, wenn ich das Foto anschaue, zuletzt vor zwei Jahren. Ich bemerke unweigerlich die Ungeduld, die Anstrengung, den Argwohn. Ich sehe zwei Menschen, die aus familiärem Pflichtgefühl nebeneinander stehen, die schon damals dazu verdammt waren, einander vor den Kopf zu stoßen, zu enttäuschen und abzulehnen, so als hätten sie dies bei ihrer Ehre geschworen.

Ich sah vom Schlafzimmerfenster aus, wie sie nach Tinos zum Fährhafen aufbrach. Mamá, das Kopftuch unter dem Kinn zusammengebunden, lief mit vorgestrecktem Kopf in den strahlend blauen Tag. Sie war schmal, hatte zarte Knochen und den Körper eines Kindes, aber wenn man sie irgendwo ankommen sah, machte man ihr besser Platz. Ich weiß noch, wie sie mich jeden Morgen zur Schule brachte – sie war früher Lehrerin. Mamá nahm mich nie bei der Hand. Die anderen Mütter taten das, nicht so Mamá. Sie sagte, sie müsse mich behandeln wie alle anderen Schüler auch. Sie marschierte voran, eine Faust am Kragen des Pullovers geballt, und ich versuchte, Schritt zu halten, stolpernd und die Dose mit dem Pausenbrot in der Hand. Ich saß im Klassenraum immer ganz hinten. Ich sehe noch vor mir, wie meine Mutter an der Tafel stand, wie sie jeden Störenfried mit einem einzigen schneidenden Blick zum Verstummen bringen konnte, ein Blick wie ein mit einer Schleuder abgefeuerter Stein, der sein Ziel nie verfehlte. Ein kurzer, finsterer Blick, ein plötzliches, knappes Schweigen, und man gefror innerlich.

Mamá hielt Treue für den höchsten aller Werte, und sei es auf Kosten von Selbstverleugnung. Vor allem auf Kosten von Selbstverleugnung. Sie glaubte auch, dass man immer die Wahrheit sagen müsse, offen und ohne großes Getue; je unangenehmer die Wahrheit, desto rascher heraus damit. Sie hatte keine Geduld mit rückgratlosen Menschen. Sie war – *ist* – eine Frau, die keine Ausflüchte kennt, eine Frau von unbeugsamer Willenskraft und ganz sicher keine Person, mit der man sich anlegen möchte – obwohl ich mich bis heute frage, ob ihr Wesen gottgegeben war oder ob sie es sich nach dem Tod ihres

Mannes hatte aneignen müssen, der ein knappes Jahr nach der Heirat starb und ihr so die Last meiner Erziehung überließ.

Ich schlief kurz nach Mamás Aufbruch ein. Irgendwann riss mich eine hohe, durchdringende Frauenstimme aus dem Schlaf. Ich richtete mich auf, und da stand sie, lächelte mich durch den Schleier ihres Pillboxhutes an wie ein Model auf dem Werbeplakat für eine Fluglinie, mit Parfüm, Puder und Lippenstift, mit schlankem Körper, langen Beinen und rotbraunen Haaren. Sie trug ein neongrünes Minikleid und stand mitten im Raum, vor sich eine Reisetasche aus Leder, lächelte mich strahlend an und redete fröhlich, ja euphorisch auf mich ein.

»Du bist also Odies kleiner Markos! Sie hat mir ja gar nicht gesagt, dass du so hübsch bist! Oh, und du siehst ihr ähnlich, vor allem die Augenpartie, ja, ich finde, du hast ihre Augen, aber das hat man dir bestimmt schon gesagt. Ich habe mich sehr darauf gefreut, dich kennenzulernen. Deine Mutter und ich, wir – ach, das hat sie dir sicher erzählt, du kannst dir also vorstellen, wirst ahnen, wie herrlich ich es finde, euch beide zu sehen und dich endlich kennenzulernen, Markos. Markos Varvaris! Tja. Ich bin Madaline Gianakos, und ich bin, das muss ich sagen, entzückt.«

Sie trug cremefarbene, ellbogenlange Satinhandschuhe, und als sie einen ausziehen wollte, musste sie mehrmals an jedem Finger zupfen. Solche Handschuhe hatte ich bis dahin nur in Zeitschriften gesehen, auf Bildern, die elegante Damen bei Soirées zeigten, beim Rauchen auf der breiten Treppe eines Opernhauses, beim Aussteigen aus einer dunklen Limousine, im Blitzlichtgewitter. Nach dem Ausziehen des Handschuhs knickte sie leicht in der Taille ein und bot mir die Hand dar.

»Ja, entzückt«, sagte sie. Trotz der Handschuhe war ihre Hand kühl und weich. »Und dies ist meine Tochter Thalia. Sag Markos Varvaris Guten Tag, Liebes.«

Die Tochter stand neben meiner Mutter in der Tür und sah mich ausdruckslos an, ein schlaksiges Mädchen mit blasser Haut und schlaffen Locken. Davon abgesehen kann ich mich an nichts mehr erinnern. Ich weiß nicht mehr, welche Farbe ihr Kleid hatte, falls sie an jenem Tag eines trug, oder wie ihre Schuhe aussahen. Ich weiß nicht mehr, ob sie Söckchen oder eine Armbanduhr, eine Kette, einen Ring oder Ohrringe trug. Wenn sich jemand, während man in einem Restaurant sitzt, plötzlich nackt ausziehen, auf einen Tisch steigen und mit Teelöffeln jonglieren würde, hätte man nur Augen für diese Person. Genauso erging es mir mit der Maske, die das Mädchen über der unteren Gesichtshälfte trug – diese Maske radierte alles andere aus.

»Thalia, Liebes, sag Guten Tag. Sei nicht unhöflich.«

Das Mädchen schien leicht mit dem Kopf zu nicken.

»Hallo«, sagte ich mit belegter Stimme. Irgendetwas lag in der Luft, ein Knistern, eine Spannung, halb furchtsam, halb fasziniert, ein Gefühl, das in mir aufloderte und leise weiterflackerte. Ich wusste, dass ich das Mädchen anstarrte, konnte den Blick aber nicht von dem himmelblauen Stoff ihrer Maske losreißen, den zwei Bändern, mit denen sie am Hinterkopf befestigt war, dem schmalen Schlitz vor ihrem Mund. Ich wusste sofort, dass ich den Anblick dessen, was die Maske verbarg, nicht ertragen würde. Trotzdem brannte ich darauf, es zu sehen. Mein Leben würde erst wieder in normalen Bahnen verlaufen, erst dann Rhythmus und Struktur wiederfinden, wenn ich gesehen hatte, was man vor den Augen der Welt verbergen musste, weil es zu grauenhaft war.

Die andere Möglichkeit – dass die Maske vielleicht dazu dienen sollte, Thalia vor uns abzuschirmen – kam mir nicht in den Sinn, jedenfalls nicht bei dieser ersten, verwirrenden Begegnung.

Madaline und Thalia gingen nach oben, um ihre Sachen auszupacken. Mamá ging derweil in die Küche, um für das Abendessen Seezungenfilets vorzubereiten. Ich sollte eine Tasse *ellinikós kafés* für Madaline machen, was ich tat, und brachte die Tasse mit einem kleinen Teller *pastelli* nach oben.

Das ist Jahrzehnte her, aber bei der Erinnerung an das, was dann geschah, überkommt mich die Scham noch immer wie eine warme, klebrige Flüssigkeit. Ich habe die Szene bis heute vor Augen, sie hat sich mir regelrecht eingebrannt. Madaline steht am Schlafzimmerfenster, raucht eine Zigarette und betrachtet das Meer durch eine runde, dunkle Sonnenbrille, eine Hand auf der Hüfte, die Füße überkreuzt. Ihr Pillboxhut liegt auf der Kommode. Über der Kommode hängt ein Spiegel, und darin sehe ich die mit dem Rücken zu mir auf dem Bett sitzende Thalia. Sie bückt sich gerade, vielleicht, um ihre Schuhe aufzubinden, und ich bemerke, dass sie die Maske abgesetzt hat. Sie liegt neben ihr auf dem Bett. Ich versuche, den kalten Schauder zu unterdrücken, der mir über den Rücken läuft, aber meine Hände zittern so sehr, dass Tasse und Untertasse klirren. Daraufhin dreht sich Madaline zu mir um, und Thalia schaut auf. Ich erblicke ihr Gesicht im Spiegel.

Das Tablett rutscht mir aus den Händen. Das Porzellan geht zu Bruch. Die heiße Flüssigkeit wird verschüttet, und das Tablett poltert die Treppe hinunter. Danach Chaos: Ich hocke auf allen vieren auf dem Fußboden, würge und huste über dem kaputten Porzellan, und Madaline sagt: »O je. O je«, und Mamá eilt die Treppe hinauf und brüllt: »Was ist los? Was hast du angestellt, Markos?«

Sie wurde von einem Hund gebissen, hatte Mamá mich vorgewarnt. *Sie hat eine Narbe.* Aber der Hund hatte Thalia nicht gebissen, sondern ihr Gesicht *angefressen*. Vielleicht gab es Worte, um zu beschreiben, was ich an jenem Tag im Spiegel sah, aber das Wort »Narbe« traf es sicher nicht.

Ich weiß noch, dass Mamá mich an der Schulter packte, zu sich herumriss und fragte: »Was hast du? Was ist los mit dir?« Und ich weiß noch, wie sie den Blick über meinen Kopf hob. Ihre Miene gefror. Die Worte blieben ihr im Hals stecken. Sie wurde kreidebleich. Ihre Hände glitten von meinen Schultern. Und dann erlebte ich etwas Einmaliges, etwas, das ich für noch unwahrscheinlicher gehalten hatte als die Möglichkeit, dass der gute, alte König Konstantin in einem Clownskostüm vor unserer Haustür erschien: Eine einsame Träne, die aus dem rechten Auge meiner Mutter quoll.

»Und wie war sie?«, fragt Mamá.

»Wer?«

»Wer? Die Französin. Die Nichte deines Vermieters, die Professorin aus Paris.«

Ich halte den Hörer an das andere Ohr. Erstaunlich, dass sie sich daran erinnert. Ich hatte mein Leben lang das Gefühl, dass alles, was ich zu Mamá gesagt habe, so ungehört verhallt ist, als wäre die Verbindung zwischen uns gestört. Wenn ich sie, wie auch jetzt, aus Kabul anrufe, habe ich das Gefühl, als hätte sie den Hörer weggelegt und wäre beiseite getreten, als würde ich in eine Leere zwischen den Kontinenten sprechen – obwohl ich spüren kann, dass meine Mutter noch dran ist, obwohl ich ihren Atem höre. Und wenn ich ihr von einem Erlebnis im Krankenhaus erzähle, zum Beispiel von einem blutüberströmten, vom Vater hereingetragenen Jungen mit Schrapnellsplittern in den Wangen und abgerissenem Ohr, der wie so viele andere Opfer auch zur falschen Tageszeit in der falschen Straße gespielt hat, höre ich urplötzlich ein dumpfes Geräusch. Dann klingt meine Mutter auf einmal gedämpft und weit weg, dann schwankt ihre Stimme, dann höre ich

Schritte und ein Geräusch, als würde etwas über den Fußboden geschleift, dann warte ich wie erstarrt, bis ich sie wieder besser verstehen kann, dann erklärt sie mir etwas atemlos: *Ich habe ihr gesagt, dass ich stehen will. Ich habe laut und deutlich zu ihr gesagt: Thalia, ich will am Fenster stehen und auf das Meer schauen, während ich mit Markos telefoniere, aber sie sagt: Das ist zu anstrengend, Odie, du musst dich setzen. Dann zerrt sie den Ohrensessel, dieses riesige Ledermöbel, das sie im letzten Jahr für mich gekauft hat, vor das Fenster. Meine Güte, sie hat wirklich Kraft. Du kennst den Ohrensessel ja nicht. Nein, natürlich nicht.* Und dann seufzt sie künstlich genervt und bittet mich fortzufahren, nur bin ich längst aus dem Takt. Sie gibt mir damit das Gefühl, ermahnt worden zu sein, und das auch noch zu Recht, weil ich mich irgendwelcher Vergehen schuldig gemacht habe, unausgesprochener Vergehen, die mir nie offen vorgehalten wurden. Und wenn ich fortfahre, scheint das, was ich zu erzählen habe, im Vergleich zu dem Ohrensessel-Drama, das Mamá mit Thalia erleben muss, geradezu lächerlich.

»Wie heißt sie noch?«, fragt Mamá. »Pari Sowieso?«

Ich habe Mamá von meinem guten Freund Nabi erzählt, aber sie kennt sein Leben nur in groben Zügen. Sie weiß, dass er das Haus in Kabul seiner in Frankreich aufgewachsenen Nichte Pari vermacht hat. Sie weiß nichts von Nila Wahdati oder deren Flucht nach Paris nach dem Schlaganfall ihres Mannes, und sie weiß genauso wenig, dass Nabi Suleiman jahrzehntelang gepflegt hat. Die ganze Geschichte. Sie enthält zu viele bedrückende Parallelen. Es wäre, als würde man seinen eigenen Schuldspruch laut vorlesen.

»Ja. Pari. Sie ist sehr nett«, sage ich. »Und warmherzig. Vor allem für eine Akademikerin.«

»Sie ist Chemikerin, oder?«

»Mathematikerin«, erwidere ich und klappe den Laptop

zu. Draußen schneit es wieder, im Dunkeln tanzen winzige Flocken, wirbeln gegen das Fenster.

Ich berichte Mamá von dem Besuch, den Pari Wahdati mir im Spätsommer abgestattet hat. Sie war wirklich reizend. Sanft, schlank, das graue Haar zum Knoten aufgesteckt, ein langer Hals mit hervortretender, blauer Vene auf jeder Seite. Wenn sie lächelte, sah man die Lücken zwischen ihren Zähnen. Sie wirkte etwas gebrechlich und älter, als sie tatsächlich war. Schlimmes Rheuma. Ihre Hände waren etwas steif, und wenn sie sie auch noch bewegen konnte, wusste sie doch, dass der Tag kommen würde. Ich musste dabei an Mamá und das Kommen *ihres* Tages denken.

Pari Wahdati blieb eine Woche im Haus in Kabul. Ich führte sie gleich nach ihrer Ankunft aus Paris herum. Sie hatte das Haus zuletzt im Jahr 1955 gesehen und war überrascht, wie gut sie sich daran erinnern konnte, an den Schnitt der Räume oder an die zwei Stufen zwischen Wohn- und Esszimmer, auf denen sie, wie sie erzählte, vormittags oft gesessen und im hereinfallenden Sonnenschein ihre Bücher angeschaut hatte. Es erstaunte sie, dass das Haus viel kleiner war, als sie es in Erinnerung hatte. Als ich sie nach oben führte, wusste sie sofort, wo ihr Schlafzimmer gewesen war, in dem zurzeit ein deutscher, für die Welthungerhilfe arbeitender Kollege wohnt. Ihr Atem stockte, als sie in einer Ecke des Zimmers den kleinen Sekretär erblickte – eines der wenigen Überbleibsel aus ihrer Kindheit. Sie hockte sich daneben und strich über die abblätternde, gelbe Farbe, die verblassenden Giraffen und langschwänzigen Affen auf der Klappe. Als sie zu mir aufsah, hatte sie Tränen in den Augen, und sie fragte mich sehr schüchtern, fast entschuldigend, ob man ihn nach Paris schicken könne. Sie bot an, für Ersatz zu sorgen. Sie wollte nur diesen Sekretär, sonst nichts. Ich antwortete, dass ich das gern für sie veranlassen würde.

Bis auf den Sekretär, den ich einige Tage nach ihrer Abreise auf den Weg gebracht habe, kehrte Pari Wahdati nur mit den Skizzenbüchern Suleiman Wahdatis, mit Nabis Brief und einigen von Nabi geretteten Gedichten Nilas nach Frankreich zurück. Die einzige andere Bitte, die sie während ihres Besuchs an mich herantrug, bestand darin, sie nach Shadbagh zu fahren, weil sie ihren Geburtsort sehen wollte und dort ihren Halbbruder Iqbal wiederzufinden hoffte.

»Sie wird das Haus sicher verkaufen«, sagt Mamá. »Jetzt, da es ihr gehört.«

»Sie sagt, dass ich hier so lange wohnen kann, wie ich will.«

»Mietfrei.«

Ich sehe es förmlich vor mir, wie Mamá in diesem Moment skeptisch die Lippen aufeinanderpresst. Sie ist eine Inselbewohnerin. Sie misstraut Menschen vom Festland, stellt deren vermeintlich guten Absichten in Frage. Schon allein deshalb wusste ich bereits als Junge, dass ich Tinos bei der erstbesten Gelegenheit verlassen musste. Wenn die Leute so redeten, überkam mich immer ein gewisser Unmut.

»Wie geht es mit dem Taubenschlag voran?«, frage ich, um das Thema zu wechseln.

»Ich musste eine Pause einlegen. Es hat mich zu sehr erschöpft.«

Vor sechs Monaten wurde Mamá in Athen von einem Neurologen untersucht. Ich hatte darauf bestanden, weil Thalia berichtete, dass Mamá wiederholt Zuckungen hatte und immer häufiger Sachen fallen ließ. Seit der Fahrt zum Neurologen ist Mamá ziemlich rastlos, wie ich aus Thalias E-Mails weiß. Sie hat das Haus neu gestrichen, hat Rohrleitungen repariert, Thalia überredet, ihr beim Bau eines neuen Schrankes für die obere Etage zu helfen, und wollte sogar kaputte Dachziegel austauschen, was Thalia zum Glück unterband. Nun

der Taubenschlag. Ich stelle mir vor, wie Mamá mit aufge-
krempelten Ärmeln und verschwitztem Rücken Bretter ab-
schmirgelt und mit dem Hammer auf Nägel eindrischt. Es ist
ein Wettlauf gegen ihre versagenden Nervenbahnen. Der Versuch, diese während der noch verbleibenden Zeit so gut wie
möglich einzusetzen.

»Wann kommst du nach Hause?«, fragt Mamá.

»Bald«, sage ich. Vor einem Jahr fragte sie das Gleiche, und
ich sagte auch »bald«. Mein letzter Besuch auf Tinos ist zwei
Jahre her.

Ein kurzes Schweigen. »Warte nicht zu lange. Ich möchte
dich noch einmal sehen, bevor man mich an die eiserne Lunge
hängt.« Sie lacht. Sie hatte immer schon die Angewohnheit,
Schicksalsschlägen mit Albernheiten und Witzen zu begegnen. Sie verabscheut jedes Selbstmitleid. Das paradoxe – und,
wie ich weiß, beabsichtigte – Resultat dieser Haltung besteht
darin, dass jedes Übel sowohl kleingeredet als auch aufgebla-
sen wird.

»Komm am besten an Weihnachten«, sagt sie. »Auf jeden
Fall vor dem vierten Januar. Thalia hat gesagt, dass man
dann eine Sonnenfinsternis über Griechenland sehen kann.
Das hat sie im Internet gelesen. Wir könnten sie zusammen
anschauen.«

»Ich versuche es, Mamá«, sage ich.

Es fühlte sich so an, als würde man eines Morgens nach dem
Erwachen feststellen, dass ein wildes Tier ins Haus eingedrun-
gen ist. Ich fühlte mich nirgendwo mehr sicher. Sie schien
immer und überall zugleich zu sein, verfolgte mich, lauerte mir
auf und tupfte mit einem Taschentuch den unablässig fließenden Speichel von ihrer Wange. Ich konnte ihr nicht entkom-

men, denn unser Haus war zu klein. Die Mahlzeiten fürchtete ich am meisten, weil ich dann mitansehen musste, wie Thalia ihre Maske hob, um zu essen. Bei diesem Anblick und dem damit einhergehenden Geräusch drehte sich mir der Magen um. Sie schmatzte laut, und ständig fiel halbzerkautes Essen zurück auf den Teller oder den Tisch und manchmal auf den Fußboden. Sie musste alle Flüssigkeiten, sogar Suppen, mit Strohhalmen zu sich nehmen, die ihre Mutter stapelweise in ihrer Handtasche mit sich führte. Sie schlürfte und blubberte, wenn sie Brühe durch den Strohhalm saugte, und kleckerte auf Maske, Kinn und Hals. Beim ersten Mal bat ich, vom Tisch aufstehen zu dürfen, aber Mamá sah mich nur scharf an, und so lernte ich, den Blick abzuwenden und mich taub zu stellen, ein hartes Stück Arbeit. Wenn ich die Küche betrat, saß Thalia reglos da, während Madaline zur Vorbeugung gegen wunde Stellen Salbe auf ihre Wange strich. Ich legte einen Kalender an und zählte insgeheim die Tage der vier Wochen, die Madaline und Thalia laut Mamá bei uns verbringen wollten.

Wäre Madaline nur allein gekommen. Ich mochte Madaline. Wenn wir zu viert auf dem kleinen, quadratischen Hof vor der Haustür saßen, nippte sie am Kaffee und qualmte eine Zigarette nach der anderen. Der Schatten des Olivenbaums fiel auf ihr Gesicht, und sie trug einen goldgelben Strohhut, der an jeder anderen Frau, auch an Mamá, lächerlich ausgesehen hätte. Doch sie war einer jener Menschen mit angeborener Eleganz – so wie andere die Gabe haben, die Zunge rollen zu können. Madaline sorgte dafür, dass nie eine Gesprächspause eintrat; sie steckte voller Geschichten. Eines Vormittags erzählte sie von ihren Reisen, zum Beispiel der nach Ankara, wo sie am Ufer des Enguri Su spazieren gegangen war und grünen Tee mit Raki getrunken hatte. Oder von der Kenia-Reise mit Herrn Gianakos, auf der sie zwischen dornigen Akazien auf Elefanten geritten waren und gemeinsam mit den Eingeborenen Maismehlbrei und Reis mit Kokosnuss gegessen hatten.

Madalines Geschichten weckten eine alte Rastlosigkeit in mir, den immer schon in mir gärenden Drang, blindlings in die Welt hinauszuziehen, denn ich empfand mein Leben auf Tinos als furchtbar öde. Mein Leben, befürchtete ich, würde sich ereignislos immer weiter ins Nichts bewegen, und deshalb hatte ich während meiner Jugend auf Tinos meist das Gefühl, den anderen etwas vorzumachen, ein Lückenbüßer für mein wahres Selbst zu sein, das an einem anderen Ort zu Hause war und darauf wartete, sich eines Tages mit meinem wie ausgehöhlten Ersatz-Selbst vereinen zu können. Ich fühlte mich gestrandet. Wie ein Fremder in der eigenen Heimat.

Madaline erzählte, dass sie im Kugulu-Park in Ankara Schwäne gesehen habe, die über das Wasser geglitten seien. Sie sagte, das Wasser habe nur so geglitzert.

»Na, ich übertreibe«, sagte sie lachend.

»O nein«, sagte Mamá.

»Eine alte Angewohnheit. Ich rede zu viel. Das war immer schon so. Weißt du noch, wie viel Ärger wir bekamen, weil ich im Unterricht so viel geredet habe? Du warst immer brav, Odie. Verantwortungsbewusst und fleißig.«

»Ich finde deine Geschichten interessant. Du hast ein spannendes Leben.«

Madaline verdrehte die Augen. »Na, du kennst ja den chinesischen Fluch.«

»Hat es dir in Afrika gefallen?«, wollte Mamá von Thalia wissen.

Thalia drückte sich ein Taschentuch gegen die Wange und schwieg. Ich war froh darüber, denn sie sprach sehr sonderbar. Es klang immer irgendwie feucht, und sie lispelte und gurgelte zugleich.

»Ach, Thalia reist nicht gern«, sagte Madaline, als wäre dies eine eherne Wahrheit, und drückte ihre Zigarette aus. Sie sah nicht zu Thalia; ihr schien es egal zu sein, ob ihre Tochter dies bejahte oder sich dagegen verwahrte. »Sie hat keinen Spaß daran.«

»Ich auch nicht«, sagte Mamá an Thalia gewandt. »Ich bin gern zu Hause. Ich habe nie einen Grund gesehen, Tinos den Rücken zu kehren.«

»Und ich keinen, um zu bleiben«, sagte Madaline. »Von dir einmal abgesehen.« Sie berührte Mamá am Handgelenk. »Weißt du, wovor ich mich am meisten gefürchtet habe, als ich von hier fortgegangen bin? Was mir am schwersten im Magen lag? Die Frage, wie ich ohne dich zurechtkommen würde, Odie. Das schwöre ich. Ich war wie versteinert bei diesem Gedanken.«

»Wie mir scheint, bist du gut zurechtgekommen«, antwortete Mamá und riss den Blick von Thalia los.

»Du verstehst nicht«, sagte Madaline, und mir wurde bewusst, dass sie mich meinte, denn sie sah mich direkt an. »Ohne deine Mutter wäre ich zerbrochen. Sie hat mich gerettet.«

»Jetzt übertreibst du wirklich«, sagte Mamá.

Thalia hob den Kopf. Sie blinzelte in die Sonne. Am blauen Himmel zog ein lautloser Düsenjet einen langen, einsamen Kondensstreifen hinter sich her.

»Odie hat mich vor meinem Vater gerettet«, sagte Madaline. Ich wusste nicht, ob sie sich noch immer an mich richtete. »Er gehörte zu diesen Menschen, die schon bösartig auf die Welt kommen. Er hatte Glubschaugen, einen kurzen, dicken Hals und ein dunkles Muttermal auf dem Nacken. Und Fäuste. Fäuste wie Backsteine. Wenn er nach Hause kam, musste er gar nichts tun. Es reichte schon, dass ich seine Schritte im Flur hörte, das Klimpern der Schlüssel, sein Summen. Wenn er in Wut geriet, kniff er die Augen zusammen und schnaubte, und dann rieb er sein Gesicht und sagte: *Na gut, Mädchen, na gut*, und dann wusste ich, was kommen würde, nämlich ein Sturm, der unaufhaltsam über mich hereinbrechen würde. Niemand konnte ihn aufhalten. Mir wurde manchmal schon schwarz vor Augen, wenn er nur sein Gesicht rieb oder in seinen Schnurrbart schnaubte.

Ich bin seither immer wieder Männern wie ihm begegnet. Ich wünschte, es wäre nicht so gewesen. Aber so war es, und ich weiß aus Erfahrung, dass man nur ein bisschen genauer hinsehen muss, um zu entdecken, dass sie alle mehr oder weniger gleich sind. Ja, manche sind feiner, und manche sind charmant, zum Teil sogar sehr charmant, aber das täuscht. Denn in Wahrheit sind sie alle unglückliche, kleine Jungs, die sehr wütend sind. Sie glauben, man hätte ihnen unrecht getan. Sie fühlen sich zu kurz gekommen. Nicht genug geliebt. Und sie erwarten, geliebt zu werden. Sie möchten, dass man sie umarmt, sie bestätigt, aber es ist ein Fehler, das zu tun. Sie können es sowieso nicht annehmen. Sie nehmen genau das, was sie am meisten brauchen, nicht an. Und am Ende hassen sie einen dafür, dass man es ihnen zu geben versucht. Sie können einen nicht genug dafür hassen, und deshalb nimmt es nie ein Ende: die Qualen, die Entschuldigungen, die Versprechungen, die Wortbrüche, das ganze erbärmliche Elend. Mein erster Mann war so.«

Ich war wie vor den Kopf gestoßen. In meiner Gegenwart hatte noch nie jemand so offen gesprochen, schon gar nicht Mamá. Niemand, den ich kannte, hatte sich jemals so offen über sein Schicksal ausgelassen. Ich empfand das als peinlich, zugleich bewunderte ich Madaline für ihren Mut.

Bei der Erwähnung ihres ersten Mannes fiel mir auf, dass sich zum ersten Mal, seit ich sie kennengelernt hatte, ein Schatten auf ihr Gesicht legte, die flüchtige Andeutung von etwas Finsterem, Gequältem und Verletztem, das im Widerspruch zu ihrem herzlichen Lachen, ihren Scherzen und ihrem bunten, mit einem Kürbismuster bedruckten Kleid stand. Ich weiß noch, dass ich damals dachte, sie müsse eine wirklich gute Schauspielerin sein, um Wunden und Enttäuschungen mit so viel Fröhlichkeit übertünchen zu können. Wie eine Maske, dachte ich, und war insgeheim stolz darauf, diesen klugen Bezug hergestellt zu haben.

Später, als ich älter war, schien mir die Sache nicht mehr so einfach zu sein. Wenn ich daran zurückdenke, hatte die Art, wie sie innehielt und dann ihren ersten Mann erwähnte, wie sie den Blick senkte, wie es ihr kurz die Sprache verschlug und ihre Lippen bebten, etwas Aufgesetztes. Das galt auch für ihre überschäumende Lebhaftigkeit, ihre Scherze, ihren sprühenden, manchmal etwas unbeholfenen Charme, ja sogar für ihre von einem beruhigenden Augenzwinkern und Lachen begleiteten, sanften Ermahnungen. Vielleicht war beides aufgesetzt. Vielleicht war beides natürlich. Ich konnte Echtheit und Schauspielerei nicht mehr voneinander unterscheiden – was sie in meinen Augen jedoch zu einer ungleich *interessanteren* Schauspielerin machte.

»Wie oft bin ich zu dir gerannt, Odie?«, fragte Madaline, die jetzt wieder lächelte. »Deine armen Eltern. Aber dieses Haus war mein sicherer Hafen. Meine Zuflucht. O ja. Eine kleine Insel auf der großen.«

»Du warst hier immer willkommen«, sagte Mamá.

»Deine Mutter hat den Prügeln ein Ende gesetzt, Markos. Hat sie dir das je erzählt?«

Ich verneinte.

»Das überrascht mich nicht. So ist sie eben, unsere Odelia Varvaris.«

Mamá faltete den auf ihrem Schoß liegenden Schürzensaum und strich ihn mit abwesender Miene wieder glatt.

»Eines Abends kam ich hier an. Meine Zunge blutete, an der Schläfe war ein ganzes Büschel Haare ausgerissen, mein Ohr brannte noch von einem Schlag. Er hatte mich so richtig in die Mangel genommen. In was für einem Zustand ich damals war!« So, wie sie es erzählte, hätte es auch die Schilderung eines üppigen Essens oder eines guten Romans sein können. »Deine Mutter hat keine Fragen gestellt, denn sie wusste ja Bescheid. Ich stand zitternd vor ihr, und sie sah mich lange an, und dann sagte sie – ich weiß es noch wie heute, Odie, du sagtest: *Jetzt ist das Maß voll.* Sie sagte: *Wir werden deinem Vater jetzt einen Besuch abstatten, Maddi.* Ich flehte sie an, es nicht zu tun, weil ich Angst hatte, er würde uns beide umbringen, aber du weißt ja, wie deine Mutter ist.«

Ich nickte, und Mamá sah mich kurz von der Seite an.

»Sie wollte nicht auf mich hören. Sie hatte diesen Blick. Du kennst diesen Blick bestimmt. Sie geht nach draußen, aber vorher schnappt sie sich noch die Jagdflinte ihres Vaters. Auf dem Weg zu unserem Haus versuche ich immer wieder, sie von ihrem Vorhaben abzubringen, und behaupte, er hätte mir gar nicht so weh getan. Aber sie will nichts davon wissen. Wir gehen bis zu unserer Haustür, und da ist mein Vater, er steht auf der Schwelle, und Odie legt das Gewehr an, stößt die Mündung gegen sein Kinn und sagt: *Wenn du das noch ein Mal machst, jage ich dir mit dieser Flinte eine Ladung Schrot ins Gesicht.*

Mein Vater blinzelt, er ist kurz überrumpelt. Er bringt keinen Ton hervor. Und weißt du, was das Beste war, Markos? Als ich den Blick senke, sehe ich eine kleine Pfütze auf dem Boden, eine Pfütze von, na, du weißt schon, die sich zwischen seinen nackten Füßen ausbreitet.«

Madaline strich ihr Haar zurück und sagte, während sie das Feuerzeug klicken ließ: »Und das, mein Lieber, ist eine wahre Geschichte.«

Diese letzten Worte waren überflüssig. Denn ich wusste, dass es stimmte. Ich kannte Mamás felsenfeste Entschlossenheit, ihre ungebrochene, unbedingte Treue. Ihren Impuls und ihr Bedürfnis, gegen Ungerechtigkeiten anzugehen, die Retterin der Erniedrigten und Entrechteten zu sein. Außerdem verriet mir das unterdrückte Seufzen, das Mamá bei der Erwähnung der Pfütze von sich gab, dass es stimmte. Sie empfand dieses Detail nicht nur als geschmacklos, sondern sie missbilligte es, weil sie der Ansicht war, dass jeder Mensch, auch wenn er zu Lebzeiten ein Ekel gewesen war, nach dem Tod ein Mindestmaß an Würde verdient hatte. Vor allem, wenn es sich um einen nahen Verwandten handelte.

Mamá rutschte auf ihrem Stuhl herum und fragte: »Du reist also nicht gern, Thalia. Aber du hast sicher andere Interessen, nicht wahr?«

Wir sahen Thalia an. Madaline hatte lange geredet, und als wir so dasaßen, umgeben von Lichtflecken, die die Sonne auf unseren Hof warf, kam mir der Gedanke, dass Madaline nicht ohne Grund die Begabung hatte, alle Aufmerksamkeit auf sich zu ziehen, sich selbst so sehr in den Mittelpunkt zu rücken, dass Thalia ganz in den Hintergrund trat. Gut möglich, dass beide diese Routine – die stille Tochter, die von ihrer egozentrischen, unterhaltsamen Mutter ausgeblendet wurde – zwangsläufig entwickelt hatten. Vielleicht war Madalines Narzissmus ein Ausdruck ihres mütterlichen Beschützerinstinkts, vielleicht wollte sie damit etwas Gutes tun.

Thalia murmelte etwas.

»Wie bitte?«, sagte Mamá.

»Etwas lauter, Liebes«, sagte Madaline.

Thalia räusperte sich heiser und sagte dann: »Naturwissenschaften.«

Mir fiel zum ersten Mal auf, dass ihre Augen von dem Grün einer Frühlingswiese waren. Sie hatte kräftiges, dunkles Haar und die makellose Haut ihrer Mutter, und ich fragte mich, ob sie früher hübsch, vielleicht sogar so schön wie Madaline gewesen war.

»Erzähl ihnen von der Sonnenuhr, Liebes«, sagte Madaline. Thalia zuckte mit den Schultern.

»Sie hat eine Sonnenuhr gebaut«, sagte Madaline. »Hinten in unserem Garten. Im letzten Sommer. Ganz allein. Andreas hat ihr nicht geholfen, und ich sowieso nicht.« Sie gluckste.

»Senkrecht oder waagerecht?«, fragte Mamá.

In Thalias Augen blitzte Verwunderung auf. Ungläubigkeit. Wie bei einer Person, die in einer fremden Stadt durch eine belebte Straße geht und plötzlich Wortfetzen in ihrer Muttersprache hört. »Waagerecht«, sagte sie mit ihrer sonderbar feucht klingenden Stimme.

»Und was hast du als Gnomon benutzt?«

Thalia starrte Mamá an. »Eine Postkarte.«

Da merkte ich zum ersten Mal, dass die beiden einander verstanden.

»Sie hat ihre Spielzeuge immer auseinandergebaut, als sie klein war«, sagte Madaline. »Sie liebte mechanisches Spielzeug mit Rädern und Federn darin. Sie hat nicht damit gespielt – stimmt doch, Liebes, oder? Nein, sie hat all die teuren Spielzeuge aufgebrochen, sobald wir sie ihr gegeben haben. Ich habe mich immer schrecklich darüber aufgeregt. Aber Andreas, das muss ich ihm lassen, Andreas meinte, ich solle sie lassen. Er hielt es für den Ausdruck von Forschergeist.«

»Wir könnten eine bauen«, sagte Mamá. »Eine Sonnenuhr, meine ich.«

»Das kann ich schon.«

»Sei artig, Liebes«, sagte Madaline, die ein Bein ausstreckte und im Anschluss beugte, als würde sie einen Tanzschritt üben. »Tante Odie will nur nett sein.«

»Dann etwas anderes«, sagte Mamá. »Wir können auch etwas anderes bauen.«

»Oh! Oh!«, rief Madaline plötzlich aus und blies den Rauch aus. »Wie konnte ich das nur vergessen, Odie. Ich habe Neuigkeiten. Rate mal, welche.«

Mamá zuckte mit den Schultern.

»Ich trete wieder auf! In Filmen! Man hat mir eine Rolle angeboten, die Hauptrolle in einer großen Produktion. Ist das nicht unglaublich?«

»Glückwunsch«, sagte Mamá etwas lahm.

»Ich habe das Drehbuch dabei. Ich würde es dir geben, Odie, aber vielleicht gefällt es dir nicht, und das würde mich sehr treffen, das gestehe ich ganz offen. Das würde ich nicht verwinden. Findest du das schlimm? Drehbeginn ist im Herbst.«

Am nächsten Morgen nahm Mamá mich nach dem Frühstück beiseite. »Also: Was ist los mit dir? Was stimmt nicht?«

Ich tat so, als wüsste ich nicht, worauf sie anspielte.

»Lass das. Die dumme Verstellung. Das passt nicht zu dir.« Sie hatte diese Art, die Augen zusammenzukneifen und den Kopf ein klitzekleines bisschen zur Seite zu legen, eine Bewegung, die ihre Wirkung auf mich bis heute nicht verfehlt.

»Ich kann das nicht, Mamá. Bitte zwing mich nicht dazu.«

»Und warum nicht?«

Die Worte brachen einfach so aus mir heraus: »Sie ist ein Monster.«

Mamás Mund wurde sehr schmal. Sie sah mich nicht zornig, sondern so entmutigt an, als hätte ich sie all ihrer Kraft beraubt. Ihr Blick hatte etwas Deprimiertes. Resigniertes. Sie glich einer Bildhauerin, die Hammer und Meißel fallen lässt, weil sie merkt, dass der widerspenstige Stein sich nicht in die von ihr gewünschte Form bringen lässt.

»Diesem Mädchen ist etwas Furchtbares widerfahren. Nenn sie noch einmal so. Sag das noch ein einziges Mal, und du wirst sehen, was passiert.«

Kurz darauf lief ich mit Thalia über einen mit Kopfsteinen gepflasterten und von Steinmauern flankierten Weg. Ich achtete darauf, stets einige Schritte vor ihr zu gehen, damit Passanten – oder, was Gott verhüten mochte, Schulkameraden – nicht glaubten, dass wir zusammengehörten, aber dieser Eindruck ließ sich sowieso nicht vermeiden. Es war für alle offensichtlich. Ich hoffte jedoch, durch den Abstand wenigstens mein Zaudern und mein Missbehagen zum Ausdruck bringen zu können. Thalia bemühte sich zu meiner Erleichterung gar nicht erst, neben mir zu gehen. Wir trafen auf sonnenverbrannte, müde Bauern, die auf dem Heimweg vom Markt waren. Ihre Esel waren mit Weidenkörben beladen, die unverkaufte Ware enthielten, die Hufe klackerten auf den Steinen. Ich kannte die meisten Bauern, aber ich hielt den Blick gesenkt und sah sie nicht an.

Ich führte Thalia ans Meer. Ich wählte einen steinigen Strand aus, weil ich wusste, dass dort weniger los war als etwa in Agios Romanos. Ich krempelte die Hose hoch und sprang von einem zerklüfteten Felsen zum anderen, immer dicht am Ufer, wo die Wellen sich brachen und wieder ins Meer zurückrollten. Ich zog die Schuhe aus und steckte die Füße in einen Priel, der sich zwischen Steinen gebildet hatte. Ein Einsiedlerkrebs floh vor meinen Zehen. Ich sah, dass Thalia sich gleich rechts von mir auf einen Felsen gesetzt hatte.

Lange sahen wir schweigend zu, wie das Meer gegen die Felsen brandete. Der Wind pfiff mir um die Ohren, sprühte salzige Gischt in mein Gesicht. Ein Pelikan hing mit ausgebreiteten Schwingen über der blaugrünen See. Zwei Frauen standen nebeneinander im knietiefen Wasser, die Röcke hochgezogen. Ich konnte im Westen die Insel sehen, das leuchtende Weiß der Häuser und Windmühlen, das Grün der Gerstenfelder, das matte Braun der zerklüfteten Berge, denen das ganze Jahr über zahlreiche Bäche entströmten. Mein Vater war auf einem dieser Berge gestorben. Er arbeitete in einem Marmorsteinbruch, und eines Tages – Mamá war im sechsten Monat schwanger mit mir – rutschte er aus und fiel dreißig Meter tief. Mamá sagte, er habe vergessen, die Auffanggurte anzulegen.

»Hör auf damit«, sagte Thalia.

Ich warf Steine in eine verzinkte Blechdose. Ich erschrak bei ihren Worten so sehr, dass ich danebenwarf. »Was geht dich das an?«

»Dir etwas vorzumachen, meine ich. Glaubst du, ich hätte Lust, hier herumzuhocken?«

Der Wind zerzauste ihr das Haar, und sie drückte sich die Maske auf das Gesicht. Ich fragte mich, wie lange sie schon mit der Furcht hatte leben müssen, dass ein Windstoß ihr die Maske abriss und sie ihr mit entblößtem Gesicht nachlaufen musste. Ich hielt den Mund und warf noch einen Stein, traf aber wieder nicht.

»Du bist ein Esel«, sagte sie.

Nach einer Weile stand sie auf, und ich tat so, als wollte ich noch bleiben. Als ich über die Schulter blickte, sah ich, wie sie über den Strand zur Straße ging. Ich zog meine Schuhe an und folgte ihr nach Hause.

Bei unserer Rückkehr zerkleinerte Mamá gerade Okra in der Küche, und Madaline lackierte sich die Fingernägel und rauchte, schnippte die Asche auf eine Untertasse. Ich zuckte entsetzt zusammen, als ich sah, dass die Untertasse zu dem Porzellanservice gehörte, das Mamá von ihrer Großmutter geerbt hatte. Es war das Einzige von Wert, was Mamá besaß, und sie holte es nur sehr selten aus dem Regal hoch oben an der Wand.

Madaline pustete zwischen den Zigarettenzügen auf ihre Fingernägel und erzählte von Pattakos, Papadopoulos und Makarezos, jenen drei Obersten, die im Frühjahr in Athen geputscht hatten – man nannte diesen Putsch den Putsch der Generäle. Sie erzählte, dass sie einen Theaterautor kenne, »einen ganz, ganz lieben Mann«, den man unter der Anklage verhaftet habe, ein subversiver Kommunist zu sein.

»Das ist natürlich Blödsinn! Absoluter Schwachsinn. Weißt du, wie die ESA die Leute zum Reden bringt?« Sie fragte es so leise, als würden im Haus Militärpolizisten lauern. »Sie schieben den Leuten einen Schlauch in den Hintern und drehen das Wasser voll auf. Das ist wahr, Odie, dafür lege ich meine Hand ins Feuer. Sie tränken Lumpen im ärgsten Dreck, in menschlichen Ausscheidungen, wenn du verstehst, was ich meine, und stopfen sie den Leuten in den Mund.«

»Wie grauenhaft«, antwortete Mamá tonlos.

Ich fragte mich, ob sie schon genug von Madaline hatte. Von der Flut ihrer platten politischen Meinungsäußerungen, den Berichten über Partys, die sie mit ihrem Mann besucht, und all den Dichtern, Intellektuellen und Musikern, denen sie mit Champagner zugeprostet hatte, der Aufzählung ihrer vielen sinnlosen Reisen in fremde Städte. Ihre immer wieder vorgebrachten Meinungen zu Nuklearkatastrophen, Überbevölkerung und Umweltverschmutzung. Mamá hatte Geduld mit Madaline und lächelte amüsiert, während diese plapperte, aber ich wusste, dass sie keine hohe Meinung von ihr hatte. Sie glaubte wohl, dass sie sich wichtigtun wollte, und ich nehme an, Madaline war ihr peinlich.

Genau dies trübt und mindert Mamás Güte, Hilfsbereitschaft und Mut: Sie fordert im Gegenzug einen Tribut. Bürdet dem anderen Verpflichtungen auf. Ihre Güte ist eine Währung, mit der sie sich Treue und Ergebenheit erkauft. Inzwischen kann ich verstehen, warum Madaline Tinos verließ. Das Seil, das vor dem Ertrinken rettet, kann zu einer Schlinge werden, die einen zu erdrosseln droht. Am Ende ist Mamá immer enttäuscht von den Menschen, so auch von mir. Man kann die Schuld nicht begleichen, in der man bei ihr steht, jedenfalls nicht wie von ihr erwartet. Mamás Trostpreis besteht in der grimmigen Befriedigung, die Oberhand behalten zu haben, von einer Warte strategischer Überlegenheit aus Urteile über andere fällen zu können – denn sie ist immer diejenige, der unrecht getan wurde.

Und das betrübt mich, weil es viel über Mamás Bedürfnisse verrät, über ihre Furcht vor der Einsamkeit, ihre Angst, im Stich gelassen zu werden, gestrandet zu sein. Und was sagt es über mich aus, dass ich dies über meine Mutter weiß, dass ich sehr wohl weiß, was sie braucht, ihr dies aber beharrlich und ganz bewusst vorenthalte, dass ich gut drei Jahrzehnte darauf geachtet habe, stets durch einen Ozean oder einen Kontinent, am besten durch beides, von ihr getrennt zu sein?

»Die Junta hat keinen Sinn für Ironie«, sagte Madaline. »Menschen so fertigzumachen! Und das in Griechenland! Der Wiege der Demokratie. Ach, da seid ihr ja! Und? Wie war es? Was habt ihr unternommen?«

»Wir haben am Strand gespielt«, sagte Thalia.

»Hattet ihr Spaß?«

»Es war toll«, sagte Thalia.

Mamá sah Thalia und mich skeptisch an, aber Madaline spendete lautlos und strahlend Beifall. »Schön! Da ihr zwei euch jetzt so gut versteht, kann ich gelegentlich mit Odie allein sein. Wie findest du das, Odie? Wir haben einander so viel zu erzählen!«

Mamá lächelte höflich und griff nach einem Kohlkopf.

Von nun an waren Thalia und ich uns selbst überlassen. Wir sollten die Insel erkunden, am Strand spielen, uns die Zeit vertreiben, wie man es von Kindern erwartet. Mamá packte jedem von uns ein Brot ein, und nach dem Frühstück brachen wir auf.

Sobald wir außer Sichtweite waren, trennten wir uns oft. Am Strand angekommen, ging ich schwimmen oder lag mit nacktem Oberkörper auf den Felsen, und Thalia sammelte Muscheln oder ließ Steine über das Wasser springen, was nicht gut klappte, weil der Seegang zu stark war. Wir folgten den Wegen und Holperpfaden zwischen Weinbergen und Gerstenfeldern, jeder in sich versunken, den Blick auf den eigenen Schatten gesenkt. Wir wanderten viel. Damals gab es auf Tinos noch keinen Tourismus. Es war eine sehr ländliche Insel, deren Bewohner von Kühen und Ziegen, von Olivenbäumen und Getreide lebten. Wenn uns langweilig wurde, aßen wir im Schatten eines Baumes oder einer Windmühle stumm unser Brot, warfen einen Blick auf die Schluchten, die von Dornbüschen bestandenen Felder, die Berge, das Meer.

Eines Tages machte ich mich auf den Weg in die Stadt. Wir wohnten am südwestlichen Rand der Insel, und Tinos-Stadt war nur ein paar Kilometer entfernt. Dort gab es den kleinen Kramladen eines Witwers mit grobem Gesicht, der Roussos hieß. Sein Schaufenster war immer eine wahre Schatztruhe: Eine Schreibmaschine aus den vierziger Jahren, ein Paar lederne Arbeitsstiefel oder ein Gorilla aus Messing, eine Wetterfahne, ein Pflanzenständer, riesige Wachskerzen, Kruzifixe und natürlich Kopien der Ikone aus der Kirche Panagia Evangelistria. Herr Roussos war außerdem Amateurfotograf, und er hatte sich hinten im Laden eine provisorische Dunkelkammer eingerichtet. Im August, wenn die Pilger wegen der Ikone nach Tinos kamen, verkaufte Herr Roussos ihnen Filme und entwickelte die Fotos gegen ein Entgelt in seiner Dunkelkammer.

Vor einem Monat hatte ich im Schaufenster seines Ladens eine Kamera entdeckt, die auf einer rotbraunen, abgewetzten Lederhülle lag. Ich ging alle paar Tage hin, um sie zu betrachten, und stellte mir vor, in Indien zu sein, die Kamera um den Hals, und Fotos der Teeplantagen und Reisfelder zu machen, die ich in *National Geographic* gesehen hatte. Ich würde den Inka-Pfad fotografieren. Ich würde auf dem Rücken eines Kamels, zu Fuß oder in einem staubigen Jeep reisen und der Hitze trotzen, bis ich endlich vor der Sphinx und den Pyramiden stand, und ich würde sie fotografieren, und dann würde man meine Fotos in Hochglanzmagazinen abdrucken. Diese Vorstellung lockte mich auch jetzt zu Herrn Roussos' Laden – obwohl an diesem Vormittag geschlossen war. Ich wollte meine Stirn an der Scheibe plattdrücken und in Tagträumen versinken.

»Welche Marke?«

Ich zuckte zurück und erblickte Thalias Spiegelbild in der Scheibe. Sie tupfte ihre linke Wange mit einem Taschentuch ab.

»Die Kamera.«

Ich zuckte mit den Schultern.

»Eine Argus C3, glaube ich«, sagte sie.

»Und woher willst du das wissen?«

»Tja, ist seit schlappen dreißig Jahren die meistverkaufte 35-Millimeter-Kamera der Welt«, sagte sie etwas spöttisch. »Aber kein Schmuckstück. Sie ist hässlich. Sieht aus wie ein Backstein. Du willst also Fotograf werden? Wenn du groß bist, meine ich? Das erzählt jedenfalls deine Mutter.«

»Mamá hat dir das gesagt?« Ich fuhr herum.

»Ja, und?«

Ich zuckte zusammen. Es war mir peinlich, dass Mamá mit

Thalia darüber gesprochen hatte, und ich fragte mich, was sie erzählt hatte. Sie konnte mit ironischem Ernst von Dingen erzählen, die sie absurd oder prahlerisch fand. Sie konnte einem die Hoffnung nehmen, die eigenen Träume jemals zu verwirklichen. *Markos will den ganzen Erdball umrunden und mit seiner Linse einfangen.*

Thalia setzte sich auf den Gehsteig und zog sich den Rock über die Knie. Es war heiß, die Sonne schien regelrecht in die Haut zu beißen. Bis auf ein älteres Paar, das steifbeinig auf der Straße unterwegs war, war kaum jemand zu sehen. Der Mann, Demis Sowieso, trug eine flache, graue Mütze und ein braunes Tweedsakko, das eigentlich zu dick für die Jahreszeit war. Wie bei vielen alten Menschen, für die das Alter eine immer neue, böse Überraschung darzustellen scheint, waren seine Augen weit aufgerissen und seine Miene wie erstarrt. Ich kam erst Jahre später, während meines Medizinstudiums, darauf, dass er vielleicht an Parkinson litt. Sie winkten im Vorbeigehen, und ich winkte zurück. Ich sah, wie sie beim Anblick Thalias kurz innehielten und dann weitergingen.

»Hast du eine Kamera?«, fragte Thalia.

»Nein.«

»Hast du je ein Foto gemacht?«

»Nein.«

»Und du willst trotzdem Fotograf werden?«

»Findest du das etwa merkwürdig?«

»Ein bisschen.«

»Und wenn ich Polizist werden wollte? Fändest du das auch merkwürdig, weil ich noch nie jemandem Handschellen angelegt habe?«

Der sanfte Blick, der in ihre Augen trat, verriet mir, dass sie gelächelt hätte, wenn ihr das möglich gewesen wäre. »Aha, du bist ein kluger Esel«, sagte sie. »Ein guter Rat: Du solltest die Kamera vor meiner Mutter nicht erwähnen. Sonst kauft sie das Teil für dich, denn sie ist gefallsüchtig.« Sie tupfte weiter ihre Wange ab. »Ich bezweifele allerdings, dass Odelia das gutheißen würde. Na, das weißt du sicher selbst.«

Sie schien innerhalb kurzer Zeit vieles begriffen zu haben. Das überraschte mich, verunsicherte mich aber auch etwas. Vielleicht lag es an der Maske, dachte ich, daran, dass sie aus dieser Deckung heraus alles beobachten, verfolgen und ergründen konnte.

»Sie würde dich wahrscheinlich zwingen, sie zurückzubringen.«

Ich seufzte. Es stimmte. Mamá würde Gaben dieser Art nicht dulden, vor allem nicht, wenn Geld mit im Spiel war.

Thalia stand auf und klopfte sich den Staub vom Hintern. »Eine Frage: Hast du eine Schachtel zu Hause?«

Madaline trank mit Mamá ein Glas Wein in der Küche, und Thalia und ich malten oben einen Schuhkarton schwarz an. Der Karton gehörte Madaline und enthielt ein neues Paar gelbgrüner, hochhackiger Lederpumps, die noch in Papier eingewickelt waren.

»Wo um alles in der Welt wollte sie *die* tragen?«, fragte ich.

Unten war Madaline gerade dabei zu erzählen, wie sie beim Schauspielunterricht von einem Lehrer aufgefordert worden war, eine reglos auf einem Stein sitzende Eidechse zu spielen. Ein lautes und entzücktes Lachen war die Antwort – ihr eigenes.

Wir waren mit der zweiten Schicht fertig, und Thalia meinte, wir sollten noch eine dritte auftragen, damit auch ja alles bedeckt sei. Das Schwarz müsse gleichmäßig und ohne Makel sein.

»Das ist das ganze Geheimnis«, sagte sie. »Eine Kamera ist nur eine schwarze Kiste mit einem Loch für das Licht und etwas darin, das das Licht absorbiert. Gib mir die Nadel.«

Ich reichte ihr eine von Mamás Nähnadeln. Ich hatte gelinde gesagt gewisse Zweifel an dieser Kamera Marke Eigenbau und glaubte nicht, dass sie funktionieren würde – ein Schuhkarton und eine Nadel? Aber Thalia hatte das Projekt so überzeugt und selbstsicher in Angriff genommen, als wäre die höchst unwahrscheinliche Möglichkeit eines Misserfolgs von vorneherein auszuschließen. Sie gab mir das Gefühl, viel mehr zu wissen als ich.

»Ich habe Berechnungen angestellt«, sagte sie und bohrte vorsichtig ein Loch in den Karton. »Ohne Linse können wir das Loch nicht auf der Schmalseite anbringen, weil der Karton zu lang ist. Aber die Breite haut hin. Das Loch muss nur den richtigen Durchmesser haben, ungefähr 0,6 Millimeter, denke ich. So. Jetzt brauchen wir einen Verschluss.«

Unten in der Küche war Madaline nun zum Flüstern übergegangen. Ich konnte nicht mehr verstehen, was sie sagte, hörte aber, dass sie langsamer und mit schärferer Betonung sprach, stellte mir vor, wie sie sich vorbeugte, die Ellbogen auf den Knien, und Mamá in die Augen sah, ohne zu blinzeln. Diese Tonlage ist mir inzwischen sehr vertraut. Wenn jemand so spricht, geht es meist um eine Enthüllung, eine Beichte, eine Bitte oder das Geständnis einer Katastrophe. Es ist die Tonlage, in der man darüber informiert wird, dass der Sohn gefallen ist, die Tonlage, mit der Rechtsanwälte ihren Klienten die Vorzüge des Plädoyers schmackhaft machen, die Tonlage ehebrecherischer Männer und von Polizisten, die um drei Uhr morgens vor der Tür stehen. Wie oft habe ich in Kabuler Krankenhäusern selbst in diesem Ton gesprochen? Wie oft habe ich Familien in einen ruhigen Raum geführt, sie gebeten, Platz zu nehmen, voller Angst vor dem bevorstehenden Gespräch einen Stuhl für mich herangezogen und allen Mut zusammengenommen, um ihnen die schlimme Nachricht mitzuteilen?

»Sie erzählt von Andreas«, sagte Thalia unbewegt. »Jede Wette. Sie hatten einen üblen Streit. Gib mir Klebeband und Schere.«

»Und wie ist er so? Abgesehen davon, dass er reich ist, meine ich?«

»Wer? Andreas? Er ist in Ordnung. Reist viel. Und wenn er zu Hause ist, hat er immer Gäste. Wichtige Leute, Minister, Generäle und so weiter. Sie nehmen einen Drink am Kamin und reden die ganze Nacht, meist über Geschäfte und Politik. Ich kann sie von meinem Zimmer aus hören. Ich muss oben bleiben, wenn Andreas Gäste hat. Ich darf nicht runtergehen. Aber er kauft mir Sachen. Er bezahlt einen Hauslehrer. Und er ist immer nett zu mir.«

Sie klebte ein rechteckiges Pappstück, das wir ebenfalls schwarz angemalt hatten, auf das Loch.

Unten war Stille eingetreten. Ich sah die Szene vor meinem inneren Auge. Die lautlos weinende Madaline, zerstreut ein Taschentuch zerknüllend, als wäre es ein Klumpen Knete, Mamá, die keine große Hilfe war, sondern ihre Freundin so verkniffen lächelnd anschaute, als hätte sie etwas Saures auf der Zunge. Mamá mag es nicht, wenn Menschen in ihrer Gegenwart weinen. Sie erträgt weder verquollene Augen noch flehentliche Gesichter. Weinen ist ihrer Ansicht nach ein Zeichen von Schwäche, ein aufdringlicher Schrei nach Aufmerksamkeit, und sie lässt sich darauf nicht ein. Sie kann sich nicht dazu durchringen, jemanden zu trösten. Ich habe während meiner Kindheit und Jugend erfahren, dass sie davon nicht viel hält. Trauer, meint sie, sei etwas Privates und dürfe nicht nach außen getragen werden. Als ich klein war, habe ich sie gefragt, ob sie nach dem Unfalltod meines Vaters geweint hat.

Bei seinem Begräbnis, meine ich, bei der Beerdigung.

Nein, ich habe nicht geweint.

Weil du nicht traurig warst?

Weil meine Trauer niemanden etwas anging.

Würdest du weinen, wenn ich tot wäre, Mamá?

Hoffen wir mal, dass das nicht passieren wird, sagte sie.

Thalia griff nach der Kiste mit Fotopapier und sagte: »Hol die Taschenlampe.«

Wir gingen in Mamás Schrankzimmer, schlossen die Tür fest zu und legten Handtücher vor den Spalt, um das Licht ganz zu dämmen. Als es stockfinster war, bat Thalia mich, die Taschenlampe anzuknipsen, die wir mehrmals mit rotem Zellophan umwickelt hatten. Ich konnte im roten Zwielicht nur die schlanken Finger Thalias erkennen, die einen Streifen Fotopapier abschnitt und gegenüber des Loches in den Karton klebte. Wir hatten das Papier am Tag zuvor im Laden von Herrn Roussos gekauft. Beim Eintreten hatte Herr Roussos Thalia über seine Brille hinweg angestarrt und gefragt: *Ist das ein Überfall?* Thalia hatte ihre Finger zur Pistole geformt und abgedrückt.

Thalia hob den Deckel auf den Schuhkarton und setzte die Pappe vor das Loch. Sie sagte im Dunkeln: »Morgen machst du das erste Foto deiner Karriere.« Ich fragte mich, ob sie mich auf den Arm nehmen wollte.

Wir entschieden uns für den Strand. Wir stellten den Schuhkarton auf einen flachen Stein und banden ihn mit einem Strick fest – Thalia meinte, wir müssten nach dem Öffnen des Verschlusses reglos dastehen. Sie trat neben mich und warf einen Blick über die Oberkante des Kartons, als würde sie durch einen Sucher schauen.

»Das wird ein super Foto«, sagte sie.

»Aber wir brauchen ein Motiv.«

Sie sah mich an, begriff, was ich meinte, und erwiderte: »Nein. Das tue ich nicht.«

Wir diskutierten eine Weile, und sie willigte schließlich ein, aber nur unter der Bedingung, dass ihr Gesicht nicht zu sehen war. Sie zog die Schuhe aus und balancierte vor der Kamera mit ausgebreiteten Armen über die Felsen. Sie ließ sich auf einem davon nieder und schaute nach Westen, Richtung Syros und Kythnos. Sie schüttelte ihre Haare so hin, dass sie die Bänder der Maske bedeckten, und warf mir über die Schulter einen Blick zu.

»Denk daran«, rief sie. »Bis einundzwanzig zählen.«

Ich guckte gebückt sitzend über den Karton, musterte Thalias Rücken, die Anordnung der sie umgebenden Felsen, die zwischen den Steinen klemmenden, an tote Schlangen erinnernden Seetangfetzen, den kleinen Schlepper, der in der Ferne vorbeidampfte, die Wellen, die sich am zerklüfteten Ufer brachen und zurückfluteten. Ich nahm den Verschluss vom Loch. Begann zu zählen.

Ein. Zwei. Drei. Vier. Fünf.

Wir liegen im Bett. Im Fernsehen sind zwei Akkordeonspieler zu einem Wettbewerb gegeneinander angetreten, aber Gianna hat den Ton ausgestellt. Es ist Mittag, und das Sonnenlicht dringt durch die Ritzen zwischen den Lamellen der Jalousie, fällt in Streifen auf die Reste der Pizza Margherita, die wir beim Roomservice bestellt haben. Ein großer, schlanker Mann mit makellos nach hinten gekämmten Haaren, schwarzer Krawatte und weißem Sakko hat sie uns gebracht. Auf dem Servierwagen, den er ins Zimmer schob, stand auch eine schmale Vase mit einer roten Rose. Er hob die Haube über der Pizza mit ausladender Bewegung und schwenkte die Hand wie ein Magier, der gerade ein Kaninchen unter dem Zylinder hervorgezaubert hat.

Auf dem zerwühlten Bett liegen die Fotos, die ich Gianna gezeigt habe, Fotos der Reisen, die ich während der letzten anderthalb Jahre unternommen habe. Belfast, Montevideo, Tanger, Marseille, Lima, Teheran. Ich zeige ihr die Fotos von meinem kurzen Aufenthalt in einer Kopenhagener Kommune. Dort hatte ich mit dänischen Beatniks zusammengelebt, jungen Leuten mit löchrigem T-Shirt und Beanie-Mütze, die auf einer ehemaligen Militärbasis eine selbstverwaltete Gemeinschaft aufgebaut hatten.

Und wo bist du?, fragte Gianna. *Ich sehe dich auf keinem der Fotos.*

Ich bleibe lieber hinter der Linse, sage ich. Und das stimmt. Ich habe Hunderte Fotos aufgenommen, aber keines zeigt mich. Wenn ich die Fotos zum Entwickeln gebe, lasse ich von allen Bildern zwei Abzüge machen. Ich behalte ein Set, das andere schicke ich nach Hause, an Thalia.

Gianna will wissen, wie ich meine Reisen finanziere, und ich erzähle ihr, dass ich etwas Geld geerbt habe. Was nur zum Teil stimmt, denn es ist nicht mein Erbe, sondern das von Thalia. Andreas bedachte sie in seinem Testament, im Gegensatz zu Madaline, die aus naheliegenden Gründen nichts bekam. Thalia gab mir die Hälfte ab. Ich sollte damit eigentlich mein Studium finanzieren.

Acht. Neun. Zehn.

Gianna stemmt sich auf die Ellbogen und beugt sich über das Bett, streift mich dabei mit ihren kleinen Brüsten. Sie greift nach der Schachtel, zündet sich eine Zigarette an. Ich bin ihr tags zuvor auf der Piazza di Spagna begegnet. Ich saß auf der Steintreppe, die den Platz mit der Kirche auf dem Hügel verbindet. Gianna kam auf mich zu und sprach mich auf Italienisch an, eines dieser vielen hübschen Mädchen, die ziellos um die Kirchen und Plätze Roms zu streifen schienen, die rauchten, laut redeten und viel lachten. Ich schüttelte den Kopf und sagte: *Sorry*. Sie lächelte, sagte *Ah!*, und fragte auf Englisch, mit schwerem Akzent: *Feuerzeug? Zigarette*. Ich schüttelte den Kopf und antwortete ebenfalls auf Englisch – und auch mit schwerem Akzent –, dass ich nicht rauchen würde. Sie grinste. Sie hatte flinke, strahlende Augen. Die Sonne des späten Vormittags ließ ihr rundes Gesicht leuchten wie einen Heiligenschein.

Ich dämmere kurz ein, aber wache gleich wieder auf, als sie mich zart anstupst.

La tua ragazza? Sie hat das Foto entdeckt, das Thalia am Strand zeigt, jenes Foto, das wir vor Jahren mit unserer selbstgebastelten Lochkamera aufgenommen haben. *Deine Freundin?*

Nein, antworte ich.

Deine Schwester?

Nein.

La tua cugina? Deine Cousine, si?

Ich schüttele den Kopf.

Sie starrt das Foto an, zieht hektisch an der Zigarette. *Nein*, sagt sie dann scharf und erstaunlich wütend. *Questa è la tua ragazza! Deine Freundin. Ich glaube, ja, du bist Lügner!* Und dann greift sie zu meinem Entsetzen zum Feuerzeug und will das Foto anzünden.

Vierzehn. Fünfzehn. Sechzehn. Siebzehn.

Auf halbem Weg zur Bushaltestelle fällt mir ein, dass ich das Foto vergessen habe. Ich sage, dass ich umkehren muss. Ich kann nicht anders. Ich muss zurück. Alfonso, ein drahtiger, schmallippiger *huaso* und unser inoffizieller chilenischer Führer, schaut Gary fragend an. Gary ist Amerikaner. Er ist das

Alphamännchen in unserem Trio. Er hat schmutzig blondes Haar und Aknenarben auf den Wangen. Sein Gesicht zeugt von einem wilden Leben. Gary ist mies drauf, denn er hat Hunger, braucht dringend Alkohol und hat einen hässlichen Ausschlag auf der rechten Wade, weil er am Vortag einen *Litre*-Busch gestreift hat. Ich bin den beiden in einer überfüllten Bar in Santiago begegnet, und dort hat Alfonso nach sechs Runden *piscola* vorgeschlagen, zu einem Wasserfall in Salto de Apoquindo zu trampen, den er als kleiner Junge mit seinem Vater besucht hat. Wir waren am nächsten Tag dorthin getrampt und hatten über Nacht beim Wasserfall gezeltet, unter einem wolkenlosen, von Sternen übersäten Himmel. Wir hatten Dope geraucht, während das Rauschen des Wassers in unseren Ohren dröhnte. Nun waren wir auf dem Weg zurück nach San Carlos de Apoquindo, um dort einen Bus zu nehmen.

Gary schiebt die breite Krempe seines Cordoban-Hutes nach oben und wischt sich mit einem Taschentuch die Stirn. *Das ist ein dreistündiger Marsch*, Markos, sagt er.

Tres horas, hágale comprender?, kommt das Echo von Alfonso.

Ja, ich weiß.

Und du willst trotzdem umkehren?

Ja.

Para una foto?, fragt Alfonso.

Ich nicke und sage nichts weiter, weil sie sowieso nicht verstehen würden.

Ist dir klar, dass du dich verlaufen wirst?, sagt Gary.

Gut möglich.

Dann viel Glück, amigo, sagt Gary und streckt mir die Hand entgegen.

Es un griego loco, sagt Alfonso.

Ich muss lachen, denn man bezeichnet mich nicht zum ersten Mal als verrückten Griechen. Wir geben uns die Hand.

Gary richtet die Gurte seines Rucksacks, dann setzen die beiden ihren Weg durch das Vorgebirge fort. Gary winkt ein letztes Mal, bevor sie um eine Haarnadelkurve biegen, dreht sich aber nicht mehr um. Ich halte mich an den Weg, auf dem wir hergekommen sind. Ich brauche vier Stunden, weil ich mich verlaufe, wie von Gary prophezeit. Als ich unsere Lagerstelle erreiche, bin ich ziemlich alle. Ich suche überall, zwischen Büschen und Felsen, alles vergeblich und mit wachsender Beklemmung. Ich mache mich schon auf das Schlimmste gefasst, da blitzt in einem Gebüsch auf einem flachen Hang etwas Weißes auf, und ich sehe das Foto zwischen Dornenranken liegen. Ich habe Tränen der Erleichterung in den Augen, als ich es aufhebe und vom Staub befreie.

Dreiundzwanzig. Vierundzwanzig. Fünfundzwanzig.

Ich schlafe in Caracas unter einer Brücke. In Brüssel in einer Jugendherberge. Und manchmal, wenn ich mir etwas gönnen möchte, nehme ich mir ein Zimmer in einem netten Hotel, dusche lange und heiß, esse im Bademantel. Ich sehe fern. Die Städte, die Straßen, die Landschaften und die Menschen, die ich kennenlerne – all das beginnt zu verschwimmen. Ich rede mir ein, etwas zu suchen, habe aber das immer stärkere Gefühl, nur zu treiben, auf ein bestimmtes Erlebnis zu warten, eines, das alles verändert, eines, auf das mein ganzes Leben zustrebt.

Vierunddreißig. Fünfunddreißig. Sechsunddreißig.

Mein vierter Tag in Indien. Ich wanke auf einer holperigen Straße zwischen streunenden Rindern, glaube zu spüren, wie sich die Erde unter meinen Füßen dreht. Ich habe mich während des ganzen Tages immer wieder erbrochen. Meine Haut ist so gelb wie ein Sari und fühlt sich an, als könne man sie abziehen und das rohe Fleisch bloßlegen. Als ich nicht mehr kann, lege ich mich an den Straßenrand. Auf der anderen Straßenseite rührt ein alter Mann in einem großen Stahltopf. Neben ihm steht ein Käfig, darin sitzt ein blau-roter Papagei. Ein dunkelhäutiger Verkäufer schiebt einen Karren voller leerer, grüner Flaschen an mir vorbei. Das ist meine letzte Erinnerung.

Einundvierzig. Zweiundvierzig.

Ich erwache in einem Saal. Die Luft ist zum Schneiden und stinkt nach fauligen Melonen. Ich liege in einem breiten Bett mit Metallgestell, die Matratze ist ungefedert und ungefähr so dünn wie ein Taschenbuch. Überall im Saal stehen ähnliche Betten. Ich sehe ausgemergelte, über der Bettkante hängende Arme; streichholzdünne, unter schmutzigen Decken hervorlugende Beine; offene, fast zahnlose Münder. Träge kreisende Deckenventilatoren. Wände mit Schimmelflecken. Durch das Fenster neben meinem Bett weht heiße, stickige Luft herein, die Sonne sticht mir in den Augen. Der Pfleger, ein stämmiger, düster dreinblickender Moslem namens Gul, erklärt mir, dass ich vielleicht an Hepatitis sterben werde.

Fünfundfünfzig. Sechsundfünfzig. Siebenundfünfzig.

Ich frage nach meinem Rucksack. *Welcher Rucksack?*, erwidert Gul gleichgültig. Ich habe alles verloren: Kleider, Bargeld, Bücher, Kamera. *Der Dieb hat dir nur das gelassen*, sagt Gul in kehligem Englisch und deutet auf die Fensterbank. Dort liegt das Foto. Ich nehme es in die Hand. Thalia mit im Wind flatternden Haaren und bloßen Füßen auf den Felsen, umgeben von schäumendem Wasser, vor ihr die Weite der Ägäis. Ich habe plötzlich einen Kloß im Hals. Ich will hier nicht sterben, zwischen all diesen Fremden, so weit weg von ihr. Ich stecke das Foto in den Spalt zwischen Rahmen und Scheibe.

Sechsundsechzig. Siebenundsechzig. Achtundsechzig.

Der Junge im Nachbarbett hat das Gesicht eines Greises, hager, eingefallen, tief gefurcht. Ein Tumor von der Größe einer Bowlingkugel bläht seinen Unterleib auf. Wenn ein Pfleger ihn dort berührt, kneift er die Augen zu und reißt den Mund zu einem stummen, schmerzhaften Heulen auf. An diesem Morgen versucht ein Kollege von Gul, dem Jungen Tabletten zu geben, aber der Junge dreht den Kopf weg, und seiner Kehle entringt sich ein Geräusch wie ein Kratzen auf Holz. Schließlich reißt der Pfleger ihm den Mund auf und zwängt die Tabletten hinein. Nachdem er gegangen ist, dreht sich der Junge langsam zu mir um. Wir betrachten einander über den Gang zwischen unseren Betten. Eine kleine Träne rollt ihm über die Wange.

Fünfundsiebzig. Sechsundsiebzig. Achtundsiebzig.

Das Elend und die Verzweiflung in diesem Saal gleichen einer Welle. Sie schwappt von Bett zu Bett, bricht sich vor der schimmeligen Wand und schwappt zurück. Man kann darin ertrinken. Ich schlafe viel. Wenn ich wach bin, juckt es überall. Ich nehme die Tabletten, die man mir gibt, und sie lassen mich weiterschlafen. Ich beschäftige mich, indem ich die geschäftige Straße vor dem Krankensaal beobachte, den Sonnenschein, der über den Basaren und den Teeläden in den Seitenstraßen tanzt. Ich sehe zu, wie Kinder auf dem Bürgersteig, der sich allmählich in eine schlammige Gosse verwandelt, mit Murmeln spielen. Ich betrachte die alten, in den Hauseingängen hockenden Frauen, die Straßenverkäufer, die im *dhoti* auf ihrer Matte sitzen, Kokosnüsse auskratzen und Girlanden aus Ringelblumen feilbieten. Weiter hinten im Saal kreischt jemand ohrenbetäubend laut. Ich dämmere ein.

Dreiundachtzig. Vierundachtzig. Fünfundachtzig.

Ich weiß jetzt, dass der Junge Manaar heißt. Das bedeutet »Leitlicht«. Seine Mutter war Prostituierte, sein Vater ein Dieb. Er hat bei Onkel und Tante gelebt und wurde von ihnen geprügelt. Man weiß, dass er sterben wird, aber man weiß nicht, woran. Niemand besucht ihn, und nach seinem Tod, in einer Woche, spätestens in zwei Monaten, wird niemand seinen Leichnam abholen. Niemand wird um ihn trauern. Niemand wird sich an ihn erinnern. Er wird dort sterben, wo er gelebt hat, am Rand der Gesellschaft. Wenn er schläft, ertappe ich mich dabei, seine tief eingesunkenen Schläfen zu betrachten, seinen Kopf, der zu groß für die schmalen Schultern ist, die dunkle Narbe auf der Unterlippe, wo, wie Gul mir erzählte, der Zuhälter seiner Mutter immer die Zigaretten ausdrückte. Ich versuche, mit ihm zu reden, erst auf Englisch, dann mit meinen paar Brocken Urdu, aber er blinzelt nur müde. Ich mache Schattenspiele mit den Händen, zaubere Tiere auf die Wand, um ihm ein Lächeln zu entlocken.

Siebenundachtzig. Achtundachtzig. Neunundachtzig.

Eines Tages zeigt Manaar zum Fenster. Ich recke den Kopf und folge seinem Finger mit dem Blick, sehe aber nur blaue Himmelsflecken zwischen den Wolken, Kinder, die auf der Straße im Wasserstrahl einer Pumpe spielen, einen Bus mit qualmendem Auspuff. Dann wird mir klar, dass Manaar auf das Foto von Thalia deutet. Ich zupfe es aus dem Fensterrahmen, und er nimmt es an der verbrannten Ecke in die Hand, hält es sich nah vor die Augen, betrachtet es lange. Ob ihn das Meer fasziniert? Ich frage mich, ob er den Geschmack von Salzwasser oder den Schwindel kennt, der einen erfasst, wenn das Wasser rings um die Füße zurückflutet. Vielleicht erkennt er in Thalia, obwohl man ihr Gesicht nicht sehen kann, eine Seelenverwandte, jemanden, der weiß, was Schmerzen sind. Er will mir das Foto zurückgeben, aber ich schüttele den

Kopf. *Behalt es noch eine Weile*, sage ich. Ein Schatten des Misstrauens überfliegt sein Gesicht. Ich lächele. Und mir scheint, als würde er mein Lächeln erwidern.

Zweiundneunzig. Dreiundneunzig. Vierundneunzig.

Ich besiege die Hepatitis. Schwer zu sagen, ob es Gul freut oder enttäuscht, dass seine Prophezeiung nicht in Erfüllung gegangen ist. Als ich frage, ob ich als Freiwilliger bleiben darf, ist er verblüfft. Er runzelt die Stirn, legt den Kopf schief. Am Ende muss ich mit einem seiner Vorgesetzten reden.

Siebenundneunzig. Achtundneunzig. Neunundneunzig.

Die Dusche stinkt nach Schwefel und Urin. Ich trage Manaar jeden Morgen auf den Armen dorthin, achte darauf, ihn ruhig zu halten – ein anderer Freiwilliger warf sich den Jungen einmal wie einen Sack Reis über die Schulter. Ich lasse ihn behutsam auf die Bank sinken und warte, bis er wieder zu Atem gekommen ist. Dann spüle ich seinen zerbrechlichen, kleinen Körper mit warmem Wasser ab. Manaar sitzt immer still und geduldig da, die Hände auf den Knien, den Kopf tief gesenkt. Er gleicht einem furchtsamen, knochigen Greis. Ich wische mit dem Schwamm über seinen Brustkasten, über die Huckel seines Rückgrats, seine wie Haifischflossen aufragenden Schulterblätter. Dann trage ich ihn wieder zurück ins Bett und gebe ihm die Tabletten. Es beruhigt ihn, wenn man seine Füße und Unterschenkel massiert, und ich tue das in aller Ruhe. Wenn er schläft, ragt das Foto von Thalia immer unter seinem Kopfkissen hervor.

Hunderteins. Hundertzwei.

Ich laufe lange und ziellos durch die Stadt, um dem Krankenhaus zu entfliehen, in dem sich der Atem der Kranken und Sterbenden miteinander vermischt. Ich laufe im staubigen

Licht der Sonnenuntergänge durch Straßen, gesäumt von Mauern voller Graffitis, vorbei an eng beieinanderstehenden Blechbuden, kreuze den Weg von Mädchen, die Körbe voll frischen Dungs auf dem Kopf tragen, begegne rußbedeckten Frauen, die in großen Aluminiumwannen Lumpen kochen. Ich denke viel an Manaar, während ich durch das Gewirr enger Gassen schlendere, Manaar, der in einem Saal zwischen Gestalten, ebenso elend wie er, auf den Tod wartet. Ich denke auch viel an die auf dem Stein sitzende, auf das Meer schauende Thalia. Ich kann tief in meinem Inneren etwas spüren, das mich zieht und an mir zerrt wie eine Unterströmung. Ich würde ihr gern nachgeben und mich erfassen lassen. Ich würde mich gern gehen lassen, aus meiner Haut schlüpfen, alles abstreifen, wie eine Schlange ihre Haut abstreift.

Ich behaupte nicht, dass Manaar alles verändert hätte. Das ist nicht der Fall. Ich irre noch ein Jahr durch die Welt, bis ich schließlich an einem Ecktisch in der Athener Bibliothek sitze, vor mir die Bewerbung für ein Medizinstudium. Zwischen Manaar und dieser Bewerbung habe ich zwei Wochen in Damaskus verbracht, aber das Einzige, woran ich mich erinnern kann, sind die grinsenden Gesichter zweier Frauen mit sehr faltigen Augen und jeweils einem Goldzahn. Dann die drei Monate in Kairo, im Keller eines verwahrlosten Mietshauses, Eigentum eines haschischsüchtigen Mannes, der in einem früheren Leben Zahnarzt war. Ich verpulvere das Geld von Thalia für Busfahrten durch Island, ziehe im Schlepptau einer Punkband durch München. Ich breche mir 1977 bei einer Anti-Atom-Demo in Bilbao einen Ellbogen.

Doch in den stillen Momenten, während der langen Fahrten im Bus oder hinten auf einem Lkw, kehren meine Gedanken immer wieder zu Manaar zurück. Wenn ich an ihn denke, an die Qualen, die er während seiner letzten Tage erdulden musste, und an meine Hilflosigkeit angesichts seines Leidens, dann kommt mir alles, was ich getan habe, alles, was ich noch vorhabe, so albern vor wie die kleinen Schwüre, die man abends vor dem Einschlafen ablegt und längst vergessen hat, wenn man am nächsten Morgen aufwacht.

Einhundertneunzehn. Einhundertzwanzig.

Ich setze den Verschluss vor das Loch.

Eines Abends im Spätsommer erfuhr ich, dass Madaline nach Athen zurückkehren und Thalia noch eine Weile bei uns lassen wollte.

»Nur ein paar Wochen«, sagte sie.

Wir aßen zu viert eine Suppe mit weißen Bohnen, die Mamá zusammen mit Madaline gekocht hatte. Ich warf Thalia über den Tisch hinweg einen Blick zu, um herauszufinden, ob ich der Einzige war, den diese Nachricht überraschte. Das schien der Fall zu sein. Thalia aß in aller Ruhe ihre Suppe, hob bei jedem Löffel ein wenig die Maske. Zu diesem Zeitpunkt störten mich ihre Sprechweise und ihre Art zu essen nicht mehr. Es war nicht anders, als einem alten Menschen mit schlecht sitzendem Gebiss beim Essen zuzuschauen, zum Beispiel Mamá – dies allerdings erst Jahre später.

Madaline sagte, sie wolle Thalia nachholen, sobald der Film abgedreht sei, auf jeden Fall noch vor Weihnachten.

»Ich werde euch alle nach Athen einladen«, sagte sie gewohnt heiter. »Wir besuchen dann gemeinsam die Filmpremiere! Wäre das nicht herrlich, Markos? Wenn wir zu viert, alle in Schale, im Kino einlaufen würden?«

Ich bejahte, obwohl ich mir Mamá im schicken Abendkleid auf dem roten Teppich eines Kinos kaum vorstellen konnte.

Madaline ergänzte, alles werde wie am Schnürchen laufen. Thalia könne in einigen Wochen, wenn die Schule beginnen würde, ihren Unterricht fortsetzen, natürlich zu Hause mit Mamá. Sie würde uns, sagte sie, Postkarten und Briefe mit Fotos vom Filmset schicken. Sie sagte noch mehr, aber ich hörte nicht mehr hin, denn ich war nicht nur tief erleichtert, sondern mir schwirrte geradezu der Kopf. Ich hatte mich vor dem Ende des Sommers gefürchtet, und diese Furcht hatte wie ein Knoten in meinem Bauch gesessen, der sich mit jedem Tag straffer zusammenzog, während ich mich auf den immer näher rückenden Abschied gefasst machte. Wenn ich morgens wach wurde, freute ich mich schon darauf, Thalia am Frühstückstisch zu sehen und den sonderbaren Klang ihrer Stimme zu hören. Wir aßen nur wenig, dann rannten wir hinaus, kletterten auf Bäume, jagten einander durch die Gerstenfelder, bahnten uns mit Kriegsgeschrei einen Weg durch die Halme, während die Eidechsen vor uns davonstoben. Wir machten mit unserer Lochkamera Fotos von Windmühlen und Taubenschlägen und brachten sie zu Herrn Roussos, der sie entwickelte. Er gewährte uns sogar Zutritt zu seiner Dunkelkammer und zeigte uns die verschiedenen Entwickler, Fixierer und Unterbrecherbäder.

Nachdem Madaline ihre Nachricht verkündet hatte, machte sie mit Mamá in der Küche eine Flasche Wein auf und trank den Großteil selbst. Thalia und ich spielten oben eine Partie *Tavli*. Thalia hatte die *Mana*-Position und schon die Hälfte ihrer Steine heimgeholt.

»Sie hat einen Liebhaber«, sagte Thalia beim Würfeln.

Ich erschrak. »Und wen?«

»*Wen*, fragt er. Na, was glaubst du denn?«

Ich hatte während des Sommers gelernt, Thalias Gefühle an ihren Augen abzulesen, und jetzt sah sie mich an, als würde ich den Wald vor lauter Bäumen nicht sehen. Ich versuchte, mich rasch zu besinnen. »Ich weiß, wer es ist«, sagte ich mit brennenden Wangen. »Ich meine, wer der – na, du weißt schon – ist.« Ich war erst zwölf. Wörter wie »Liebhaber« kamen in meinem Wortschatz nicht vor.

»Kannst du's dir nicht denken? Es ist der Regisseur.«

»Das wollte ich gerade sagen.«

»Elias. Eine echte Nummer. Schmiert sich Pomade in die Haare wie in den zwanziger Jahren. Hat auch einen schmalen Schnurrbart. Bildet sich wohl ein, das würde ihm etwas von einem Edelganoven verleihen. Ein absolut lächerlicher Typ. Aber er hält sich natürlich für einen großen Künstler. Und meine Mutter sieht das ganz genauso. Du solltest mal sehen, wie schüchtern und unterwürfig sie in seiner Gegenwart ist – als müsste sie sich vor ihm klein machen und ihm schmeicheln, weil er ein so großes Genie ist. Nicht zu fassen, dass sie ihn nicht durchschaut.«

»Will Tante Madaline ihn heiraten?«

Thalia zuckte mit den Schultern. »Sie hat einen schlechten Geschmack, was Männer betrifft. Einen ganz schlechten.« Sie würfelte, dachte kurz nach. »Bis auf Andreas, würde ich sagen. Er ist nett. Jedenfalls halbwegs nett. Aber sie wird ihn natürlich verlassen. Sie fällt immer nur auf Mistkerle rein.«

»So wie auf deinen Vater.«

Sie runzelte leicht die Stirn. »Sie hat meinen Vater auf dem Weg nach Amsterdam kennengelernt. Auf einem Bahnhof, während eines Gewitters. Sie haben nur einen Nachmittag miteinander verbracht. Ich weiß nicht, wer er ist. Und sie weiß es genauso wenig.«

»Oh. Ich dachte, sie hätte mal von ihrem ersten Mann erzählt. Dass er getrunken hat. Aber vielleicht täusche ich mich auch.«

»Das war Dorian«, sagte Thalia. »Auch so eine Nummer.« Sie ergatterte noch einen Stein. »Er hat sie oft geschlagen. Seine Freundlichkeit konnte innerhalb einer Sekunde in blanke Wut umschlagen. Unberechenbar wie das Wetter. Ja, so war er. Er soff den lieben, langen Tag und lag die meiste Zeit nur herum. Wenn er blau war, hat er alles um sich herum vergessen. Einmal hat er vergessen, den Wasserhahn zuzudrehen und das ganze Haus unter Wasser gesetzt. Ein andermal wäre fast alles abgebrannt, weil er den Ofen nicht ausgeschaltet hat.«

Sie stapelte schweigend ihre Spielsteine und versuchte, sie zu einem geraden Turm anzuordnen.

»Eigentlich liebte Dorian nur Apollo. Alle Nachbarskinder hatten Angst vor ihm – vor Apollo, meine ich –, obwohl sie ihn nie sahen, sondern nur sein Gebell gehört haben. Aber das war schon genug. Dorian hielt ihn hinten im Garten an einer Kette. Fütterte ihn mit großen Stücken Lammfleisch.«

Thalia erzählte nicht weiter. Aber ich hatte alles vor Augen. Dorian im Suff, der Hund vergessen und nicht an der Kette. Eine offene Tür.

»Wie alt warst du damals?«, fragte ich leise.

»Fünf.«

Dann stellte ich die Frage, die mir seit Anfang des Sommers nicht mehr aus dem Kopf gegangen war. »Gibt es nichts, was … Ich meine – könnte man nicht etwas tun, um …«

Thalia wandte sich ab. »Bitte nicht fragen«, sagte sie dumpf. In ihrer Stimme schwang ein tiefer Schmerz mit. »Das macht mich fertig.«

»Entschuldige«, sagte ich.

»Irgendwann erzähle ich es dir.«

Und das tat sie dann auch zu einem späteren Zeitpunkt: Die schlampige Operation und die katastrophale Wundinfektion danach, die Eiterbildung, das Versagen von Nieren und Leber. Die Ärzte sahen sich gezwungen, nicht nur den Hautlappen, sondern einen größeren Teil ihrer linken Wange, ja sogar ein Stück ihres Kieferknochens zu entfernen. All dies hatte zur Folge, dass sie knapp drei Monate im Krankenhaus lag. Sie wäre fast gestorben. Sie hätte sterben sollen. Danach ließ sie keinen Arzt mehr an sich heran.

»Thalia«, sagte ich. »Es tut mir wirklich leid, dass ich so blöd zu dir war, als wir uns kennengelernt haben.«

Sie sah zu mir auf. Der verspielte Glanz trat wieder in ihre Augen. »Ja, das sollte dir auch leidtun. Aber ich wusste es schon, bevor dir alles aus der Hand fiel.«

»Was wusstest du?«

»Dass du ein Esel bist.«

Madaline reiste zwei Tage vor Schulanfang ab. Sie trug ein mattgelbes, ärmelloses, enganliegendes Kleid, eine dunkle Sonnenbrille aus Horn und ein weißseidenes Kopftuch. Sie war gekleidet, als hätte sie Angst, ein Körperteil zu verlieren – als müsste sie sich in eine äußere Form zwängen, um innerlich nicht auseinanderzufallen. Im Fährhafen von Tinos-Stadt umarmte sie uns. Sie hielt Thalia am engsten umschlungen und küsste sie, ohne die Lippen wegzuziehen, lange auf den Kopf. Sie setzte die Sonnenbrille nicht ab.

»Drück mich«, hörte ich sie flüstern.

Thalia gehorchte widerwillig.

Als die Fähre ächzend ablegte und sich mit schäumendem Kielwasser vom Kai entfernte, erwartete ich, dass uns Madaline vom Heck Kusshändchen zuwerfen würde. Aber sie ging zum Bug und nahm dort Platz. Sie drehte sich nicht mehr nach uns um.

Zu Hause wurden wir von Mamá aufgefordert, uns zu setzen. Sie baute sich vor uns auf und sagte: »Hier im Haus musst du dieses Ding nicht mehr tragen, Thalia. Nicht wegen mir. Und auch nicht wegen Markos. Trag es nur, wenn dir danach ist. Mehr gibt es zu diesem Thema nicht zu sagen.«

In diesem Moment wurde mir schlagartig klar, was Mamá längst begriffen hatte: Die Maske hatte nur dazu gedient, Madaline Scham und Peinlichkeit zu ersparen.

Thalia saß lange stumm und reglos da. Dann hob sie die Hände und löste die Bänder am Hinterkopf. Sie ließ die Maske sinken. Ich sah ihr direkt ins Gesicht. Ich hatte den Impuls, zurückzuzucken wie bei einem lauten, plötzlichen Krach. Aber ich beherrschte mich. Ich wandte den Blick nicht ab. Und ich zwang mich, nicht zu blinzeln.

Mamá sagte, dass sie mich bis zur Rückkehr Madalines zu Hause unterrichten werde, damit Thalia nicht allein sei. Sie wolle uns abends, nach dem Essen, unterrichten, und sie werde uns Hausaufgaben aufgeben, die wir am nächsten Vormittag erledigen sollten, während sie in der Schule war. Das klang machbar, jedenfalls theoretisch.

Aber das Lernen erwies sich als fast unmöglich, vor allem, wenn Mamá fort war. Die Nachricht von Thalias entstelltem Gesicht hatte sich wie ein Lauffeuer auf der Insel verbreitet, und ständig klopften Neugierige an die Tür. Man hätte meinen können, dass Mehl, Knoblauch oder Salz auf der ganzen Insel nur noch bei uns zu bekommen waren. Die Leute versuchten gar nicht erst, ihre wahre Absicht zu verbergen. Wenn sie in der Tür standen, ließen sie den Blick über meine Schulter schweifen. Sie reckten den Hals und stellten sich auf Zehenspitzen. Die meisten waren nicht einmal Nachbarn. Sie waren kilometerweit gelaufen, um sich eine Tasse Zucker zu borgen. Ich ließ sie natürlich nie herein. Es befriedigte mich, ihnen die Tür vor der Nase zuzuschlagen. Aber ich fühlte mich auch bedrückt und entmutigt, weil ich wusste, dass ich mein Leben, wenn ich hierbleiben würde, im Schatten dieser Menschen verbringen würde. Und am Ende würde ich ihnen gleichen.

Die Kinder waren noch schlimmer und noch viel dreister. Ich erwischte täglich welche, die draußen herumschlichen und auf unsere Mauer kletterten. Thalia tippte mir beim Lernen mit dem Stift auf die Schulter und hob das Kinn, und wenn ich mich umdrehte, sah ich ein Kind, manchmal auch mehrere, die die Nase an der Scheibe plattdrückten. Die Belästigung nahm solche Ausmaße an, dass wir nach oben gehen und die Vorhänge zuziehen mussten. Eines Tages stand Petros, ein Junge, den ich aus der Schule kannte, mit drei Freunden vor der Tür. Er bat um einen kurzen Blick und bot mir dafür eine Handvoll Kleingeld an. Ich lehnte ab und fragte ihn, was dieses Haus seiner Meinung nach sei – ein Zirkus?

Schließlich musste ich Mamá informieren. Als sie hörte, was los war, fingen ihre Wangen an zu glühen. Sie biss die Zähne zusammen.

Am nächsten Morgen hatte sie unsere Bücher und zwei Pausenbrote unten auf dem Tisch bereitgelegt. Thalia, die schneller begriff als ich, krümmte sich wie ein welkes Blatt. Und als wir aufbrechen wollten, begann sie zu protestieren.

»Nein, Tante Odie.«

»Gib mir deine Hand.«

»Nein. Bitte nicht.«

»Komm schon. Gib sie mir.«

»Ich will aber nicht.«

»Wir kommen zu spät.«

»Bitte zwing mich nicht dazu, Tante Odie.«

Mamá ergriff Thalia bei den Händen und zog sie vom Stuhl, beugte sich zu ihr hinab und sah sie mit festem, mir wohlbekanntem Blick an. Nichts auf Erden konnte sie jetzt noch aufhalten. »Thalia«, sagte sie sanft und entschieden, »ich schäme mich nicht für dich.«

Also brachen wir auf, alle drei, Mamá mit zusammengepressten Lippen und als müsste sie gegen starken Gegenwind ankämpfen. Sie ging mit kurzen, schnellen Schritten. Ich stellte mir vor, dass Mamá, die Jagdflinte in der Hand, damals mit genau diesen Schritten zu Madalines Vater marschiert war.

Die Leute hielten den Atem an und glotzten, wenn wir auf den Schlängelpfaden an ihnen vorbeikamen. Sie blieben stehen, um uns anzustarren. Manche zeigten auf uns. Ich mochte nicht hinschauen, sah aus den Augenwinkeln nur bleiche, verschwommene Gesichter mit offenen Mäulern.

Auf dem Schulhof kreischte ein Mädchen, und die Kinder wichen uns aus. Mamá stob durch sie hindurch wie eine Bowlingkugel durch Kegel. Sie musste Thalia regelrecht mitzerren, und sie bahnte sich einen Weg bis zu einer Bank in der Ecke des Schulhofes. Sie stieg auf die Bank, half Thalia hinauf und blies drei Mal in ihre Trillerpfeife. Auf dem Hof trat Totenstille ein.

»Das ist Thalia Gianakos«, rief Mamá. »Ab heute ...« Sie hielt kurz inne. »Ich weiß nicht, wer da schreit, aber er sollte besser den Mund halten, denn sonst hat er gleich einen guten Grund für sein Geschrei. Also: Ab heute geht Thalia hier zur Schule. Ich erwarte von euch, dass ihr sie anständig und zuvorkommend behandelt. Sollte mir zu Ohren kommen, dass ihr sie ärgert oder aufzieht, werde ich die Verantwortlichen finden und dafür sorgen, dass sie es bereuen. Ihr wisst, dass das keine leeren Worte sind. Das ist alles, was es dazu zu sagen gibt.«

Sie stieg von der Bank und ging mit Thalia an der Hand Richtung Klassenzimmer. Von diesem Tag an trug Thalia ihre Maske nie mehr, weder zu Hause noch in der Öffentlichkeit.

Einige Wochen vor Weihnachten bekamen wir Post von Madaline. Die Dreharbeiten zögen sich unerwartet in die Länge, schrieb sie. Zuerst sei der erste Kameramann am Set vom Gerüst gestürzt und habe sich dreifach den Arm gebrochen. Dann habe das Wetter die Außenaufnahmen erschwert.

Wir befinden uns also in einer Art Warteschleife, wie es hier so schön heißt. Immerhin haben wir nun die Zeit, manches im Drehbuch zu verbessern. Die Verzögerung wäre also nicht weiter schlimm, nur bedeutet sie leider, dass ich nicht zum erhofften Zeitpunkt bei Euch sein kann. Ich bin zerknirscht, meine Lieben. Ihr fehlt mir alle so sehr, vor allem Du, Thalia, mein Liebling. Mir bleibt nichts anderes übrig, als die Tage bis zum Frühling zu zählen – dann werden die Dreharbeiten abgeschlossen sein, dann werde ich Euch endlich wiedersehen. Ihr seid immer in meinem Herzen, jede Minute, jeden Tag.

»Sie kommt nicht wieder«, sagte Thalia tonlos und gab Mamá den Brief zurück.

»Natürlich kommt sie!«, sagte ich wie vor den Kopf gestoßen. Ich drehte mich zu Mamá um, erwartete, dass sie irgendetwas dazu sagen, uns wenigstens ermutigen würde. Aber Mamá faltete stumm den Brief zusammen, legte ihn auf den Tisch und setzte Kaffeewasser auf. Ich weiß noch, dass ich ihr insgeheim vorwarf, Thalia mit keinem Wort getröstet zu haben, auch wenn diese sich mit Madalines Ausbleiben abgefunden hatte. Ich ahnte nicht – noch nicht – dass sie einander verstanden, vielleicht sogar besser, als ich sie beide verstand. Mamá hatte zu viel Respekt vor Thalia, um sie zu bemuttern. Sie wollte Thalia nicht mit falschen Versprechungen beleidigen.

Dann kam der Frühling in all seiner üppigen, grünen Pracht und verging wieder. Madaline schickte uns eine Postkarte und einen offenbar hastig geschriebenen Brief, in dem sie von weiteren Problemen beim Dreh berichtete, dieses Mal im Zusammenhang mit den Produzenten, die sich wegen der vielen Verzögerungen querzustellen drohten. Und anders als in ihrem ersten Brief nannte sie keinen Zeitpunkt mehr für ihre Rückkehr.

Eines warmen Sommernachmittags – es muss 1968 gewesen sein – gingen Thalia und ich mit einem Mädchen namens Dori zum Strand. Zu jenem Zeitpunkt hatte Thalia schon ein Jahr bei uns auf Tinos gewohnt, und ihr entstelltes Gesicht sorgte nicht mehr für Getuschel und Aufsehen. Sie weckte zwar immer noch Neugier – und würde dies wohl auch für immer tun –, aber weniger als zuvor. Sie hatte inzwischen eigene Freunde, unter anderem Dori, die nicht mehr vor ihrem Äußeren zurückschreckten, Freunde, mit denen sie zusammen Mittag aß, redete, lernte oder nach der Schule spielte. Sie war wider Erwarten zu einer fast normalen Erscheinung geworden, und ich musste die Inselbewohner ein Stück weit dafür bewundern, dass sie sie als eine der ihren akzeptiert hatten.

Wir hatten eigentlich baden gehen wollen, aber weil das Wasser noch zu kalt war, dösten wir lieber auf den Felsen. Als ich mit Thalia heimkehrte, schälte Mamá in der Küche gerade Möhren. Auf dem Tisch lag ein ungeöffneter Brief.

»Von deinem Stiefvater«, sagte Mamá.

Thalia ging mit dem Brief nach oben. Es dauerte lange, bis sie wieder hinunterkam. Sie ließ das Blatt auf den Tisch segeln, setzte sich, griff nach einem Messer und einer Möhre.

»Er möchte, dass ich nach Hause komme.«

»Verstehe«, sagte Mamá mit leise bebender Stimme.

»Aber nicht direkt nach Hause. Er schreibt, dass er mit einer Privatschule in England in Kontakt ist. Ich könnte dort ab Herbst zur Schule gehen. Er will dafür aufkommen, schreibt er.«

»Und Tante Madaline?«, fragte ich.

»Weg. Mit Elias. Sie sind durchgebrannt.«

»Und der Film? Was ist damit?«

Mamá und Thalia tauschten einen Blick und schauten dann gleichzeitig zu mir auf, und ich begriff, dass die beiden längst wussten, was los war.

Eines Morgens im Jahr 2002, über dreißig Jahre später und ungefähr zu der Zeit, als ich mich auf den Umzug von Athen nach Kabul vorbereite, stoße ich in der Zeitung zufällig auf einen Nachruf auf Madaline. Ihr Nachname lautet jetzt Kouris, aber das breite Lachen der alten Frau auf dem Foto ist mir vertraut, und ihre Schönheit ist noch immer nicht ganz verblasst. Im kurzen Text darunter heißt es, dass sie in jungen Jahren Schauspielerin war und zu Beginn der 80er Jahre ihre eigene Theaterkompanie gegründet hat. Diese habe bei den Kritikern in hohem Ansehen gestanden, vor allem in den 90ern dank der lange laufenden Inszenierungen von Eugene O'Neills *Eines langen Tages Reise in die Nacht*, Anton Tschechows *Möwe* und Dimitrios Mpogris *Verlobungen*. Im Nachruf heißt es, sie sei in Athener Künstlerkreisen für ihre Intelligenz, ihre Wohltätigkeitsarbeit, ihr Stilgefühl, ihre freigiebigen Partys und ihre Bereitschaft bekannt gewesen, die Stücke neuer, unbekannter Dramatiker aufzuführen. Weiter heißt es, sie habe lange gegen ein Lungenemphysem gekämpft, dem sie am Ende erlegen sei. Ein Ehemann oder Kinder, die sie zurücklässt, werden nicht genannt. Außerdem stelle ich erstaunt fest, dass sie hier in Athen über zwei Jahrzehnte nur ein paar Straßen von meinem Haus in Kolonaki entfernt gewohnt hat.

Ich lasse die Zeitung sinken. Ich empfinde zu meiner Verwunderung eine gewisse Wut auf diese Frau, die ich zuletzt vor über dreißig Jahren gesehen habe. Einen leisen Unmut über den Verlauf, den ihr Leben genommen hat. Ich hatte mir immer vorgestellt, dass sie ein chaotisches, unstetes Leben führte, mit Pechsträhnen, Zusammenbrüchen, Reue und verzweifelten Affären mit den falschen Männern. Ich war immer davon ausgegangen, dass sie sich selbst zugrunde gerichtet oder in jenen frühen Tod getrunken hatte, den die Leute gern als tragisch bezeichnen. Ich hatte ihr sogar zugutegehalten, dass sie dies geahnt und Thalia nach Tinos gebracht hatte, um sie vor weiterem Unheil zu bewahren, das sie unweigerlich über ihre Tochter gebracht hätte. Aber jetzt sehe ich Madaline, wie Mamá sie vermutlich schon immer gesehen hat: Madaline als kühle, strategisch denkende Kartographin, die in aller Ruhe die Landkarte ihrer Zukunft zeichnet und ihre Tochter, diesen Klotz am Bein, kaltblütig außen vor lässt. Und sie hatte großen Erfolg damit, jedenfalls laut dieses Nachrufs, der ihr ein distinguiertes Leben, ein Leben voller Respekt, Anmut und Ruhm zuschreibt.

Ich kann das nicht so einfach schlucken. Ihren Erfolg und die Tatsache, dass sie mit allem davongekommen ist. Ich finde das ungeheuerlich. Hat sie denn keinen Preis dafür bezahlt, wurde ihr nie die Rechnung aufgemacht?

Doch während ich die Zeitung zusammenfalte, kommen mir Zweifel. Ich habe die leise Ahnung, Madaline zu schnell verurteilt zu haben, gar nicht so anders zu sein als sie. Haben wir uns denn nicht beide nach dem Entkommen gesehnt, nach einer Neuerfindung unserer Persönlichkeit, einer neuen Identität? Haben wir uns nicht beide am Ende befreit, indem wir das Tau des Ankers kappten, der uns festhielt? Ich versuche, diesen Gedanken abzuschütteln, will mir einreden, dass wir einander in keiner Weise gleichen, spüre aber, dass meine Wut vielleicht nur ein Ausdruck von Neid ist – vielleicht beneide ich sie, weil sie in allem erfolgreicher war als ich.

Ich werfe die Zeitung weg. Gut möglich, dass Thalia davon erfährt, aber sicher nicht von mir.

Mamá schob die geschälten Möhrenstreifen mit einem Messer vom Tisch in eine Schale. Sie verabscheute es, wenn man Nahrungsmittel vergeudete. Sie würde aus den Streifen Marmelade kochen.

»Du stehst vor einer schweren Entscheidung, Thalia«, sagte sie.

Thalia drehte sich zu meiner Überraschung zu mir um und fragte: »Was würdest du tun, Markos?«

»Oh, ich weiß genau, was *er* tun würde«, warf Mamá ein.

»Ich würde nach England fahren«, sagte ich zu Thalia, sah zu Mamá und genoss es, den rebellischen Sohn zu geben, für den sie mich hielt. Ich meinte es allerdings ernst und glaubte nicht, dass Thalia auch nur eine Sekunde zögern würde. Ich hätte diese Chance sofort beim Schopf gepackt. Eine Privatschule. In London.

»Denk darüber nach«, sagte Mamá.

»Das habe ich schon«, sagte Thalia zögernd. Und sie sprach noch langsamer, als sie Mamá in die Augen sah: »Ich möchte aber nicht anmaßend sein.«

Mamá legte das Messer weg. Sie atmete deutlich hörbar aus. Hatte sie die Luft angehalten? Ihre stoische Miene zeigte keine Spur von Erleichterung. »Die Antwort lautet ja. Natürlich lautet sie ja.«

Thalia fasste Mamá über den Tisch hinweg am Handgelenk. »Vielen Dank, Tante Odie.«

»Ich sage das nur ein einziges Mal«, warf ich ein. »Ich halte das für einen Fehler. Ihr begeht beide einen Fehler.«

Sie drehten sich zu mir um.

»Möchtest du, dass ich fahre, Markos?«, fragte Thalia.

»Ja«, antwortete ich. »Ich würde dich schrecklich vermissen, das weißt du. Aber du darfst dir diese Privatschule nicht durch die Lappen gehen lassen. Du könntest Wissenschaftlerin werden, Forscherin, Erfinderin, Professorin. Willst du das denn nicht? Du bist der klügste Mensch, den ich kenne. Du könntest so viel aus dir machen.«

Ich verstummte.

»Nein, Markos«, sagte Thalia müde. »Nein, das könnte ich nicht.«

Sie sagte das mit einer Endgültigkeit, die jeden weiteren Einwand ausschloss.

Sie hatte natürlich recht.

Viele Jahre später, zu Beginn meines Studiums der plastischen Chirurgie, begriff ich etwas, das ich damals, als ich Thalia in der Küche bedrängt hatte, auf das Internat zu gehen, noch nicht gewusst hatte. Ich begriff, dass die Welt nicht in einen hineinschauen kann, dass sie keinen Pfifferling auf die Hoffnungen, Träume und Sorgen gibt, die sich hinter Haut und Knochen verbergen. So einfach, so absurd und auch so grausam es klingen mag. Meine Patienten wussten das. Sie wussten genau, wer sie waren, sein würden oder sein konnten, sie wussten, dass dies von der Symmetrie ihres Knochenbaus abhing, von dem Abstand zwischen ihren Augen, der Länge ihres Kinns, der Neigung ihrer Nasenspitze und von der Frage, ob sie den idealen nasofrontalen Winkel besaßen oder nicht.

Schönheit ist ein großes, unverdientes, nach einem sinnlosen Zufallsprinzip verteiltes Geschenk.

Ich spezialisierte mich deshalb darauf, die Aussichten von Menschen wie Thalia zu verbessern, mit jedem Schnitt meines Skalpells eine willkürliche Ungerechtigkeit aus dem Weg zu räumen, auf bescheidene Art Stellung gegen eine Welt zu beziehen, deren Ordnung ich abscheulich fand, eine Welt, in der ein Mädchen durch einen Hundebiss ihrer ganzen Zukunft beraubt, zu einer Ausgestoßenen, einem Objekt der Verachtung werden konnte.

Das rede ich mir jedenfalls ein. Ich nehme an, dass ich mich auch aus anderen Gründen für die plastische Chirurgie entschieden habe. Zum Beispiel wegen des Geldes, des Prestiges, des sozialen Status. Wenn ich Thalia zum einzigen Grund dafür erkläre, ist das vielleicht zu schön, um wahr zu sein, etwas zu einfach und zu naheliegend. Ich habe in Kabul manches gelernt, vor allem jedoch, dass das menschliche Verhalten chaotisch und unvorhersehbar ist und sich in kein festes Raster zwängen lässt. Trotzdem finde ich Trost in der Vorstellung eines roten Fadens oder eines Musters im Leben, das ebenso langsam Gestalt annimmt wie ein Foto in der Dunkelkammer, oder in der Vorstellung einer langsam sich entfaltenden Geschichte, die das Gute, das ich immer in mir zu sehen geglaubt habe, zu bestätigen scheint. Diese Geschichte hält mich am Leben.

Ich praktizierte die Hälfte der Zeit in Athen, hob Augenbrauen, dehnte Unterkiefer, korrigierte schiefe Nasen und straffte faltige Haut. Während der anderen Hälfte tat ich, was ich *wirklich* tun wollte, nämlich um die Welt fliegen, nach Mittelamerika, in die Sahelzone, nach Südasien oder in den Fernen Osten, um dort Kindern zu helfen, Hasenscharten und gespaltene Kiefer zu behandeln, Gesichtstumore und Gesichtsverletzungen. Die Arbeit in Athen war nicht halb so befriedigend, wurde aber so gut bezahlt, dass ich mir den Luxus leisten konnte, mir regelmäßig ein paar Wochen oder sogar Monate für meine freiwillige Arbeit freizunehmen.

Dann, Anfang 2002, wurde ich in meinem Büro von einer Bekannten angerufen. Sie hieß Amra Ademovic und war eine bosnische Krankenschwester. Wir waren uns vor einigen Jahren auf einer Konferenz in London begegnet und hatten über das Wochenende eine schöne, aber, wie wir einvernehmlich beschlossen, zu nichts weiter verpflichtende Affäre gehabt. Wir waren jedoch in Kontakt geblieben und hatten uns gelegentlich getroffen. Sie erzählte mir, dass sie jetzt in Kabul für eine Non-Profit-Organisation arbeitete, die einen Chirurgen für die Behandlung von Kindern suchte: Hasenscharten, Gesichtsverletzungen durch Schrapnelle oder Geschosse und dergleichen mehr. Ich sagte sofort zu. Ich wollte drei Monate bleiben. Ich flog im späten Frühling 2002 dorthin. Ich kehrte nie zurück.

Thalia holt mich vom Fährhafen ab. Sie trägt einen grünen Wollschal und einen dicken, roséfarbenen Mantel über Jeans und Cardiganpullover. Ihre in der Mitte gescheitelten Haare, inzwischen sehr lang, fallen locker auf ihre Schultern. Und diese weißen Haare sind es – nicht ihre entstellte untere Gesichtshälfte –, die mich stutzen lassen. Nicht, dass ich überrascht wäre, denn Thalia begann schon mit Mitte dreißig zu ergrauen und hatte gegen Ende vierzig schlohweiße Haare. Ich habe mich schließlich auch verändert. Da ist mein Bauchansatz, der größer wird, da ist der stetig zurückweichende Haaransatz, aber der Verfall des eigenen Körpers ist ein unmerklicher, schleichender Prozess, der uns selbst kaum auffällt. Der Anblick der weißhaarigen Thalia ist ein deutlicher Beweis für ihr stetes, unausweichliches Älterwerden – und auch für meines.

»Du wirst frieren«, sagt sie und strafft ihren Schal. Es ist ein später Vormittag im Januar, der Himmel grau und bewölkt. Das verschrumpelte Laub der Bäume raschelt im Wind.

»Wenn du wissen willst, was wahre Kälte ist, musst du mich in Kabul besuchen«, antworte ich und greife nach dem Koffer.

»Wie du willst, Herr Doktor. Mit dem Bus oder zu Fuß? Du hast die Wahl.«

»Laufen wir«, sage ich.

Wir gehen nach Norden, durch Tinos-Stadt. Kommen an den im inneren Hafen vertäuten Segelbooten und Yachten vorbei. An Kiosken, die Postkarten und T-Shirts verkaufen. Leute sitzen vor den Cafés an kleinen, runden Tischen und nippen an einem Kaffee, spielen Schach, lesen Zeitung. Kellner decken Tische zum Mittagessen mit Besteck ein. Noch ein oder zwei Stunden, dann wird der Duft von gebratenem Fisch aus den Küchen strömen.

Thalia erzählt begeistert von einer Reihe weißer Bungalows mit Blick auf Mykonos und die Ägäis, die Investoren südlich von Tinos-Stadt bauen. Sie werden vor allem von Touristen und den wohlhabenden Leuten bewohnt werden, die seit den frühen 90er Jahren den Sommer auf Tinos verbringen. Sie erzählt, dass die Bungalows mit Fitnessraum und Swimmingpool ausgestattet werden.

Seit Jahren schreibt sie mir E-Mails und hält mich über die Veränderungen von Tinos auf dem Laufenden. Die Strandhotels mit Satellitenschüsseln und Internetzugang, die Nachtclubs, Bars und Tavernen, die Restaurants und Geschäfte für die Touristen, die Taxis, die Busse, die Menschenmassen, die ausländischen Frauen, die oben ohne am Strand liegen. Die Bauern reiten nicht mehr auf Eseln, sondern fahren Pickup-Trucks, jedenfalls die, die geblieben sind. Die meisten sind längst verschwunden, aber manche kehren zurück, um ihren Ruhestand auf der Insel zu verbringen.

»Odie ist nicht besonders erfreut«, sagt Thalia und meint die Veränderungen. Sie hat mir auch hiervon berichtet – von dem Misstrauen der Einheimischen gegen die Neuankömmlinge und die Veränderungen, die sie bewirken.

»Dich scheint das ja nicht zu stören«, sage ich.

»Ich kann den Wandel sowieso nicht aufhalten«, antwortet sie und fügt hinzu: »Odie sagt: ›Passt ja, dass du das sagst,

Thalia; du bist nicht hier geboren.‹« Sie muss laut und herzlich lachen. »Man sollte meinen, dass ich das nach vierundvierzig Jahren auf Tinos sagen darf. Aber weit gefehlt.«

Thalia hat sich auch verändert. Ich bemerke trotz des Wintermantels, dass sie mehr auf den Hüften hat und etwas rundlicher geworden ist – nicht auf ausladende, sondern auf erdende Art. Außerdem strahlt sie einen gutmütigen Trotz aus, lässt leise, spöttische Bemerkungen über Dinge fallen, die sie lächerlich findet. Ihre strahlenden Augen, dieses neue, herzliche Lachen und die geröteten Wangen – sie wirkt insgesamt wie eine Bauersfrau. Eine bodenständige Frau, deren robuste Freundlichkeit auf eine gewisse Unnachgiebigkeit und Autorität schließen lässt, die man besser nicht in Frage stellt.

»Wie läuft das Geschäft?«, frage ich. »Hast du noch zu tun?«

»Ab und zu«, sagt Thalia. »Du weißt ja, was derzeit los ist.« Wir schütteln beide den Kopf. Ich habe in Kabul die Nachrichten über immer neue Sparpakete verfolgt, auf CNN die maskierten jungen Griechen gesehen, die vor dem Parlamentsgebäude mit Steinen auf Polizisten warfen, die Schutzausrüstung trugen, Tränengasgranaten abfeuerten, Schlagstöcke schwangen.

Thalia führt keinen Betrieb im eigentlichen Sinn, sondern war sozusagen Handwerkerin, jedenfalls vor dem Beginn des digitalen Zeitalters. Sie ist zu ihren Kunden nach Hause gefahren, hat die kaputten Stromwandler von Fernsehgeräten gelötet, in alten Röhrenradios Kondensatoren ausgetauscht. Man rief sie, wenn ein Kühlschrankthermostat defekt war oder wenn alte Rohre leckten. Die Leute bezahlten, was sie konnten, und wenn sie kein Geld hatten, arbeitete Thalia umsonst. *Ich brauche das Geld nicht*, sagte sie. *Es macht mir einfach Spaß. Ich finde es immer noch spannend, etwas aus-*

einanderzubauen und herauszufinden, wie es funktioniert.
Heute kümmert sie sich, wieder als Autodidaktin, um defekte
Computer. Sie repariert die Geräte für ein Taschengeld, ändert
IP-Adressen, kümmert sich um eingefrorene Anwendungen,
um Upgrades und Bootfehler und bringt Rechner auf Vorder-
mann, die nur noch im Schneckentempo arbeiten. Ich habe sie
mehrmals verzweifelt aus Kabul angerufen, wenn mein IBM
wieder einmal gestreikt hat.

Wir bleiben vor dem Haus meiner Mutter kurz auf dem
Hof mit dem alten Olivenbaum stehen. Ich sehe die Anzeichen von Mamás kürzlicher Arbeitswut, die frisch gestrichenen Wände, den halbfertigen Taubenschlag und auf einem
Holzklotz einen Hammer und eine offene Packung Nägel.

»Wie ist sie drauf?«, frage ich.

»Oh, bissig wie immer. Deshalb habe ich das da anbringen
lassen.« Sie deutet auf eine Satellitenschüssel auf dem Dach.
»Wir gucken ausländische Soaps. Die arabischen sind die besten – oder die schlimmsten. Je nachdem. Wir versuchen zu
erraten, wie die Geschichten ausgehen. Dabei bleibt sie entspannt.« Sie tritt durch die Haustür. »Willkommen zu Hause.
Ich mache dir etwas zu essen.«

Seltsam, wieder in diesem Haus zu sein. Ich entdecke manches Neue wie den grauen Ledersessel im Wohnzimmer oder
das weiße Korbgeflechttischchen neben dem Fernseher. Alles
andere scheint aber noch am alten Platz zu stehen: Der Küchentisch, auf dem jetzt eine Kunststoffdecke mit Birnen-
Auberginen-Muster liegt; die Bambusstühle mit den geraden
Lehnen; die alte Petroleumlampe mit dem Glaskolben; der
rauchgeschwärzte, geschwungene Kamin; das Foto von mir
und Mamá – sie in ihrem feinen Kleid, ich im weißen Hemd –

über dem Kaminsims im Wohnzimmer; und ganz oben auf dem hohen Regal Mamás Porzellanservice.

Und doch … Als ich meinen Koffer abstelle, spüre ich, dass da ein großes Loch klafft. Die Jahrzehnte, die meine Mutter mit Thalia verbracht hat, sind weite, dunkle Leerstellen für mich. Ich war weit weg. Habe nicht mit Thalia und Mamá an diesem Tisch gegessen, habe die Streitereien, die Phasen der Langeweile, das Lachen, die Krankheiten, die endlose Folge kleiner Rituale, aus denen ein Leben besteht, nicht miterlebt. Es verwirrt mich ein wenig, wieder im Haus meiner Kindheit zu sein; es ist so, als würde man das Ende eines Romans lesen, den man vor Jahren in eine Ecke geworfen hat.

»Vielleicht ein paar Eier?«, fragt Thalia, die sich schon eine Schürze umgebunden hat und Öl in eine Pfanne träufelt. Sie scheint in der Küche daheim zu sein, bewegt sich ganz selbstverständlich.

»Gern. Wo ist Mamá?«

»Sie schläft. Sie hatte eine unruhige Nacht.«

»Ich schaue kurz bei ihr rein.«

Thalia zieht einen Quirl aus der Schublade. »Wenn du sie weckst, geht das auf deine Rechnung, Doktor.«

Ich gehe auf Zehenspitzen nach oben. Das Schlafzimmer ist dunkel. Ein schmaler Lichtstrahl fällt durch die zugezogenen Vorhänge auf Mamás Bett. Krankheit liegt in der Luft. Nicht als Geruch, sondern als etwas fast Greifbares. Das kennt jeder Arzt – Krankheiten können wie Dampf in einem Raum hängen. Ich bleibe auf der Schwelle stehen, um meine Augen an das Dunkel zu gewöhnen. Auf der Kommode leuchtet ein rechteckiges Licht, das immer wieder die Farbe wechselt, ein digitaler Bilderrahmen, und er steht auf Thalias Seite des Bettes, meiner alten Seite. Ein Bild, das Reisfelder und Holzhäuser mit grauen Dachschindeln zeigt, geht in das eines überfüllten Basars mit gehäuteten, an Haken hängenden Ziegen über, dann sieht man einen dunkelhäutigen Mann, der an einem schlammigen Fluss sitzt und sich mit den Fingern die Zähne putzt.

Ich ziehe einen Stuhl heran und setze mich neben das Bett, und als ich Mamá betrachte, sinkt mir das Herz. Sie ist auf erschreckende Art geschrumpft. Schon jetzt. Der Pyjama mit Blumenmuster wirkt viel zu weit für ihre schmalen Schultern und die flache Brust. Ihr Mund steht offen, die Mundwinkel zeigen nach unten, als hätte sie einen schlechten Traum. Dieser Anblick stört mich nicht, aber im Schlaf ist ihr Gebiss verrutscht, und das sieht furchtbar aus. Ihre Augenlider zucken leicht. Ich sitze eine ganze Weile bei ihr, frage mich, was ich erwartet habe, und lausche dem Ticken der Wanduhr, dem leisen Klimpern des Bratenhebers unten in der Küche. Ich lasse meinen Blick über die banalen, von Mamás Leben zeugenden Details schweifen: Der Flachbildschirm an der Wand; der Computer in der Ecke; auf dem Nachttisch ein unfertiges Sudoku, die darauf liegende Brille; die Fernbedienung; die Phiole mit künstlichen Tränen; eine Tube Steroidsalbe; Gebisshaftcreme; ein Döschen mit Tabletten; auf dem Fußboden ein plüschiges, silbergraues Paar Hausschuhe. So etwas hätte sie vorher nie getragen. Daneben eine offene Windelpackung. Ich kann all dies mit meiner Mutter nicht in Verbindung bringen. Ich sträube mich dagegen. Diese Dinge scheinen einer Fremden zu gehören. Einer trägen, harmlosen Person, der man niemals böse sein könnte.

Auf der anderen Seite des Bettes wechseln die Bilder im digitalen Rahmen. Ich betrachte sie eine Weile. Dann fällt der Groschen. Ich kenne die Fotos. Ich habe sie aufgenommen. Damals, während … Ja, während meiner Wanderjahre, könnte man sagen. Ich habe für Thalia immer extra Abzüge machen lassen. Und sie hat die Fotos aufbewahrt. All die Jahre. Thalia. Ich werde von einer Zuneigung erfüllt, süß und schwer wie Honig. Sie ist immer meine wahre Schwester gewesen, mein wahrer Manaar.

Sie ruft nach mir.

Ich stehe leise auf. Als ich das Schlafzimmer verlassen will, fällt mir etwas ins Auge. Ein gerahmtes, unter der Uhr hängendes Bild. Weil es zu dunkel ist, klappe ich das Handy auf und erkenne im silbrigen Licht, dass es sich um einen Pressebericht über die Non-Profit-Organisation handelt, für die ich in Kabul arbeite. Ich kann mich an das Interview erinnern. Der Journalist war ein netter, leicht stotternder Amerikaner mit koreanischen Wurzeln. Wir hatten uns einen Teller *quabuli* geteilt, brauner Reis, Rosinen, Lamm. Mitten auf der Seite ist ein Gruppenbild abgedruckt. Ich, einige der Kinder und im Hintergrund Nabi, der stocksteif dasteht, die Hände hinter dem Rücken verschränkt, und düster, schüchtern und würdevoll zugleich dreinschaut, wie Afghanen es oft tun. Amra und Roshi, ihre Adoptivtochter, sind auch darauf. Alle Kinder lächeln.

»Markos.«

Ich klappe das Handy zu und gehe nach unten.

Thalia stellt mir ein Glas Milch und einen dampfenden Teller mit Eiern auf Tomaten hin. »Keine Sorge. Ich habe schon Zucker in die Milch getan.«

»Das weißt du noch?«

Sie setzt sich, ohne die Schürze abzunehmen, stützt die Ellbogen auf den Tisch und sieht mir beim Essen zu, tupft ihre linke Wange gelegentlich mit einem Taschentuch ab.

Ich habe immer wieder versucht, sie zu einer Operation zu überreden. Ich habe ihr erklärt, dass die Chirurgie seit den sechziger Jahren gewaltige Fortschritte gemacht hat, dass ich ihre Wange vielleicht nicht wiederherstellen, auf jeden Fall aber in einen deutlich besseren Zustand bringen kann. Zu meiner tiefen Verwirrung hat Thalia jedes Mal abgelehnt. *So sehe ich nun mal aus*, sagte sie dann zu mir. Damals hielt ich diese Antwort für unbefriedigend und ausweichend. Was sollte das überhaupt heißen? Ich verstand es nicht. Ich musste gemeinerweise an Gefängnisinsassen denken, an lebenslänglich einsitzende Verbrecher, die sich vor der Entlassung oder Begnadigung fürchten, die Angst vor Veränderungen und einem neuen Leben jenseits von Stacheldrahtzäunen und Wachtürmen haben.

Mein Angebot an Thalia steht immer noch. Doch ich weiß, dass sie es nie annehmen wird, und ich kann sie inzwischen verstehen. Denn sie hat recht: Sie sieht nun mal so aus. Ich behaupte nicht, nachvollziehen zu können, was es heißt, täglich ein solches Gesicht im Spiegel zu sehen, seinen erschreckenden Verfall mitzuerleben und den Willen aufzubringen, sich in dieses Schicksal zu fügen. Das muss ungeheuer viel Kraft und Geduld kosten, und ich nehme an, dass es ein langsamer Prozess war, vergleichbar mit Felsen, die im Lauf der Jahre von der anbrandenden Flut abgeschliffen werden. Der Hund brauchte nur Minuten, um Thalias Gesicht zu entstellen, aber sie hat ein ganzes Leben dafür gebraucht, um dies als Teil ihrer Identität zu begreifen. Sie will nicht zulassen, dass ich diese Mühe mit meinem Skalpell zunichtemache; ich hätte in ihren Augen eine frische Wunde über die alte gelegt.

Ich esse die Eier, obwohl ich kaum Appetit habe, weil ich weiß, dass sie das freut. »Köstlich, Thalia.«

»Und? Bist du aufgeregt?«

»Wie meinst du das?«

Sie greift hinter sich und zieht eine Küchenschublade auf, holt eine Sonnenbrille mit rechteckigen Gläsern heraus. Ich begreife nicht sofort. Dann fällt es mir wieder ein: Die Sonnenfinsternis.

»Ah, natürlich.«

»Ich wollte sie erst durch eine Lochpappe anschauen«, sagt sie. »Aber als Odie sagte, du würdest kommen, habe ich mich für die stilvolle Variante entschieden.«

Wir unterhalten uns kurz über die Sonnenfinsternis am folgenden Tag. Thalia sagt, sie beginnt morgens, und gegen Mittag wird die Sonne ganz verdeckt sein. Sie hat die Wettervorhersagen verfolgt und ist erleichtert, weil der Tag wolkenlos sein soll. Sie fragt, ob ich noch mehr Eier möchte, und ich bejahe, und dann erzählt sie mir von einem neuen Internetcafé, das in Herrn Roussos' ehemaliger Pfandleihe eröffnet hat.

»Ich habe die Fotos gesehen«, sage ich. »Oben. Und auch den Artikel.«

Sie fegt die Brotkrümel mit der Hand vom Tisch, wirft sie, ohne hinzuschauen, über die Schulter in die Spüle. »Ach, das war leicht. Jedenfalls das Einscannen und Hochladen. Aber es war mühsam, sie nach Ländern zu ordnen. Das hat viel Grips gekostet, weil du die Fotos immer ohne Ortsangaben geschickt hast. Sie hat darauf bestanden, sie nach Ländern zu sortieren. Sie wollte es unbedingt so haben. Sie war nicht davon abzubringen.«

»Wer?«

Sie lacht kurz auf. »Wer? Natürlich Odie. Wer sonst?«

»Das war ihre Idee?«

»Auch der Artikel. Sie hat ihn im Netz entdeckt.«

»Mamá hat im Internet nach mir gesucht?«, frage ich.

»Ich hätte ihr das nie beibringen dürfen. Jetzt kann sie nicht mehr damit aufhören.« Sie lacht leise. »Sie schaut jeden Tag nach dir. Echt wahr. Du hast eine Stalkerin im Netz, Markos Varvaris.«

Mamá kommt am frühen Nachmittag runter. Sie trägt einen dunkelblauen Bademantel und die plüschigen Hausschuhe, die ich schon jetzt verabscheue. Sie scheint ihre Haare gebürstet zu haben. Ich bin erleichtert, als ich sehe, dass sie die Treppenstufen ganz normal heruntergehen kann. Bei meinem Anblick breitet sie die Arme aus und lächelt verschlafen.

Wir trinken einen Kaffee am Küchentisch.

»Wo ist Thalia?«, fragt sie und pustet in ihre Tasse.

»Sie kauft ein. Für morgen. Ist das deiner, Mamá?« Ich deute auf einen Stock, der hinter dem neuen Sessel an der Wand lehnt. Ich hatte ihn bei meiner Ankunft übersehen.

»Ach, den brauche ich fast nie. Nur an schlechten Tagen. Und für lange Spaziergänge. Und selbst dann nur für den Seelenfrieden«, antwortet sie wegwerfend, was mir verrät, dass sie ihn öfter braucht, als sie zugibt. »Du bist es, um den ich mir Sorgen mache. Wegen der Nachrichten aus diesem schrecklichen Land. Thalia will nicht, dass ich etwas davon mitbekomme. Sie sagt, es würde mich nur aufregen.«

»Ja, manchmal passiert etwas«, sage ich, »aber im Grunde leben die Menschen ihr Leben wie überall sonst auch. Und ich passe immer gut auf mich auf, Mamá.« Ich verschweige ihr natürlich die Schießerei im Gästehaus gegenüber, die kürzliche Welle von Angriffen auf ausländische Helfer, und ich verheimliche ihr auch, dass ich mit »auf mich aufpassen« die 9-Millimeter-Pistole meine, die ich auf Fahrten durch die Stadt immer bei mir trage, Fahrten, die ich besser unterlassen sollte.

Mamá nippt am Kaffee, zuckt leicht zusammen. Sie bedrängt mich nicht. Schwer zu sagen, ob das ein gutes Zeichen ist. Vielleicht ist sie wie viele alte Menschen auf einmal in Gedanken versunken, vielleicht ist sie auch taktvoll genug, mich nicht in die Ecke zu drängen, um Lügen oder Wahrheiten aus mir herauszupressen, die sie nur beunruhigen würden.

»Wir haben dich an Weihnachten vermisst«, sagt sie.

»Ich konnte nicht fort, Mamá.«

Sie nickt. »Nun bist du da. Nur das zählt.«

Ich nippe auch am Kaffee. Als ich klein war, haben Mamá und ich jeden Morgen gemeinsam an diesem Tisch gefrühstückt, still und fast feierlich, und dann sind wir gemeinsam zur Schule gegangen. Wir sprachen kaum ein Wort.

»Ich mache mir auch Sorgen um dich, Mamá.«

»Das ist überflüssig. Ich komme gut zurecht.« Da blitzt der alte, trotzige Stolz auf, ein matter Schimmer im Nebel.

»Aber wie lange noch?«

»So lange wie möglich.«

»Und wenn du es nicht mehr schaffst? Was dann?« Ich will sie nicht herausfordern, sondern frage, weil ich es wirklich nicht weiß. Ich habe keine Ahnung, wie meine Rolle dann aussehen wird oder ob ich überhaupt eine spielen werde.

Sie sieht mir ruhig in die Augen. Dann tut sie noch einen Löffel Zucker in ihre Tasse und rührt langsam um. »Schon komisch, Markos, aber die meisten Menschen gehen das Leben falsch an. Sie glauben, es nach ihren Wünschen auszurichten. Aber in Wahrheit richten sie es nach ihren Ängsten aus. An dem, was sie *nicht* wollen.«

»Ich kann dir nicht folgen, Mamá.«

»Na, du zum Beispiel. Dass du von Tinos weggegangen bist. Das Leben, das du dir aufgebaut hast. Du hattest Angst, hier eingesperrt zu sein. Mit mir. Du hattest Angst, ich würde dich behindern. Oder nimm Thalia. Sie ist geblieben, weil sie nicht mehr angestarrt werden wollte.«

Sie probiert den Kaffee und nimmt noch etwas mehr Zucker. Ich weiß noch, wie unsicher ich mich als Junge gefühlt habe, wenn ich mit ihr diskutieren wollte. Ihr Tonfall schien keinen Platz für eine Erwiderung zu lassen, sie machte mich gleich zu Anfang mit ihrer Wahrheit mundtot, warf sie mir unverblümt an den Kopf. Ich hatte noch nichts gesagt, da war ich schon besiegt. Ich fand das immer unfair.

»Und du, Mamá?«, frage ich. »Wovor hast du Angst? Was möchtest du nicht?«

»Ich will keine Last sein.«

»Das wirst du nicht.«

»Ja, damit hast du wohl recht, Markos.«

Diese rätselhafte Bemerkung löst eine innere Unruhe in mir aus. Ich muss unwillkürlich an den Brief denken, den Nabi mir in Kabul übergeben hat, seine posthume Beichte. An den Pakt, den er mit Suleiman Wahdati geschlossen hatte. Ob Mamá mit Thalia ein ähnliches Abkommen getroffen hat? Ob sie Thalia dazu auserkoren hat, sie zu retten, wenn es so weit ist? Thalia wäre dazu imstande, das weiß ich. Sie hätte die Kraft dazu. Sie würde Mamá retten.

Mamá mustert mein Gesicht. »Du hast dein Leben und deine Arbeit, Markos«, sagt sie milder und lenkt das Gespräch in eine andere Richtung, als hätte sie meine Gedanken gelesen, meine Befürchtung erraten. Die dritten Zähne, die Windeln, die plüschigen Hausschuhe – all das hat dazu geführt, dass ich sie unterschätzt habe. Sie hat immer noch die Oberhand. Und so wird es immer bleiben. »Ich möchte nicht zu einer Belastung für dich werden.«

Dieser letzte Satz ist dann doch eine Lüge, wenn auch eine nett gemeinte. Sie würde mich nicht belasten, das weiß sie so gut wie ich. Ich bin nicht vor Ort, sondern Tausende von Kilometern weit fort. Die Unannehmlichkeiten, die Mühe, die Pflege – all das würde Thalia überlassen bleiben. Trotzdem bezieht Mamá mich mit ein, gewährt mir etwas, das ich nicht verdient, um das ich mich nicht einmal bemüht habe.

»So wäre das nicht«, erwidere ich lahm.

Mamá lächelt. »Da wir gerade von deiner Arbeit reden: Du

weißt, dass ich es nicht wirklich gutgeheißen habe, dass du in dieses Land gegangen bist, oder?«

»Ich habe mir so etwas gedacht, ja.«

»Ich fand es unbegreiflich. Warum solltest du alles aufgeben, dein Einkommen, die Praxis, das Haus in Athen, alles, wofür du gearbeitet hast, nur um dich an diesen gewaltverseuchten Ort zu verkriechen?«

»Ich hatte meine Gründe.«

»Ich weiß.« Sie setzt die Tasse an die Lippen, senkt sie aber wieder, ohne einen Schluck getrunken zu haben. »Ich bin sehr schlecht in so etwas«, sagt sie langsam, fast schüchtern, »aber ich möchte dir sagen, dass du dich als guter Mensch erwiesen hast. Ich bin stolz auf dich, Markos.«

Ich senke den Blick auf meine Hände. Ich spüre, wie ihre Worte tief in mein Inneres sinken. Sie kamen vollkommen unverhofft, und der milde Blick, mit dem sie sie aussprach, war genauso überraschend. Ich weiß nicht, was ich darauf antworten soll.

»Vielen Dank, Mamá«, murmele ich nur.

Mehr kann ich nicht sagen. Wir sitzen eine Weile schweigend da. Ein Unbehagen hemmt uns, dazu das Bewusstsein all der vertanen Zeit und der vielen vergeudeten Gelegenheiten.

»Ich wollte dich etwas fragen«, sagt Mamá.

»Und was?«

»James Parkinson. George Huntington. Robert Graves. John Down. Und nun mein Lou Gehrig. Wie kommt es, dass die Männer sogar die Namen der Krankheiten dominieren?«

Ich blinzele, und meine Mutter blinzelt auch, und dann lacht sie, und ich stimme in ihr Lachen ein, obwohl ich das Gefühl habe, innerlich zu zerbröseln.

Am nächsten Morgen haben wir es uns draußen auf Liege-stühlen gemütlich gemacht. Mamá trägt einen dicken Schal und einen grauen Parka, über ihren Beinen liegt eine Fleece-decke zum Schutz vor der Kälte. Wir trinken Kaffee und naschen von den gekochten Quitten mit Zimt, die Thalia zu diesem Anlass gekauft hat. Jeder von uns trägt eine der Son-nenbrillen, und wir betrachten den Himmel. Die Sonne ist am nördlichen Rand schon etwas eingedunkelt und erinnert an das Logo des Apple-Laptops, den Thalia immer wieder auf-klappt, um in einem Online-Forum die Sonnenfinsternis zu kommentieren. Auf der ganzen Länge der Straße sitzen Men-schen auf den Bürgersteigen und Dächern, um das Spektakel zu verfolgen. Manche sind mit ihrer Familie zum anderen Ende der Insel gefahren, wo die Astronomische Gesellschaft Griechenlands Teleskope aufgestellt hat.

»Wann ist die Sonne ganz verdeckt?«, frage ich.

»Gegen halb elf«, sagt Thalia. Sie hebt die Brille und schaut auf die Uhr. »In einer guten Stunde.« Sie reibt sich aufgeregt die Hände, tippt etwas in den Computer.

Ich betrachte die beiden, Mamá mit dunkler Brille, die Hände mit den blauen Venen auf der Brust verschränkt, und Thalia, die eifrig auf die Tastatur einhämmert und deren weiße Haare unter der Mütze hervorlugen.

Aus dir ist ein guter Mensch geworden.

Gestern Abend habe ich auf dem Sofa gelegen, und wäh-rend ich über Mamás Worte nachdachte, schweiften meine Gedanken zu Madaline ab. Mir fiel ein, dass ich oft sauer auf Mamá war, weil sie so vieles ablehnte, was andere Mütter ta-ten. Meine Hand halten, wenn wir zu Fuß unterwegs waren. Mir einen Gutenachtkuss geben, mich auf ihren Schoß setzen, mir vor dem Einschlafen eine Geschichte vorlesen. All das hat sie nie getan. Trotzdem war ich während all jener Jahre blind für eine grundlegendere Wahrheit, die unbeachtet und ungewürdigt unter meinem Groll begraben lag. Sie bestand darin, dass meine Mutter mich nie verlassen hat. Das war ihr Geschenk an mich – die eherne Gewissheit, dass sie mir das, was Madaline Thalia angetan hatte, nie antun würde. Sie war meine Mutter, und sie würde mich nie verlassen. Und ich hatte das akzeptiert, ja erwartet, als wäre es selbstverständlich. Ich hatte mich genauso wenig bei meiner Mutter dafür bedankt, wie ich der Sonne dafür dankte, dass sie schien.

»Schaut mal!«, ruft Thalia.

Plötzlich haben sich ringsumher auf der Erde, auf den Mauern, auf unserer Kleidung kleine, schimmernde Sicheln aus Licht materialisiert. Die sichelförmige Sonne, die durch die Blätter unseres Olivenbaums scheint. Ich stelle fest, dass eine Sichel auf meinem Kaffee tanzt. Eine andere auf meinen Schnürsenkeln.

»Zeig mir deine Hände, Odie«, sagt Thalia. »Schnell.«

Mamá hebt die Hände und zeigt ihre Handflächen. Thalia holt einen geschliffenen Glaswürfel aus der Tasche und hält ihn darüber, und plötzlich tanzen kleine, sichelförmige Regenbogen über die faltigen Hände meiner Mutter. Sie hält den Atem an.

»Sieh dir das an, Markos!«, sagt Mamá und lächelt so breit und glücklich wie ein Schulmädchen. Ich habe sie noch nie so lächeln sehen, so ungetrübt, so heiter.

Wir betrachten die kleinen, auf den Händen meiner Mutter zitternden Regenbögen, und ich verspüre eine Traurigkeit und einen alten Schmerz, und beides schnürt mir die Kehle zu.

Aus dir ist ein guter Mensch geworden.

Ich bin stolz auf dich, Markos.

Ich bin fünfundfünfzig. Ich habe mein ganzes Leben auf diese Worte gewartet. Ob es jetzt zu spät ist – für diese Worte, für uns? Haben wir zu lange zu viel versäumt, Mamá und ich? Einerseits denke ich, dass es besser wäre, weiterzumachen wie gehabt, uns weiter so zu verhalten, als wüssten wir nicht, wie schlecht wir zueinander passen. Das wäre weniger schmerzhaft. Möglicherweise besser als diese verspätete Anerkennung. Diesen kleinen, flüchtigen Blick darauf, wie es zwischen uns hätte sein können. Das hätte nur Reue zur Folge, denke ich, und wem nützt die Reue? Sie macht nichts wiedergut. Was wir verloren haben, kann durch nichts mehr ersetzt werden.

Doch als meine Mutter sagt: »Ist das nicht schön, Markos?«, erwidere ich: »Ja, Mamá, das ist schön.« Und noch während ich diese Worte ausspreche, bricht etwas in meinem Inneren auf, weit auf, und ich greife nach der Hand meiner Mutter und umschließe sie fest.

NEUN

Winter 2010

Früher, als ich noch ein kleines Mädchen war, hatten wir ein abendliches Ritual. Nachdem ich meine einundzwanzig *bismillahs* gesprochen hatte und von meinem Vater gut zugedeckt worden war, setzte er sich zu mir ans Bett und zupfte mit Daumen und Zeigefinger schlechte Träume von meinem Kopf. Seine Finger sprangen von der Stirn zu den Schläfen, suchten geduldig hinter meinen Ohren und am Hinterkopf, und bei jedem Albtraum, von dem er mich befreite, stieß er ein leises Ploppen aus – wie beim Entkorken einer Flasche. Er tat einen Traum nach dem anderen in einen unsichtbaren, auf seinem Schoß liegenden Sack, den er fest verschnürte. Dann schaute er sich um und suchte schöne Träume als Ersatz für jene, die er sich geholt hatte. Ich sah zu, wie er den Kopf schief legte, die Stirn runzelte, den Blick schweifen ließ, als würde er ferner Musik lauschen. Ich hielt jedes Mal den Atem an und wartete auf den Moment, wenn sich ein Lächeln auf seinem Gesicht ausbreitete, wenn er sagte: *Ah, da haben wir ja einen*, wenn er die Hände aneinanderlegte und den Traum darauf landen ließ wie ein Blütenblatt, das langsam von einem Baum segelt. Dann hielt er behutsam, ganz behutsam – mein Vater sagte immer, alles Schöne im Leben sei zerbrechlich und gehe leicht verloren –, die Hände vor mein Gesicht und rieb mit den Handflächen über meine Augenbrauen, damit das Glück in meinen Kopf gelangte.

Was träume ich heute Nacht, Baba?, fragte ich.

Oh, heute Nacht, tja, heute Nacht wirst du etwas ganz Besonderes träumen, sagte er immer, bevor er zu erzählen begann. In einem der Träume, die er mir schenkte, war ich die berühmteste Malerin auf der Welt. In einem anderen war ich die Königin einer verwunschenen Insel und besaß einen fliegenden Thron. Er schenkte mir sogar einen Traum von meinem Lieblingsdessert Götterspeise. Ich hatte die Macht, mit einem Wink der Hand alles und jeden in Götterspeise zu verwandeln – einen Schulbus, das Empire State Building, den ganzen Pazifik, wenn ich gewollt hätte, und ich rettete die Erde mehr als einmal vor der Vernichtung, indem ich einen Meteor durch einen Wink zu Götterspeise werden ließ. Baba, der fast nie von seinem Vater sprach, erzählte mir, dass er von diesem die Gabe des Geschichtenerzählens geerbt habe. Früher, als er klein gewesen sei, berichtete er, habe er sich setzen müssen, und dann habe sein Vater Geschichten von Dschinns, Elfen und Dämonen erzählt, wenn auch selten, denn sein Vater sei nicht oft in der passenden Stimmung gewesen.

An manchen Abenden war ich an der Reihe. Dann schloss Baba die Augen, und ich strich über sein Gesicht. Ich begann bei seinen Brauen, fuhr dann über seine stoppeligen Wangen, die dichten Schnurrbarthaare.

Und was träume ich heute Nacht?, flüsterte er, ergriff meine Hände und lächelte breit. Er wusste, welchen Traum ich ihm schenken würde, denn es war stets der gleiche: Baba lag mit seiner Schwester nachmittags unter einem blütenschweren Apfelbaum, und die beiden wurden allmählich vom Schlaf übermannt. Die Sonne schien warm auf ihre Wangen, und im Sonnenschein glänzten Blätter und Gräser und die unzähligen Blüten über ihnen.

Ich war ein Einzelkind und oft einsam – nach meiner Geburt entschieden sich meine Eltern, die einander mit fast vierzig in Pakistan kennengelernt hatten, dagegen, noch ein Kind zu bekommen. Ich weiß noch, dass ich alle Kinder in unserem Viertel oder an meiner Schule, die jüngere Geschwister hatten, beneidete. Ich fand es seltsam, dass sie einander manchmal behandelten, als wüssten sie ihr Glück nicht zu schätzen. Sie führten sich auf wie wilde Tiere. Sie kniffen, schlugen, schubsten und verrieten ihre Geschwister auf jede nur denkbare Art. Lachten sie aus. Sprachen nicht mehr mit ihnen. Das wollte mir nicht in den Kopf. Was mich betraf, so sehnte ich mich in meiner frühen Kindheit ständig nach einem Geschwisterchen. Ich wäre am liebsten ein Zwilling gewesen, weil dann noch jemand neben mir in der Wiege geschrien und geschlafen und an der Brust meiner Mutter getrunken hätte. Jemand, den ich bedingungslos geliebt und in dessen Gesicht ich mich wiedererkannt hätte.

Also wurde Babas kleine Schwester, Pari, zu meiner Gefährtin. Bis auf mich war sie für alle unsichtbar. Sie war die Schwester, die ich mir immer von meinen Eltern gewünscht hatte. Ich erblickte sie im Badezimmerspiegel, wenn wir morgens Seite an Seite die Zähne putzten. Wir zogen uns gemeinsam an. Sie folgte mir in die Schule und saß neben mir im Unterricht und schaute zur Tafel – aus den Augenwinkeln sah ich immer ihr Haar und ihr helles Profil. Ich nahm sie in der Pause mit zum Spielplatz, spürte sie hinter mir, wenn ich auf einer Rutsche nach unten sauste oder mich am Gerüst von einer Strebe zur nächsten hangelte. Wenn ich nach der Schule am Küchentisch zeichnete, saß sie geduldig kritzelnd in der Nähe oder sah aus dem Fenster, bis ich fertig war, und dann rannten wir zum Seilspringen nach draußen, und unsere Zwillingsschatten flogen auf dem Beton auf und ab.

Niemand wusste von meinen Spielen mit Pari. Nicht einmal mein Vater. Sie war mein Geheimnis.

Wenn wir allein waren, aßen wir Trauben und plauderten über Spielzeug oder Lieblingscomics, Schüler, die wir doof fanden, fiese Lehrer oder die leckersten Frühstücksflocken. Wir hatten die gleiche Lieblingsfarbe (Gelb), die gleiche Lieblingseissorte (Kirsche), die gleiche Lieblingssendung (Alf), und wir wollten beide Künstler werden, wenn wir groß waren. Ich stellte mir vor, dass wir uns glichen wie ein Ei dem anderen, denn wir waren ja Zwillinge. Manchmal konnte ich sie beinahe sehen – *wirklich* sehen, meine ich –, ganz am Rand meines Blickfelds. Wenn ich sie zeichnete, gab ich ihr immer meine etwas schiefstehenden, hellgrünen Augen, meine dunklen Locken und meine langen und geraden, fast zusammengewachsenen Brauen. Und wenn jemand fragte, wen ich da zeichnete, sagte ich immer: Mich.

Ich wusste, wie mein Vater seine Schwester verloren hatte. Diese Geschichte war mir so vertraut wie die des Propheten, die meine Mutter mir erzählt hatte, und in der Moschee in Hayward, wo ich auf Wunsch meiner Eltern die Sonntagsschule besuchte, erfuhr ich noch mehr über ihn. Doch Paris Geschichte, die ich bald in- und auswendig kannte, faszinierte mich so sehr, dass ich sie jeden Abend hören wollte. Was vielleicht daran lag, dass wir denselben Namen trugen. Oder daran, dass ich eine Verbindung zwischen uns spürte, vage und rätselhaft, aber gleichzeitig real. Und das war nicht alles. Ich hatte das Gefühl, von ihr *berührt*, von ihrem Schicksal gezeichnet worden zu sein. Ich spürte, dass unsere Leben auf eine unergründliche, einer geheimnisvollen Gesetzmäßigkeit entsprechende Weise miteinander verknüpft waren, dass wir jenseits unserer Vornamen, jenseits unserer Verwandtschaft zusammengehörten, dass wir beide ein Puzzle vervollständigten. Ich war überzeugt, dass etwas über mich enthüllt werden

würde, wenn ich ihrer Geschichte nur aufmerksam genug
lauschte.

War dein Vater traurig? Weil er sie verkauft hat?

*Manche Menschen können ihre Trauer gut verbergen, Pari.
Und er war ein solcher Mensch. Man sah es ihm nicht an. Er
war ein harter Mann. Aber ich glaube, dass er insgeheim getrauert hat, ja.*

Und du?

Mein Vater antwortete lächelnd: *Warum sollte ich traurig
sein? Ich habe ja dich.* Aber ich spürte es schon damals, obwohl ich noch klein war: Die Trauer stand ihm ins Gesicht geschrieben, sie war wie ein Muttermal.

Während wir uns unterhielten, phantasierte ich insgeheim:
Ich würde alles sparen, keinen Dollar für Süßigkeiten oder
Aufkleber ausgeben, und sobald mein Sparschwein voll war –
nur war es kein Schwein, sondern eine auf einem Felsen sitzende Meerjungfrau –, würde ich es knacken, das ganze Geld
einstecken und die kleine Schwester meines Vaters suchen
gehen, wo auch immer sie sein mochte, und wenn ich sie gefunden hätte, würde ich sie zurückkaufen und nach Hause zu
meinem Baba bringen. Ich würde meinen Vater glücklich machen. Ich wünschte mir nichts sehnlicher, als ihm die Last dieser Trauer von den Schultern zu nehmen.

Und was träume ich heute?, fragte Baba.

Das weißt du doch.

Er lächelte wieder. *Ja, das weiß ich.*

Baba?

Hm?

War sie eine gute Schwester?

Die beste, die man sich wünschen kann.

Dann gab er mir einen Kuss auf die Wange und deckte mich
bis zum Kinn zu. Nachdem er das Licht ausgeknipst hatte,
blieb er noch kurz in der Tür stehen.

Sie war wunderbar, sagte er. *Genau wie du.*

Sobald er die Tür hinter sich geschlossen hatte, schlüpfte ich aus dem Bett, holte ein zweites Kissen und legte es neben meines. Wenn ich abends einschlief, spürte ich immer, wie Zwillingsherzen in meiner Brust schlugen.

Ich schaue auf die Uhr, als ich von der Old Oakland Road auf den Freeway einbiege. Schon 12:30 Uhr. Ich brauche vierzig Minuten bis zum Flughafen, vorausgesetzt, es gibt auf der 101 keine Behinderungen durch Unfälle oder Baustellen. Andererseits ist es ein internationaler Flug, und sie muss erst noch durch den Zoll, und das gibt mir vielleicht etwas Zeit. Ich wechsele auf die linke Spur und beschleunige den Lexus auf fast 130 Kilometer pro Stunde.

Ich erinnere mich an ein kleines Wunder von Gespräch, das ich vor einem Monat mit Baba geführt habe. Es war eine flüchtige, kleine Blase der Normalität auf dem Grund eines tiefen, dunklen und kalten Ozeans. Ich brachte ihm das Mittagessen, war aber etwas spät dran, und er drehte auf der Liege den Kopf zu mir herum und bemerkte mit liebevoll kritischem Unterton, dass ich genetisch auf Unpünktlichkeit programmiert sei. *Wie deine Mutter, möge Gott ihrer Seele gnädig sein.*

Andererseits, fuhr er fort, als wollte er mich trösten, *hat jeder Mensch irgendeine kleine Macke.*

Und worin besteht die Macke, die Gott mir zugedacht hat?, fragte ich und stellte den Teller mit Reis und Bohnen auf seinen Schoß. *In chronischer Unpünktlichkeit?*

Ja, aber Gott hat dabei lange gezaudert, möchte ich meinen. Er griff nach meinen Händen. *Denn er hat dich zu fast hundert Prozent vollkommen erschaffen.*

Tja, ich kläre dich gern über weitere Macken auf.

Du versteckst sie vor mir, wie?

Oh, ja. Jede Menge. Jederzeit bereit, sie zu offenbaren, sobald du alt und hilflos bist.

Ich bin alt und hilflos.

Jetzt drückst du auf die Tränendrüse.

Ich drehe am Radio, von einer Talk-Sendung zu Country zu Jazz und dann zu einer anderen Talk-Sendung. Ich stelle aus. Ich bin unruhig und nervös. Ich nehme das Handy vom Beifahrersitz, rufe zu Hause an, lege das aufgeklappte Telefon in meinen Schoß.

»Hallo?«

»Salaam, Baba. Ich bin es.«

»Pari?«

»Ja, Baba. Ist daheim, bei dir und Hector, alles in Ordnung?«

»O ja. Ein netter junger Typ. Er hat für uns Eier in die Pfanne gehauen. Wir haben sie auf Toast gegessen. Wo bist du?«

»Mit dem Auto unterwegs«, antworte ich.

»Zum Restaurant? Du hast heute keine Schicht, oder?«

»Nein, ich fahre zum Flughafen, Baba. Ich hole jemanden ab.«

»Gut. Ich werde deine Mutter bitten, für uns Mittagessen zu machen«, sagt er. »Vielleicht kann sie etwas aus dem Restaurant mitbringen.«

»Alles klar, Baba.«

Er erwähnt sie zu meiner Erleichterung nicht noch einmal. Doch an manchen Tagen spricht er ständig von ihr. *Warum verrätst du mir nicht, wo sie ist, Pari? Wird sie operiert? Lüg mich ja nicht an! Warum belügt mich jeder? Ist sie weg? Ist sie in Afghanistan? Dann fliege ich hin! Ich fliege nach Kabul, und du wirst mich nicht davon abhalten.* So geht es immer weiter, während Baba verzweifelt auf und ab läuft, und ich füttere ihn mit Lügen, versuche, ihn mit seiner Sammlung von Baumarktkatalogen oder irgendeiner Fernsehsendung abzulenken. Manchmal klappt das, aber an anderen Tagen ist er gegen meine Tricks immun. Wenn er sich so viele Sorgen macht, ist er in Tränen aufgelöst, wird hysterisch. Er schlägt sich gegen den Kopf, schaukelt auf dem Stuhl hin und her und schluchzt mit zitternden Beinen, bis ich ihm schließlich ein Lorazepam geben muss. Dann warte ich ab, bis sein Blick sich eintrübt, und sobald das geschieht, lasse ich mich erschöpft auf das Sofa fallen, bin selbst den Tränen nahe. Ich schaue sehnsüchtig zur Haustür, würde am liebsten hinaus ins Freie gehen, immer weiter gehen, aber dann stöhnt Baba im Schlaf, und ich werde aus dem Tagtraum gerissen, und ein nagendes Schuldgefühl überkommt mich.

»Kann ich kurz mit Hector sprechen, Baba?«

Der Hörer wird weitergereicht. Im Hintergrund höre ich das Publikum einer Gameshow johlen, dann ertönt Applaus.

»Hey, Kleine.«

Hector Juarez wohnt gegenüber. Wir sind schon seit einer Ewigkeit Nachbarn und seit einigen Jahren befreundet. Er kommt während der Woche ab und zu vorbei, und dann futtern wir Junk-Food und schauen bis spät in die Nacht Trash im Fernsehen, meist Reality-Shows. Wir essen kalte Pizza und schütteln angesichts der Albernheiten und Dramen auf dem Bildschirm angewidert und fasziniert den Kopf. Hector war als Marine in Afghanistan. Vor einigen Jahren wurde er bei der Explosion einer Sprengfalle schwer verletzt. Als er nach seiner Behandlung als Kriegsveteran zurückkehrte, begrüßte ihn die ganze Nachbarschaft. Seine Eltern hatten ein Banner mit der Aufschrift *Willkommen zu Hause, Hector* im Hof aufgehängt und mit Luftballons und vielen Blumen geschmückt. Alle klatschten, als das Auto vor dem Haus hielt. Mehrere

Nachbarn hatten Kuchen gebacken. Man dankte ihm für seinen Einsatz. Die Leute sagten: *Du musst jetzt stark sein. Gott segne dich.* Hectors Vater, Cesar, kam ein paar Tage später zu uns, und zusammen mit ihm brachte ich die gleiche Rollstuhlrampe an, die er vor seiner eigenen Haustür angebracht hat und über der die amerikanische Flagge hängt. Ich weiß noch, dass ich während der Arbeit das Bedürfnis verspürte, mich bei Cesar für das zu entschuldigen, was Hector in der Heimat meines Vaters widerfahren war.

»Hi«, sage ich. »Wollte nur mal hören, ob alles in Ordnung ist.«

»Alles bestens«, sagt Hector. »Wir haben gerade gegessen. Und *Der Preis ist heiß* geschaut. Jetzt hängen wir bei *Glücksrad* ab. Danach läuft *Familienduell*.«

»Autsch. Tut mir leid.«

»Aber wieso denn, *mija*? Wir amüsieren uns. Nicht wahr, Abe?«

»Danke, dass du ihm Eier gebraten hast«, sage ich.

Hector senkt die Stimme. »Pfannkuchen, um genau zu sein. Und weißt du was? Er war begeistert. Hat vier Stück verputzt.«

»Du hast was gut bei mir.«

»Hey, ich mag dein neues Bild, Kleine. Das Kind mit dem lustigen Hut. Abe hat es mir gezeigt. Er war wahnsinnig stolz. Und ich habe sowas gesagt wie: Scheiße, Mann! *Natürlich* bist du stolz, was denn sonst?«

Ich lächele und wechsele auf die rechte Spur, um einen Drängler vorbeizulassen. »Dann weiß ich ja, was ich dir zu Weihnachten schenke.«

»Warum können wir eigentlich nicht heiraten?«, fragt Hector. Ich höre, wie Baba im Hintergrund protestiert, und Hector, der den Hörer gesenkt hat, lacht auf. »War nur ein Witz, Abe. Nimm mich nicht so ernst. Ich bin ein Krüppel.«

Dann, an mich gewandt: »Ich glaube, dein Vater hat mir gerade sein Paschtunen-Ich gezeigt.«

Ich erinnere ihn daran, dass Baba noch seine mittägliche Dosis Tabletten einnehmen muss, und beende das Gespräch.

So ähnlich muss es sein, wenn man das Foto eines Radiomoderators zum ersten Mal sieht, den man sich anhand der Stimme ganz anders vorgestellt hat. Erstens ist sie alt. Jedenfalls gealtert. Das wusste ich natürlich. Ich hatte nachgerechnet und sie auf Anfang sechzig geschätzt. Aber es fällt mir schwer, diese schlanke, grauhaarige Frau mit dem kleinen Mädchen in Übereinstimmung zu bringen, das ich mir immer vorgestellt habe, eine Dreijährige mit dunklen Locken und Augenbrauen, die wie meine fast zusammengewachsen sind. Außerdem ist sie größer, als ich dachte; das kann ich sehen, obwohl sie sitzt. Sie wartet auf der Bank neben einem Sandwich-Laden und schaut sich so scheu um, als hätte sie sich verlaufen. Sie hat schmale Schultern, eine zarte Figur und ein freundliches Gesicht. Die glatt nach hinten gekämmten Haare werden von einem gehäkelten Band gehalten. Sie trägt Ohrringe aus Jade, eine ausgewaschene Jeans, einen langen, lachsfarbenen Pullover und einen gelben Schal, den sie mit lässiger europäischer Eleganz um den Hals geschlungen hat. Sie hatte mir in ihrer letzten E-Mail geschrieben, dass sie den Schal als Erkennungszeichen tragen werde.

Weil sie mich noch nicht gesehen hat, bleibe ich kurz im Strom der Reisenden stehen, die Gepäckwagen durch das Terminal schieben, zwischen Fahrern, die Schilder mit den Namen der Fahrgäste hochhalten. Mein Herz hämmert wie wild, und ich denke: *Sie ist es. Sie ist es. Sie ist es wirklich.* Dann begegnen sich unsere Blicke, und ein Ausdruck des Erkennens überfliegt ihr Gesicht. Sie winkt.

Wir treffen uns vor der Bank. Ich habe wackelige Beine, sie lächelt. Sie hat eine reiskornbreite Lücke zwischen den oberen Vorderzähnen, lächelt aber genau wie Baba: Der linke Mundwinkel schwingt nach oben, das Gesicht liegt in Falten, die Augen schließen sich fast, der Kopf leicht zur Seite geneigt. Als sie aufsteht, sehe ich ihre Hände mit den knotigen Gelenken, die Finger, die sich am Knöchel vom Daumen fortbiegen, die erbsengroßen Knoten an den Handgelenken. Das sieht so schmerzhaft aus, dass mein Magen sich zusammenzieht.

Wir umarmen uns, und sie küsst mich auf die Wangen. Ihre Haut ist weich wie Filz. Als wir uns voneinander lösen, lässt sie ihre Hände auf meinen Schultern liegen, schiebt mich ein Stück von sich weg und betrachtet mein Gesicht, als wäre es ein Gemälde. Tränen treten ihr in die Augen, und sie strahlt.

»Tut mir leid, dass ich etwas spät dran bin.«

»Macht nichts«, sagt sie. »Endlich bei dir zu sein! Ich bin ja so froh.« Ihr französischer Akzent ist jetzt, da sie leibhaftig vor mir steht, noch stärker als am Telefon.

»Ich bin auch froh«, sage ich. »Wie war der Flug?«

»Ich habe eine Tablette genommen. Sonst hätte ich nicht schlafen können. Ich wäre die ganze Zeit wach gewesen. Weil ich zu glücklich und zu aufgeregt bin.« Sie sieht mich immer noch strahlend an, als könnte sie den Zauber brechen, wenn sie wegschaut, bis die Reisenden über Lautsprecher aufgefordert werden, unbeaufsichtigte Gepäckstücke zu melden. Ihr Gesicht entspannt sich ein wenig.

»Weiß Abdullah schon, dass ich komme?«

»Ich habe ihm erzählt, dass ich einen Gast mitbringe«, antworte ich.

Später, als wir im Auto sitzen, schaue ich sie immer wieder verstohlen an. Die Tatsache, dass Pari Wahdati in meinem

Auto sitzt, nur wenige Zentimeter von mir entfernt, kommt mir vor wie ein Traum. Im einen Moment sehe ich sie klar vor mir – der gelbe Schal, die kurzen Härchen am Haaransatz, das kaffeebraune Muttermal unterhalb des linken Ohrs –, und im nächsten Moment verschwimmen ihre Züge wie im Nebel oder als würde ich sie durch eine beschlagene Scheibe betrachten. Ein kurzer Schwindel erfasst mich.

»Geht es dir gut?«, fragt sie, als sie den Sicherheitsgurt anlegt.

»Ich denke die ganze Zeit, dass du gleich wieder verschwindest.«

»Wie bitte?«

»Es ist ... ich kann es kaum fassen«, sage ich mit einem nervösen Lachen. »Dass es dich wirklich gibt. Dass du tatsächlich hier bist.«

Sie nickt lächelnd. »Das geht mir genauso. Ich finde es auch seltsam. Ich bin in meinem ganzen Leben noch nie jemandem begegnet, der so heißt wie ich.«

»Ich auch nicht.« Ich lasse den Motor an. »Erzähl mir von deinen Kindern.«

Während ich vom Parkplatz fahre, berichtet sie von ihnen, nennt ihre Namen, als hätte ich sie von Geburt an gekannt, als wäre ich gemeinsam mit ihren Kindern aufgewachsen, hätte an Familienpicknicks, Ferienlagern und Sommerurlauben in Badeorten teilgenommen, wo wir Ketten aus Muscheln gebastelt und einander am Strand eingebuddelt hätten.

Ich wünschte, es wäre so gewesen.

Sie erzählt mir, dass ihr Sohn Alain – »Dein Cousin«, fügt sie hinzu – und seine Frau Ana ihr fünftes Kind bekommen haben, ein kleines Mädchen, und nach Valencia gezogen sind, wo sie ein Haus gekauft haben. »*Finalement* verlassen sie diese furchtbare Wohnung in Madrid!« Ihre Erstgeborene, Isabelle, die Musik fürs Fernsehen schreibt, hat ihren ersten

Auftrag für eine Filmmusik bekommen. Und Isabelles Mann, Albert, ist inzwischen Chefkoch in einem berühmten Pariser Restaurant.

»Ihr hattet auch ein Restaurant, *non*?«, fragt sie. »Ich glaube, das hast du in einer E-Mail erwähnt.«

»Meine Eltern, ja. Mein Vater hat immer von einem Restaurant geträumt. Ich habe ihm dabei geholfen. Aber er musste es vor einigen Jahren verkaufen. Nachdem meine Mutter gestorben und Baba ... nicht mehr dazu imstande war.«

»Ah. Tut mir leid, das zu hören.«

»Ach, was. Ich bin sowieso nicht für die Gastronomie geschaffen.«

»Ja, das glaube ich gern. Du bist eine Künstlerin.«

Während unseres ersten Telefonats und auf ihre Frage, was ich beruflich mache, habe ich ihr erzählt, dass ich von einem Kunststudium träume.

»Genau genommen bin ich eine Tippse.«

Sie hört aufmerksam zu, als ich ihr erkläre, dass ich für eine Firma tätig bin, die Daten für große US-Unternehmen verarbeitet. »Ich fülle Formulare aus. Broschüren, Quittungen, E-Mail-Verteiler, Kundenlisten und so weiter. Man muss vor allem schnell tippen können. Und die Bezahlung ist recht gut.«

»Verstehe«, sagt sie. Dann überlegt sie kurz und fügt hinzu: »Findest du die Arbeit interessant?«

Wir kommen auf der Fahrt nach Süden an Redwood City vorbei. Ich zeige aus dem Beifahrerfenster. »Siehst du das Gebäude? Das hohe mit dem blauen Schild?«

»Ja?«

»Dort wurde ich geboren.«

»*Ah bon*?« Sie verdreht den Kopf, weil wir schon ein Stückchen weiter sind. »Du hast Glück.«

»Wieso?«

»Weil du weißt, wo du herkommst.«

»Um ehrlich zu sein, verschwende ich kaum einen Gedanken daran.«

»*Bah*, warum auch? Aber man sollte es wissen. Die eigenen Wurzeln kennen. Wissen, wo man als Mensch seinen Anfang genommen hat. Wenn man das nicht weiß, kommt einem das eigene Leben unwirklich vor. Wie ein Puzzle, *tu comprends*? Als würdest du dich mitten in einer Geschichte, deren Anfang du verpasst hast, fragen, wie sie begonnen hat.«

So muss Baba sich jetzt fühlen: Ein Leben voller rätselhafter Lücken. Jeder Tag eine verwirrende Geschichte, ein Puzzle, das er irgendwie zusammensetzen muss.

Wir schweigen eine ganze Weile.

»Ob ich meine Arbeit interessant finde?«, sage ich. »Ich bin eines Tages nach Hause gekommen und habe gemerkt, dass in der Küche der Wasserhahn lief. Scherben lagen auf dem Fußboden, und das Gas brannte noch auf dem Herd. Da wusste ich, dass ich ihn nicht mehr unbeaufsichtigt lassen kann. Und weil ich mir keine feste Pflegerin leisten kann, habe ich eine Arbeit gesucht, die ich zu Hause erledigen kann. Ob sie mich interessiert oder nicht, fällt da nicht groß ins Gewicht.«

»Und das Kunststudium kann warten.«

»Das muss es.«

Ich befürchte, dass sie gleich sagen wird, wie glücklich Baba sich schätzen kann, eine Tochter wie mich zu haben, aber zu meiner Erleichterung nickt sie nur, lässt den Blick über die Schilder des Freeway schweifen. Andere Leute – vor allem Afghanen – betonen ständig, welch ein Glück Baba habe, welch ein Segen es sei, dass ich mich um ihn kümmere. Sie sprechen voller Bewunderung von mir. Sie halten mich für eine Heilige, die Tochter, die heldenhaft ein herrliches Leben voller Privilegien ausgeschlagen hat, um zu Hause ihren Vater zu pflegen. *Erst die Mutter*, sagen sie entzückt, und ihre Stimme trieft vor

Sympathie, stelle ich mir vor. *Die jahrelange Pflege. Welch eine Last! Und nun der Vater. Sie war nie eine Schönheit, sicher, aber sie hatte einen Verehrer. Er war Amerikaner, hatte etwas mit Solaranlagen zu tun. Sie hätte heiraten können. Aber sie hat es nicht getan. Wegen ihrer Eltern. Was hat sie nicht alles geopfert. Ach, jeder wünscht sich so eine Tochter.* Sie preisen meine Geduld. Staunen über mich wie über einen Menschen, der eine Körperbehinderung oder eine schwere Sprachstörung gemeistert hat.

Aber so sehe ich mich selbst nicht. Wenn ich Baba an manchen Morgen auf dem Bett sitzen sehe, wenn er mich aus trüben Augen anschaut und ungeduldig darauf wartet, dass ich die Socken über seine trockenen, fleckigen Füße ziehe, wenn er mit kindischer Miene meinen Namen knurrt und die Nase auf eine Art krauszieht, die an ein ängstliches Nagetier erinnert, dann überkommt mich Widerwille. Dann verübele ich ihm, dass er ist, wie er ist. Ich verübele ihm, dass er mein Dasein so stark einschränkt, dass ich seinetwegen meine besten Jahre vergeude. An manchen Tagen wäre ich ihn samt seiner Launen und seiner Hilflosigkeit am liebsten los. Ich bin weiß Gott keine Heilige.

Ich fahre bei der Thirteenth Street ab. Ein paar Meilen weiter, im Beaver Creek Court, biege ich in unsere Einfahrt ein und stelle den Motor ab.

Pari betrachtet vom Auto aus unser einstöckiges Haus, das Garagentor mit der abblätternden Farbe, die olivfarbenen Fensterrahmen, die kitschigen, steinernen Löwen auf beiden Seiten der Haustür. Ich habe es nicht über mich gebracht, sie zu entsorgen, denn Baba liebt sie, aber vielleicht hätte er es gar nicht bemerkt. Wir sind 1989 in dieses Haus gezogen, damals war ich sieben, und wohnten zur Miete, bis Baba das Haus 1993 gekauft hat. An einem sonnigen Morgen am Tag vor Weihnachten starb Mutter hier, im Krankenhausbett, das ich im Gästezimmer aufgestellt hatte. Sie verbrachte dort ihre letzten drei Lebensmonate. Sie bat mich, in das Zimmer umziehen zu dürfen, weil sie den Ausblick so schön fand. Sie meinte, er werde sie aufheitern. Sie lag mit geschwollenen, grauen Beinen im Krankenhausbett und schaute den ganzen Tag aus dem Fenster auf die Sackgasse, auf den Vorgarten mit den von ihr gepflanzten japanischen Ahornbäumen an den Seiten, dem sternförmigen Blumenbeet, dem schmalen, von einem Kiesweg durchschnittenen Rasenstreifen. Und in der Ferne sah sie die Gebirgsausläufer, die mittags, wenn die Sonne direkt darüber stand, in einem tiefen, satten Goldton leuchteten.

»Ich bin nervös«, sagt Pari leise.

»Kein Wunder«, sage ich. »Es ist achtundfünfzig Jahre her.«

Sie senkt den Blick auf ihre im Schoß gefalteten Hände. »Ich habe fast keine Erinnerungen an ihn. Ich erinnere mich nicht einmal an sein Gesicht oder an seine Stimme. Ich weiß nur, dass ich mein Leben lang das Gefühl hatte, dass etwas fehlt. Etwas Gutes. Etwas … ach, ich weiß auch nicht.«

Ich nicke und verkneife mir die Bemerkung, dass ich sie gut verstehe. Stattdessen liegt mir die Frage auf der Zunge, ob sie je geahnt hat, dass es mich gibt.

Sie spielt mit den Fransen ihres Schals. »Ob er sich an mich erinnert? Meinst du, das wäre denkbar?«

»Möchtest du die Wahrheit hören?«

Sie mustert mich. »Ja, natürlich.«

»Er sollte sich besser nicht erinnern.« Ich muss an die Worte Dr. Bashiris denken, des langjährigen Hausarztes meiner Eltern. Er hat gesagt, Baba braucht Ordnung und Struktur. Möglichst keine Überraschungen. *Einen geregelten Tagesablauf.*

Ich öffne die Autotür. »Willst du kurz im Auto warten? Ich

schicke meinen Freund nach Hause, und dann kannst du zu Baba.«

Sie legt eine Hand vor die Augen, und ich steige aus, bevor ich sehen kann, ob sie weint.

Als ich elf war, machten alle sechsten Klassen meiner Schule einen Ausflug zum Aquarium in Monterey Bay. Während der Woche vor dem Tag des Aufbruchs, einem Freitag, gab es in meiner Klasse kein anderes Thema, ob in der Bücherei oder während der Pause, wenn wir Himmel-und-Hölle spielten. Alle redeten davon, wie toll es sein würde, im Aquarium zu übernachten und abends, nach der Schließung, im Schlafanzug zwischen Hammerhaien und Flügelrochen, Großen Fetzenfischen und Quallen herumzulaufen. Unsere Lehrerin, Mrs Gillespie, erzählte uns, dass es überall im Aquarium Stände mit Essen gebe und dass wir die Auswahl zwischen Sandwichs mit Erdnussbutter und Marmelade und Cheeseburgern hätten. *Und zum Nachtisch gibt es Brownies oder Vanilleeis*, sagte sie. Die Schüler würden abends in ihre Schlafsäcke kriechen, die Lehrer würden ihnen noch eine Geschichte vorlesen, und sie würden zwischen Seepferdchen, Sardinen und Tigerhaien einschlummern, die durch wehende Seetangfelder glitten. Am Donnerstag knisterte die Luft in der Klasse vor Erwartung. Sogar die üblichen Störenfriede rissen sich im Unterricht zusammen, um nicht vom Ausflug ausgeschlossen zu werden.

Es fühlte sich so an, als würde ich einen aufregenden Film ohne Ton sehen. Ich hatte das Gefühl, außen vor zu sein, abseits der Fröhlichkeit und Feierlaune – wie im Dezember, wenn meine Schulkameraden nach Hause fuhren, zu Christbaum, über dem Kamin aufgehängten Strümpfen und Bergen von Geschenken. Schließlich sagte ich Mrs Gillespie, dass ich nicht mitfahren könne. Sie wirkte nicht überrascht. Auf ihre Frage nach dem Grund antwortete ich, dass der Tag der Klassenfahrt auf einen muslimischen Feiertag falle. Schwer zu sagen, ob sie das glaubte.

Am Abend der Klassenfahrt guckte ich mit meinen Eltern zu Hause *Mord ist ihr Hobby*. Ich versuchte, mich auf die Serie zu konzentrieren, aber meine Gedanken schweiften immer wieder zum Ausflug ab. Ich stellte mir meine Klassenkameraden vor, alle im Schlafanzug und mit Taschenlampen, die Stirn gegen die Scheiben der riesigen Bassins mit Seebarschen und Aalen gepresst. Meine Brust schnürte sich zusammen, und ich rutschte auf dem Sofa herum. Baba, der sich auf dem anderen Sofa zurücklehnte, warf sich eine geröstete Erdnuss in den Mund und kicherte über eine Bemerkung von Angela Lansbury. Meine Mutter saß neben ihm und musterte mich besorgt, aber als unsere Blicke sich trafen, hellte sich ihre Miene auf, und sie lächelte mich verstohlen, fast verschwörerisch an, und ich zwang mich, ihr Lächeln zu erwidern. In jener Nacht träumte ich, ich sei an einem Strand und stünde bis zur Taille im Wasser, das in unzähligen Abstufungen von Grün und Blau, von Jade, Saphir, Smaragd und Türkis glitzerte und meinen Körper umwogte. Schwärme von Fischen umkreisten meine Beine, als wäre das Meer mein Aquarium. Sie streiften meine Zehen, kitzelten meine Beine, Tausende flitzender, schimmernder Blitze, die sich farbenprächtig vom hellen Sand abhoben.

Am Sonntag hatte Baba eine Überraschung für mich. Er machte für einen Tag das Restaurant zu – eine Seltenheit – und fuhr mit mir zum Aquarium in Monterey. Er war aufgeregt und redete während der ganzen Fahrt. Wir würden uns prächtig amüsieren, sagte er. Er sei sehr gespannt, vor allem auf die Haie. Was würden wir zu Mittag essen? Während er redete, dachte ich daran, dass er früher oft mit mir in den Zoo im Kelley Park und den benachbarten Japanischen Garten gegangen war, um die Koi-Karpfen anzuschauen. Wir hatten jedem einen Namen gegeben, und ich klammerte mich an seine Hand und dachte, dass ich, solange ich lebte, nur ihn bräuchte, niemanden sonst.

Wir schlenderten durch das Aquarium, und ich gab mir größte Mühe, Babas Fragen nach den verschiedenen Fischarten zu beantworten. Aber es war zu hell und zu laut, und vor den Becken mit den spannendsten Fischen standen zu viele Menschen. All das entsprach in keiner Weise dem Bild, das ich mir von dem Schulausflug gemacht hatte. Es strengte mich furchtbar an, so zu tun, als würde ich mich amüsieren. Ich spürte, dass ich Bauchschmerzen bekam, und nach einer guten Stunde brachen wir auf. Während der Heimfahrt sah Baba mich immer wieder enttäuscht an, schien irgendetwas sagen zu wollen. Ich konnte seine Blicke spüren. Ich tat so, als würde ich schlafen.

Im nächsten Jahr, auf der Junior High, legten die Mädchen in meinem Alter Lidschatten und Lipgloss auf. Sie besuchten Boys-II-Men-Konzerte, Schulbälle oder Gruppen-Dates im Freizeitpark, kreischten in der steil bergab rasenden und um Kurven sausenden Achterbahn. Meine Klassenkameradinnen spielten Basketball oder versuchten sich als Cheerleader. Und das blasse, sommersprossige Mädchen, das in Spanisch hinter mir saß, wollte unbedingt ins Schwimmteam und fragte mich eines Tages, als wir nach dem Klingeln unsere Sachen packten, ob ich mitmachen wolle. Sie hatte ja keine Ahnung. Hätte ich in der Öffentlichkeit einen Badeanzug getragen, hätten meine Eltern einen Anfall bekommen. Aber das hätte ich sowieso nicht getan. Denn ich schämte mich für meinen Körper. Ich war oberhalb der Taille schlank, darunter aber so dick, als wäre der größte Teil meines Gewichts von der Schwerkraft nach unten gezogen worden. Ich glich den Figuren, die man bei bestimmten Spielen zusammenstellt – man legt Bilder von Körperteilen so aneinander, dass das Ergebnis möglichst grotesk und lachhaft aussieht. Meine Mutter meinte immer, ich hätte einfach einen stabilen Knochenbau. Ihre eigene Mutter, sagte sie, hätte die gleiche Figur gehabt. Irgendwann sprach sie aber nicht mehr davon, denn sie schien zu begreifen, dass das kein Kompliment war.

Ich versuchte, Baba zu überreden, mich beim Volleyball mitmachen zu lassen, aber er nahm mich nur in die Arme und schloss seine Hände sanft um meinen Kopf. Wer soll dich zum Training fahren?, fragte er. Wer zu den Spielen? *Ach, ich wünschte, ich hätte mehr Freizeit, Pari, wie die Eltern deiner Freundinnen, aber deine Mutter und ich, wir müssen beide arbeiten. Ich will auf keinen Fall wieder von Sozialhilfe leben. Das verstehst du doch, mein Schatz, nicht wahr? Ich weiß, dass du das verstehst.*

Obwohl Baba seinen Lebensunterhalt verdienen musste, fand er die Zeit, mich zum Farsi-Unterricht nach Campbell zu fahren. Ich musste jeden Dienstagnachmittag nach der Schule hin, und wenn ich versuchte, von rechts nach links zu schreiben, kam ich mir vor wie ein gegen den Strom schwimmender Fisch. Ich flehte Baba an, mit dem Farsi aufhören zu dürfen, aber er blieb hart. Ich würde ihm noch für diese Gabe danken, sagte er. Wenn man sich die Kultur als ein Haus vorstellt, erklärte er, ist die Sprache der Schlüssel zur Haustür und zu allen Zimmern. Ohne die Sprache, sagte er, ist man verloren, hat weder ein echtes Zuhause noch eine wirkliche Identität.

Dann waren da noch die Sonntage, wenn ich ein weißes Baumwollkopftuch anziehen und mich zum Koranunterricht bringen lassen musste. Der Unterrichtsraum in der Moschee in Hayward, in dem ich mit zwölf anderen muslimischen Mädchen saß, war winzig, hatte keine Klimaanlage und stank nach schmutzigem Leinen. Die schmalen Fenster saßen hoch oben in der Wand wie in Gefängniszellen, die man aus Filmen kennt. Unsere Lehrerin war die Frau eines Gemüsehändlers aus Freemont. Am liebsten mochte ich es, wenn sie uns spannende Geschichten aus dem Leben des Propheten erzählte: Über seine Kindheit in der Wüste oder wie ihm der Engel Gabriel in einer Höhle erschienen war und ihm befohlen hatte, Verse zu rezitieren, oder über sein gütig strahlendes Gesicht. Leider verbrachte sie die meiste Zeit damit, eine endlos lange Liste all jener Dinge durchzugehen, die wir als tugendhafte muslimische Mädchen um jeden Preis meiden sollten, um nicht von der westlichen Kultur verdorben zu werden: An allererster Stelle natürlich Jungs, aber auch Madonna, *Melrose Place*, Shorts, Tanzen, Baden in der Öffentlichkeit, Cheerleading, Alkohol, Speck, Peperoni, Burger mit unreinem Fleisch und so weiter und so fort. Ich saß auf dem Fußboden und schwitzte in der Hitze, meine Füße schliefen ein, und ich wünschte mir, das Kopftuch abnehmen zu dürfen, aber in einer Moschee war das natürlich undenkbar. Ich blickte zum schmalen Streifen Himmel auf, der durch die Fenster zu sehen war, und sehnte mich danach, die Moschee verlassen zu dürfen und wieder an der frischen Luft zu sein, weil sich der drückende Knoten in meiner Brust dann endlich löste.

Bis dahin bestand die einzige Fluchtmöglichkeit darin, meiner Phantasie freien Lauf zu lassen. Ich ertappte mich manchmal bei dem Gedanken an Jeremy Warwick, einen Jungen aus dem Mathe-Unterricht. Jeremy hatte blaue Augen, einen lakonischen Blick und eine blonde Afro-Frisur. Er war verschlossen und grüblerisch. Er spielte Gitarre in einer Indie-Band – bei der jährlichen Talentshow der Schule spielten sie eine mitreißende Coverversion von *House of the Rising Sun*. Im Unterricht saß ich vier Reihen hinter ihm. Ich stellte mir vor, wie wir uns küssten, malte mir aus, dass er dabei die Hände um meinen Nacken schloss, dass sein Gesicht die ganze Welt zum Verschwinden brachte. Dann breitete sich ein so wohliges Gefühl in mir aus, als würde man meinen Bauch und meine Beine mit einer Feder streicheln. Aber das war nur ein schöner Traum, denn Jeremy und ich würden nie zusammenkommen. Er hatte nie auch nur durch das leiseste Anzeichen zu erkennen gegeben, dass er mich überhaupt wahrnahm. Und das war wohl auch besser so. Auf diese Weise konnte ich mir vormachen, dass wir nur deshalb nicht zusammenkamen, weil er mich nicht mochte.

Während des Sommers arbeitete ich im Restaurant meiner Eltern. Als ich noch jünger war, wischte ich gern die Tische ab, half beim Eindecken, faltete Papierservietten und stellte rote Gerberas in die kleinen, runden Vasen auf den Tischen. Ich redete mir ein, ich wäre in unserem Familienbetrieb unersetzlich, glaubte, das Restaurant wäre am Ende, wenn ich nicht darauf achtete, dass die Salz- und Pfefferstreuer immer gut gefüllt waren.

Als ich dann zur Highschool ging, fühlten sich die Tage in Abe's Kabob-Haus lang und zäh an. Der Glanz, den das Restaurant für mich als Kind besessen hatte, war dahin. Der alte, brummende Getränkeautomat in der Ecke, die abwaschbaren Tischdecken, die fleckigen Plastiktassen, die altmodischen Namen der Gerichte auf den eingeschweißten Speisekarten (*Caravan Kabob, Khyberpass Pilaf, Seidenstraßenhühnchen*), das schlampig gerahmte Poster des afghanischen Mädchens mit den grünen Augen, ein Foto aus *National Geographic*. Als hätte ein Erlass verfügt, dass diese Augen an der Wand eines jeden afghanischen Restaurants hängen müssten. Gleich daneben hatte Baba ein Ölgemälde mit den hohen Minaretten von Herat angebracht, das ich in der siebten Klasse gemalt hatte. Ich weiß noch, wie unglaublich stolz ich anfangs war, wenn Kunden ihr Lamm-Kabob unter meinem Bild aßen.

Über Mittag, wenn meine Mutter und ich zwischen dem würzigen Dampf in der Küche und den Tischen hin- und herliefen, an denen Büroleute, Polizisten und Angestellte der städtischen Versorgungsbetriebe aßen, bediente Baba die Kasse. Er trug ein fleckiges Hemd, das ein Büschel grauer Brusthaare und seine kräftigen, stark behaarten Unterarme entblößte, und wenn ein Kunde hereinkam, winkte er strahlend. *Guten Tag, mein Herr! Guten Tag, die Dame! Willkommen in Abe's Kabob-Haus. Ich bin Abe. Darf ich Ihre Bestellung aufnehmen?* Ich wand mich jedes Mal innerlich, weil er nicht merkte, dass er sich wie der dumme, arabische Sidekick aus einer schlechten Sitcom anhörte. Wenn ich das Essen servierte, läutete Baba immer mit der alten Messingglocke, die hinter der Kasse an der Wand hing. Ich glaube, das war anfangs nur ein Scherz, wurde irgendwann jedoch zu einem festen Ritual. Die Stammgäste waren daran gewöhnt – sie hörten es kaum noch –, und neue Gäste fassten es als Teil des exzentrischen Charmes des Restaurants auf, aber gelegentlich gab es Beschwerden.

Du hast keine Lust mehr, die Glocke zu läuten, sagte Baba eines Abends zu mir. Das war irgendwann im Frühling meines letzten Jahres an der Highschool. Wir saßen vor dem Restaurant im Auto und warteten auf Mutter, die ihre Magentabletten drinnen vergessen hatte. Baba wirkte bedrückt. Er hatte den ganzen Tag schlechte Laune gehabt. Ein Nieselregen fiel auf die Einkaufszeile. Es war spät, und der Parkplatz war leer bis auf ein paar Autos im KFC-Drive-in und einen Pickup mit zwei rauchenden Typen darin, der vor der Reinigung stand.

Ich fand, es hat mehr Spaß gemacht, als es noch kein Muss war, sagte ich.

So ist es mit allem, nehme ich an. Er seufzte tief.

Ich weiß noch, wie herrlich ich es fand, wenn Baba mich auf den Arm nahm, als ich noch klein war, und die Glocke läuten ließ. Wenn er mich wieder absetzte, strahlte ich vor Stolz.

Baba drehte die Autoheizung auf und verschränkte die Arme vor der Brust.

Baltimore ist weit weg.

Du kannst jederzeit hinfliegen, antwortete ich fröhlich.

Jederzeit hinfliegen, wiederholte er verächtlich. *Ich verdiene meinen Lebensunterhalt mit Kabobs, Pari.*

Dann komme ich eben zu euch.

Baba sah mich lange an und verdrehte die Augen. Seine Bedrücktheit glich der Dunkelheit, die sich draußen um die Autofenster legte.

Ich hatte einen Monat lang jeden Tag in unseren Briefkasten geschaut, und immer, wenn das Postauto in der Straße hielt, wäre mein Herz vor Hoffnung fast geplatzt. Ich holte die Post ins Haus, schloss die Augen, dachte: *Vielleicht ist es jetzt so weit.* Dann öffnete ich die Augen und ging die Briefe mit Coupons, Rechnungen und Lotterielosen durch. Und schließlich, am Dienstag vergangener Woche, hatte ich einen Umschlag aufgerissen und die Worte gelesen, auf die ich so lange gewartet hatte: *Wir freuen uns, Sie darüber in Kenntnis setzen zu dürfen …*

Ich sprang auf. Ich jubelte laut. Stieß einen Freudenschrei aus, der mir Tränen in die Augen trieb. Und ich hatte sofort ein Bild vor Augen: Eine Vernissage in einer Galerie, ich in einem schlichten, schwarzen, eleganten Kleid, umringt von Förderern und Kritikern, deren Fragen ich lächelnd beantwortete, meine Bilder umlagert von Bewunderern, Kellner mit weißen Handschuhen, die überall servierten, Wein ausschenkten und Häppchen mit Lachs und Dill oder kleine Spargelpasteten anboten. Ich erlebte einen jener Euphorieanfälle, bei denen man am liebsten einen Fremden umarmen und wild mit ihm herumtanzen würde.

Ich mache mir auch Sorgen um deine Mutter, sagte Baba. *Ich rufe jeden Abend an. Versprochen. Du weißt, dass du dich auf mich verlassen kannst.*

Baba nickte. Eine Windböe fuhr durch das Laub der Ahornbäume am Eingang der Einkaufszeile.

Hast du noch einmal über das nachgedacht, fragte er, *worüber wir neulich gesprochen haben?*

Du meinst das Junior College?

Nur für ein Jahr, vielleicht auch zwei. Dann hätte sie Zeit, sich daran zu gewöhnen. Danach könntest du dich noch einmal bewerben.

Ich spürte, wie ich wütend wurde. *Baba. Diese Leute haben sich meine Noten und meine Mappe angeschaut, und sie finden meine Arbeiten so gut, dass sie mich nicht nur als Studentin haben wollen, sondern mir auch noch ein Stipendium anbieten. Es handelt sich um eine der besten Kunsthochschulen des Landes. Da sagt man nicht einfach ab. Das ist eine einmalige Gelegenheit.*

Das ist wahr, sagte er und setzte sich gerade hin. Er faltete die Hände, blies Luft hinein und wärmte sich an seinem Atem. *Das verstehe ich natürlich. Und ich freue mich für dich.* Ich sah ihm an, wie sehr er mit sich rang. Ich spürte auch, dass er Angst hatte. Nicht nur Angst *um* mich, weil mir dreitausend Meilen von zu Hause entfernt alles Mögliche passieren konnte. Sondern auch Angst *vor* mir. Davor, mich zu verlieren. Davor, dass ich vielleicht die Macht besaß, ihn durch meine Abwesenheit ins Unglück zu stürzen, sein Herz zu verletzen wie ein Dobermann ein kleines Kätzchen.

Ich musste an seine Schwester denken. Zu jenem Zeitpunkt hatte sich meine Beziehung zu Pari – die in meiner Phantasie so lange und so eng mit mir verbunden gewesen war – längst gelöst. Ich dachte nur noch selten an sie. Ich war ihr im Laufe der Jahre genauso entwachsen wie meinen Plüschtieren oder meinem Lieblingspyjama. Aber jetzt dachte ich plötzlich wieder an sie und an das, was uns verbunden hatte. Wenn das, was man ihr angetan hatte, einer Welle glich, die sich weit vom Ufer entfernt gebrochen hatte, dann umspülten die Ausläufer dieser Welle jetzt meine Füße und flossen zurück ins Meer.

Baba räusperte sich und betrachtete mit glasigen Augen den dunklen Himmel und den wolkenverhangenen Mond.

Alles wird mich an dich erinnern.

Der sanfte, leicht panische Unterton seiner Worte verriet mir, dass er verletzt war, dass seine Liebe für mich so wahrhaftig, groß und dauerhaft war wie der Himmel, dass sie mich immer wieder erdrücken würde. Es war die Art von Liebe, die einen in die Ecke drängt und früher oder später vor die Wahl stellt: Entweder man entzieht sich, oder man bleibt und versucht, der Wucht zu trotzen, mit der sie einen einschränkt.

Ich strich von der dunklen Rückbank aus über sein Gesicht, und er schmiegte die Wange an meine Hand.

Was macht sie nur so lange?, murmelte er.

Sie schließt noch ab, sagte ich erschöpft. Ich sah meine Mutter auf das Auto zulaufen. Der Nieselregen hatte sich in einen Wolkenbruch verwandelt.

Einen Monat später, einige Wochen, bevor ich an die Ostküste fliegen wollte, um mir die Uni anzuschauen, ging meine Mutter zu Doktor Bashiri, weil die Magentabletten keine Wirkung mehr zeigten. Er schickte sie zu einer Ultraschalluntersuchung. Man entdeckte einen walnussgroßen Tumor in ihrem linken Eileiter.

»Baba?«

Er sitzt reglos und vornübergebeugt auf dem Sessel. Er trägt eine Jogginghose, auf seinen Unterschenkeln liegt eine karierte Wolldecke. Unter der braunen Strickjacke, die ich ihm im Vorjahr gekauft habe, trägt er ein bis zum Kragen zugeknöpftes Flanellhemd. Er trägt seine Hemden jetzt immer so, und er wirkt dadurch sowohl jungenhaft als auch gebrechlich, erweckt den Eindruck, als hätte er sich mit dem Alter abgefunden. Sein Gesicht ist heute etwas aufgequollen, weiße Haarsträhnen liegen wirr auf seinen Augenbrauen. Er guckt mit ernster, leicht verdutzter Miene *Wer wird Millionär*. Als ich ihn anspreche, starrt er weiter auf den Bildschirm, als hätte er nichts gehört. Schließlich reißt er den Blick los und schaut missmutig auf. Auf dem unteren linken Augenlid wölbt sich ein kleines Gerstenkorn. Er braucht eine Rasur.

»Darf ich kurz auf stumm stellen, Baba?«

»Ich gucke die Sendung«, sagt er.

»Ich weiß. Aber du hast Besuch.« Ich habe ihm am Vortag und heute Morgen noch einmal von Pari Wahdatis Besuch erzählt. Aber ich frage ihn nicht, ob er sich daran erinnert, denn ich habe schnell gemerkt, dass man ihn nicht bloßstellen darf. Wenn er etwas vergessen hat, ist ihm das peinlich, dann beginnt er, sich zu wehren, wird manchmal boshaft.

Ich nehme die Fernbedienung von der Sessellehne und stelle den Ton aus, mache mich auf einen Wutanfall gefasst. Als er zum ersten Mal einen hatte, war ich fest davon überzeugt, dass er mir etwas vorspielte, nur so tat als ob. Ich bin erleichtert, als er nur kurz schnauft.

Ich winke Pari herein, die vor der Wohnzimmertür im Flur steht. Sie kommt langsam auf uns zu, und ich stelle einen Stuhl für sie neben Babas Sessel. Sie ist schrecklich aufgeregt, das kann ich ihr ansehen. Sie sitzt kerzengerade und kreidebleich da, drückt die Knie zusammen, verschränkt die Finger und lächelt so verkniffen, dass ihre Lippen hell anlaufen. Ihr Blick hängt an Baba, als hätte sie nur wenige Sekunden Zeit und müsste sich sein Gesicht einprägen.

»Baba. Das ist die Freundin, von der ich dir erzählt habe.«

Er mustert die grauhaarige Frau, die ihm gegenübersitzt. Sein Blick hat neuerdings etwas Verstörendes, und seine Miene verrät selbst dann nichts, wenn er einem direkt ins Gesicht schaut. Er wirkt so verschlossen und teilnahmslos, als wäre sein Blick nur durch Zufall auf sein Gegenüber gefallen, als würde er eigentlich etwas ganz anderes betrachten.

Pari räuspert sich und sagt mit bebender Stimme: »Hallo, Abdullah. Ich heiße Pari. Ich freue mich so sehr, dich zu sehen.«

Er nickt langsam. Ich kann ihm die Verwirrung und die Unsicherheit regelrecht *ansehen*, beides tritt zutage wie Muskelzuckungen. Sein Blick wandert von meinem Gesicht zu Pari. Er zwingt sich das leise Lächeln ab, das er immer aufsetzt, wenn er glaubt, man hätte ihm einen Streich gespielt.

»Sie haben einen Akzent«, sagt er schließlich.

»Sie lebt in Frankreich«, sage ich. »Und du musst Englisch sprechen, Baba. Sie versteht kein Farsi.«

Baba nickt. »Sie leben also in London?«, fragt er Pari.

»Baba.«

»Was?« Er fährt zu mir herum. Dann begreift er und lacht beschämt auf, bevor er zu Englisch wechselt. »Sie leben in London?«

»In Paris«, sagt Pari. »Ich habe eine kleine Wohnung in Paris.« Sie lässt ihn nicht aus den Augen.

»Ich wollte immer mit meiner Frau nach Paris. Sultana. So hieß sie. Möge Gott ihrer Seele Frieden schenken. Sie hat immer gesagt: Fahr mit mir nach Paris, Abdullah, wann fährst du endlich mit mir nach Paris?«

Meine Mutter reiste ungern. Sie wollte ihr gemütliches, vertrautes Heim nicht gegen die Beschwerlichkeiten einer Flugreise samt Kofferschleppen eintauschen. Sie hielt auch nichts von kulinarischen Abenteuern. Ihre Vorstellung von exotischem Essen beschränkte sich auf das Chicken Orange im chinesischen Take-away in der Taylor Street. Es ist verrückt, dass Babas Erinnerungen an sie manchmal ganz präzise sind – so weiß er noch, dass sie das Salz immer erst auf die Handfläche schüttete, bevor sie es auf ihr Essen tat, oder dass sie den Leuten am Telefon ins Wort fiel, obwohl sie dies in Gegenwart anderer sonst nie tat – und dann wieder beängstigend ungenau. Wahrscheinlich verblasst meine Mutter für ihn, ihr Gesicht versinkt langsam im Schatten, die Erinnerung an sie schwindet täglich wie Sand aus einer geschlossenen Hand rieselt. Sie wird zur geisterhaften Silhouette, zur leeren Hülle, und er fühlt sich gezwungen, diese mit weithergeholten Details und erfundenen Charakterzügen zu füllen, als wären falsche Erinnerungen besser als gar keine.

»Ja, es ist eine herrliche Stadt«, sagt Pari.

»Vielleicht fahre ich ja doch noch mit ihr dorthin. Aber sie hat Krebs. Die weibliche Art, wie heißt sie noch …?«

»Eileiterkrebs«, sage ich.

Pari nickt, ihr Blick fliegt zu mir, dann wieder zu Baba.

»Sie will unbedingt auf den Eiffelturm. Haben Sie den schon mal gesehen?«, fragt Baba.

»Den Eiffelturm?« Pari Wahdati lacht. »Oh, ja. Ich sehe ihn täglich. Ist gar nicht zu vermeiden.«

»Sind Sie hinaufgestiegen? Waren Sie ganz oben?«

»Ja. Man hat von dort einen tollen Ausblick, aber ich habe Höhenangst, und deshalb mag ich es nicht so sehr. An einem wolkenlosen, sonnigen Tag kann man von dort aus alles im Umkreis von sechzig Kilometern sehen. Leider gibt es in Paris nicht viele solcher Tage.«

Baba brummt. Das ermutigt Pari, und sie erzählt, wie lange der Bau des Turms gedauert hat und dass er eigentlich nur für die Pariser Weltausstellung von 1889 gedacht war, aber sie kann nicht so gut in Babas Augen lesen wie ich. Seine Miene ist wieder ausdruckslos. Sie merkt nicht, dass er ihr nicht mehr zuhört, dass seine Gedanken die Richtung geändert haben wie Blätter, die der Wind umherwirbelt. Pari rückt näher an den Sessel heran. »Wissen Sie, Abdullah«, sagt sie, »dass der Turm alle sieben Jahre neu gestrichen werden muss?«

»Wie war Ihr Name doch gleich?«, fragt Baba.

»Pari.«

»So heißt meine Tochter.«

»Ja, ich weiß.«

»Sie haben denselben Namen«, sagt Baba. »Ihr beide habt denselben Namen. Na, so was.« Er hustet und zupft dann versonnen an einer Falte auf der Lehne des Ledersessels.

»Darf ich Sie etwas fragen, Abdullah?«

Baba zuckt mit den Schultern.

Pari schaut zu mir auf, als wollte sie um Erlaubnis bitten. Ich nicke ihr zu. Sie beugt sich auf dem Stuhl nach vorn. »Wieso haben Sie Ihrer Tochter diesen Namen gegeben?«

Baba schaut zum Fenster, er streicht weiter über die Falte auf der Sessellehne.

»Wissen Sie das noch, Abdullah? Warum dieser Name?«

Er schüttelt den Kopf, fasst sich an die Strickjacke und zieht sie vor dem Hals zusammen, beginnt, rhythmisch zu murmeln und leise zu summen, ohne dabei groß die Lippen zu bewegen. Das ist seine übliche Reaktion, wenn er Angst bekommt, weil er um eine Antwort verlegen ist, wenn in seinem Kopf alles verschwimmt, wenn er von einer Welle wirrer Erinnerungen überflutet wird und verzweifelt darauf wartet, dass sich das Dunkel lichtet.

»Abdullah? Was ist das?«, fragt Pari.

»Nichts«, murmelt er.

»Nein, ich meine das Lied, das Sie singen. Wie geht es?«

Er dreht sich hilflos zu mir um. Er ist ratlos.

»Klingt wie ein Kinderlied«, sage ich. »Du hast erzählt,

dass du es als Junge gelernt hast, weißt du nicht mehr? Von deiner Mutter.«

»Ah.«

»Singen Sie es mir vor?«, fragt Pari mit leicht erstickter Stimme. »Bitte, Abdullah – singen Sie es mir vor?«

Er senkt den Kopf, schüttelt ihn langsam.

»Komm schon, Baba«, sage ich freundlich und lege eine Hand auf seine knochige Schulter. »Alles ist gut.«

Da singt Baba die zwei Verse mehrmals mit hoher, bebender Stimme und ohne den Kopf zu heben:

> *Ich fand eine kleine, traurige Fee*
> *Im Schatten eines Baums am See.*

»Er meinte immer, es gebe noch zwei Verse«, sage ich zu Pari. »Aber er hat sie vergessen.«

Pari Wahdati lacht unvermittelt auf, es klingt wie ein tiefer, kehliger Schrei, und sie legt sich eine Hand vor den Mund. »*Oh, mon dieu*«, flüstert sie und zieht die Hand weg. Dann singt sie auf Farsi:

> *Ich weiß eine kleine, traurige Fee,*
> *Die wurde vom Wind davongeweht.*

Baba legt die Stirn in Falten. Ich bilde mir ein, dass für den Bruchteil einer Sekunde etwas in seinen Augen aufleuchtet. Aber dann blinzelt er, und seine Miene wird wieder ausdruckslos. Er schüttelt den Kopf. »Nein. Nein, das kann nicht stimmen. So geht das Lied nicht weiter.«

»Oh, Abdullah«, sagt Pari.

Pari ergreift lächelnd und mit Tränen in den Augen Babas Hände, küsst sie und drückt sie dann gegen ihre Wangen. Baba grinst. Auch er bekommt feuchte Augen. Als Pari zu mir aufblickt, blinzelt sie die Freudentränen weg, und ich ahne, dass sie glaubt, seine Erinnerung geweckt, ihren verlorenen Bruder wie eine Märchenfee mit Hilfe des Liedchens herbeigezaubert zu haben. Sie glaubt, dass er sie erkennt, aber sie wird bald begreifen, dass er nur auf ihre warmherzige Berührung und ihre Zuneigung reagiert. Mit dem dumpfen Instinkt eines Tieres. Mehr steckt nicht dahinter. Das weiß ich mit schmerzhafter Gewissheit.

Ein paar Monate, bevor Dr. Bashiri mir die Nummer eines Hospizes gab, bin ich mit meiner Mutter in ein Hotel im Santa-Cruz-Gebirge gefahren. Meine Mutter mochte keine langen Urlaube, aber vor ihrer schweren Krankheit verreisten wir manchmal über ein Wochenende. Wir überließen das Restaurant Babas Obhut, und ich fuhr meine Mutter zur Bodega Bay, nach Sausalito oder San Francisco, wo wir jedes Mal in demselben Hotel beim Union Square wohnten. Wir machten es uns gemütlich, riefen den Roomservice und guckten Spielfilme. Später gingen wir dann zum Hafen – meine Mutter liebte typische Touristenorte –, aßen Eis und betrachteten die im Wasser planschenden Seelöwen, warfen den Straßenmusikern und den von Kopf bis Fuß bemalten Pantomimen ein paar Münzen hin. Wir schlenderten auch jedes Mal Arm in Arm durch das Museum of Modern Art, wo ich ihr die Werke von Rivera, Kahlo, Matisse und Pollock zeigte. Oder wir gingen in eine der Kinomatineen, die meine Mutter so gern mochte, und sahen zwei oder drei Filme am Stück, und wenn wir danach ins Freie traten, waren wir ganz benommen, und unsere Finger rochen nach Popcornfett.

Mit meiner Mutter war es immer viel einfacher, weniger kompliziert als mit meinem Vater. Ich musste nicht die ganze

Zeit auf der Hut sein, nicht ständig aufpassen, ja nichts Verletzendes zu sagen. Während unserer Wochenendurlaube hatte ich das Gefühl, auf einer Wolke zu schweben und alles, was mich bedrückte, weit unter mir zurückzulassen.

Wir feierten das Ende einer weiteren Chemo – die letzte, wie sich herausstellen sollte. Das Hotel im Santa-Cruz-Gebirge war abgelegen, ruhig und wunderschön. Es hatte eine Kuranlage, ein Fitnesscenter, einen Fernsehraum, in dem man auch Gesellschaftsspiele spielen konnte, und einen Billardtisch. Wir bewohnten einen kleinen Bungalow mit Holzveranda, die einen Blick auf den Pool, das Restaurant und einen Wald mit hohen Redwood-Bäumen bot. Einige Bäume standen so dicht vor unserem Fenster, dass wir die Farbnuancen im Fell der Eichhörnchen erkennen konnten, die an den Stämmen nach oben flitzten. Am ersten Morgen weckte mich meine Mutter und sagte: *Schnell, Pari, das musst du unbedingt sehen.* Draußen vor dem Fenster äste ein Reh.

Ich schob sie im Rollstuhl durch den Park. *Was muss ich für ein Anblick sein!*, sagte meine Mutter. Ich hielt bei dem Springbrunnen und setzte mich neben sie auf eine Bank. Wir ließen uns die Sonne ins Gesicht scheinen und sahen den Kolibris zu, die von einer Blüte zur anderen flogen, und wenn sie eingeschlafen war, schob ich sie zurück zum Bungalow.

Am Sonntagnachmittag saßen wir bei Tee und Croissants auf der Terrasse vor dem Restaurant, einem großen Raum mit spitzer Decke, vielen Bücherregalen, einem Traumfänger und einem soliden, schlichten steinernen Kamin. Auf der unteren Ebene des Raumes spielten ein Mann mit einem Derwischgesicht und ein Mädchen mit schlaffen, blonden Haaren eine lahme Partie Tischtennis.

Wir müssen etwas mit meinen Augenbrauen machen, sagte meine Mutter. Sie trug einen Wintermantel über dem Pullover und die rotbraune Beanie-Mütze, die sie sich vor anderthalb Jahren gestrickt hatte, als, wie sie es ausdrückte, der ganze Spaß begonnen hatte.

Ich male dir Brauen auf, sagte ich.

Aber bitte möglichst ausdrucksvoll.

Wie die von Elizabeth Taylor in Kleopatra?

Sie lächelte schwach. *Warum nicht?* Sie nippte am Tee. Ihr Lächeln verstärkte die neuen Falten auf ihrem Gesicht. *Ich habe in einer Seitenstraße in Peschawar Kleider verkauft, als ich Abdullah kennengelernt habe. Er sagte, ich hätte wunderschöne Augenbrauen.*

Das Tischtennispärchen hatte die Schläger weggelegt. Beide lehnten jetzt am Holzgeländer, teilten sich eine Zigarette und sahen zum strahlenden, fast wolkenlosen Himmel auf. Das Mädchen hatte lange, knochige Arme.

Ich habe in der Zeitung gesehen, dass in Capitola heute ein Kunsthandwerkermarkt stattfindet, sagte ich. *Wenn du dich gut genug fühlst, könnten wir hinfahren. Wir könnten dort sogar was essen, falls du Lust hast.*

Pari?

Ja?

Ich möchte dir etwas erzählen.

Gern.

Abdullah hat einen Bruder in Pakistan, sagte meine Mutter. *Einen Stiefbruder.*

Ich fuhr zu ihr herum.

Er heißt Iqbal. Er hat mehrere Söhne. Er lebt in einem Flüchtlingscamp bei Peschawar.

Ich stellte die Tasse ab und wollte etwas sagen, aber sie kam mir zuvor.

Ja, ich weiß. Ich hätte es dir längst erzählen sollen. Aber besser spät als nie, nicht wahr? Dein Vater hat seine Gründe. Du wirst sie mit der Zeit gewiss verstehen. Entscheidend ist nur, dass er einen Stiefbruder hat, und er hat ihn immer finanziell unterstützt.

Wie sie mir jetzt erklärte, hatte Baba diesem Iqbal – meinem Stiefonkel, wie mir plötzlich klar wurde – bei der Western Union vierteljährlich tausend Dollar auf ein Konto bei einer Bank in Peschawar überwiesen.

Warum erzählst du mir das jetzt?, fragte ich.

Weil ich finde, dass du es wissen solltest, auch wenn dein Baba nichts davon ahnt. Da du bald unser Geld verwalten wirst, hättest du es sowieso herausgefunden.

Ich wandte mich ab und beobachtete eine Katze, die sich mit aufgerichtetem Schwanz an dem Tischtennispärchen rieb. Das Mädchen bückte sich, um sie zu streicheln. Die Katze erstarrte zuerst, ließ sich dann aber kraulen. Mir schwirrte der Kopf. Ich hatte Familie in Afghanistan.

Du wirst die Buchführung noch lange machen, Mutter, sagte ich und bemühte mich sehr, das Beben in meiner Stimme zu unterdrücken.

Ein angespanntes Schweigen breitete sich aus. Als meine Mutter weiterredete, tat sie dies so leise und bedächtig wie früher, wenn wir zu einer Beerdigung in die Moschee gegangen waren. Sie hatte sich damals hingehockt und mir geduldig erklärt, dass ich die Schuhe ausziehen und während der Gebete still sein müsse, weder zappeln noch meckern dürfe und vorher unbedingt noch einmal auf Toilette gehen solle.

Ganz sicher nicht, sagte sie. *Und bilde dir ja nicht ein, dass ich das weiterhin tun werde. Es ist an der Zeit, dass du dich darum kümmerst.*

Ich atmete schwer aus. Meine Kehle war wie zugeschnürt. In der Ferne wurde eine Kettensäge angeworfen, ihr Heulen unterbrach in unregelmäßigen Abständen die Stille des Waldes.

Dein Vater ist wie ein Kind. Er hat schreckliche Angst davor, verlassen zu werden. Ohne dich würde er sich verirren und nie mehr zurückfinden, Pari.

Ich zwang mich, die Sonnenstrahlen zu betrachten, die durch die federigen Blätter auf die raue Baumrinde fielen. Ich biss mir so heftig auf die Zunge, dass ich Blut im Mund schmeckte und Tränen in meine Augen traten.

Ein Bruder, sagte ich.

Ja.

Ich habe jede Menge Fragen.

Frag mich heute Abend. Dann bin ich nicht so müde. Ich werde dir alles erzählen, was ich weiß.

Ich nickte. Trank den kalten Rest meines Tees. An einem Nachbartisch tauschte ein Paar mittleren Alters die Seiten einer Zeitung aus. Die Frau, rothaarig und mit offenem Gesicht, beobachtete uns über den Rand der großformatigen Zeitung hinweg, ihr Blick wanderte von mir zu meiner Mutter mit ihrem grauen Gesicht, der Beanie-Mütze, den von Abschürfungen übersäten Händen, den eingesunkenen Augen und dem skelettartigen Lächeln. Als sich unsere Blicke trafen, lächelte die Frau kurz und fast unmerklich, als würden wir ein geheimes Wissen teilen, und ich ahnte, dass sie das Gleiche durchgemacht hatte wie ich.

Und, Mutter, was meinst du? Schaffst du es zum Markt?

Meine Mutter sah mich unverhohlen an. Ihre Augen wirkten zu groß für den Kopf, der Kopf zu groß für die Schultern.

Ich könnte eine neue Mütze gebrauchen, sagte sie.

Ich warf die Serviette auf den Tisch, stand auf und ging zu meiner Mutter. Ich löste die Bremse des Rollstuhls und zog ihn vom Tisch weg.

Pari, sagte sie.

Ja?

Sie legte den Kopf weit in den Nacken, um mich anschauen

zu können. Das durch das Laub der Bäume fallende Licht tanzte über ihr Gesicht. *Ist dir bewusst, wie viel Kraft dir Gott geschenkt hat?*, fragte sie. *Wie stark und gut er dich erschaffen hat?*

Die Wege des Geistes sind unergründlich. Zum Beispiel dieser Moment. Von den Tausenden und Abertausenden von Momenten, die ich während all der Jahre mit meiner Mutter verbracht habe, strahlt dieser am hellsten, hallt am lautesten in meinem Hinterkopf nach: Meine Mutter, die mich mit in den Nacken gelegtem Kopf betrachtet, ihr Gesicht verkehrt herum, die tanzenden Lichtflecken auf ihrer Haut, meine Mutter, die mich fragt, ob ich wisse, wie stark und gut mich Gott erschaffen habe.

Nachdem Baba im Sessel eingeschlafen ist, schließt Pari behutsam seine Strickjacke und zieht sich die Decke über den Oberkörper. Sie schiebt eine abstehende Haarsträhne hinter sein Ohr und schaut ihm eine Weile beim Schlafen zu. Ich tue das auch gern, weil er dann fast normal wirkt. Sein leerer, trüber, verständnisloser Blick ist hinter den Lidern versteckt, und er kommt mir vertrauter vor. Im Schlaf scheint etwas von seinem alten Selbst zurückzukehren, er wirkt wacher und aufmerksamer. Ich frage mich, ob Pari beim Anblick seines auf dem Kissen liegenden Kopfes eine Vorstellung davon bekommt, wie er einmal war, wie er früher gelacht hat.

Wir gehen in die Küche. Ich hole einen Topf aus dem Schrank und fülle ihn mit Wasser.

»Ich würde dir gern etwas zeigen«, sagt Pari, und sie klingt plötzlich aufgeregt. Sie sitzt am Tisch und blättert hastig in einem Fotoalbum, das sie vorhin aus ihrem Koffer geholt hat.

»Ich fürchte, der Kaffee ist nicht so gut wie der in Paris«, sage ich über die Schulter, als ich das Wasser in die Kaffeemaschine kippe.

»Ich bin da nicht sehr anspruchsvoll, glaub mir.« Sie hat den gelben Schal abgenommen und eine Lesebrille aufgesetzt, um die Fotos betrachten zu können.

Als die Kaffeemaschine zu blubbern beginnt, setze ich mich neben Pari. »*Ah, oui. Voilà*. Da ist es«, sagt sie, dreht das Album um und schiebt es mir hin. Sie tippt auf ein Foto. »Das ist der Ort. Wo dein Vater und ich geboren wurden. Und auch unser Bruder Iqbal.«

Bei ihrem ersten Anruf aus Paris hatte sie Iqbal erwähnt, als sei der Name ein Beweis dafür, dass sie nicht log, dass sie tatsächlich diejenige war, als die sie sich vorstellte. Ich sagte nichts weiter dazu, denn ich wusste auch so, dass sie die Wahrheit sagte. Das wusste ich schon in dem Moment, als ich ans Telefon ging, als sie den Namen meines Vaters nannte und fragte, ob sie bei uns richtig sei. Ich sagte: *Ja. Wer spricht da?* Und sie antwortete: *Ich bin seine Schwester.* Mein Herz begann zu rasen. Ich tastete nach einem Stuhl, um mich zu setzen, ringsumher trat Totenstille ein. Das war ein Schock, ja, eine Art dritter Akt wie im Theater, etwas, das im wahren Leben fast nie passiert. Aber auf einer anderen Ebene – einer empfindlicheren Ebene, die sich gegen jede Rationalisierung sperrt, eine, die wie Glas zersprungen wäre, wenn ich sie auch nur benannt hätte – überraschte mich ihr Anruf nicht. Als hätte ich mein ganzes Leben lang damit gerechnet, dass wir einander finden würden, durch einen verwirrenden Winkelzug des Schicksals, des Zufalls, der Umstände oder wie auch immer man es nennen mag.

Ich ging mit dem Telefon hinten in den Garten und setzte mich neben dem Gemüsebeet, das meine Mutter noch mit Paprikaschoten und Riesenkürbissen bepflanzt hatte, auf einen

Stuhl. Die Sonne schien warm auf meinen Nacken, und ich zündete mir mit zitternden Händen eine Zigarette an.

Ich weiß, wer Sie sind, sagte ich. *Ich habe Sie mein ganzes Leben gekannt.*

Am anderen Ende der Leitung trat Stille ein, aber ich hatte den Eindruck, dass sie lautlos weinte und aus diesem Grund den Hörer von sich fort hielt.

Wir sprachen fast eine Stunde. Ich erzählte ihr alles, was ich über ihr Schicksal wusste, sagte ihr, dass ich meinen Vater jedes Mal vor dem Einschlafen gebeten hatte, noch einmal ihre Geschichte zu erzählen. Pari sagte, dass sie selbst nichts davon gewusst und wahrscheinlich bis zu ihrem Tod nichts davon erfahren hätte, wenn ihr in Kabul lebender Stiefonkel, Nabi, nicht vor seinem Tod einen Brief an sie geschrieben hätte, in dem er unter anderem schilderte, was ihr während der Kindheit widerfahren war. Nabi habe diesen Brief einem in Kabul tätigen Chirurgen namens Markos Varvaris übergeben, der sie schließlich in Frankreich aufgespürt hatte. Pari war dann im Sommer nach Kabul gereist und hatte Markos Varvaris besucht, der eine Fahrt nach Shadbagh für sie organisierte.

Gegen Ende unseres Gesprächs konnte ich spüren, wie sie all ihren Mut zusammennahm und sagte: *So, das ist wohl alles. Darf ich jetzt mit ihm sprechen?*

Da musste ich es ihr sagen.

Ich ziehe das Album näher zu mir heran und betrachte das Foto, auf das Pari deutet. Ich sehe eine große, von einer hohen, weißen, oben mit Stacheldraht gesicherten Mauer umgebene Villa oder besser: Die scheußlich misslungene, unglaublich geschmacklose Version einer Villa, dreistöckig, in Rosa, Grün und Gelb gestrichen, mit Erkern und Zinnen, spitzen Giebeln, Mosaiken und spiegelverglasten Fenstern. Ein Monument des Kitsches.

»Mein Gott«, hauche ich.

»*C'est affreux, non?*«, sagt Pari. »Grauenhaft. Die Afghanen bezeichnen solche Häuser als Drogenpaläste. Diese Villa gehört einem bekannten Kriegsverbrecher.«

»Und mehr ist von Shadbagh nicht übrig?«

»Jedenfalls nicht vom alten Dorf. Es gibt nur noch dieses Haus und viele Hektar mit Obstbäumen. *Des vergers?* Wie heißt das?«

»Obstwiesen.«

»Ja.« Sie streicht über das Foto der Villa. »Ich würde gern wissen, wo unser altes Haus stand – von diesem Drogenpalast aus gesehen, meine ich. Ich wäre so froh, wenn ich die genaue Stelle kennen würde.«

Sie erzählt mir vom neuen Shadbagh – eine richtige Stadt mit Schulen, Krankenhaus und Einkaufsstraße, sogar mit einem kleinen Hotel –, das ungefähr drei Kilometer vom Standort des ursprünglichen Dorfes entfernt errichtet wurde. In dieser Stadt hat sie mit dem Dolmetscher nach ihrem Stiefbruder gesucht. Das habe ich schon während unseres ersten, langen Telefonats erfahren. Niemand in der Stadt schien Iqbal zu kennen, aber Pari begegnete schließlich einem alten Mann, einem Jugendfreund Iqbals, der ihm und seiner Familie auf einem brachliegenden Feld in der Nähe der alten Windmühle begegnet war. Iqbal hatte seinem Freund erzählt, dass er Geld von einem in Nordkalifornien lebenden, älteren Bruder erhalte. *Und ich fragte ihn*, erzählte Pari am Telefon, *ich fragte, ob Iqbal den Namen dieses Bruders erwähnt habe, und der alte Mann antwortete: Ja, Abdullah, und danach – alors – war die Sache ganz einfach. Sie und Ihren Vater zu finden, meine ich.*

Ich habe den Mann auch gefragt, wo Iqbal jetzt ist, sagte Pari. *Ich wollte wissen, wie es ihm geht, und der alte Mann erwiderte, das wisse er nicht, sah mich dabei aber nicht an und*

*wirkte plötzlich sehr nervös, und ich glaube, Pari, ich fürchte,
dass Iqbal etwas Schlimmes zugestoßen ist.*

Sie blättert weiter und zeigt mir Fotos ihrer Kinder, Alain,
Isabelle und Thierry, Schnappschüsse ihrer Enkelkinder bei
Geburtstagsfeiern und in Badesachen am Rand eines Pools.
Ihre Wohnung in Paris, pastellblaue Wände, geschlossene,
weiße Jalousien, Bücherregale. Ihr chaotisches Büro in der
Universität, wo sie Mathematik gelehrt hatte, bis sie wegen
ihres Rheumas vorzeitig in den Ruhestand gehen musste.

Ich blättere weiter, und sie sagt etwas zu jedem Foto: Ihre
alte Freundin Colette ist zu sehen, Isabelles Mann Albert, Paris eigener Mann Eric, ein Dramatiker, der 1997 einem Herzinfarkt erlag. Mein Blick bleibt an einem Foto hängen, das sie
beide zeigt, unglaublich jung, nebeneinander auf orangefarbenen Kissen in einem Restaurant sitzend, sie in weißer Bluse,
er mit T-Shirt und Pferdeschwanz.

»An dem Abend haben wir uns kennengelernt«, sagt Pari.
»Meine Freundin hat uns verkuppelt.«

»Er hatte ein gütiges Gesicht.«

Pari nickt. »Ja. Bei unserer Heirat dachte ich, oh, wir werden
viele gemeinsame Jahre haben. Mindestens dreißig, dachte ich
damals, vielleicht vierzig, mit Glück sogar fünfzig. Warum
nicht?« Sie betrachtet das Foto versonnen, dann lächelt sie
leise. »Aber mit der Zeit ist es wie mit dem Charme. Man besitzt nie so viel davon, wie man meint.« Sie lehnt sich zurück
und nippt am Kaffee. »Und du? Warst du nie verheiratet?«

Ich zucke mit den Schultern, blättere weiter. »Einmal war
ich kurz davor.«

»Kurz davor?«

»Es kam nicht dazu. Die Trauung fiel aus.«

Das stimmt nicht ganz. Die Sache tat sehr weh, und es war
ein großes Durcheinander. Bei der Erinnerung daran verspüre
ich noch jetzt ein leises Ziehen in der Brust.

Sie zieht den Kopf ein. »Entschuldige. Ich bin wohl takt-los.«

»Nein. Schon in Ordnung. Er hat eine schönere und weni-ger ... beanspruchte Frau gefunden, denke ich. Apropos Schönheit – wer ist eigentlich das hier?«

Ich zeige auf eine bildhübsche Frau mit langen, dunklen Haaren und großen Augen. Sie hält mit gelangweilter Miene eine Zigarette in der Hand, hat den Kopf zur Seite geneigt und blickt unbekümmert und trotzig in die Kamera.

»Das ist Maman. Meine Mutter, Nila Wahdati. Ich habe sie jedenfalls für meine Mutter gehalten. Du verstehst.«

»Sie sieht umwerfend aus«, sage ich.

»Sie ist tot. Sie hat 1974 Selbstmord begangen.«

»Das tut mir leid.«

»*Non, non.* Ist schon gut.« Sie streicht gedankenverloren mit dem Daumen über das Foto. »Maman war elegant und begabt. Sie las leidenschaftlich gern und hatte zu allem eine Meinung, die sie bei jeder Gelegenheit kundtat. Aber sie war auch von einer tiefen Traurigkeit erfüllt. Meine Rolle war es immer, die schwarzen Löcher in ihrem Inneren zu stopfen.«

Ich nicke. Das kann ich nachvollziehen.

»Aber ich konnte diese Rolle nicht ausfüllen. Und später wollte ich nicht mehr. Ich habe unbedacht gehandelt. Viele verletzende Dinge getan.« Sie lehnt sich zurück, senkt die Schultern, legt ihre schmalen, weißen Hände in den Schoß. Nach kurzem Nachdenken sagt sie: »*J'aurais du être plus gentille.* Ich hätte netter sein müssen. Nettigkeit bereut man nicht. Niemand sagt im Alter: Ach, ich wünschte, ich wäre weniger nett zu der und der Person gewesen. Nein, das würde niemand tun.« Sie wirkt kurz betroffen, zieht ein Gesicht wie ein hilfloses Schulmädchen. »Es wäre gar nicht so schwierig gewesen«, sagt sie müde. »Ich hätte netter zu ihr sein müssen. Ich hätte mehr wie du sein müssen.«

Sie atmet tief aus und klappt das Fotoalbum zu. Nach einer Weile sagt sie fröhlich: »*Ah, bon.* Gut. Ich habe jetzt eine Bitte.«

»Gern.«

»Zeigst du mir deine Bilder?«

Wir lächeln einander an.

Pari bleibt einen Monat bei Baba und mir. Wir frühstücken morgens gemeinsam in der Küche. Schwarzer Kaffee und Toast für Pari, Joghurt für mich, Spiegeleier auf Brot für Baba, weil er daran im letzten Jahr Geschmack gefunden hat. Ich hatte Sorge, dass die vielen Eier nicht gut für seinen Cholesterinspiegel sein könnten, und habe mich während eines Arzttermins danach erkundigt. Aber Dr. Bashiri schenkte mir nur eines seiner schmallippigen Lächeln und sagte: *Ach, darüber müssen Sie sich keine Gedanken machen.* Das beruhigte mich – bis mir etwas später, als ich Baba beim Anlegen des Sicherheitsgurtes half, in den Sinn kam, dass Dr. Bashiri in Wahrheit gemeint hatte: *Das spielt jetzt auch keine Rolle mehr.*

Nach dem Frühstück ziehe ich mich in mein Büro zurück, das gleichzeitg mein Schlafzimmer ist, und während ich arbeite, leistet Pari Baba Gesellschaft. Ich habe auf ihre Bitte hin eine Liste mit seinen liebsten Fernsehshows zusammengestellt, habe notiert, wann er vormittags seine Medikamente nehmen muss, was er zwischendurch gern isst und wann er für gewöhnlich in der Lage ist, danach zu fragen. Es war ihre Idee, alles aufzuschreiben.

Du kannst mich jederzeit fragen, sagte ich.

Ich will dich aber nicht stören, sagte sie. *Und ich möchte ihn besser kennenlernen.*

Ich verschweige ihr, dass sie ihn nie kennenlernen wird wie

von ihr erhofft. Aber ich weihe sie in einige Tricks ein. Zum Beispiel, dass ich Baba, wenn er sich aufregt, in den meisten Fällen beruhigen kann, indem ich ihm rasch einen Versandhauskatalog oder einen Möbelprospekt gebe – wieso das funktioniert, ist mir zwar ein Rätsel, aber ich sorge dafür, dass beides immer reichlich vorhanden ist.

Wenn du willst, dass er einschläft, musst du den Sender mit Wetterberichten einstellen. Golf funktioniert auch. Aber ja keine Kochshows.

Wieso nicht?

Weil er sich dann aufregt. Warum auch immer.

Nach dem Mittagessen machen wir einen Spaziergang. Nur einen kurzen, weil Baba rasch ermüdet, aber auch wegen Paris Arthritis. Wenn Baba zwischen Pari und mir über den Bürgersteig geht, mit Schiebermütze, Strickjacke und gefütterten Mokassins, schaut er immer etwas furchtsam drein. Gleich um die Ecke befindet sich eine Mittelschule mit einem verwahrlosten Fußballfeld, dahinter ein kleiner Spielplatz, den ich mit Baba oft ansteuere. Dort finden wir meist ein oder zwei junge Mütter mit Buggy vor, ein über den Sandkasten stolperndes Kleinkind und gelegentlich ein Schule schwänzendes, rauchendes Teenagerpaar, das auf der Schaukel langsam hin und her schwingt. Diese Teenager würdigen Baba keines Blickes, und wenn sie doch einmal hinschauen, dann so kalt und gleichgültig oder so verächtlich, als hätte Baba irgendwie verhindern müssen, dass Alter und Verfall ihn heimsuchen.

Eines Tages, ich unterbreche meine Arbeit, um mir frischen Kaffee aus der Küche zu holen, beobachte ich Baba und Pari, wie sie zusammen einen Film gucken. Baba sitzt im Sessel, die Mokassins ragen unter der Decke hervor, er hat den Kopf leicht gesenkt, sein Mund steht offen, und er runzelt konzentriert oder verwirrt die Stirn. Pari sitzt neben ihm, die Hände im Schoß gefaltet, die Füße übereinandergeschlagen.

»Wer ist die da?«, fragt Baba.

»Das ist Latika.«

»Wer?«

»Latika, das kleine Mädchen aus den Slums. Die nicht auf den Zug springen konnte.«

»Sie sieht aber nicht klein aus.«

»Das ist jetzt viele Jahre später«, sagt Pari. »Sie ist jetzt älter, verstehst du?«

In der Woche zuvor, wir saßen zu dritt am Spielplatz auf einer Bank, hat Pari gefragt: *Weißt du noch, dass du als Junge eine kleine Schwester hattest, Abdullah?*

Sie hatte die Frage kaum ausgesprochen, da begann Baba zu weinen. Pari zog seinen Kopf an ihre Brust, sagte immer wieder mit panischem Unterton *Verzeih mir, verzeih mir*, und wischte ihm über die Wangen, aber Baba wurde von so heftigen Schluchzern geschüttelt, dass er kaum noch Luft bekam.

»Und weißt du, wer das ist, Abdullah?«

Baba brummt.

»Das ist Jamal. Der Junge aus der Gameshow.«

»Ist er nicht«, stößt Baba hervor.

»Nein? Meinst du?«

»Er serviert Tee!«

»Ja, aber das ist eine Szene aus der Vergangenheit. Von früher. Das ist eine … wie nennt man das?«

Rückblende, flüstere ich in meine Kaffeetasse.

»Die Gameshow ist die Gegenwart, Abdullah. Den Tee hat er in der Vergangenheit serviert.«

Baba blinzelt verständnislos. Im Film sitzen Jamal und Salim auf dem Dach eines Hochhauses in Mumbai und lassen die Füße baumeln.

Pari sieht ihn an, als würde sie darauf warten, dass sich in seinem Blick etwas auftut. »Eine Frage, Abdullah«, sagt sie.

»Nehmen wir an, du würdest eine Million Dollar gewinnen –
was würdest du damit anfangen?«

Baba zieht eine Grimasse, verlagert sein Gewicht und
streckt sich auf dem Sessel aus.

»Ich wüsste, was ich tun würde«, sagt Pari.

Baba starrt sie mit leerem Blick an.

»Wenn ich eine Million Dollar gewinne, kaufe ich ein Haus
in dieser Straße. Dann wären wir Nachbarn, du und ich, und
ich würde jeden Tag vorbeikommen, um mit dir gemeinsam
fernzusehen.«

Baba grinst.

Wenige Minuten später, ich sitze wieder mit Kopfhörern in
meinem Zimmer und tippe weiter, höre ich ein lautes Klirren
und Gebrüll auf Farsi. Ich reiße die Kopfhörer herunter und
renne in die Küche. Pari steht mit dem Rücken zur Mikrowelle, die Hände vor das Kinn gepresst, und Baba stößt ihr
mit weit aufgerissenen Augen seinen Stock gegen die Schulter.
Scherben liegen auf dem Boden.

»Raus mit ihr!«, schreit Baba bei meinem Anblick. »Diese
Frau soll aus meinem Haus verschwinden!«

»Baba!«

Pari ist kreidebleich. Tränen strömen ihr über die Wangen.

»Weg mit dem Stock, Baba, um Gottes willen! Und bleib
stehen. Sonst trittst du in die Scherben.«

Ich muss einen kleinen Kampf mit ihm ausfechten, bevor
ich ihm den Stock entwinden kann.

»Diese Frau soll weg! Sie stiehlt!«

»Was redet er da?«, fragt Pari traurig.

»Sie hat meine Tabletten gestohlen!«

»Das sind ihre Tabletten, Baba«, sage ich, lege ihm den
Arm um die Schultern und führe ihn aus der Küche. Ich spüre,
wie er bebt, und als wir an Pari vorbeikommen, muss ich ihn
bremsen, damit er sich nicht wieder auf sie stürzt. »Lass das,

Baba, es reicht. Und das sind ihre Tabletten, nicht deine. Sie nimmt sie wegen ihrer Hände.« Auf dem Weg zum Sessel greife ich nach einem Einkaufskatalog.

»Ich traue der Frau nicht«, sagt Baba, als er auf den Sessel sinkt. »Du hast ja keine Ahnung. Aber ich! Ich wittere einen Dieb aus zehn Meilen Entfernung!« Er entreißt mir keuchend den Katalog, blättert wie wild die Seiten um, wirft ihn dann in seinen Schoß und blickt mit hochgezogenen Augenbrauen zu mir auf. »Und sie ist eine verdammte Lügnerin. Weißt du, was diese Frau zu mir gesagt hat? Weißt du, was sie gesagt hat? Dass sie meine Schwester ist! Meine Schwester! Warte, bis Sultana das erfährt.«

»Gut, Baba. Wir werden es ihr gemeinsam sagen.«

»Verrücktes Weib.«

»Wir werden es Mutter erzählen, und dann werden wir so lange über diese Frau lachen, bis sie verschwindet. Und nun entspann dich, Baba. Alles ist gut. So.«

Ich schalte den Wetterkanal ein und setze mich neben ihn, streichele seine Schulter, bis er nicht mehr zittert und wieder ruhig atmet. Fünf Minuten später ist er schon eingeschlafen.

Pari hockt in der Küche auf dem Fußboden, den Rücken gegen die Geschirrspülmaschine gelehnt. Sie wirkt tief erschüttert, tupft sich die Tränen mit einer Papierserviette ab.

»Das tut mir sehr leid«, sagt sie. »Das war dumm von mir.«

»Schon gut«, sage ich und hole Handfeger und Kehrblech unter der Spüle hervor. Zwischen den Scherben liegen kleine, rosa- und orangefarbene Tabletten. Ich sammele sie auf und fege die Scherben zusammen.

»*Je suis une imbécile.* Ich habe mich so danach gesehnt, es ihm zu erzählen. Ich dachte, wenn ich ihm die Wahrheit sage, würde er vielleicht … Ach, ich weiß auch nicht, was ich mir dabei gedacht habe.«

Ich werfe die Scherben in den Mülleimer. Dann beuge ich mich zu Pari herunter und öffne ihren Hemdkragen, weil ich sehen will, ob Baba sie mit seinem Stock verletzt hat. »Das wird ein dicker blauer Fleck. Ich spreche aus Erfahrung.« Ich setze mich neben sie.

Sie öffnet eine Hand, und ich gebe ihr die Tabletten. »Ist er oft so?«

»Er hat seine schwierigen Tage.«

»Vielleicht solltest du eine professionelle Hilfe für ihn finden.«

Ich nicke seufzend. Ich habe in letzter Zeit oft an den Tag denken müssen, an dem ich morgens in einem leeren Haus aufwachen werde, während Baba in einem ihm fremden Bett liegt und das von einer unbekannten Person gebrachte Frühstück beäugt oder im Tagesraum an einem Tisch einnickt. Denn dieser Tag wird kommen, das weiß ich.

»Ja, stimmt«, sage ich. »Aber jetzt noch nicht. Ich möchte mich so lange wie möglich um ihn kümmern.«

Pari putzt sich lächelnd die Nase. »Das kann ich verstehen«, sagt sie.

Ich bezweifele, dass sie versteht, denn ich verschweige ihr meine eigentlichen Gründe. Ich wage ja kaum, sie mir selbst einzugestehen. Vor allem meine Angst davor, frei zu sein, obwohl genau das mein sehnlichster Wunsch ist. Was soll aus mir werden, was soll ich mit mir anfangen, wenn Baba fort ist? Ich habe mein ganzes Leben hinter einer durchsichtigen, undurchlässigen Barriere verbracht wie ein Fisch in einem Aquarium. Ich konnte die schillernde Welt auf der anderen Seite sehen und mir ausmalen, wie es wäre, dort zu leben. Aber ich wurde stets von den strengen und engen Grenzen jenes Lebens geprägt, das Baba mir zugedacht hatte. Anfangs, als ich noch klein war, hat er das bewusst getan, und nun, da er täglich dementer wird, geschieht es unbewusst. Ich habe mich wohl an die Glaswand gewöhnt, und ich habe schreckliche Angst, dass ich, wenn sie birst, wenn ich allein bin, in das große Unbekannte gespült und wie ein Fisch auf dem Trockenen zappeln werde.

Die Wahrheit, die ich mir selten eingestehe, lautet, dass ich Babas Gewicht auf meinen Schultern immer gebraucht habe.

Hätte ich meinen Traum vom Kunststudium sonst so rasch aufgegeben und mich so wenig gesträubt, als Baba mich damals bat, nicht nach Baltimore zu gehen? Hätte ich mich sonst von Neal getrennt, mit dem ich bis vor einigen Jahren verlobt war? Er besaß eine kleine Firma, die Solaranlagen installiert. Er hatte ein eckiges, gefurchtes Gesicht, das mir auf Anhieb gefiel, als er in Abe's Kabob-Haus den Blick von der Speisekarte hob und lächelnd die Bestellung aufgab. Er war geduldig, freundlich und ausgeglichen. Was ich Pari über ihn erzählt habe, stimmt so nicht. Neal hat mich nicht wegen einer schöneren Frau verlassen. Ich war es, die unsere Beziehung ganz gezielt scheitern ließ. Er versprach sogar, zum Islam überzutreten und Farsi-Unterricht zu nehmen, aber ich habe immer neue Ausreden gesucht. Am Ende bin ich in Panik geraten und zurück in die vertrauten Winkel, Ecken und Nischen des Lebens bei meinen Eltern geflohen.

Pari kommt auf die Beine. Sie streicht den Saum ihres Kleides glatt, und ich empfinde es wieder als ein Wunder, dass sie hier ist, so dicht neben mir steht.

»Ich möchte dir etwas zeigen«, sage ich.

Ich stehe auch auf und gehe in mein Zimmer. Wenn man sein Zuhause nie verlässt, räumt niemand das alte Kinderzimmer aus oder verkauft die Spielzeuge bei einem Garagenflohmarkt oder verschenkt die Kleider, denen man entwachsen ist. Mir ist natürlich bewusst, dass ich mit fast dreißig noch viel zu viele Kindheitsrelikte besitze, die ich größtenteils in der großen Truhe vor dem Fußende meines Bettes aufbewahre, deren Deckel ich jetzt hebe – alte Puppen, das rosa Pony, das ich mit einem Kamm für die Mähne bekam, die Bilderbücher, die Karten zu Geburtstagen und zum Valentinstag, die ich in der Grundschule aus Bohnen, Glitzerzeug und Sternchen für meine Eltern bastelte. Als ich mich von Neal getrennt habe, sagte er zum Abschied zu mir: *Ich kann nicht auf dich warten, Pari. Ich kann nicht darauf warten, dass du endlich erwachsen wirst.*

Ich schließe den Deckel und kehre ins Wohnzimmer zurück. Pari sitzt gegenüber von Baba auf dem Sofa, und ich setze mich neben sie.

»Hier«, sage ich und reiche ihr einen Stapel Postkarten.

Sie nimmt ihre Lesebrille vom Beistelltisch und löst das Gummiband, das die Karten zusammenhält. Beim Anblick der ersten Karte runzelt sie die Stirn. Sie zeigt den Caesars Palace in Las Vegas bei Nacht, glitzernd und hell erleuchtet. Pari dreht die Karte um und liest laut vor.

21. Juli 1992

Liebe Pari,

Du ahnst ja nicht, wie heiß es hier wird. Baba hat heute eine Brandblase bekommen, als er die Hand auf die Motorhaube unseres Mietwagens gelegt hat! Mutter musste sie mit Zahncreme behandeln. In Caesars Palace gibt es römische Soldaten mit Schwert, Helm und rotem Umhang. Baba wollte Mutter mit ihnen fotografieren, aber sie hat sich geweigert. Ich habe es dann getan! Ich zeige Dir die Bilder, sobald wir zurück sind. So viel für heute. Ich vermisse Dich. Ich wünschte, Du wärst hier.

Pari

P.S.: Während ich Dir schreibe, esse ich einen richtig fetten Eisbecher.

Sie nimmt die nächste Postkarte zur Hand, Hearst Castle, und liest mit angehaltenem Atem. *Er hatte einen Privatzoo! Ist das nicht irre? Känguruhs, Zebras, Antilopen, Trampeltiere (Kamele mit zwei Höckern!).* Eine aus Disneyland, die Micky mit dem Hut eines Zauberers und einem Zauberstab zeigt. *Mutter hat gekreischt, als der Erhängte von der Decke gefallen ist! Du hättest sie hören sollen!* Lake Tahoe. La Jolla Cove. Big Sur. Seventeen Mile Drive. Muir Woods. *Ich vermisse Dich. Du würdest es hier toll finden. Ich wünschte, Du wärst hier.*

Ich wünschte, Du wärst hier.

Ich wünschte, Du wärst hier.

Pari nimmt die Brille ab. »Du hast Postkarten an dich selbst geschrieben?«

Ich schüttele den Kopf. »Nein, an dich.« Ich lache. »Peinlich, was?«

Pari legt die Postkarten auf den Couchtisch und rutscht näher an mich heran. »Erzähl.«

Ich blicke auf meine Hände, lasse die Armbanduhr kreisen. »Ich habe mir immer vorgestellt, wir wären Zwillingsschwestern, du und ich. Niemand außer mir konnte dich sehen. Ich habe dir alles erzählt. All meine Geheimnisse. Für mich warst du wirklich, und du warst mir ganz nahe. Mit dir fühlte ich mich nicht so allein. Als wären wir Doppelgänger. Verstehst du, was ich meine?«

Ein Lächeln tritt in ihre Augen. »Ja.«

»Ich habe mir immer vorgestellt, wir wären zwei Blätter, die der Wind weit auseinandergeweht hat, die aber durch die tiefen, verschlungenen Wurzeln des Baumes, von dem sie stammen, miteinander verbunden sind.«

»Ich habe es ganz anders empfunden«, sagt Pari. »Du sagst, dass du eine Anwesenheit spüren konntest, aber ich habe nur eine Abwesenheit wahrgenommen. Einen vagen, scheinbar grundlosen Schmerz. Wie eine Patientin, die zwar weiß, dass etwas weh tut, dem Arzt aber nicht die genaue Stelle nennen kann.« Sie greift nach meiner Hand, und wir schweigen eine Weile.

Baba bewegt sich stöhnend im Sessel.

»Es tut mir so leid«, sage ich.

»Was tut dir leid?«

»Dass ihr einander erst so spät wiedergefunden habt.«

»Aber wir haben einander gefunden, *non*?«, sagt sie tief bewegt. »So ist er jetzt. Das ist nicht zu ändern. Und das ist in Ordnung so. Ich bin glücklich. Ich habe einen verlorenen Teil meines Selbst wiedergefunden.« Sie drückt meine Hand. »Und ich habe dich gefunden, Pari.«

Ihre Worte wecken die Sehnsüchte meiner Kindheit. Ich weiß noch, dass ich ihren Namen – *unseren* Namen – geflüstert habe, wenn ich einsam war, und mit angehaltenem Atem auf ein Echo wartete, genau wusste, dass ich es eines Tages hören würde. Und als sie jetzt, hier in diesem Wohnzimmer, meinen Namen ausspricht, habe ich das Gefühl, als würden sich all die Jahre, die wir voneinander getrennt waren, rasant zusammenfalten, als würde die Zeit auf die Größe eines Fotos oder einer Postkarte zusammenschrumpfen und das schönste Relikt meiner Kindheit an meine Seite befördert, damit es meine Hand ergreifen, meinen Namen aussprechen kann. Unseren Namen. Ich spüre eine leise, innere Bewegung, merke, dass sich irgendetwas schließt. Eine vor langer Zeit geschlagene Wunde verheilt. Und ich spüre einen Ruck in der Brust, das gedämpfte Pochen eines zweiten Herzens, das direkt neben meinem zu schlagen beginnt.

Baba stemmt sich im Sessel auf die Ellbogen. Er reibt sich die Augen, schaut uns an. »Was heckt ihr Mädchen da aus?«

Er grinst.

Noch ein Kinderlied. Über die Brücke in Avignon. Pari summt es mir vor.

> *Sur le pont d'Avignon*
> *L'on y danse, l'on y danse*
> *Sur le pont d'Avignon*
> *L'on y danse tout en rond.*

»Maman hat mir das beigebracht, als ich klein war«, sagt sie und zieht den Knoten ihres Schals straff, weil ein kalter Wind aufkommt. Es ist kühl, doch der Himmel ist blau, und die Sonne hat Kraft. Sie fällt auf die metallisch graue, breite Rhône und bricht sich auf dem Wasser in kleine, glitzernde Tupfen. »Jedes französische Kind kennt dieses Lied.«

Wir sitzen auf einer hölzernen Parkbank mit Blick auf das Wasser. Während sie die Verse für mich übersetzt, bestaune ich die Stadt am anderen Ufer. Nachdem ich vor kurzem meine eigene Geschichte entdeckt habe, erfüllt es mich mit Ehrfurcht, an einem so geschichtsträchtigen Ort zu sein. Und hier ist die Geschichte wundersamerweise vollständig erhalten und dokumentiert. Alles an dieser Stadt ist wundersam. Ich staune über die klare Luft, über den Wind, der das Wasser auf die steinigen Ufer klatschen lässt, über das satte, kräftige Licht, das aus jeder Richtung zu kommen scheint. Ich kann von der Parkbank aus die Mauer des alten Stadtkerns mit dem Gewirr schmaler, gewundener Gassen sehen, den Westturm der Kathedrale von Avignon mit der vergoldeten Statue der Jungfrau Maria oben darauf.

Pari erzählt von dem jungen Schäfer, der im zwölften Jahrhundert behauptet hat, von Engeln angewiesen worden zu sein, eine Brücke über diesen Fluss zu bauen, und der diese Behauptung untermauerte, indem er einen riesigen Felsklotz anhob und ins Wasser warf. Sie erzählt von den Schiffern auf der Rhône, die auf die Brücke stiegen, um zum heiligen Nikolaus, ihrem Schutzpatron, zu beten, von den vielen Überflutungen im Laufe der Jahrhunderte, die die Stützpfeiler der Brücke zum Einsturz brachten. Sie erzählt dies mit der gleichen nervösen Energie wie am Vormittag, als sie mich durch den gotischen Papstpalast geführt hat. Sie setzte die Kopfhörer des Audioguides ab, um mich auf ein Fresko hinzuweisen, stupste mich an, um meine Aufmerksamkeit auf eine interessante Schnitzarbeit, ein Bleiglasfenster oder das Kreuzrippengewölbe zu lenken.

Sie sprach draußen vor dem Palast fast ohne Punkt und Komma, zählte in einem Rutsch die Namen von Heiligen, Päpsten und Kardinälen auf, während wir zwischen den vielen Tauben über den Platz gingen. Überall Touristen und afrikanische Händler mit bunten Gewändern, die Armbänder und Uhrenplagiate verkauften, dazu ein junger Musiker mit Brille, der auf einer umgedrehten Apfelkiste saß und auf der Gitarre *Bohemian Rhapsody* spielte. Ich kann mich nicht daran erinnern, dass sie während ihres Besuchs in den USA so redselig war. Ihr Redefluss kommt mir vor wie eine Hinhaltetaktik, mit der sie umkreist, was sie in Wahrheit tun will – was wir zusammen tun werden –, und ihre vielen Worte gleichen einer Brücke.

»Aber du wirst bald eine richtige Brücke sehen«, sagt sie. »Sobald alle da sind. Dann gehen wir gemeinsam zur Pont du Gard. Kennst du sie? Nein? *O là là. C'est vraiment merveilleux.* Sie wurde im ersten Jahrhundert von den Römern als Aquädukt zwischen Eure und Nîmes erbaut. Eine Strecke von fünfzig Kilometern! Ein Meisterwerk der Ingenieurskunst, Pari.«

Ich bin seit vier Tagen in Frankreich, in Avignon seit zwei. Pari und ich sind im kalten, grauen Paris in den TGV gestiegen, und als wir ausstiegen, war der Himmel wolkenlos, ein warmer Wind wehte, und in jedem Baum zirpten Zikaden. Am Bahnhof musste ich mein Gepäck in größter Hast aus dem Zug hieven und sprang in letzter Sekunde, während die Türen hinter mir zuglitten, auf den Bahnsteig. Ich muss Baba unbedingt erzählen, dass ich fast in Marseille gelandet wäre.

Wie geht es ihm?, fragte Pari, als wir mit dem Taxi vom Flughafen zu ihrer Pariser Wohnung fuhren.

Er versinkt immer tiefer im Vergessen, antwortete ich.

Baba lebt jetzt im Pflegeheim. Als ich das Heim zum ersten Mal besuchte, geführt von der Leiterin, Penny, einer großen, schmalen Frau mit tiefroten Locken, dachte ich, dass es gar nicht so übel ist.

Und dann sprach ich es aus. *Ist gar nicht so übel.*

Alles war sauber, die Fenster boten einen Blick auf den Garten, in dem sich alle laut Penny jeden Mittwoch um 16:30 zum Tee trafen. Die Lobby duftete schwach nach Zimt und Pinie. Die Angestellten, die ich inzwischen fast alle mit Vornamen kenne, wirkten höflich, geduldig, kompetent. Ich hatte mir Greisinnen mit ausdruckslosen Gesichtern und Haaren auf dem Kinn vorgestellt, die sabbernd und brabbelnd vor dem Fernseher hockten. Aber die meisten Heimbewohner wirkten gar nicht so alt. Und nur ganz wenige saßen im Rollstuhl.

Ich habe wohl Schlimmeres erwartet, sagte ich.

Tatsächlich?, sagte Penny und lachte freundlich und souverän.

Entschuldigung. Ich wollte Sie nicht beleidigen.

Halb so wild. Wir wissen sehr genau, welche Vorstellung die meisten Menschen von einem solchen Heim haben. Natürlich, fügte sie über die Schulter vorsichtshalber hinzu, *ist dies der Bereich des betreuten Wohnens. Nach allem, was Sie mir über Ihren Vater erzählt haben, weiß ich nicht, ob dies der richtige Ort für ihn ist. Ich denke, dass die Pflegeabteilung für Alzheimer-Patienten besser für ihn wäre. Da sind wir schon.*

Sie öffnete die Tür mit einer Karte. Diese Abteilung duftete nicht nach Zimt oder Pinie. In meinem Inneren zog sich alles zusammen, und ich hatte den Impuls, umzudrehen und zu verschwinden, aber Penny nahm mich am Arm. Sie sah mich mitfühlend an, und ich ging mit ihr, musste während der restlichen Führung jedoch gegen heftige Schuldgefühle ankämpfen.

Ich besuchte Baba am Morgen vor meinem Abflug nach Europa. Ich ging durch die Lobby und den Bereich für betreutes Wohnen und winkte der aus Guatemala stammenden Carmen, die die Anrufe entgegennimmt. Ich ging am Gesellschaftsraum vorbei, in dem Senioren einem Streichquartett mit elegant gekleideten Highschool-Schülern lauschten, dann am Mehrzweckraum mit den Computern, Bücherregalen und Dominospielen, an dem Schwarzen Brett mit den vielen Hinweisen und Tipps. *Wussten Sie, dass Soja Ihren Cholesterinspiegel senken kann? Versäumen Sie nicht die Puzzle- und Spielestunde, Dienstag um 11 Uhr!*

Ich öffnete die Tür zur Alzheimer-Abteilung. In diesem Bereich gibt es weder Tee im Garten noch Bingo. Hier beginnt der Morgen nicht mit Tai-Chi. Ich ging in Babas Zimmer, aber er war nicht dort. Sein Bett war gemacht, sein Fernseher stumm, und auf dem Nachttisch stand ein halbvolles Glas Wasser. Ich war ein wenig erleichtert. Ich finde Baba nicht gern im Krankenhausbett vor, eine Hand unter dem Kopfkissen, die eingefallenen Augen mit dem leeren Blick auf mich gerichtet.

Ich entdeckte Baba im Aufenthaltsraum. Er saß zusammengesunken im Rollstuhl vor dem auf den Garten hinausgehenden Fenster. Er trug den Flannellpyjama und seine Schiebermütze. Auf seinem Schoß lag das, was Penny als Therapieschürze bezeichnet hatte. Sie hat Bänder, die man aufrollen, und Knöpfe, die man öffnen und schließen kann. Baba tut das gern, und Penny meint, dass seine Finger so beweglich bleiben.

Ich gab ihm einen Kuss auf die Wange und zog einen Stuhl heran. Man hatte ihn nicht nur rasiert, sondern auch seine Haare gewaschen und gekämmt. Sein Gesicht roch nach Seife.

Morgen ist es so weit, sagte ich. *Ich fliege nach Frankreich, um Pari zu besuchen. Du weißt doch noch, dass ich dir davon erzählt habe?*

Baba blinzelte. Er hatte sich schon vor dem Schlaganfall immer öfter in sich selbst zurückgezogen, war mit trüber Miene in langem Schweigen versunken. Seit dem Anfall ist sein Gesicht zu einer schiefen, aber freundlichen Maske erstarrt, nur dringt sein Lächeln nie bis zu den Augen vor. Er hat seit dem Schlaganfall kein Wort mehr gesprochen. Manchmal öffnen sich seine Lippen zu einem heiseren, gedehnten Laut, einem am Ende betonten, überraschten *Aaaah*, das sich anhört, als wäre ihm bei meinen Worten ein Licht aufgegangen.

Wir treffen uns in Paris und fahren dann mit dem Zug nach Avignon in Südfrankreich. Dort haben während des vierzehnten Jahrhunderts die Päpste residiert, und wir werden uns alles anschauen. Aber das Tolle ist, dass Pari ihren Kindern von meinem Besuch erzählt hat und dass sie alle dorthin kommen.

Baba lächelte ebenso starr wie vor einer Woche bei Hectors Besuch oder wie neulich, als ich ihm meine Bewerbung für das College of Arts and Humanities an der San Francisco State University gezeigt habe.

Deine Nichte Isabelle und Albert, ihr Mann, besitzen ein Ferienhaus bei Les Baux, einer Stadt in der Provence. Ich habe es mir im Internet angesehen, Baba, und die Stadt sieht herrlich aus. Sie wurde auf Kalksteinfelsen in den Alpillen erbaut. Man kann sich die Ruinen einer mittelalterlichen Burg anschauen und hat einen großartigen Blick auf die Ebene mit den Obstplantagen. Ich werde dir später die Fotos zeigen.

Eine alte Frau im Bademantel schob in der Nähe zufrieden Puzzleteile hin und her. Eine andere Frau mit weißen, wirren Haaren war bemüht, Gabeln, Löffel und Frühstücksmesser in eine Besteckschublade einzuordnen. Der große Bildschirm des in der Ecke stehenden Fernsehers zeigte Ricky und Lucy, die mit Handschellen zusammengekettet waren und sich lautstark stritten.

Baba sagte: *Aaaah.*

Alain – das ist dein Neffe – und seine Frau Ana reisen mit ihren fünf Kindern aus Spanien an. Ich weiß nicht, wie ihre Kinder heißen, aber ich werde es bald erfahren. Außerdem, und das ist Paris größte Freude, kommt auch ihr jüngster Sohn, Thierry, dein anderer Neffe. Sie hat ihn seit Jahren weder gesehen noch mit ihm gesprochen. Er hat einen Job in Afrika, nimmt aber eine Auszeit, um dabei sein zu können. Es wird also ein großes Familientreffen.

Vor meinem Aufbruch gab ich ihm noch einen Kuss. Als ich meine Wange an sein Gesicht schmiegte, erinnerte ich mich daran, wie er früher zuerst mich vom Kindergarten und danach meine Mutter von ihrer Arbeit bei Denny's abgeholt hatte. Während wir darauf warteten, dass meine Mutter sich ausstempelte, aß ich die Kugel Eis, die mir der Manager jedes Mal spendierte, und zeigte Baba meine im Kindergarten gemalten Bilder. Er beugte sich darüber, betrachtete sie eingehend und würdigte sie mit einem Kopfnicken.

Baba lächelte immer noch.

Ach – das hätte ich fast vergessen.

Ich bückte mich für unser Abschiedsritual, strich ihm mit den Fingerspitzen über die Wangen, die gefurchte Stirn und die Schläfen, über sein graues, schütter werdendes Haar und die raue Haut hinter den Ohren und sammelte alle schlechten Träume ein. Dann öffnete ich den unsichtbaren Sack, gab die Albträume hinein und schnürte ihn zu.

So.

Baba brummte.

Schöne Träume, Baba. In zwei Wochen sehen wir uns wieder. Mir wurde bewusst, dass wir noch nie so lange getrennt gewesen waren.

Auf dem Weg hinaus hatte ich das deutliche Gefühl, dass Baba mir nachsah, doch als ich mich umdrehte, saß er mit gesenktem Kopf da und spielte mit einem Knopf an seiner Schürze.

Pari erzählt von Isabelles und Alberts Ferienhaus. Die Fotos zeigen ein wunderschön restauriertes, provenzalisches Bauernhaus, aus Stein auf den Hügeln des Luberon erbaut, innen mit Terrakottafliesen und freiliegenden Balken, draußen mit Obstbäumen.

»Man kann es auf den Fotos, die ich dir gezeigt habe, nicht sehen, aber man hat von dort einen tollen Blick auf die Vaucluse-Berge.«

»Gibt es dort genug Platz für uns alle? Das Bauernhaus wird aus allen Nähten platzen.«

»*Plus on est de fous, plus on rit*«, sagt sie. »Wie heißt das übersetzt? Je mehr, desto lustiger?«

»Je voller die Bude, desto bombiger die Stimmung.«

»*Ah, voilà. C'est ça.*«

»Und die Kinder? Wo werden sie ...«

»Pari?«

Ich schaue sie an. »Ja?«

Sie atmet tief aus. »Du kannst es mir jetzt geben.«

Ich nicke, dann greife ich nach der zwischen meinen Füßen stehenden Handtasche.

Ich hätte es eigentlich schon vor Monaten finden müssen, als ich Babas Umzug ins Pflegeheim vorbereitet habe. Aber der oberste von drei Koffern, die im Flurschrank lagen, bot genug Platz für seine Sachen. Danach fasste ich endlich den

Mut, das Schlafzimmer meiner Eltern auszumisten. Ich riss die alten Tapeten ab, strich die Wände neu. Ich schaffte das Ehebett hinaus, die Kommode meiner Mutter mit dem ovalen Schminkspiegel, nahm die Anzüge meines Vaters aus dem Schrank, die Blusen und in Plastikfolie verpackten Kleider meiner Mutter und brachte alles in die Garage, um es später zu Goodwill zu fahren. Ich stellte meinen Schreibtisch in ihr Schlafzimmer, das mir jetzt als Büro dient und in dem ich lernen werde, wenn im Herbst das Studium beginnt. Ich räumte auch die vor meinem Bett stehende Truhe aus, stopfte mein altes Spielzeug, meine Kinderkleider und die zu klein gewordenen Sandalen und Tennisschuhe in einen Müllsack. Ich ertrug den Anblick der Karten nicht mehr, die ich zum Muttertag und zum Geburtstag für meine Eltern gemalt hatte. Ich fand nachts keinen Schlaf, weil ich wusste, dass sie direkt vor meinen Füßen lagen. Das tat zu weh.

Aber dann, ich wollte gerade den Flurschrank aufräumen und schleppte die zwei verbliebenen Koffer in die Garage, hörte ich, wie in einem etwas klapperte. Ich öffnete den Koffer und fand ein in mehrere Lagen braunen Packpapiers gewickeltes Päckchen, auf dem ein Briefumschlag klebte. Darauf stand auf Englisch: *Für meine Schwester Pari*. Ich wusste sofort, dass es Babas Handschrift war, denn ich hatte sie in seinem Kabob-Haus oft genug auf den Bestellzetteln gesehen, die er neben die Kasse gelegt hatte.

Ich übergebe Pari das ungeöffnete Päckchen.

Sie legt es auf ihren Schoß und betrachtet es lange, streicht über die Aufschrift des Umschlags. Am anderen Flussufer beginnen die Kirchenglocken zu läuten. Ein Vogel, der auf einem aus dem Wasser ragenden Felsen sitzt, pickt in den Eingeweiden eines toten Fisches.

Pari wühlt in ihrer Handtasche. »*J'ai oublié mes lunettes*«, sagt sie. »Ich habe meine Lesebrille vergessen.«

»Soll ich dir den Brief vorlesen?«

Sie versucht, den Umschlag vom Päckchen zu reißen, aber ihre Finger sind heute sehr steif, und so gibt sie bald auf und reicht mir das Päckchen. Ich löse den Umschlag und öffne ihn. Ich hole einen Zettel heraus.

»Das ist Farsi.«

»Aber du kannst es lesen, *non?*«, fragt Pari, die sorgenvoll die Stirn runzelt. »Du kannst es übersetzen.«

»Ja«, sage ich und lächele leise in mich hinein, bin im Nachhinein dankbar für die Dienstagnachmittage, an denen Baba mich zum Farsi-Unterricht geschleift hat. Ich muss an ihn denken, stelle mir vor, wie er orientierungslos, mutterseelenallein und verhärmt durch eine Wüste stolpert und dabei eine Spur all jener kleinen, schimmernden Dinge hinter sich herzieht, die das Leben ihm entrissen hat.

Der Wind ist böig, und ich halte den Zettel gut fest, lese Pari die drei hingekritzelten Sätze vor.

Man hat mir gesagt, dass ich in Wasser gehen muss, die mich bald verschlingen werden. Bevor ich aufbreche, lasse ich dies für Dich am Ufer zurück. Ich bete darum, dass Du es finden wirst, Schwester, damit Du weißt, wen ich im Herzen trug, als ich unterging.

Ich falte den Zettel zusammen, öffne ihn dann wieder. Er ist datiert. August 2007. »August 2007 ...«, sage ich. »Da wurde seine Krankheit diagnostiziert.« Drei Jahre, bevor Pari sich bei mir gemeldet hat.

Pari nickt, wischt sich mit dem Handrücken über die Augen. Ein junges Paar fährt auf einem Tandem vorbei, vorn das Mädchen, blond, rosig und schlank, dahinter der Junge mit Dreadlocks und kaffeebrauner Haut. Ein paar Meter entfernt liegt eine Teenagerin mit schwarzem, ledernem Minirock im

Gras und spricht in ein Handy, neben sich einen angeleinten, schwarzen Terrierwelpen.

Ich reiße das Päckchen für Pari auf. Es enthält eine alte Teedose mit dem verblassten Bild eines bärtigen Inders in einem langen, roten Gewand auf dem Deckel. Er präsentiert eine dampfende Tasse Tee wie eine Opfergabe. Der aus der Tasse aufsteigende Dampf ist kaum noch zu erkennen, das Rot des Gewandes zu Rosa verblasst. Ich löse den Verschluss und öffne den Deckel. Die Dose ist voller Federn in allen Formen und Farben: Kurze, buschige, grüne Federn; lange, ingwerfarbene mit schwarzen Kielen; eine pfirsichfarbene Feder mit lila Schimmer, vermutlich von einer Wildente; braune Federn mit dunklen Punkten in der Mitte; eine grüne Pfauenfeder mit einem großen Auge auf der Spitze.

Ich drehe mich zu Pari um. »Weißt du, was das zu bedeuten hat?«

Paris Kinn bebt, als sie den Kopf schüttelt. Sie nimmt mir die Dose ab und schaut hinein. »Nein«, sagt sie. »Ich weiß nur, dass unsere Trennung für Abdullah viel schlimmer gewesen sein muss als für mich. Ich hatte Glück, denn meine jungen Jahre waren ein Schutzschirm. *Je pouvais oublier.* Ich hatte den Luxus, vergessen zu können. Er nicht.« Sie streicht mit einer der Federn über ihr Handgelenk, blickt sie an, als könnte sie jeden Moment zum Leben erwachen und davonfliegen. »Ich weiß nicht, was diese Federn zu bedeuten haben. Ich kenne ihre Geschichte nicht. Aber sie sagen mir, dass er an mich gedacht hat. Während all der Jahre. Er hat mich nie vergessen.«

Ich lege ihr einen Arm um die Schulter, während sie leise weint. Ich betrachte den Fluss, die sonnenbeschienenen Bäume, das vorbeiströmende Wasser und die Brücke – Pont Saint-Bénézet –, um die es in dem Kinderlied geht. Die Hälfte fehlt, vier Bögen, und sie endet mitten im Fluss. Als würde sie sich vergeblich nach dem anderen Ufer strecken.

Ich liege nachts im Hotelbett wach und sehe den Wolken zu, die am dicken und kugelrunden, in das Fenster scheinenden Mond vorbeiziehen. Draußen klackern Absätze über das Kopfsteinpflaster. Ich höre Gelächter und Geplauder. Mopeds knattern vorbei. Das Klirren von Gläsern auf Tabletts im gegenüberliegenden Restaurant. Klaviermusik klingt durch das Fenster bis an meine Ohren.

Ich drehe mich zu Pari um, die lautlos neben mir schläft. Sie wirkt blass im Mondschein. Ich kann Baba in ihrem Gesicht erkennen, den jungen, hoffnungsvollen, glücklichen Baba, so, wie er früher war, und ich weiß, dass ich ihn immer vor Augen haben werde, wenn ich Pari anschaue. Sie ist von meinem Fleisch und Blut. Und ich werde bald ihre Kinder und Enkelkinder kennenlernen, in deren Adern auch mein Blut fließt. Ich bin nicht allein. Auf einmal erfüllt mich ein Glücksgefühl. Es sickert in mich ein, und Dankbarkeit und Hoffnung treiben mir Tränen in die Augen.

Beim Anblick der schlafenden Pari fällt mir ein, was Baba und ich immer vor dem Einschlafen gespielt haben. Das Einsammeln von schlechten und das Säen von schönen Träumen. Ich weiß noch, welchen Traum ich ihm jedes Mal schenkte, und ich lege Pari eine Hand auf die Stirn, ganz sanft, um sie nicht zu wecken. Ich schließe die Augen.

Ein sonniger Nachmittag. Sie sind wieder Kinder, Bruder und Schwester, jung und kräftig und mit klarem Blick. Sie liegen im Schatten eines von Blüten überquellenden Apfelbaums im hohen Gras. Das Gras wärmt ihnen den Rücken, und der durch die üppige Blütenpracht fallende Sonnenschein wärmt ihre Gesichter. Sie liegen schläfrig und zufrieden da, Seite an Seite. Sein Kopf ruht auf einer dicken Wurzel, ihr Kopf auf seiner Jacke, die er für sie ausgebreitet hat. Sie betrachtet aus halbgeschlossenen Augen eine Drossel, die auf einem schwer mit Blütenkelchen beladenen Ast sitzt. Manchmal lässt ein kühler Windhauch das Laub rascheln und streicht über sie hinweg.

Sie dreht sich zu ihm um, zu ihrem großen Bruder, ihrem Gefährten auf allen Wegen. Sein Gesicht ist ihr so nahe, dass sie nur den Schwung seiner Augenbrauen, die Wölbung der Nase, die Wimpern sehen kann, aber das macht ihr nichts aus. Denn sie ist froh und glücklich, weil sie bei ihm ist, neben ihrem Bruder liegt, und eine tiefe Ruhe hüllt sie ein, während sie allmählich im Schlaf versinkt. Sie schließt die Augen, schlummert unbesorgt ein, und alles ist klar, und alles leuchtet, und die ganze Fülle der Welt ist gegenwärtig.

Dank

Zuerst ein paar Anmerkungen zu diesem Roman. Das Dorf Shadbagh ist zwar fiktiv, aber es wäre denkbar, dass es irgendwo in Afghanistan ein Dorf dieses Namens gibt. Wenn ja, so bin ich dort nie gewesen. Abdullahs und Paris Kinderlied, vor allem die darin vorkommende »traurige, kleine Fee«, ist von der großen, verstorbenen persischen Dichterin Forough Farrokhzad inspiriert. Der amerikanische Titel dieses Buches, »And The Mountains Echoed«, bezieht sich auf William Blakes wunderbares Gedicht »Nurse's Song«.

Mein Dank geht an Bob Barnett und Deneen Howell, die sich als großartige Helfer und Fürsprecher des Buches erwiesen haben. Mein Dank geht an Helen Heller, David Grossman, Jody Hotchkiss. Ich danke Chandler Crawford für ihre Begeisterung, ihre Geduld und ihren Rat. Ebenso einer Vielzahl von Freunden bei Riverhead Books: Jynne Martin, Kate Stark, Sarah Stein, Leslie Schwartz, Craig D. Burke, Helen Yentus und vielen anderen mehr, die hier namenlos bleiben müssen, denen ich jedoch zutiefst dankbar bin dafür, dass sie mir geholfen haben, dieses Buch in die Welt zu tragen.

Ich danke meinem unschlagbar guten Korrektor Tony Davis, der sich über alle Maßen engagiert hat.

Mein ganz besonderer Dank gilt meiner Lektorin, der großartigen Sarah McGrath, für ihr Einfühlungsvermögen und ihre visionäre Kraft, ihre behutsame Führung sowie dafür, dass sie mir beim Schreiben dieses Buches auf vielfältigere Art und Weise geholfen hat, als ich es selber weiß. Ich habe das gemeinsame Arbeiten an einem Roman noch nie so genossen, Sarah.

Ebenso danke ich Susan Petersen Kennedy und Geoffrey Kloske für ihr Vertrauen und ihren felsenfesten Glauben an mich und mein Schreiben.

Vielen Dank und *Tashakor* an alle meine Freunde und Verwandten, die immer für mich da waren und mich geduldig und heiter ertragen haben. Wie immer geht mein Dank an meine wunderschöne Frau Roya. Nicht nur, weil sie zahlreiche Fassungen dieses Romans gelesen und kommentiert hat, sondern auch, weil sie sich um unseren Alltag gekümmert hat, damit ich in Ruhe schreiben konnte. Ohne dich, Roya, hätte ich nicht mehr als den ersten Absatz auf der allerersten Seite dieses Romans zu Papier gebracht. Ich liebe dich.

Khaled Hosseini
Tausend strahlende Sonnen
Roman
Aus dem Englischen von Michael Windgassen
Band 03093

Mariam ist fünfzehn, als sie aus der Provinz nach Kabul geschickt und mit dem dreißig Jahre älteren Schuhmacher Raschid verheiratet wird. Jahre später erlebt Laila, ein Mädchen aus der Nachbarschaft, ein ähnliches Schicksal. Als ihre Familie bei einem Bombenangriff ums Leben kommt, wird sie Raschids Zweitfrau. Nach anfänglichem Misstrauen werden Mariam und Laila zu engen Freundinnen. Gemeinsam wehren sie sich gegen Raschids Brutalität und planen die Flucht …

Ein ergreifender Roman über das Schicksal zweier Frauen in Afghanistan, wie ihn nur einer schreiben kann: der große Geschichtenerzähler Khaled Hosseini.

»Khaled Hosseini trifft mitten ins Herz.«
NZZ

Das gesamte Programm gibt es unter
www.fischerverlage.de

Alice Munro
Zu viel Glück
Zehn Erzählungen
Aus dem Englischen von Heidi Zerning

Band 18686

Zu viel oder zu wenig – für das Glück gibt es kein Maß, nie trifft man es richtig. Alice Munros Heldinnen und Helden geht es nicht anders, sie haben das Zuviel und das Zuwenig erlebt: Sie kennen die Namen der Bäume, die Last ungeschriebener Briefe. Sie wissen, wie es sich anfühlt, wenn man den Mann, der die gemeinsamen Kinder getötet hat, in der Anstalt besucht.

Alice Munro ist die Meisterin des Nachhalls, der einem Leben seinen besonderen Klang gibt – die Spannung und Vibration, die unserer Existenz ihre Farbe verleiht. Wie wir sie nehmen und verstehen, entscheidet, ob wir zu viel oder zu wenig Glück messen: Alice Munro macht ihre Leser zu Komplizen dieser Mission.

»Alice Munros ganzes Werk handelt von der Lust,
Geschichten zu erzählen.«
Jonathan Franzen

»Ich bewundere Alice Munro. Ich bewundere
die Direktheit ihres Erzählens, die Nüchternheit
und Einfachheit ihrer Sprache. (…)
Was für Geschichten, was für ein Werk!«
Bernhard Schlink

Andrew Sean Greer
Geschichte einer Ehe
Roman
Aus dem Amerikanischen von Uda Strätling
Band 18223

San Francisco: Draußen am Strand glaubt sich Holland sicher
– hier in seinem kleinen Haus mit seiner Frau Pearlie und dem
Sohn. Doch die Vergangenheit klopft an die Tür, und Pearlie
begreift, dass sie nur ein Teil in einem Dreieck ist. Drei Au-
ßenseiter, die mit ihren Leidenschaften ringen, und ein Gebot
von 100.000 Dollar, um dem Leben eine neue Richtung zu
geben – die Geschichte einer Ehe.

Andrew Sean Greers Roman entfaltet einen poetischen Sog,
dem sich niemand entziehen kann, der schon einmal um ein
Herz gekämpft hat – darum, es zu kennen, es zu halten oder,
notfalls, freizugeben.

»Andrew Sean Greer ist ein Romantiker,
und ein hoffnungsloser dazu.«
NZZ

»Eine wunderschöne und bewegende Geschichte.«
Khaled Hosseini

fi 18223 / 2